R & L

Eine Familiensaga aus dem amerikanischen Süden: Der reiche Texaner Jordan Benedict, Bick genannt, lernt in Maryland die schöne Farmerstochter Leslie kennen und führt sie voll Stolz als Braut auf seinen Besitz »Reata«. Doch Leslie fällt es schwer, sich in Texas einzuleben. Zum einen, weil Bicks herbe Schwester Luz das Haus führt; zum anderen, weil die Geringschätzung der weißen Oberschicht gegenüber Mexikanern und Hilfsarbeitern sie irritiert. Unter den Ranchgehilfen weckt einer Leslies besonderes Interesse – der junge, verschlossene Jett Rink. Als Luz bei einem Reitunfall ihr Leben verliert, vererbt sie Jett in ihrem Testament ein kleines Stück Land, das sich als wahre Goldgrube entpuppt: Jett findet dort Öl ...

George Stevens verfilmte den Bestseller »Giant« von Edna Ferber (1887–1968), eine der wichtigsten amerikanischen Autorinnen, die bereits 1924 den Pulitzer-Preis erhielt, mit dem seinerzeit stattlichen Budget von 5,4 Millionen Dollar. Für James Dean war es der letzte Filmauftritt. Als hätten die Produzenten es geahnt, verboten sie ihrem Star vertraglich jede gefährliche Sportart, doch Dean hielt sich nicht daran und raste am 30. September 1955, wenige Tage nach Abschluß der Dreharbeiten, in den Tod. »Giganten« machte seinem Titel alle Ehre und wurde ein gigantischer Kassenerfolg. George Stevens gewann 1957 einen Oscar für die beste Regie, dazu gab es acht weitere Nominierungen, unter anderem für James Dean und Rock Hudson.

Edna Ferber

GIGANTEN

Roman

Aus dem Amerikanischen
von Rudolf Frank

Rütten & Loening
Berlin

Titel der Originalausgabe
Giant

ISBN 3-352-00723-3

1. Auflage 2005

Einbandgestaltung Gundula Hißmann, Hamburg
unter Verwendung eines Fotos aus der Image-Broschüre zum Film
»Giganten«, 1955, Szene mit James Dean und Elizabeth Taylor, corbis
Druck und Binden GGP Media GmbH, Pößneck
Printed in Germany

www.ruetten-und-loening.de

1

Dieser Märztag, diese Himmelsweite, immerzu und überall durchglitzert vom silbrigen Glanz eines rührenden, gleißenden Himmelsverkehrs! Aber so heftig und jäh die geflügelten Mammuts die heiße Erdatmosphäre durchstachen, war doch an ihnen nichts Kriegerisches. Es waren private Luftvehikel, und die Fracht, die sie mitführten, bestand aus hübschen krokodilledernen Schmuckköfferchen, fabelhaften Gewändern und raffiniertem Pelzwerk. Keine gemeine Fracht kompromittierte die viermotorigen Familienspielzeuge und deren Insassen: Damen aus Dallas, Houston, Viencito, Waco in Pariser Toiletten von Neiman-Marcus und Herren aus Amarillo, San Angelo, Corpus Christi, Benedict in Hemdsärmeln, Stiefeln und Stetsonhüten. Ganz Texas flog zu der Party Jett Rinks, das heißt ganz Texas, soweit es mehr als zehn Millionen Dollar in bar oder in Vieh, Weizen, Baumwolle, Öl besaß. Dadurch entstand dies Himmelsgetümmel, dieser überirdische Luft-Tanz, in dem die fliegenden Ungetüme vom Waldgürtel, dem »Timber Belt«, denen des Rio-Grande-Tales begegneten und jene vom Llano Estacado, von den Trans-Pecos und den Blacklands denen von den Balcones-Hängen und den Granite Mountains, die der Central-Ebenen und des Edward-Plateau solchen aus dem endlosen Panhandle, dem »Pfannenstiel«. Himmelhoch schwebten sie über Bürohochhäuser, die sinnlos aus grenzenlosem Flachlande ragten, über träge Ströme und die Arroyos, über schwelgerische Hotelneubauten und Landsitze mit anachronistisch säulengetragenen Dächern, über Rennpferde auf fettem Weideland, über Swimmingpools und herrschaftliche Auffahrten, von künstlich versetzten Palmen flankiert, über maßlose Filmpaläste, dann wieder über Vieh- und Kleinviehherden, über Gebirge mit Antilopen, Baumwollfelder und unwahrscheinliche Anlagen der chemischen Industrie, deren Dächer und Essen aus Leichtmetall das Pfeilgeglitzer der Aeroplane funkelnd empfingen und spielerisch spiegelnd zurückwarfen. Und über graue Blockhütten mexikanischer *Barrios* – Vorstädte –, darin sich der Staub für immer verfing, über die Darren am Straßenrand, über Windmühlen und Wasserstellen und über viele Quadratmeilen voll Kakteen und Mesquite*.

Unter den Eingeladenen gab es natürlich auch solche, die so konservativ oder ihrer gesellschaftlichen Position so sicher, vielleicht auch so geizig oder so bettelarm waren, daß sie die Reise in ihrem Automobil unternahmen und die Entfernung gemächlich mit 100 km Stundengeschwindigkeit auf der flachen Autostraße zurücklegten, die sich über tausend Meilen vom Nordrand des Staates Texas zum Golf von Mexiko spannt.

Wohl stach die südliche Sonne gleichermaßen erbarmungslos auf die Flieger wie auf die Kriecher, doch an der rebenumhüllten Veranda des Haupthauses der Reata-Ranch brach ihre Macht.

* Mit Absicht werden diese und andere Bezeichnungen (besonders auch die hispano-mexikanischen und texanischen Redewendungen und Spezialausdrücke) von der Autorin nicht übersetzt oder erläutert. Sie werden dem Leser im Verlauf der Erzählung vertraut. Er lernt und erlebt sie zusammen mit der Heldin dieses Romans, der daher durch keine »Anmerkung des Übersetzers«, mit Ausnahme dieser einen, unterbrochen wird.

Selbst der ständige Golfwind, der nach seinem Weg von der Küste trocken und staubgeschwängert hier ankommt, gewann im grünen dichten Filter der Laubwand eine Spur Feuchtigkeit. Auf Ruhelagern und Liegestühlen erquickten zart pastellfarbene Kissenüberzüge das Auge, noch bevor sich der Leib von der Hitze erholte. Zerkleinertes Eis, das in den Gläsern klingelte, beruhigte die Sinne. Durch den Laubvorhang ging der Blick auf ein himmelblaues Schwimmbassin, einen künstlichen Weiher inmitten des ausgetrockneten Landes.

Radioapparate bellten und schmetterten aus Autos und Ranchhäusern überall in den Dörfern und Städten des weiten Bereiches vom Golf von Mexiko bis zur Grenze von Oklahoma, vom Rio Grande bis Louisiana, allein auf Reata durften die widrigen Schallwellen die Hitzewellen nicht intensivieren. Überall sonstwo erschütterte der Name JETT RINK die Luft, nur nicht hier. In schwarzen 7,5 cm hohen Schlagzeilen stolzierte er von El Paso bis Bowie über die Titelblätter der Zeitungen, prangte sowohl auf Plakaten wie in der Wochenschau und schmauchte in Rauchschrift am Himmelszelt. An allen Ecken und Enden wurden Auge und Ohr bestürmt von faden, ausgetüftelten Nachrichten über Jett Rinks Freigebigkeit.

JETT-RINK-FLUGPLATZ – JETT RINKS GESCHENK an die Stadt Hermoso – Des Südwestens größter Lufthafen – Geschlossene Vorfeier der Eröffnung – Zweitausend geladene Gäste – Im Grand Concourse glanzvolles Festbankett – Die prominentesten Bürger – Champagner – Filmstars – Hervorragende Musikkapellen – Millionen – Der ERSTE MULTIMILLIARDÄR VON TEXAS – Orchideen –

Kaviar im Flugzeug von New York – Zillionen – Langusten fliegen aus Maine – Millionen – Öl – Streng privat – Millionen – Trillionenmilliardenzillionen –

Mrs. Jordan Benedict, zur Luftfahrt in blaue Shantungseide gekleidet und ohne Hut, sitzt kühl und gelassen in ihrem Schlafzimmer auf Reata. Der niedere Sessel ist mit Chintz bezogen. Ihre schmalen, langen Hände ruhen locker in ihrem Schoß. Sie sammelt Kühle und Stille für die kommenden Stunden, in denen Hitze und Lärm auf sie einhämmern werden, Prominenzen und Bourbon, die schrillen Stimmen der Weiblichkeit aus Texas, dröhnende Ansprachen der Regierungsvertreter, Tellergeklapper, Bratendüfte zum Übelwerden und immer von neuem Gebrause der Flugzeugmotoren. Und wie sie da sitzt, entspannt und friedlich, berühren kleine vertraute, beruhigende Töne ihr Ohr. Aus dem entfernten Küchenflügel das leichte Lachen eines der mexikanischen Mädchen; es wird wohl Delfina sein, denn die andern nehmen die Arbeit zu wichtig.

2

Sehnsucht nach dieser laubumhüllten, luftgekühlten Geborgenheit quälte Mrs. Mott Snyth, während sie und ihr Mann mit Windeseile Meile auf Meile herunterrissen. Noch immer ging ihre Fahrt an Böschungen, Feldern und Zäunen entlang, die zu Reata gehörten, und der Wanst des Wagens fraß die Chaussee; der Glutwind dörrte das rote Gesicht Vashti Snyths und zauste die weißen Löckchen, die sporadisch das falten- und anscheinend arglose Antlitz ihres Gatten krönten; seinen großen cremefarbenen Stetson hatte er endlich abgesetzt. Vashtis mächtiger Busen wogte; ihre Hände bewegten sich in der unsteten, fast infantilen Art einer Drüsenleidenden, und hilflos sich wiederholend ächzte sie: »Mein … ist das heut eine Hitze!«

»Geh, was hast du denn erwartet!« Den kleinen Fuß mit hohem Absatz auf dem Gashebel, die kräftigen kleinen Hände am Steuerrad und die freundlichen blauen Augen ins Leere gerichtet, machte »Pinky« Snyth einen schlaffen, fast schläfrigen Eindruck, und doch sahen diese Augen alles zur Rechten, zur Linken und vorn. Er war entspannt, aber so wie eine stählerne Feder. »Reata sieht gut aus. Gesund. Bick hat, scheint's, wieder ein scharfes Auge auf diese Sektion. So weit ich sehe, nirgendwo Mesquitegestrüpp.«

»Mott, können wir nicht dort bei dem Haus eine Minute halten?« Nur die voluminöse Gattin nannte den Mann beim Taufnamen. Für die übrige Welt war er Pinky. Dabei tat sie stets, als blicke sie zu ihm auf, obwohl ihre Fettmasse Pinkys zierliches Format fast erdrückte und ungeachtet der Tatsache, daß sie – vielleicht auch weil sie – vor Jahren als Vashti Hake und Erbin der drittgrößten Ranch von Texas so unverzeihlich gegen die Gesellschaftsordnung verstoßen hatte, einen Kuhhirten ihres Vaters zu heiraten. Und nun antwortete dieser einstige Kuhjunge: »Nein, es ist mathematisch unmöglich, wenn du vorhast, in Hermoso noch einen Haufen Einkäufe zu tätigen.«

»Ich will nur noch ein kleines weißes Nerzcape kaufen.«

»Wie lang dauert das?«

»Fünfzehn Minuten.«

»Du wolltest nicht fliegen; du hast gesagt, die Kornblumen wären so reizend. Bis Hermoso haben wir noch volle fünf Stunden. Das Dinner ist um sieben. Wie stellst du dir das vor?«

»Mir ist vor lauter Kornblumen schon übel. An sich sind sie ja ganz nett, aber jetzt haben wir sie meilenweit genossen. Am besten, wir lassen den Wagen in Reata und fliegen mit Leslie und Bick in dem Großflugzeug.«

»Woher weißt du, daß sie …«

»Sie nehmen ihr Großflugzeug, ich weiß es. Das ist der Grund, weshalb ich nicht fliegen wollte. Du warst gegen unsere große Maschine, und in der kleinen Zweimotorkiste können wir uns vor ganz Texas nicht sehen lassen.«

»Wir zwei in dem großen Viermotorapparat, der fünfzig Personen faßt – das hätte schön ausgesehen, was? Mit der vierköpfigen Bemannung, dem Treibstoff usw. hätte der Spaß 5000 Dollar gekostet. Für 400 Meilen!«

»Wennschon.«

»Woher willst du wissen, ob Bick sein Großflugzeug nicht voll besetzt hat!«

»Die Gesellschaft droben im Gästehaus, was kann die ausmachen? Das sind meist nicht mehr als zehn bis zwanzig. Dazu er und Leslie, der junge Dr. Jordy Benedict, wahrscheinlich mit seiner Frau, und Luz.«

»Luz? Geht die nicht irgendwo in der Schweiz in die Schule?«

»Da ist sie längst wieder weg; es hat ihr nicht behagt.«

»Behagt! Wenn's jemandem nicht behagt, könnte es allenfalls Bick sein. Den hat ihre Schule, soviel ich weiß, pro Tag ein Rind gekostet.«

»Jedenfalls ist sie jetzt wieder daheim und stellt wie gewöhnlich das Haus auf den Kopf, fährt die Jeeps im Mesquite kaputt; du weißt doch, wie sie ist, die Luz. Immer obenhinaus. Überall und nirgends. Hält's nirgends aus. – Aber auf Leslies Toiletten bin ich gespannt, Mott.«

Die kühlen blauen Augen des Mannes hörten einen Augenblick auf, die Fahrbahn in sich einzusaugen, und richteten sich auf den schwabbeligen Berg in Beige an seiner Seite. »Ich kann dir nur sagen: Was sie auch anhat, ist besser als deine traurige Aufmachung.«

»Wieso, Mott Snyth! Das Kleid? Was hast du dagegen?«

»Ah! So simpel. Kahl wie ein Laternenpfahl.«

»Kahl ist dies Jahr Dernier cri«, strahlte Vashti, auf ihre Bildung stolz. »Ihr Männer habt keine Ahnung; da sieht man's wieder. Glatt und geschmackvoll und möglichst teuer; hast du nicht die Fotos der Herzogin in ›Harper's Bazaar‹ gesehen? Das ist heut Mode. Frag, wen du willst! Frag Leslie! In Texas und auf der ganzen Welt weiß niemand besser als Leslie, was eine Dame trägt. Man braucht es ihr erst gar nicht zu sagen; sie hat den Instinkt dafür, so wie du für Pferde. Schlicht und jungmädchenhaft« – sie schnickte ein nicht vorhandenes Stäubchen von ihrem Großbusen in Beige – »ist der Grundton des diesjährigen Stils.«

Pinkys treuherziges Gesicht zuckte belustigt. »Schlicht und jungmädchenhaft ist meinetwegen für Leslie richtig; sie ist mager genug, aber du hast ja genügend Speck angesetzt, Vash.« Mutwillig sprach er ihre Namensabkürzung wie ein französisches Substantiv aus, das für sie und ihre Figur zwar nicht schmeichelhaft, aber sehr bezeichnend war. Vashti verstand ihn sehr wohl, zog es jedoch vor, über *la vache* – die Kuh – vornehm hinwegzugehen und von der

Mode des Tages zu sprechen: »Alles, nur keine Juwelen! Ein Armband, so dick wie das, darf man jederzeit tragen, sogar zum baumwollenen Waschkleid oder Sweater. Und einen großen Clip mit guten Steinen oder einem Rudel Diamanten, auch Nadeln mit Rubinen oder Saphiren, aber es ist nur dann smart, wenn man sie locker und ungezwungen irgendwo ansteckt, ungefähr wie man sich Sicherheitsnadeln vorne hinsteckt, wenn man ein Baby wickelt. Aber außerdem nicht einmal den Verlobungsring.«

»Und der Ehering, Vash? Ist der auch außer Mode?«

»Durchaus nicht. Sonst aber keine Juwelen bei Tag. Nur abends.«

Mit tiefer Besorgnis erkundigte sich der Mann: »Hoffentlich hast du einen gehörigen Vorrat bei dir?«

»Mott Snyth, ich habe in meinem alten, miesen Handköfferchen so viel Steine, daß Bick und seine Flugzeugbesatzung, wenn sie uns an Bord nehmen, erst einen Teil davon hinausschmeißen müssen, damit die Maschine steigt. Yes, Sir! Heute nacht werde ich mich in vollem Glanze entfalten.«

Pinky Snyth schaute wiederum kurz auf den zeltförmigen Hügel in Weibesgestalt. Sein Blick war besitzanzeigend und zärtlich. »Rüschen, mehr Rüschen«, verlangte er. »An einem Weib liebe ich das Gefältelte. Aber trag, was du willst, du wirkst in jedem Fall originell! So originell wie altrosa Schuhe.«

Gleich nutzte Vashti das seltene Lob ihres Gatten zu ihrem Vorteil aus. »Also dann halten wir, wie ich vorschlug, bei Benedicts, schauen, wer alles mitfliegt und ob man uns mitnehmen kann. Außerdem, Mott Snyth, nenne mich in Gesellschaft nicht Vash. Wir zwei sind in Texas nicht die einzigen, denen das französische Wort für Kuh geläufig ist. Selbst das schönste Kompliment kann eine Beleidigung nicht reparieren«, erklärte sie, ihn nachsichtig anlächelnd. »Schau! Der Turm des Großen Hauses. Wir haben keine Meile mehr bis zur Ranch.«

»Kein Anwesen in ganz Texas«, bemerkte Pinky ohne Groll, »ist über eine Meile von der Reata-Ranch entfernt.«

»Aber wir!« schränkte Vash ein. »Von Haus zu Haus haben wir über neunzig Meilen.«

»Papperlapapp, von Haus zu Haus! Ich meine von Gut zu Gut, von Zaun zu Zaun; darauf kommt's an, und da, das weißt du genau, ist es von überall nah nach Reata, hüben von Oklahoma und drüben von Mexiko, vom Golf und von Louisiana. Also, da wären wir! Sapperlot! Die Palmen da haben Wurzel gefaßt! Ich habe gar nicht gewußt, daß er welche gesetzt hat!«

Ihr Zwiegeplauder vollzog sich in texanischer Mundart, besser gesagt: in einer mittelmäßigen Parodie des texanischen Dialekts, und zwar geschah dies bei beiden teils aus Gewohnheit, teils aus einer Ziererei, in der sich Dünkel und Demut sonderbar mischten, so wie eine bestimmte Sorte von Engländern das Oxford-Englisch überoxfordet und gewisse Vertreter der Südstaaten die Worte ihrer Heimatmundart noch mehr zerdehnen. Ganz bewußt spielten Vash wie Mott dabei Theater; das gehört zum Ritus von Texas und bedeutet: Wir sind hochgebildet und saumäßig reich, aber schaut nur, wie einfach wir trotzdem sind! Volkstümlich wie unser Großpapi 1846. Wir haben Kaviar und Champagner und reden wie Krethi und Plethi.

Mott lenkte in ein Tor des Gitterzauns, welches das Zeichen der Reata-Ranch trug: eine Pikettleine, wie man sie zum Anbinden der Pferde benutzt, die *Reata*, die sich der altmexikanische Vaquero aus roher Schlachthaut bereitete und die hier in Schmiedeeisen als Verzierung an beiden Torpfosten angebracht war. Auch über dem Torwächterhaus war das verschlungene Ornament zu sehen, und auf den Millionen Hektaren des Ranch-Reiches wiederholte es sich zu Tausenden Malen: über dem Eingang des Haupthauses, dem Portal des Großen Hauses, an Gesindebaracken, Siedlungshäusern und Zeltbauten, und war eingebrannt in die Haut von Hunderttausenden Kühen, Ochsen, Kälbern und Stieren, fand sich in Seide gestickt am Dress der Jockeys, die die Reata-Rennpferde ritten, schlang sich ums Monogramm der Tisch- und Bettwäsche und des Tafelsilbers, prangte auf den Kaminen, Herden und Öfen, schmückte das Geschäfts-Briefpapier der Ranch wie das zarte blaugraue Leslies, war auf die Jeeps gemalt und allen Werk- und Fahrzeugen eingeprägt, den Stationswagen, den Cadillacs und den Sätteln der Pferde. Es war ein einfaches Zeichen und doch schwer umzumodeln. Keinem Viehdieb von Alttexas, und sei er noch so gerissen gewesen, war es gelungen, diese kunstvoll geflochtene Schleife mittels Darüberbrennen in ein anderes Emblem oder Symbol zu verfälschen. Aus diesem Grund hatte es sich der schlaue alte Jordan Benedict I im Jahre 1855 gewählt, als er seine ersten tausend Acres in Texas ergatterte.

Die Nase des Snythschen Wagens war noch nicht durchs Gittertor, als auch bereits Ezequiel aus seinem Pförtnerhaus auf den Zufahrtsweg trat und – den rechten Arm stramm am Rumpf – mit dem ausgestreckten linken die Durchfahrt sperrte. Doch beim ersten Anblick durch die Windschutzscheibe lockerten sich die gespannten Züge des dunklen Gesichts; der linke Arm senkte sich, und die rechte Hand flog huldigend aufwärts.

Pinky Snyth nahm die Hand vom Steuer und winkte. »Cómo está, Ezequiel?« – »Wie geht's, Ezequiel?«

Die weißen Zähne des Farbigen blitzten. »Bienvenido! Señor Snyth! Señora!« – »Willkommen, Herr Snyth! Meine Dame!«

Vash warf den Kopf zurück. »Jetzt läßt der Bick Benedict sein Land schon bewachen und ausstaffieren, als wäre er von Gottes Gnaden!«

»Na, Vashti, du weißt, mit wieviel Mühe er seine Besitzung wie eine Mastviehausstellung auf die Höhe gebracht hat. Seine Arbeiter mußten für jedes verkrüppelte Bäumchen ein Korsett anfertigen.«

Die ganze lange Anfahrtstraße entlang wuchsen erstaunlich grünbewipfelte üppige Palmen symmetrisch Reihe an Reihe. Gleich Pfeilern einer Monumentalkathedrale wiesen sie in die weißheiße Himmelswölbung. Selbst ein alteingesessener Buschland-Texaner vermag sich kaum vorzustellen, was es an Geld und Arbeit gekostet hat, diese Bäume hierher zu verpflanzen und am Leben zu halten. Zwischen den Baumreihen liefen schnurgerade, reinliche Bewässerungsgräben, und in schmucken Häufchen breitete sich um den Fuß jeder Palme künstlich gedüngtes Erdreich. »Bick«, bemerkte Pinky, »nimmt sich stets das Unmögliche vor und gibt keine Ruhe, bis er es besser geschafft hat als irgendwer sonst. Sollte mich gar nicht wundern, wenn er nächsten August ein prächtiges Skigelände hier in die Ebene baut und den Schnee dazu mittels Luftbrücke aus Alaska importiert.«

Vorbei ging's am alten weißgetünchten Schulhaus aus Ziegeln, die in der Sonne gedörrt waren, vorbei am Großen Haus mit seinen Türmen und dem verschlungenen Gitterwerk, vorbei an der alten Wagenremise und der weiträumigen Garage. Doch es warteten keine Autos, und nur Reben regten sich in dem heißen Wind, als die

Besucher vor dem Haupthause vorfuhren und nach der rebenumhegten Veranda spähten. Vashti versuchte ein fröhliches Juhuu, aber nur ein Krächzen entrang sich ihrer vertrockneten Kehle. »Entweder sind sie ausgeflogen oder alle gestorben. Um diese Zeit können sie noch nicht weg sein«, raunzte sie, klomm mit bewunderswerter Behendigkeit aus dem Wagen, glättete ihren verdrückten Rock, richtete ihren Gürtel und wischte den Schweiß vom knallroten Gesicht, während sie auf die Veranda zuschritt, Füße und Knöchel beängstigend klein und schmal unter dem klumpig wuchtenden Oberbau. »Leslie! Bick! Wo steckt ihr bloß?!«

Im selben Augenblick war es, als löse sich die Verzauberung der Reata-Ranch. Es erhob sich ein Lärmen losgelassener mexikanischer Schulkinder; unter schweren Pneus knirschte der Kies; ein Telefon klingelte, eine Männerstimme meldete sich mit Hello; der Gärtner Dimodeo, der am Weiher gekniet hatte, stand auf und rief seinen Leuten auf spanisch zu: »Es ist Mittag!« Aus den abgelegenen Häusern der mexikanischen Quartiere drang mittägliches Gesumm, und aus dem Haupthaus tauchte Mrs. Leslie Benedict auf, kühl, schlank, sorglos und elegant.

Kundinnen von Neiman-Paris in Dallas pflegten zu sagen, Leslie Benedict trage die unvornehmsten Kleider mit der größten Vornehmheit, und waren geradezu stolz auf dieses Bonmot, das sie folgendermaßen erläuterten: »Was sie trägt, fällt nie ins Auge; man achtet erst gar nicht darauf, aber es steht und es sitzt. Nie harte Farben, nie. Nichts Launenhaftes, Sie verstehen! Nie zu lang oder zu kurz oder zu füllig oder zu straff, von Firlefanz keine Rede. Meiner Meinung nach ist Mrs. Jordan Benedict die bestangezogene Dame von Texas, ohne es selber zu wissen. Oder es ist ihr gleich.«

Beim Anblick ihres Besuchs gewann Leslies übliches Begrüßungslächeln den Ausdruck aufrichtiger Freude: »Vashti! Das ist eine reizende Überraschung!«

»Ich dachte schon, ihr seid alle verreist oder gestorben.«

»Wo ist Pinky?«

»Dort im Wagen. Uns ist so heiß, daß wir schon Baumwolle spucken.« Der Gegensatz zwischen den beiden Stimmen war kraß: die Leslies ein dunkles Vibrato, die Vashtis schneidend und hoch. »Ich dachte«, sagte die dunkle, »es seien welche vom Großen Haus. Kommt herein, immer herein! Etwas Kaltes gefällig?«

»Heißer Kaffee, wenn er parat ist, wäre mir lieber, Leslie.«

»Selbstverständlich! Meinst du, nach fünfundzwanzig Jahren in Texas wüßte ich nicht, daß man immer und unbedingt heißen Kaffee bereit haben muß?« Sie rief jemand Unsichtbarem im Hause spanische Worte zu und ging zum Veranda-Eingang. »Pinky, komm!«

»Wo ist Bick?« fragte Vashti.

»Er muß jeden Augenblick hier sein. Tritt ein, daß du aus der Sonne kommst!«

Vashti sank tief in den kühlen chartreusefarbenen Sessel, fächelte sich vergebens mit ihrem Taschentuch Kühlung zu, und während ihr Auge auf der Shantungseide ruhte, die Leslies schlanke Figur umgab, ließ sie quälende Zweifel an ihrer eigenen Aufmachung laut werden: »Schau, Les, ist mein Kleid nicht zu auffallend – für unterwegs, meine ich. Hellbeige?«

»O nein, Beige ist – ist für Texas gut, weißt du, der Staub ...« Gütig, freundlich blickten die sanften Augen.

»Ich weiß nicht ...«, japste Vashti bekümmert und kniff die

unschuldig blauen Augen zusammen, um den Gesamteffekt von Leslies Kostüm zu würdigen. »Also bei dir, da ist Stück für Stück richtig. Schuhe, Strümpfe, Kleid, alles. Aber auf den ersten Blick siehst du nach überhaupt nichts aus.«

Der verwunderte Blick und ein flüchtiges Lächeln der Freundin steigerte Vashtis gewohnte Gesichtsfarbe zum Purpurrot bestürzter Verlegenheit. »Ach, Leslie, ich hab' es nicht bös gemeint, ich wollte sagen: Bei dir ist alles so unauffällig; erst wenn man genau hinsieht, merkt man, wie geschmackvoll es ist, einfach vollendet.«

Während sie Mott Snyth entgegenging, ruhte Leslie Benedicts Hand einen Moment auf der verschwitzten Schulter ihrer derangierten Freundin. »Liebe Vashti, du hast das Netteste zu mir gesagt, was eine Frau einer andern nur sagen kann. – Kaffee, Pinky?« ruft sie Snyth zu. »Bleib nicht in der Hitze!«

Der kleine Herr, ein Watteau-Figürchen als Westamerikaner maskiert, entsteigt seinem Stromlinienwagen. Seine Beine weisen eine Krümmung auf wie die alter Cowboys in Wildwestfilmen drittrangiger Kinos. Sein weißes, wenn auch nicht ehrwürdiges Haupt glänzt als leerer Fleck unter dem breitkrempigen Stetson. »Ich und Vashti«, ächzt er, »sind fast geschmolzen. Eine gelungene Vorfeier war das, eine Einweichung statt einer Einweihung. Wo ist Bick?«

»Seit fünf Uhr früh ist er draußen, du kennst ihn ja! Jetzt ist er wohl beim Hangar. Immer macht er sich Sorgen wegen unserm Großflugzeug. Warum, weiß ich nicht. Mit einer kleinen Maschine kann man doch ebensogut abstürzen wie mit einer großen, aber mit einer von unsern kleinen wäre es ihm anscheinend egal.«

»Mott ist genauso.« Vashti hat ihren engen Slipper vom rechten

Fuß gezogen und bewegt ihre Zehen mit wahrer Wollust. »Er klimmt in unsern kleinen Piper Cub, schaltet und strampelt mit Füßen und Händen und trudelt los, so sorglos wie im Kinderwagen. Als wir vor Jahren unsere ersten paar Flugzeuge bekamen, hat Mott die Kinder gern morgens vors Schulhaus geflogen – aaah, Kaffee!«

Da steht Delfina mit dem Tablett und sagt kein Wort. Man hat sie auch nicht kommen hören. Sie ist scheu, doch verbirgt sie dies hinter kindisch patzigem Wesen, pflanzt das Servierbrett auf die gläserne Tischplatte, glotzt wie ein vierjähriges Kind auf die zwei Damen, mustert sie von den Sohlen bis zur Kehle; das Gesicht interessiert sie nicht, nur die Kleidung. Widerspenstiges tiefschwarzes Haar hängt ihr bis über die Schultern; ihre Bluse ist freigebig ausgeschnitten; Strümpfe trägt sie keine. Die Füße stecken in *Huaraches.* »Danke bestens, Delfina!« sagt Mrs. Benedict eine Nuance zu süß auf englisch und wechselt, während das Mädchen stumm abgeht, einen bezeichnenden Blick mit Mrs. Snyth. »Neu?« fragt diese über den Rand der dampfenden Kaffeetasse hinweg.

»Alvaros Enkeltochter. Gegen ihre Frisur kann ich nichts ausrichten. Sie möchte aussehen wie die Girls im Film oder eine Verkäuferin im Zehn-Cent-Basar. Erst war sie Liftgirl im Hotel Hake; vielleicht hast du sie da gesehen? Ihr Cousin ist dort Page. Raul Salazar. Alvaro hat Jordan darum gebeten, daß er sie wieder hierher ins Haus nehmen darf. Er hat Angst, daß sie sonst Dummheiten macht.«

»Das kann ja nett werden«, findet Vashti, »wenn ihr hier auf sämtliche Kinder, Enkel und Urenkel Alvaros aufpassen müßt! Typisch Texas, genau wie vor hundert Jahren!«

Pinky schnupperte über seinem Kaffee. »Was redest du für einen Zimt! Du rennst doch selbst zu jeder mexikanischen Hochzeit oder Geburt und spendierst einen Schinken bei jedem frohen Familienereignis. Dafür hast du natürlich immer Zeit. Wie alt wird Alvaro jetzt sein? Der geht wohl schon in die Hundert.«

»Ist ja ganz egal, wohin er geht!« Vashti, vom starken, heißen Kaffee wunderbar aufgepulvert, fand allmählich die Überleitung zum Zweck ihres Hierseins, lugte mit zusammengekniffenen Augen durch die grünen Weinranken nach oben und äußerte: »Feines Flugwetter!«

Als sei ihr wirklich am Wetter, am Fliegen oder an irgend etwas gelegen, das mit diesem ihr höchst widerwärtigen Tag zu tun hatte, antwortete Leslie Benedict, ihrer Pflichten als Gastgeberin bewußt: »Findest du, meine Liebe? Was meinst du, Pinky? Die dicke dunkle Wolke dahinten sieht mir nach Regen aus.«

»Regen?« spottete Pinky. »Da sieht man, daß du erst fünfundzwanzig Jahre in Texas bist. In diesen Wolken ist keine Spur Nässe. Sie kommen leer aus Kalifornien. Also auf, Vashti! Wir müssen weiter. Vashti will sich in Hermoso noch ein weißes Nerzcape oder sonst was Überflüssiges anschaffen«, wandte er sich an Mrs. Benedict, und diese fragte:

»Weshalb habt ihr kein Flugzeug genommen?«

Mott winkte ab. »Hör mir bloß damit auf! Ich mag unser großes nicht, und Vashti hat von den kleinen nichts wissen wollen.« Ein Grinsen zog über sein Mondgesicht. »Ihr kennt ja das Sprichwort: In Texas ist der Mann soviel wert wie sein Gaul. Und einer zu Fuß ist kein Mann. Aber heutzutage: Wer da nicht per Flugzeug kommt, zählt überhaupt nicht mit; er könnte ebensogut ein Mexikaner sein.«

Endlich kam das erlösende Wort: »Könntet ihr euern Wagen nicht hierlassen und mit uns fliegen?«

Vashtis erstauntes »O Leslie!« hätte nicht einmal den Dümmsten getäuscht. Pinky lieferte noch ein Scheingefecht:

»Euer Monstrum ist sicher schon überfüllt?« Doch Vashti griff schleunigst zu: »Liebend gern! Tausend Dank! Wer kommt denn noch mit? Wen habt ihr alles im Großen Haus?«

Les mußte lächeln, zur Hälfte über die Snyths, zur Hälfte über sich selbst. – Ich bin doch noch immer ein Außenseiter, dachte sie, heute wie vor einem Vierteljahrhundert. Damals hätte ich Pinky und Vashti gar nicht verstanden, hätte gesagt: Es ist zu phantastisch, um wahr zu sein. – Sie gehören zu einer Welt, die man außerhalb von Texas nicht kennt. Dieser Pinky! Außer daß er per Zufall als Mann zur Welt kam, hatte er nie die mindeste Ähnlichkeit mit einem Cowboy, wie wir ihm im Film oder in Romanen begegnen. Sein Knochengerüst ist offenbar zarter als das einer normalen Frau. Diese Füßchen, die in verzierten Cowboyschuhen mit hohen Absätzen stecken, sind schmal und gewölbt wie die eines jungen Mädchens! Mit rosigen Wangen, vergißmeinnichtblauen Augen und dichtumlocktem Kopf kam er von irgendwoher nach Texas, und hier haben sie ihn herumgeschubst, zum Narren gehalten, ihre derben, groben Späße mit ihm getrieben und ihn dadurch gezwungen, sein Manko an äußerem Format irgendwie auszugleichen. Es blieb ihm nichts anderes übrig, als zäh und hart und der waghalsigste Cowboy im ganzen Buschland zu werden. Er mußte lernen, herumzutoben und Flüche auszustoßen, die er selbst nicht verstand. Bis dahin war seine Stimme sanft gewesen, aber dann, ich erinnere mich noch sehr gut daran, klang sie oft wie ein Peitschenhieb. Die kleinen Hände wurden stahlhart. Kein Roß, das er nicht bändigen konnte. Als er nach Double B, auf die riesige Hake-Ranch kam, besaß er nichts als den Sattel, den er unterm Arm trug, sein *ridin' riggin'*, wie es im Ranch-Jargon heißt. Aber die Vashti Hake hat ihn geheiratet. Schön war sie nie, ein dicker Tolpatsch von Kindsbeinen an, aber die Tochter und Erbin des alten Cliff Hake, Gott hab ihn selig! Zwei Millionen Acres Ranchland mit Petroleumquellen und Vieh, Millionen.

»Wer kommt denn noch mit, Leslie? Wen habt ihr im Großen Haus?«

Leslie ging zum Laubbehang und lauschte. »Die Wagen holen sie eben ab.«

»Ja, aber wen denn, Les?«

»Wen? Also Cal Otter, den Cowboy-Filmstar, weißt du: der mit dem weißen Hut und den schneeweißen Buckskin-Breeches, dem glänzenden Schimmel und den blitzenden Zähnen. Außerdem den König und die Königin von Sargovia und Joe Glotsch, den ehemaligen Schwergewichtschampion, und Lona Lane, den neu aufgetauchten Stern am Filmhimmel mit Gemahl, meine Schwester Lady Karfrey …«

»Sie ist hier? Seit wann?« unterbrach Vashti.

»Leigh ist am Dienstag von London abgeflogen und ist am Mittwoch hier gelandet. – Und Jordans Bruder Bowie und seine Schwester aus Buffalo.«

»Hu! Schmerz, laß nach! Und wer noch?«

»Na, die Moreys aus Dallas sind hier und Kongreßmann Bale Clinch. Gabe Target hat seine Fahrt ebenfalls hier unterbrochen und Richter Whiteside und ein südamerikanischer Expräsident, der jetzt Botschafter ist, von welchem Land, weiß ich nicht mehr, und Tara Tarowa und sonst noch ein paar, auch Cal Otters glänzender Schimmel.« Die Verrücktheit der Gästeliste bereitete ihr ein boshaftes Vergnügen.

»Der Gaul soll auch ins Flugzeug?« fragte Vashti etwas nervös.

»Das geht ohne weiteres«, lachte Les. »Er kommt in die Vorderkabine. Er ist fliegen gewohnt. Es dauert höchstens zwei Stunden. Jordan möchte dem König und der Königin ein Stück der Ranch von oben zeigen; sie wollen ein paar tausend Acres im Norden des Panhandle kaufen, waren zwei Tage auf der King-Ranch und haben dort einige von Bob Klebergs preisgekrönten Brahman-Bullen gekauft.«

»Ulkig, daß man jetzt Königen etwas andrehen kann! Früher haben sie unsereinem das Fell über die Ohren gezogen«, äußerte Pinky. »Sie sollen nur aufpassen, sonst hängt ihnen Jett Rink noch ein Paket seiner Ölaktien, natürlich zum Höchstkurs, auf!«

»Es ist wirklich komisch, daß sie jetzt eine Ranch bewirtschaften wollen«, fand Vashti. »Denk nur, ein richtiger König mit einer Königin!«

»Daran ist nichts Besonderes«, wandte ihr Mann ein. »Der Prinz von Wales, Herzog von Windsor nennt er sich jetzt, hat zum Beispiel oben in Kanada ein Stück Land.« Er überlegte. »Bis jetzt kenne ich noch keinen einzigen König, ich meine: persönlich. Die zwei betreiben zwar ihr Königsgeschäft nicht mehr, aber man muß doch wissen, wie man die Leutchen anredet; ich habe keine Ahnung.«

Ehe noch Les ihm die Anfangsgründe der Hofetikette beibringen konnte, hörte man draußen ein Knirschen, und ein zerbeulter Jeep kam mit jähem Ruck, aufbäumend wie ein mit Lasso eingefangenes Wildpferd, zum Stehen. Ein hageres Mädchen in Reitstiefeln, Jeans und einem Fünfzigdollarhemd warf ihre langen Beine herum und sprang mit lautem »Heee!« aus dem Gefährt.

Sie trug keinen Hut. Ihr sonngebleichtes Haar war hinten ungefähr wie ein Roßschweif zusammengebunden. Ein zweiter Sprung brachte sie auf die Veranda, wo sie Vashti und Pinky manierlich begrüßte, nach ihrem Papa fragte und nebenbei bemerkte, die Party verspreche scheußlich zu werden und sie müsse gleich weiter. »Auf Wiedersehen bei der Party!«

»Luz«, sagte die Mutter, »in einer Minute sind alle hier. Willst du nicht mit uns ins Großflugzeug?«

»O Ma! In so einen Leichenwagen?«

»Amador packt uns den Lunch ein; wir essen unterwegs. Nimm wenigstens etwas zu dir, bevor du gehst!«

»Wie kommst du denn hin, Luz?« fragte Pinky, obwohl er es sich denken konnte.

»Ich fliege den kleinen Snazzy. Auf dem Weg zum Flugplatz mache ich bei Jerky halt und esse zwei Frikadellen.«

Ahnungsvoll wiegte Pinky den Kopf und fragte: »Wen nimmst du denn als Passagier in deine Fußbadewanne?«

»Sei nicht so neugierig, Pinky!«

»Der wird doch um Himmels willen nicht zu dem Spektakel kommen?«

»Lieber läßt er sich totschießen.«

»Wenn er hinkommt, könnte ihm dies passieren«, versicherte Snyth beinahe feierlich, aber Luz rannte weg. Man hörte das Klappern ihrer ungeputzten Reitstiefel, und er schrie ihr nach: »Ich bin darüber orientiert: Jerkys Frikadellen bestehen aus Pferdefleisch, aus elendem Schindmährenfleisch!«

Die Junge streckte den Kopf zum Jeep heraus: »Mit viel Zwiebel und Barbecue-Sauce schmecken sie besser als euer zähes Texas-

Beef!« Ehe noch jemand auf diese Lästerung etwas erwidern konnte, schnurrte der Jeep von dannen wie eine erschrockene Wanze. Die drei schauten ihr nach, bis sie verschwand, sahen einander an und schwiegen.

Aber Vashti konnte nicht lange den Mund halten. »Du, Liebste«, sagte sie zu der Mutter des Ausbunds, »das kann doch wohl nichts Ernstes sein mit dem lausigen Farmer!«

Leslie wollte etwas erwidern, doch Pinky kam ihr zuvor. »Was du zusammenschwätzt! Hast du nicht einen gemeinen Cowboy geheiratet, hä?«

»Cowboy ist ganz was anderes. Der Bursche aber arbeitet zu Fuß, hält in Grange-Hallen Vorträge über dieses und jenes Gras, über blaues Grama, gelben Bluestem und alle möglichen und unmöglichen haferartigen Grasarten, will alte Texaner, deren Väter und Großväter schon ihre Ranch bewirtschaftet haben – die will er lehren, was sie zu tun oder zu lassen haben! Benimmt sich so ein Texaner?« schrillte die dicke Vashti. »Natürlich! Die Cornell University! Unsere Texas U war ihm nicht gut genug!«

»Leslie, was hältst du von Bob Dietz?« fragte Mott Snyth kurzerhand. »Brauchst mir nicht zu antworten, nachdem Vashti wie ein Elefant in den Porzellanladen getrampelt ist. Ich für meinen Teil finde den Jungen patent.«

Leslie Benedict antwortete still und bestimmt: »Ich denke, Bob Dietz könnte das Gesicht von Texas verändern, das ganze System, die Politik und die Zukunft des Landes.«

»Leslie Benedict!« schrie Vashti Snyth entsetzt. »Der hat doch keine fünfhundert Dollar auf der Bank!«

»Keine hundert, möchte ich sagen«, versetzte Leslie gelassen, doch weiter kam sie nicht. Aus dem schattigen Innern eines an die Veranda stoßenden Zimmers tauchte ihr Sohn, der junge Dr. Jordy Benedict, auf mit einer noch jüngeren Mexikanerin, die seine Frau war. Sie gingen Hand in Hand wie Kinder, die sich fürchten.

Die Ähnlichkeit der beiden war so frappant, daß man sie für Geschwister halten konnte. Sein Haar war schwarz, aber das ihre noch schwärzer. Er hatte das seine von der Mutter geerbt, die junge Frau das ihre von einer jahrhundertealten Reihe spanischer Vorfahren. Ihre Haut war weiß wie Kamelien; vergebens hatte die Sonne von Texas ihre roten Strahlen auf sie herabgesandt. Auch eine seltsame Schüchternheit war dem jugendlichen Paar gemeinsam, ein Sichzurückziehen, als gehörten sie nicht zur Familie; eine Scheu, eine Unsicherheit. – Da war nichts von der Selbstsicherheit, mit der Luz in Erscheinung getreten war. Jordys Frau trug ein schwarzes, sehr einfaches Kleid und um den Hals eine Schnur kleiner Perlen. Hals und Gesicht waren fast durchsichtig.

Ein edler Anstand zeichnete beide aus, und der ihre hatte etwas wundersam Altherkömmliches. Sie war in Texas geboren wie er. Ihre Eltern und Großeltern, ihre Urgroßeltern, Alteltern, Altgroß- und Alturgroßeltern und deren Ahnen hatten dies Land bewohnt, lange bevor das Wort Texas vernommen wurde. In einem Wirbel von Fliegern und Whisky, Brahman-Bullen, Dollarmillionen, weißen Nerzcapes, Cadillacs, Börsenmanövern, Ölbohrungen und Wolkenkratzern sprach und bewegte sich dieses Mädchen nach Art eines uralten Volkes in einem uralten Land.

»Hiiija, mein Süßes!« kreischte Vashti, als müsse sie sich einem tauben Ausländer verständlich machen. »Ei, siehst du entzückend aus!«

Das Mädchen antwortete nichts, reichte mit ernster Würde zuerst Mrs. Snyth, hierauf deren Gatten die Hand, und dieser versicherte: »Und ob du entzückend aussiehst«, wobei er das Händchen mit schraubstockartigem Zugriff packte. Die Mexikanerin stieß einen leisen Schrei aus, doch da sie Jordys erschrockenen Blick auffing, lachte sie wie ein Kind, und die Spannung, die ihrem Eintritt gefolgt war, löste sich in Wohlgefallen auf.

»Was denken Sie sich?« lachte Jordy, vor Pinkys dargebotener Hand scheinbar zurückbebend. »Sie haben doch keinen B-bullen vor sich, den Sie b-bändigen müssen!« Sein leichtes Stottern war für gewöhnlich kaum bemerkbar. Nur eben das Bullenbändigen hatte ihm Schwierigkeiten bereitet.

»Hiyah, Jurden!« – statt: Hello, Jordan – lautete Pinkys texanischer Gruß. »Fliegt ihr mit uns en gros, Doktor?«

»Nein.« Jordy wandte sich ab, setzte sich auf die Lehne des Sessels, in dem seine Gattin Platz genommen, und legte den Arm schützend und trotzbietend um ihre Schultern. »Wenn überhaupt – fahren wir allein.«

Leslie legte ihre Hand sacht auf das Knie ihrer Schwiegertochter. »Juana fliegt ungern«, erklärte sie rasch, »so wie ich. Im Flugzeug fühle ich mich immer noch fremd und unsicher. Ich gehöre halt noch zur Generation, für die das Automobil der Gipfelpunkt war.«

»Warum gehst du bloß immer in Schwarz?« schrillte Vashti zu Juana hinüber. »Wie eine alte Mexi...« Sie stockte, über sich selber erschrocken. »Ich meine, so ein junges, niedliches Ding wie du müsse sich anders kleiden: hell, fröhlich! Schau mich an! Ich bin doch schon etwas älter als du und dabei bunt wie ein Regenbogen.«

Resigniert schüttelte Pinky den Kopf. »O diese Vashti! Daß es so etwas gibt! Nun sind eure und unsere Kinder glücklich erwachsen und unter der Haube, aber sie kann's nicht lassen: Immer muß sie an andern herumerziehen!«

»Mott Snyth!« Der Vollbusen hob sich, und das Fettgesicht zog sich zusammen wie das eines Säuglings, der sich zum Plärren anschickt. »So was von mir zu behaupten! Gemein! Ich weiß selber, was sich gehört!« Aber beim Klang eines hurtigen Hufschlags hellte ihr infantiles Gesicht sich beseligt auf.

Als Bick Benedict vom Pferd sprang, war schon ein mexikanischer Bursche zur Hand, schwang sich auf das lebhafte Tier, machte mit ihm kehrt und lenkte es in raschem Trab zu den Ställen.

Die äußere Erscheinung des breitschultrigen Benedict hatte gewiß nichts Königliches, und doch war er der Herrscher eines weit ausgedehnten Reiches. Er trug die Alltagstracht der texanischen Viehzüchter, strapazierte Reitstiefel mit hohen Hacken, mit farbigem Faden genäht, natürlich Handarbeit, Kostenpunkt etwa sechzig Dollar; enge braune Leinenhosen, das braune Hemd vorne offen, darüber die leinene Buschjacke, den breiten Vorderrand des staubigen Stetsonhutes zu einer Art Dreimaster aufgebogen. Jedes Stück war der Tätigkeit seines Trägers sowie dem Klima angepaßt, und alles, von der Pikettleine bis zum Sattel, von den Schuhsohlen bis zur Krempe, entsprach dem Vorbild der mexikanischen Reiter, denen dieses Land vor hundert und etlichen Jahren gehört hatte.

Unter dem Gurt, dessen Leder das Reata-Emblem aufgeprägt war, wölbte sich andeutungsweise ein Bäuchlein. Staub, Sonne und Wind hatten das Gesicht dunkel gebeizt, ein seltsam widerspruchsvolles Gesicht: wohlwollend und rücksichtslos, sein Lächeln eher nervös als freudig, seine Freundlichkeit bei aller scheinbaren Milde trügerisch. Die Augen waren vollends verwirrend: visionär, berechnend, schlau und dabei aufrichtig.

Seit fünf Uhr auf den Beinen und zu Pferd, hatte er sich verspätet, war rechtschaffen müde, doch ohne Ruhe. An einer fabelhaften neuen automatischen Waage, die in seinem Haupt-Corral aufgestellt worden war, hatte er sich den rechten Zeigefinger geklemmt. Seine Begrüßung war stürmisch und stark texanisch: »Vashti! Und Pinky! Well! Das ist mächtig nett!« Dabei umklammerte er mit der Linken Snyths kleine stahlharte Finger und mit der Rechten Vashtis Patschhand. Seine Handflächen waren so zäh wie Ochsenhaut. Vashs Gesicht lief karmesinrot an. So verfärbte sie sich jedesmal schmerzlich, wenn sie ihn sah und er sie anrührte, seit jenem Tag, an dem er vor fünfundzwanzig Jahren die Nueces County und ganz Texas damit überraschte, daß er diese Leslie, dieses Virginiagirl, das kein Mensch kannte, als Eheweib auf die Reata-Ranch heimführte, ein sitzengebliebenes Mädchen, so munkelte man. Und Vashti Hake hatte so fest auf ihn gerechnet! Sogar Bicks Schwester Luz war mit ihr einverstanden gewesen, obwohl sie doch sonst jedem Mädchen, das auf ihn ein Auge hatte, dasselbe am liebsten ausgekratzt hätte.

»Ich habe Pronto schön abgehetzt, Leslie, um zeitig hier zu sein. Ist was passiert?« Durstig, gierig goß Bick eine Tasse Kaffee, schwarz, heiß und ungezuckert, herunter. Was die andern inzwischen geredet hatten, war ihm gleich; er hatte es gar nicht gehört. Er achtete auf nichts, was ihn nicht unmittelbar interessierte, wodurch er bei vielen Anstoß erregte, doch galt sein Interesse ausschließlich Dingen, die sich auf dieses phantastische Reich bezogen, das er, sein

Vater und sein Großvater seit hundert Jahren beherrschten. Allem andern gegenüber bewahrte er die gleiche höflich kühle Reserve wie irgendein regierender Monarch.

»Du bist nicht der einzige, der zu spät kommt«, beruhigte ihn Leslie. »Die andern verspäten sich auch. Die Wagen sind seit einer halben Stunde zum Großen Haus, um sie abzuholen.«

Bick spitzte die Ohren. »Ich höre sie kommen. Ich ziehe mich um und bin wieder da, ehe sie noch ausgestiegen sind.«

»Pinky und Vashti fliegen mit uns. Ich dachte, wir könnten gleich losfahren; dann braucht die Gesellschaft nicht aus den Cars.«

Ihr Mann war schon in der Tür. »Meinetwegen!« rief er zurück. »Ich brauche kaum fünf Minuten. Rasieren kann ich mich an Bord.« Damit verschwand er im Haus, dessen grün beschattete Zimmer von außen den Eindruck einer Unterwasseraufnahme machten.

Die Blicke der beiden älteren Damen waren ihm gefolgt. Aus Vashtis Augen sprachen Anbetung und Gekränktheit, aus denen Leslies Verständnis, Zärtlichkeit und jene unwandelbare Wärme, die nur dann einer Frau eigen ist, wenn sie nach langjähriger Ehe und nach vielen Enttäuschungen noch immer von tiefer Liebe zum Gatten erfüllt ist.

Ein Zug großer, schnittiger grauer Wagen nahte, erfüllt von Geschwätz und allzu bemühtem Gelächter. Im geräumigen Fond des vordersten Cadillac saßen nur zwei Personen, während die folgenden sechs bis sieben enthielten. Leslie erhob sich, und in dieser selbstverständlichen, einfachen Bewegung lag etwas Eindrucksvolles, dem sich weder Vashti entziehen konnte, die faul und bequem in ihrem Sessel ruhte, noch deren Gatte, der, auf den Hacken hockend, mit einem drollig hüpfenden Hündchen spielte, noch auch das junge, schweigsame, in sich versunkene Paar.

Ein hochaufgeschossener Jüngling, der neben dem mexikanischen Chauffeur in dem ersten Wagen saß, verließ in Hast seinen Sitz und riß den Schlag auf. Sein steifer schwarzer Hut wirkte in diesem Milieu, bei dieser Hitze wie eine verrückte Maskerade. König und Königin von Sargovia stiegen aus. Sie, ein dünnes Geschöpf mit traurigem, pferdeähnlichem Gesicht, trug ein nicht mehr neues Pariser Modellkleid und eine lange Doppelschnur echter Perlen, aber sie hingen so unglückselig und wirkten veraltet, denn alle anderen Damen waren mit zweisträhnigen Halsbändern aus gezüchteten Perlen geschmückt, die eleganter und echter wirkten. Der König war etwas kleiner als seine Gemahlin, trotz seines langen Halses, der aussah, als habe er ihn, um größer zu scheinen, gestreckt. Seine Habsburger Abstammung verriet die vorstehende Unterlippe und Kinnlade, die markig sein sollte, es aber nicht war. Offenbar war sein Anzug mit größter Sorgfalt von einem mitteleuropäischen Schneider gefertigt, der ehedem in der Londoner Savile Row gelernt und späterhin manches vergessen hatte. Denn sein Produkt war dort, wo es locker sein sollte, zu eng.

Während Vashti nach ihrem Slipper angelte, der unter ihren Sessel gerutscht war, ging Leslie den Majestäten entgegen. »Hoffentlich konnten Sie schlafen, Sir, und Sie, Ma'am! Wir haben natürlich bei Todesstrafe verboten, Lärm zu machen, aber Sie wissen … eine Ranch hat Geräusche. – Sir, darf ich Ihnen Mrs. Mott Snyth vorstellen … Mr. Mott Snyth … Ma'am, darf ich vorstellen …«

3

»Es ist nicht weit«, beruhigte Bick Benedict, »nicht mehr als vierhundert Meilen. Die Zeit langt. Wir können gemütlich kreuzen. Ich möchte Ihnen einen Teil unserer Sektion Pecos zeigen – von oben natürlich. Danach ein kurzer Blick auf das althistorische Beaumont. Es liegt beim guten alten Spindletop.«

»Spindletop? Ist das ein Berg?« rief die Filmschauspielerin Lona Lane. »Gebirgsflüge sind mir nämlich, offen gestanden, nicht sehr sympathisch.«

Die anwesenden texanischen Gäste verbissen sich das Lachen. Die Moreys aus Dallas, Kongreßmann Bale Clinch, Gabe Target von Houston und Richter Whiteside vermieden, einander anzusehen; sie wären unfehlbar herausgeplatzt. Es war, als ob in Paris ein Tourist sich erkundigte, ob Notre Dame ein Fußballteam sei. »O nein, Miss Lona«, antwortete Bick mit allem ihm zu Gebote stehenden Charme, denn Lona Lane war enorm fotogen. »Spindletop war der erste Ölsprudel in Texas. Im Jahre des Heils 1901.«

Die Texaner erholten sich langsam, doch schon kam Joe Glotsch aus New Jersey, der ehemalige Schwergewichtschampion, Inhaber eines gutgehenden Restaurants, mit der naiven Frage: »Was gibt es eigentlich in San Antone, oder wie das Nest heißt? Ich habe den Namen öfters gehört.«

»Sie meinen wohl San Antonio«, griff der Kongreßmann ein, »aber für Sie ist da nur das Randolph Field.«

Bick wandte sich an den König. »Wir könnten morgen einen Abstecher zur Deef Smith County im Panhandle fliegen. Da hat es einige Herefords, die möchte ich Ihnen zeigen.«

»Interessant. Wie weit ist es bis dorthin?«

»Etwa achthundert Meilen.«

Der junge Exkönig lächelte nervös; seine Finger zupften an seiner dunklen Seidenkrawatte. »Aufrichtig, Mr. Benedict, wir sind nicht so ans Fliegen gewöhnt wie Sie hier. Unser ganzes kleines Land fände in einem Winkel von Texas Platz. Wir sind daheim selten geflogen. Man hielt das Risiko für zu groß; damals waren wir nämlich noch an der Regierung. Unsere Apparate hatten die Neigung, ins Ägäische Meer zu stürzen. Oder sonst irgendwohin. Unseren Fliegern fehlt einiges von der technischen Schulung, die ihren Kollegen in den hochindustrialisierten USA von Kindheit an eignet.« Sein Englisch war, wie das seiner Gemahlin, gepflegt und korrekt in der Aussprache, ein Triumph der Oxforder Prinzenerzieher und Gouvernanten über Mitteleuropas Konsonantenhäufung.

»Sehr richtig«, mischte sich der Kongreßmann Clinch ins Gespräch. »Hier hat fast jedes Kind seinen Car oder wenigstens ein Motorrad. Für unsere Kleinen sind Traktor und Jeep ein beliebtes Spielzeug, und das Fliegen lernen sie so selbstverständlich wie Laufen.«

Die Wagenkolonne war auf dem Ranch-Flugplatz angelangt, auf welchem ein Benedict-Flugzeug startbereit wartete. Für amerikanische Begriffe war es ein Miniaturflugplatz, piekfein gehalten inmitten der unübersehbaren Ebene. Das Flugplatzgebäude in altspanischem Stil mit seinem Kontrollturm und schattigem Dachgarten lag blendend weiß in der Sonne. Das Gelände war mit rauhem, geschorenem Gras bewachsen und von Kakteen gesäumt. Auf der Wetterwarte wehte die Fahne im steten Texaswind. Man sah eine Schar kleinerer Flugzeuge, zwei mittelgroße der Air Company und das geflügelte Privatmammut Bick Benedicts. Auf der

Startbahn ließ bereits Luz den Propeller ihres gelben Snazzy an, dessen Flügel im Sonnenschein glitzerten wie Brillantnadeln im Schaufenster eines Juweliers der Fifth Avenue.

Vergnügt klommen alle die Metalltreppe hinauf ins stickige Innere des großen Aeroplans. »Sobald wir steigen, wird's kühler«, verhieß Bick, »die Klimaanlage tritt dann in Funktion. Wir haben Preßluft.«

Die geräumigen Polstersitze leuchteten neuzeitlich blau, gelb, rosa und grün und standen nicht wie bei Verkehrsflugzeugen in regelmäßigen Reihen, sondern waren zwanglos originell wie etwa in einer eleganten Villa um die Fenster gruppiert und selbstverständlich am Boden befestigt. Die lichten Farben der Sicherheitsgürtel paßten zum Kolorit der Sessel. Ihren Metallschnallen war das Reata-Emblem eingepunzt. Rückwärts im Flugzeug gab es einen gemütlichen Extraraum mit hochroten gepolsterten Lederbänken, einem Rundtisch und Bridgetischchen. Am Eingang stand ein schlanker dunkelhaariger Page in lasurblauer Livree, neben ihm die junge hellblonde Stewardess, deren Uniform auf den gleichen Ton abgestimmt war, und ein Stück hinter ihnen beschäftigte sich ein Hilfssteward mit dem Handgepäck und der bereitstehenden Reiselektüre.

Ein Zittern, ein Summen, ein Sausen, ein Dröhnen. Man stieg, man schwebte, und der verkrampfte Ausdruck wich von den Gesichtern des Königspaares, des Filmstars, des Kongreßmannes, des Südamerikaners und aller Passagiere, die sich niemals im Leben sicher fühlen, nicht auf der Erde und nicht in der Luft.

»Bourbon!« dröhnte freudig die kräftige Stimme des Richters Whiteside als Antwort auf eine Frage des Stewards, der mit einem wohlassortierten Tablett vor ihm stand. Der König und seine Gemahlin zuckten zusammen. Der Steward wendete sich an sie: »Bourbon? Scotch? Old-fashioned? Martini?«

»Ach! Das ist – das ist etwas zum Trinken?« Das erste Wort, das die Königin seit dem Aufbruch geäußert hatte.

»Ja, gewiß«, sagte Bale Clinch, »Bourbon Whisky, was dachten Sie sonst?«

»Ich habe Verwandte; Bourbon ist deren Familienname – sozusagen. Darf ich fragen, wie es kommt, daß der Name Bourbon für einen Whisky gebraucht wird?« fragte die junge Exkönigin schüchtern.

»Ja, Ma'am«, begann der Kongreßmann und traf mit dieser in den Südwest- und Südstaaten gebräuchlichen Anrede unbewußt das Richtige, »Bourbon ist der beste alte Whisky, den's gibt; er besteht aus einer Mischung, die kräftiger ist als fünfzigprozentiger Korn, und er heißt so, weil er angeblich zuerst in der Bourbon County in Kentucky hergestellt wurde; meiner Ansicht nach wurde er aber ursprünglich in Texas gebraut.«

Schrill wie eine Trillerpfeife drang Vashti Snyths Stimme durch: »Seiner Ansicht nach ist überhaupt alles zuerst in Texas gemacht worden. Er hat den Texasfimmel; er ist schlimmer als die Russen.«

Durch das Motorengetöse ließ sich Leslie vernehmen: »In den Vereinigten Staaten hat das Wort noch eine andere Bedeutung. Von jemand, der streng konservativ ist, also reaktionär, von dem sagt man: Er ist ein Bourbon, wenn Sie gütigst entschuldigen.«

»O bitte sehr!« sagte die Verwandte des bourbonischen Königshauses mit einem Anflug von Heiterkeit. »Es ist allerdings schmeichelhafter, wenn ein ausgezeichneter Whisky nach einem genannt wird.«

Fasziniert beobachteten die beiden Entthronten, wie die Männer von Texas den Bourbon hinunterschütteten, lehnten jedoch für ihren Teil eine Kostprobe ab. Für ihre erheblich schwachen und durch Gewohnheit träge gewordenen Königsmägen schien ihnen das unbekannte starke Getränk nicht geeignet. »Aha! Abstinenzler!« sagte der Schwergewichts-Exchampion, allein der Cowboy-Filmstar meinte: »Sie haben Angst, es käme in die Presse.«

Leslie dünkte dies unwahrscheinliche Fahrzeug der Lüfte mit seiner buntscheckigen Menschenfracht wie ein wirrer Traum. Ihre Schwester Lady Karfrey zeigte den Majestäten mit Vorbedacht die kalte Schulter; für Erfolglose, Enteignete hatte sie nichts übrig. Doch Leslie dachte: Es sind Flüchtlinge in Ungewißheit und Unsicherheit, bekümmert und ängstlich bemüht zu gefallen. Einst umgab die Entthronten romantischer Schimmer. Heute sind sie Emigranten, sonst nichts. – Als einzige von der ganzen Gesellschaft schauten sie zu den Flugzeugfenstern hinaus und waren fassungslos.

Lieblich und anmutvoll sah das verdorrte Land aus, das sich tief unter ihnen golden und violett in endlose Weiten erstreckte. Das Gewölk warf mächtige tiefblaue Schatten. Sie sahen Spielzeugschachteln auf dunkelgrünem Fleck; es war die Oase eines der weitverstreuten Ranch-Häuser, und daneben die kleinen jadegrünen Kreise waren die Wasserlöcher. Man schwebt durch Himmel von nahezu unerträglich strahlendem Blau im Gedröhn einer irisierenden Seifenblase dahin und war dabei so sicher wie daheim in der Badewanne. Die Stewards bereiteten das Mittagsmahl; verlockend duftete der Kaffee, und alle erklärten, es sei einfach wundervoll.

Die lockere Aufteilung der Sitze und das Maschinengeräusch ließen kein allgemeines Gespräch aufkommen. Fast während des ganzen Fluges saßen alle vereinsamt, sterbliche Erdenkinder, hilflos in göttlicher Umwelt.

Der gerissene, schweigsame Gabe Target, der Hypotheken auf fast jedes texanische Hochhaus besaß und wohl die Hälfte aller Ölkonzessionen, wandte sich leger an den König. Sein dichtes weißes Haar war genau in der Mitte gescheitelt, sein Ausdruck gütig und sanft; er glich fürwahr einem guten alten Knaben – bis seine Lider sich hoben. Dann gewahrte man das eiskalte Grau seiner Iris, durch die seine Vipernseele die Welt betrachtete. Mit gedeckter, schleppender Stimme begann er in kaum gemildertem Texasjargon: »Wie ich höre, wollen Sie eine Ranch kaufen, Sie und Ihre – öh, Ihre verehrte Dame. Macht mächtig Arbeit, so eine Ranch. Was wollen Sie denn züchten? Herefords?«

Beflissentlich stürzte sich der König auf das einzige Wort, das er hatte auffassen können: Arbeit. »Arbeit, o ja! Das ist das Schöne an Ihrem Land, wie hier jedermann arbeitet.« Aus Angst vor weiteren unverständlichen Ansprachen Gabe Targets wandte er sich verlegen zur Seite und begegnete dem Bannblick des Gatten Lona Lanes, der ihm schräg gegenüber saß. Seine diplomatische Schulung als Fürst hatte ihn seit seinem sechsten Lebensjahr gelehrt, sich Namen, Gesichter und Rang jedes Menschen, der ihm begegnete, einzuprägen. Aber welchen Beruf dieser Rundkopf hatte, von dem ein leicht antiseptischer Geruch ausging, war in seinem Gedächtnis nicht registriert. Er blickte in die kurzsichtigen Augen des Mannes, die durch dicke achteckige Brillengläser vergrößert erschienen, bewunderte flüchtig die kastanienbraune Krawatte, die zu den Socken, die Socken, die zu dem zartgestreiften Hemd paßten, konstatierte, daß die Fingernägel sorgsam gepflegt waren und unter ihrer glänzenden Oberfläche weiße Fleckchen aufwiesen, und sprach mit hoher, tönender Stimme:

»Die glänzende Karriere Ihrer charmanten Gattin ist mir natürlich wie jedem bekannt; möchten Sie mir nun bitte auch mitteilen, worin Ihre Tätigkeit besteht? Und Ihren Namen; er ist mir leider ...«

Der Angeredete nahm überrascht einen Schluck aus seinem Glas, hüstelte, verneigte sich mit entschuldigender Geste im Sitzen, faßte sich endlich und dröhnte: »G. Irwin Lamax, Oralspezialist.«

Des Königs Gesicht verklärte ein leutseliges Nichtverstehen, das Mr. Lamax nicht entging. Er entschuldigte sich, ausgiebig lächelnd: »Es lag nicht in meiner Absicht, mit Amerikanismen zu bluffen; ich dachte nur im Moment nicht daran, daß Sie Ausländer sind, Verzeihung!« Hierauf tupfte er mit seinem auf Glanz polierten Zeigefingernagel auf die durch sein Lächeln entblößte obere Reihe der allzu ebenmäßigen Vorderzähne. »Oralspezialist. Extraktionen. Brücken. Jacketkronen. Gebisse. Schmerzloses Plombieren«, und der König erstarrte, faßte sich aber, lächelte dünn und angestrengt, denn sein diplomatisch geschulter Geist soufflierte ihm das Zauberwort Demokratie. Seine Augen jedoch schweiften von der Zahnpracht zur holden Filmdiva Lona Lane, von da durch die Fensterscheibe hinab auf die endlosen Weiten der Benedictschen Ländereien, er schloß seine weltmüden Augen und wünschte sich einen sanften Tod.

Eine Kopfbewegung und ein Blick Leslies dirigierten Bick Benedict durch den breiten Gang zwischen den Platzgruppen. »Fühlen Sie sich wohl, Sir?« fragte er den König, der, rasch die Augen öffnend, erschrocken bejahte und vernahm: »Wir fliegen gleich über die Südsektion. Da dachte ich, wir kitzeln denen da unten ein bißchen die Nerven; das macht ihnen Spaß.« Damit wandte Bick sich halb um, trat stattlich in seinem tadellos sitzenden Tropenanzug und den braungelben, hochglänzenden hohen Hochabsatzstiefeln mit jungenhaftem, etwas befangenem Lächeln in die Mitte seiner Fluggäste und ergriff mit lauter Stimme das Wort: »Boys und Girls! Jetzt haltet mal eure Hüte fest, schnallt euch an und laßt eure Drinks nicht schlittern! Wir geben sogleich der Südsektion eine kleine Extravorstellung. Achtung, los!«

Etwa eine Minute lang vollführte das fliegende Mammut eine Reihe Sturzflüge und Saltos – eine blödsinnige, sinnlos erschrekkende, kindisch grausame Darbietung, fand Leslie. Einige nichttexanische weibliche Gäste kreischten wie wild, doch die texanischen Männer grinsten vergnügt: »Keine Angst, Honey! So ein Schiff ist wie ein wildes Füllen; das muß sich auch einmal austoben.« Die in Texas gebürtigen Damen saßen schicksalergeben mit dem Ausdruck von Müttern da, die sich mit den Streichen ihrer verwegenen Rangen längst abgefunden haben. Nur Lady Karfreys Geiergesicht blickte empört, und sie keifte: »Wann werdet ihr texanischen Kindsköpfe endlich vernünftig werden!?«

Bicks Bruder Bowie und seine Schwester Maudie Placer aus Buffalo warfen ihr einen Blick zu, den alteingesessene Texaner sonst nur Klapperschlangen zu gönnen pflegen.

Das Schiff flog wieder normal, und Leslies sympathische Altstimme drang wie mit Zauberkraft durch Geschwätz und Motorengetöse: »Vielleicht interessiert es die mit Texas noch nicht vertrauten Herrschaften« – sie deutete nach der weiten Ebene unten –, »im Mesquite einen Stinger am Werk zu sehen.«

»Stinger? Was ist ein Stinger?« fragte der Südamerikaner, während Neugierige und Folgsame ihre Gesichter an die Scheiben drückten.

»Das Gelbe da unten«, erklärte Leslie. »Wir fliegen jetzt etwas tiefer; da sehen Sie es genau. Das Dunkle ist der Busch. Das kleine Ding, das sich draufzu bewegt, ist der Stinger, eine Art Tank mit Armen, Schneidemessern und einem Kopf wie ein stählernes Ungeheuer. Man nennt es auch Baumdozer. Hochinteressant zu beobachten.«

Und sie sahen aus ihrer Höhe das dunkelgrüne Buschland, die Wildnis des Mesquite. Aber es waren keine gewöhnlichen Büsche; es waren Bäume, breit, dick und dicht, und das gelbe Monstrum schnaubte, rasselte, toste, nahm einen Anlauf und griff an. Vom Lärm in der Tiefe, von der Wucht des Anpralls war aber hier oben nichts wahrzunehmen. Man sah nur den dunkelgrünen Fleck – und dann zog sich auf einmal ein Streifen hindurch, der nicht mehr grün war, und rechts und links davon fielen die Bäume wie Kegel.

Entrüstet wandte der König das Gesicht vom Fenster weg. »Warum fällen Sie einen ganzen Forst?« fragte er.

»Das ist kein Forst«, sagte Bick Benedict. »Das ist Mesquite.«

»Aber es sind doch Bäume, richtige Bäume.«

Leslie verließ ihr Fenster und klärte auf: »Ja, wissen Sie, unser ganzes Land würde sonst vom Mesquite verschlungen.

»Wirklich? Die ganzen Vereinigten Staaten?«

Mein Gott, dachte Leslie, ich muß wie zu Schulkindern reden: »Nein, nur unser armes Texas. Hier war nämlich ehedem alles offene Steppe, bis die ersten Mesquite kamen, nur ein paar Bäumchen, weiter nicht schlimm. Aber dann hat man Vieh aus Mexiko eingeführt, wo das Mesquite zu Hause ist. Es wird behauptet, mit dem mexikanischen Viehmist sei viel Mesquitesamen eingeschleppt worden, und als man danach die vielen langen Autostraßen baute, hörten jene Präriebrände auf, durch die alles Wachstum außer dem Gras zerstört wurde und …«

Die Stimme Maudie Placers, Bicks verärgerter Schwester, brach spottend mit einer fast lachhaften Stimmgewalt in Leslies Darlegungen ein. »Du wirst noch ein richtiger Rancher, Leslie! Oder hast du dir das auch wieder aus Büchern zusammengeklaubt?« Doch es schenkte ihr niemand Beachtung. Richtig gehört hatten es außer Leslie nur ihre Freundin Adarene Morey und die ihr ergebene Vashti, und die wußten Bescheid.

»Aber Ihre Leute«, sagte der König, »die Sklaven, die man hier überall sieht, hätten die nicht die Mesquitegefahr, ehe sie überhandnahm, beseitigen können?«

»Sklaven?!« fuhr Bale Clinch auf, und seine Stimme dröhnte. »Bei uns gibt's keine Sklaven, nur freie Amerikaner.«

»Ja, gewiß, ich verstehe«, gab der König eilfertig zu, »ich verstehe.«

Er versteht, dachte Leslie. Er ist nur ein ängstlicher kleiner König Ohneland, aber er versteht.

»Der Lunch ist da!« rief Vashti beseligt, denn der Steward, die Stewardess und der Hilfssteward zogen mit großen Tabletts im Gänsemarsch auf. »Mmmmh! Leslie, bei dir gibt's doch das feinste Essen von Texas. Alligatorbirnen mit Krabbenfleisch als Hors d'œuvre, fein, fein!«

Nachmittags sanken sie auf den kümmerlichen alten Flugplatz Hermoso hinab, aber schon während sie ihre Sicherheitsgürtel umlegten, drängten ihre Gesichter gegen die Fensterscheiben, und sie betrachteten den gleißenden silberweißen Palast, den Jett Rink neben den skrofulösen bisherigen Landeplatz mitten in die Prärie gestellt hatte. Über die ganze Länge und Breite des flachen Daches spannte sich in riesigen Leuchtbuchstaben die Schrift: Jett Rink Airport. Man sah sie bei Tag und bei Nacht nicht nur von oben, sondern auch meilenweit aus der Ebene. »Schaut!« rief Adarena Morey: »Dort am Boden den himmelblauen Streifen! Man könnte meinen, der Himmel selber habe den allgegenwärtigen Namen Jett Rink auf die Erde geworfen!«

»Es ist aber kornblumenblau«, berichtigte Leslie. In ihrer Stimme schwang etwas wie Widerwille. »Er hat Zyanenpflanzen so arrangieren lassen, daß sie seinen Namen formieren.«

»Fabelhaft!« fand Lona Lane, »einfach phantastisch! Ich brenne darauf, ihn kennenzulernen.«

»Entschuldigen Sie meine Unkenntnis, aber was nennen Sie hierzulande Zyanen?« fragte die blasse Königin. »Was ist das, was das ist?« – Mit letzterem übersetzte sie das französische »Qu'est ce que c'est que cela?« wörtlich ins Englische:

What is it that this is?

»Aber Kleine!« lallte Bale Clinch, der mindestens drei Bourbon intus hatte. »Kleine, deine texanische Ausbildung ist bei Benedicts sträflich vernachlässigt worden. Bick, alte Kanone, wozu hast du dein blödes Schulhaus, mit dem du immer dicktust?« Er strahlte die Königin an: »Zyanen, das weiß doch jedes Kind, daß sie die Nationalblume des Staates Texas ist – sind, nein, ist!«

Das fliegende Mammut berührte die Landebahn ohne Erschütterung, zart wie eine Motte die Scheibe einer Laterne. Leise klirrten die rasch geöffneten Metallverschlüsse der Sicherheitsgurte. Die Texaner verließen das Flugzeug mit einer Nonchalance, als träten sie aus ihrem Haus auf die Gasse, während die übrigen Gäste, erleichtert aufatmend, sich am Ausgang zusammendrängten: König und Cowboy, Rancher und Politiker, Schauspielerin, Privatdetektiv und Damen der Gesellschaft. Die Majestäten hatten den Vortritt. Bei der Tür standen lächelnd, doch in militärischer Haltung, der junge Steward und die hübsche Stewardess, und letztere zirpte: »Kommen Sie schnell wieder!«

»Pardon, wie bitte?« fragte der König verdutzt.

»Es ist nur eine Redensart«, erklärte ihm Leslie, »der texanische Abschiedsgruß.«

Ehe sie noch die Aluminiumtreppe, die rasch über das Flugfeld herangefahren war, hinunterstiegen, hielt Benedict als Gastgeber eine kleine Ansprache: »Zur gefälligen Orientierung der Nichttexaner! Dies ist bekanntlich der alte Flughafen. Der neue wird erst ab morgen für den Verkehr geöffnet. Dort findet die Feier statt; auch die Fotografen und Reporter werden Sie erst dort erwarten.«

»Denkst du vielleicht, Jett Rinks ließe sich eine Reklamemöglichkeit wie die hier entgehen, Bick?« rief Lucius Morey. Die Texaner lachten verständnisinnig, und Gabe Target prophezeite: »Gleich kommt der Ansturm.«

»Noch nicht«, widersprach Bick. »Ich bitte, mir ruhig zu folgen, dann geht alles glatt. Die Wagenkolonne wartet. Rasch hinein und auf ins Hotel! Und nicht vergessen: Alles ist pilone! Niemand greift in die Tasche – außer natürlich um den Revolver zu zücken!«

Daß dies eine stehende Redensart war, merkten sogar die Außenseiter an dem automatisch folgenden Lachen. Joe Glotsch wollte nur wissen, was »pilone« bedeute.

»Alles frei, gratis!« schrie Kongreßmann Bale Clinch. »Bis und in Jett Rinks Hotel und retour!«

»Natürlich«, kam es schleppend von Pinky Snyth, »und ich wette, soviel Sie wollen: Binnen drei Jahren hat hier unser Gabe Target das Hotel und den Flughafen mit allem Drum und Dran dem Jett Rink weggeschnappt.«

Auf Wagen (für Totalaufnahmen) und kniend (für Nahaufnahmen) drehen und knipsen Filmoperateure und Pressefotografen. In der Luft und am Boden Flugzeuge über Flugzeuge. Das Bild des Flugplatzes einer texanischen Handelsgroßstadt. Kreischende Kinder, Viehzüchter mit Hochabsatzschuhen und großen Hüten. Das sind die Alteingesessenen. Modern gekleidete junge Geschäftsleute, Beamte und Angehörige freier Berufe ohne Hut mit gewichtigen Mienen, Hornbrillen und Aktentaschen entsteigen Flugzeugen aus Dallas, Lubbock, Austin und El Paso. Lokale Fluglinien mit kosmischen Namen pendeln zwischen Baumwollstädten und Ölstädten, Weizenländereien und Gemüsetälern. Hutlose Frauen in halblangen oder langen karierten oder gestreiften Hosen mit je einem Kind an der Hand und einem auf dem Arm sind hierhergeflogen, um Bekannte zu sehen und allerhand einzukaufen. Überall Piloten in Uniform, junge Götter, dekoriert und gekrönt vom Ruhm schier unglaublicher Kriegstaten, zumeist auch mit etwas Glatze. Vor einigen Jahren sind sie von drüben und aus dem blauen Äther nach Hause gekommen. Nun starren sie in den Himmel der Südweststaaten und lenken friedliche Zweimotormaschinen von Nacogdoches nach Midland, von Brownsville an der Grenze Mexikos nach Corpus Christi am Golf. Wenn es ihnen unterwegs zu langweilig wird, verlassen sie vorübergehend die Führerkabine, das Cockpit, plaudern mit einem netten Fluggast und zeigen ihm die Fotos einer jungen, dünnen, sorgenvoll blickenden Frau mit drei Kindern, deren ältestes unfehlbar ein Junge ist und just so alt, daß dem Betrachter kein Zweifel bleibt: Es ist ein Kind heißer Liebe und qualvollen Abschieds anno 1942/43.

Benedicts Mammutvogel, dies sinnverwirrende Erzeugnis der Gegenwart, wirkte an diesem Ort nur als simples Transportmittel, nicht viel anders als irgendein Bus. »Hier herum!« kommandierte Bick. »Das Tor ist gesperrt, aber ich kenne mich aus. Jetzt nach rechts! Da stehen die Wagen.«

An einer Wand las man in großen schwarzen Buchstaben: DAMAS, nebenan: CABALLEROS, und die wißbegierige Lona Lane fragte sogleich: »Was heißt das?«

»Schscht!« zischte Vashti im Weitergehen. »Es ist Spanisch und heißt weiter nichts als mexikanische Herren- und Damentoiletten.« Miss Lane gewahrte noch eine zweite Aufschrift, RECLAME SU EQUIPAJE AFUERA A SU DERECHA – Fordern Sie Ihr Gepäck draußen rechts –, beschloß jedoch, lieber keine Fragen zu stellen.

»Hm!« machte der Botschafter und Expräsident. »Hochinteressant, diese spanischen Schilder! Mitten in den Vereinigten Staaten kommt man sich vor wie im Ausland.«

»Texas«, protestierte der alte Richter Whiteside und drängte mit seinem Spitzbauch und rotem Kopf nach vorn, »Texas ist das amerikanischste Land der Vereinigten Staaten.«

»Ich hätte Neu-England dafür gehalten«, meinte die Filmdiva, »oder den Mittelwesten, Kansas oder sogar Illinois.«

»Den Osten?« höhnte der Richter. »Den stinkigen Osten?« Dabei stieg die Gesellschaft aus der dörrenden Sonnenglut ins Inferno der Autocars, die allzulange in der Gluthitze gestanden hatten. Damen und Herren der Presse drängten mit ihren Apparaten an die Wagenfenster und ersuchten den König, er möge sich etwas hinauslehnen, damit sie ihn besser aufnehmen könnten.

Bicks Augen loderten zornig. »Weg da, ihr ...!« schrie er, doch Leslie legte beschwichtigend ihre Hand auf seinen Arm. Wie meistens war sie der Puffer zwischen dem wütenden Gatten und allem, was sich neugierig in sein Privatleben zu drängen suchte. »Das hat Zeit, Kinder«, rief sie hell und sanft, »bis heute abend!«

»Bis heute abend«, knurrte Bick, ohne die Reporter eines Blickes zu würdigen, und stieg in den großen Wagen zum kleinen König und dessen Gemahlin.

»Kommen Sie alle zum Conky?« schrie ein Reporter, während das Auto sich in Bewegung setzte. Leslie, die im zweiten Wagen Platz nahm, lächelte liebenswürdig in das Gedränge der Zeitungs- und Kameraleute und wiederholte leicht angeekelt: »Zum Conky.« Sie sah noch das künstliche, hilflose Lächeln auf den Gesichtern des Königspaares; dann gewann deren Wagen an Geschwindigkeit, und während er wie der Vorderwagen eines Leichenbegräbnisses den Blicken entschwand, verschwand auch die Grimasse forcierter Leutseligkeit aus den müden Mienen der Habsburger.

Mit einer leichten Handbewegung wischte sich Leslie das konventionelle Lächeln weg und dachte: Ich gehöre ja auch, durch

Heirat, zu einem Herrscherhaus, zu den Benedicts von und zu Texas. Wer weiß, wann man uns absetzt.

Auch die Förmlichkeit der ersten Stunden war nun gewichen. Hals über Kopf hatte man sich in den geräumigen Limousinen untergebracht, und nun fanden sich im gleichen geräumigen Abteil Vashti, Leslie und Pinky mit dem Südamerikaner, dem Kongreßmann und dem Schwergewichtler zwanglos zusammen. »Ist es Ihnen nicht lästig, wenn ich so viele Fragen stelle«, begann der Expräsident, während man losfuhr; »ich bin schließlich hier, um zu lernen. Angesichts der guten Nachbarschaft unserer Länder –.«

»O bitte sehr«, sagte Leslie rasch, »fragen Sie nur!«

»Conky!« ächzte der Expräsident. »Wie schreibt man das, und wer ist es? Auch so jemand wie dieser Jettrink?«

»Jett Rink«, betonte Leslie, »Jett ist der Vorname, und Conky oder Conqui ist die Abkürzung für sein neues Riesenhotel Conquistador.«

»Ich merkte schon, Spanisch ist hier sehr beliebt. Und Mr. Rink, dessen Name man immerzu hört, ist wohl eine große Persönlichkeit in den USA?«

»Besser gesagt, eine große Nummer«, entfuhr es Mott Snyth und, auf einen Rippenstoß seiner Frau: »O Verzeihung!«

Die Insassen des Cars verharrten in betretenem Schweigen, bis Leslie Benedict kühl bemerkte: »Dieser Jett Rink, von dem man hier so viel hört, ist jedenfalls eine Sehenswürdigkeit von Texas.«

»Es heißt, er sei mit Zigarren von der Mutterbrust entwöhnt worden«, klatschte Vashti. »Er will immer alle andern übertreffen. Hier sein neuer Flugplatz Hermoso soll ja noch größer sein als der La Guardia in New York. Und das Hotel, wo wir logieren – na, also, wie er in Houston das Shamrock gesehen hat, da hat er erklärt, er stellt ein noch größeres, noch eleganteres und noch viel teureres hin. Das ist seine Art.« Verklärt lächelte sie den ernst und aufmerksam lauschenden südamerikanischen Diplomaten an und endete mit dem Ausspruch: »Er hat, wie man sagt, Ameisen in den Hosen«, wozu der Kongreßmann Clinch den Vorbehalt machte: »Ein sonderbarer Versuch, Jett Rink für Texasfremde zu erklären.«

Über breite Straßen ging die Fahrt an windschiefen Bretterbuden und Lehmhütten vorbei, die teils dicht aneinandergedrängt, teils weit verstreut und schmucklos wie leere Kisten in der Steppe lagen. Wild wie Unkraut, die grünen Blätter gleichmäßig mit Staub bedeckt, wucherte Oleander am Straßenrand. Mit koboldartigem Grinsen wandte sich der kleine Pinky an die Gäste von außerhalb und begann – sei es aus purem Jux, sei es, um seiner Jett-Rink-Anekdote die rechte Würze zu geben – in unverfälschtem, nicht wiederzugebendem Texanisch: »Ich weiß ein Stückchen, das gibt Ihnen einen Begriff von Jett!«

Kongreßmann Clinch räusperte sich warnend, und als dies nichts nutzte, bemerkte er: »Pinky, du wirst doch nicht die Affäre mit dem invaliden Veteranen aufs Tapet bringen? Das gäbe eine ganz falsche Vorstellung von dem, was in Texas üblich ist.«

»Aber nein, Bale, nichts Ernstes. Nur den Skandal im Bezirk Dallam – oben im Panhandle«, erklärte er dem Botschafter und Expräsidenten und wandte sich hierauf zur Abwechslung auch an Joe Glotsch: »Da war ein gewisser Mody, der hatte am Weg zur Route 87 einen Ausschank und als Spezialität Brustkern und Rippchen in Barbecue-Sauce mit einem Aroma, sage ich Ihnen, wie sonst nichts auf der Welt. Alkohol war natürlich drin, aber was sonst, das hat kein Mensch herausgebracht, und das Rezept hat sich der Mody von niemandem abluchsen lassen. Wie unser Jett von dem Brustkern hört und den Rippchen, ist er eines Abends, er war natürlich schon angedudelt, mit ein paar andern Bummelanten in seinen Tourenflieger gestiegen; er reist ja nie ohne Gefolge. Bis Dalhart hatte er gut und gern seine tausend Meilen, und wie er hinkommt, ist die Bude zu, Mody im Bett. Die Brüder natürlich wecken ihn auf, und er muß ihnen ein Barbecue-Gericht auftischen. Und wie sie so einhauen und beinah fertig sind, sagt Jett: ›Verdammt noch mal, was hast du an die Sauce getan, daß sie so anders schmeckt?!‹ Sagt Mody: ›Das ist mein Geheimnis, meine Originalmischung; das Rezept gebe ich nicht her.‹ Jett ist zuerst nur ein bißchen ruppig geworden; das wird er leicht. Aber wie das nichts genutzt hat, ist er verrückt geworden, kein Wunder; sie hatten ja tüchtig Whisky und Bier intus und dazu Barbecue! Und wie's so geht, knallt er dem armen Teufel eine Bierflasche auf, den Deez, daß er tot umfällt. Nachher hat er der Witwe Mody 15000 Dollar blechen müssen, und die Kosten für Rechtsanwälte und Schmier- und Schweigegelder gingen in die Zehntausend. Alles in allem hat ihn die ganze Brühe über fünfundzwanzigtausend Dollar gekostet. Für das Geld hätt' er den Kerl mitsamt seiner Budike und dazu noch die halbe Ortschaft samt dem Getreide-Elevator aufkaufen können. Aber so ist er. Was er haben kann, will er nicht. Aber wenn er was will, das dir gehört, und er kriegt's nicht, kannst du dir gratulieren.«

Bale Clinch blickte nachdenklich. »Ja, das ist wahr. Wenn Rink sich was in den Kopf gesetzt hat, muß er es haben.«

Drückendes Schweigen, umwölkte Stirnen. Auf sonnendurchtränkten Straßen fuhren die mächtigen reichen Wagen durch einen Vorort von Hermoso. Leslie hatte die Augen geschlossen. Vashti langte nach ihr hinüber und tätschelte ihre Hand wie ein Mütterchen, das ihr Kleines beruhigen will. »Mott hat den einzigen Fehler: Er schwätzt drauflos. Was ihm an Länge fehlt, will er durch Tratschen ersetzen.«

Der Kongreßmann zankte sie lächelnd aus: »Das gehört sich nicht, Vashti! Wie kannst du so über deinen Herrn und Gebieter reden«, und lachte schallend wie über einen glänzenden Witz.

»Wir sind gleich da, noch etwa zwei Minuten«, teilte Leslie dem Botschafter mit. »Das Conquistador liegt nicht wie die andern Hotels im Zentrum. Seine Lage ist eher die eines Kurhotels, und der Luxus! Na, Sie werden ja sehen.«

»Vom Dach bis zum Keller jeder Raum luftgekühlt, mit Ausnahme des Gesindeflügels natürlich«, schrillte Vashti. »Da soll es Gäste geben, die fühlen sich dort im Kühlen so wohl, daß sie noch kein einziges Mal die Nase vor die Türe gesteckt haben, seit Jett das Etablissement eröffnet und für gewöhnliche Sterbliche gesperrt hat.«

»Und das Barbecue-Rezept«, forschte der Südamerikaner, »hat er es schließlich bekommen?«

Pinky zuckte die Schulter. »Da fragen Sie mich zuviel. Das Lokal wurde geschlossen oder verkauft. Als Jett wieder nüchtern wurde, war ihm die Sache sehr peinlich. Mody hatte ein Töchterchen, etwa achtzehn Jahre alt. Das hat Rink irgendwo in seinen Unternehmungen untergebracht, im Büro in Hermoso, Houston oder Dallas. Wie man hört, hat es sich gut entwickelt.«

»Das allerdings«, versicherte Vashti bissiger, als sonst ihre Art war.

Und abermals Schweigen. Die Straßen waren zu breiten Boulevards, die Gebäude höher und anspruchsvoller geworden. Hermosos Öl- und Viehmagnaten lieben Gärten mit Orchideen und Azaleen. Die lachsroten und weißen schimmernden Limousinen sausten daran vorüber, und alsbald sah man das Conquistador, dreißig Stockwerke hoch getürmt, über dem Flachland von Texas ragen, in das der Riesenbau gar nicht hineinpaßte mit all den Türmen, Balkonen, Vordächern, Palmen, dem Schwimmbad, den Flaggen und Wimpeln im glühenden Golfwind. Über der Fahne von Texas mit ihrem einsamen Stern flatterte gleichsam widerwillig das Sternenbanner, und über jedem Portal, von jedem Turm grüßte Jett Rinks höchstpersönliches Banner mit dem Symbol seiner Erfolge, Maßlosigkeit und Macht: auf königsblauem Grund goldumrahmt die verschlungenen Initialen J R, sein Ranch-Zeichen, das er vor Jahren, als er noch nicht einmal eine Kuh mit gefälschtem Stempel und keine Gallone Erdöl sein eigen nannte, eigenhändig entworfen hatte. Und nun waren ganze Straßen wegrasiert, viele Familien der Heimat beraubt, Geschäfte ruiniert worden, um für dieses gigantische Bauwerk Raum zu schaffen.

Ringsumher, doch nicht zu nah, wie arme Verwandte und Knechte um einen Despoten, kauerten demütige Häuschen im Dienst des Giganten.

4

Kornblumenblau und Gold sticht überall in die Augen, von den Uniformen des Torwarts, der Hausdiener bis zum Heuschreckenschwarm der Pagen und dem riesigen Teppich im Vestibül. Golden die Säulen. Treibhäuser voll blauer Hortensien und goldgelber Lilien. Die illustren Gäste sehen sich eingesogen in einen Strudel von Stiefeln, von Sporen, von Zehngallonenhüten, von Herren über ein Meter achtzig hoch, von weiblichen Schrilltönen und weich schleppenden Stimmen sonnengebräunter Männer, von seidig sich bauschenden Kissen, üppigen Couches und Fauteuils, bis zum Rande gefüllt mit faulenzenden Gestalten, welche mit schlaffen Kinnladen und gelangweilten Augen in das Gewimmel glotzen. Ihre gespreizten Beine sind ausgestreckt. Ihre Schweißfüße tun ihnen weh. Ein unnützer Vakuumreiniger winselt in einer Ecke. Ein Orchester – in Blau und Gold – wehrt sich vergeblich gegen den Mißklang von Konservenmusik der Lautsprecher, die irgendein Idiot angestellt hat und deren Geschmetter sich durch das gigantische Vestibül in die Straßen mit den Läden ergießt. Conquistador ist eine Großstadt für sich, selbstzufrieden, sich selber genug und geradezu majestätisch vulgär. Unten und oben, drinnen und draußen Teppiche, Sonnenzelte, Ruhelager, Sessel, Tische, Polster, damastenes Tischzeug, kostbare Stickereien, seltene Hölzer und Porzellane, und allem eingeprägt, eingestickt, eingraviert, eingewebt, eingelegt, aufgemalt das Monogramm J R.

Nach einer Weile bei köstlichem Bourbon im geschlossenen Kreise des Snyth-Grüppchens, zu dem sich ein Dutzend Bekannter aus anderen Etagen gesellte, läßt Pinky wieder einmal seinem Mund freien Lauf: »Wahrscheinlich hat Jett sein Zeichen auch draußen in die Palmen geätzt. Er kommt mir vor wie ein läufiges Hündchen, das sich überall verewigt, wo es sein Bein heben kann.«

Die persönlichen Gäste Leslie und Bick Benedicts haben ihre Räume bezogen, jeder – und jede – gemäß der Bedeutung, die ihm – oder ihr – der Hoteldirektor, sein Assistent und der Zimmerdisponent zuschreiben oder die sie bei diesem außergewöhnlichen Anlaß in Jett Rinks blutunterlaufenen Augen besitzen. Proteusartige Couches können Salons mit einem Zauberschlag in Schlafzimmer verwandeln. Für einen Expräsidenten genügt das, entscheidet die Hoteldirektion im Drang der Geschäfte. Für den Schwergewichts-Exchampion ein Wohn- und ein Schlafzimmer in bester Lage. Für den Cowboy-Filmstar Cal Otter eine nette kleine Zimmerflucht, wo er das Verlangen seiner Verehrerinnen nach Autogrammen und sonstigen Dingen erfüllen kann. Ein Paterrezimmerchen mit Balkon für Lona Lane. Dann können die Fotografen sie auch von draußen aufnehmen, falls es im Schwimmbad zu toll hergeht. Wenn der Champagner strömt und alle Zügel am Boden schleifen, kann man nie wissen. – Die Coronado-Veranda-Flucht für das Ehepaar Benedict. Das Hernando-de-Soto-Appartement für König und Königin. »Ex oder nicht ex«, entschied die Direktion feierlich, »obzwar abgesetzt, bleiben sie doch Majestäten. Man mag darüber lachen, jedenfalls ist es eine ausgezeichnete Reklame.«

Die Eröffnungsfeier des Flughafens hat Jett Rinks märchenhaftes Hotel – mag es auch, wie gemunkelt wird, mit Hypotheken in Höhe von 30 Millionen Dollar belastet sein – in ein gastfreies Privathaus verwandelt. Kein Raum, kein Alkoven, nicht einmal ein Schrank wird an Fremde vermietet. Vom Atrium bis unters Dach ist alles voll angesehener Gäste Jett Rinks. Jeder derselben hat ein Kärtchen, ein vielbegehrtes, mit Namen und Nummer erhalten. Es nennt ihm den Platz, den er heute abend beim gigantischen Flughafen-Bankett einnehmen wird.

Der Kontrast zwischen der schwelenden Luft in den Straßen Hermosos und der künstlichen Kälte im Conquistador verschlägt einem den Atem. Es ist, als stieße man in Zentralafrika plötzlich auf einen Gletscher. Aus jeder Zimmertüre, ob offen oder geschlossen, ist schrilles Gekreisch und Gelächter zu hören, Stimmengewirr, Gläserklang und entzücktes Gewieher, untermalt und durchsetzt von unablässigem Radiogeschnatter und dem Gedudel und Täterätä leichter Musik. Durch die Gänge schnurren Rolltische, mit Getränken und Speisen beladen, geschoben von blau und golden livrierten Kellnern. Blaugoldene Pagen servieren diskret wie geheime Agenten. Sie sind klug, zäh und geldgierig und haben Unschuldsgesichter wie Amoretten.

»Larifari, Quatsch mit Barbecue-Sauce!«

»Ich hätte nichts dagegen, wenn wir manchmal so lustige Gäste hätten!« rief Leslie ihrem Gatten quer durch die Coronado-Zimmerflucht zu.

»Geh, tu nicht so!« kam es von Bick zurück. »Das sieht dir gar nicht ähnlich.«

»Was sieht mir nicht ähnlich?« Sie stand am Fenster, das der Klimaanlage zuliebe hermetisch verschlossen war, und betrachtete die Aussicht, die aus nichts als aus flacher Steppe bestand.

»Menschen gern zu haben, die nichts mit dir gemein haben, wie deine gräßliche Schwester. Gehässigkeit, Bissigkeit, Bitterkeit passen nicht zu dir.«

»Was ist das Gegenteil von Nazi-Lebensraum? Daran laborieren sie. Sie haben zuviel Raum, und das täuscht ihnen Größe vor. Hast ja gehört, wie laut sie unterwegs immerzu renommiert haben, als seien sie das wunderbarste Volk mit dem herrlichsten Land, dem größten Rindvieh, den großartigsten Blumen, Früchten, Pferden, dem besten Gemüse und Klima. Stimmt aber nicht. Und wenn? Kommt es drauf an? Kein Ding wird besser durch sein Volumen.«

»Schön, ich will es mir merken.« – Beim Telefon: »Hello, was ist? – Die Zentrale? – Hoffentlich kein Ferngespräch! Von Kalifornien habe ich die Nase voll. – Ja, ich warte.«

»Ich bin für das Gemäßigte, für das Klima von New York, Pennsylvania, Virginia, meinetwegen sogar Ohio«, fuhr Leslie fort: »Im Winter tüchtige Kälte mit zitronengelbem Sonnenschein und genügend Schnee, um den Frühling herbeizusehnen. Im Sommer Hitze, laue Lüfte im Frühjahr und frische Erquickung im Herbst. Man weiß, woran man ist, und braucht nicht, wie hier geschieht, das, was man hat, immerzu anzupreisen, als wolle man es verkaufen.«

»... Hello! Zimmerdisponent? – Herr Bick Benedict – Oh, fein! – Nein, ich will nicht den Manager sprechen. Ich möchte nur wissen, ob – verdammt, jetzt verbindet er mich doch mit dem – Hello, Ligget? – Ja, alles ist wunderbar – Ja, sie betrachtet gerade die prächtige Aussicht – Ja, sie findet die Möbel prächtig – Nein, danke, Sie brauchen mir nichts heraufzuschicken; wir haben reichlich Vorräte mit – Gewiß, wenn wir was brauchen, werden wir ... Hören Sie, ich habe den Zimmerdisponenten angerufen; ich wüßte gern, ob meine Tochter Luz – Miss Luz Benedict schon eingetroffen ist. Ich – Herrgott, jetzt hat er mich wieder mit dem Disponenten verbunden. – Pause – Hello, können Sie mir sagen, ob Miss Luz Benedict ...«

Sie standen in dem enormen Schlafgemach. Die hellblonde Holztäfelung war gebleicht wie das Haar eines Chorgirls am Broadway.

Die Füße schienen im Chenille-Teppich bis zu den Knöcheln einzusinken. »Hier brauchte man eigentlich Schneeschuhe, sonst versinkt man noch«, meinte Bick.

Der Toilettentisch war wie ein Lustgärtlein und besetzt mit Parfüms aller Art, Porzellan und Kristall, das Eßzimmer aus gebleichtem Mahagoni, vage orientalisch, obwohl die Zimmerflucht den Namen »Coronado« trug. Die Tafel bot Platz für dreißig Personen. Die Kücheneinrichtung war aus Leichtmetall und so jungfräulich unberührt, als stünde sie im Schaufenster eines Elektrizitätswerkes. Überdimensionierte Konsolen im Vorzimmer und Salon. An den Plafonds imposante Lüster mit zeltartigen Schirmen. Drei Schlafräume. Ein Badezimmer war rosa gekachelt, das zweite gelb, das dritte aquamarin. Hier war endlich auch dem Namen Coronado Rechnung getragen in Gestalt der glasierten Wandbekleidung, auf welcher geharnischte Conquistadoren in einer Pflanzenwelt, wie sie selbst heute in Texas unbekannt ist, mit den Jungfräulein dunkler Abstammung schäkerten.

Leslie hatte ihr blaues Shantungkleid ausgezogen, spazierte durch den lachhaft großen Salon, der aus Metall, Satin, Brokat, Glas, bleichem Holz und arktischem Klima bestand, und musterte jede Einzelheit mit erfahrenem Blick, denn bei der Eröffnungsfeier des Hotels im vergangenen Jahr hatten sie die gleichen Räume bewohnt.

Ihre Linke zog ihren Frisiermantel enger zusammen. Sie brauchte Wärme. Mit der Rechten tupfte sie Coldcream auf ihr Gesicht. Zuweilen blieb sie vor einem monströsen Kunstwerk in Öl, Elfenbein, Holz oder Porzellan stehen und bemerkte schließlich: »Auf dem Meißner Porzellan und den Gemälden befindet sich kein J R. Der alte Coronado wird sich im Grabe umdrehen. Abgesehen von einigen Schnapsflecken auf den Teppichen und kleinen Brandlöchern von Zigaretten dort in der Täfelung, hat unsere Flucht das verflossene Jahr gut überstanden. Hoffentlich sagt das Hernando-de-Soto-Appartement King und Queen ebenso zu.«

»Unterwegs beim Flug warst du famos. Du hast dein Versprechen gehalten.« Bick erschien in dem hohen, breiten Türrahmen. Er war nur mit Hemd, Shorts und Slippers bekleidet, einem Kostüm, wie es nur Jünglingen und den Herren auf Reklameseiten für männliche Unterwäsche gut zu Gesicht und Figur steht. »Ich verstehe, daß du nicht mitkommen wolltest, aber wir mußten. Du weißt, warum. Auch wenn die Dollarmillionen zum Kotzen sind. Ich belästige dich nie mit geschäftlichen Dingen, aber diesmal konnte ich es dir nicht ersparen. Glaube mir, es ist notwendig! Und wo bleibt Luz? Und Jordy mit Juana! Hätten sie nicht mit uns kommen können wie anderer Leute Kinder!? Aber nein, Luz muß natürlich ihre eigene Kiste fliegen! Und Jordan und Juana müssen unbedingt fahren! Und jetzt? Wo sind sie? Aber du stehst da und erzählst mir Geschichten vom Klima in Pennsylvanien, von Meißner Porzellan und Coronado und Schnapsflecken und was das Gegenteil von Nazi-Lebensraum ist.«

Sie eilte quer durch das Zimmer zu dem verdrossenen Ehemann, und trotz ihrer Größe mußte sie sich auf ihre Fußspitzen stellen. »Wenn dich die Coldcream nicht stört, halte ich deinen Seifenschaum aus!« Ihr Kuß war alles andere als zaghaft. »An der Stelle da ist wenigstens keine Seife.«

»Das alles hier ist dir verhaßt, nicht wahr? Genau wie von jeher. Drum redest du wie – wie eine …«

»Wie eine der Damen in den Marquand-Romanen, die du nicht liest: spritzig! Aber wegen der Kinder brauchst du dir keine Sorgen zu machen. Zum Dinner sind sie da. Sie sind zwar eigenartig, aber sie benehmen sich tadellos.«

»Wie ihre Mutter. Das willst du doch sagen?«

»Allerdings, amigo! Und jetzt wollen wir uns anziehen. Entacucharse, nicht wahr?«

»Also, Leslie, es ist schon schlimm genug, daß Luz immer Pachuco quatscht. Wo hört ihr das bloß? Auf unserer Ranch redet niemand so.«

»O doch, die Jungen. Die Kinder in der Garage und die Gassenkinder in Benedict. Erst heute hat der junge Domingo Quiroz, Ezequiels Enkel, in der Küche ein Rohr nachgesehen, das leckte und geschweißt werden muß, und erklärte: ›La paipa está likeando hay que hueldearla.‹ Das ist das Spanisch der jungen Generation.«

»Entacucharse? Das heißt soviel wie sich zum Schlachten rüsten? Hast du denn auch einen Metzgerkittel für mich?«

»Eusebio hat deinen weißen Dinnerdress eingepackt, und ich habe für dein Knopfloch eine dunkelrote Nelke bestellt, wie's keine zweite in Texas gibt. Du wirst bildschön sein.«

Er blickte an sich hinunter und zog die Bauchmuskeln an. »Das kommt nur vom Reiten«, sagte er stolz. »Die andern lümmeln sich immer in ihren Wagen herum. Sogar die Vaqueros treiben jetzt manchmal das Vieh mittels Jeep.«

»Zieh aber immer dein Bäuchlein so ein wie jetzt, mein Lieber; sonst bekommst du den obersten Knopf nicht zu! Los, mach dich fertig!«

Wie in den Tropen vollzieht sich im Süden von Texas der Übergang vom strahlenden Tag zur Dunkelheit ohne Dämmerung. So auch jetzt. »Wo bleiben bloß diese verdammten Rangen?« knurrte Bick, während er Leslies Anregungen folgte.

»Luz wird wohl noch auf dem Flugplatz mit den Herren Ingenieuren schwatzen. Juana und Jordy haben sich vielleicht anders besonnen und sind daheim geblieben. Wenn sie gefahren sind, brauchen sie gut und gern …«

»Geschenkt! Ich weiß, wie lange man braucht; ich bin schließlich auch aus Texas«, versetzte der Gatte verstimmt und Leslie darauf gutgelaunt: »Ja, Liebster. Steige nur endlich in dein Jackett; dann wollen wir unsere Arche Noah antreten lassen. Willst du wieder mit den Majestäten gehen, und soll ich – ach, es ist ja zu albern!«

Hermosos alter Flugplatz, der so bald außer Betrieb gesetzt werden sollte, lag ernst, düster, heruntergekommen zur Seite des funkelnden, glitzernden Jett-Rink-Flugpalastes. Auf der alten Rollbahn landeten und starteten Aeroplane. An die feste Umzäunung zwischen den beiden Flugfeldern drängten sich scharenweise die Neugierigen, Weiße, die aus der Stadt herbeigeströmt waren. Ihre Gesichter glänzten im Widerschein der Beleuchtung. Sie plauderten, quetschten sich dahin und dorthin, promenierten, nahmen einen erfrischenden Trunk; zwischen den Erwachsenen spielten die Kinder Haschen. Väter hoben ihre schläfrigen Kleinen hoch: »Schau da drüben die mordsgroßen Lichter! Ich bin sicher, dort kommt der Präsident herein. – Alvin, treibe dich nicht herum! Komm sofort her, sonst setzt es Ohrfeigen!«

»Der größte Flughafen von ganz Texas«, ging das Gemurmel am

Eisengitter entlang. »Von Texas? Hermoso hat jetzt den größten der Vereinigten Staaten. Dagegen sind die im Osten, sogar der in New York nur noch Dreckpatzen.«

Abseits im Dunkel standen die Hermosaner mexikanischer Abstammung. Ihre braunen Gesichter waren kaum zu erkennen. Sie verhielten sich still. Die Kinder tummelten sich nicht herum, sie maunzten und schrien nicht. Burschen von sechzehn und siebzehn Jahren hatten den Arm um die Taille der gleichaltrigen Mädchen gelegt, jedoch sittsam und ehrbar, denn die Eltern behielten sie unter Augen und fanden nichts einzuwenden. Die Randstraßen waren verstopft von allen möglichen Motorwagen, auf denen Menschen sich reckten und starrten und staunten und Beifall klatschten, erfüllt vom Lokalpatriotismus und kindischer Hoffnungsfreude.

»Ich verpachte der Oil-Company mein Stück Land im Tom-Green-Bezirk; das bringt einen Haufen Geld, Frau, damit läßt sich was anfangen. Paß nur auf, es dauert nicht lang, dann nehmen wir es mit denen hier auf, auch mit Jett Rink! Es braucht weiter nichts als eine richtige Chance. Der war auch weiter nichts als ein Rancharbeiter, nicht mal ein Vaquero. Und jetzt? Schau dir das an!« Und alle schauten.

Die Gäste kamen in Autos, wie Leichenwagen so groß und ohne sich um die Verkehrsregelung kümmern zu müssen. Jedes Gefährt hatte eine Zauberkarte, vor der ganze Straßen sich öffneten und keine Absperrung standhielt. Die Damen trugen Modellkleider aus New York oder von Neiman in Dallas, auch von Opper-Schlink in Houston. Drei Straußfedern, und sie könnten ohne weiteres bei Hofe zu St. James vorgestellt werden. Ihre juwelenreichen Agraffen und Ketten leuchteten noch vor kurzem aus Schaufenstern in der Fifth Avenue, und davor stand ein Polizist mit Selbstladepistole unter der Tunika Tag und Nacht bei achtstündigem Schichtwechsel. Aber trotz guter Figur und sogar Schick fehlt diesen Texanerinnen etwas, das den Frauen des Mittleren Westens und Ostens der USA angeboren ist. Zu Beginn ihrer Ehe hatte Leslie versucht, mit ihrem Gatten darüber zu reden, mit ihm so zu sprechen, wie sie als junges Mädchen mit ihrem Vater alle Fragen besprochen hatte, frei und offen auf gleicher Basis wie gute Freunde. Oh, wie erquickend war das gewesen!

»Sie haben kein rechtes Selbstvertrauen«, hatte sie Bick das Ergebnis ihrer Beobachtung mitgeteilt. »Die Frauen hier fühlen sich irgendwie unsicher und sind daher beinahe so unterwürfig wie Orientalinnen.«

»Was denkst du denn, wie ihr sein sollt?« hatte der junge Gatte unüberlegt geantwortet. »Vielleicht maskulin?«

»Ich spreche doch nicht von mir, Darling, das ist dir hoffentlich klar. Die hiesigen Damen, das ist mir aufgefallen, gehen sogar am Schluß eines einfachen Aussagesatzes mit der Stimme in die Höhe. Sie machen keinen Punkt. Es ist, als fürchteten sie, ihre Worte könnten mißfallen, und als wollten sie sie auf der Stelle zurücknehmen. Rührend! Ich fragte Mrs. Skaggs, wo sie wohnt, und sie antwortete: ›In Uvalde?‹ Es klingt ja originell, aber zugleich deprimierend.« Das hatte die jungverheiratete Leslie damals entdeckt, aber ihr Ehegatte hatte darauf nur mit der alttexanischen Regel geantwortet: »In Texas kommt erst das Vieh, dann der Mann, dann das Pferd und zum Schluß die Frau.«

An all dies dachte nun Leslie, während sie auf das weite Flugfeld zufuhren und beim Eingang hielten, doch mischte sich keine Erregung in ihre Gedanken. Schon längst betrachtete sie dies Texas sachlich, fast klinisch, anders hätte sie es nicht so lang ausgehalten.

Vor lauter Besorgnis um ihre zwei distinguiertesten Gäste hatten Benedicts in der Lichterfülle und dem Tumult der Auffahrt den südamerikanischen Expräsidenten ganz aus den Augen verloren. Bick meinte: »Keine Angst, wir werden ihn drinnen schon finden. Wir sitzen ja am selben Tisch.«

»Hast du ihm seine Karte gegeben?« machte sich Leslie in dem Gelärme vernehmbar. Aber da sah sie auch schon die zierlich schlanke Gestalt in Frack und Zylinder, das scharf geschnittene Profil, die olivenfarbene Haut inmitten hochgewachsener Texaner in dunklen oder cremefarbenen Tropenanzügen, Texas-Stiefeln und breiten mattgelben Stetsonhüten. Die trugen sie stolz und verachteten alles, was nicht zu ihnen gehörte. Sogar hier im Trubel legten sie sich nicht die geringste Zurückhaltung auf, lachten, winkten einander zu, entdeckten alte Bekannte, klopften ihnen auf Schultern und Rücken: »Lutch, bist du auch da, du altes Kanonenrohr! Hast du dich endlich mal von eurem windigen Sandhaufen Mulehoe losgerissen und deine Kühe und Krippensetzer stehenlassen und ...«

Leslie hatte sogleich bemerkt, daß im Durcheinander am Eingang etwas mit ihrem Expräsidenten nicht stimmte. »Rasch, Bick, das ist ja unmöglich!« rief sie nunmehr erschrocken.

Die Ordner hinter den Seilen am Eingang zeigten keine verlogene Unterwürfigkeit vor Herren in Abendkleidern. Diese massiven Wächter in Khaki-Uniformen mit ihren Pistolenhalftern, aus denen es schwarz und bedrohlich hervorblinkte, hielten sich strikt an ihre Vorschrift, und als Bick auf Leslies Zuruf sich mit den Ellenbogen durch das Gewühl drängte, sah er, wie einer der klotzigsten Ordner verächtlich mit Daumen und Zeigefinger den Karton mit der Einladung auf- und zuschnappen ließ, und hörte ihn schnauzen: »Sie sehen mir ganz wie ein Farbiger aus. Mexikaner dürfen nicht zu der Party; es sind überhaupt keine eingeladen!«

»Um Himmels willen!« schrie Benedict, kämpfte sich durch hemmende Bäuche und muskulöse Arme und rief dem Zerberus zu: »He, Tody, Tody, mach keinen Blödsinn!«

Des Südamerikaners dunkle Augen loderten ob der ihm zugefügten Schmach; sein olivenfarbenes Antlitz war grau. Beschwichtigend legte Bick seine Linke auf den untadelig geschneiderten Frackärmel; seine Rechte umfaßte Todys stählernes Handgelenk. »Tody, ich sage dir, dieser Gentleman gehört zu den Ehrengästen; er ist der neue Botschafter von Nuevo Bandiera in Südamerika. Er kommt eigens aus Washington.« Benedicts Stimme war leise und eindringlich, und schon überzog das sonnverbrannte Gesicht des Wachmanns ein Grinsen, und er äußerte im schleppenden Tonfall seiner Heimat recht kläglich: »Bin ich ein Hornochse! Ich wollte Ihnen gewiß nicht zu nahe treten, Sir. Ich habe in meinem Leben schon manchen Bock geschossen, aber das schlägt dem Faß den Boden aus.« Er hielt seine Pranke hin: »Sehr erfreut, Sir, Ihre werte Bekanntschaft zu machen. Entschuldige, Bick! Wollen die Herrschaften bitte passieren? – Ah, Miss Benedict! Sie sehen blendend aus.«

Was soll man da machen? fragte sich Leslie und hängte sich liebevoll in den Arm des beleidigten Ehrengastes ein. Am besten, ich gehe stillschweigend darüber hinweg, sofern er nicht selbst davon anfängt. Munter begann sie draufloszuplaudern: »Das ist schon mehr eine Massenschlacht als eine Party, aber wenn es Ihnen recht ist, gehen wir gleich nach dem Essen; die Hauptsache ist, daß man gesehen wurde – genau wie bei den Empfängen in Washington; da ist auch kein Durchkommen, jedenfalls nicht zum Büfett. Das ist Ihnen gewiß auch etwas Neues: blaßgelbe Stetsons zu dunklen Dinner-Jacketts und tiefdekolletierte Damen, die von Männern in Cowboystiefeln und Hemdsärmeln umschwärmt werden – umschwärmt ist vielleicht nicht das richtige Wort.« Sie blickte umher.

Das Dinner sollte im riesigen Kuppelraum stattfinden. Ein Dschungel gedeckter Tische zeigte es an. Momentan aber befand man sich noch inmitten eines heillosen Wirrwarrs, der auf den gravierten Einladungen als »der Empfang« bezeichnet war und sich durch Gänge, Hallen, Säle und alle die Räume bewegte, die kommende Woche als Flugplatzrestaurants, Lunch Rooms, Verwaltungs- und technische Büros, Gepäckräume und Läden in Erscheinung treten sollten. Heute nacht dienten die Flugschein-Ausgabestellen und Reisebüros als Bars. Alle Reiseroutenschilder waren aufgezogen; schmucke Plakate trugen die Namen der Fluggesellschaften, und an den Wänden erblickte man Pfeile mit der Unterschrift LADIES, und unter einigen andern stand COLORED WOMEN – farbige Frauen.

Orchideen, mächtige Palmen, blühende Bäume in Töpfen, Wimpel, Standarten in einer Flut blendenden Lichts. Der sogenannte Empfang überschwemmte Kuppelraum, Vorhalle, Vorhof und Pisten. Am einen Ende spielte Oddie Boogens Kapelle, am andern die Kin Mollomore's Band. Alle Lautsprecher standen auf voll; das Getöse war grausig und hämmerte auf die Gehirne wie eine Schar Preßlufthämmer.

»Umschwärmt ist vielleicht nicht das richtige Wort«, hatte Leslie treffend bemerkt. Denn die erwähnten Männer, sonngebräunte Beefsteakesser, deren Körperumfang die Dimensionen des Machtbereichs, den sie erobert hatten, in etwas kleinerem Maßstab zu wiederholen schienen, standen dicht aneinandergedrängt, männlich wie Büffel, breit an Schultern, schmal an den Flanken und zweckdienlich wie Dieselmotoren. Ihre Damen jedoch befanden sich auf der entgegengesetzten Seite, ein aufgeregtes Gewimmel von Seide, Chiffon, Edelsteinen, Edelmetallen und Dekolletées. Die Männer sprachen gelassen, schleppend, halblaut, und ihre Stimmen klangen fast musikalisch. Die Damen aber schrillten wie Pfauen, entfalteten alle Pracht ihrer Schleppen und kostbaren Spitzen; ihre Coiffüren nickten, ihre Arme und Handschuhe winkten. »Edward!« rief eine Frau ihrem störrischen Gatten zu, und es klang wie »Ayjad«. »Mary Lou Ellen erzählte mir eben, letztes Jahr bei der Eröffnung des Conky hat Jett zehntausend ...«

Ihr Ed hatte in dem Gebrause das Ende des Satzes sowenig wie dessen Anfang verstanden, aber er nickte mit freundlichem Lächeln und schrie zurück: »Jaja, du hast recht!« Worauf seine Gattin getrost ihrer Freundin sagte: »Wenn er über acht Glas getrunken hat, hat er für nichts mehr Sinn.«

Der Expräsident nahm all diese Eindrücke mit stoischer Ruhe auf. »Interessant, daß die Bevölkerung dieses Reiches Texas ...«

»Dieses Reiches, wieso?« fragte Leslie.

»Es ist wie ein selbständiges Land, anders als irgendeiner der nordamerikanischen Staaten, die ich bereist habe, und ich kenne fast alle. Und sonderbar, daß die Bürger von Texas so viele Gebräuche und Sitten jener Einwohner übernommen haben, die sie verächtlich behandeln und diffamieren.«

»Sie meinen …?« fragte Leslie beklommen und höflich. Sie wußte genau, was er meinte.

»In den lateinischen Ländern«, antwortete er, »in Spanien, Mexiko, Brasilien und andern südamerikanischen Republiken, auch in meinem lieben Nuevo Bandiera, sehen Sie häufig die Männer abseits der Frauen versammelt. Da sprechen sie über Geschäfte, Krieg, Politik, Lokalangelegenheiten und andere Dinge, die ihre Frauen nicht interessieren.«

»Oder über die man sie nicht informiert«, ergänzte Leslie freimütig und blickte bewundernd, fast zärtlich auf diesen Menschen, der sich so würdevoll mit einer Kränkung abzufinden verstand. »Ja«, fuhr sie fort, »hier ist man im Maschinellen und Landwirtschaftlichen sehr modern, auch in anderen Dingen. Sie finden bei uns sehr hohe Häuser auf sehr weiter Steppe, aber nur selten ein hohes Denken und weite Gesichtspunkte. Aber man ist wenigstens gastfreundlich, liebt gute Gesellschaft …«

»Was ich zu meiner Freude soeben wiederum festgestellt habe, Madame«, sagte der Diplomat und verneigte sich leicht.

»Das habe ich nicht gemeint«, lächelte sie. »Ich denke oft gar nicht daran, daß ich durch Heirat texanische Staatsangehörige bin. Aber ich danke Ihnen. Wissen Sie, was mir an den Texanern besonders gefällt? Daß sie sich in einer Krise so gut bewähren. Im letzten Krieg, auch im ersten Weltkrieg, waren sie die besten und tapfersten Patrioten.«

»Ja, ich weiß. Aber Krieg ist, wie Sie sehr richtig bemerkten, eine Krise, ein Geschwür, ein Krebsschaden am Leibe der zivilisierten Menschheit. Entscheidend für die Beurteilung ist, was ein Volk in gesunden, friedlichen Zeiten tut und denkt.« Dies sagte er ruhig, gesammelt, innerlich fern dem Getümmel, das sie umtoste. – Wie meines Jordy liebe Juana, mußte Leslie Benedict denken, entrückt wie Juana, und vernahm seine Frage: »Also sind Sie nicht aus Texas?«

»Nein, aber mein Mann und all seine Vorfahren seit Anfang des – oh, ich glaube, es geht zum Dinner! Alles strömt schon hinüber. Wir sitzen zusammen am Tisch Nr. 1 beim Gastgeber Jett Rink.«

»Ah ja! Der sich eine Schüssel Fleisch mit Sauce 25000 Dollar hat kosten lassen!« Mit einem Blick auf das phantastische Bild, das sich ihm bot: »Das kann ich jetzt sehr gut verstehen.«

»Da ist Jordan – mein Mann – mit den andern. Wir wollen schauen, daß wir zusammenbleiben.« Sie erhob ihre Stimme, um Bick zu erreichen, der sich zu ihnen durchkämpfte: »Luz? Jordy?«

Bick brach Bahn für das Königspaar hinter ihm und rief: »Nirgends zu sehen. Schließt euch hinten im Gänsemarsch an, sonst kommt ihr nicht durch!«

Außer Atem, zerzaust, saßen sie eine halbe Stunde danach auf der Tribüne an dem mit Orchideen bedeckten Ehrentisch, der wie ein Katafalk anmutete, und von Hunderten Tischen starrte ein Meer von Gesichtern zu ihnen empor. Aus den Lautsprechern schmetterten die Kapellen ein Höllenkonzert. »Und wann«, fragte der König an Leslies Seite, »wann läßt sich der Gastgeber blicken?«

Urplötzlich verstummte die Lautsprecheranlage, die bis jetzt jedes Gespräch zum Schreien und Brüllen gezwungen hatte. Die jähe Stille war ebenso unheimlich wie vorher der Höllenradau. Man war so wenig darauf gefaßt gewesen, daß der Kongreßmann Bale Clinch, der bei den Ehrengästen saß, es unterließ, sein Organ zu dämpfen, und eine vertrauliche Äußerung, die allein für das Ohr seiner Tischdame bestimmt war, mit der gleichen Tonstärke dröhnen ließ wie zuvor im Kampf mit den Megaphonen. Er brüllte so laut wie sonst nur in Washington vor dem Kongreß, wenn er die Petroleumrechte von Texas im allgemeinen und die Rechte Jett Rinks im besondern mit Leidenschaft geltend machte: »Ich fresse eine Klapperschlange, wenn dieser hirnverbrannte Hurensohn Jett nicht wieder besoffen ist. Droben werden sie ihn jetzt nüchtern machen, das ...«

Entsetzt hielt er inne. Wie Kinderballons im Sturm hatten sich tausend Gesichter ihm zugewandt, die ersten tausend. Denn so stark sein Organ auch war, hatte es seinen Ausspruch noch längst nicht zu allen Tischen getragen. Doch Mundpost holte diese binnen Sekunden nach, und Katarakte des Lachens ließen Wände und Wölbung erbeben.

Währenddessen war Luz, die Tochter, unversehens beim Ehrentisch aufgetaucht. Woher und auf welchem Weg, war ein Rätsel. Jedenfalls nicht durch den Haupteingang. Ihr weißes Chiffonkleid war zerdrückt; Schmuck trug sie nicht und ihr blondes Haar auch jetzt à la Pferdeschwanz, nur umschlang diesen jetzt nicht mehr wie am Vormittag ein schwarzes Band, sondern ein Zweig weißer Kleinorchideen.

Ungeniert, als befände sie sich daheim im Eßzimmer auf der Ranch, stützte sie sich auf die Sessellehne im Rücken des Vaters und fragte: »Was war das für ein Witz? Erzähle! Ich möchte endlich mal etwas Lustiges hören.«

Bick hielt den Kopf nur ein bißchen schräg zur Seite, öffnete kaum die Lippen und stieß aus dem Mundwinkel die Frage hervor: »Wo bleibst du so lang? Und Jordy?«

»Pardon, Lady«, hauchte ein Kellner – es klang wie Pan Lady – und servierte an Luz vorbei Bick Benedict eine zolldicke Scheibe Roastbeef in Gestalt des Staates Texas. Das Fleisch war im Frigidaire-Flugzeug aus Kansas City gekommen und von erlesener Güte. Luz gönnte ihm nur einen verächtlichen Blick und neigte sich tiefer zum Vater herab. »Jordy sucht Jett Rink, er sagt, er schlägt ihn zu Brei.«

Ein nettes Girl in knallrotem Abendkleid ohne Träger hatte die Bühne am äußersten Ende der Riesenhalle betreten und mit Orchesterbegleitung zu singen begonnen. Man konnte von ihrem Gesang überhaupt nichts hören, nicht einen einzigen Ton. Die Lautsprecheranlage war außer Funktion; man sah nur die kokette Mimik, die den Gesang, einen beliebten Texas-Song, zur Eröffnung des Abendprogramms lautlos begleitete.

Bick fuhr herum. »Bist du verrückt? Wo ist er?«

»Lauter!« scholl eine Stimme aus dem Publikum, und wie ein mehrfaches Echo kam es aus dieser und jener Ecke: »Lauter – lauter – lauter! Was ist mit dem Lautsprecher? Jett, Jett, laß das in Ordnung bringen!« Und als nichts geschah und man nur den Mund der Knallroten auf- und zuklappen sah, begannen die Zuschauer mit ihren Messern und Gabeln an die Weingläser, Pokale und Bourbonbecher zu klopfen. Es war ein Lärm wie in einer Schmiede; die Sängerin wankte, zauderte, lächelte zag und fuhr mit dem Stummsong fort.

Indessen nahte vom Eingang her Jordy. Mit langen Schritten durchmaß er das Dickicht der Tische, die so eng beieinander standen wie Mesquite im Busch. Er war allein. Sein Anzug war taubengrau, die zierlich geknüpfte Schleife blau und sein dichtes, glattes blauschwarzes Haar, das dem seiner Mutter glich, umrahmte das weiße Gesicht wie eine Sturmhaube. So strebte er geradeswegs zur Tribüne in Richtung des Mitteltisches.

Bick sah ihn kommen, stieß unter Entschuldigungen nach rechts und links seinen Stuhl zurück, packte Luz bei der Hand, zog sie beiseite: »Was ist mit ihm los? Ist etwas passiert?« Dabei schüttelte er den Arm seiner Tochter. »So rede doch endlich!«

»Er hat den Schönheitssalon im Conky demoliert, drei Stühle in die Spiegel geschmissen; da ist auch nichts heil geblieben, und jetzt sucht er Jett, denn es ist Jetts Hotel, sagt er, Jett hat es angeordnet, und er will ihm dafür das Gesicht zerschlagen.«

»Wieso, warum? Rasch!«

»Juana hat sich zur Maniküre telefonisch dort angemeldet, natürlich auch ihren Namen genannt, und wie sie hinkam, hat das Weibsbild beim Eintritt sie angeguckt und gesagt: ›Mexikanerinnen werden hier nicht behandelt.‹ Daraufhin ist dann Jordy …« Sie brach plötzlich ab. »Da kommt Jett. Schau nur: bezecht!«

Mit ohrenbetäubendem Lärm setzten die Lautsprecher wiederum ein. Die beiden Orchester schmetterten, trommelten Tusch. Jett Rink war aus der Tür mit der Aufschrift OFFICE, PRIVATE getreten. Weiße Dinner-Kleidung, am Rockrevers ein kleines Knopflochbukett aus Zyanen. Das Gesicht sonderbar vierkantig. Dünne, kaum erkennbare Lippen. Fast kein Hals. Der Kopf im Verhältnis zum dürren, knochigen Körper zu massig. Sein Gang war nicht der eines Mannes, der frei über Autorität verfügt, sondern der eines Burschen, der sie sich anmaßt. Zu seiner Rechten und Linken je ein Koloß, beide einander merkwürdig gleich, weniger in bezug auf die Gesichter, die keine Rolle zu spielen schienen, als im Hinblick auf ihre Zweckbestimmung. Nur die kalten Augen kreisten beständig, Suchlichtern gleich. Die Kleidung schien beiden zu eng, als bedecke sie ständig gespannte Muskeln. Die Rasur war übergründlich und frisch. »Hi, Jett!« schrie der Cowboy-Filmstar.

»Welcher ist es denn?« erkundigte sich der König naiv, und der Kongreßmann Clinch antwortete etwas ungeduldig: »Natürlich der in der Mitte. Die zwei sind von seiner Leibwache, seine starken Arme, wie man sie nennt.«

Da die Lautsprecher nun funktionierten, vermochte die knallrote Sängerin ihren Sopran zu Gehör zu bringen, ohne von der Kapelle übertönt zu werden. Die Melodie war die eines alten Bänkelsangs, »I'VE BEEN WORKING ON THE RAILROAD«, und zu einer Art Staatsschlager erkoren worden. Man vernahm die kindischen Worte des unterlegten Textes:

> *»The eyes of Texas are upon you,*
> *All the live-long day.*
> *The eyes of Texas are upon you,*
> *You cannot get away.«*
> (Die Augen von Texas ruhen auf dir
> zu jeder Tagesstunde.
> Die Augen von Texas ruhen auf dir,
> du kannst nicht weg von hier.)

Jordy Benedict war bei der Estrade angelangt, sprang hurtig hinauf, kroch wie ein Versteckenspielendes Kind beim Stuhl, den sein Vater verlassen hatte, unterm Tisch durch und tauchte vor Jett Rink auf. An allen Tischen ließen die Tafelnden ihr blutiges Roastbeef kalt werden.

Wie jung und schlank wirkte Jordy angesichts der drei plumpen Gestalten! Er ersparte sich jede Einleitung, jedes Geschimpfe. »Weg da! Wehren Sie sich!« sagte er ruhig. Seine Arme gingen wie Kolben auf und ab, und schon bemalte ein roter Spritzer aus Jett Rinks Nase bizarr das weiße Kostüm und die blauen Blumen im Knopfloch. Nun aber hemmten ein Dutzend Hände die Arme Jordys. Rink zwischen den zwei Steingesichtern der Leibwache hängte sich wie eine Schiffsschaukel in ihre gehenkelten Arme, schwang zurück und nach vorn und führte mit Wucht den gründlich geübten, tückisch gezielten Fußtritt in Jordys Unterleib, in den Sitz des Lebens.

Als der wehrlose Junge zu Boden stürzte, hörten die Gäste im Lärm der Musikkapelle ein qualvolles Ächzen. So schnell Bick auch zur Stelle war, Leslie kam ihm zuvor und kniete neben dem Sohn am Boden. Eine wohltätige Ohnmacht hielt ihn umfangen. Sein Gesicht war verzerrt, sein Körper verkrümmt. Die Augen waren geschlossen. Auch Bick war niedergekniet, und als er nun aufstehen wollte, hatte der Blick, mit dem er den keuchenden Rink ansah, etwas bedrohlich Gefährliches. Doch seine Frau streckte den Arm über den Leib ihres ohnmächtigen Kindes; ihre Finger krallten sich in die Muskeln des Mannes, und sie sagte so ruhig, als setze sie ein Gespräch fort: »Siehst du, es hat dich ereilt, es hat uns ereilt. Es hat noch jeden ereilt.«

Jordy regte sich, stöhnte tief und schlug die Augen auf. Sein starres Gesicht war ein Bild furchtbarer Schmerzen. Er sah die entsetzten Mienen der über ihn gebeugten Eltern; in ihm erwachte sein tapferer ärztlicher Sinn, suchte nach Rat, und seine verzerrten Lippen sprachen mühevoll die tröstende Erkenntnis aus: »Morphium – Schmerzen – schrecklich – nichts Ernstes – nur Morphium!«

5

Obwohl man die drei Lynnton-Mädchen immer »the beautiful Lynnton sisters of Virginia« nannte, waren sie in Wahrheit weder schön noch in Virginia, vielmehr in Ohio geboren worden. Dessenungeachtet umgab die drei jungen Damen eine Aura; ein Glanz, ein Glühen ging von ihnen aus, eine verteufelte Anziehungskraft, ein Charme, und das ist unter Umständen wertvoller als pure Schönheit. Vor allem sind diese Eigenschaften sehr dauerhaft. Sie hielten ebenso lang wie die drei Schwestern, das heißt lebenslänglich, was bei Schönheit höchst selten der Fall ist.

Jedes Ding taten die drei Lynntons früher oder besser oder intensiver als die gleichaltrigen Mädchen in Virginia und der guten Gesellschaft von Washington. Leigh, die älteste – die später Sir Alfred Karfrey heiratete und nach England zog –, schockierte Washingtons Hautevolée schon damals, als sie vor aller Augen Zigaretten rauchte, lange bevor ihre Freundin Alice Roosevelt-Longworth die ersten Rauchwölkchen ausstieß, und dabei war Leigh entschieden die sauerste der »drei süßen Lynntons«, wie sie gelegentlich törichterweise genannt wurden. Sie hatte eine Adlernase und das längliche Gesicht ihrer Mama – »ein Pferdegesicht«, wie böse Mäuler sagten –, und einer guten Partie war obendrein ihre scharfe Zunge im Wege, durch die alle jungen Virginier, die sich mit Heiratsabsichten trugen, bald abgeschreckt wurden. Hintennach wurde gemunkelt, sie habe den schüchternen Karfrey einzig und allein mittels ihres unerbittlichen Witzes dazu gebracht, um sie anzuhalten.

Leslie, die zweite Schwester, war, wie man damals sagte, ein

Blaustrumpf, las eine Unmenge Bücher, doch nicht etwa solche, wie andere junge Südländerinnen sie in ihrer Hängematte, im Garten faulenzend, zusammen mit Pralinen und Bonbons vertilgen und sich damit den Magen verderben. Nein, Leslie hatte ihre eigenen Ansichten; sie konversierte und diskutierte genau wie ein Mann mit ihrem bedeutenden Vater und dessen Freunden über alle möglichen politischen, soziologischen, medizinischen und literarischen Probleme. Ihre großen dunklen Augen leuchteten magisch warm; in dem linken machte sich zuweilen ein leichtes Zucken bemerkbar, ein Zwinkern, das ihrem Blick etwas Erschrockenes und zugleich Zutrauliches gab, das manche Männer sehr anziehend fanden, vermutlich weil sie dahinter Hilflosigkeit und Verheißungen witterten.

Die dritte Schwester, Lacey, hätte eigentlich ein Junge werden sollen, wurde jedoch ein weiblicher Wildfang. Bei allen dreien hatten vor erfolgter Geburt die Eltern nur Bubennamen parat. Wie Leslie ist auch Lacey eigentlich ein Bubenname. Als Mutter Lynnton bei Ankunft des dritten Mädchens alle Hoffnung auf männliche Sprößlinge aufgab, brachte sie nicht einmal so viel Willenskraft auf, das Neugeborene statt Lacey Laura zu taufen, wie ihr die Hebamme vorschlug, und es blieb bei Lacey.

Auf ihren Jugendbildnissen sieht man die drei, gleich gekleidet in duftigem Organdy mit breiter Schärpe, liebevoll Arm in Arm und mit einem edlen Jagdhund oder auch zweien im Vordergrund. Race Lynnton – als Dr. Horace Lynnton in jeder Enzyklopädie, medizinischen Wochenschriften und im Who's Who zu finden – ließ seine Töchter in freiem Geiste und ohne jeden Zwang aufwachsen. Für heutige Begriffe hatten sie gute Figuren; für die damaligen waren sie etwas zu dünn. Patschhändchen hatten sie nie, sondern von jeher lange, schmale, sehr ausdrucksvolle Hände. Und Geist. Aber wenig Geld und keine Aussicht, mehr zu bekommen. Denn der Papa war ein großer Idealist.

Trotz dieser verschiedenen Hemmnisse entwickelten die Lynnton Ladies eine nicht üble, ja sogar reizende Weiblichkeit. Sie waren vital, warmherzig und gescheit genug, ihre scharfen Zungen nötigenfalls im Zaum zu halten. Bei den familiären Plauderstunden am Kamin pflegte Leslie am Boden zu kauern, Schultern und Arm an die Knie des Vaters geschmiegt, das Antlitz zu ihm emporgewandt, und ihre klugen, lebhaften Augen hingen an seinem beredten Mund. Ödipus und Elektra waren zu jener Zeit nur griechische Sagengestalten. Aber wenn zufällig ein junger Mann anwesend war und Leslie so sah, zog er verstohlen sein seidenes Tüchlein aus der Brusttasche und wischte sich über die Brauen.

»Ich erkläre dir«, pflegte Mrs. Lynnton zu sagen – ihre Ermahnungen hatten meist eine solche Einleitung, zum Beispiel auch: ich muß gestehen, oder: wenn du wissen willst , was ich denke, oder: ich kann dir nur sagen –, »ja, ich fürchte mitunter, du wirst noch als alte Jungfer deinem Papa auf der Tasche liegen. Leigh hat spät genug einen gefunden, mit dreiundzwanzig! Jetzt ist sie Gott sei Dank Lady Karfrey, trotz ihrem frechen Maul.«

»Aber Mama, du hast doch auch erst geheiratet, als du schon über zwanzig warst, und es war sehr gescheit, daß du so lang gewartet hast. Sonst hättest du nicht den herrlichsten Mann auf Erden ergattert.«

»Ich habe ihn nicht ergattert, sondern er hat um mich gefreit, verstanden? Ich muß gestehen, ich war keine Schönheit, und du bist es ebensowenig. Du behandelst die Männer als Kameraden! Ich kann dir sagen: Du hattest schon hundert Möglichkeiten.«

»Hundert ist zu hoch gegriffen, Mama. Etwa zehn.«

»Nur nicht so patzig, Kind! Die meisten Mädchen haben in ihrem Leben nur eine Chance, aber die nützen sie aus. Ich kann dir nur sagen: Wenn du bis Ende nächsten Jahres nicht unter der Haube bist, dann statte ich Lacey aus und setze sie ins Wartezimmer. Sie wird bald siebzehn und treibt sich noch immer bis in die Nacht im Stall bei den Pferden herum. Sie sollte jetzt lernen, daß das männliche Geschlecht nicht nur aus Vierfüßlern besteht.« Die scharfe Zunge hatten die Töchter von ihrer Mutter geerbt.

Die Heiratsaussichten der Lynnton-Mädchen schienen *a priori* gering, die Gefahr, alte Jungfern zu werden, war beträchtlich. Trotzdem bildete das geräumige, ziemlich heruntergekommene Doktorhaus einen ständigen Anziehungspunkt für hoffnungsvolle junge Washingtoner, für europäische Unterdiplomaten mit angehender Glatze, für Legationssekretäre im Cutaway mit schwarzgestreiften Hosen, für leicht lädierte Grundbesitzer zu Pferd und zu Fuß aus Virginia und Maryland, auch für etliche New-Yorker Anwälte und Wallstreetjünglinge, gelegentlich sogar für einen soliden Geschäftsmann des Mittelwestens. Junge Mediziner, die einzig zu dem Zweck gekommen waren, um bei dem gelehrten Horace Lynnton sich Rat zu holen, landeten unfehlbar in der großen gastlichen Küche. Die Damen Lynnton waren berühmte, vielbewunderte Köchinnen und darauf nicht wenig stolz, obwohl zu jener Zeit in Virginia das Kochen nicht für standesgemäß erachtet wurde. Jene Beaux aber suchten nicht nur die Küche, sondern auch alle Wohnräume und Ställe des Anwesens heim, tranken, scherzten und schwärmten auf den Veranden – sehr zum Verdruß der heiratsfähigen Schönheiten in der Nachbarschaft –, wie ja auch Bienen mitunter kühl prangende Rosen verschmähen, um sich auf wildem, üppigem rotem Kleefeld zu tummeln und Nektar zu saugen.

Was nun die häufig erwähnte virginische Abstammung angeht, so lag diese im Nebel längst vergangener Zeiten, nur dem forschenden Mutterauge Nancy Lynntons erkennbar. Im siebzehnten Jahrhundert war ein Ururgroßvater über den großen Teich nach Virginia gesegelt, wohl als einer jener Angeheuerten oder Galgenvögel, deren Nachkommen später die First Families of Virginia – F. F. V. – bildeten und ebenso legitim wurden wie ihre aristokratischen Zeitgenossen. Doch schon den Sohn jenes Seefahrers hatte es nicht in Virginia geduldet; er war durch Kentucky und Indiana gestromert, war in Ohio gelandet, ein geographisches Intermezzo, das Mrs. Lynnton diskret überging, wenn sie sich ihrer F. F. V.-Abstammung rühmte.

Leslie und Lacey legten auf den besagten Ahn keinen Wert, betrachteten ihn mehr als einen Familienwitz, während Leigh – Lady Karfrey –, die den Snobismus der Mutter geerbt hatte, jenen zweifelhaften Vorzug durchaus ernst nahm.

Was nun das Haupt der Familie, den Doktor Horace Lynnton, betrifft, so war er der Mensch gewordene Forschergeist in Gestalt eines hochgewachsenen, etwas schlampigen Mannes mit beharrlich schief sitzender Krawatte, so daß sein Eheweib oder eine seiner Töchter sich unter seinem Kinn stets etwas zu schaffen machte. Als er schließlich im Jahre 1918 aus seiner Geburtsstadt Ohio mit Frau und Kindern in das einst stattliche, nun aber recht ramponierte Haus in Virginia zog, geschah es nur, um sein chirurgisches

Genie und seine wunderwirkenden Hände der Wiederherstellung von Tausenden schwerverwundeter Krieger zu widmen, welche als Veteranen der unseligen Weltkriegsjahre die umliegenden Spitäler von Washington, Virginia und Maryland füllten. Das ehrenvolle und einträgliche Angebot, Leibarzt im Weißen Haus zu werden, hatte er so gleichmütig abgelehnt, als handle es sich um ein Stück Kuchen zum Dessert.

Obwohl keine andere Einnahmequelle vorhanden war als Lynntons ärztliche Praxis, zeichnete sich der Haushalt durch eine gewisse Üppigkeit, ja Verschwendung aus. In den verwitterten Ställen hielt man Pferde, und auf dem Küchenherd schmorten die schmackhaftesten Gerichte der amerikanischen Küche, beileibe kein südstaatlicher Schlangenfraß. Man schwelgte in zarten, gut gemästeten Poulets, in geräuchertem Virginia-Schinken, Pfannkuchen mit Ahornzucker aus Ohio, knopfgroßen heißen Biskuits in Butter, Austern, Schildkrötenfleisch, auch in leckerem Succotash, einem indianischen Gericht aus jungem Mais mit Bohnen, und in den Erstlingen jeder Jahreszeit. Und nicht minder freigebig war man in puncto Fröhlichkeit, Späßen und Scherzen, erbaulichen Tisch- und Nachtischgesprächen. Es fehlte niemals an Gästen, Gastgeschenken und guter Lektüre, an Pferden und Hunden, an Tafelsilber und Kristall, im verwahrlosten Ziergarten dufteten himmlische Blumen; die Betten waren breit, die Matratzen vorzüglich gefedert, die schönen behaglichen Sessel zwar stark strapaziert, aber weich gepolstert, geräumige Kamine luden zum Plaudern ein und der Sherry im Büfett zum Trinken. Und dazu hatte man genug Muße, Humor und Witz, um dies alles richtig zu würdigen und zu würzen.

Bick Benedict war kein Dummer und, ehe zwanzig Minuten vergangen waren, sich darüber im klaren, daß dies eine alte, heruntergekommene Bruchbude war, zu deren Restaurierung es gut und gern fünfzigtausend Dollar bedurfte. Es ging ihn natürlich nichts an; er war ja nur vorübergehend da. Von Washington, wo er geschäftlich zu tun hatte, war er auf einen Sprung hergekommen, um ein Pferd zu besichtigen und, wenn möglich, zu kaufen.

Dr. Horace Lynnton war durch puren Zufall zu einem langbeinigen flinken Füllen gekommen, das sich bald darauf als eine Goldgrube erwiesen hatte. Da Pferde für ihn nichts anderes waren als vierbeinige, zum Reiten und Fahren geeignete Tiere, hatte ihn dieser Umstand eher verwirrt als erfreut. Er wollte weder von reichen Patienten Geschenke als Zeichen der Dankbarkeit noch von zahlungsunfähigen als Honorar. Dies Füllen aber stammte von einem alten Freund, der beiden Kategorien zugleich angehörte. In seiner Gutmütigkeit hatte Dr. Lynnton das unerwünschte Säugetier trotzdem akzeptiert, obwohl dessen damaliger Marktwert die Arztrechnung, die er ohnedies schon lächerlich niedrig bemessen hatte, nur zum Teil deckte. »Das Fohlen«, hatte der alte Patient ihm gestanden, »ist ein Malheur; es ist zu nichts brauchbar. Allenfalls könnte eine deiner Töchter es reiten. Es stammt von Wind Wings.«

»Nein, das kann ich nicht annehmen«, hatte der Doktor bescheiden abgewehrt. »Du sagst, Wind Wings habe das Tier gezeugt?«

»Ja, aber die Mutter war eine alte, lammfromme Krücke, auf der bereits meine Tochter Betsy spazierengezottelt ist. Infolge eines Irrtums ist die alte Stute ins Hengstgehege zu Wind Wings gelangt, und – bums! – schon war das Unglück geschehen. Na, mir kann's gleich sein. Ich möchte dir nur zur Beruhigung versichern, daß das

Fohlen mütterlicherseits, soweit mir bekannt ist, keinen Tropfen guten Blutes in sich hat. Daraus wird niemals ein Rennpferd.«

»Fürst und Bauernweib«, sagte der weise Doktor, »diese Mischung hat bekanntlich schon erstaunliche Ergebnisse gezeitigt. Wie sagen die Züchter? Vom Vater die Schnelligkeit, von der Mutter die Ausdauer.«

Die junge Stute erhielt den Namen »My Mistake« – mein Irrtum. Trotzdem wurde es, als sie drei Jahre zählte, von Tag zu Tag deutlicher, sie werde bald alle andern Renner, von New York bis Mexiko, hinter sich lassen. Bick Benedict aus Texas hatte Horace Lynnton in Washington nicht etwa als den weitberühmten Wissenschaftler sprechen wollen, sondern lediglich als den Besitzer von My Mistake. »Ist sie verkäuflich?« fragte er ihn.

»Ich denke. Auf einen Rennstall lege ich keinen Wert. Ich hatte gedacht, meine jüngste Tochter könne das Tier draußen auf unsern Feldwegen reiten, aber My Mistake hat höhere Aspirationen. Sie ist ein geölter Blitz.«

»Gestatten Sie, daß ich My Mistake besichtige?«

»Fahren Sie heute nachmittag mit mir hinaus! Sie können bei uns zu Abend essen und übernachten.«

»Besten Dank, ich fahre gern hinaus, muß aber dann schnell wieder zurück; ich habe hier in Washington eine Verabredung. Ich kann leider nicht bleiben.«

Er fuhr nicht wieder zurück nach Washington. Er blieb, bis er mit Leslie auf die Hochzeitsreise und anschließend nach Texas ging.

In den ersten vierundzwanzig Stunden seines Aufenthaltes bei Lynntons erlebte Jordan Benedict eine Reihe von Ärgernissen, die ihn in Verwirrung, aber zugleich in eine gehobene Stimmung versetzten. Den ersten Schock empfing seine südstaatliche Mentalität, als Dr. Lynnton ihn mit dem jungen Neger bekannt machte, der sie nach Virginia chauffierte. Die kleine Zeremonie vollzog sich so selbstverständlich – und korrekt – wie ein Vorstellen im vornehmsten Club: »Benedict, dies ist Jefferson Swazey, der uns fährt. Jeff, das ist Mr. Jordan Benedict aus Texas.«

Verdammich! dachte Bick Benedict. – Während der Fahrt sprachen die beiden Herren von dem und jenem – von dem sehenswürdigen Fohlen, vom verstorbenen Präsidenten Harding, seiner Bedeutungslosigkeit als Politiker, seinen Skandalen, seinem imponierenden Äußern, hinter dem sich nur Hohlheit verbarg, und vom neuen Präsidenten Coolidge, dem steifen, essigsauren Vermonter.

Bei ihrer Ankunft sagte der Doktor: »Jeff wird uns das Füllen zeigen – oder vielleicht führt es uns eine meiner Töchter vor, obwohl sie es neuerdings nicht mehr reiten. Es befindet sich im Training, ist außerordentlich ausgelassen und hat seine Mucken, je nachdem, wer im Sattel sitzt.«

Benedicts Auge, gewohnt, Millionen Acres und ganze Wohnkomplexe als einfache Einheit zu betrachten und abzuschätzen, war mit den Glyzinien und den Jelängerjelieber schnell fertig. Seinem kundigen Blick verbargen sie nicht die sackenden Säulen und die Tatsache, daß Haupt- und Nebengebäude dringend der Reparatur bedurften, und die Familie, die er sukzessive kennenlernte, suchte ihm auch nicht das mindeste zu verbergen.

Es begann bereits zu dämmern, als er mit Lynnton das Haus betrat. Ein breiter, wohlproportionierter hallenartiger Korridor lief von der Haustüre nach hinten. Auf beiden Seiten Türwölbungen.

Auf dem Steinboden fadenscheinige Teppiche. An den Wänden Tennisschläger und Reitgerten. Ein Korridortisch, überhäuft mit Büchern, Zeitungen und Zeitschriften. Unter dem Tisch ein freundlich wedelnder alter Hund. Über allem der liebliche Duft von Gebackenem oder Braten oder beidem. Die Herren warfen einen Blick in das geräumige Wohnzimmer, das ein sehr weibliches Gepräge trug. Viele Blumen, blaßgelbe Seidenvorhänge, Nippesfiguren, Kristall und rubinfarbenes böhmisches Glas. Im Kamin flackerte Feuer. »Die Kinder müssen irgendwo in der Nähe sein«, bemerkte Horace kopfschüttelnd. »Vielleicht wollen Sie sich einstweilen die Hände waschen.«

»Ich möchte My Mistake sehen, bevor es zu dunkel wird.«

Aus einem anstoßenden Raum hörte man Stimmen. »Leslie!« rief der Doktor laut, wartete einen Moment und rief dann noch lauter: »Leslie!«

Bick Benedict drehte sich nach der Türe um und erwartete, auf den Namen Leslie werde ein Sohn oder ein Diener erscheinen. Allein aus der Tür, die, wie er später erfuhr, in die Bibliothek führte, kamen ein weibliches und ein männliches Wesen, ersteres im Reitkostüm, und zwar, wie er verwundert bemerkte, einem altmodischen Komplet für Damensattel, mit weißgestärkter Halsbinde, Gerte und blitzblanken Stiefeln. Seit Jahren hatte er so etwas nicht gesehen, jedenfalls nicht in Texas. In dem Habit steckte ein schlankes, nicht übermäßig hübsches Mädchen.

»Leslie, dies ist Jordan Benedict; er kommt aus Texas. – Meine Tochter Leslie.«

Auch Leslies Begleiter war im Reitdress, ja sogar in einem roten Jagdrock. – Verdammich! dachte Bick nun schon zum zweitenmal innerhalb einer Stunde, doch schon nahm die wohllautende, warme, vibrierende Stimme des Mädchens sein Ohr gefangen: »Texas! Wie interessant! Papa, du kennst Nicky Rorik. Mr. Benedict, dies ist Graf Nicholas Rorik. – Mr. Jordan Benedict.«

Dr. Lynnton schritt auf die Hintertür zu. »Wir sind auf dem Weg zum Gehege. Mr. Benedict möchte sich My Mistake anschauen.«

»Ich komme mit, um Ihnen all ihre schlechten Eigenschaften aufzuzählen«, sagte Leslie. »Ich möchte niemandem zumuten, sie zu kaufen.«

»Liebes Kind, vergiß bitte nicht, daß Mr. Benedict ein Texaner und dein Vater ein Landarzt ist! Geht jetzt mit ihm zum Stall! Ich komme gleich nach, Jordan.«

Rorik, Rorik, rumorte es in Bicks Hirn, ein Graf, was kauf' ich mir dafür! Kommt wohl aus irgend so einem lumpigen Herzogtum, wo man Theater spielt und sonst nichts. Aber da sagte der hagere Jüngling etwas von einer Einladung, zu der er müsse, und empfahl sich mit einer ruckartigen Verneigung, die den Eindruck erweckte, als schlage er die Hacken zusammen, obwohl nichts dergleichen erfolgte. Mehrere Wochen danach tauchte der junge Mann in Bicks Erinnerung wieder auf, und er stellte seiner jungen Gattin Leslie die Fragen, die ihm gegenwärtig im Kopf herumgingen: »Du, sag mal, Leslie! Als ich zum erstenmal zu euch ins Haus kam, da hast du doch mit diesem Rorik in eurer Bibliothek gesteckt. Was war das für ein Techtelmechtel? Wie dein Vater gerufen hat, wart ihr auf einmal mäuschenstill!«

»Oh, das! Das war ein richtiggehender Heiratsantrag mit einem Stich ins Morganatische. Wenn sein Onkel stirbt, wird er Großherzog, oder wie man's nennt. Ich habe die Sache nicht weiter verfolgt«, erwiderte Leslie in ihren Flitterwochen.

Momentan aber kennen sich die beiden noch kaum. Sie befinden sich auf dem Wege zu My Mistake, und Mr. Benedict erwartet, daß Miss Lynnton irgend etwas sagt. Denn in Texas reden die Damen entsetzlich viel unlogisches Zeug, wovon sie glauben, daß es den Herren gefällt, ohne ihren Geist anzustrengen. Leslie aber stapfte in ihrem ebenso schicken wie ausgefallenen Reitdress stumm und gelassen zwischen den alten Bäumen neben ihm her. Die laue Abendluft war vom Duft zahlloser Blumen geschwängert und der Obstgarten eine Wolke von Blüten. Mr. Benedicts Bemerkung: »Wie grün es hier ist!« wurde der Situation zwar nicht ganz gerecht, doch brachte sie wenigstens das Gespräch in Gang, denn Miss Lynnton antwortete: »Ist es in Texas nicht grün?«

Die muß schön blöd sein, dachte der junge Bick und fragte: »Haben Sie keine Ahnung von Texas?«

»Ich weiß nur, daß es sehr groß ist und die Männer solche Hüte tragen wie Sie«

»Das kommt Ihnen wohl komisch vor? Aber wie Sie aufgetakelt sind, kommt mir noch komischer vor.« Es reizte ihn, sie aus der Ruhe zu bringen; warum, wußte er selber nicht. »Und erst die rote Kluft, die Ihr Freund anhat!« stichelte er weiter, und Leslie lachte, blieb stehen und faßte den Herrn zum erstenmal genauer ins Auge.

Er dachte: Wenn sie etwas zunehmen würde, sähe sie nicht übel aus. Diese Augen, Donnerwetter! Merkwürdig, das eine zwinkert. Apart!

Sie lachte noch immer, als sie bemerkte: »Mit meinem Reitkleid haben Sie unbedingt recht – es soll auch zum Lachen sein. Ich trage es nie ...«

»Aber Sie tragen es doch!«

»… nie zum Reiten«, beendete Leslie den Satz. »Nur heute zur Feier des Tages. Das ist bei uns jedes Jahr; da imitieren wir alle Verrücktheiten, die in Virginia vor einem bis zwei Jahrhunderten gang und gäbe waren: Fuchsjagd, scharlachrote Röcke, wehende Schleier; die Herren schütteln die Mottenkugeln aus den Reitkostümen der Vorfahren, wenn sie welche hatten, und die Frauen holen solche Kleider, wie Sie eines an mir belächeln, von der Bodenkammer und schlüpfen hinein. Heute abend ist der Jagdball, gottlob nicht in unserm Haus, und Sie sind höflichst eingeladen.«

Bick machte geltend, in diesem Anzug könne er sich auf dem Jagdball nicht sehen lassen, worauf sie bat, dann solle er wenigstens zum Abendessen bleiben: »Im engsten Familienkreis, höchstens noch zwei, drei Bekannte.«

Er murmelte etwas von seiner Verabredung in Washington, worauf sie geziemend antwortete: »Schön, dann vielleicht ein andermal. – Schauen Sie, hier sind die Ställe!«

Ein schwarzer Boy führte in dem Gehege My Mistake im Schritt vor, und Benedict sah auf den ersten Blick, wie tadellos das Fohlen – es war ein Rotfuchs – gebaut und gehalten war: die langen Beine, der muskulöse gestreckte Hals, die tiefliegende Brust und die gefälligen Hufe, die nun im Trab den Boden kaum zu berühren schienen. Wie die Zehen einer Spitzentänzerin schnellten sie aber die Erde. »Also das ist sie«, sagte Dr. Lynnton, der mittlerweile zu ihnen getreten war.

Pferde gehörten zu Jordan Benedicts Leben, seit er den ersten Atemzug tat, ja schon vorher. Wäre seine Mutter zum Zweck der Entbindung nicht schleunigst vom Sattel ins Bett geschoben worden, Bick wäre hoch zu Roß auf die Welt gekommen. Die werdende Mutter hatte nämlich an jener Reiterquadrille im Hippodrom der Stadt Benedict teilgenommen, zu der von all den vielen Bewerberinnen von nah und fern nur die vier besten erkoren waren. »Damals ritten unsere Damen auch noch in langen Röcken«, erzählte er später einmal.

Aber von seiner eigenen Reitkunst hat er nie Aufhebens gemacht. Er bildete sich darauf sowenig ein wie auf die Tatsache, daß er gehen und atmen konnte. Vielleicht war dieser Texaner, wie etliche seiner Landsleute, das Gehen nicht einmal so gewohnt wie das Reiten.

»Wenn Sie nichts dagegen haben«, sagte er zu Dr. Lynnton, »probiere ich jetzt My Mistake selber aus.«

»Bitte sehr! Vielleicht da drüben auf der Reitbahn.«

»Ja, was denn!? In dieser Kleidung?« rief Leslie, als sich der Texaner mit seinen braungesprenkelten langen Hosen, gelben Schuhen und dem breitrandigen Texas-Stetson auf den Rücken des Füllens schwang.

»Meine Großmutter hat noch in Reifröcken einen Stier geholt«, schrie er übermütig und warf den Arm hoch, eine Geste, die My Mistake offenbar aufreizte. Bick hatte zahllose Rennpferde, Militärpferde und bockige Ponies geritten. Dies Füllen aber war wie der Blitz zum Gatter hinaus und auf der frisch angelegten, fast einen Kilometer langen Reitbahn. Obwohl zeitlebens an den hochgeschweiften Wildwestsattel gewöhnt, hielt sich der Reiter recht wacker, aber sein Stil hatte für ostamerikanische Augen etwas Verblüffendes. Die Stallburschen sperrten Augen und Münder auf. Er hielt die Arme fest an der Seite und die Zügel hoch; sein Sitz drückte das Füllen, es warf den Kopf herum, besah ihn mit zornig rollenden Augen, scheute zur Seite und machte ihm fünf Minuten lang verteufelt zu schaffen. – Zum Donnerwetter, ich muß das Biest meistern, wo mir das Frauenzimmerchen dauernd zusieht!

Er meisterte es, ritt zweimal im Kreise herum, gelangte bis zu seinen überraschten Zuschauern und sprang ab, ehe das Reittier noch stand. Leslie schüttelte sich vor Lachen.

»Kindchen, du darfst Mr. Benedict nicht auslachen«, verwies ihr der Vater und mußte selber lachen. »So reitet man eben in Texas. Sehr originell!«

Leslie faßte sich, ihr Auge zwinkerte, und sie bemerkte: »Das war doch kein Reiten; das war eine Katzbalgerei.«

Mr. Benedict war tief gekränkt; ihm war, als habe er »seine Ehre verloren«, eine Redewendung, die ihm von daheim aus Zeitungsromanen bekannt war, und das Mädchen fühlte es, trat sofort auf ihn zu und entschuldigte sich so deutlich und laut, daß es die grinsenden Stallburschen hören konnten: »Verzeihen Sie bitte! Ich weiß ja nicht, was in Ihrer Gegend Sitte ist. Wie wir hier reiten, ist für Sie mindestens ebenso komisch. Wie würden Sie lachen, wenn Sie mich in dieser Aufmachung auf einem Pferd sitzen sähen, mit dem ganzen Gebammel auf einer Seite!«

Er schwieg, aber seine Augen blickten stahlhart, und zwischen den Brauen stand eine Zornesfalte.

»Fertig, Boys, danke!« rief Dr. Lynnton den Stalljungen zu und winkte das Pferd, die Burschen und den ganzen Zwischenfall kurzerhand weg. »Kommen Sie, Jordan! Nehmen wir vor dem Essen noch einen kleinen Aperitif!«

»Ich muß leider …«, begann Mr. Benedict steif, aber Leslie fiel ihm ins Wort: »Gewiß haben Sie eine Mama oder eine Frau oder – sonstwen, der Sie schrecklich verwöhnt hat; sonst würden Sie es nicht weiter krummnehmen, wenn man Sie ein bißchen aufzieht.«

»Nein, ich bin unverheiratet, ich wohne mit meiner Schwester zusammen«, antwortete er mit einer Bereitwilligkeit, die ihn selber erstaunte.

»Eine Schwester genügt, um verwöhnt zu werden«, lächelte das Mädchen. »Warum haben Sie noch nicht geheiratet, Jordan?«

»Aber Leslie!« verwies ihr der Vater die unangebrachte Vertraulichkeit. Mr. Benedict aber schien sie nicht unangenehm, denn er gab die ablenkende Antwort: »Daß Sie mich Jordan nennen!?« Er sprach den Namen texanisch wie »Jurden« aus. »Komisch, das tut sonst fast niemand! Der Name vererbt sich in unserer Familie, aber mich ruft man allgemein Bick.« – Was zum Teufel rede ich bloß! rief er sich innerlich zur Ordnung. Was geht es sie an, daß man mich Bick nennt und die Benedicts mit dem Vornamen Jordan erblich belastet sind!

»Bick Benedict.« Leslie Lynnton probierte den Namen aus und fand: »Ihr richtiger Name gefällt mir besser. Jordan Benedict. Wieso nennt man Sie Bick?«

Bick kam sich vor wie ein dummer Junge, erklärte ihr aber getreulich: »Weil ich als Kind den Namen Benedict nicht aussprechen konnte und Bick draus gemacht habe. Dadurch ist mein Rufname entstanden.«

»Jordan«, beharrte sie unentwegt, »Sie bleiben zum Dinner. Und über Nacht. Morgen können Sie mit Papa zurück nach Washington fahren. Er steht schon in aller Herrgottsfrühe auf, und ehe die übrige Menschheit erwacht, stochert er schon den Leuten in ihren Eingeweiden herum.«

»Ich kam her, um ein Pferd zu kaufen«, stieß Benedict heftig hervor, »ich will nicht auf Ihren Jagdball.« Aber Leslie, die zwischen den beiden Männern ging, hängte sich rechts in den Vater und links in den Pferdeinteressenten ein und erklärte: »Ich werde zeitig aufstehen und mit euch beiden frühstücken. Da ist Mama. Aha! Wir haben uns wieder einmal verspätet!«

Mrs. Lynnton stand auf den Verandastufen und neben ihr eine Sechzehnjährige in Männerhosen, was Benedict wieder schockierte. In Texas tragen sogar die berufsmäßigen Rodeo-Girls, das sind solche, die sich im Kunstreiten und Lassowerfen produzieren, über der Beinkleidung einen geteilten Rock. Sogar Joella Kilso, der weibliche Champion im Reiten auf den halbwilden kleinen Bronchopferden der südwestlichen Prärie, zeigte sich nie ohne Wildlederröckchen mit langen Fransen und kugeligen Goldknöpfen.

»Also ich muß schon sagen«, hub die Dame des Hauses unter Außerachtlassung der sprichwörtlichen Gastfreundlichkeit des Südens zu zanken an, »es ist halb acht; um acht ist das Dinner, und ihr seid noch nicht einmal …«

»Mama!« unterbrach Leslie die Gardinenpredigt: »Mister Jordan Benedict aus Texas – Lacey! Mein Schwesterchen Lacey.«

Mrs. Lynnton taxierte mit kurzem Blick den hochaufgeschossenen, breitschultrigen Gast im Zehngallonenhut. Das Ergebnis war negativ. Ihre Tochter Lacey platzte jedoch mit der Frage heraus: »Sind Sie der Mann, der My Mistake kauft?«, worauf Mrs. Lynnton geruhte, ihn abermals mit einem Blick zu beehren, und dazu bemerkte: »Hoffentlich noch, bevor sich Lacey beim Reiten der Bestie das Genick bricht!«

»Nein, Mr. Benedict kauft sie nicht!« entschied Leslie ohne ersichtlichen Grund.

»O doch, meine Damen, ich kaufe sie.« Bick dehnte die Worte wie meistens, wenn er sich ärgerte, und dachte: Hier haben die Frauen weiß der Teufel die Hosen an! Diese klapperdürre Mrs. Lynnton mit ihrem Langschädel und der rechts und links in die Höhe gedrehten Frisur sieht aus wie ein Longhornrind.

Dr. Lynnton winkte besänftigend ab. »Es eilt ja nicht, und zum Umziehen ist auch noch genügend Zeit. Ihr Zimmer ist gleich oben links, lieber Jordan – oder soll ich Bick sagen? Um acht erwarten wir Sie hier unten im Eßraum.«

Gefangen! dachte Benedict, als er den ihm zugewiesenen Raum betrat, doch alsbald überkam ihn ein seltsames Gefühl heiterer Ruhe. Wie friedlich und gastlich diese vier Wände unter der hohen Decke, wie wohltemperiert und wie geräumig! Eine graziöse Vase mit Blumen, Holzfeuer im Kamin, ein eigenes Badezimmer mit Parfüms und Essenzen, Rasierzeug, weichen Hand- und überlebensgroßen Frottiertüchern. Auf Reata gab es zwar Zimmer zu Dutzenden, massenhaft Dienerschaft und Millionen Acres, aber keine solche Behaglichkeit. Als er dies später am Abend Leslie gegenüber lobend hervorhob, sagte sie schnippisch: »Ja! Wen kümmert das Notwendige! Luxus zählt mehr. Was tut's, wenn ein Zuber leckt!«

Er könnte sich jetzt noch immer telefonisch aus Washington ein Auto bestellen. Hatte es einen Sinn, länger hierzubleiben? Er beschloß, My Mistake zu kaufen, allein schon deshalb, sagte er sich, um diesem Frauenzimmerchen zu zeigen, daß es mich nicht so am Gängelband führen kann wie seinen Papa.

Er musterte sich im Spiegel, beschloß zu baden und sich zu rasieren – doch nein! Es ist schon dreiviertel acht. Keine Zeit mehr! sagte er sich, um im nächsten Moment nackt dazustehen, unter die Dusche zu gehen, sich hierauf zu frottieren, zu rasieren, in die Wange zu schneiden, hastig wieder in seine achtlos beiseite geworfenen Kleider zu steigen, die infolgedessen reichlich verdrückt aussahen, und die Treppe hinunter ins Speisezimmer zu sausen, in welchem niemand zu erblicken war außer Mrs. Lynnton, die die Sofakissen arrangierte und in einer rauschenden Seidenrobe überraschend gut aussah. Er grüßte höflich. Sie sah ihn flüchtig an, seine texasbraune Haut und die gelben Schuhe, die er mit einem Handtuchzipfel rasch abgewischt hatte, und schaltete ihn im Geist als wünschenswerten, ja auch nur denkbaren Schwiegersohn aus. Sie betrachtete ihn als eine Null, in deren Gegenwart man sich getrost gehenlassen konnte, ungefähr wie vor einer alten Dienerin oder Freundin, bei der man nichts zu gewinnen und nichts zu verlieren hat. »Sie sind aus Nebraska, Mr. Beckwith«, warf sie ihm hin.

»Benedict«, stellte er richtig, »aus Texas.«

»Texas, nicht möglich!« Als ob er Timbuktu gesagt hätte. – Diese alte Schreckschraube! dachte er und suchte die Unterhaltung fortzusetzen: »Sie sind aus Ohio, hat Ihre Tochter erwähnt.«

»Ach was! Wir haben dort nur vorübergehend gewohnt. Ich bin Virginierin, meine Ahnen haben recht eigentlich Virginia besiedelt; sie gehören zu den First Families.«

»Von denen habe ich schon gehört. Es sollen ja interessante Typen darunter sein.«

Sie sah ihn scharf an; er aber blickte unschuldig drein und lächelte so treuherzig, daß ihr diese männliche Null als Ablagerungsplatz für ihre Ressentiments gerade recht schien, und sie fuhr fort: »Meine Tochter Leslie und mein Mann, der Doktor, machen sich über meinen Ahnenstolz lustig, Lacey neuerdings auch schon, und der Doktor nennt mich Mrs. Nickleby, das hat er aus Dickens, wenn Ihnen der ein Begriff ist. Aber ich muß gestehen, Leslie ist am schlimmsten. Ja, meine Töchter sind ein Problem, Mister Ääa … außer Leigh selbstverständlich. Sie ist eine Lady Karfrey, wie Ihnen vielleicht bekannt ist.«

»Nein, ich wußte es nicht.«

»Nicht möglich! Sie ist die Gemahlin Sir Alfred Karfreys und wohnt natürlich in England. Er ist Mitglied des Parlaments.«

»Aha, das ist so wie bei uns der Kongreß«, sagte Bick entgegenkommenderweise und kam sich dabei elend verlogen vor. Mrs. Lynnton aber hatte seine Bemerkung wie alles, was ihr nicht in den Kram paßte, überhört und redete weiter: »Leslie hätte heiraten können, wen sie nur wollte. Sie ist weiß Gott keine Schönheit, dünn wie ein Hühnerhund, hat einen Tick am linken Auge, Sie haben es vielleicht bemerkt; man sollte denken, sie würde alle Herren abstoßen, statt dessen wird sie von ihnen umschwärmt wie Himbeerkompott von Bienen. Wieso, weiß ich nicht. Mein Mann, der Doktor, sagt, Leslie habe etwas, das manche Schönheit übertrifft. Na, ich habe noch nichts davon gemerkt.«

Jetzt ist sie auch noch auf ihre Tochter eifersüchtig, die alte Hyäne! glaubte Bick zu erkennen.

»Immerzu schmökert sie in den Büchern herum und spricht mit den Dienstboten genau wie mit ihresgleichen, der Doktor übrigens auch, und sie führt große Reden über Demokratie und Menschenrechte und lauter solchen Unsinn; man sollte denken, die Männer nehmen Reißaus, wenn sie nur ihren Namen hören.«

»Ich finde sie faszinierend«, entfuhr es Bick Benedict. Er hatte den Ausdruck noch niemals gebraucht, bestimmt nicht in bezug auf ein weibliches Wesen, und war selber darüber perplex.

Mrs. Lynnton blinzelte, als erwache sie aus einem Traum. Der Mann, der da vor ihr stand, war für sie bestenfalls wie ein Möbelstück oder ein alter Onkel gewesen; sie empfand die Unterbrechung, die er sich erlaubt hatte, als Unverschämtheit und wies »diesen Pferdehändler«, wie sie ihn innerlich nannte, sogleich in die gebührenden Schranken zurück: »Ja, das sagen noch ganz andere Leute, Graf Rorik zum Beispiel, der nach Ableben seines Oheims König wird, eine Durchlaucht, wie man es nennt.«

Während Bick sich verwünschte, daß er sich hatte breitschlagen lassen und geblieben war, hörte man plötzlich – wie bei einer schlechten Inszenierung – Stimmengewirr auf der Veranda, der Treppe und im Korridor. Unvermittelt kamen ein Dutzend Leute herein, wurden vorgestellt, Tabletts mit Sherry wurden herumgereicht. – Das hat wohl die alte Hexe so inszeniert, dachte Bick, und dann war auf einmal Leslie da, spät, aber in Stimmung.

Er sah sie an. Sie trug ein unkleidsames Abendkleid, wie es damals in Mode war: lächerlich kurzer Rock mit langer Taille. Aber die untadelig geformten Beine kamen dadurch zur Geltung, die reizenden Schultern nicht minder, und da sie ihr albernes Reitkleid mit dem Piquékragen los war, konnte er auch die wundervoll zarte Linie des Halses bewundern und sah in der Erscheinung des Mädchens etwas wie eine verwunschene Schönheit. War es wirklich ein Tick, der in ihrem Auge zuckte? Oder waren diese so groß, daß die Augenhöhlen nicht Raum genug boten? Er dachte an eine Schauspielerin, die er einmal in New York gesehen – wie hieß sie doch? Ja, richtig! Ferguson. Elsie Fergusons sprechende, große Augen waren diesen sehr ähnlich, nicht stumm und starr wie die der vielen Frauen und Mädchen, die er gekannt hatte – und in den Elsie-Augen hatte es ebenso aufgezuckt, nein, verlockend aufgeleuchtet wie jetzt aus den Augen Leslies.

»Dinner!« meldete ein farbiger Diener in weißen Baumwollhandschuhen.

Wenn Jordan Benedict in den Jahren der Ehe auf diesen Abend zu sprechen kam, nannte er ihn: »Die Teufelsstunde, in der ich dich fand.«

6

An der Tafel, auf der Kerzen brannten und Blumen dufteten, hatte er Leslie und den ihm unsympathischen Rorik als Gegenüber. Dessen roter Reitrock nahm sich zwar jetzt etwas besser aus, aber die affektierte Art, mit der der junge Geck Messer und Gabel handhabte, das Geklapper, das er dabei vollführte, und wie er die Speisen auf seinem Teller zusammenschaufelte, sie mit genäschiger Hast zum Munde führte, gleichzeitig redete, lächelte und Leslie anhimmelte, reizte den Texaner so, daß er mit den Füßen scharrte und innerlich grollte: Seit Kriegsende macht diese Blase Washington unsicher, treibt sich auf den ausländischen Botschaften und Gesandtschaften herum, als sei wieder etwas im Werk – Gott sei Dank, das Essen ist wenigstens gut, sogar großartig! Merkwürdig, dachte er weiter, daß diese heruntergekommene Wirtschaft sich so etwas leisten kann! Drei Töchter! Keine Kleinigkeit! Ob Lady Karfrey ein bißchen nachhilft? Ha! Sie wird sich hüten!

Ein Großteil der Konversation wurde von den Damen bestritten, wobei sich Leslie besonders hervortat, doch war es nicht das übliche Tischgeplauder, das Bick von Washington her kannte, wo er hie und da geschäftlich zu tun hatte – nicht regelmäßig; das war Sache seines Vetters Roady. Wozu hätte man ihn sonst in den Kongreß gewählt? Da konnte er die Angelegenheiten von Texas, soweit man in der Bundeshauptstadt darüber befand, natürlich am besten wahrnehmen.

Die Tischgespräche bezogen sich auf alles mögliche, vom neuesten Sensationsprozeß in Tennessee bis zu den Affendrüsen, vom Staatssekretär und Kriegsgegner Bryan bis zu einem Roman, betitelt »Eine amerikanische Tragödie« – den Bick nicht gelesen hatte –, und einem Theaterstück »Gier unter Ulmen« – das er nicht gesehen hatte. Doch vertilgte er mit Genuß seinen saftigen Entenflügel und sprach, soweit unbedingt nötig, mit der jungen Dame zu seiner Rechten – deren Namen er nicht verstanden – und mit der älteren Dame zu seiner Linken – deren Namen er schon wieder vergessen hatte.

Jemand am andern Tischende hatte wohl eine Frage an Nicholas Rorik gerichtet, denn dieser stellte plötzlich das gespenstige Hantieren mit dem Besteck ein, lächelte erbarmungsvoll, zuckte die Schultern, erhob die Stimme und antwortete im besten Oxford-Englisch: »Es ist kein großes Land, müssen Sie wissen; es ist ein Fürstentum. Sie nannten es liebenswürdiger-, jedoch übertriebenerweise ein kleines Königreich. Aber« – er hob die Augen zur

Decke, um die Zahl in amerikanisches Feldmaß umzurechnen – »Ihre Meile zugrunde gelegt, umfaßt es nicht ganz achthundert Quadratmeilen. Immerhin sehr klein für hiesige Größenverhältnisse.«

»Meine Güte!« lachte der Fragesteller am andern Ende der Tafel leicht auf und wandte sich dann an Jordan Benedict:

»Da ist Texas größer, nicht wahr, Mr. Benedict?«

»Was heißt hier Texas!« schmunzelte Dr. Lynnton. »Mr. Benedicts Ranch ist bereits größer – nichts für ungut, Nicky!«

»Ja, da liest man immer von Latifundien in Texas«, rief Bick schräg vis-à-vis ein Herr in rotem Reitrock und mit einem ebenso roten Gesicht: »Aber jetzt wollen wir etwas darüber aus unmittelbarer Quelle erfahren, direkt aus Ihrem Hauptquartier, Mr. Benedict! Wieviel Acres oder Quadratmeilen, oder wie ihr das dort ausdrückt, besitzen Sie? Es ist doch die größte Ranch in Texas, etwa nicht?«

Jordan Benedict konnte sich nie damit abfinden, daß einen diese Yankees ganz einfach fragten, wieviel Land man besitze. – Was fällt dem Kerl ein! dachte er. Es ist genau, als würde man jemanden fragen: Wieviel Geld haben Sie? – Möchte bloß wissen, wie es diesem Rotrock gefallen würde, wenn ich jetzt über den Tisch hinüberbrüllte: Sagen Sie, Mister, wie hoch ist Ihr Bankkonto? Doch er erwiderte ruhig: »Es ist nicht die größte. Andere sind ebenso groß. Eine im Panhandle und eine in der Brush County sind noch größer.«

Leslies Augen ruhten auf ihm, und er fühlte – wieso, wußte er nicht –, daß sie ihm seinen Unwillen nachfühlte. – Das Mädchen, dachte er, ist nicht bloß gewandt und klug; es hat auch für alles Verständnis, drum schimmern ihre Augen so allerliebst. Vielleicht hat das ihr Vater gemeint, als er sagte, sie habe etwas, das manche Schönheit übertrifft.

Der Bursche schräg vis-à-vis ließ nicht locker. »Ja, aber wieviel Acres genau? Ich möchte es gerne authentisch wissen, sonst glaube ich es nicht. Eine Million? Stimmt's? Eine Million Acres?«

Benedict spürte, wie ihm das Blut in den Kopf stieg. Die taktlose Frage setzte ihm geradezu den Revolver auf die Brust. Wenn er keine Antwort gab, beleidigte er einen Menschen am Tisch seines Gastgebers. Um geringerer Ursachen willen hatte er Menschen einander totschlagen sehen.

Alle Gespräche stockten. Er sah in Leslies Augen. Da lächelte sie so zart wie eine Mutter, die ihr schüchternes Kind zu ermutigen sucht, und er antwortete ungezwungen: »Etwas über zwei Millionen Acres. Zweieinhalb, wenn Sie es ganz genau wissen wollen.«

Dr. Lynnton nickte interessiert. »Ja, richtig! Davon hat mir schon mein Vater erzählt, als ich noch zur Schule ging. Waren es zu jener Zeit nicht sogar fünf Millionen Acres?«

»Ja.« Der Teufel hole den Doktor mit seiner ganzen Sippschaft!

»Sehen Sie, Nicky!« rief der Mann, der den Fragekomplex aufs Tapet gebracht hatte. »Dagegen sind Sie nur ein Schrebergartenbesitzer.«

Und wieder lächelte Rorik erbarmungslos, zuckte die Schultern und blickte flehentlich auf Leslie.

Mrs. Lynnton hatte gerade dem Diener eine Weisung gegeben und guckte nun Mr. Benedict an, als könne sie das, was sie eben vernommen hatte, nicht glauben, wandte sich wieder zum Diener um, wollte weiterreden, doch plötzlich durchzuckte es sie. Mit

Augen, groß wie Teetassen, starrte sie Jordan an. Das Gehörte war jetzt am Ende der Leitung angekommen. Sie brauchte den Mund nicht erst zu öffnen. Ihr Staunen hatte ihn aufgetan, und sie fragte: »Wieviel Acres, sagten Sie, Mr. Benedict?« Sogar seinen Namen wußte sie nun.

»Er sagte zweieinhalb Millionen, Mama«, flüsterte Leslie diskret, aber deutlich. »Ich bitte dich, schau nicht so gierig drein!«

Doch die Mutter war nicht von dem Wild abzulenken, dessen Witterung sie nun hatte. Sie verfolgte es mit der Frage: »Sind auf Ihren Liegenschaften auch Dörfer? Städte?«

Etwas gehemmt antwortete er: »Ein paar, Madame.«

»Besitzen Sie die ebenfalls, Mr. Benedict?« Die Tischrunde konnte sich nicht mehr halten und platzte heraus. Bicks Antwort: »Besitzen ist nicht der richtige Ausdruck«, ging in dem Gelächter unter. Mrs. Lynnton sah ihren Gatten empört und vorwurfsvoll an. Doch Bick fuhr unbeirrt fort: »Niemand besitzt eine Stadt. Gewiß, wir verfügen über die Stimmen der Stadt Benedict, auch über die meisten ländlichen ...«

»Demokratische?« fragte Leslie ihn über den Tisch herüber.

»Aber Leslie!« entrüstete sich der Tischnachbar ihrer Mutter – natürlich ein New-Yorker, riet Bick daneben, um sogleich im Geist in dieselbe Kerbe zu hauen: Was hat sie sich auch in politische Fragen zu mischen; das geht eine Frau nichts an.

In den nächsten Minuten und Stunden zwischen 22.05 und 7.01 Uhr erfolgten im Hause Lynnton einige Auftritte und Abgänge, die durch Mannigfaltigkeit wettmachten, was ihnen an Bühnenwirksamkeit abging.

22.05 Uhr: Allgemeiner Aufbruch zum Jagdball. Benedict lehnt höflich ab unter besonderem Hinweis auf seine ungeeignete Kleidung und eine Verabredung in Washington, die ihn am Morgen zu zeitigem Aufstehen nötigt. 22.06 bis 22.28 Uhr: Bick und der Doktor nehmen noch einen Schlaftrunk, plaudern, gehen zu Bett. 22.30 Uhr: Dr. Lynnton im ehelichen Schlafgemach. Mrs. Lynnton eröffnet das Feuer: »Nun, Doktor Lynnton, ich muß schon sagen, Sie kümmern sich ja sehr wenig um das, was mit Ihren Töchtern geschieht!«

»Wieso, Nancy? Was haben die Kinder denn verbrochen?«

»Die Kinder nicht, sondern du!« – Auf seinen erstaunten Blick: »Bringt diesen Benedict her, und sagt mir vorher kein Wort, nicht eine Silbe!«

»Aber er ist doch sehr nett, der Junge. Du darfst einen Menschen nicht nach seinem Hut beurteilen. In Texas ist man anders als hier. Alles hat dort einen großen Maßstab, sogar die Hüte. Aber nett ist er, der junge Mann.«

»Nett, nett! Er besitzt zwei Millionen Acres, sogar noch mehr!«

»Das kannst du ihm doch nicht zum Vorwurf machen, Nancy.«

»Horace Lynnton! Du weißt sehr gut, in Virginia, Washington, Maryland und Ohio gibt es kaum einen heiratsfähigen jungen Mann, über den sie sich nicht lustig gemacht hat, seit sie dreizehn war, und jetzt ist sie über zwanzig. Ich kann Lacey nicht ewig mit Zöpfen herumlaufen und warten lassen, bis Leslie verheiratet ist.« – Zunehmend müder und wirrer, schlaftrunken: »Wo hast du bloß deine Augen? Mir sagt sie, ich sei feudal eingestellt. Und ich habe ihm ins Gesicht gesagt, sie sei so mager wie ein Hühnerhund und hätte was mit den Augen. Woher soll ich wissen, daß er

Millionen Acres besitzt; alle andern wissen es, und du bringst den Mann ins Haus, und es fällt dir nicht ein ...«

»Aber Lacey ist doch noch ein Kind und durchaus nicht mager, sondern recht mollig, und ihre Augen sind ausgezeichnet.«

»Lacey! Wer redet von Lacey? Leslie, Leslie. Seit Jahren schwadroniert sie, wie fade die Washingtoner Gesellschaft und wie gräßlich ihr die Dinners sind und daß sie Damentees und Visiten verabscheut und sich aus der Enge heraussehnt ins Große, ins Weite, ins Wirkliche, ins Amerikanische, und nun kommt ein Mann mit Millionen Acres Ländereien, und du, du verschweigst es ...« und so weiter ohne Ende.

Um 22.50 Uhr schützt auf dem Jagdball Miss Leslie Lynnton rasendes Kopfweh und andere beängstigende Symptome vor, verläßt die Tanzfläche, wird von einem bestürzten Jüngling, den sie schon öfters zum Narren gehalten hat, heim begleitet; verabschiedet ihn auch diesmal unbelohnt, eilt schnurstracks in die Bibliothek, ins Wohnzimmer, ist sichtlich enttäuscht von dem, was sie dort findet, beziehungsweise nicht findet, wandert dreimal zwischen den Bücherschränken und ihrem einsamen Schlafgemach hin und her, jedesmal beladen mit einem Stoß Bücher verschiedener Größe, schmeißt dieselben auf ihr Bett, legt sich dazu. Um 23.30 Uhr erwacht ihre Schwester Lacey im Nebenzimmer, hört Schritte, sieht durch die Spalte der Verbindungstüre Licht; ihr Detektivsinn wird augenblicklich rege. Sie steckt den Kopf zur Tür herein: »Leslie, ich habe gemeint, es sei ein Einbrecher oder ein Liebhaber bei dir.«

Leslie blickt von der Lektüre, in die sie vertieft ist, auf: »In beiden Fällen wärest du mir willkommen gewesen; momentan weniger. Wo schnappst du bloß solchen Blödsinn auf?«

»Wieso bist du schon daheim?«

»Ich muß was nachlesen. Über Texas.«

»Du kannst mir doch nicht weismachen, daß du vom Ball weg bist, bloß um was nachzulesen. Ausgerechnet über Texas!«

»Lacey, sei brav und leg dich schlafen!«

Lacey sieht ihre Schwester durchdringend an. »Aha, aha! Ich könnte auch sagen: Oho! oder: Hihi! Aber ich sage nur: Puh!«

Wenn Leslie angab, sie müsse etwas nachlesen, wußte die Familie, was das heißt. Ihr Bett in dem alten Virginiahaus war keineswegs das schmale Lager, auf welchem sich eine Jungfrau zum Schlummer zusammenzuringeln pflegt, sondern ein mächtiges Himmelbett, das sie auf dem Dachboden aufgestöbert hatte, wo es lange Jahre verschollen gewesen war. Es war ein Hochplateau von gleicher Breite wie Länge und hatte wohl manchem Altvordernpaare mit mindestens einem Säuglings- oder Sprößlingspaar als Lager gedient. Auch die längste Virginierin konnte sich darin nach Herzenslust dehnen und ausbreiten. Leslie aber hatte es nicht, wie sich das für ein anständiges Bett gehört, an eine Wand gestellt, sondern mitten ins Zimmer, was ihre Angehörigen sich nicht zu erklären wußten und worüber sie ihnen keinen Aufschluß erteilte. Die Kopfwand ragte fast bis zur Zimmerdecke empor, und über dem Ganzen schwebte ein kristallener Kronleuchter. Rechts und links standen Kandelaber und drum herum ganze Stapel von Büchern, große und kleine, historische und belletristische, gebundene und broschierte, Enzyklopädien und Wörterbücher. Gleich einer Palisade umgaben sie die emsig Studierende, und während sie las, wickelte sie in Gedanken eine Haarsträhne nach der andern um ihren Zeigefinger, so daß ihr Kopf am Ende einem Medusenhaupt glich. Dieser gewohnte Anblick gab Schwester Lacey keinen Anlaß zum Staunen. Und doch staunte sie: »Leslie! Bist du in ihn verliebt?«

»Möglich. Ja. Es kommt mir so vor. Er sagte, Texas sei ganz anders als die übrigen Vereinigten Staaten.«

»Pah! Das behauptet jeder von seinem Staat, Papa von Ohio, Mama von Virginia.«

»Das ist ein großer Unterschied. Er spricht davon wie von einem ganz anderen, selbständigen Land, das zufällig mitten in die USA geraten ist.«

»Es ist nicht in der Mitte, sondern mehr bei Mexiko.«

Leslie ging über den Einwand hinweg. »Er sagt ›mein Land‹ und meint damit Texas. Ich habe ihn deswegen interpelliert, und er antwortete, alle Texaner – oder wie er sagt: Texanier – bezeichneten ihren Staat als ihr Land. Auch seine Ranch nennt er sein Land, als sei es ein Reich und er der König davon. Noch nie hat mich etwas dermaßen interessiert. Nie! Ich habe mir jetzt aus unserer Bibliothek das ganze Material über Texas geholt, alles, was damit zu tun hat, auch Papas Aufzeichnungen und die ganzen Kongreßverhandlungsberichte und Geschichtsbücher und ›Unser Südwesten‹ und ›Wie leite ich eine Ranch?‹ und ›Die Frau auf der Ranch‹ und ›Die Texas-Rancher und Texas, eine Darstellung ihrer sozialen, geographischen und sonstigen Lage unter besonderer Berücksichtigung der …‹«

»Gute Nacht!« rief Lacey und schlug die Tür hinter sich zu. 3 Uhr morgens. Lacey hört das Schlagen der alten Standuhr im Erdgeschoß, sieht zwischen Leslies geschlossener Tür und der Schwelle den dünnen Lichtstreif, gähnt, dreht sich nach der Wand und schläft weiter.

6 Uhr. Das Morgenessen. Bei Lynntons eine muntere Angelegenheit. Der Schauplatz das freundlichste Zimmer des gastlichen Hauses. Hohe Fenster, gewölbte Decke. Ein alter, vornehmer Raum. An sonnigen Tagen wie diesem nicht der richtige Aufenthalt für Damen, die das Morgenlicht scheuen. Ein prächtiger Erker führt über die südlich gelegene Terrasse in den verwilderten Garten. Silber, Kristall und Mahagoni schimmern. Bick Benedict tritt ein. Er ist etwas mißtrauisch, stellt fest, daß jede Serviette neu und zierlich gelegt, der Teppich mit seinem Blumenmuster jedoch sehr abgenutzt ist. Wie sagte Leslie? »Wen kümmert das Notwendige? Luxus zählt mehr.«

Das Frühstück nach englischer Art ein behagliches Fest. Um sechs nimmt Dr. Lynnton es ein, Lacey, je nachdem, um fünf oder zehn Uhr, die übrigen Mitglieder des Hausstandes und die jeweiligen Gäste zwischen sieben und elf. Auf der Anrichte halten behagliche Hauben die Kaffee-, Tee- und Milchkannen warm. Von Zeit zu Zeit werden sie frisch gefüllt, aber wer zuerst kommt, hat's am besten. Auch ein Toaströster ist in Funktion, und auf vernickelten Plattenwärmern bleiben Eier, Würste und Waffeln warm. Kein Mangel an Kippers, Konfitüren und Honig. Jeder greift zu, wann und soviel er mag. Man sitzt und schwatzt, oder man sitzt und ißt stumm, falls man mit dem linken Fuß aus dem Bett gestiegen ist, oder man liest die Zeitung. Die Sonne flutet herein, der Kaffee ist stark und heiß, und über allem Kommen, Verweilen und Gehen schweben Frohsinn und gemächliche Heiterkeit.

Leslie fegt wie der Wind herein, nimmt sich aber sogleich zusammen, denn so früh sie auch aus den Federn ist, ihr Vater und Bick sind schon da. In ihrem blauen Kleidchen mit weißen

Manschetten und Krägelchen sieht sie trotz Blässe sehr jung aus. Ihr offenes schwarzes Haar ist hinten mit einem Bande zusammengehalten. Sie hat nur drei Stunden geschlafen. »Hello! Guten Morgen!«

»Leslie, wieso ...?« fragt Dr. Lynnton, aber sie löscht seine Verwunderung über ihr frühes Erscheinen aus mit den Worten: »Ich frühstücke meistens mit Papa«, gießt sich Kaffee ein, doch ihr Blick ruht auf Bick und seiner auf ihr. In der hellen Morgensonne bemerkt sie die Fältchen in seinen Augenwinkeln, das Werk von Sonne und Wind. Als er sich vor ihr erhob, erschien er ihr sogar noch breitschultriger und größer als gestern. »Miss Leslie«, bemerkt er nicht völlig zutreffend: »Sie sehen fabelhaft frisch aus; gar nicht, als ob Sie die Nacht durch getanzt hätten.«

Sie trinkt zunächst einmal ihren schwarzen Kaffee aus, guckt dann nachdenklich in die Luft, als habe sie Bicks Kompliment nicht gehört. Der beiden Herren Blicke, die auf ihr ruhen, sind ebenso bewundernd wie verwundert, die Dr. Lynntons von väterlicher Liebe, die Bick Benedicts von unklaren Vorgefühlen erfüllt. Nun hat sie ihren Entschluß gefaßt und gesteht in aller Ruhe: »Ich kam Viertel vor elf nach Hause und las bis gegen Morgen über Texas nach.«

»Kind, kannst du den armen Bick nicht wenigstens sein Frühstück in Frieden aufessen lassen!«

»Na, was haben Sie denn da gelernt?« fragte der Texaner lächelnd, etwas von oben herab.

»Daß wir Texas gestohlen haben, und zwar von Mexiko.«

Wie von einer Tarantel gestochen, fuhr Bick empor, die Augen weit aufgerissen. Es dauerte eine Weile, bis er sich einigermaßen in der Gewalt hatte; dann stieß er zwischen gepreßten Lippen hervor: »Den Witz verstehe ich nicht.« Und er dachte daran, daß in Texas so mancher getötet worden war, der nicht einmal so deutlich wie eben Leslie gesprochen hatte.

»Aber nein, Mr. Benedict, es ist kein Witz; es ist historisch. Ich habe es vorhin gelesen: Da war ein Mr. Austin, der kam mit zwei- bis dreihundert Familien von Osten ins Land; die höflichen Mexikaner erlaubten ihnen, sich unter mexikanischer Herrschaft niederzulassen und das Land zu bebauen. Sie wissen doch, was dann geschah! Die Eingewanderten erklärten, sich von der mexikanischen Herrschaft befreien zu wollen, und taten es mit Waffengewalt. Entschuldigen Sie, aber höflich war das gerade nicht. Mit den spanischen und französischen Entdeckern des Landes war das eine ganz andere Sache gewesen. Damals war weit und breit niemand anderer. Sie durchzogen und durchritten die heißen Wüsten in ihren eisernen Rüstungen und Stahlhelmen mit Federn – schrecklich unbequem muß das gewesen sein! Jene Conquistadoren – ein prachtvolles Wort: Conquistadores! Und diese klangvollen Namen: Coronado, De Soto und – wie heißt er doch? – De Vaca! – suchten nach den geheimnisvollen Sieben Städten von Cibola wie Kinder nach versteckten Schätzen. Aber sie nahmen niemandem sein Land weg, wie wir es dann ihnen genommen haben. Allerdings waren da die Indianer, aber das ist ein Kapitel für sich.«

Dr. Lynnton blickte besorgt auf seinen Gast. Wie starr der Mann dastand! Die Muskeln an Hals und Kinnlade traten hervor. Er kämpfte mit sich, und es sah aus, als werde er im Moment kehrtmachen und das Zimmer, das Haus verlassen. Oder das Tischgeschirr in Trümmer schlagen. – O diese Texaner! dachte der

Doktor und murmelte beinahe beschwörend: »Ich bitte dich, Leslie, so darfst du zu keinem Texaner sprechen. Sie sind sehr empfindlich in allem, was ihren Staat berührt – ich könnte auch sagen: ihr Reich. Für viele von ihnen sind die Vereinigten Staaten nur ihre zweite Heimat.« Er lächelte. »Ist's nicht so, Benedict? Aber bitte, behalten Sie doch Platz!«

»Aber ich wollte Sie doch nicht kränken!« rief das Mädchen, bevor er seiner angesammelten Wut Ausdruck verleihen konnte. »Ich sprach rein historisch.« Sie nahm ihre Kaffeetasse, setzte sich auf den Stuhl neben Bick, stützte den Ellenbogen auf, beugte sich zu ihm hinüber und schaute ihm wie ein munteres, eifriges Kind ins Gesicht. Es war verwirrend, es war zum Verrücktwerden. Wäre sie ein Mann gewesen, er hätte ihr mit der Faust ins Gesicht geschlagen. »Ich habe das alles ja nur aus den Büchern; es war mir völlig neu. Ich finde es hinreißend. Eine mir fremde Welt, so weit und so anders. Ich liebe sie. Die Kakteen, die Cowboys, den Alamo, den Himmel, die vielen Pferde, die Mexikaner und die Freiheit. Das ist das wahre Amerika, etwa nicht? Ich bin drin verliebt.«

Bick Benedicts Herz schlug auf besondere Art. – Paß auf! rief er sich zu: Klapperschlangen! Oder Sirenen! So sprechen keine gewöhnlichen Weiber, die bei uns bestimmt nicht. – Er hatte, wie alle Jungen seiner Familie, zwei Jahre an der Harvard University studiert, damit ihnen niemand vorwerfen könne, sie seien provinziell. Dort waren ihm einige Mädchen begegnet, die ebenfalls ihre eigene Meinung hatten und sie auch äußerten, aber beliebt waren diese Studentinnen nicht; man sah sie außerdem nur bei Fußballturnieren und den Promotionen. – Gut, dachte er, wenn sie über Texas reden will, antworte ich ihr, als wäre sie ein Mann. – Und er antwortete: »Ich habe nie etwas so Unwissendes wie euch Ostler gesehen. Von der ganzen amerikanischen Geschichte kennt ihr nur, was östlich von Philadelphia passiert ist. Valley Forge und Bunker Hill und Washingtons Überfahrt über den Delaware. Den Delaware! Daß ich nicht lache! Wissen Sie etwas vom Rio Grande? Ich wette, in euren Schulen werden der Alamo und San Jacinto überhaupt nicht erwähnt.«

»In meiner hatten wir das nicht. Ihr in eurer, Papa?« Der Vater fuhr mit der Hand übers Gesicht, als wolle er Spinngewebe wegwischen, doch ohne seine Antwort abzuwarten, setzte Leslie scharf ein: »Übrigens sind wir keine Ostler, wenn Sie darunter die Bewohner der nordamerikanischen Atlantikstaaten verstehen. Haben wir mit dem Osten etwas gemein, Papa?« fragte sie flammend. Es war eine rein rhetorische Frage, der sogleich die Aufforderung folgte: »Sage ihm bitte Bescheid!«

»Zum Kuckuck, nein!« sagte Horace Lynnton. »Ohianer sind keine Oststaatler. Aber fange nur ja mit keinem Texaner Krach an, mein Kind! Sie sind so reizbar wie Hornissen. Außerdem wärest du beinahe selbst als Texanerin auf die Welt gekommen.«

»Tatsächlich?« rief Bick. Es klang hocherfreut.

»Als du klein warst, habe ich es dir einmal erzählt; das hast du natürlich vergessen. Es war für dich ja nicht von Bedeutung.« Horace griff nach einem heißen Milchbrötchen, schnitt es auf, legte in die Mitte der oberen Hälfte ein kräftiges Butterröllchen, strich dick Erdbeergelee darüber, betrachtete mit bewunderndem Blick die Farbenpracht aus Gold und Rubin und biß dann hinein.

»Nicht so viel Zucker, Stärke und Fett, Papa, du weißt!« mahnte Leslie mütterlich, und der Vater sagte zerknirscht: »Meine Patienten beherzigen dahingehende Verordnungen, aber ich kann's nicht. Es geht über meine Kraft.« Und er aß mit Genuß nach der oberen auch die untere Hälfte, lachte die zwei jungen Leute an und gab ihnen weiteren Aufschluß: »Mein Vater war ebenfalls Arzt und schottisch-irischer Herkunft. Um 1870, ich war damals noch nicht auf der Welt, wohnte er in Ohio. Dort hat man ihm offenbar viel von Texas erzählt, denn ich erinnere mich noch aus meiner Kindheit, daß er oft gesagt hat, er wolle sich in Texas niederlassen und mit dem Lande wachsen, so nannte er das. Ehe er noch etwas davon gesehen hatte, war er in Texas verliebt – ungefähr so wie jetzt du, meine liebe Leslie. Als er dann hinkam, hatte er schnell eine ausgezeichnete Praxis; es gab damals in Texas noch nicht viele Ärzte. Aber das Klima bekam ihm nicht. Die Hitze, der ständige Nordwind, der Staub! Nach einem halben Jahr ist er wieder zurück nach Ohio. In der kurzen Zeit, sagte er, habe er seine Verdauung fürs ganze Leben ruiniert. ›Alles in Rinderfett gebraten: das Fleisch, die Kartoffeln, das Brot!‹ jammerte mein armer Papa. Er hat immer gesagt, die Leute verstünden dort nichts vom Kochen, und bis sie dies kulturelle Manko aufgeholt hätten, brauchten sie mindestens ein Jahrhundert – seien Sie ihm deswegen nicht böse, mein lieber Bick!« Er spießte eine rosige Locke Virginiaschinken auf seine Gabel, tupfte damit die Krümel und Butterreste von seinem Teller und ließ sie dem bisher Genossenen nachfolgen, während seine Augen bereits zu den auf der Anrichte wartenden Würsten schweiften. Doch dabei begegnete er seiner Tochter mißbilligendem Blick, und seufzend lehnte er sich zurück. »Die Lynntons«, bemerkte er resigniert, »huldigen viel zu sehr ihrem Gaumen. Du auch, Leslie! Du probierst lieber ein neues Kochrezept als ein neues Kleid.«

»So schlimm ist keine von uns«, versetzte die Tochter und erzählte dem Gast: »Papa und unsere Köchin, die Caroline, wetteifern seit Jahren, wer von ihnen die beste Crème brulée zustande bringt.«

»Was ist Crème brulée?« erkundigte sich der Texaner, sah den mitleidigen Ausdruck der beiden Lynntongesichter und lachte, wenn auch nicht eben herzlich, und bemerkte: »Sagen Sie, was Sie wollen, jedenfalls tun wir mit unseren Speisen nicht groß. Und mir schmecken sie.« Er staunte über sich selbst, als er warnend und zugleich verheißungsvoll hinzusetzte: »Texas, das wäre der richtige Ort für viele Virginierinnen! Wo ihr so maßlos verwöhnt und verzärtelt seid!«

»Ich nicht. Sag selbst, Papa, ob ich verzärtelt bin! Außerdem bin ich keine Virginierin.«

Horace Lynnton verschränkte die Arme, musterte seine Tochter mit wissenschaftlichem Blick und konstatierte: »Du bist zweifellos viele Jahrzehnte zu spät auf die Welt gekommen. Ich kann dich mir sehr gut im Bürgerkrieg vorstellen, wie du verfolgte Sklaven im Keller versteckst, oder früher als Pionierin in der Prärie unter den ersten Einwanderern, auf einem Planwagen mit einem Ochsengespann davor.«

Leslie rührte in ihrer zweiten Tasse Kaffee, überprüfte im Geist die eben geäußerte Theorie und lehnte sie ab. »Das freie Leben hätte mir zwar zugesagt – keine Washingtoner Parties, keine Damentees und all das Brimborium! Zu fürchten hätte ich weiter nichts als höchstens, von den Indianern skalpiert zu werden! Keine Haushaltssorgen außer, ob man unterwegs Wasser findet! Klingt alles reizend. Ist aber schrecklich unbequem. Wo bleibt der Komfort? Du hättest mich anders erziehen müssen, Papa. Ich liebe

Altsilber und Marylandkrabben und Tag und Nacht fließendes heißes Wasser, dazu Badesalze und ab und zu ein Glas Champagner, Extra dry und gut gekühlt.«

Der Texaner machte eine wegwerfende Bewegung, mit der er Altsilber, Warmwasserversorgung, Komfort aller Art und die ganze Ostküste der USA unter den Tisch wischte. »Dekadenter Unfug«, nannte er es, »stirbt ab, ist tot.« Und wiederum widersprach das Mädchen: »Es ist nicht tot. Es war vielleicht zum Teil krankhaft. Aber eben jetzt erwacht es zum Leben. Hätte Lincoln nur zwei Jahre länger gelebt! Hätte er seine Ideen verwirklichen können, so hätten die Südstaaten nach dem Bürgerkrieg sich erholt, anstatt abzusinken, weil ein Haufen gieriger Ignoranten …«

»Schön und gut«, unterbrach Dr. Lynnton gemütlich und bürstete sich ein paar Krümel von der Weste, »nur falls du die Absicht hast, jetzt noch einmal den Bürgerkrieg auszukämpfen, muß ich dir sagen: Dazu fehlt mir die Zeit.«

Leslie sah Benedict so scharf ins Gesicht, daß er erschrocken dachte: Um Himmels willen, was kommt jetzt? – Und sie fragte: »Kennen Sie Carlyle?«

»Gott bewahre!« rief Bick, und der Doktor stand auf. »Leslie«, sagte er, »daß du einen Texaner in aller Herrgottsfrühe wegen Texas attackierst, mag noch hingehen, aber daß du ihm außerdem noch Thomas Carlyle an den Kopf wirfst – das geht zu weit.«

»Ich kenne Carlyle nur dem Namen nach«, sagte Bick. Er hatte sich zugleich mit Leslie erhoben; sie standen gespannt, im Unterbewußtsein erregt, und es ergab sich zwischen den beiden ein Dialog, der sich anhörte wie die mangelhafte Übersetzung eines Tschechowschen Bühnenstücks.

Bick: My Mistake – ich meine, das Fohlen. Ich kaufte es, das heißt, ich werde es kaufen. – Lange Pause – Sollten Sie je nach Texas kommen, Miss Leslie …

Leslie – traurig –: Ich werde es nie. – Blickt durch die offene Tür hinaus in den Kirschgarten, in dem die Bäume Reihe an Reihe blühen und duften. –

Bick – sein Blick ist dem ihren gefolgt –: Man riecht es bis hier herein.

Leslie: Ich las vorhin von Ihren gelbblühenden Bäumen – oder sind es Büsche? Duften sie süß?

Bick: Die Retama?

Leslie: Die Huisache, ich weiß nicht, ob ich es richtig ausspreche. – Pause. –

Bick: Nach dem Frühlingsregen sprießen die Wüstenblumen. Meilenweit dicht wie ein Teppich. – Pause. –

Leslie: Ist es denn eine Wüste, Ihr Texas?

Bick: Nein. Da gedeiht alles. Vom Weizen bis zur Grapefruit, Bald wird es nichts mehr geben, was nicht in Texas besser gedeiht. – Unbesonnen –: Wenn Sie Freiheit suchen, kommen Sie nach Texas! Da sagt Ihnen kein Mensch, was Sie zu tun haben. Keine Visitenkarten. Keine geschniegelten Gräflein in rotem Rock. Nur das Vieh, die Prärie, die Pferde, die Sonne, der Himmel und viele gute, schlichte …

Dr. Lynnton – ihn unterbrechend –: … viel gute schlichte Kakteen und Zecken und Dürre. – Gutmütig –: Und Schlangen und Stürme. O ihr Texaner! Bevor wir gehen, sollten Sie sich das Füllen doch noch genauer ansehen und es erst kaufen, wenn Sie restlos davon überzeugt sind, daß es für Sie Wert hat. Es hat nämlich die

Kaprice, zu tänzeln und zu bocken, wenn es losgehen soll. Zehntausend Dollar sind keine Kleinigkeit, Mr. Benedict!

Bick – keineswegs prahlerisch, eher flüchtig, da ihm Wichtigeres auf der Seele brennt –: Für einen guten Zuchtbullen habe ich schon das Doppelte gezahlt. – Leben Sie gern in Virginia, Miss Lynnton?

Leslie: Warum auch nicht?

Bick: Weil hier alles so klein aussieht.

Leslie: Das Größere ist nicht immer das Bessere. Sonnenblumen sind nicht besser als Veilchen.

Bick: Bis wohin kennen Sie den Westen?

Leslie: Ich war einmal mit Papa in Kansas City.

Bick – verächtlich –: Kansas City! Das ist alles noch Osten. Und klein ... und eng und so wenig ... In Texas ist alles und ist ohne Ende.

Leslie: Zuviel von allem ist vielleicht ebenso schlimm wie zuwenig. Ich für mein Teil habe es gern gemütlich. Ich meine nicht eng und schmuddelig, sondern mir nah! Die Familie, Bücher, Freundschaften und die Küche, wenn ich was Neues ausprobieren will und Caroline mich läßt.

Dr. Lynnton – räuspert sich, um zu zeigen, daß er noch da ist. Umsonst. Zwischen den beiden hat sich etwas angesponnen, das sich seinem Einfluß entzieht. Er sagt: Bick, wir müssen aufbrechen. Das heißt, wenn Sie noch hierbleiben wollen, freut es uns. Aber ich muß jetzt ins Spital. Also ...

In seine letzten Worte tönt hell von der Tür her die Stimme seiner Gattin: »Guten Morgen, allerseits!« Schon hat sie die Schwelle überschritten und sich freudestrahlend an Mr. Benedict gewandt: »Guten Morgen, o Lochinvar!«

Auf diese Anspielung auf einen romantischen Freier – bei Walter Scott – bringt der Angeredete nur ein verlegenes Gestammel zuwege, worauf Leslie, ohne mit der Wimper zu zucken – was sie doch sonst gerne tut –, den Gast aufklärt: »Seit Jahren versucht Mama, mich unter die Haube zu bringen«, und die Mutter belehrt: »Dein poetischer Vergleich stimmt nicht einmal geographisch. Lochinvar kam von Westen, nicht aus dem Südosten. Walter Scott würde sich im Grabe herumdrehen.«

»Ich sag's ja: Das Kind liest zuviel!« Mrs. Lynnton saß schon am Frühstückstisch, ersuchte den Gatten, ihr den Schinken von der Anrichte herüberzureichen, und fuhr, ohne Zeit zu verlieren, beflissen, gerissen fort: »Sie ist dazu noch viel zu jung, aber Jugend ist ja kein Fehler, und es ist gottlob ihr einziger. Ach, liebste Leslie, wenn Mr. Benedict fertig mit Essen ist, könntest du ihm einmal unsere Ställe zeigen.«

»Die hat er schon gestern gesehen, Mama.« Die Tochter machte kurzen Prozeß: »Außerdem haben wir uns soeben in aller Liebenswürdigkeit zerstritten; es hat also gar keinen Zweck, mich ihm andrehen zu wollen. Mr. Benedict hat drei Millionen Acres und fünfhunderttausend Kühe, oder wie man das in Texas zu nennen beliebt.«

»Häupter Vieh«, belehrte Bick. »Es sind aber nicht ganz fünfhunderttau...«

»Schön! Sagen wir: Häupter Vieh. Und viele hundert Vaqueros. Infolgedessen ist er verpflichtet, die Tochter der angrenzenden Ranch zu heiraten, die zwar relativ arm, aber bildschön ist und nur eine Million Acres, nur fünfzehntausend Gäule, nur zweihunderttausend Häupter Vieh und bloß sechshundert Vaqueros ihr eigen nennt.«

In würdevoller Haltung fügte sich die Mama in das Unglück. »Was ist ein Vaquero?« fragte sie herablassend. Jordan Benedict ging um den Tisch herum und gab die Auskunft: »Vaquero ist der mexikanische Cowboy. Haben Sie einmal das Wort Buckaroo gehört? So haben unsere alten Texas-Pioniere das spanische Vaquero ausgesprochen. Vaquero kommt von Vaca, die Kuh. Vaquero ist einer, der Kühe hütet.«

»Ist sie schön?« Mutter Lynnton wühlte in ihrer Wunde. Der Vater beugte sich über sie und küßte sie zum Abschied leicht auf die Wange. »Mr. Benedict und ich müssen gehen. Es ist Zeit!«

Aber Mrs. Lynnton mußte ihre Niederlage bis auf die Neige auskosten. »Darf ich fragen: Wie heißt die glückliche junge Lady mit den vielen Kühen?«

Die arme Mama! dachte Leslie und lächelte mitleidvoll. »Aber geliebte Mrs. Nickleby, ich habe doch nur Spaß gemacht.«

Bick tupfte sie leise an. »Es stimmt sogar teilweise. Mein nächster Nachbar hat tatsächlich eine Tochter. Sein Haus ist allerdings fünfzig Meilen von uns entfernt, aber er hat ungefähr so viel Grund und Boden und Pferde und Vieh, wie Sie soeben vermuteten. Und es bestand sogar der Plan, daß sich die Nachbarskinder heiraten sollten, wie in einem Backfischroman. Aber ich tu's nicht.«

Mrs. Lynntons strenge Gesichtszüge leuchteten auf. »Oh, wie romantisch das alles klingt! Ich habe noch nie jemanden aus Texas kennengelernt. Es hat für mich etwas unglaublich Erquickendes. Es ist natürlich sehr weit von uns weg, dieses Texas.«

»Ein ganzes Ende«, gab Benedict zu, ohne den Blick von Leslie zu wenden. »Aber wenn Sie erst einmal dort sind, wollen Sie nirgends anderswo leben.«

»Ach ja«, stimmte Mrs. Nancy Lynnton rasch und glückselig zu, »aber mit den neuen Expreßzügen könnt ihr ja jederzeit auf einen Sprung zu uns kommen und am Tage darauf wieder zurück. Tut das nur ja! Ich habe noch nie einen jungen Menschen getroffen, der so gut in unsere Familie gepaßt hätte wie unser Jordan.«

7

Nach sechsunddreißigstündiger Fahrt fühlte sich das junge Paar in seinem Wohncoupé des »Sunshine Spezial« der Missouri-Pacific-Bahn wie zu Hause. In den Gepäckhaltern und auf den Sitzen lagen Haufen von Büchern, Zeitungen, Schachteln. In einem noch unberührten, hochgehäuften Korb wurden unter dem heißen Hauch, der durch die Fenstervorhänge drang, die herrlichsten Früchte braun und morsch. Eine grandiose, geöffnete Schachtel Maillard-Pralinen überzog sich mit einer dünnen Staubschicht. In dem eingebauten Wasserbecken scheuerte sich eine Flasche Bourbon an einer Wasserkaraffe. Reiseprospekte und ausgebreitete Karten von Texas stachen leuchtend gelb, blau, grün, orange, rot und karmin gegen das stumpfe Grün der Polsterung und das häßliche Braun der Täfelung ab. Durch die offene Tür zum Nebenraum sah man eine geradezu furchterregende Phalanx von Koffern.

Vierundzwanzig plus zwölf Stunden waren sie nun unterwegs und immer noch nicht in Texas. Allein Bick Benedict schien nicht auf das Wiedersehen mit jenem Fabellande erpicht, dem er drei Wochen lang fern gewesen. Unterm Anhauch des dörrenden

Südwests rekelte er sich auf dem heißen Plüschsofa; Staub sammelte sich in seiner Kehle, und der elektrische Ventilator bewirkte nur, daß sich die Stäubchen in der erstickenden Enge nur um so lustiger tummelten. Aber Bick war an Hitze und Staubwolken gewöhnt. Sie genierten ihn nicht. Er blickte auf Leslie, und ihm war, als umfächele ihn der Duft frisch gemähter Wiesen.

Doch sobald er den Kopf gegen das sandige Kissen lehnte und die Lider senkte, verkrampften sich seine Finger, die Gesichtsmuskeln spannten sich, und vor ihm stand ein Bild, das nicht so idyllisch war. Seine junge Frau studierte das Eisenbahn-Kursbuch. Er beobachtete sie mit halbgeschlossenen Augen, und durch die halbgeöffneten Lippen kam das Wort: »Ich habe einen Bücherwurm gefreit.«

Dann lachten beide, als sei der abgebrauchte Witz eben neu geprägt.

Unglaublich, daß eine Frau nach anderthalb Tagen im sandigen Luxuscoupé eines Expreßzuges noch so sauber und kühl sein kann! Sie schien einen unbegrenzten Vorrat an frischen Blusen mitzuführen; und ihr zuzusehen, wie sie ein hauchzartes Taschentuch frisch entfaltete, und den ihm entsteigenden Duft zu atmen war allein schon erquickend. Immer wieder bürstete sie ihr Haar, schüttete reichlich Eau de Cologne in das Waschbecken, badete Hände, Arme und Schläfen darin und bemerkte: »Ich weiß nicht, wie sich andere Jungvermählte in ihren Flitterwochen fühlen, Mr. Benedict, Sir. Aber ich find's entzückend.«

»Danke!«

»Nicht bloß deinetwegen, mein Holder, auch wegen der Fahrt. Ich fahre gern, selbst wenn es heiß ist und staubt.«

»Hätten wir einen Extrawagen genommen, wie ich es wollte …«

»Ein Extrawagen für nur zwei Personen ist unmoralisch und außerdem fad.«

»Danke bestens!«

»Ich möchte wetten«, sagte die Neuvermählte, »daß ich schon jetzt mehr von Texas weiß als du – vom rein optischen Eindruck natürlich abgesehen.«

»Werte Mrs. Benedict, wenn es erlaubt ist, Sie so zu nennen«, neckte der junge Ehemann und gab der Sache eine scherzhafte Wendung, »ich habe ein Füllen mit dem berühmten Namen My Mistake und eine Frau unter dem Namen Leslie aus der Hand des Dr. med. Lynnton empfangen, und zwar mit der Zusicherung, daß Mistake bockig und launenhaft, Leslie jedoch liebreizend und gefügig ist. Hoffentlich hat er sich nicht in den Namen geirrt.«

»Vielleicht habe ich mich im Namen vertan«, summte sie vor sich hin. »Lleslllie Llynnton« – sie sprach die l stimmhaft – »ist klangvoller als Mrs. Benedict und hübscher.«

»Du bist jedenfalls hübsch; ich will's nicht beschwören, aber du bist es.«

»Das kommt von der guten Luft daheim und dem soliden Leben, Darling. Bitte, mach mich darauf aufmerksam, sobald wir auf texanischem Boden sind!«

»Es wird dir nicht verborgen bleiben.«

»Ist er so eigenartig? Sieht er so anders aus als bei uns?« fragte sie eifrig und ernsthaft.

Er saß ihr gegenüber. Nun beugte er sich vor, zog ihre Linke zwischen seine Knie und lächelte in das reine, lebensprühende, hoffnungsfrohe Gesichtchen. »Du bist doch ein komischer Kerl. Du hast mich wohl bloß wegen dieses Abstechers nach Texas geheiratet.«

»Ich will es nicht in Abrede stellen.« Sie schnitt ihm ein Frätzchen; er lachte hellauf, haschte noch ihre rechte Hand und zog sie auf den Platz neben sich. Einen Augenblick lachten sie miteinander. Dann versanken sie wieder in ernstes Schweigen, aus dem ein Summton von der Wohnabteiltüre sie aufschreckte. Bick fuhr sich mit der Hand über die Stirn. »Herein!«

Ein blasser, geschmeidiger Speisewagenkellner erschien, verneigte sich geradezu unterwürfig und schnurrte herunter: »Verzeihung die Herrschaften, vielleicht wünschen Sie Ihre Bestellung noch vor der Stoßzeit aufzugeben. Wenn Sie einen Blick in die Speisekarte werfen wollen? Außerdem hätten wir ein paar auserlesene Dinge, die nicht auf der Karte stehen. Beim letzten Halt haben wir sie hereinbekommen.«

»Nehmen wir unser Dinner im Speisewagen!« rief Leslie. »Wie alle andern! Ich hätte gerne Oliven – große schwarze auf Eis – und Staudensellerie und Melonen. Dazu Bachforellen«

»Bachforellen?« Bick zweifelte stark an der Erfüllbarkeit ihres Wunsches. »Wo soll man die hernehmen!« Aber der Steward versetzte beinahe gekränkt: »Wir haben welche. Ich wollte sie eben Mrs. Benedict vorschlagen. In Baxter haben wir für unsere Spezialpassagiere auch Bachforellen hereingenommen.«

So ähnlich war es während der ganzen Reise gen Westen gegangen. An verschiedenen Haltestellen hatten sich die Stationsvorsteher bei ihnen eingefunden und nach ihren Wünschen erkundigt. »Die tun, als wärest du ein Fürst«, hatte Leslie gemeint. »Geschieht dir das auch sonst oder nur weil du zufällig geheiratet hast?«

»Die Benedicts reisen hier schon seit einer Ewigkeit, und zwar sehr viel«, erklärte der junge Ehemann, »und das Reata-Vieh benutzt diese Bahnlinie in noch größerem Ausmaß. In der Bilanz der Gesellschaft bildet es einen ausschlaggebenden Faktor.«

Leslie hatte den Eindruck, als wüßten die Kondukteure, Gepäckträger, Stewards, Stationsbeamten von der Familie Benedict, ihren Eigenheiten, Namen und Dispositionen mehr als von Präsident Coolidge und seinen Familienangehörigen im Weißen Haus. Der bebrillte, gütige Pullman-Kondukteur mit seinen Streifen am Ärmel und der Goldklümpchen-Berlocke und dem Elk-Anhängsel an der Uhrkette war ihr feierlich-freundlich vorgestellt worden: »Liebe Leslie, ich möchte dich mit Mr. McCullough bekannt machen. – Lieber Ed: Unser neuester Familienzuwachs, Mrs. Benedict.« Drauf Ed: »Hocherfreut, Ihre Bekanntschaft zu machen, Mrs. Benedict! Das ist ja eine bedeutende Neuigkeit. Da werden die jungen Damen staunen. Man hat schon gedacht, er bliebe ewig Junggeselle.« Sein Ton hatte fast etwas Väterliches, als er sich strahlend an den jungen Ehemann wandte: »Yessir, das ist einmal eine Überraschung. Was sagt denn Miz Maudie Lou dazu? Bei der Hochzeit war sie wohl nicht? Und wie geht's Miz Luz? Hat sie sich schon erholt? Und was macht Onkel Bawley? Bowie ist letzte Woche mit uns gefahren, hat aber keinen Pieps von Hochzeit und daß er Trauzeuge sein wird, gesagt. Ja, Bowie ist die Verschwiegenheit selbst.«

Oh, wie wäre Mama von all der Ehrerbietung des Bahnpersonals entzückt! mußte Leslie des öftern denken. In der kurzen Zeit vor der fieberhaft beschleunigten Hochzeit war Mutter Lynnton nicht müde geworden, ihre aus Who's Who geschöpften Kenntnisse zu wiederholen: »Jordan Benedict von der berühmten Benedict-Ranch in Texas. Jordan Benedict III – die Benedict-Ranch«, setzte sie hinzu, »ist sozusagen ein eigenes Königreich. Etwas Märchenhaftes, habe ich mir sagen lassen.«

Familie Benedict war aber bei der Hochzeit nicht eben zahlreich vertreten gewesen. Bicks jüngerer Bruder Bowie war Brautführer gewesen; seine Schwester Maudie Lou und ihr Gatte Clint Placer waren ebenfalls da, natürlich auch Vetter Roady aus Washington. Aber Bicks unverheiratete ältere Schwester Luz, die ihm den Haushalt führte, hatte im letzten Moment angeblich eine Grippe bekommen und abgesagt. Daß Onkel Bawley nicht erschien, war weiter kein Wunder. Wann raffte sich der dazu auf, sein einsames, verwildertes Junggesellenhaus zu verlassen, in welchem er die 500000 Acres der Sektion Holgado verwaltete! Eine Reihe anderer Onkels, Tanten, Cousins und Cousinen hatte man nicht sehr nachdrücklich zur Hochzeit gebeten. Wo hätte man auch die Zeit dazu hernehmen sollen?

In der virginischen und der Washingtoner Presse – Rubrik »Aus der Gesellschaft« – war das Ereignis als »die stürmische Brautwerbung«, ja als »Wirbelwindwerbung« bezeichnet worden, was Mama Lynnton ausnehmend gefiel. Obwohl die Vorbereitungen zur Hochzeit sie ständig in Atem hielten, schnitt sie doch alle diesbezüglichen Zeitungsartikel aus und klebte sie in das »Brautbuch«, einen weißen Lederband mit Goldschnitt, den sie ihrer Tochter zur Hochzeit verehrte und welchen viele Jahre danach deren Tochter Luz aufstöberte, durchblätterte und sich über die Schneckenfrisuren und die kurzen Röcke halbtot lachte.

Da las man: »Die liebliche Leslie Lynnton – der stürmische Texaner – La bella Virginia – Der unwiderstehliche Viehkönig …«

»Worauf soll man noch warten?« hatte er Leslie und deren Eltern gefragt. »Jetzt bin ich da, also los! Wenn ich erst noch mal heimfahre und wochenlang warte, sind zwei Monate unnütz vertrödelt.«

»Aber der Trousseau!« hatte Mrs. Lynnton beharrlich eingewandt. »Der Trousseau! Außer dem Brautstaat braucht eine Braut tausend Dinge wie Bett-, Tisch-, Leibwäsche und …«

»Auf der Ranch hat's eine Million Dinge, alles, was der Mensch braucht, und außer meiner Schwester Luz guckt's niemand an: Schränke und Kisten und Kasten voll Zeug, fünfzig Betten und Bettwäsche für Hunderte und weiß der Deibel was noch!«

»Meine Tochter Leslie soll aber so in die Ehe treten, wie es sich für eine Lynnton aus Virginia gebührt. Ihre Ausstattung soll nicht minder erlesen sein als die ihrer Schwester Lady Karfrey.«

»Mama, wenn man dich so hört, könnte man meinen, eine Figur aus einem Roman der alten Jane Austen sei plötzlich auferstanden. Übrigens bin ich keine Lynnton aus Virginia. Vielleicht erinnerst du dich noch dunkel, daß du mich in Ohio geboren hast. Texas ist nicht Altengland.«

»Das hat gar nichts damit zu tun«, wandte Mrs. Lynnton in ihrer Unvernunft ein.

»Nein, absolut nichts. Aber Jordan will halt, daß wir nächste Woche heiraten, und er ist nun einmal da. Also warum nicht?«

»Es ist unpassend. Die Leute werden sich die Mäuler zerreißen.«

Statt aller weiteren Antwort hatte sich Leslie in Jordans Arm eingehängt, und das Paar hatte die Mutter entschlossen angefunkelt. Der Vater, dem der Ausgang des Streites keinen Augenblick zweifelhaft gewesen war, hatte still seine Pfeife geraucht. Als ein von Weibsbildern umgebenes Mannsbild hatte er sich seit langem die Schutzfärbung und Mimikry des zerstreuten Professors zugelegt, und endlich erfaßte auch Mama Nancy die Losung des Tages: Jetzt oder nie. Ein letzter Blick auf den Gatten, dessen Wurstigkeit für sie zum Verrücktwerden war, auf eine Tochter, in deren holde Bräutlichkeit sich der Ausdruck harter Entschlossenheit mischte, auf einen gereizten künftigen Schwiegersohn, der als Dreißigjähriger zum erstenmal in Liebe entflammt war – und sie streckte resigniert die Waffen.

Die Hochzeitsfeier war nicht so imposant, wie es Hochzeiten der Society Virginias zu sein pflegen. Einige Herren in Cutaway und gestreiften Hosen wirkten neben dem Bräutigam etwas blaß, nicht nur aus Liebeskummer, sondern mehr, weil keine Texassonne, kein Texaswind jemals auf ihre und ihrer Vorfahren Hautfarbe eingewirkt hatte. Und die Freundinnen sagten: »O Leslie, er erinnert so an Tom Mix, nur ist er viel blonder.«

Bicks Schwester Maudie Lou Placer war wie eine Bombe zu Lynntons hereingeplatzt. In fabelhaft schickem Kostüm war sie mit ihrem Mann am Hochzeitsmorgen angekommen und nach der Feier wieder aufgebrochen. Mrs. Lynnton brauchte danach einige Zeit, um all die gehässigen Bemerkungen Maudie Lous zu verdauen. Aber sie hatte es gleich gemerkt, daß sie hier eine Gegnerin des jungen Eheglücks vor sich hatte. Auf ihre harmlose Äußerung: »Ein Jammer, daß sie sich nur so eine kurze Hochzeitsreise gönnen; ich hätte es nett gefunden, wenn Leslie mit Jordan ihre Schwester Lady Karfrey in England besucht hätte, aber Jordan muß ja notwendig wieder auf seine Ranch«, hatte Maudie Lou spöttisch gelacht. »Seine Ranch?« hatte sie spitz wiederholt. »Es ist nicht seine Ranch.«

Mama Lynnton war blaß geworden. »Wie meinen Sie das?«

»Nun, ich könnte es ebensogut meine Ranch nennen, und Luz und Bowie und Roady könnten es als ihre Ranch bezeichnen. Bick verwaltet Reata – natürlich mit Hilfe von Luz. Sie gehört aber uns zusammen. Das heißt, wenn er weiterhin so ...«

»Selbstverständlich«, hauchte Nancy Lynnton, »bei so vielen Millionen Acres.«

»Wenn er so weitermacht wie bisher«, hakte Maudie Lou giftig ein, »und die ganzen Einnahmen immer wieder in seine verrückten Zuchtversuche und Experimente und Liebhabereien hineinsteckt, bleibt bald nichts mehr übrig.«

Bicks älteste Schwester Luz war, wie gesagt, nicht unter den Hochzeitsgästen. »Sie war für mich eine zweite Mutter«, hatte Bick seiner Braut erzählt. »Sie ist neunzehn Jahre älter als ich. Sie sieht unserer Urgroßmutter Benedict sprechend ähnlich und kopiert sie sogar. Einmal hatte sie sich von der Bodenkammer die alten Reifröcke heruntergeholt, ist in dieser verrückten Aufmachung auf die Weide und hat einen Stier, der ausgerissen war, zurückgeholt, bloß weil die Urgroßmutter so was vor hundert Jahren getan hat. Sie trägt auch die gleiche altertümliche Haartracht, wie wir sie sonst nur auf Bildern sehen.«

»Luz – was für ein merkwürdiger Name!« sann Leslie nachdenklich vor sich hin.

»Es ist spanisch und heißt Licht.«

Und dann war das Telegramm gekommen, Luz habe 38,8 Grad Fieber; der Doktor habe ihr strengstens verboten zu reisen. Bick regte sich auf, als stünde das Fieberthermometer auf 40 rektal, während Leslie die Absage weiter nicht tragisch nahm. – Es geht auch ohne die ältere Schwester, dachte sie, und Mama Lynnton war sogar froh. Ihr Haus war über und über besetzt; die bald fünfzigjährige Luz hätte ein Zimmer für sich allein beansprucht, also nur die Schwierigkeiten vermehrt, ohne zu den Lustbarkeiten nennenswert beizutragen.

Bick aber hörte nicht auf, von der älteren Schwester zu schwärmen. »Ich sage dir, sie ist wirklich fabelhaft«, versicherte er, obwohl niemand etwas Gegenteiliges geäußert hatte. »Du könntest meinen, sie sei einem Wildwestfilm entsprungen. Sie gibt einem Cowboy nichts nach. Die Boys sind auch alle von ihr begeistert und haben dabei heillosen Respekt vor ihr.«

Dr. Horace Lynnton hatte seiner Lieblingstochter in den vergangenen Jahren einiges von der im Aufblühen begriffenen Psychoanalyse erzählt, hatte dieselbe auch selbst bei verstörten Kriegsveteranen, die in den überfüllten Kliniken Washingtons, Marylands und Virginias trostlos in die Luft starrten, erfolgreich in Anwendung gebracht. Er hatte Leslie einige grundlegende Werke über diese neue, bestürzende Wissenschaft in die Hand gedrückt und ihr erklärt, unser Denken, jeder unserer Träume, ja unser ganzes Leben seien vom Unbewußten beeinflußt, was Leslie einleuchtete. Während sie noch Freuds Schriften studierte, hatte sie erkannt und ihrem Vater bekannt: »Ich glaube, ich war all die Jahre hindurch in dich verliebt und habe deshalb den verschiedenen Jünglingen Körbe gegeben.«

»Das ist gut möglich.« Horace Lynnton lächelte verständnisvoll und riet: »Sag aber der Mama nichts davon!«

So kam es, daß Leslie die Nachricht von der plötzlichen Erkrankung ihrer künftigen Schwägerin ebenfalls mit verständnisinnigem Lächeln aufnahm, wozu Bick stirnrunzelnd bemerkte: »Ich weiß nicht, was es da zu lachen gibt.«

»Entschuldige vielmals, Liebster. Mir kam nur der Gedanke, daß bei der Krankheit vielleicht auch Eifersucht eine Rolle spielt. Mütter sind nicht selten auf ihre Schwiegertöchter eifersüchtig.«

»Luz ist nicht meine Mutter.«

»Aber ein Weib.«

»Leslie, ich glaube, du bist leicht übergeschnappt.«

»Jordan, ich weiß positiv, daß sich ältere Schwestern im Geist oft an die Stelle der Mutter oder Gattin des jüngeren Bruders versetzen, natürlich völlig unbewußt. Es ist eine psychische Krankheit.«

»Mir scheint, du bist selber ein bißchen krank«, hatte Bick schroffer, als es einem Bräutigam ansteht, dazu bemerkt. Die Sache wurde ihm unheimlich.

Doch als die Hochzeitsfeier glücklich überstanden war, hatte er sich wahrlich nicht zu beklagen. Sein junges Weib war bezaubernd, leidenschaftlich, anmutig und voll Verständnis. Drei Tage ihrer Flitterwochen verbrachten sie in New York, wo sogar die Blasierten der Fifth Avenue in Manhattan nach dem breitschultrigen, hochgewachsenen Texaner in seinem breiten weißen Stetson und dem hellgrau gekleideten Mädchen mit den sternhellen Augen die Köpfe umdrehten. Das junge Paar war im Plaza abgestiegen.

Sonderbarerweise schien es Bick mit der Heimreise nicht sonderlich zu eilen. Noch sonderbarer aber war es, daß er anscheinend nicht über viel flüssiges Geld verfügte. Gewiß, sie besuchten Theater, speisten vorzüglich, fuhren im Park spazieren, machten auch kleinere Einkäufe, aber von der Noblesse im Geldausgeben, die man von einem Herrn über Millionen Acres und Hunderttausende Häupter Vieh füglich erwarten kann, war nichts zu verspüren. Nicht als ob Leslie erwartet hätte, sie werde nun mit Kostbarkeiten aus den Schaufenstern der Fifth Avenue überschüttet. Trotzdem sah sich Bick zu der Erklärung veranlaßt: »Viehzüchter werfen ihr Geld nicht zum Fenster hinaus, sondern stecken es in die Ranch. Mehr Mastvieh, bessere Aufzucht, neue Züchtungsversuche. Ein guter Zuchtstier kann auf 20000 Dollar zu stehen kommen.«

»Ja, aber für jeden seiner – Söhne bekommst du doch auch wieder deine Zwanzigtausend«, erwiderte Leslie geschäftstüchtig. Er aber versetzte: »Nein, so einen Zuchtstier verkauft man nicht. Man kauft eher noch einen dazu«, was Leslie unvernünftig dünkte. Sie lachte kurz auf und sagte dann ernst: »Geliebter Jordan, ich hoffe, du bist nicht knickerig veranlagt; das wäre schlimm. Wir zu Hause hatten nie Geld, trotzdem waren wir dabei aber immer üppig und freigebig.«

»Vielleicht ebendarum.«

»Was heißt: ebendarum? Ebendarum solltest du mir jetzt etwas Besonderes kaufen. Nicht weil ich es brauche; nur damit du es lernst! Auch nicht im Werte eines Zuchtstiers, nur eines Kälbchens.«

Während sie sich ihrem Reiseziel näherten, wurde es in dem Luxuscoupé immer erstickender; der elektrische Fächer paddelte ihnen den Staub und die Hitze in die Gesichter. Ihre Körper glühten wie im Fieber. Doch Leslie ließ sich davon nicht anfechten. Ihr Fieber war das der gespannten Erwartung. Wie ein Kind hatte sie die Nase an die Fensterscheibe gedrückt, der Vorhang nützte ja doch nichts gegen die Hitze; sie schaute und staunte: »Meilenweit sieht man, ja bis ins Unendliche! Es hat fast etwas Erschreckendes, etwas Abschreckendes, Ungeheures, sogar etwas Häßliches. Ich hatte geglaubt, es sei himmlisch – bitte, nicht böse sein, Darling! Ich sage ja nichts gegen deine Vorfahren. Ich betrachte hier alles mit brennendem Interesse, sozusagen wissenschaftlich.«

»Wie dein Papa.«

»Ungefähr so. Oh, ich bin so aufgeregt! Schau, da auf dem Bahnhof, durch den wir fahren – war das ein Cowboy? Das muß doch ein Cowboy gewesen sein. Bis jetzt habe ich noch keinen zu Gesicht bekommen. Schauen die auf der Ranch, auf Reata, ebenso aus? Ich möchte jetzt endlich die Cowboys sehen!«

Er blickte erheitert und zärtlich. »Manchmal kommst du mir wie ein Kind von zehn Jahren vor.«

»Was kann ich dafür? Geographie war immer mein Lieblingsfach. Ich liebe neue Gegenden, Eisenbahnfahren, Texas zu besichtigen und mit dir verheiratet zu sein. Als dein Großvater herkam, war hier gewiß alles noch Wildnis. Das nenne ich Mut!«

»Es waren mächtig zähe Burschen, unsere Alten.«

»Keine hohen Bäume«, stellte sie fest. »Nur so flockiges Zeug. Süß! Wie heißt es? Gibt es so etwas auch auf der Ranch?«

Er lachte grimmig. »Das süße flockige Zeug ist die verdammteste Plage von Texas. Es heißt Mesquite. Wenn du entdeckst, wie man es loswerden kann, wirst du der Ruhm und die Perle von Texas.«

So weit ihr Auge reichte, sah sie amerikanisches Wüstenland, das ehedem von üppigem Gras überwogt war. Noch nie hatte sie so weite, offene, endlose Ebenen und Prärien gesehen. Es war für ihre ostamerikanischen Augen eine andere Welt, kahl, ungeheuer und drohend. Erst später sollte sie den glanzübersäten Teppich der Frühlingsblumen erblicken, die ersten gelben Retamablüten, das saftige Cremeweiß der Spanischen Dolchblume, die einer großen Kamelie ähnelt, und vor tiefblauem Himmel wildblühende Kirschbäume. »Wie groß ist das Land?« fragte sie. »Ich meine nicht in Quadratmeilen; für Ziffern habe ich keinen Sinn. Gib mir einen Begriff, einen Vergleich!«

Dazu verstand er sich liebend gern. »Na, also die Landkarte der Vereinigten Staaten hast du wohl ungefähr im Kopf? Jetzt nimm mal die ganzen neuenglischen Staaten, dazu den Staat New York und New Jersey und Pennsylvanien und Ohio und Illinois alle zusammen – dann hast du ungefähr das Format von Texas«, erklärte er triumphierend, als habe er selber mit gottgleicher Gebärde das riesenhafte Gebiet aus dem Ozean gehoben.

Als der Zug abends in den Bahnhof von Viencito einlief, sah er zum Fenster hinaus auf den Perron und spähte nach den Fahrzeugen, die dahinter im Staubwolkenwirbel warteten. »So, da wären wir!« sagte er.

»Was heißt Viencito?« fragte die Wißbegierige.

»Etwa: Sanfte Brise. Wir nennen es abgekürzt: Viento. Hier ist fast immer Wind. Die spanischen Entdecker entdeckten die Gegend im Jahr 1519, da warst du noch nicht geboren, Kind. Wenn du es ganz genau wissen willst: Ihr Anführer hieß Alonso Alvarez de Pinedo. Siehst du, ich habe als Schüler gut aufgepaßt. Mit seiner Mannschaft trieb sich dieser Señor hier herum, und weil ihm die Gegend gefiel, annektierte er sie für das spanische Königshaus. Das konnte sie aber nicht lange halten. Also, da sind wir«, wiederholte er. »Nanu, was ist denn das?«

Er wies auf einen großen Packard, an dessen Steuer ein junger, stämmiger Mexikaner saß. Leslie schätzte ihn auf etwa Zwanzig, betrachtete das kantige Gesicht, die scharfen Brauen und das schwarze Haar, das wie eine Bürste dick und steil aufwärts stand. Seine Haut war sehr dunkel, der Blick unbewegt. Keine Spur eines Lächelns. Im Wagen war kein Mensch, um sie abzuholen und zu begrüßen.

Der junge Mann stieg ab, öffnete den Wagenschlag und blickte unsicher auf Mr. Benedict. Für Leslie hatte er keinen Blick. Jordan starrte in kalter Wut, die unter der wettergebräunten Haut ein Erbleichen hervorrief. Die Muskeln der Kinnlade schwollen. Er biß die Zähne fest aufeinander. Dann schritt er auf den Boy zu und fragte auf spanisch:

»Was tust du hier? Wo ist Jett Rink?«

»Señorita Luz hat gesagt, sie brauche ihn. Sie hat mich an seiner Stelle geschickt.« – Auch dies auf spanisch, das Folgende gleichfalls.

»Du verstehst dich nicht auf den Wagen. Los, stell die Handkoffer hinten hinein! Wo ist der Camion für das große Gepäck?«

»Mir ist nichts wegen des Camions gesagt worden.«

Bick Benedicts Hände waren geballt, seine Lippen auf einmal dünn wie ein Strich, was Leslie mit lebhaftem Interesse und ohne Besorgnis feststellte. Sie sagte nur: »Schau doch nicht so wütend drein! Ich muß unbedingt schnell Spanisch lernen.«

Ernst und gemessen, doch ziemlich ungeschickt verstaute der Boy das Handgepäck rückwärts im Auto, um sich hierauf wieder ans Steuer zu setzen. »Herunter! Heraus!« bellte Bick. Der Junge gehorchte. Benedict gab ihm die Gepäckscheine und befahl – wieder auf spanisch –: »Du wartest hier, bis der Camion kommt. Es kann bis Mitternacht dauern. Du rührst dich hier nicht weg.«

Der Junge verneigte sich. Leslie ging auf ihn zu, sagte: »Ich bin Mrs. Benedict. Wie heißen Sie?« und bot ihm die Hand. Die schwarzen Augen blickten in ihre, doch sogleich wie die eines scheuen Kindes auf Mr. Benedict, der ihn starr und kalt ansah.

Der Boy neigte sich über die dargebotene Hand, ohne sie zu berühren, wobei er sonderbar zeremoniell, einem altspanischen Höfling gleich, mit niedergeschlagenen Augen seine Rechte aufs Herz legte. »Diese Augenwimpern!« sagte Leslie bewundernd zu Bick. »Ich wollte, ich hätte solche!« Und der Junge beantwortete ihre vorige Frage: »Ich heiße Dimodeo Rivas.« – »Ein sehr schöner Name!« lobte die Dame.

»Leslie, steig bitte ein! Wir fahren.« Es klang wie ein Befehl, dem die junge Frau gemächlich nachkam, wobei sie dem Boy freundlich zulächelte und sich insgeheim über das finstere Aussehen ihres Eheherrn wunderte. »Ich komme!« rief sie unbekümmert, warf aber vorher noch einen Blick in die Runde: auf das Bahnhofsgebäude mit seinen maurischen Türmchen, schlanken Pfeilern und unnützem Gitterwerk. Der stetig wehende Glutwind spendete keinerlei Kühlung. Die dunklen Gesichter der Umstehenden schauten sehr anders drein als die maskenhaften der unterwürfigen Neger, die ihr in Virginia ein gewohnter Anblick gewesen waren.

Nirgends sah sie etwas Grünes, nur graugrüne dicke, stachelige Kakteen und Staub, Staub, stechenden Staub im Winde. Da entsprach nichts dem Bilde des Landes, das hinter ihr lag. Die Hitze brannte wie eine Wunde.

Doch sie nahm sich zusammen. »Man meint, man wäre in Spanien«, rief sie Bick zu. »Ich war zwar nie dort, aber ich stelle es mir so vor.« Einen Augenblick zögerte sie vor der Wagentüre, dachte, Bick werde galant aussteigen, aber er starrte geradeaus. Dimodeo jedoch sprang herzu und riß die Halbtür des Packard auf. Sie legte die Hand ihm leicht auf den Arm: »Danke schön, Dimodeo – na! Gracias – muchas gracias. – Schau, ich kann Spanisch! Wieso ist mir das plötzlich eingefallen? – Autsch!« Sie hatte sich auf das glühheiße Leder des Rücksitzes fallen lassen. »Ich habe es wohl irgendwann einmal gelesen«, sagte sie, während der Wagen mit halsbrecherischem Ruck ansprang.

Sie war wahrlich nicht furchtsam, allein die Geschwindigkeit, mit der sie dahinsausten, schien ihr geradezu tobsüchtig. Sie blickte auf ihres Mannes Hände am Steuer und sagte sich: Keine Angst! Wenn dich so sichere Hände wie diese fahren und dein Leben führen, kann dir gar nichts geschehen.

Jordan blieb stumm, seine Miene unbewegt ernst, und Leslie wußte: Wenn Männer so dreinblicken, tut man am besten, als merke man nichts. Und es währte nicht lange, da merkte sie wirklich nichts mehr davon; so nahm sie die Umwelt gefangen. »Wie flach es hier ist! Und wie endlos! Und der Horizont – es ist gar keiner da, so weit ist er weg! Ich dachte, es gäbe hier eine Unmenge Kühe, aber ich sehe keine.«

»Kühe!« stieß er in äußerster Wut zwischen den Zähnen hervor.

Nun war Leslie immer noch eines der drei Lynnton-Mädchen und daher nicht auf den Mund gefallen. »Ich verstehe nicht, warum du so außer dir bist, weil der Junge kam und nicht sonstwer. Deine Familie. Es ist schließlich so weit zum Bahnhof ...«

»Weit!« knirschte er in ebenso wütendem Ton. »Nur neunzig Meilen.«

Sie blickte auf den Geschwindigkeitsmesser. Er zeigte auf 85. Na, kein Wunder! Bei dem Tempo sind wir in einer Stunde daheim. – Daheim? Während eines Augenblicks, der alles zu verschlingen drohte, hatte sie das grauenhafte Gefühl, mit einem fremden Mann mutterseelenallein im Unbekannten zu sein, in einer unbekannten Wüstenwelt, einem unbestimmbaren Glühen, das von außen nach innen, von innen nach außen drang, wie sie es niemals zuvor erlebt hatte. – Ob alle Mädchen so nach der Hochzeit empfinden? fragte sie sich und sehnte sich plötzlich nach Virginia, nach Hause zum Vater, zur Mutter und in ihr friedliches Himmelbett.

Sie hörte ihn wiederum sprechen, verhaltener als vorhin, und doch klang durch seine Worte ein Zorn: »So benimmt man sich bei uns nicht.«

»Benimmt? – Inwiefern?«

»Das Getue mit dem Mexikanerboy. Das gibt es hier nicht.«

»Wir sind schließlich noch in den Vereinigten Staaten, nicht wahr? Und du warst nicht nett mit ihm. Was hat er dir denn getan?!«

Der Geschwindigkeitsmesser sprang auf 90. »Wir haben unsere eigenen Sitten. Du bist jetzt Texanerin. Bitte vergiß das nicht!«

»Ich bin, was ich immer war. Ich bin ich. Die Geographie hat damit nichts zu tun.«

»Texas ist mehr als Geographie. Ist Geschichte. Texas ist eine Welt für sich.«

»Es gibt keine Welt für sich«, versetzte sie, ihrer Zeit voraus.

»Du hast zu viele Bücher gelesen, dieser verdammte Mist.«

Da plötzlich lachte sie auf, hell, überrascht: »Jordan! Wir streiten ja! Der erste Streit unserer glücklichen Ehe! Komm, streite rasch weiter, daß wir damit fertig werden, bevor wir – zu Hause sind!«

Zu ihrem höchsten Entsetzen senkte er als Zeichen tiefster Zerknirschung sein Haupt bis aufs Steuerrad, so daß er nichts mehr von der Fahrbahn sah. Es hätte ihm wie ihr das Leben kosten können, aber auf ihren Schrei richtete er sich auf, griff mit der Rechten nach ihren angstvoll verkrampften Händen, hielt sie umfangen und sagte: »Mein Darling, mein Süßes«, und dann in seltsam verändertem Ton: »Wir dürfen nicht streiten. Wir müssen zusammenhalten.«

Vom ehernen Himmel hoben sich in der Ferne, einer Fata Morgana gleich, Türmchen und Kuppeln, Balkone, Portale und Säulen und schmiedeeiserne Gitter ab, ein mächtiges weißes Bauwerk, das eine entfernte Ähnlichkeit sowohl mit der Alhambra zu Granada wie mit dem Bahnhof aufwies, den sie vor knapp einer Stunde hinter sich gelassen hatten. »Was ist das, Jordan?« stammelte Leslie. »Ist das – sind wir in der Nähe der Ranch?«

»Die letzten achtzig Meilen fuhren wir durch die Ranch, ungefähr seit wir aus Viento sind. Das ist Reata, das Haus dort«, sagte Bick trocken.

»Und das nennt sich ganz einfach Ranch?«

8

Und da, unmittelbar vor ihnen, begann die Stadt Benedict. Auf einem großen Straßenschild prangte die Inschrift:

Willkommen in Benedict
4739 Einw.

»Reizend!« rief Leslie. »Ist das für uns?« Aber Bick Benedict belehrte sie, dies sei ein Werk der Handelskammer und gelte jedem Passanten.

»Ja, weißt du, Jordan, wo man uns unterwegs schon so viel Ehre erwiesen hat, dachte ich … Nicht so schnell, bitte nicht so schnell, ich will doch was sehen!« Sie sausten auf der überbreiten Main Street dahin, die nach Leslies Ansicht für 4738 Einwohner etwas zu weiträumig war, und wiederum stellte Bick richtig: »Lange bevor die Stadt bestand, war dies unser Kuhweg, auf dem man das Vieh, oft viele Tausende gleichzeitig, nach Kansas zu Markte getrieben hat. Damals standen hier bloß ein paar lumpige Hütten mitten in der Prärie.«

Das weiße phantastische Herrenhaus, das sie zuerst gesehen, war nun durch die »Ranchers and Drovers Bank«, durch ein rotes Lebensmittelgeschäft und einen Geschirrladen verdeckt. Auch ein Drugstore, ein Lunch Room und eine Garage fielen ihr auf. Aber noch mehr als durch die Häuser von Benedict fühlte sich Leslie in diesem neuen Land durch die dunklen Gesichter erregt, die sich da und dort zeigten und so ganz anders waren als die ebenholzschwarzen in den Straßen Virginias: lateinamerikanische Typen, feine spanische Schmalschädel und derbere, dunklere mexikanisch-indianische. Sogar die Plakate und Ladenschilder hatten etwas Exotisches. Die junge Mrs. Benedict mußte an sich halten, so aufgeregt war sie. Wie ein Kind hopste sie auf ihrem Sitz und las laut: KOMMT NACH HERMOSO ZUR MASTVIEHSCHAU! – SÄTTEL NACH MASS – QUARTER-PFERDE ZU VERKAUFEN. »Jordan, was sind Quarterpferde?« An einem Kurzwarenladen stand angeschrieben: BARATO. Das hieß: Barzahlung. So viel Spanisch verstand sie zur Not.

Blaßgelbe Frauen in Schwarz mit schwarzen Kopftüchern. Staubige Oleander am Straßenrand. Wohlgenährte Männer in Hemdsärmeln und breitrandigen Stetsons; ihre hohen Absätze verliehen den Füßen eine sehr elegante Wölbung. An den Straßenecken hockten Männlein auf den Fersen, und lange, hagere, sonnverbrannte Gestalten lehnten in seltsamer Haltung an den Ladeneingängen; sie standen auf einem Bein, das andere hatten sie gekrümmt, so daß der Fuß flach auf der Hauswand ruhte. Nirgends ein Grasfleck. Niedrige Backsteinhäuser, grau und vom Staubwind zernagt wie Knochen, die in der Wüste verwitterten.

»Um Himmels willen, was ist denn das?« Mitten auf dem Rathausplatz stand ein monströser Kasten aus dickem Glas und darin ein ausgestopfter, geschirrter Longhorn-Stier; seine braune hörnerne Kopfzier maß von Spitze zu Spitze wohl über zweieinhalb Meter. Wie ein eingefangenes Sagentier blickte das riesige Hornvieh düster und wild in die heutige Welt.

»Du mußt unbedingt halten; ich muß ihn mir näher betrachten, Jordan!«

»Den kannst du dir noch dein ganzes Leben lang ansehen.«

»Unglaublich! Ein ausgestopfter Ochse unter Glas mitten im Ort!«

Zärtlich lachend berührte er ihre glühende Wange. »Du bist in Texas, mein Süßes. In New York vor der Öffentlichen Bücherei haben sie statt dessen einen Löwen.«

»Aber doch keine richtigen, sondern Statuen. Der da ist richtig!«

»Wie alles in Texas.«

»Warum, wozu?« Sie lachte. »Wird er als Gott verehrt?«

»Er ist der letzte der Longhorns von Reata. Vor einem Jahrhundert schweiften sie wild umher und machten die Gegend unsicher. Jetzt sind sie ausgerottet wie der Büffel, sogar noch mehr. Den Grundstock brachten nach 1600 die spanischen Missionare, und als die Mission einging, blieb der Viehbestand sich selbst überlassen und vermehrte sich unheimlich. Das ganze Land war von Longhörnern überschwemmt. Unangenehme Tiere! Hörner, Hufe und Haut wie Eisen und das Fleisch zäh wie Leder, aber es ist nicht allzulang her, da hat man es noch gegessen. Und jetzt ist das letzte Longhorn ein Museumstück unter Glas!«

»Daß Rindvieh so romantisch sein kann, hätte ich nicht gedacht. Wie geht's den Reata-Rindern denn jetzt? Wo sind sie? Ich habe noch keine gesehen. Ja, sage mir, Jordan: Hast du denn welche? Ich glaube beinahe, du hast mich unter falschen Vorspiegelungen hierher verschleppt!«

Er lachte hell auf, und das tat ihr wohl, sie war griesgrämige Gesichter nicht gewohnt. Daheim in Virginiahaus ging es allezeit lustig zu. »Oh, ein paar sind noch da!« erwiderte er sehr von oben herab. »Sie spielen im Mesquite Verstecken. Aber warte nur, bis du meine jüngste Zucht zu Gesicht bekommst! Wir experimentieren seit zehn Jahren daran, aber ich denke, jetzt sind wir soweit. Wir haben aus England Herefords importiert und sie mit bestem einheimischem Stamm gekreuzt. Eine Auslese davon paare ich jetzt mit großen Kashmirs orientalischer Herkunft. Die vertragen die größte Hitze und schwitzen ein Fett aus, das Zecken und Fliegen abschreckt. Die King-Ranch und einige andere Züchter experimentieren mit Brahmans, aber ich bin der Kashmir-Spezialist. Wenn du erst meine Kashmir-Hereford-Bullen siehst, da wirst du staunen! Die sind wie ein Haus auf vier Beinen! So was hat die Welt noch nicht gesehen!« Er sprühte von Leben. Vor noch nicht einer Stunde war der Mann schweigsam, verdrossen und jetzt wie ein aus gelassener Bub. Aber Leslies Herz fühlte etwas wie einen Stich. – Reata ist seine wahre Liebe, sagte ihr eine innere Stimme, ihre Zukunft und ihre Vergangenheit machen sein Leben aus. Du bist nur eine Episode, ein Figürchen in einem Bilde, das du selber noch nicht verstehst. Aber da lag die Stadt bereits hinter ihnen, und wieder umgab sie die leere Ebene.

Während der rasenden Fahrt hatte Leslie schon mehrmals in einiger Entfernung mitten auf der Fahrbahn große Pfützen wie kleine Teiche gesehen, die beim Näherkommen spurlos verschwanden. Nun wieder! Kaum hundert Meter vor ihrem Packard! »Das ist doch Wasser – mitten auf der Straße? Und plötzlich weg.«

»Eine Luftspiegelung«, sagte Bick. »Texas ist voll von Trugbildern.«

Sie lächelte, sah ihn rasch an, doch sein Gesicht war ernst; er hatte nur eine Tatsache konstatiert.

Nun tauchte das phantastische Bauwerk wieder auf; es flimmerte in der heißen Luft unter dem gläsernen Himmel. Betroffen starrte Leslie es an und fragte möglichst gelassen: »Hast du es gebaut?«

»Das Große Haus? Aber nein! Mein Vater. Er behauptete, er habe es für Ma bauen lassen, aber in Wirklichkeit tat er es, um der Baumwollbande zu zeigen, daß er mehr ist als ein emporgekommener Viehherr, daß er es auch in Baumwolle mit ihnen aufnimmt.«

»Mit der Baumwollbande?« – Die Sache war ihr noch unklar, und er erklärte: »Die Baumwollreichen von Texas haben von jeher die Viehreichen verachtet, und nachdem Ölvorkommen entdeckt und ausgebeutet wurden, hat die Vieh-Aristokratie auf die Öl-Emporkömmlinge herabgesehen, ungefähr so wie die Alt-New-Yorker De Peysters den Vanderbilts und die Vanderbilts den Astors anfangs die kalte Schulter zeigten.« Seine Linke wies in die Gegend: »Siehst du den niedrigen grauen Bau eine halbe Meile vom Großen Haus? Das ist das ehemalige Ranch-Haus. Dort bin ich geboren. Man nennt es heute noch das Haupthaus.«

Sie blickte wohl eine Minute auf die verschwimmenden Umrisse des niederen, farblosen Baues, dessen Schlichtheit gegen den Prunk und Zierat des Großen Hauses auffallend abstach, lehnte sich leicht an ihren Mann und sagte: »Es gefällt mir. Es ist gut, in so einem Hause geboren zu sein«, und als er schwieg, streifte sie ihn mit einem Seitenblick. »Wer wohnt jetzt drin? Deine Schwester Luz?« fragte sie unsicher. »Oder zieht sie dorthin?«

»Luz wohnt bei mir«, antwortete Bick, »bei uns im Großen Haus. Seit Mutters Tod führt sie die Wirtschaft, das sind jetzt fünfundzwanzig Jahre. Hm!« Er lachte unlustig auf. »Manche behaupten, sie leite die Ranch.«

»Es wird für mich zunächst etwas sonderbar sein. Natürlich muß ich erst lernen, wie alles vor sich geht. Sie hat hoffentlich nichts dagegen.«

»Bei Luz weiß man nie. Aber jetzt wollen wir froh sein, daß wir zu Hause sind!«

Gern hätte Leslie ihn darauf hingewiesen, daß eine Frau ihrem Haushalt allein vorstehen, selber alles entscheiden und mit ihrem Mann allein sein will. Doch eine neu erworbene Weisheit riet ihr zu schweigen. Dafür redete Bick, und zwar rascher als sonst, als müsse er sie auf etwas vorbereiten: »Die Texaner, weißt du, sind großzügig, ich meine: sehr gastfreundlich. Du mußt immer dran denken, das Wort Texas kommt vom Indianischen *tejas*; zur Zeit der Bündnisse mit den alten Indianerstämmen war es gang und gäbe. Es bedeutet: Freund.«

»Hübsch«, murmelte Leslie schläfrig, »sehr hübsch.« – Die Fahrt hatte sie müde gemacht.

»Das Große Haus ist daher meistens voller Gäste«, fuhr er fort. »So ist es auf jeder Ranch in ganz Texas vom Panhandle bis zum Golf. Manchmal sind's zwei, manchmal zehn, zuweilen auch zwanzig. Sie werden bewirtet, erhalten für die Nacht ein Lager und, wenn sie ausreiten wollen, ein Pferd.«

»Auch Leute, die ihr nicht kennt?«

»Warum nicht? Solche, die an Landwirtschaft, Viehzucht oder unserer Ernte interessiert sind. Old Waggoners sind darin besonders groß. Aber im Grunde sind wir alle so. Tejas!«

»Meine Güte! Und ich dachte, wunder wie gastfreundlich wir in Virginia seien.«

Ein Griff, und der Wagen hielt vor einem hohen eisernen Gittertor. Aus dem Pförtnerhäuschen rannte ein Mann – es sah aus, als verneige er sich im Laufen – und schloß das Tor auf. Dabei salutierte er, seine Zähne blitzten, sein Gesicht strahlte vor Freude. »Bienvenido!« – »Willkommen!« rief er. »Bienvenido, Señor, Señora!« Seine Züge waren edel und zeitlos. Er konnte ebensogut vierzig wie sechzig sein. Bei aller Dienstfertigkeit zeigte er Würde; in seinem Willkommgruß lag Stolz. Was Leslie für Verneigungen gehalten hatte, war Hinken gewesen.

Bick Benedict hob grüßend die Hand vom Steuer. »Cómo está, Arcadio!« – »Wie geht's, Arcadio?«

»Muy bien, gracias. Gracias!« – »Sehr gut, danke, danke!« – Er blickte auf Leslie und salutierte förmlicher als zuvor.

»Hello, Arcadio!« rief sie und winkte ihm lächelnd zu. Während sie weiterfuhren und sich das Tor hinter ihnen schloß, stieß sie den Gatten leicht an: »War es so richtig, Darling? Sag mir nur, wenn ich etwas falsch mache! Ich komme mir vor wie in einem wildfremden Land. Ich bin nicht gewohnt, mich hoheitsvoll zu benehmen.«

»Ach, Unsinn. In Texas ist alles frei und offen. Du bist hier zu Hause.«

»Aber fragen muß ich dich trotzdem, Darling, sonst zerspringe ich vor Neugierde. Heißt er wirklich Arcadio? Ein bezaubernder Name. Aber warum hinkt er so schrecklich, und weshalb wird das Tor abgeschlossen? Du sagtest doch eben, hier sei alles frei und offen. Ich will ja nicht kritisieren; ich möchte es bloß gerne wissen. Ich kann es kaum abwarten, bis ich Papa meine ersten Eindrücke schildere.«

»Natürlich heißt er Arcadio; ich finde daran nichts Bezauberndes. Er und ich waren zwölf Jahre alt, als man ihn in die Corrida – Stierkampfarena – steckte. Man gab uns alte Gäule zum Reiten; wir waren ja noch Kinder. Als er eines Tages half, die Herde zusammenzutreiben, stürzte sein Klepper, fiel auf ihn drauf, klemmte ihm das rechte Bein ein, und wie er ausschlug, um hochzukommen, rissen die Hufe es auf. Sein Vater war Ranchero und gerade weit weg, und im Umkreis von fünfzig Meilen gab's keinen Arzt.«

»Das arme Büblein! Der arme Mann! Muß nun sein Leben lang hinken.«

»Auf einer Ranch darf man nicht sentimental sein.«

Sie dachte: Ich weiß nicht einmal, was eine Corrida ist.

Die Auffahrt zum Großen Haus war lang und führte an einem alten, rechteckigen Bauwerk aus Luftziegeln vorüber. Ein zweites, ebenso großes stand gegenüber. Dahinter duckten sich niedere Hütten. Sie wollte sich gerne danach erkundigen, beherrschte sich aber.

Doch weiter draußen mitten in der Prärie sah sie viele Häuschen wie aus einer Spielzeugschachtel, und sie fragte: »Weißt du noch, wie Mama am ersten Abend, als du zum Essen bei uns warst, so komisch gefragt hat, ob auf deinen Liegenschaften auch Dörfer und Städte sind? Jetzt muß ich auch mal so komisch fragen: Dahinten die vielen kleinen Häuser – ist das eine Stadt?«

»Das? Ach was! Da wohnt bloß ein Teil unserer Leute, hauptsächlich Verheiratete mit Kindern, zum Teil Vaqueros, zum Teil Rancheros, aber die meisten Rancheros leben draußen auf den Ranchitos, natürlich immer in Entfernung von je zehn bis fünfzehn Meilen.«

»Natürlich!« wiederholte Leslie ironisch feierlich, brach aber gleich in ein teils ironisches, teils nervöses, reisemüdes Lachen aus. »Mr. Benedict, Sir, Ihr Bräutchen wäre unfähig, einen Vaquero von einem Ranchero zu unterscheiden, falls etwas Derartiges je in Erscheinung träte.«

»Kommt schon!« sagte er und bog scharf ab. »Du wirst sogleich einen Haufen Vaqueros sehen. Old Polo hat da drüben für dich eine kleine Parade anreiten lassen.«

Sie näherten sich einem zweiten Tor. Es war aus Holz und in der Diagonale mit Stäben gesichert. Der Zaun erstreckte sich schier ins Unendliche. Dahinter etwa fünfzig Berittene. Gleich bronzenen Reiterstatuen, saßen sie kerzengerade in Doppelreihe, glühend und blühend, die dunklen Augen von großen Hüten beschattet. Die spitzen, schmalen Hochabsatzstiefel waren auf Hochglanz poliert und saßen prall wie Handschuhe. Hutbänder, Gürtel und Sättel – alles Handarbeit. Den Kostümen fehlte vielleicht das Silber, die Seide, Borten und Stickerei, aber in allen Grundzügen war es die gleiche Tracht, die schon der mexikanische Charro – Rinderhirt – vor dreihundert Jahren getragen und jeder amerikanische Cowboy von Montana bis Arizona ihm nachgeahmt hatte und noch immer nachahmt. So paradierten die Reiter zu beiden Seiten des Tores, stumm, unbewegt, ohne zu lächeln. Nur ihre schwarzen Augen funkelten unter den Stetsons.

Zwischen den beiden Reihen ritt auf einem prächtigen Palomino ein älterer Cowboy. Er war ebenso dunkel wie alle andern, aber in seiner Haltung lag etwas Gebieterisches, und seine schlanke, kleine Gestalt war von bestrickender Eleganz. Tänzelnd näherte sich sein Roß. Er beugte sich aus dem Sattel herab, öffnete den Riegel des Tores, ritt auf den Packard zu und rief die Begrüßungsworte: »Viva el Señor! Vivan los novios!« – »Es lebe der Herr! Es lebe das junge Paar!«

Und von den Männern scholl es wie eine Antwort: »Viva el Señor! Vivan los novios!«

Leslie zupfte Jordan am Ärmel: »Was heißt: los novios? Was soll ich jetzt tun?«

Bick nickte den Vaqueros heiter zu, hob die Hand zum Gruß, dankte in ernstem Ton auf spanisch und sagte halblaut, ohne den Kopf nach ihr hinzuwenden, auf englisch: »Feierliche Parade zu deinen Ehren, Darling. Willkomm fürs Brautpaar. Sage bitte gracias!«

Hingerissen öffnete sie den Schlag, trat an den Zaun, beugte sich so weit hinüber, wie sie nur konnte, und rief: »Thank you!« Ihre Stimme war hell, warm und voll von Entzücken. »Gracias! Gracias! Dank für den herrlichen Willkomm!«

»Bitte nicht übertreiben, Leslie!« hörte sie von hinten Bicks Mahnung und wandte sich nach ihm um: »Darf ich ihnen eine Kußhand zuwerfen? Ich bin in die ganze Gesellschaft verliebt.«

»Steig ein und setz dich! Wir fahren weiter.«

»Speziell in diesen Buffalo Bill.«

»Polo hat zehn Enkelkinder. Seine mexikanische Seele wäre schockiert.«

»Warum sind sie so schweigsam und ernst? Sie sehen uns gar nicht an, nur geradeaus.« Leslie nahm Platz. Bick ließ den Motor an und versetzte: »Sie haben dich haargenau gemustert und werden daheim ihren Familien berichten, was du anhast, was du gesagt hast, wie du aussiehst und dich benimmst. Der Klatsch wird dein Renommée von Mund zu Mund zu jedem Barrio tragen und über die Ranchitos zum Westbezirk, in dem unsere Holgado-Ranch liegt, und südlich bis Hermoso und hinauf bis La Piedra, das ist der Nordbezirk, und nach Osten bis ...«

»Habe ich denn etwas falsch gemacht? Du hast mir doch gesagt, ich soll mich bedanken. Ich fand es so malerisch, einfach zauberhaft.«

»Du hast für hiesige Begriffe ein klein wenig übertrieben.«

»Aber du hast mich doch nicht geheiratet, weil ich so war wie Mädchen in Texas. Sonst hättest du ja längst eine von denen heiraten können, wenn du eine Frau gewollt hättest, die sich für hiesige Begriffe mustergültig verhält.«

Hinter ihnen verhallte der Hufschlag auf dem hartgebackten

Lehmboden. Die Sonnenstrahlen blitzten auf stählernen Steigbügeln und silbernen Sporen, und während sie heimwärts trabten, sprachen die Reiter gedämpft miteinander: »No está mal.« – Sie ist nicht übel.

»Sí, pero le faltan carnes.« – Aber für meinen Geschmack etwas dünn.

»Aber ihre Augen! Sie sind sanft und dunkel wie die einer jungen Färse, aber voll Temperament; das sieht man daran, wie sie mit den Augen zwinkert; so etwas reizt jeden Mann!«

Der Packard beschrieb auf der langen Anfahrt die letzte Kurve und hielt vor der breiten Freitreppe, die zur Vorhalle des Eingangs führte. Leslie stieg aus und blickte empor. Sie hatte bis jetzt noch immer gedacht, bei ihrer Ankunft werde das seltsame Bild wie die Luftspiegelungen auf der Chaussee verschwinden. Nun aber war es Wirklichkeit. War es das? Geisterte nicht trotz blendender Sonne um diese dicken Mauern, um Säulen und Türme etwas Unheimliches? Niemand kam ihnen entgegen. Niemand wartete beim Portal. Alles verharrte in Stummheit, reglos, verzaubert wie Dornröschens Schloß. – Es kann doch nichts Unheilvolles sein, wo die Sonne scheint! sagte sie sich im stillen, und laut: »Aha! Siesta! Im guten alten Virginia machen sie auch immer Mittagsschläfchen, bei uns daheim allerdings nicht.«

Mit schmerzhaftem Griff faßte sie Bick bei der Hand. »Bei uns auch nicht«, stieß er rauh hervor und wollte eben mit ihr die steinernen Stufen emporschreiten, als sie plötzlich stehenblieb und ihn anlächelte: »Fändest du es arg kindisch, wenn ich dich bäte, mich über die Schwelle zu tragen? Du weißt, es bringt Glück. Ich bin allerdings etwas sehr lang geraten.«

Er guckte verwundert, sah ihre Lippen zittern, und schon fühlte sie seine Arme, einen um ihre Schultern, den andern um ihre Schenkel, und sich emporgehoben wie einst als Kind. Er trug sie die Stufen hinauf, über die breite Veranda und durch das Portal. Ihr Arm schlang sich um seinen Nacken, ihre Wange ruhte an seiner.

Im Schatten der Eingangshalle, die nach der Glut draußen fast düster schien, tat er, als müsse er von der Arbeit verschnaufen, und beide lachten so hell, daß es von den Wänden widerhallte. Er hatte sie noch immer auf dem Arm, und sie hielt ihn noch immer umhalst, bis sein Kopf sich senkte. Stumm, stürmisch und lang küßten sie sich, und der ständige, kräftige Wind, der durch die offenen Pforten fegte, spielte mit ihrem Haar. »Hu, wie kalt!« lachte sie, obwohl ihr an seinem Munde recht heiß war. Da stellte er sie sacht auf den Boden.

Sie wankte ein wenig, lehnte sich an ihn und schaute umher. Ihre Augen mußten sich erst an den Übergang aus der prallen Sonne in den Schatten gewöhnen. Dann aber sah sie als erstes auf der ihr gegenüber befindlichen weißgrauen Wand leuchtend bunt die sechs Flaggen von Texas drapiert: Die altspanische Fahne, die Fahne der französischen Könige, die Flagge Mexikos, die der Republik Texas, das Banner der verbündeten Südstaaten und das Sternenbanner der USA. Kein Laut drang in die tiefe Stille des weiten Gelasses, und doch war es Leslie, als ob sie belauscht würden. Wie Hotelgäste, die irrtümlicherweise zur unrechten Zeit eintrafen, standen Herrin und Herr auf Reata in ihrer Halle. Peinlich. Peinigend. Leslie suchte darüber hinwegzugehen und begann von der Fahnendekoration zu schwärmen: »Ein Stück lebende Weltgeschichte! Verehrungswert wie die Fahnen in der Kathedrale von St. Denis!«

Aber nun hielt es Bick nicht mehr aus. »Was geht hier vor?« schrie er wütend und schlug in die Hände. »Tomás, Vincente! Lupe! Petra!« und lauter noch, mit überkippender Stimme: »Luz! Luz, zum Teufel, was heißt das! Hervor mit dir, sonst komm' ich und hole dich!«

Unter Jordans älterer Schwester hatte sich Leslie, ohne zu wissen, warum, eine hochgewachsene Frau mit tiefdunklem Teint, glattem schwarzem Haar und geraden Brauen vorgestellt. Doch was da wie aus dem Nichts erschien, war ein kleines, pausbäckiges, vollbusiges, schusseliges, dickliches Weibsbild in gefälteltem altrosa Kleid und hellrotem Hut. Die dicken weißgrauen Haarflechten bildeten einen seltsamen Gegensatz zu den kohlschwarzen Augen, die wirkten, als seien sie versehentlich in ein auf blaue Augen angelegtes Gesicht gesetzt worden, und den Betrachter so jäh und grell ansprangen wie aus heiterem Sommerhimmel ein gegabelter Blitz. Mit hastigen Schrittchen, die auf den Steinfliesen ein Geklapper verursachten, kam sie heran – Leslie hatte noch nie bei einem ausgewachsenen Menschen so kleine Füße gesehen – und rief schrill: »Jurden! Was brüllst du denn wie ein Kalb, das markiert werden soll?« Aber das klang keineswegs böse, sondern geradezu herzlich. Ein Schnappkuß knallte auf die Wange des Bruders, und dann drehte sie sich nach Leslie um. »Hello, Miss Lynnton, entschuldigen Sie meine Verspätung«, sagte Luz Benedict, wobei ein zusätzliches Rot ihr ohnehin sattsam rotes Gesicht überzog.

Bick aber legte die Rechte auf die Schulter seiner Gemahlin und sprach: »Luz, merke dir gefälligst: Leslies Name wird nicht mehr umgetauscht. Sie ist und bleibt Mrs. Jordan Benedict.«

9

»Wir erwarten euch seit einer Woche«, sagte Luz und hielt lächelnd, aber mit stählernem Griff Leslies Hand. »Wieso?« fragte diese. »Wir hatten nicht die Absicht, früher zu kommen.«

»Ich hätte niemals gedacht, daß Bick so lange wegbleiben werde. Wo die ganzen Frühjahrsarbeiten zu erledigen sind! Im ganzen Jahr die ungünstigste Zeit zum Verreisen. Der große Frühjahrs-Roundup.«

Was ein Roundup ist, war Leslie noch unbekannt und im Augenblick relativ gleichgültig, und sie versetzte lächelnd: »Es war immerhin unser Honigmond.«

»Kein Honigmond ist so wichtig wie ein Roundup auf Reata«, versetzte Luz ohne eine Spur von Humor, ein Manko, das ihre neue Schwägerin als echtes Lynntongirl dadurch ausglich, daß sie entgegnete: »Ganz gewiß, Luz, für jedermann, ausgenommen die zwei Hauptbeteiligten.« Dabei blickte sie zärtlich auf Bick, in dessen Arm sie sich eingehängt hatte. Er aber hatte offenbar nicht ihr Bonmot, sondern nur das Geräusch eines anfahrenden Autos gehört. Mit plötzlichem Ruck machte er sich los, eilte zum Eingang und schrie: »Jett!« und nochmals: »Jett! Sofort hierher!«

»Wollen Sie sich das Haus anschauen?« sagte Luz allzu beflissen. »Ich zeige es Ihnen, kommen Sie!« Dabei packte sie Leslie beim Arm.

»Jaja, natürlich«, antwortete diese, »sogleich. Ich warte nur noch auf meinen – auf Jordan.«

»Ach, Jordan und Jett müssen immerzu kabbeln. Gehen wir einstweilen vor!« Es war ihr offenbar darum zu tun, Leslie außer

Hörweite zu bringen, was nicht ganz leicht war, denn die Stimmen der beiden Mannsbilder schallten ziemlich heftig und laut von draußen herein. Und nun sah Leslie diesen Jett Rink in der Bogenöffnung, durch die ihr Jordan sie vorhin hereingetragen – einen muskulösen jungen Burschen mit auffälligem Stiernacken und entsprechenden Schultern. Er trug staubige Leinenhosen, offenes Leinenhemd und die ortsüblichen Hochabsatzstiefel. Den durchschwitzten Hut hatte er nach hinten geschoben. Seine dunklen Locken waren in Schweiß gebadet, Haltung und Ton herausfordernd. Leslie hielt den etwa Zwanzigjährigen für einen recht unangenehmen Gesellen, auch wenn er soeben wahrheitsgemäß bemerkte: »Sie hat gewünscht, daß Dimodeo fährt, nicht ich. Ich mag es ebensowenig wie Sie, wenn er den Packard nimmt. Ich brauche dann jedesmal zwei Tage, bis ich den Wagen wieder in Ordnung habe.«

»Sie haben zu tun, was ich Ihnen sage.«

»Machen Sie das mit Madama aus! Woher soll ich wissen, was ich zu tun habe. Sie zieht dahin, und Sie ziehen dorthin. Ich will wissen, wer hier befiehlt; dann werde ich mich danach richten.«

Abgestoßen vom frechen Ton Jetts, schaute Leslie sich um. Durch offene Doppeltüren fiel ihr Blick in andere Räume, nicht minder geräumig als diese Halle. Luz Benedict aber war nicht mehr zu sehen. Madama – der Bursche da draußen hatte sie Madama genannt. Komisch, daß sie auf einmal verduftet war! Leslie lächelte in Gedanken an den ersten Satz des Briefes, den sie heute abend oder morgen früh schreiben wollte: »Lieber Papa, weißt du noch, wie du mich, als ich etwa zehn Jahre alt war, in New York ins Naturhistorische Museum geführt hast? Also dort wohne ich jetzt, bloß daß man es nach Texas versetzt hat.«

Von allen Wänden blickten gleichgültig, drohend, unheimlich oder tückisch Köpfe von Hochwild, Büffeln, Luchsen, Jaguaren, Präriehunden, Berg- und Silberlöwen, Rot- und Graufüchsen, Stachel- und Wildschweinen, aber zwei Longhornbüffel mit langen, mürrischen Schnauzen und weitgebreitetem Gehörn stellten alles andere in den Schatten, und dort, wo die Tiertotenschau ein Stück Wand frei ließ, hingen in breiten Goldrahmen Bilder von Herefordkühen und Longhornstieren, von Prärien mit und ohne Himmel, von Himmel mit und ohne Prärie, von allem, was das von Sonne gepeinigte Auge durch einen Spalt in der Jalousie zu erspähen vermag in diesem Lande der Sonne, des Himmels, der Rinder und glühenden Steppen.

Durch eine breite Tür am andern Ende der Halle blickte Leslie in den Hinterhof, einen sogenannten Patio, und als sie dort etwas Grünes gewahr wurde, ging sie drauf zu und holte tief Atem, denn ihr war zum Ersticken. Sie fühlte sich eingesperrt, und als sie hinaustrat, sagte sie laut, so allein sie auch war: »Gott sei Dank, eine Terrasse! Schauen wir sie uns an!« Aber da standen nur Oleander in Töpfen trostlos herum, und die weiße Umfassungsmauer warf die peinigenden Sonnenstrahlen funkelnd zurück. Leslie ließ sich in einen der Korbsessel fallen, sprang aber sogleich mit einem leichten Schrei wieder auf. Ihr war, als habe sie sich auf glühende Kohlen gesetzt, und sie verstand, warum die Texaner nie vor den Häusern sitzen, sondern lieber im Dämmer der Innenräume. Sie kehrte in die Halle zurück, stand ein Weilchen herum, und als Bick bald darauf kam und, ihre Hand ergreifend, fragte: »Wolltest du nicht mit Luz hinauf?«, antwortete sie: »Ich habe auf dich gewartet.«

»Dir ist gewiß heiß, und du bist müde. Wo ist Luz?«

»Sie war sehr freundlich und wollte mir das Haus zeigen.« Urplötzlich merkte sie zu ihrem Entsetzen, daß ihr die Tränen kamen, wo sie doch selbst als Kind kaum je geweint hatte. Sie hob ihre feuchten Augen zu Jordan auf und sagte zart: »Ich habe auf dich gewartet; ich will, daß mir mein Mann sein Haus zeigt.«

»Selbstverständlich, Liebchen, natürlich. Hier ist alles übergeschnappt, während ich weg war. Luz hat alles …«

Tapptapptapp tönte da auf dem Steinboden das Tappeln der Füßchen Luz Benedicts, und sie rief: »Da bist du ja, Bick! Bist weggegangen und hast dein armes kleines Bräutchen allein gelassen! Sie ist aber nicht von der Stelle gewichen. Jetzt zeige gefälligst du ihr das Haus! Ich führe euch.«

An den hallenden Knall männlicher Hochabsatzstiefel auf diesen Fliesen, an Sporengeklirr und das Knarren von Lederzeug, an diese und viele andere Texasgeräusche sollte Leslie sich mit der Zeit noch gewöhnen, und das Tapptapptapp der Stakkatoschrittchen ihrer Schwägerin Luz klang ihr noch manchmal im Ohr, auch nachdem es für immer verstummt war, und klang wie jetzt, da sie Hand in Hand mit Jordan die Zimmerfluchten durchwanderte, dicht bei ihrem Ohr, und dazu das einförmige Geplapper: »Und das ist der große Raum – und das ist der kleine Salon – und das ist die Bibliothek – und das ist das Musikzimmer – und da drüben ist der Speisesaal – und das ist das Trinkstübchen –«

Leslie ließ dazu abwechselnd ein »o wundervoll« und ein »kolossal!« vernehmen, und in der Tat: Alles in diesem Hause hatte Ausmaße, als sei es für ein Geschlecht von Giganten gebaut. Sessel hatten eine Grundfläche wie Ottomanen, die Couches waren breiter als Ehebetten, und mit Rindleder bezogene Stühle hatten kunstvoll aus Büffelhorn gefügte Rückenlehnen. Luz aber machte den Cicerone nicht anders, als führe sie einen Eintagsgast, dem mangels Zeit alles Sehenswürdige rasch und summarisch gezeigt werden muß.

Leslie war müde. Ihre Augen brannten, ihre Gesichtshaut schmerzte, und als die drei über die breite Steintreppe nach oben gingen und sie die heiße Hand auf die Balustrade stützte, war ihr, als dampfe sie bei der Berührung. Mehr als in dieser Stunde erzählte ihr dieser pseudospanische Palast in der Folgezeit, wie fremd er im Grunde dem Texasland war, wie die Elemente sich in unablässigem Kampf gegen ihn auflehnten. Bei Nordwind brach der Zement in kalten Schweiß aus. Schimmel bildete sich nach jedem Frühlingsregen. An dunklen Orten zeigte sich Schwamm. Die Schuhe in den Schränken überzogen sich mit weißlichem Moder. Rohrleitungen rosteten. Die Handwerker kamen nicht aus dem Haus. Immerzu hämmerte, klopfte, sägte, stampfte, klapperte es bald da, bald dort, vom leckenden Dach und den rissigen Böden bis hinab in die Keller, wo immer wieder einmal eine Leitung sprang.

Fünfzig Schlafzimmer hatte Bick im Gespräch mit Mama Lynnton erwähnt. Leslie hatte es für Übertreibung gehalten. Nun aber sah sie schier einen Morgen Grundfläche von nichts als Gaststuben eingenommen, alle gleich eintönig ausgestattet mit dem gleichen glatten Typenbett, Typenschrank, je einem Sessel, Stuhl, Tisch und einer elektrischen Birne, die gleichgültig an jeder Plafondmitte angebracht war. Ein Unterkunftshaus. Ein kahles, reizloses Massenquartier ohne Gäste. Ein schauriger Gedanke befiel die junge Frau: »Sind all die Zimmer denn nie bewohnt?«

»Und ob!« schrillte Luz vergnügt. »Und ob die bewohnt werden!

Wir hatten Zeiten, da mußten wir sogar noch in der Halle Klappbetten aufstellen und die Couches mit Bettwäsche überziehen. Weißt du noch, Bick, damals beim großen Schaureiten in Viento, wie Kale Beebe mitten in der Nacht angefegt kam und mit dem Gobelinsofa vorliebnehmen mußte, und weil er schon einen sitzen hatte«, fuhr sie begeistert fort, »hat er sich gespornt und gestiefelt draufgelegt, und im Traum ist er wohl auf Gespensterrossen geritten, denn am Morgen hing der Gobelinbezug in lauter Fetzen, und die Federn der Sofafüllung hüllten ihn ein, daß er wie ein Weihnachtsmann aussah.« Dabei stiefelte sie über den Korridor bis zu einem großen Gemach, dessen Tür offenstand. Drinnen beugten sich zwei Mexikanerinnen über Bicks geöffnete Handkoffer, was Leslie sonderbar fand. Luz aber sagte nur: »Das ist Bicks Zimmer«, ging mit energischen Schrittchen weiter den Gang hinunter, bog einmal nach rechts, dann nach links, bis sie vor einer Tür haltmachte und bestimmte: »Und hier schlafen Sie.«

Einen Moment herrschte verdutztes Schweigen, aber dann platzte Leslie heraus und lachte so unbändig, daß Bick davon angesteckt wurde. Sie lachten Tränen, hielten sich aneinander fest; sonst hätten sie sich auf den Boden geworfen und mit den Beinen gestrampelt. So absonderlich fanden sie den Gedanken, nachts nicht vereint zu sein.

Die schwarzen Augen der alten, niemals vermählten Schwester blickten starr geradeaus. In dem roten Gesicht regte sich kein Funken Humor. Bick klopfte ihr auf die Schultern. »Ja, stell dir nur vor, Schwesterchen, ich und Leslie sind Mann und Frau und werden daher die zwei ineinandergehenden, luftigen Vorderzimmer bewohnen, das eine wird unser gemeinsames Schlafzimmer und das andere unser Wohnzimmer, wo wir uns nach Lust unterhalten werden.« Dabei wischte er sich die Lachtränen ab.

»Von mir fort – weg?« Die schrille Stimme klang belegt.

»Nein, Darling«, sagte er leichthin, »wir wollen bloß ...«

Doch Leslie erklärte mit aller Deutlichkeit: »Weg von allem, wenn uns der Sinn danach steht. Wir haben uns manches zu sagen, keine Staatsgeheimnisse, Luz«, setzte sie hinzu, da sie den Ausdruck der andern gewahrte, und war von Mitleid bewegt. »Eheleute haben sich eben allerhand zu sagen.«

Bick lenkte ab. »Lupe und eins der andern Hausmädchen können hier alles herrichten. Unser großes Gepäck wird wohl bald dasein. Während wir unser Supper einnehmen, sollen sie auspacken.«

»Supper...!« wiederholte Leslie erschöpft.

»Supper um sechs«, erklärte Luz kategorisch. »Möchten Sie jetzt Kaffee? Über Bicks Krach mit Jett habe ich's rein vergessen.«

»Ja, gern«, sagte Leslie. »Wenn ich statt Kaffee eine Tasse Tee haben könnte?«

»Tee?« kam es zweifelnd zurück.

»Oder Kaffee. Ist auch gut.« Wo war der Teetisch, den sie sich in Gedanken ausgemalt hatte, gerüstet zu ihrem Empfang, mit heißem Tee für verständige und Eislimonade für unverständige Tischgäste? Wo die kleinen, dünnen Sandwiches und der äußerlich unscheinbare, aber märchenhaft leckere Kuchen und in Karaffen der Wein für die Herren? So hatte bei Lynntons ein Tee ausgesehen, wenn man um fünf Uhr heiß und ermüdet ankam.

Bick drückte auf einen Klingelknopf. »Ich lasse die Sachen hinüberschaffen. Jetzt muß ich mir einmal ansehen, was alles in meiner Abwesenheit verpatzt worden ist. Also, Luz, reg dich nicht weiter auf! Leslie, die Hausmädchen helfen dir bei deinen Sachen. Wir sehen uns beim Supper. Wenn du was brauchst, sag es Luz!« Er ging, Luz machte sich in einem Sessel breit und bemerkte: »Leslie, die Mädchen besorgen dir alles im Handumdrehen. Hoffentlich hast du nicht zuviel überflüssigen Tand mitgebracht. Wir sind einfache Leute, keine Protzen.« Dies sagte sie aber, offenbar absichtlich, im Slang der Gegend, und Leslie dachte: Mit der ist nicht gut Kirschen essen.

Lupe brachte Kaffee, half auspacken, und die schwarzen Augen der Schwägerin hüpften von einem zum andern Stück. Leslie ging darüber hinweg und sagte beim Einschenken: »Hoffentlich verderbe ich mir nicht den Appetit zum Dinner, oder wie ihr es nennt: Supper.«

»Mit Kaffee wird nie etwas verdorben«, widersprach Luz sogleich. »Hier in Texas trinkt man von morgens bis abends und von abends bis morgens Kaffee.«

Leslie dachte, und zwar laut: »Das kommt gewiß daher, daß das Land so heiß und flach und der Mensch immer in Schweiß ist. In diesem Klima braucht man eine Anregung.«

»An unserem Klima ist nichts auszusetzen«, versetzte Luz streitlustig.

»Gewiß nicht«, lenkte Leslie ein. »Teetrinken ist eine englische Angewohnheit. Bick hat mir erzählt, daß du im Wellesley College warst.«

»Stimmt. Die Mädchen in unserer Familie besuchen zwei Jahre Wellesley und die Knaben Harvard. Es berührt uns aber nicht. Spreche ich wie ein College-Girl?«

»Das kann man nicht behaupten.«

»Wo warst du denn? In Vassar? Oder in einem Institut am Hudson?«

»Nein. Meine beiden Schwestern und ich, wir haben unsere Bildung nur zum geringsten Teil von der Schule empfangen. Papa hat kein Zutrauen zum getrennten Unterricht für Knaben und Mädchen, wie er bei uns üblich ist. Er nennt ihn ein prähistorisches Rudiment.« Der Kaffee, den sie sich heiß und ungezuckert einverleibt hatte, tat Leslie wohl, und sie lobte ihn.

Lupe, ein dunkles, schweigsames Weib in einem düstern Kleid, besser gesagt in einem Kittel, an dem vom vielen Waschen weder Fasson noch Muster, Farbe und Stoffart erkennbar waren, war noch mit Auspacken beschäftigt. Ihre schwarzen Sandalen waren unförmig und weich; Gesicht, Kleidung und Haare sauber, und doch wirkte sie schlampig, als habe sie sich in Hast angezogen und keine Lust gehabt oder, was wahrscheinlicher war, keine Zeit gefunden, sich besser herzurichten. Wie an vieles andere mußte sich Leslie auch an dies Aussehen der Dienerschaft erst langsam gewöhnen. Inzwischen war noch ein Hausmädchen namens Petra hinzugekommen und half der ältlichen Dienerin beim Ausbreiten der Sachen. Und nun blühte der peinlich saubere, kahle Raum mit seinem weißen Doppelbett, dem schweren Mitteltisch und den harten Stühlen unversehens auf wie ein Garten im Lenz. Leslies hauchzarte seidene, lieblich bebänderte und geblümte Dinge entsandten Duft und Farbe.

»Mein!« platzte Luz unpassend dazwischen. »Wo willst du das Zeug denn tragen?«

Leslie dachte an ihr großes Gepäck, das nun wohl von Viencito im Anrollen war, an die Koffer mit noch mehr Kleidern, noch mehr Chiffons, Spitzen und Seide, und ihr sank der Mut.

Lupe und Petra erwiesen sich nicht als besonders nützlich. Sie hoben die duftigen seidenen Ober- und Unterkleider ans Licht, bestaunten sie wie Kinder ein neues Spielzeug, streichelten sie wie ein seltsames Jungtier, stießen dabei zärtliche, kosende Töne aus, und während sie die Sachen verkehrt in die Schränke hängten, schwatzten sie miteinander in einem harten, hurtigen spanisch-mexikanischen Dialekt, dessen Konsonanten, wie Hagelkörner ein Wellblechdach, das Trommelfell trafen. Leslie bekam geradezu einen Widerwillen gegen alle die Kinkerlitzchen aus Voile und Batist, Rohseide, Chiffon und Moiré, von denen Mutti Nancy behauptet hatte, sie gehörten notwendig zu würdigen Braut-Truhe – ja, auch in Texas, das sei gleich –, und plötzlich überfiel eine kaum mehr erträgliche Müdigkeit die Glieder und Augen der jungen Frau. Sie wollte endlich allein sein. Seit mehr als zwei Wochen hatte sie keinen Augenblick mehr für sich gehabt. Sie sehnte sich danach, in dem großen, lichten Raum Stille und Ruhe zu haben, die zwei schwatzenden Weiber los zu sein und vor allem die kleine, dickliche Luz in ihrem altrosa Kleid und dem roten Hut, der unentwegt auf dem runden Gesichte saß, das wie ein gebratener Apfel war, dessen Haut eben aufplatzen will. »Entschuldige«, stieß sie mühsam hervor, »aber ich bin auf einmal so schauderhaft müde, ich muß ruhen, ich kann kaum mehr …«

»Texas!« triumphierte die Schwägerin. »So geht es den meisten, die fremd aus dem Norden kommen. Ihr seid zu dünnblütig, daran liegt's. Unsere Luft ist so gehaltreich, man kann davon leben und braucht kaum was zu essen.«

»Daran liegt es gewiß. Hier ist mir alles so neu und …«

»Ja, Texas ist etwas Besonderes. Daran wirst du dich gewöhnen müssen.«

»Ich werde es und will es lieben. Es ist etwas Besonderes, wie du sehr richtig sagst. Ich dachte nur, wenn ich vor dem Dinner – pardon: Supper – ein bißchen schlafen könnte …«

»Ja, sicher. Mach dir's bequem!«

»Und ein Bad, das wäre himmlisch.«

Luz befahl: »Lupe, ein warmes Bad!« Aber Leslie winkte ab: »Danke vielmals, aber jetzt noch nicht! Ich möchte gern vorher ein wenig schlafen, aber wie du meinst, ich weiß ja nicht …« Sie wußte tatsächlich selber nicht mehr, was sie wollte und was nicht.

»Sofort!« befahl Luz den beiden Mexikanerinnen. Leslie verstand das Wort: inmediato – sofort. »Cierra la puerta.« – »Schließt die Tür!«

In Leslies erschöpftem Hirn fanden sich zwei spanische Vokabeln zusammen. »Muy gracias!« rief sie, aber da waren die drei Einheimischen schon draußen. Sie lehnte sich gegen die hinter ihnen ins Schloß gefallene Tür, stand da wie die tragische Heldin in einem Familiendrama und schalt sich aus: Sei nicht albern! Was hast du dir denn gedacht, wo du leben wirst? In Paris? Hier ist alles eigentümlich und schön, und morgen wirst du es lieben; jetzt bist du bloß abgespannt und nervös, weiter nichts.

Ein Bad, endlich ein Bad nach all dem Ruß und Staub auf der Eisenbahn und der rasenden Autofahrt! Die riesige Wanne war für Giganten berechnet. Als sie sich darin dehnte und die Zehen ausstreckte, waren diese noch immer zwanzig Zentimeter vom Wannenende entfernt. Die Badetücher schienen für mehrere Personen, nicht für ein einzelnes weibliches Wesen gedacht. Dies war eine Männerwelt, die Männerwelt von Texas. Alles im Baderaum wie in ihrem Schlafzimmer war handfest, hausbacken, dauerhaft, ohne

Komfort. – Was willst du? dachte sie. Du bist auf einer Ranch, du mit deinem blöden Trousseau! Was hast du denn erwartet?

Aber sie war recht froh, nach genossenem Bade in ihrem Suitcase Puder, Salben und Cremes vorzufinden, speziell die Coldcream, die ihr die Mutter besonders ans Herz gelegt hatte. »Das Klima in Texas ist ein Verderb für den Teint. Wenn du dich nicht regelmäßig mit Coldcream einreibst, wird deine Haut wie Leder.« Die Tochter hatte sie ausgelacht und sich vorgestellt, wie abscheulich ihr Gesicht unter der Maske öligen weißen Geschmiers hervorgrinsen werde. Doch als sie sich nun Wangen, Stirne und Kinn betupfte, sah sie verblüfft, wie die weiche Masse gleich Wasser in durstiger Erde verschwand. Sie warf sich einen seidenen einfachen Morgenmantel über und labte sich an dem Duft des Parfüms, das Leigh Karfrey ihr aus Paris geschickt hatte, und am Anblick ihrer rosigen Flakons und Salbentöpfchen auf der plumpen Kommode, ihres Frisiermantels, der über einem Sessel hing, ihres eigenen kleinen, zierlich garnierten Kissens, der seidenen Tüchlein und allen Überflusses weiblicher Gegenstände, die dieses unwirtliche Gemach in ein Damenzimmer verwandelten. Dann aber sank sie in die weiten Arme des Doppelbetts und war trotz aller Aufregungen dieses Tages und ungeachtet des starken Kaffees im Augenblick eingeschlafen.

Sie erwachte durch ein verrücktes Getöse, fuhr erschrocken auf, und ihr Entsetzen wuchs, als ihr Blick auf die ungewohnte Umgebung fiel. Wo war sie? Wie war sie hierhergekommen? Erst langsam fiel es ihr ein, und damit erklärte sich auch der metallische Lärm. Ein Gong durchhallte das Haus, und eine eherne Turmglocke erschütterte ringsum die Luft. Leslie sprang aus dem Bett, fuhr mit dem Kamm durch ihr kurzgehaltenes Haar, das sich der Mode entsprechend rechts und links über den Schläfen wellte. – Aber ich ziehe kein Wollenes an, trotzte sie mit sich selbst, ich gehe in einem hübschen Tea-gown zum Dinner, wozu habe ich es? Und wenn ich zehnmal auf einer Ranch bin, ich kleide mich so wie daheim. – Daheim? – Du bist ja daheim, dummes Ding! Hopp, eil dich!

Sie warf sich ein leichtes, loses Nachmittagskleid über, das vorne nur wenig über die Knie reichte, hinten jedoch in eine Fischschwanzschleppe verlief.

Das Gegong und Geläute war verstummt. Auch war es merklich kühler geworden. Es fröstelte sie in dem dünnen Gewand. – Ob ich lieber etwas Schwereres anziehe? fragte sie sich. Ach was! Ein Glas Sherry tut dieselben Dienste. Im Kamin wird wohl auch Feuer sein. Warum haben sie nur die große Glocke geläutet? Ob Jordan noch nicht zurück ist? Rasch nachsehen!

Leise huschte sie auf den Gang und spähte über das Treppengeländer. Unten die Halle war leer, doch hörte sie Stimmen; es klang wie fernes Geschrei. – Ich komme mir vor wie ein Backfisch, der Herzklopfen hat und sich scheut, zu seiner ersten Party zu gehen. – Zögernd stieg sie in ihren spitzen Satinslippers mit hohen Absätzen und funkelnden Schnallen die Stiege hinunter. Die Köpfe der Büffel, der Keiler und Jaguare blickten von ihren Wänden verächtlich grinsend auf sie herab.

Einen Moment stand sie unschlüssig inmitten der Halle. Dann ging sie in Richtung der Stimmen.

Die beiden Geschwister befanden sich in dem Raum, den Luz vorhin bei der Führung als Musikzimmer bezeichnet hatte, und

Leslie bemerkte zu ihrer Verwunderung, daß Jordan saß, während seine Schwester am Kamin gegenüber der offenen Türe stand. Ihre Stimme klang laut und erregt:

»Maudine, dem Schwein, ist nur um Geld zu tun. Ihr käme es nicht darauf an, aus der Ranch eine Schaffarm zu machen, wenn nur für sie was herausspringt. Und Placer – na, Placer, ich sage dir, die zwei sind einander würdig! Aber Maudie ist noch schlimmer als er, denn sie weiß, was sie uns damit antut.« Nach diesem Gekeife wurde sie Leslies ansichtig, die auf der Schwelle zögerte. »Na, komm nur! Worauf wartest du?«

Für die Dauer eines Herzschlages hatte die junge Frau das Gefühl, ihr Mann habe vergessen, daß er mit ihr verheiratet, daß sie in seinem Hause war, ja daß es überhaupt eine Leslie gab. Aber schon sprang er auf, kam auf sie zu, nahm ihre Hände und betrachtete sie von oben bis unten. »Du siehst schöner aus als ein Sonnenaufgang. Luz, schau sie dir an!«

Leslie schmiegte sich an ihn. »Ich bin eingeschlafen.«

»Als ob ich das nicht wüßte! Ich war doch oben. Du lagst quer über dem Bett, und das Zimmer sah aus wie nach einem Nordsturm.«

»Wirklich? Du warst da, und ich habe dich nicht gehört?«

»Ich hatte nicht das Herz, dich zu wecken. Ich habe mich nebenan gewaschen.«

»Du siehst brillant aus«, erwiderte sie sein Kompliment aufrichtig überzeugt, obwohl er schäbige braune Leinenhosen, ein offenes Hemd, eine alte Buschjacke und schwere Stiefel trug. Luz war noch genau wie vorher, nur ihren roten Hut hatte sie abgelegt, was Leslie erleichtert bemerkte. Ihr Haar lag, wie Bick es vor der Hochzeit beschrieben, altmodisch in Zöpfen als Krone glatt um den Kopf.

Kein Sherry. Kein Feuer. Ein großer Steinway-Konzertflügel beherrschte den Raum. »O der herrliche Flügel!« rief Leslie erfreut. »So einen habe ich nicht mehr gesehen, seit ich vor Jahren in Washington Paderewski hörte. Wer spielt denn bei euch? Du, Luz?« Sie öffnete den Deckel.

Die Tasten waren vergilbt, und als sie ein paar Läufe probiert, kamen etliche klirrende Mißtöne. »Die Saiten«, sagte Luz, »sind etwas verrostet. Ma hat seinerzeit Bick und mir Unterricht geben lassen. Spaß hat es uns nicht gemacht. Auf einer Ranch ist zum Klavierspielen keine Zeit.«

»Warum nicht?« fragte Leslie harmlos.

»Weil zuviel zu tun ist.« Trotz ihrer kindlich roten Wangen und der behaglichen Körperfülle war jedes Wort, das Luz sprach, aggressiv, und als nun der Gong zum zweitenmal wütend zu läuten begann, sagte sie ebenso heftig: »Gehen wir endlich essen!« und hastete über die Fliesen zur Treppe. Langsam folgte das Ehepaar. Er hatte den Arm um ihre Taille gelegt, sie ihre Schulter unter seine Achsel geschmiegt. Ihre Fischschwanzschleppe schwänzelte grotesk hinter ihr drein. Zwei Augen beobachteten sie von oben.

Leslie rieb ihre Wange an Jordans Arm. »Ich muß erst lernen, ein Rancherweib zu sein.« Sie hob ihren seidenbeschuhten Fuß. »Schau dir das an! Lächerlich!«

»Nein, nein, es gefällt mir. Bloß nichts daran ändern! Rancherweiber haben wir hier schon gerade genug.«

Die Tafel, die für gut zwanzig Personen Platz bot, war mit einem Tischtuch bedeckt, aus dem man bequem ein ansehnliches Zelt hätte herstellen können. Auf dem Tischläufer standen in Abständen von je anderthalb Meter kleine Kolonien von Ketchup, Chilisauce, Essig, Öl, Pfeffer-, Salz-, Zuckerschalen und Sahnekrüglein. Luz machte die Wirtin. »Bick sitzt natürlich oben. Du sitzt da. Ich hier.« Dementsprechend nahmen die drei am oberen Ende der Tafel Platz. Gedeckt war für zehn.

Fröstelnd zog Leslie ihr sinnlos dünnes Gewand dichter an sich heran. Die Luft war feucht, und durch den weiten, gewölbten Raum wehte der unermüdliche Golfwind. Sie beäugte die leeren Sitze und die Gedecke mit ihrem Silber, den Gläsern und fragte: »Kommt noch Gesellschaft?«

»Hoffentlich nicht«, sagte Luz. »Auf einer Ranch kann man nie wissen, ob zwei oder zwanzig kommen. Auf einmal sind sie da.«

Leslie lächelte die Geschwister an. »Ganz wie bei uns daheim. Da war auch immer genug für unerwartete Gäste, wenn auch nicht gerade für zwanzig.«

Bick legte seine Pranke auf ihre kühlen Finger. »Du bist kalt, Liebling, bist wohl ganz ausgehungert? Zum Lunch im Zug hast du so gut wie nichts gegessen.«

»Es ging nicht, ich war zu aufgeregt; bis zur Ankunft war nur noch eine halbe Stunde. Aber jetzt spüre ich eine gewisse Leere im Magen.«

Zwei mexikanische Aufwärterinnen mit weißen Schürzen über sauberen dunklen Kleidern brachten eine Bratenplatte und Gemüseschüsseln. Ihre bloßen Füße schlappten in Sandalen. Es gab Steaks, aber nicht wie sie an der Ostküste gebraten werden, außen knusprig, innen rosig, saftig, zart und nicht zu dick. Nein, diese hier waren riesige, flache graue Scheiben in einer dicken Mehlsauce. Dazu Quetschkartoffeln, Mixed Pickles, Sülze, dicke Semmeln, Büchsenerbsen, Büchsenpfirsiche, zuletzt Schokoladenkuchen, ein uramerikanischer Fraß, ohne Geschmack und ohne eine Spur Phantasie zubereitet. Leslie fand, daß ihr Steak, nachdem sie glücklich ein Stück davon abgesäbelt hatte, unmöglich zu kauen war. Sie gab sich alle erdenkliche Mühe, suchte die lederne Masse hinunterzuschlucken, aber es ging nicht. Sie würgte ein wenig, nahm einen Schluck Wasser, kaute mit dem Mut der Verzweiflung, schluckte endlich krampfhaft entschlossen und dachte, während der Klumpen den Weg durch die Speiseröhre nahm: Mein armer Magen wird überrascht sein, wenn plötzlich die Tür aufgeht und so ein Naturgummikloß zu ihm hereinrutscht. Brav verzehrte sie ihre zerquetschten Kartoffeln, die Erbsen, schob das übrige Steak auf ihrem Teller herum und dachte in Wehmut an Poulets, Erdbeermeringen, Hummermayonnaise und Cremeschnitten, doch das erhöhte nur ihre Pein, und sie richtete ihre großen Augen verträumt auf das Arrangement von Ketchup, Chilisauce, Essig, Öl und so weiter und ließ sie über den Tischläufer wie über eine endlose Landstraße in die Ferne wandern.

»Sieht sie nicht reizend aus?« fragte Bick seine Schwester, und diese versetzte: »Gewiß«, aber es klang nicht sehr überzeugt. »Ich frage mich bloß«, setzte sie mit mehr Nachdruck hinzu, »wo sie all die Gesellschaftskleider tragen will, die sie mitgebracht hat.«

»Die trägt sie für mich, nicht wahr, Leslie? Ich komme mir vor wie ein Maharadscha. Den ganzen Tag nichts als heilige Kühe, und wenn ich abends nach Hause komme, bist du ganz Seide und Süßigkeit.«

»Ich habe gedacht, am besten schicke ich den ganzen Krempel nach Hause für Lacey, und sie schickt mir dafür ihre blauen Baumwollhosen.«

»Aber Darling, laß dich nur nicht von Luz ins Bockshorn jagen! Sie soll ruhig weiter so aufgedonnert herumlaufen, es ist ja doch nur Pose. Die Damen in Texas sind hochelegant. Warte nur, bis du sie siehst! Die reisen für ihren piekfeinen Aufputz sogar nach Chicago und New York.«

»Das hätten sie gar nicht nötig.« Luz rümpfte die Nase. »Als ob es in Hermoso, Houston, Dallas und da herum nicht die schönsten Geschäfte gäbe!«

Bick pflichtete ihr bei. Er habe gehört, daß sogar die Damen der Baumwollclique und der Öl-Neureichen bei Neiman-Marcus in Dallas arbeiten lassen. »Die haben jetzt Ware hereinbekommen, hörte ich, dagegen seien Bergdorf und Saks in New York mit ihren Lagern die reinsten Indianermärkte.«

Luz lächelte listig. »Du kannst morgen hinfahren und sie dir ansehen.«

»Nein!« Bick beugte sich vor. »Leslie kommt morgen mit mir. Reitkostüme haben wir ein ganzes Zimmer voll, in allen Größen und Typen, du brauchst nur auszusuchen.«

»Bis morgen werden aber doch unsere Koffer dasein?«

»Gewiß, vielleicht sind sie jetzt schon da; sonst ziehe ich Dimodeo und Jett das Fell über die Ohren. Deine Art Reitzeug ist für unsere Ranch ...«

Luz unterbrach. »Aber die Ranchergirls kommen! Wir haben für morgen mittag ein echtes altmodisches Barbecue verabredet. Draußen auf Nummer zwei.«

»Sag ab!« – »Absagen, ha! Wo schon etliche von zu Hause aufgebrochen und unterwegs sind. Es soll doch ein Brautwillkomm sein.«

»Wie nett …«, begann Leslie, aber ein Blick auf den wütenden Bick ließ sie verstummen. Der schäumte: »Verdammt, Luz! Kümmere du dich um deine eigenen Angelegenheiten! Leslie will sich die Ranch ansehen.«

»Das kann sie unterwegs.«

»Ich glaube nicht, daß ein Barbecue ihr Vergnügen macht.«

Leslie mußte lachen, aber es klang nicht wie sonst, nicht frei, sondern befangen. »Sagt, sprecht ihr von mir? Ich bin nämlich zufällig anwesend. Und ich glaube, ein Barbecue würde mir Spaß machen. Das ist doch wohl so eine Art Picknick, bei dem man im Freien abkocht?«

Das Abendessen war überstanden. Bick erhob sich und antwortete: »Nein, das ist ganz anders.«

»Wie denn?« Auch Leslie stand auf.

»Anders. Ich weiß, was ihr in Virginia unter Picknick versteht. Fein zerlegte gebratene Hühnchen und Schinken und Cup champagne oder Pfirsicheis mit Schlagrahm, und ein Neger in Weiß bedient die Gesellschaft.«

Sie nahm seinen Arm und blickte ihn an, Auge in Auge. »Lieber Bick: Wenn dies die Art Picknick wäre, wie ich sie mir zeit meines Lebens wünsche, dann wäre ich wohl nicht hier. Was meinst du?«

Wieder das leichte Absatzgeklapper der Schwägerin und ihre schrille Stimme: »Bick! Gill Dace wartet auf dich. Er hat zweimal telefoniert.«

»Ja, ich weiß. Ich komme schon,« Er wandte sich zur Türe, aber da hielt ihn ein unwillkürlicher Aufschrei Leslies fest, über den sie selber bestürzt war. »Nein, nein, geh nicht, Jordan, bleib bei mir, laß mich nicht allein!«

»Warum, Darling? Luz ist ja da.«

»Wohin willst du? Ich will mit.«

»In dem Kleidchen geht es unmöglich, Kind.« Er ging, und sie lief hinter ihm her. »Wer ist es denn, Jordan?«

Er erklärte ihr, Gill Dace sei der Veterinär. »Er verarztet hier alle Vierfüßler und ist für meine Experimente der wichtigste Mann auf der Ranch. Nächstens nehme ich dich einmal mit.« Er küßte sie leicht auf die Wange. Es war der Besänftigungskuß eines Gatten nach etwa zehnjähriger Ehe, der Kuß eines Vielbeschäftigten, dessen Gedanken anderswo sind. Schon war er durch die Vorhalle und draußen im Zwielicht.

Sie hörte das Motorgeräusch des abfahrenden Wagens, stand inmitten der weiten Halle, von deren Wänden die präparierten Tierköpfe auf sie und ihr dünnes Schleppkleid herunterschielten. Die Schwägerin wartete auf der Treppe, daß sie ihr folge, und Leslie, die müde, verwirrt zu ihr emporschaute, hatte plötzlich den Eindruck, als blickten die schwarzen Augen ebenso kalt und böse wie dahinter die gläsernen auf sie herab. »Ich glaube«, sagte Luz, »daß dir hier alles anders vorkommt, als du's gewohnt bist.«

Mit erzwungener Heiterkeit antwortete Leslie: »Das will ich ja gerade. Ich wünschte es mir so anders wie möglich!«

»Jetzt aber ins Bett; du kannst ja kaum aus den Augen gucken! Morgen früh mußt du frisch sein. Die Girls brennen darauf, dich kennenzulernen.«

Während sie langsam die steinerne Stiege emporklomm, war ihr ganz eigen zumute: schwer im Herzen, schwer in den Beinen und allen Gliedern, aber klar im Kopf. Höflich begann sie zu konversieren: »Die Girls? Sind das Nachbarinnen? Wohnen sie hier im Ort?«

Ein scharfes Gekicher antwortete ihr. »In Texas gilt alles bis zur Entfernung von hundert Meilen als Nachbarschaft. Am nächsten wohnt Vashti Hake: nur sechzig Meilen, auf der Hake-Ranch.«

Es lag Leslie auf der Zunge, sich zu erkundigen, ob Vashti diejenige sei, die Bick ungeachtet des Drängens seiner und ihrer Familie nicht geheiratet hatte, aber sie sagte sich: Lieber nicht! Wenn ich sie kennenlerne, werde ich es schon merken.

Luz plapperte weiter. Leslie zwang sich, ihr aufmerksam zuzuhören, zu lächeln. Oben im Gang stach ihr das ungedämpfte elektrische Licht grell in die müden Augen, und in ihre Ohren drangen die Worte: »Die meisten Ranchbesitzer von Texas sind in die Stadt gezogen und besuchen ihre Ranch nur gelegentlich. Hakes und wir und zwei, drei andere sind die einzigen Großrancher, die sommers und winters, Tag und Nacht auf Posten sind. Die Klebergs auf der King-Ranch halten es ebenso. Von den Männern der Familien Benedict, Hake und Beezer heißt es von jeher, sie sind mit ihrer Ranch verheiratet, und wenn sie sich mit einer Frau trauen lassen, ist es im Grunde nur linker Hand.«

Leslie reichte ihr die Rechte. »Du hast recht, Luz, ich kann kaum mehr aus den Augen gucken. Ich möchte noch einen Brief schreiben und dann …« Der Satz ging in kaum unterdrücktem Gähnen unter.

»Ich brauche dir wohl nicht zu helfen.«

»Nein, danke.«

»Gute Nacht.« Die Absätze trippelten klappernd davon. Es folgte nur noch ein Schlußwort, das Luz der jungen Schwägerin über die Schulter hinwarf: »Ich bleibe auf, um mit Bick, wenn er zurückkommt, Kaffee zu trinken, wie immer.«

Die Koffer waren eingetroffen, und die zwei Mexikanerinnen hatten sich gleich mit Eifer darüber hergemacht und die Kleider, so gut es ging, alle aufgehängt. Die Schubladen der Kommode standen offen und zeigten saubere Stöße in Blau, Rosa und Weiß. Seide und Spitzen, die wie Schaum auf den Stühlen lagen, bezeugten ebenso deutlich das unzureichende Fassungsvermögen der Schränke und Laden wie die mangelnde Landeskunde Mama Lynntons.

Leslie brach auf der Schwelle ohne ersichtlichen Grund in helles Gelächter aus, und die zwei Dienerinnen stimmten mit offener Zutraulichkeit hell und sympathisch ein. Ein fremder Beobachter hätte annehmen können, es handle sich um das fidele Beisammensein guter Freundinnen. Nun aber hielt Leslie die Hand vor den gähnenden Mund. »Ich bin schauderhaft müde, ich bitte, gehen Sie jetzt! Tun Sie das Zeug weg – wohin, ist mir gleich.«

Petra und Lupe nickten verständnisinnig, rafften die delikaten Kleidungsstücke rasch unter beide Arme, verneigten sich gravitätisch, wünschten »buenas noches, Señora« und trollten davon. Das Klappern ihrer Sandalen verhallte im Korridor.

Das Große Haus lag in Schweigen. Irgendwo in der Ferne sirrte ein Saiteninstrument. Eine Gitarre? Ein staubiger süßlicher Geruch wehte von draußen herein. Und immer noch Wind. Sie hatte gehofft, zur Nacht werde er sich legen; seine Glut ging ihr auf die Nerven. – Ich muß Jordan fragen, ob es damit kein Ende nimmt. Vielleicht ist jetzt gerade Windsaison. Morgen mache ich einen kleinen Ausflug. Das wird mir guttun; ich bin von der langen Fahrt ganz steif.

Sie stand vor der Büchervitrine, in der kaum ein Dutzend Bände ungeordnet und schief beieinander standen und lagen, machte die

Glastür auf und las einige Titel: Der Scheik. – Wilde Tiere. – Das Kanonengirl. – Websters Lexikon. – Texas-Almanach 1919. Daneben ein Stoß der Viehzüchter-Zeitung. Sie schloß die Vitrine, ging zur Zimmertüre und lauschte.

Stille. Wie daheim in Virginia bürstete sie ihr Haar, wusch sich, rieb das Gesicht mit Creme ein, wischte sie aber sorgfältig wieder ab und tat Puder drauf, denn auf Männer wirkt so ein geschmiertes Gesicht unappetitlich. Hierauf setzte sie sich an den kleinen Schreibtisch, entnahm der Schublade einen Bogen Schreibpapier, dem das Reata-Emblem aufgeprägt war, und dachte: Lacey wird Spaß daran haben. »Lieber Papa, liebe Mama und Lacey«, schrieb sie hin und starrte dann lange, lange darauf. – Ich hause in einem spanischen Kastell … Aber wie soll man einen Brief schreiben, wenn man anders denkt, als man schreiben möchte? Als Bick eine Stunde danach ins Zimmer trat, saß sie noch immer da, zeichnete Schnörkel aufs Löschpapier, und auf dem Briefbogen stand nichts als: Lieber Papa, liebe Mama und Lacey.

»Süßes, du bist noch auf?« fragte der Mann.

»Auf der entzückenden Uhr, die mir mein Mann in New York gekauft hat, ist es erst kurz nach zehn.«

Die staubige Tracht, die er zum Dinner getragen hatte, war noch staubiger geworden und roch nach Pferdestall, ein Geruch, der ihr von Virginia her wohlvertraut war und sie nicht unangenehm berührte. Doch als er sich küssend über sie beugte, schnitt sie ein Frätzchen und machte: »Puh! Man merkt, daß du beim Tierarzt warst.«

Er schien es nicht gehört zu haben. »Da ist man einen Monat weg, und wenn man zurückkommt, sieht's aus, als sei man ein Jahr fort gewesen. Kaum daß ich den Rücken wende, bringt Luz den Betrieb aus den Fugen. Kommst du mit?« Er war schon an der Tür.

»Wohin?«

»Hinunter, Kaffee trinken.«

»Kannst du ihn dir nicht heraufbringen lassen? Es wäre gemütlicher. Ich mag jetzt keinen. Ich bin immer noch todmüde. Glaubst du, das kommt vom Klimawechsel?«

»Freilich, nach der dünnen Luft in Virginia ist dir die in Texas zu schwer. Unsere Luft ist so gehaltreich; man kann davon leben und braucht kaum was zu essen.« – »Darling, ihr Benedictiner habt wohl besondere Sprechschablonen?« – »Inwiefern?« – »Ach, nichts. Höre, ich muß mir bei Brentano in Washington eine Menge Bücher bestellen.«

»Hier draußen brauchst du nicht viel zu lesen.«

»Darling, ich lese immer, und zwar viel. Es wäre gerade, als sagtest du: Hier draußen brauchst du nicht viel zu atmen.« Ihr Ton klang für Flitterwochen ein bißchen scharf. Bick antwortete: »In Texas gibt es so viel zu tun; da hast du keine Zeit für Bücher.« Rasch fiel sie ein: »Im Haushalt, meinst du. Ja, das glaube ich. So ein riesiges Haus macht eine Unmenge Arbeit.«

»Da brauchst du keine Angst zu haben. Für den Haushalt sorgt Luz.«

»Hör mal, Jordan! ich denke, ich bin nicht untüchtig; das weißt du. Wirklich. Ich verstehe mich auf Dienerschaft, auf Küchenzettel, auf Möbel. Ich kann sogar recht anständig kochen und tue es gern ...«

»Überlaß das Luz! Sie sähe es sicher nicht gern, wenn jemand anders den Haushalt übernähme. Luz und der alte Onkel Bawley draußen im Bezirk Holgado können es nun einmal nicht ertragen, wenn ihnen jemand in ihre Wirtschaft dreinredet.«

»Jordan, ich bin deine Frau!« Ihr Sinn für Komik sagte ihr sogleich, daß sie diesen Satz wie die Heldin in einem Rührstück gesprochen hatte. Sie lachte einigermaßen verlegen. »Reden wir vernünftig! Dies ist mein – dies ist unser Haus, nicht wahr?«

»Solange wir leben und wir es behalten wollen, mein Süßes. Du wirst darin glücklich und froh sein, ausspannen und dich gut amüsieren. Es wird dir gefallen. Du hast so viel Platz. Wie du nur …«

»Platz! Mit die glücklichsten Augenblicke meines Lebens habe ich in einer Telefonkabine erlebt.«

Bick zog seine Buschjacke aus, warf sie auf einen Stuhl, gähnte, ohne die Hand vorzuhalten, reckte und dehnte sich, und als er ungeduldig bemerkte: »Komm, trinken wir Kaffee!«, lag in dem Blick, den seine junge Frau auf die sehnige, harte Gestalt warf, keine Verliebtheit. »Jordan Benedict, sag doch ehrlich, du möchtest hinunter und mit Luz Kaffee trinken.«

»Na ja, es gibt halt immer etwas zu besprechen. Wir müssen ihr Zeit lassen. Luz ist dann gewöhnt, der Point zu sein, und es wird eine Weile dauern, bis sie sich damit begnügt, der Drag zu sein.«

»Was willst du damit sagen? Diese Worte sind mir in dem Zusammenhang unverständlich, mein Lieber.«

»Kann ich mir denken«, versetzte er heiter. »In einem Roundup – was ein Roundup ist, wirst du wohl wissen; das weiß doch jeder, daß da das Vieh zusammengetrieben wird. Also bei einem Roundup ist je ein Mann, natürlich zu Pferd, im Osten, im Süden und Westen postiert. In einer Art Dreieck. Der Vordermann an der Spitze des Dreiecks ist der Point. Die zwei andern, die an der Grundlinie, am rückwärtigen Ende des Dreiecks, sind der Drag. Natürlich gibt es hinter dem Pointmann noch Treiber, die die Herde, wenn sie sich zerstreut, wieder ins Dreieck hineintreiben.« Er hätte sich noch weiter über die Rindergeometrie verbreitet, doch Leslie flog ihm um den Hals, preßte sich an ihn, daß ihr seidenes Kleid samt Spitzen und Bändern an seinen Stiefeln, Hosen und Hemd staubig und arg verdrückt wurde, und fragte: »Hättest du lieber eine aus Texas geheiratet, Jordan? Die aus der Nachbarschaft?!«

»Du bist die einzige, die ich wollte, du entzückende Süße!«

»Jordan, ich habe Angst. Zum erstenmal in meinem ganzen Leben.«

»Wovor, Darling?«

»Vor meiner Unwissenheit. Ich verstehe so gar nichts von Texas.«

»Du wirst es. Schau, ich springe jetzt rasch hinunter und ...«

»Bleib bei mir!«

»... und bin in einer Minute wieder zurück. Oder komm mit, wenn du nicht zu müde bist!«

»Ich bin aber zu müde. Ich will nur meinen Brief fertigschreiben und dann ins Bett!«

Er ging. Sie hörte das scharfe Klick-klack seiner hohen Absätze auf dem Steinboden, trat zum Schreibtisch und starrte auf das Papier, auf die Anrede: Lieber Papa, liebe Mama und Lacey, griff zur Feder und schrieb: »Es gefällt mir. Es ist so anders, aber schön. Jordans Haus ist kolossal. Hier ist alles kolossal. Luz – Jordans Schwester, die krank war – wohnt bei uns, und wir werden uns gut vertragen; sie hat so etwas Erfrischendes. Und all die malerischen Vaqueros und die ausgestopften Köpfe mit und ohne Geweih. Sobald ich mich von der langen Reise ausgeruht habe, schreibe ich Euch ausführlich.«

Tränen waren auf das Papier gerieselt. Sie löschte sie rasch mit dem Fließblatt. Doch der Bogen wellte sich an den durchfeuchteten Stellen.

10

Sie erwachte bei morgendlich köstlichen Wohlgerüchen frischgebackenen Brotes und starken Kaffees. Durch die heruntergelassenen Jalousien stach Licht. Und immer noch wehte der heiße, trockene Wind.

Rufe von fern, Hufschlag und aus der Tiefe des Hauses ein ununterbrochenes Stimmengemurmel. Sechs Uhr, las Leslie von der kleinen, kostbaren Standuhr, die ihr Bick auf der Hochzeitsreise geschenkt hatte. Aber wo war er selbst? Das Lager an ihrer Seite war leer, auch das Badezimmer. Sie huschte in ihrer Morgenrobe lautlos hinaus auf den Gang. Erst dort fiel ihr ein, daß sie ja Herrin des Hauses sei, also nicht auf Zehen zu gehen brauche. Sie konnte mit gleichem, ja mit größerem Recht als irgendein Texaner die Absätze ihrer Seidenpantöffelchen auf dem Steinboden klappern lassen und tat es nun beinahe herausfordernd, beugte sich wie gestern abend über das Stiegengeländer und hörte in nächster Nähe ein leichtes Geraschel, sah aber niemanden und rief mit heller Stimme: »Lupe! Petra! Tomás!« Und im Augenblick waren Lupe und hinter ihr Petra zur Stelle.

»Buenos días, Señora! Buenos días, Señora!«

»Buenos días, Petra! Buenos días, Lupe!« Wenn das so weitergeht, kann ich bald Spanisch.

Auf dem Tablettchen in Petras Hand dampfte der unvermeidliche Kaffee, dazu ein Mokkatäßchen, das Leslie mit Hochgenuß zweimal leerte. »Mmmm! Delikat!« rühmte sie den süßen heißen Trank, und die beiden nickten, strahlten über alle Maßen entzückt und wiederholten in ihrer Sprache:

»Delicioso, sí! Delicioso!« Was Leslie ihnen sogleich nachsprach, um damit ihr spanisches Vokabular um ein weiteres Wort zu bereichern.

Darüber hinaus ging aber die Annäherung der beiden Mexikanerinnen nicht. Seltsam! Sie waren keineswegs unfreundlich, aber sogar für Untergebene merkwürdig zurückhaltend, als wünschten sie, möglichst wenig bemerkt zu werden. Sie bewegten sich schweigend, nicht ohne Anmut, aber wie Kinder, die einem Erwachsenen helfen möchten und ihm dabei nur im Wege herumstehen. Doch dies kümmerte Leslie nicht. Sie fühlte sich ausgeruht und erfrischt. Ein neuer Tag, ein neues Heim, ein neues Leben lagen vor ihr. Das Abenteuer, das Fremde, das Neue, alles, was sie sich immer gewünscht hatte, die Freiheit von allem Herkömmlichen, hier hatte sie es.

Sie nahm ein Bad, zog sich an und horchte derweil beständig nach Bick. Er mußte doch endlich wieder heraufkommen, sich nach ihr umsehen.

Sie entschied sich für ein einfaches Morgenkleidchen, »ein kleines Seidenes«, wie ihre Mutter es nannte, denn alles, was nicht viel kostete, war bei Nancy Lynnton »klein«: ein kleines Kleid, eine kleine Schneiderin, ein kleiner Schmuck. Das kleine Kleid war aus blauer Seide, ganz anspruchslos. Dazu helle Wildlederschuhe mit Kappen aus Ziegenleder und halbhohen Absätzen. Dazu passend ein blaues anschmiegsames Hütchen, eine sogenannte Cloche. Schnell, schnell! Dabei lauschte sie, ob am Ende draußen jemand davonreite. – Er wird doch nicht aufbrechen, ohne mir guten Morgen zu wünschen …

Mit lebhaftem, echt texanischem Absatzgeklapper ging sie die Treppe hinunter. Niemand zu sehen. Im Speisesaal?

Auf der langen Tafel standen unverrückt die gleichen Ketchup-Chili-Essig-Öl-Zucker-Sahne-Inselchen, aber das Tischtuch, bemerkte sie auf den ersten Blick, hatte seine gestrige Frische eingebüßt. – Darum werde ich mich künftighin kümmern, entschied sie. Fleckige Tischtücher, das sind ja nette Zustände!

Am Tisch saßen zwei Männer in hohen Stiefeln, Leinwandhosen, Hemdsärmeln und eine junge Frau in einem Waschkleid. Sie aßen je ein Beefsteak mit Ei, Grütze, enorme Wecken, die sie mit gelbem und rotem Gelee bestrichen, und tranken dazu aus großen Tassen Kaffee. Als Leslie eintrat, blickten sie von ihrer eifrigen Tätigkeit freundlichst auf, sagten: »Howdy! Howdy!« und aßen weiter.

Also Texaner sagen bei solcher Gelegenheit Howdy. Ob ich mit Howdy erwidern soll? fragte sich die Hausherrin, entschloß sich aber zu einem einfachen »Guten Morgen« und setzte lächelnd hinzu: »Es ist in der Tat ein bezaubernder Morgen.«

Daraufhin schauten die drei abermals von ihren Tellern auf, musterten sie mit nachdenklich forschenden Blicken, denen der älteste der beiden Männer die Frage folgen ließ: »Sie sind wohl aus dem Osten hier zu Besuch, aus Kansas City oder da herum?«

Leslie zögerte einen Moment, sie wollte die Gäste nicht in Verlegenheit bringen, und sagte dann schüchtern: »Ich bin aus Virginia, ich bin Mrs. Benedict«, was die Frühstückenden nicht sonderlich zu beeindrucken schien. Die Junge wiederholte etwas betonter: »Howdy«, und die Männer: »Howdy, Ma'am«, worauf sich der älteste vorstellte: »Mein Name ist Hodgins, Clay Hodgins«, und mit dem Messer deutete: »Mein Sohn Gib und seine Frau Essie Lou. Wir sind aus der Deaf Smith County und waren auf der Mastviehausstellung in Hermoso.«

Die Dame des Hauses hatte inzwischen Platz genommen und beugte sich liebenswürdig, mit aufrichtigem Anteil vor. »Faszinierend!« sagte sie. »Eine Mastviehausstellung! Die muß ich mir unbedingt anschauen.«

»Sie ist schon vorbei, Darling«, erklärte Essie mit vollem Mund.

Ein mexikanisches Hausmädchen setzte Leslie eine Schüssel vor, und in dieser befand sich ein flaches gräuliches Steak, das ein beängstigendes Pendant zu jenem von gestern abend bildete. Zwei darübergeschlagene Spiegeleier glotzten gleich zornigen Augen. In einem irdenen Topf brutzelten Küchlein in Butter. Sie aber griff eilig nach der Kaffeekanne, goß sich ein und fragte, während der Kaffeedampf sie angenehm und duftend umwehte, ihr helläugiges Gegenüber: »Nun, wie war denn die Ausstellung? Wie fett waren die Tiere?«

Alle lachten, und Leslie dachte: Habe ich einen unfreiwilligen Witz gemacht?

Mit angenehm musikalischer Stimme setzte der Sohn Gib das begonnene Tischgespräch fort, wobei er schüchtern errötete, was Leslie anziehend fand, und bemerkte in einem Slang, den sie nur mit Mühe verstand: »Wir sind schon früh aus Hermoso fort, um drei Uhr morgens, denn heut wird es heiß, sagten wir uns. Wir wollten vor Tag drei- bis vierhundert Meilen machen und haben's auch wirklich geschafft.«

»Nett«, sagte Leslie, was anscheinend nicht die richtige Antwort war, doch sah sich Essie dadurch veranlaßt, ebenfalls etwas zur Unterhaltung beizusteuern. Nach Gibs sanftem Säuseln klang ihre Stimme wie ein Reibeisen. »Dabei kommen wir zurück, ohne gefunden zu haben, weshalb wir hin sind.«

»Schade!« beklagte Leslie das Mißgeschick. »Was haben Sie denn dort zu finden gehofft?«

»Appaloosas«, lautete Essie Hodgins Antwort, und Leslie war so klug wie zuvor. Doch Gib gab ihr sogleich, ohne es selber zu merken, die nötige Aufklärung. »Können Sie sich so etwas vorstellen?« fragte er so empört und hitzig, wie es bei seinem Adagio nur denkbar war. »Kein Appaloosa war aufzutreiben, wo wir doch fünf, sechs Rösser zum Ackern und Reiten brauchen!«

»Das geht nun allerdings etwas zu weit«, schränkte Vater Hodgins milde und abgeklärt ein. »Rösser waren wohl da, nur nichts Erstklassiges, sonst aber recht brave Tiere«, eine Ehrenrettung der »Mastviehausstellung in Hermoso«, über die Gib kühl hinwegging: »Also dann nicht! haben wir uns gesagt. Machen wir auf dem Retourweg einen Sprung zu Bick Benedict und schauen, was er auf Lager hat! Und richtig! Bick hatte akkurat, was wir suchten. Wären wir nur gleich so gescheit gewesen! Eine Masse Zeit und den ganzen Ärger hätten wir uns ersparen können.«

»Ja, aber ich«, schnarrte das Reibeisen Essies, »ich fand's ganz lustig: all die Buden, die Läden ...«

Hodgins senior stand auf. »Jetzt müssen wir gehen, Gib und Essie Lou, es ist Zeit, und wenn Sie, Ma'am«, wandte er sich zum Abschied an Leslie, »einmal hinauf nach Deaf Smith kommen, wird es uns freuen, wenn Sie sich bei uns blicken lassen; wir wohnen außerhalb Umbarger. Da ist es natürlich nicht so gepflegt wie hier, mehr Wildnis, ist auch nur ein kleineres Anwesen, paar hunderttausend Acres, mehr nicht, keine Renommierranch, aber guter Boden und alles unser, nichts gepachtet. Unser Heim, wie ich immer zu Gib und Lou sage.« Er holte tief Atem und funkelte, sichtlich stolz auf seine Rhetorik, die übrigen an. Leslie bedankte sich für die Einladung und versprach: »Wenn mein Mann gelegentlich hinreitet und mich mitnimmt, komme ich mit dem größten Vergnügen. Ich möchte jeden Winkel von Texas kennenlernen. Ist es weit?« wandte sie sich an Gib. Dieser erwog die Frage, um eine exakte Auskunft zu geben, und sagte schließlich: »Es ist ein ganzes Ende, Ma'am, wenn auch nicht allzu weit. Auf dem direktesten Weg etwa achthundert Meilen.«

Tapptapptapp schallten die hohen Absätze eines hurtigen Stiefelpaars. Miss Luz Benedict. »Howdy« rief sie und: »Freut mich sehr! Wann seid ihr angefegt? Hat man euch richtig bedient?«

»Bestens, Ma'am.«

»Hoffentlich bleibt ihr ein Weilchen.«

»Sehr gütig«, versichterte Hodgins senior tief und ernst, »aber wir müssen uns sputen. Das ist nicht die Jahreszeit, um Besuche zu machen.« Die hohen Gestalten von Vater und Sohn, wie sie so beieinander standen, hatten für Leslie geradezu etwas Urwelthaftes. – Wie ausgeglichen harmonisch! dachte sie. Die Frau wirkt dagegen plump mit ihren breiten Hüften und dicken Gelenken. Im Geist probierte sie der Schwerknochigen die verschiedenartigsten Kleider an, schnürte sie in ein Korsett, änderte ihr die Frisur, gab aber den Versuch sehr schnell als aussichtslos auf, wünschte den dreien eine gute Reise und lud sie ein, recht bald wiederzukommen.

»Ich kann nichts versprechen, Ma'am«, sagte Clay Hodgins, und aus den Fältchen seines Gesichts lächelte alle Gutmütigkeit der Welt. »Vielleicht wenn wir in einem Jahr wieder mal vorbeikommen. Bestimmt ist es nicht.« Damit trollten sich, ihre großen Hüte in den großen Händen, die beiden Männer so behutsam, als sei das Gehen für sie eine ungewohnte Art der Fortbewegung. Essie Lou trampelte hinterdrein.

Miss und Mrs. Benedict tasteten einander mit Blicken ab, bis letztere das Gespräch mit einigen netten Worten über die drei Frühstücksgäste eröffnete. »Reizende Leute! Ihr versteht euch gewiß ausgezeichnet mit ihnen.«

»Mit Hodgins? Die kennen wir kaum. Sie sind zufällig hereingeschneit. Oben im Panhandle haben sie ein bißchen Land.«

»Ein bißchen nennst du das?«

»Allerdings hatten sie mehr Geld als Verstand«, fuhr Luz etwas erbittert fort. »Kaum haben sie voriges Jahr auf ihrem Fleck da oben bei Luling ein bißchen bohren lassen, spritzt es auch schon wie der Teufel heraus und bringt ihnen eine Million.«

»Eine Million Gallonen!« rief Leslie elektrisiert.

»Dollar.«

Leslies Erstaunen wuchs. »Eine Million Dollar in einem Jahr!«

Luz warf ihr einen verächtlichen Blick zu. »Im Monat.«

»Das ist ja geradezu furchtbar!« fand die Tochter des Arztes, aber die alte Großgrundbesitzerstochter ging darüber hinweg. »In dem Seidenzeug und deinen Großstadtschuhen«, verwies sie die Schwägerin, »siehst du wie eine Puppe aus. So kannst du hier nicht zum Frühstück kommen.«

Leslie lachte befangen. »Ich wollte dir eben das Kompliment machen, daß du so frisch ausschaust, als hättest du zwölf Stunden geschlafen. Dabei glaube ich, dich und Jordan schon sehr früh gegen sechs sprechen gehört zu haben. Das wart ihr doch?«

»Wer denn sonst? Bick und ich halten zeitlebens um fünf beim Kaffee unsere Besprechung, damit tagsüber alles am Schnürchen geht.«

Leslie stand an der Längskante der langen Frühstückstafel, lächelte einnehmend und sagte mit festem Blick und Ton: »Es muß eine riesige Arbeit sein, so eine enorme Ranch in Schuß zu halten und dazu das ganze Haus. Bald werde ich soweit sein, dich von deinen Haushaltspflichten weitgehend zu entlasten. Vielleicht können wir jetzt gleich darüber sprechen.«

»Mach dir deswegen keine Gedanken!« Luz hatte sich in ihren Sessel gepflanzt, aus der massiven Kanne Kaffee eingegossen, ihn mit zwei gehäuften Löffeln Zucker gesüßt und mit dicker Sahne zum Überlaufen gebracht, setzte nun gleichfalls ein Lächeln auf, blickte zu Leslie empor und bemerkte: »Du siehst recht verpimpelt aus; du mußt kräftiger werden. Ich habe schon meinem Bruder gesagt, du mußt vor allen Dingen mehr Fleisch ansetzen und dich gründlich erholen.«

Leslie spürte, wie ihr das Blut in die Wangen schoß, und glaubte zugleich die Stimme ihres Vaters zu hören: Sachte, mein Kind! Ich habe dir ja gesagt, Texas ist für dich völlig neu. – Sie erwiderte: »Sehr gütig von dir, liebe Luz, aber ich bin von Natur so schlank, auch meine Geschwister und Eltern, aber trotzdem recht kräftig und nie krank.«

»Ich auch nicht«, versicherte Luz süß wie der Honig, den sie auf ihr Butterbrot strich, »noch keinen Tag meines Lebens war ich bettlägerig, ausgenommen natürlich nach einem Sturz vom Pferd, oder wenn so ein Biest von ...«

»Aber du hattest doch Grippe, sonst wärest du zu unserer Hochzeit gekommen.« Es war vielleicht kindisch, aber das mußte Leslie der werten Verwandten unter die Nase reiben. Diese jedoch lachte herzlich und schallend. »Daran darfst du mich gar nicht erinnern. Wir Benedicts protzen zu gern mit unserer Gesundheit. Noch kurz vor seinem Tod hat uns Pa auf die Seele gebunden, er wolle kein langsames Begräbnis; er war nicht fürs Feierliche. Ihr müßt mir versprechen, sagte er, daß es den ganzen Weg im Galopp geht, so wie ich immer geritten bin. – So ein Leichenbegräbnis hat man noch nicht erlebt: in gestrecktem Galopp die Straße lang und wie besessen durch die Prärie bis zu unserem Familienfriedhof, die ganze Familie, die Nachbarn, die Boys, die Vaqueros, die Leidtragenden aus der County und natürlich der Leichenwagen und die Karossen. Keine Automobile, nur Rösser, hatten wir unserm armen Pa in die Hand versprechen müssen. Und der Leichenschmaus mußte im Wagen mitgeführt und draußen verzehrt werden.«

Leslie war hingerissen. »Das ist alles für mich so aufregend und so neu.« Sie zögerte. »Nimm es mir bitte nicht übel, wenn ich mich zuerst noch etwas ungeschickt anstelle. Ich war nie im Westen, ich meine: im richtigen, echten. Nur ein bißchen Geduld, dann bin ich mit Texas vertraut und kann hier die Wirtschaft führen.« So, jetzt ist es heraus, sagte sie sich. Es ist ausgeschlossen, daß ich mich im

Hause meines Mannes wie irgendein Besuch herumtreibe. Darüber darf von Anfang an kein Zweifel bestehen.

Mit einem Knall stellte Luz ihre Tasse hin. »Die Wirtschaft läuft von selbst, Honey, ich muß ihr nur ab und zu einen kleinen Schubs geben. Ich weiß die Mexikaner zu behandeln. Ich und meine Eltern und Großeltern hatten zeitlebens mit ihnen zu tun und sind mit ihnen fertig geworden. Wenn ich nicht hinter ihnen her bin, hocken sie den ganzen Tag auf dem Hintern. Also jetzt geh und vertreibe dir die Zeit, wie du Lust hast.«

Eine unglaubliche Vitalität! Doch nein, es ist nur Betriebsamkeit; zuviel Geschäftigkeit ist mißlich, sagt Hamlet. Vitalität beruht auf einer inneren Kraft, die sich der ganzen Umgebung mitteilt. Diese Luz aber, so beschrieb Leslie es später auch ihrem Papa, erweckt in mir bestenfalls das Verlangen, mich auf den Diwan zu legen, die Augen zu schließen und nichts zu tun, nicht einmal Musik zu hören. – Sie stand mitten im zugigen Speisesaal mit den vier Türen, durch die der heiße Golfwind blies, kam sich vor wie als kleines Mädchen, wenn sie ohne den verständnisvollen Beistand ihres Vaters der mütterlichen Nörgelei zu entgehen suchte, und sagte: »Ich denke, ich gehe jetzt hinauf und räume unser Zimmer auf.« Luz aber klopfte ihr im Abgehen auf die Schulter und sagte herablassend: »Die Mädchen haben oben schon Ordnung gemacht. Verlaß dich darauf, die kennen bereits jeden Knopf und Haken und jede Öse an deinen Kleidern. Sie wischen bloß nie unter den Betten den Staub weg.«

»Also dann werde ich spazierengehen«, beschloß Leslie.

Luz, die schon an der Türe war, fuhr herum. »Was willst du?«

»Eine hübsche Wanderung in die Stadt Benedict unternehmen

und alles besichtigen; vielleicht zuerst in den Garten und die nächste Umgebung. Ich will auch einmal in diese merkwürdigen Häuschen hineingucken.«

Luz kam auf sie zu. Die Augen in ihrem runden altrosa Gesicht stachen wie ihre Worte: »Das geht nicht.«

»Warum nicht?«

»In Texas wird nicht gewandert. Das tun nur die Mexikaner. Wenn du Lust hast zu reiten, wird einer der Boys dir ein nettes, zahmes Pony satteln. Willst du?«

»Ich werde mit meinem Mann darüber sprechen und dir Bescheid sagen.«

Luz lachte kurz auf. »Honey, wenn du denkst, Bick habe nichts Besseres zu tun, als Neulingen die Ranch zu zeigen, bist du im Irrtum. Er war wochenlang weg und hat eine Unmenge nachzuholen. Nimm dir lieber eine Handarbeit vor, oder lies etwas! Du bist ja so eine Leseratze, hat Bick mir erzählt.« Damit hastete sie, klick-klack, klick-klack, hinaus und ließ ihre Schwägerin in einem Zustand höllischer Wut zurück.

Durch das Portal, über dessen Schwelle sie sich gestern jauchzend hatte tragen lassen, trat Leslie in einen leuchtenden Texasmorgen und rannte die staubige Anfahrt hinab. Der junge Bursche, der sie am Bahnhof in Vientecito erwartet hatte, kniete am Rand eines Rasenflecks, auf dem rauhes, widerstandsfähiges Gras wuchs. Jahrelang sollte sie ihn in der gleichen gebeugten Haltung immer und immer wieder sehen, wie er sich um das grüne Wachstum bemühte und um das Gedeihen der bunten Blumen im Kampf mit der dörrenden Sonne, den heißen Golfwinden und dem eisigen Anhauch von Norden.

Jetzt war ihr, als träfe sie einen Freund. Es beglückte, ja, und beschämte sie, als sie des Jungen Gesicht vor Dankbarkeit aufleuchten sah. »Hello, Dimodeo!« rief sie ihn an.

Er stand auf und verneigte sich tief. »Señora. Buenos días, Señora.«

»Wie weit ist es bis zum Ort?« fragte sie, und da er verständnislos dreinschaute: »Sie sprechen doch Englisch, Dimodeo? Gestern haben Sie mich verstanden.«

»Yes, Señora, ich spreche Englisch. Nur Spanisch besser. Ort? Was ist Ort?«

»Die Stadt Benedict. Ich würde es eher Dorf nennen. Wie weit ist es bis dahin? Zu Fuß?«

Er schien fast entsetzt. »Zu Fuß, unmöglich.« Er schaute zum Großen Haus. »Ich werde das Automobil bestellen. Oder ein Pferd. Nein, Sie sind nicht im Reitdress. Das Automobil.« Er wollte die Auffahrt hinauf. Sie hielt ihn zurück: »Nein, ich will laufen, und zwar allein; ich will mich hier umsehen. Ich will nicht im Auto sitzen. Ich habe es satt herumzuhocken. Eine Million Landmeilen, und man sieht niemand auf einer Fußwanderung!«

»Doch, wir, wir Mexikaner, wir wandern.«

»Wo ist das Schulhaus? Gestern sind wir dran vorbeigekommen. Ist es das Gebäude dort drüben an der Straße?«

»Es ist die Schule, in die die Kinder von Reata gehen, die kleinen, bis sie zehn oder zwölf Jahre sind und arbeiten können.«

»Wie viele sind es?«

»Viele, Señora. Und viele gehen in andere Schulen in den andern Bezirken.«

Mit einer Heiterkeit, die sie in Wahrheit nicht fühlte, winkte sie

Dimodeo ein Lebewohl zu und wanderte weiter in ihren hellen Sämischlederschuhen und dem Blauseidenen.

Nichts regte, nichts bewegte sich in der beklemmenden Hitze, dem Winde, dem Staub. So kam sie zum Schulhaus, schlenderte dran vorbei, eintöniges Gesumm von Kinderstimmen drang an ihr Ohr, und plötzlich machte sie kehrt und eilte den Pfad hinauf, der zum Eingang des Hauses führte, das aus Luftziegeln erbaut und vor langer Zeit einmal weiß getüncht worden war. Der alte Bau erinnerte sie an Abbildungen jener Missionsgebäude, die vor Jahrhunderten von den altspanischen Priestern, die als Entdecker ins Land kamen, errichtet worden waren. – Vielleicht war dies Schulhaus ehedem eine Mission, dachte sie und trat in den getünchten Vorraum. – Wie angenehm kühl ist es hier! – Oh, sie sollten die dicken Mauern, deren Lehm in Luft und Sonne getrocknet war, im Laufe der Zeit noch schätzen und ihren wohltuenden Schatten tagsüber suchen lernen!

Sie klopfte an eine Tür, hinter der Kinderstimmen vernehmbar waren. Jäh verstummte jedes Geräusch. Eine Stille herrschte wie gestern nacht, als sie aus ihrem Schlafzimmer getreten war. Sie klopfte munter, energisch, und ihr war, als stünde ihr eine Entdeckung bevor.

Die Schulzimmertüre ging auf. Eine hagere, bleiche, übellaunige Frau von etwa dreißig Jahren in dürftigem dunklem Kleid schaute heraus. Ihre Augen waren schwarz und schön, die buschigen Brauen zusammengewachsen. Sie hatte die Türe nur ein wenig geöffnet, hielt die Klinke in der Hand und fragte: »Was wünschen Sie?«

Leslie lächelte und streckte die Hand aus. »Ich bin Mrs. Jordan

Benedict. Ich möchte nicht stören. Ich kam zufällig vorbei und konnte der Versuchung nicht widerstehen, einen Blick in Ihre Schule zu werfen.« Die Frau fixierte sie dermaßen, daß sie stutzte. »Sie sind doch die Lehrerin?« fragte sie unsicher.

»Ja.« Sonst nichts. Aber Leslie ließ sich nicht abschrecken. Gewiß eine linkische alte Jungfer, die weder beim Unterricht noch sonst Besucher gewohnt ist. Die Lehrerin musterte sie mit jenem abschätzigen Starrblick, den Mrs. Benedict bei einigen mexikanischen Dienstboten wahrgenommen hatte, war aber offenbar keine Mexikanerin. Sie sah auf die hellen, nun staubigen Wildlederschuhe, auf das Blauseidene, das bereits verschwitzt und da und dort fleckig war. Leslie spürte, wie die Schweißperlen ihr den Rücken herunterrieselten, fand die Situation originell und spannend und war froh, daß sie so einfach sagen konnte: »Ich bin Mrs. Jordan Benedict.« Da sie annahm, die Lehrerin habe sie nicht verstanden, wiederholte sie es. Aber da zuckte es in den schwarzen Augen von solch unverhohlenem Haß, daß sie zusammenfuhr. Es war wie das Züngeln einer giftigen Schlange. Und zugleich merkte sie, daß die Schullehrerin ihr mit Absicht den Weg versperrte. »Ich wollte nur gerne die Kinder sehen«, sagte sie bescheiden. »Ich bin auf einer kleinen Wanderung.«

»Wanderung!« wiederholte die Frau und schien dies ebenso unbegreiflich zu finden wie Dimodeo und Luz. Lächerlich! Leslie fühlte sich plötzlich sehr überlegen und trat im Hochgefühl ihrer Würde einen Schritt vor. Einen Augenblick hatte sie dabei das Gefühl, die schreckliche Person werde sie jetzt hinausschmeißen.

»Wie heißen. Sie?« fragte sie resolut.

»Cora Dart.«

Warum diese Feindseligkeit? Etwas zu flott betrat die unerwünschte Besucherin das große getünchte Schulzimmer. Es war dicht gefüllt mit Kindern vom vierten bis höchstens vierzehnten Lebensjahr. Aller Augen richteten sich wie ein einziger Scheinwerfer auf die Eintretende, und diese hatte als erstes den Eindruck, als bildeten die Kinder, wie sie da saßen, eine Tastatur, die schwarzweiße Tastatur eines Riesenklaviers. Der Teint der Gesichter variierte von Elfenbeinweiß bis nahezu Ebenholzschwarz. Die helleren saßen vorne, die dunkleren weiter zurück.

Miss Cora Dart hatte sich anscheinend von ihrem ersten Schreck erholt und wies der Besucherin einen Stuhl an. Doch diese wünschte sich mit einemmal meilenweit weg. Der ungelüftete Raum wirkte erstickend.

»Lernt weiter!« befahl Miss Dart auf englisch und dann auf spanisch. Die blanken Augenreihen senkten sich prompt, um sich im nächsten Moment wieder zu erheben.

»Ich will Sie wirklich nicht aufhalten«, versicherte Leslie, und da sie sich zu irgendeiner bedeutsamen Frage verpflichtet fühlte, wie sie ihrer Erinnerung nach ein Inspektor der Volksschule in Ohio, die sie als Kind durchgemacht hatte, zu stellen pflegte, erkundigte sie sich stotternd: »Sind die Eltern dieser Kinder auf der Ranch tätig?« und empfand zugleich: Ich rede ja Blödsinn. Das weiß ich doch selber. Was sollen sie denn sonst sein? Ehe noch eine Antwort erfolgte, lächelte sie der Kinderschar freundlich zu, fand auch dies Lächeln albern, lächelte trotzdem auch die freudlose Lehrerin an und zog sich zur Türe zurück. »Herzlichen Dank, Miss Dart, es war mir sehr interessant. Vielleicht besuchen Sie mich einmal nach Schulschluß oder an einem Samstag; wir trinken dann Tee ...«

»Tee!« echote Cora Dart mit einem Abscheu, als habe sie Opium gesagt.

»Oder Kaffee«, verbesserte sich Leslie sogleich. Es war wie ein Alpdruck, als käme sie nie von hier los, als müsse sie, wie vom Blick der Schlange gebannt, immer sinnloser weiterreden: »Kaffee ist ja das Nationalgetränk von Texas, ich meine: das Lieblingsgetränk, es wird allgemein vorgezogen. Unterrichten Sie hier schon lange?«

»Viel zu lang für mich«, stieß Cora verbittert hervor. »Gott weiß, wieviel Lehrerinnen sie hier schon hatten. Keine hat es ausgehalten.«

»Traurig, sehr traurig, vor allem sehr störend für die Entwicklung Ihrer Kinder, ich meine: der Schüler und Schülerinnen.«

Wieder der furchtbare Haßblick. »Sagen Sie das Ihrem Gemahl, Mrs. Jordan Benedict. Da sind Sie an der richtigen Stelle.«

Das Weib muß verrückt sein, dachte Leslie, buchstäblich verrückt. Ihr Abgang glich einer Flucht.

Draußen in glühender Sonne sah sie auf ihre Armbanduhr. Es war zehn Minuten nach neun. Kaum glaublich! Ihr Tag hatte erst begonnen, und doch war ihr, als sei sie schon stundenlang auf den Beinen. Wo mag Jordan sein? Sie sehnte sich nach seiner Gegenwart, spähte in die endlose Weite, den Staubdunst zwischen Prärie und Himmel, als müsse er von dort auftauchen. – Irgendwo dort muß er sein zwischen Tausenden, Tausenden Kühen. Oh, ich habe noch viel zu lernen, ich muß vieles besichtigen. Ich glaube, ich bin wirklich verpimpelt, Luz hat ganz recht. Sonst würde ich jetzt munter und couragiert drauflosmarschieren. Statt dessen habe ich die größte Lust, mich irgendwo hinzulegen und zu schlafen. Gibt es denn nirgends Schatten? Schatten! Ein Maitag in Virginia, sonnig und kühl zugleich! Vom

Blue Ridge weht eine sanfte Brise. Auf Wiesen und Weiden saftiges Gras. Daheim ist die Apfelblüte nun schon vorbei, aber unsere Blumen blühen wundervoll bunt. – Während sie hartnäckig durch den Staub und die texanische Gluthitze stapfte, dachte sie an die Flüsse Virginias. – Schon im Klang ihrer Namen ist Kühle und Frische. Sie murmelte die Flußnamen vor sich hin, und ihr war, als tauche sie ihre Finger in das sanfte Geplätscher der Wellen: »Shenandoah – Roanoke – der Rappahannock – der Potomac!« Und all die Blumen, die schattenden Bäume, die üppigen Pflanzen: »Der Berglorbeer – die blaue und weiße Wistaria – Rhododendren – der Faulbaum – die Myrte – Trompetenbaum und Trompetenstrauch. – Was sind die Flüsse von Texas? Rio Grande, Nueces, Diablo, Brazos – heiße spanische Namen! Ach, Leslie, sei nicht so sentimental! Das ist blöd.«

Erschöpft, von Hitze gepeinigt, war sie in Gedanken wohl von der geraden Straße abgekommen, denn auf einmal befand sie sich auf einem rauhen, schlechten Weg, an dessen Rand heruntergekommene, baufällige Hütten standen, armseliger noch als jene der Schwarzen, deren Anblick ihr aus Virginia vertraut war. Sie standen auf Stelzen erhöht, und um sie her war nichts Grünes, kein Wachstum. Und was das seltsamste war: Aus ihrem Innern tönte kein fröhlicher menschlicher Laut.

Doch horch! Ein dünnes, langgezogenes Weinen, ein Kinderwimmern aus irgendeiner der elenden Buden. Leslie hielt Umschau. In ihrer Verstörtheit war sie weit abgeirrt. Das Große Haus schimmerte fern im Geflimmer der sonndurchglühten Luft. Unendlich fern, schien es ihr – Ob ich irgendwo telefonieren kann, daß jemand kommt und mich abholt? Beim Gedanken, in dieser Glut zurücklaufen zu müssen, sank ihr der Mut.

Die Nachbarinnen! Hat Luz nicht gesagt, sie kämen schon zeitig? Ein Barbecue, ein großes altmodisches Barbecue! Es muß doch hier in der Nähe ein Telefon geben, in irgendeiner dieser häßlichen Hütten, oder wenigstens jemanden, der so freundlich ist, hinzulaufen und auszurichten, daß man einen Wagen schicken soll. Sie hörte noch immer das Wimmern, ließ sich von ihm leiten, klomm einige morsche Stufen hinauf und klopfte an einen Türpfosten. Die Tür bestand aus Papierstreifen, die von Fliegen beschmutzt waren. Das Kind schrie noch immer kläglich; es klang wie das Winseln eines hungernden Hündchens. Sie klopfte nochmals.

»Herein!« antwortete eine schwache Frauenstimme.

Leslie schob die Papierstreifen beiseite und trat in das übelriechende Gelaß. Der Übergang aus dem grellen Sonnenlicht ins Düstere war so jäh, daß sie zuerst nichts sah. Sie rieb sich die schmerzenden Augen und sagte aufs Geratewohl: »Ich bin Mrs. Benedict.«

»Sí, sí, perdóneme! Enferma«, antwortete die Frauenstimme und klang weich und tief. »Verzeiht, ich bin krank.« Es schien Leslie wie ein Wunder, daß sie es verstand; aus einem einzelnen Wort und dem Tonfall erriet sie den Sinn. »Perdóneme. Enferma.« Sie schaute sich um und sah auf dürftigem Lager ein Weib, das fast noch ein Kind war. Nur die nackten Brüste verrieten ihr Frauentum. Unter dem wirren Schwarzhaar glühten fiebrige Augen. Sie versuchte sich aufzurichten, sich im Sitzen zu verneigen. Aus ihren spanischen Worten verstand Leslie das eine: »Fiebre«, Fieber. Sie nickte. Das Wimmern drang schrill aus dem engen Nebenraum, einem Verschlag, der die Küche enthielt. Der Raum mit dem Bett war offenbar Wohn- und Schlafraum. In der Ecke stand eine Art Altar, der mit rosa Kreppapier, Papierblumen und zerschlissenen Bändern geschmückt war, die ein vergoldetes Kreuz und ein grellbuntes Bild der schmerzensreichen Mutter umgaben.

Dimodeo kann etwas Englisch, vielleicht auch die arme Frau da, dachte Leslie und fragte: »Ist Ihr Baby auch krank?«

»Er krank, weil ich krank«, kam die Antwort in gebrochenem Englisch. »Meine Milch nicht gut.«

»Um Himmels willen, der Arzt muß etwas verordnen, daß Ihr Kleiner in Ordnung kommt!«

Die Kranke erwiderte nichts. Des Kleinen Gewinsel erfüllte die dumpfe Enge. Leslie ging zu ihm. Er lag in einem Korb und war patschnaß, seine Haut braun und fleckig. Das Schreien klang zornig. Nirgends ein Wasserhahn, kein Ausguß. Nur Gestank. Endlich entdeckte sie einen Eimer mit etwas Wasser, entkleidete das Bübchen und wischte es mit einem nassen Lumpen ab. Die Frau kam wankend, barfüßig über die einsackenden Dielen, um ihr eine Windel zu reichen, deren Zustand Leslie ein trauriges Lächeln entlockte. »Bleiben Sie im Bett! Ich bin zwar in Säuglingspflege nicht sehr bewandert, aber er darf doch nicht so in der Nässe liegen.« So gut es ging, wickelte sie den fortgesetzt Schreienden, dessen große, in Tränen schwimmende Augen sie ansahen, und kam sich vor wie die Frau Pfarrer in einem längst vergessenen Roman aus der Viktorianischen Zeit. Vaselin? Nicht vorhanden. Der Bretterboden der Lehmhütte war geborsten. Zwischen den Ritzen sah man die nackte Erde. – Die Stelzen, auf denen die Bude steht, werden das Eindringen von Ratten, Mäusen und allem möglichen Ungeziefer schwerlich verhindern, dachte sie, als sie das Kind wieder ins Körbchen legte. Es schrie noch immer und krümmte sich. Demütig blickte die Kranke aus ihrem unüberzogenen Bett. Ratlos stand Leslie da und fragte: »Wie heißen Sie?«

»Deluvina.«

»Und Ihr Mann? Was ist seine Beschäftigung?« Es war ihr selber peinlich, hier Fragen zu stellen, als käme sie von der Fürsorge oder Armenpflege.

»Angel Obregon«, war die Antwort, »er ist Vaquero.« – Also diese splitternde, abgeschieferte Bruchbude war die Behausung eines jener strahlenden bronzenen Halbgötter hoch zu Roß! »Auch mein Vater und mein Großvater sind Vaqueros«, setzte die Kranke hinzu. Aus ihren Worten klang ein unbändiger Stolz. Leslie sah sich versucht, danach zu fragen, wieviel Lohn die Männer bekämen. – Aber nein, das wäre meinem Mann gegenüber nicht loyal. Ich muß es von ihm erfahren.

Da hörte sie von draußen das Geräusch eines anfahrenden Motorwagens, ein Hupen und gleich darauf rasche Schritte auf der brüchigen offenen Stiege. »Miz Benedict!« rief eine Männerstimme. »Ma'am! Miz Luz sagt, Sie sollen sofort mit mir nach Hause kommen. Man erwartet Sie, sagt Madama.«

Im Türrahmen stand Jett Rink. »Hier dürfen Sie nicht sein«, erklärte er rauh. »Wenn Bick das hört, ist er außer sich. Madama stellt sich an wie eine Verrückte.«

11

Leslie Benedict sah den jungen Mann sprachlos an und er sie geradezu unverschämt. Seine blauen Augen waren klein und frech. Eine feuchte, zerzauste Locke hing ihm in die Stirn. So malten Maler jener Epoche den griechischen Pan, den römischen Faun. Ihr fiel nichts Besseres ein, als sich offiziell vorzustellen: »Ich bin Mrs. Benedict.«

»Was denn sonst?« Er wies auf den staubigen Wagen, einen neuen Ford, dessen Anblick ihr wohl tat. »Los! Hauen wir ab!« drängte Jett Rink.

Daß man nach ihr geschickt hatte, beruhigte sie. Aber wie kam der Lümmel dazu, ihren Gatten ganz einfach Bick zu nennen? Sie fragte ihn kühl: »Hat Mr. Benedict Sie hergeschickt?«

»Nein. Die.«

Leslie unterdrückte die hochmütige Gegenfrage, die ihr auf der Zunge lag: »Wen nennen Sie: Die?« Sie warf einen letzten Blick auf die Kranke, auf das noch immer plärrende Kind und begab sich zum Wagen. Dort blickte sie an sich herunter. Ihr kleines Blauseidenes war verdreckt und beschmiert. Auf dem Schoß hatte sich der Säugling verewigt. Staub, Schweiß und Unrat hatten ein übriges getan. Sie stieg ein, und der Wagen fuhr los. Ihr Haar flatterte im Glutwind. Die hellen Schuhe waren beschmutzt. »Woher wußten Sie, daß ich hier bin?«

Jett bog geschickt in die Landstraße ein. »Hier herum weiß jeder, was jeder tut. Man kann nicht einmal ausspucken, ohne daß die es weiß.« Leslie beschloß, ihrem Mann über diesen Rüpel Bericht zu geben. »Ich habe Sie von der Garage aus beobachtet«, knurrte er. »Sie werden jetzt nicht mehr viel in der Gegend herumtanzen, was?«

»Warum nicht?«

»Nah beim Haus, das geht schließlich noch, wenn Sie sich unbedingt die Beine vertreten wollen. Aber nicht auf der Landstraße und in der Prärie!«

»Warum nicht?« wiederholte sie.

»Klapperschlangen.«

»Klapperschlangen«, wiederholte sie eingeschüchtert.

»Um diese Jahreszeit kommen sie gern gekrochen und lauern auf alles, was herumhopst. Schühchen wie Ihre« – er schaute auf ihre zarten, verfleckten Slippers und die Fesseln in Seidenstrümpfen – »sind für die Biester ein Fressen.«

»Ach was, Sie wollen mir bloß Angst einjagen.«

»Möglich. Jedenfalls sind Sie viel zu verpimpelt, um sich bei der Hitze herumzutreiben.«

Verpimpelt, verpimpelt! Wie oft muß ich das noch hören? Sie begehrte auf: »Inwiefern bin ich verpimpelt?«

»Dünn, dünn.«

»Ob ich dünn bin oder nicht, geht Sie nichts an, Boy!«

»Nö. Ich sage nur immer: Je näher der Knochen, um so süßer das Fleisch.«

Leslie war sich noch nicht im klaren, ob sie die Lausbubenfrechheiten humoristisch nehmen oder sich drüber empören sollte, als sich der Ford bereits dem Großen Haus näherte und sie etwa zwölf Wagen, die davor parkten, gewahr wurde. – Die jungen Damen aus der Nachbarschaft! Sie dürfen mich nicht zu Gesicht bekommen; ich muß mich erst umziehen. Wie ich aussehe! Bestürzt und hilflos sah sie an sich herunter. »So kann ich mich unmöglich zeigen. Läßt es sich vielleicht einrichten, daß ich ungesehen …«

Er drehte das Steuerrad, und der Wagen bog scharf um die Ecke zur Rückfront. »Kommen Sie mit mir!« sagte er kurz wie immer, fuhr rasch an der Küche vorbei und hielt vor einer glatten Mauer, die aus dem Kellergewölbe hervorstieg.

»Aussteigen!« befahl er.

Sie gehorchte. Sie kam sich wie das Mitglied einer Verschwörung vor. Der Blick, mit dem er sich vorsichtig umsah, gefiel ihr nicht. Nun griff er mit beiden Händen nach oben und drückte auf die zwei Ecken des langen Querbalkens, der anscheinend zu der massiven Ornamentik des spanischen Kastells gehörte. Der Balken war jedoch, wie sie erkannte, nicht aus Holz, sondern aus Metall, das mit Holzmaserung bemalt war, und sogleich öffnete sich die Mauer, aber nur so weit, daß man gerade hindurchschlüpfen konnte. Drinnen sah sie die Umrisse einer Wendeltreppe und hörte das Tröpfeln von Wasser. Jett glitt hinein und streckte die harte, ölfleckige Hand nach ihr aus.

»Nein!« schrie sie in panischem Schreck, und obwohl ihr Verstand ihr sagte, die Situation sei eher zum Lachen, phantastisch, doch nicht gefährlich, rannte sie ein Ende zurück und durch die Küche, in der dunkle Gesichter ihr nachstarrten, zum großen Speisesaal. Aus der Halle drangen schrilles Geschnatter weiblicher Stimmen und ein Kaffeeduft, von dem ihr fast übel wurde. Horch! Jemand spielte mit kräftigem Anschlag Klavier. Brahms. Trotz der verstimmten Saiten klang es nicht schlecht. – Ich muß daran denken, das Instrument stimmen zu lassen, sagte sie sich und blickte sich um. Es muß doch irgendwo einen direkten Aufgang ins Treppenhaus geben. Es geht einfach nicht, daß Jordans Gemahlin sich in diesem gräßlichen Aufzug präsentiert!

Aber da drang von der Schwelle zur Halle die schneidende Stimme der Schwägerin Luz: »Da ist sie endlich! Leslie, wo hast du so lange gesteckt? Die Girls warten auf dich.«

Nun mußte sie sich in das Unvermeidliche fügen. Aber mit

Würde! Das Kleid voll Flecken, die Schuhe voll Staub, das Haar wirr und zerzaust, das Gesicht verschwitzt und gerötet, näherte sie sich lächelnd dem Rudel Weiber, dessen nahezu ausschließliches Gesprächsthema sie seit einigen Wochen bildete, blickte freundlich in die erwartungsvollen Gesichter, breitete mit entschuldigender Geste die Hände aus und bat:

»Verzeihen Sie bitte meine Verspätung, wenn Sie es fertigbringen, auch mein unmögliches Aussehen! Ich hätte so gern beim ersten Kennenlernen günstigen Eindruck gemacht.«

Die Spannung der Wartenden löste sich. Sie blickten milder und kamen ihr entgegen. Leslie streckte die Hände nach ihnen aus und fragte: »Wer hat das Scherzo so schön gespielt?«

»Adarene Morey!« riefen die Mädchen.

»Reizend. Ich muß das Instrument unbedingt stimmen lassen.«

Luz Benedict unterbrach und übernahm die formelle Vorstellung: »Darf ich bekannt machen: Joella Beezer – Ila Rose Motten – Eula Jakes – Miz Wirt Tanner – Aurie Meldebrand – Fernie Kling – Miz Ray Jennings – Vashti Hake – Adarene Morey hat vor einem Monat geheiratet und ist eigens von Dallas gekommen, um dich kennenzulernen. Girls, dies ist Bicks Gattin Leslie. Das ist zwar ein Männername, aber sie ist Bicks richtiggehende Frau.«

Sogleich sah sich Mrs. Benedict von neun jungen Frauenzimmern umringt, und so schrill und hoch deren Begrüßung auch tönte, wohnte ihr doch eine unverkennbare Wärme und Herzlichkeit inne. Alle waren modern und luxuriös gekleidet, kaum eine Spur provinziell. Leslie hatte eher eine weibliche Variation der Männertracht erwartet, etwa als Gegenstück zu den Cowboystiefeln und Leinwandhosen gefranstes Antilopenfell mit Perlenstickerei.

Eine nach der andern drückte ihr artig die Hand und sagte: »Howdy« oder »Sehr erfreut« und benahm sich zu Leslies Genugtuung so, als trüge sie die fashionabelste Toilette und ein tadelloses Make-up zur Schau. Zwei der Mädchen fielen ihr besonders auf: Adarene Morey, die jungverheiratete Brahmsspielerin, ein schlichtes, ruhiges Geschöpf mit klugen Augen, stark vorgewölbter Stirn und dünnem aschblondem Haar. Ihr Name, der sich wie ein Künstlername anhörte, schien nicht recht zu ihr zu passen. Die zweite, die sich verlegen näherte – die andern hatten ihr sogar erst einen leisen Schubs geben müssen, ehe sie sich dazu entschloß –, war eine Mollige mit knallrotem Gesicht. Sie schien aus ihrem Korsett oben und unten hervorzuquellen. Ihre blauen Augen waren beinahe erschrocken auf Leslie gerichtet. Doch packte sie deren Hand mit unerhört festem Griff und schaute sie schmerzlich fragend und wehmütig an.

»Wie war doch Ihr Name?« fragte Mrs. Benedict. »Man kann sich so viele unmöglich auf einmal merken.«

»Ich bin Vashti Hake, Ihre nächste Nachbarin. Unser Gut stößt an Bicks – an eure Ranch.«

Also das war sie, dieser zitternde Pudding! »Ich hoffe, wir werden ebenso gute Freundinnen wie Nachbarinnen«, antwortete Leslie und dachte: Mir hätte auch etwas Gescheiteres einfallen können.

Luz Benedicts Stimme übertönte das allgemeine Geplauder: »Schau dir an, was dir die Damen gebracht haben!« Sie wies auf den großen Rundtisch, auf welchem hochgehäufte Körbe, Schalen, Schüsseln und Platten einander drängten. Eine Mordsschüssel Hühnersalat mit goldgelber Mayonnaise, ein Hochplateau in Gestalt einer Schokoladentorte, ein ganzer gebratener Hirschrücken, Krüge mit Eingemachtem, mehrere Schinken und Weine eigener Kreszenz. Leslie war starr. – Was soll ich nur mit all den Eßwaren und Getränken anfangen? Sie aufessen? Trinken? Um Himmels willen! Ach so, das Barbecue! fiel ihr ein, und sie dankte: »Das ist ja bezaubernd! Wir nehmen alles mit zum Picknick. Einverstanden?«

Keineswegs waren die Damen einverstanden. Sie waren sogar schockiert. »Das ißt man doch nicht bei einem Barbecue.« Und wieder erhob sich die Stimme der Schwägerin: »Zeit zum Aufbruch! Komm, Leslie!«

»Aber Luz, ich muß mich erst umziehen. In diesem schauderösen Aufzug …«

»Wir brechen auf!« bestimmte Luz. Leslie tat, als habe sie es nicht gehört, ging lächelnd zur Treppe und sprach auf den Stufen: »Ich habe einen Spaziergang gemacht – einen *walk* –«, und die andern wiederholten so ungläubig wie bisher jeder: »Einen *walk*?« Wobei ihr zum erstenmal der weibliche Ortsgebrauch auffiel, einsilbige Wörter zu zwei Silben auseinanderzuziehen; es klang wie Wo-ak. »Ich habe die Schule besichtigt, und als ich herauskam, habe ich mich ein bißchen verirrt, hörte ein weinendes Baby, und wie ich in die Hütte ging, um mich nach dem Weg zu erkundigen, lag die Mutter des Kleinen krank im Bett, das Baby patschnaß – eine Hitze! Wie ich es frisch gewickelt habe, na!« Sie blickte tragikomisch auf ihren Schoß. »Ihr werdet begreifen, daß ich mich unbedingt umziehen muß; es dauert nur eine Minute. Wenn mir jemand dabei Gesellschaft leisten will?«

Einmütig stürmten die neun zu ihr die Treppe hinauf. »Dürfen wir Ihre Ausstattung sehen. Ja?«

»Gewiß, aber ich habe nicht viel. Wir haben in solcher Eile geheiratet.«

Wie auf Kommando wandten sich alle Blicke auf Vashti Hake, deren Rotgesicht sich verdüsterte. Auch darüber ging Leslie hinweg. »Wahrscheinlich sind meine Kleider für Texas ungeeignet. Ihr müßt mir bitte sagen, wie ich mich anziehen soll. Wollt ihr so lieb sein?« Sie sah dabei Vashti Hake und Adarene Morey an und dachte: Die beiden werden es, lächelte hierauf gerechterweise auch alle übrigen an und fand, sie habe ihre Rolle bisher nicht übel gespielt.

So elegant, ja für ein Mittagsbarbecue allzu aufgedonnert die jungen Damen waren, zeigte sich doch, daß der letzte Schrei der Mode noch nicht von der Ostküste bis hierher gedrungen war. Während die Virginierin ihr verdrecktes Blauseidenes gegen ein Cremeseidenes mit Borte in grüner Schattierung vertauschte, war ihre Gesellschaft ganz Auge und Mund. Der Rock reichte bis zu den Knien, der Ausschnitt war in »Bateau-Form«, der Charakter des Ganzen war sportlich, man könnte auch sagen: kapriziös, aber wie gesagt: *dernier cri*, und dies genügte, um die Vertreterinnen von Dallas, Fort Worth, Hermoso, Vientecito, Corpus Christi, Kingsville, Houston und Benedict in entzückte Oh-, Ah- und Eiei-Rufe ausbrechen zu lassen. Sie stöberten in den Kleiderschränken und hielten gebrechliche Kleidungsstücke vor ihre unzerbrechlichen vollen Busen. »Schau, Joella! Das paßt großartig zu deinem Haar und Teint! Schwarzer Chiffon mit Perlen besetzt. Wie nennt man denn das da, Miz Benedict?«

»Pailletten. Aber sagt bitte Leslie zu mir! Oder Les!«

»Au, schaut! Das müßt ihr euch ansehen!« kam es aus einer

andern Ecke. Ihr Reithabit, die Breeches aus beige Bedford Cord, die Jacke aus Tweed, die hellgelbe Weste, erregte Aufsehen. Und der Pyjama aus golddurchwirktem Satin! Und erst das chartreusegelbe Abendkleid mit meergrünem Chiffonüberwurf! »Alles zu auffallend für das Ranchleben, findet ihr nicht?« fragte die Eigentümerin der Nouveautés, aber Adarene Morey versicherte: »Hier sind alle verrückt mit Toiletten. Man hat ja sonst nichts zu tun.«

Luz krächzte dawider: »Hä? Rege ich mich vielleicht darüber auf, wo ich Chiffon, Pailletten und so verrückte Reithosen anziehen soll! Ich habe Besseres zu tun.«

Die jungen Damen lachten nachsichtig und machten den alten Familienwitz: »Ja, du Luz! Von dir weiß ganz Texas, daß du viel lieber melkst als flirtest!«

Als Leslie nun ihre Cloche aus grünen gerippten Bändern aufgesetzt und frische weiße Handschuhe anhatte, stand sie von ihren weißen Schaflederschuhen bis zum schimmernden, gut gebürsteten Haar makellos da, strahlte die Mädchen liebevoll an, bedankte sich, daß sie sich so lange geduldet, bis sie die Kleider gewechselt hatte, und ahnte nicht, daß nicht nur ihr Kostüm, sondern auch die Meinung der neun Neugierigen eine Wandlung erfahren hatte. Drunten beim ersten Anblick war es die allgemeine Meinung gewesen: Bick hätte gescheiter die Vashti genommen, trotz ihrer Dicke. Um eine so magere schielende Geiß zu finden, hätte er nicht bis nach Virginia gebraucht.

Wagen hinter Wagen rollte, von fröhlichem Geschnatter erfüllt, durch die Staubwolken der Landstraße, dann durch Prärie über holprige Wege und Brücklein, Sand- und Lehmboden, und die

Mesquitezweige griffen und klemmten die rüttelnden, bald dahin, bald dorthin ausweichenden Fahrzeuge. Das Gespräch bezog sich auf Leute, die Leslie nicht kannte, und auf Begebenheiten und Gebräuche, von denen sie keine Ahnung hatte. Aber sie lauschte aufmerksam und lachte getreulich mit, wenn die anderen etwas komisch fanden. – Die Einfache mit der gewölbten Stirn und die Fette mit dem rührenden Augenaufschlag gefallen mir am besten, fand sie und dachte dabei an Jordan und hoffte sehnlich, er werde beim Barbecue sein. Seit sie ihn zuletzt gesehen, schien ihr endlose Zeit vergangen zu sein. »Ich liebe Picknicks«, sagte sie laut. »Bei uns in Virginia fand immer am ersten warmen Frühlingstag eines statt«, und sie sah im Geist die großen, mit weißen Tüchern bedeckten Eßkörbe, voll mit knusprigen Poulets, Hummersalat, Früchten, Wein, Carolines leckeren Kuchen und Torten, mitunter auch mit einem besonders erlesenen Käse, den ein dankbarer Feinschmecker unter Dr. Lynntons Patienten ihm aus Baltimore oder New York als Präsent übersandt hatte.

Sie wandte sich freundlich an die neben ihr sitzende Miss Jakes: »Wie weit von uns wohnt ihr?« Und Eula antwortete, und ihre Stimme ging dabei in die Höhe: »Achtzig Meilen?« Als ob sie nicht etwa eine Frage beantworte, vielmehr eine stelle.

»So weit hattest du bis hierher! Wie heißt euer Ort?«

»Forraje?« Wieder die seltsame Hebung, als werde sie bei dem geringsten Einwand ihre Behauptung zurückziehen. Leslie dachte darüber nach, auch über die schrillen Stimmen der Frauen und Mädchen, und ahnte, daß sich dahinter tiefgehende Unsicherheit und eine Angst versteckten.

Es war sehr heiß, aber sie fühlte sich wohl, von allem Neuen angeregt, erquickt, frei und sehr hungrig nach all den Aufregungen und Eindrücken, die sie seit dem Frühkaffee erlebt hatte. Still hörte sie der Unterhaltung zu, die sich um Kleider, Küche, Kinder, Pferde, Bridge, Barbecues und Gesellschaften drehte. – Als ob es nichts anderes gäbe auf dieser Welt! dachte sie, und sonderbarerweise begann nun Adarene Morey, als habe sie ihre Gedanken gelesen, mit gedeckter Stimme inmitten des schrillen Gegackels: »So ist es hier. Hier hörst du niemals ein Wort über Musik, Literatur oder bildende Kunst.«

»Ja, warum?«

Adarene zuckte die Schulter. »Ich weiß nicht, vielleicht wegen des Klimas. Oder der weiten Entfernungen. Oder des Geldes. In Texas spricht man nicht von schöngeistigen Dingen. Man verachtet sie.«

»Du gewiß nicht.«

»Nein. Darum gelte ich auch für wunderlich, und man läßt mich nur gelten, weil die Moreys eine alteingesessene Baumwollfirma sind.«

»Was habt ihr zwei denn so eifrig miteinander zu tuscheln?« quatschte Ila Rose Motten dazwischen, aber da hielt die Wagenkolonne wieder einmal vor einem der Gatter, wie sie schon etliche hatten passieren müssen. Denn überall waren Gehege, und die Zäune erstreckten sich, wie Leslie dünkte, über Hunderte von Meilen. Bei jedem Gittertor, vor dem sie anhalten mußten, war eine ausgestiegen, hatte es geöffnet, den ganzen Zug durchfahren lassen und war dann wieder eingestiegen.

»Laßt mich auch einmal!« erbot sich Leslie. »Ich will es lernen.« Aber sie brachte das Ding nicht auf, Es war ein Trick dabei. Alle lachten gutmütig vergnügt, und sie stimmte mit ein. »Wenigstens kann jetzt niemand behaupten, ich gäbe mir keine Mühe, eine Texanerin zu sein.«

Luz saß in einem der anderen Wagen. – Ob ich mich deswegen so viel fröhlicher, jünger und freier fühle? fragte sich Leslie und gab sich der glänzenden Stimmung hin, die während der ganzen Fahrt durch die schier endlose Prärie bei allen herrschte.

Und nun sah man am Horizont einen langgezogenen niedern Gebäudekomplex auftauchen. »Da sind wir«, sagte Adarene und deutete darauf: »Das ist das Hauptlager der Vaqueros, falls du es noch nicht wissen solltest. Es wäre wohl auch zuviel verlangt. Reata ist kolossal, selbst für hiesige Begriffe.«

Vashti Hake, die im gleichen Wagen vorn beim Chauffeur saß, hatte bis jetzt noch kein Wort geredet. »Du bist ja heute auffallend sittsam«, neckte Eula Jakes, »sonst schwätzest du doch dem Teufel das Ohr weg.«

Die Angeredete drehte sich um und sagte, die blauen Schmachtaugen auf Leslie gerichtet: »Einige Boys werden uns dort empfangen«, was Leslie als selbstverständlich betrachtete. – »Jordan wird jedenfalls da sein. Ich sah ihn nicht mehr seit, seit – also heute habe ich ihn noch nicht gesehen«, gestand sie, was Vashti Hakes Laune zu bessern schien. »Es werden noch andere anwesend sein«, verkündete sie geheimnisvoll, und Eula griff dies sogleich auf und rief: »Vashti hat einen neuen Beau und hat uns noch keine Silbe davon gesagt!«

»Vielleicht Old Eusebio?« fragte Adarene auflachend und erklärte Leslie: »Das ist der Koch, der zu jeder Tages- und Nachtzeit Barbecue zubereitet.«

»Ich kann's kaum erwarten, solchen Hunger habe ich.«

Sie näherten sich einem kahlen, staubigen Platz, in dessen Mitte das Lagergebäude stand, davor ein langer Tisch aus Holz, neben diesem eine Gruppe Männer. Fahlgrünes Mesquite wuchs am Wegrand. Leslie erhoffte Kühlung von seinem Schatten, sah sich jedoch von dem dünnblättrigen Präriegestrüpp schwer enttäuscht. Aber die Hauptsache: Da war Jordan, nicht nur gespornt und gestiefelt, sondern ein ganzer Wildwestfilm in Haltung und Tracht. Und als dieser ledergegürtete Halbgott ihr nun entgegenging, vermochte Leslie sich nicht mehr zu halten. Nur wieder bei ihm sein! Die fröhlichen Mädchen, die Wagen, die sechs Männer, die sie begrüßten, die Gestalt, die da am Boden vor einem rotglühenden Feuer hockte, die Mexikaner, die sich daneben über ein dampfendes Loch bückten – all das gewahrte sie nur durch einen heißen Nebel, und bloß wie ein dünnes Echo vernahm sie das nachsichtige Gelächter, als sie, auf den Fußspitzen stehend, die Arme um Jordans Nacken schlang und seine Küsse erhaschte.

»Jordan, du bist weg ohne Abschiedskuß!«

»Woher weißt du, Les? Du schliefst zusammengeringelt und warst durch keinen Kuß aufzuwecken.«

»Ach, Liebster, ich war kaputt vor Müdigkeit.«

»Komm, ich will dir ein paar meiner Freunde vorstellen.«

»Ich bin ja so glücklich. Bleib bei mir!«

Er nahm sie zeremoniell bei der Hand: »Boys, dies meine Frau Leslie. Leslie, hier Lucius Morey aus Dallas, seine Frau Adarene kennst du bereits. Bale Clinch – paß auf, er wird nächstens Sheriff. Ollie Whiteside, der gewiegteste Anwalt von Texas – bewahrt uns vorm Kittchen. Pinky Snyth von der Hake-Ranch – ach, Vashti, ich höre zu meinem Bedauern, dein Pa kann wegen Krankheit nicht kommen?«

Vashti Hake warf ihm einen stummen Blick zu. Trotz ihrem knallroten Teint war sie erbleicht und trat nun feierlich fett neben Pinky, der trotz seinen hohen Absätzen und seinem Stetson-Turmhut ihr gegenüber winzig erschien, ergriff seine Hand und sprach nicht wie bisher, nicht wie sie alle im Patois von Texas, sondern in möglichst feinem Englisch: »Pa ist nicht krank. Er ist beleidigt. Er trotzt. Aber das geht vorüber.« Sie erhob ihre Stimme. »Heute bei diesem Barbecue ist nicht nur ein neuvermähltes Paar, sondern zwei. Gestern wurden Mott Snyth und ich in Hermoso getraut.« Noch ein Blick auf Bick Benedict – Triumph und Jammer, verletzter Stolz und Verzweiflung lagen darin –, dann brach die korpulente Braut in bittere Tränen aus und barg ihr Antlitz an der Schulter ihres Erwählten, sowenig Raum ihr dieselbe auch bot.

Zurufe, Jubelschreie, Umarmungen. Glückwünsche aller Art. Keine Mißbilligung, keine Mißstimmung vermochte dagegen aufzukommen. Vashti hatte ihren Trumpf ausgespielt und bildete nunmehr den Mittelpunkt der Gesellschaft. Bick küßte sie auf die betränte Wange, schüttelte dem kleinen Pinky die Hand, der den Händedruck mit seinen verblüffend stahlharten Fingern erwiderte, und drückte sich hierauf mit Leslie unbemerkt aus dem Getümmel. Nur seine Schwester Luz wich den beiden nicht von der Seite und bemerkte mit durchbohrendem Blick: »Diese Ehe habt ihr auf dem Gewissen.«

»Famos!« versetzte Bick und streichelte Leslies Schulter. »Vashti hätte schon vor fünf Jahren heiraten sollen. Reif genug war sie.«

Leslie drückte Bicks Arm fester an sich. Nun gab es nichts, was ihr etwas anhaben konnte. Sie war bei Jordan, und der Tag war voll neuer Eindrücke, Erlebnisse, Töne. Vashti mit ihrem Miniatur-Cowboy bildete nur einen rührend komischen Farb- und Fettfleck in dem Gesamtbild. Auch Luz, die übereifrige alte Jungfer, schien ihr im Augenblick mehr wie ein Witz, den man unmöglich ernst nehmen konnte. »Zeig mir das Cowboylager!« bat sie den Gatten. »Ich habe noch nie eines gesehen, ich kenne es nur aus Büchern und Filmen.«

Er erwiderte ihren liebevollen Blick, meinte jedoch: »Da gibt es nicht viel zu sehen«, was sich sogleich als richtig erwies. Sie sah die Feldbetten, die nur mit je einem dünnen Woilach bedeckt waren, an der Wand einen Spiegelscherben und Bretter mit wenigen Habseligkeiten, Rasiermesser, Kamm, dem Zähne fehlten, einer alten Weckuhr; am Boden staubige Stiefel, Sattelzeug, Riemen, ein Tauende. An einem Wandkasten hing eine Gitarre.

Leslie schaute halb enttäuscht, halb bekümmert drein. Bick lächelte nachsichtig. »Was hast du dir denn erwartet, Schatz?«

»Pistolen, seidene Hosenbänder, Pokerkarten und silberne Sporen.«

»Das kommt davon, daß du so viele Romane gelesen hast. Die Boys dürfen nur draußen im Dienst Schußwaffen tragen, selbst da nicht immer. Und auf der Jagd.«

Im Hinausgehen warf sie noch einen Blick auf den unfreundlichen, stickigen Aufenthaltsraum der vielbewunderten Cowboys und seufzte lächelnd: »Wieder ein Traum meiner Kindheit zerronnen. Sag mir, Liebster, wieviel Lohn zahlst du so einem Vaquero?«

»Je nachdem – zwanzig Dollar im Monat; die erste Garnitur bekommt dreißig, natürlich plus Kost und Ausrüstung.«

Nur zwanzig Dollar im Monat. – Sie konnte es nicht verstehen, wollte dagegen aufbegehren, hielt es aber für geraten, den Mund zu halten. Als sie hinaus auf den freien Platz traten, traf sie die Hitze wie ein Keulenschlag. Den einzigen Schutz gegen die Sonne gewährte ein an das Unterkunftshaus gebauter offener Schuppen, von dessen Dachgebälk gebündelte Zwiebeln, Kräuter und Pfeffer zum Trocknen hingen, auch lange, dicke dunkle Streifen und Klumpen, von Staub und Fliegengeschwadern bedeckt und umschwärmt. Sie erkannte nicht gleich, daß es Ochsenfleisch war, das an der heißen Luft trocknete, und wandte sich angewidert hinweg. Der Vorfall von vorhin ging ihr im Kopf herum, und sie fragte: »Sag, Jordan, geschah es aus Trotz? Ich dachte, das gäbe es nur in Romanen. Hat das arme Ding den kleinen Mann nur geheiratet, weil du mich …«

»Vermutlich. Einer mußte es schließlich sein. Denken wir nicht mehr daran!«

»Du, Jordan! Wenn du an jenem Abend nicht zufällig mit Papa zu uns gekommen wärest, um My Mistake anzuschauen – wo ist das Pferd eigentlich?« kam ihr dabei plötzlich in den Sinn.

»Auf der Weide, sorgsam von einem Baldachin beschattet. Ich glaube, es sehnt sich nach dir. Heute abend, wenn hier der Summs fertig ist, wollen wir hin.«

Sie kam auf die angeschnittene Frage zurück: »Wenn du mir damals nicht begegnet wärest, hättest du dann trotz allem – ich meine: sehr anziehend ist sie ja nicht …« Sie konnte unmöglich fragen: »Hättest du dich von deiner Schwester in diese Ehe hineinhetzen lassen?«

Er aber parierte ihre Andeutung mit der spöttischen Gegenfrage: »Und du? Hättest du jenem Laffen im roten Reitrock die Hand zum ewigen Bunde gereicht?«

»Wenn nicht ihm, dann wohl irgendeinem andern. Aber bei dir lag der Fall ...« Er unterbrach: »Die Girls suchen dich. Das Barbecue kocht.« Da gab sie es auf und begab sich mit ihm zu den andern.

Diese hatten sich mittlerweile in zwei Gruppen geteilt. Die weibliche drängte sich unter schrillem Geplapper um den langen Tisch; die der Männer stand abseits und plauderte mit gedämpfter Stimme. Pinky Snyth wirkte wie eine Miniaturausgabe der ihn überragenden Riesenkerle. Alle trugen die gleichen breitkrempigen staubfarbenen Hüte, die an der Vorderseite eingerollt waren, die gleichen Khakihosen in die gleichen Hochabsatz-Reitstiefel gestopft. Ihre jungenhaften Gesichter waren von Sonne und Wind dunkelbraun, ihre Stimmen weich und melodisch. Arm in Arm mit Bick steuerte Leslie auf die Gruppe der Männer zu. Er aber machte sich sanft von ihr los und bedeutete ihr: »Die Girls sind da drüben.«

Düstere Gestalten von Mexikanern kamen und gingen. Einige trugen aus Stroh geflochtene Sombreros, die ein Lederriemen unter dem Kinn festhielt. Sie sahen fremdartig und irgendwie theatralisch aus.

Ausgelassen scholl es von der Frauen- zur Männerseite hinüber: »Kommt zu uns, Boys! Ich wette, ihr erzählt Pinky unpassende Geschichten. Die will ich hören, ich werde sonst wild!« Die Männer antworteten, wie Leslie dünkte, in völlig anderem Ton als unter sich, ungefähr wie Erwachsene, wenn sie mit kleinen Kindern sprechen, und zugleich fiel ihr auf, wie hell der Teint ihrer Geschlechtsgenossinnen war, wie unberührt von Sonne und Wetter! Nicht sie, die Virginierin – die waren verpimpelt! Man sah ihnen an, daß sie nur ausnahmsweise im Freien weilten, sonst immer im Dämmerlicht ihrer vier Wände, als sei Mutter Natur ihr Feind. Ist dies deshalb so, weil es weit und breit keinen Rasen gibt, auf dem sie sich lagern können? sinnierte sie.

Haben sie nie ihr Gesicht dankbar erquickt einem frischen Wind ausgesetzt? Nein. Das kennt man hier sowenig wie Gras. Nur der erschlaffende, glutheiße Golfwind weht, weht immerzu.

Die Vorbereitungen zum Mahl waren nun so weit gediehen, daß es sich lohnte, sie näher ins Auge zu fassen. Allein schon das Feuer, das in der Mitte des Platzes brannte, war kein gewöhnliches Lagerfeuer wie bei den üblichen Picknicks, sondern ein auf Dauerbrand berechnetes, gediegenes Holzkohlenfeuer in einer säuberlich ausgestochenen Grube, und davor hockte der alte Eusebio und bediente alle drei Kochgefäße gleichzeitig, nämlich erstens den Fünfgallonenkessel, in dem der Kaffee kochte, zweitens die daneben auf einem ungefügen Dreifuß schmorende extragroße Pfanne mit Bohnen, drittens eine noch umfangreichere Pfanne, und als Eusebios kundige Hand deren Deckel hob und drin herumrührte, sah Leslie in einer brodelnden Masse Tomaten und Reis dicke Streifen und Klumpen Fleisch, bei denen sie an das staubbedeckte, fliegenumschwärmte Gehänge im Schuppen dachte und sich ungeachtet ihres heftigen Hungers zu einem Verzicht entschloß.

Inzwischen hoben drei Vaqueros aus dem Erdloch ein dampfendes, voluminöses Paket, das einen verführerischen Geruch verbreitete. »Das ist das Barbecue«, erklärte Adarene Morey der wißbegierigen Leslie. »Aber koste erst einmal das da! Das hast du sicher noch nie gegessen: mexikanisches Brot, einzig in seiner Art!«

Alle knabberten bereits an den knusprigen, heißen und zähen

Scheiben, die auf dem langen Holztisch aufgetürmt waren und ständig ergänzt wurden. Adarene brach ein tüchtiges Stück von der zuoberst liegenden ab und reichte es Leslie, die vorsichtig hineinbiß und es im Geschmack etwas zu fade fand. Aber sie sagte, es munde vortrefflich. Da flüsterte Mrs. Morey ihr zu: »Geh doch ein bißchen zu Vashti und sag ihr etwas Freundliches!«

Leslie sah in die klugen, gütigen Augen der neuen Freundin. »Dafür danke ich dir, Adarene«, und diese setzte noch leiser hinzu: »Weißt du, die Hakes sind eine alteingesessene Rancherfamilie, und daß die Tochter einer Texas-Ranch einen Kuhhirten heiratet, passiert sonst nur in Magazingeschichten.«

Unauffällig mischte sich Leslie unter die Gruppe, die Vashti Snyth, geborene Hake, umringt hielt und aus Zinnbechern den dampfenden Kaffee schlürfte. Und wieder rief eine zu den Männern hinüber: »Holla! Pinky und du, Bick! Es ist ein Skandal, wie ihr eure Herzallerliebsten vernachlässigt! Das halten die doch nicht aus!«

Zwischen den Bechern der Männer kreiste eine Flasche mit Alkohol. Sie tranken aufs Wohl der Neuvermählten. »Wollt ihr Girls auch einen Schuß Bourbon?« riefen sie zurück.

Leslie ergriff die Hand der krampfhaft lächelnden Vashti und suchte selber nicht minder krampfhaft nach passenden Worten des Zuspruchs, und obwohl sie doch eine der schlagfertigen Lynntontöchter war, fiel ihr nichts Besseres ein als: »Wie schön, als frisch gebackene Ehefrau nach Texas zu kommen und hier eine noch frischere kennenzulernen!«

Der mollige Großbusen wogte. »Ach Gott, ich glaube, du und Bick, ihr werdet wenig Zeit für Mott und mich haben.«

»O doch, Vashti! Wir jungen Frauen müssen zusammenhalten.«

»Du, Leslie, ich habe gemerkt, daß du deinen Gatten bei seinem richtigen Namen rufst: Jordan. Das werde ich auch tun und meinen Mann immer nur Mott nennen. Alle sagen Pinky zu ihm, aber ich finde es würdiger, wie du es tust, nicht den Spitznamen seines Eheherrn im Munde zu führen. Als Frau ist man doch etwas Besonderes, nicht?«

»Etwas ganz Besonderes. Da wären wir also derselben Meinung«, lächelte die junge Mrs. Benedict und sah mit größerem Interesse, als sie der Namensfrage entgegenbrachte, wie die Vaqueros den aus der Grube gehobenen Schatz zum Holztisch trugen, auf welchem Zinnteller und Bestecke klapperten. Dabei dachte sie an die köstlichen Fisch- und Muschelessen, die sie an der Atlantikküste erlebt hatte, an die dampfenden Sandgruben, aus denen saftige Hummer, Langusten, Krabben, Krebse, Miesmuscheln mit süßen Maiskolben aufgetaucht und in Butter, mit Pfeffer und Salz bestreut, auf der Zunge zergangen waren – ein Mahl für Götter! Die Vaqueros aber trugen einen großen, dunklen, feucht dampfenden Sack, schlitzten ihn mit scharfen, blitzenden Messern auf, und darunter kam eine zweite, etwas hellere, von allerlei Säften befleckte Umhüllung zum Vorschein: Dies legten sie auf ein großes hölzernes Brett, und alle drängten sich um den Tisch, jeder mit einer Scheibe des knusprigen Mexikanerbrots in der Hand. Ein Festschmaus! Behutsam wurde die letzte Hülle entfernt, und dem triefenden Fleischhügel entstieg ein Aroma, bei dem allen das Wasser im Munde zusammenlief.

Und nun dampfte ein kleiner Vesuv in die heiße mittägliche Luft. Der mammuthafte, vollständige Kopf eines gewaltigen Tieres ruhte auf der Tischplatte, nur das Fell war entfernt, alles andere aber fast unversehrt. Aus ihren tiefen Höhlen stierten die toten Augen. Aus dem offenen Maul lappte die Zunge, und die gefletschten Zähne grinsten zu den Texanern empor, die im Vorgefühl höchsten Genusses noch ärger grinsten. Von den Kinnladen hingen ganze Portionen. »Mmmmmmm« machten die Mädchen, und Pinky rief selig: »Unten in der Grube ist noch so einer. Ich hab's gesehen!« Worauf Bale Clinch mit Donnerstimme verkündete: »Das ist nötig. Bei dem Appetit unserer Damen bleiben für uns sonst nur die Ohren übrig!«

Seltsamerweise nahm man die Mahlzeit im Stehen ein. Kunstgerecht sezierte Eusebio den Schädel und riß die dampfende Zunge heraus, die ein zweiter säuberlich abzog und auf dem Brett tranchierte. Rasch hielten alle ihre Brotscheiben hin. Jede wurde mit einer saftigen heißen Fleischschnitte bedeckt, und alles jauchzte vor Wonne. »Da, Les!« rief Vashti und reichte auf einem Stück Brot ihrer Rivalin einen Fleischklumpen. »So ein Barbecue hast du in deinem Leben noch nicht gegessen.«

»Es hat achtzehn Stunden gekocht«, versicherte Ollie Whiteside mit jener volltönenden Priesterstimme, die ihm Jahre danach, als er des Richteramtes teilhaftig geworden, so trefflich zustatten kam.

»Außergewöhnlich bemerkenswert«, hauchte Leslie schwach. »Nimm eine Prise Salz dazu!« riet Vashti.

Sie aber nahm weder Salz noch das Fleischbrot.

Bick Benedicts Blicke ruhten mit einiger Besorgnis auf seiner Frau, sogar etwas mißbilligend, kam ihr vor. Sie lächelte heldenhaft und suchte des instinktiven Ekels, der sie befiel, durch Vernunftgründe Herr zu werden. – Sei nicht so kleinlich und dumm! herrschte sie sich an. Als ob du nicht oft genug Ochsenzungen gegessen hättest! Die wurde genauso dem Tier aus dem Maul geschnitten und war auch nicht auf einer garnierten Silberplane gewachsen! Genau wie du vor dem Barbecue würden Texaner sich wahrscheinlich vor deiner geliebten Bouillabaisse mit ihren Tintenfischen, Krebsscheren und Miesmuschelbärten schütteln.

Und nun erklärte ihr Jordan, und seine weiche Stimme floß wie linderndes Öl: »Das ist das echte spanisch-mexikanische Barbecue. Was wir Amerikaner Barbecue nennen, über Kohlen gebratenes Fleisch, verachten sie nämlich. Nur im Erdloch gebraten ist es ein richtiges mexikanisches *Barbacoa.* Die Bezeichnung stammt aus dem Spanischen.« Leslie ließ das Wort über die Zunge gleiten: »Barbacoa – entzückend!«

»Wir nehmen«, belehrte er weiter, »einen frischen Ochsenkopf, häuten ihn ab, wickeln ihn in sauberes weißes Leinen, hierauf in Segeltuch, betten ihn tags zuvor in einer tiefen Grube auf heiße Mesquitekohlen und lassen ihn achtzehn Stunden lang schmoren.«

Unter fröhlichem Gezwitscher tauchten nunmehr die »Girls« ihre Löffel in die geöffnete Schädeldecke und schmierten das Hirn auf heiße frische Brotscheiben und bestreuten es mit Salz. Die joviale älteste, Joella Beezer, fischte sich aus dem Tierschädel das linke Auge. Leslie wandte sich ab. Kalter Schweiß trat ihr auf die verzerrte Oberlippe. Eine Übelkeit stieg in ihr auf, doch bezwang sie sich, biß die Zähne aufeinander und brachte es sogar fertig zu lächeln.

»Du mußt es essen, solange es heiß ist«, animierte Miz Wirt Tanner. »Es ist genug da.«

»Ich habe wirklich keinen Hunger«, versicherte Leslie, denn der war ihr vergangen. »Wenn ich ein klein wenig Reis haben könnte und einen Schluck Kaffee. Ich bin noch nicht daran gewöhnt – daß es so heiß ist.«

»Ach Gottchen, jetzt haben wir's doch noch nicht heiß! Das kommt erst im Juli.«

Sie aß. Sie trank. Sie lachte. Sie plauderte. Sie redete den Einheimischen nach dem Mund: Wie schmackhaft das Essen sei. »Den Reis machen wir im Osten ganz ähnlich, das heißt, für uns ist Virginia Süden, für euch selbstverständlich Osten. Kalbshirn mit heißer Buttersauce gibt es auch ab und zu in Virginia.«

Der zweite Ochsenkopf wurde aufgetischt und verzehrt, wenn auch nicht mit dem gleichen Heißhunger wie der erste. Gesättigt promenierte die Gesellschaft auf und ab und überließ den Tisch mit den Resten der Mahlzeit den Vaqueros und dem alten Eusebio. Mit den Worten: »Es war großartig, delicioso, gracias«, bedankte sich Leslie bei ihm, und er quittierte ihr Lob mit würdevoller Verbeugung und im Gefühl, daß seine gastronomische Kunst es verdiene.

Nun atmete sie erleichtert auf. Sie hatte weder sich noch ihren Mann blamiert. Lachend setzte sie sich in die blendende Sonne auf einen Baumstumpf, beteiligte sich an der Unterhaltung und sah dabei, wie an dem verlassenen Tisch ein Vaquero sich einen der Zinnbecher mit Melasse füllte und ihn mit einem Hochgenuß auslöffelte, als wäre es eine Coupe Melba, und wie in dem offenen Schuppen ein anderer Mexikaner den ausgelöffelten Ochsenschädel zwischen die Beine nahm, mit der Hand hineinlangte, ihn innen ringsum mit einem Rest Brot auswischte, den Mund aufsperrte und den triefenden Brocken hineinstopfte.

Irgendwer richtete eine Frage an sie; auf ihrem verzerrten Mund zeigte sich ein Lächeln, sie wandte den Kopf nach dem Fragesteller, in ihrem Gehirn formte sich sogar etwas wie eine Antwort, aber sie wurde nicht laut. Denn im selben Augenblick war ihr, als kippe drüben das Lagergebäude, als stürze oben der Himmel ihr auf den Kopf.

Zum erstenmal in ihrem Leben war die kerngesunde dreiundzwanzigjährige Leslie Lynnton in Ohnmacht gefallen.

12

Der Arzt, den man schleunigst aus Benedict geholt hatte, war der Meinung, es handle sich um einen Sonnenstich. »Nein, was Sie meinen – dafür sehe ich noch kein Anzeichen.« Er trug einen Präriehut und Stiefel mit ebenso hohen wie schiefen Absätzen, was die aus der Ohnmacht Erwachte entrüstete; es verletzte ihr Gefühl für die Würde des Mediziners. Aber sie unterdrückte wie manches andere auch diese Abneigung. Sie schloß alsbald wieder die Augen, gab keine Antwort auf die ihr gestellten Fragen, sagte nur: »Es geht mir schon wieder gut. Ach, Jordan, bitte!« Und dann flüsterte sie ihm ins Ohr: »Schick ihn weg!« Dann lag sie sehr bleich in dem großen Schlafzimmer auf Reata. Aus Vientecito kam Dr. Tom Walker, und gleich als er eintrat, wußte die Patientin: Der ist der Richtige. Seine Kleidung war wie die eines älteren Herrn in Virginia; so ging im Hochsommer auch ihr Vater: in leicht verknittertem grauem Lüsterrock, weißem sauberem Hemd, kleinem Schlips, dunklen Hosen, bequemen braunen Schuhen und Strohhut. Diesen legte der schlanke Arzt neben sein Doktorsköfferchen auf den Tisch und trat ans Bett. Er faßte nicht nach ihrer Hand, fühlte ihr nicht den Puls, sagte nicht: »Nun, wie geht's?« Er stand nur da, betupfte seine Stirn mit dem weißen Taschentuch, und Leslie entfuhr es ganz unwillkürlich: »Wie nett!«

Drauf Dr. Walker: »An diese verfluchte Hitze werde ich mich nie gewöhnen. Ich will mir drin rasch die Hände waschen.« Und während er ins Badezimmer ging: »Wie geht es dir, Bick? Hast also geheiratet. Es war an der Zeit.« Sie hörte das Wasser spritzen, sah dann den sympathischen kleinen Mann auf der Schwelle stehen und sich die Hände trocknen. Dabei fragte er: »Das hiesige Klima ist Ihnen etwas Neues?«

»Ja.«

»Man braucht eine Weile, bis man es aushält. Ich bin aus Tennessee, möchte aber nicht mehr zurück. Hier ist es wundervoll; man muß sich nur dran gewöhnen. Sie werden dazu fünfzig Jahre brauchen.«

Sie rechnete. »Dann bin ich ja dreiundsiebzig!«

»Ein schönes Alter. Mit dreiundsiebzig gehen Ihnen die Wunder von Texas auf.«

»Dann werden sie mir gleichgültig sein.«

»O nein. Denn dann sind Sie selber eines.«

»Doktor, Sie sprechen beinah wie mein Vater.«

Er war mit dem Händeabtrocknen fertig, legte das Handtuch sorgsam zusammen und trat gelassen zu ihr ans Bett. Erst jetzt nahm er ihre Hand, die schlaff auf der Bettdecke ruhte. »Was ist Ihr Vater?« fragte er, und sie antwortete:

»Er heißt Lynnton. Dr. Horace Lynnton.« Dabei beobachtete sie gespannt sein Gesicht und dachte: Wenn das für ihn kein Begriff ist, taugt er sowenig wie der andere.

Dr. Walkers Aufmerksamkeit war auf ihren Puls gerichtet. Er äußerte nichts. Nur einen Moment wurden seine Augen groß; dann senkten sich wieder die Lider. Seine kühlen Finger lagen leicht um ihr Handgelenk, bis er ihren Arm wiederum sanft auf die Decke legte. Lächelnd untersuchte er Rücken, Brust, Herz, Magen, Bauch und sagte zu Bick, der in Unruhe daneben stand: »Sie kommt bald wieder in Ordnung. Eine vorübergehende Erschöpfung und eine Art von ... Hatten Sie einen Schock?« fragte er.

»Nein.«

Bick gab an: »Sie war die ganze Zeit wunderbar frisch – bis heute. Als sie ohnmächtig wurde, dachten wir, das heißt, einige von den Frauen meinten, vielleicht ...«

»Vielleicht«, unterbrach Dr. Walker, »kommen Sie nächste Woche, sobald Sie sich wohl fühlen, zu mir in die Sprechstunde, damit ich Sie daraufhin untersuche.« Er schrieb ein Rezept, und während er sein vielstrapaziertes Köfferchen zuklappte, glitt sein Blick über das sachliche Schlafzimmer, dem seidene Tücher und Kleider, Flakons und silberne Garnituren einen neuen Charakter verliehen hatten, ruhte schließlich auf Leslies Gesicht, und er sagte verträumt:

»Horace Lynntons Tochter ...«

»Kennen Sie ihn?«

»Kenne ich Horace Lynnton? Ein Infanterist kennt seinen General, auch wenn er ihn nie zu Gesicht bekam.«

Tränen traten in Leslies Augen. Sie brachte kaum ein »Ich danke

Ihnen« hervor. Dann sagte sie: »Das muß ich ihm schreiben – nein, lieber nicht! Sonst denkt er, ich sei krank.«

»Sie sind es nicht.«

»Ja, was fehlt ihr denn dann?« fragte Bick. »Wieso hat sie so lang in Ohnmacht gelegen? Es dauerte endlos, bis sie wieder zu sich kam. Wir waren zu Tode erschrocken.«

»Lang andauernde Bewußtlosigkeit – Hmm.«

»Vielleicht infolge der Hitze, was meinst du, Tom? Obwohl es eigentlich kein sonderlich heißer Tag war. Aber am Morgen ist sie, wie ich gehört habe, viel in der Sonne herumgerannt.«

Aha, dachte Leslie, das hat ihm die Luz getratscht. Wer sonst? Na, mir ist es gleich. »Ich habe nur einen Spaziergang gemacht.«

»Ohnmachten«, sagte der Doktor nach kurzem Nachsinnen, »sind häufig ein Mittel, um etwas Abstoßendes aus dem Bewußtsein auszuschalten, eine Schutzwaffe, zu der in früheren Zeiten die Damen gern ihre Zuflucht nahmen. Heut ist das seltener nötig; heutzutage hat die Frau andere Möglichkeiten, sich gegen Dinge aufzulehnen, die ihr nicht zusagen. Die Tochter Horace Lynntons scheint mir jedenfalls nicht der Typ, der in Ohnmacht zu fallen pflegt.«

Bick ging darüber hinweg. »Selbstverständlich. Aber was rätst du, Tom? Was ist für Leslie das richtige?«

Walker sann einen Augenblick nach, bis er die Antwort fand: »Ja, lieber Bick, wenn ich ein Mädchen wie dieses geheiratet hätte, ich würde den Rest meines Lebens darauf verwenden, es mit aller Liebe zu umgeben, die sich nur ausdenken läßt. Den Rat gebe ich dir als Arzt, nicht aus Romantik. Schau, hier ist für Mrs. Benedict alles völlig neu.«

»Für Leslie müssen Sie sagen«, kam es schläfrig vom Bett. Mit einemmal fühlte sie sich schwerelos und gelöst, denn jemand verstand sie.

»Für Leslie alles so völlig neu«, kam der Arzt ihrer Aufforderung nach. »Die Eheschließung ist für ein junges Geschöpf an sich schon aufregend genug. Aber sich gleichzeitig in Texas und in die Ehe zu schicken, das ist eine Leistung!«

»Tom!« warnte Bick. »Vergiß nicht, daß ich ein alter Texaner und junger Ehemann hin, und ärgere mich gefälligst nicht!«

Tom Walker wiegte den Kopf, als wolle er sagen: Hoffnungslos!, und wandte sich rasch an Leslie: »Wenn Sie hier tun könnten, was Sie wollten – was täten Sie wohl am liebsten?«

Angeregt richtete sie sich auf, strich sich das Haar mit Schwung aus dem Gesicht, und neu belebt, fragte sie: »Meinen Sie, Doc, was ich am liebsten dauernd täte oder etwa im Lauf dieser Woche?«

Dr. Walker, mit einem Blick auf Bick: »Zunächst einmal für eine Woche.«

Bick, der bis jetzt am Bettende gestanden und sie gespannt angesehen hatte, trat an die Bettkante, setzte sich zu seiner Frau und nahm ihre Hand. Unbewußt strich sein Finger über den schmalen Goldreif, der ihr Ehering war. »Schwerlich kann irgendwer eine Woche lang tun, wozu er Lust hat.«

»Warum nicht?« fragte die Patientin heiter. »Wenn es niemandem weh tut?« Und unisono, als hätten sie es geprobt, fragten die beiden Herren: »Also was täte Leslie?« Worüber alle drei herzlich lachten und die vorherige Spannung einer fröhlich gemütlichen Laune wich.

Leslie strich ihre Bettdecke glatt, blickte gedankenvoll durchs

Fenster zum Himmel empor, von da auf Dr. Tom Walker und ihrem Gemahl tief in die Augen und antwortete: »Sie ginge in die Küche, nähme zwei Hühnchen und briete sie über langsamem Feuer in Butter mit je einem Streifen Speck drauf. Sie schlüge Rahm für Meringen und krönte dieselben mit Erdbeeren, falls es welche in Texas gibt. Sie ginge in die Stadt Benedict, sähe sich die Schaufenster an und auch die Seitenstraßen, denn sie wüßte gern, wie die Menschen dort wohnen. Sie ließe den Flügel im Musikzimmer reparieren und stimmen. Sie würde in San Antonio den Alamo besuchen. Sie würde spanischen Unterricht nehmen. Aber vor allem möchte ich mit dir, lieber Jordan, zusammen sein und schauen, was du alles tust. Ich verspreche dir, dich dabei nicht zu stören. Irgendwer kann mir alles zeigen und erklären, damit ich die Ranch genau kennenlerne. Und ich möchte mich mit allen möglichen Leuten unterhalten, beim Essen und nach dem Essen – und ich will Blumen ins Haus und Bücher ...«

Bick zog die Brauen zusammen. »Schau, Leslie, mein Süßes, das kommt alles mit der Zeit ganz von selbst. Erst solltest du dich eine Weile erholen. Meinst du nicht auch, Doc?«

Der schlanke Mediziner in seinem verknitterten Lüsteranzug blickte auf das Paar, das da Hand in Hand beieinandersaß und doch meilenweit voneinander geschieden war. Dann riß er das eben geschriebene Rezept in schmale Streifen, knüllte sie in der Hand zusammen und warf sie in den Papierkorb. »Ich glaube«, bemerkte er, »Leslies Rezept ist besser als dieses. Ich kann nur empfehlen, es auszuprobieren. Und jetzt muß ich gehen.« Damit bückte er sich nach seinem Köfferchen und rief, ohne aufzuschauen oder die Stimme sonderlich zu erheben: »Miz Luz, kommen Sie nur herein!

Die Diagnose ist gestellt und durchaus unbedenklich«, und als Luz Benedict ohne die mindeste Verlegenheit eintrat, zwinkerte er ihr zu und fuhr fort: »Jedenfalls nicht so bedenklich wie am Schlüsselloch horchen.«

»Tom Walker, das geht Sie nichts an. In meinem eigenen Hause darf ich wohl ...«

»Wir haben dafür das bezeichnende Wort ›Eavesdropping‹, das heißt, man hängt entweder über der Dachtraufe *eaves* – und lauscht am Fenster darunter oder steht untern Fenster im Getröpfel – *dropping* – der Traufe, was vielleicht üblicher ist, und schnappt die Worte auf, wie sie fallen: dripdrip, drip-drip.«

»Was Sie für ein Blech schwätzen!« keifte Luz, aber die drei achteten ihrer so wenig wie vorher, als sie noch ungesehen auf dem Gang die Ohren gespitzt hatte, und Bick fragte nicht ohne Besorgnis: »Was ist deine Meinung, Doc?«

»Als Arzt oder als durchschnittlich intelligenter Mann mit Frau und drei Kindern?«

»Beides.«

Tom Walker, sein Doktorsköfferchen in der Hand, lehnte sich gegen den Türpfosten. »Als Mensch und Arzt kann ich nur sagen: In dem, was Leslie vorhat, ist nichts, was nicht gut, anständig und sogar nützlich wäre. Es ist die richtige Denkart für eine junge Ehefrau. Was ist denn um Himmels willen dabei? Sie will ihre neue Heimat kennenlernen, will sehen, was ihr Mann arbeitet und wie er es schafft. Sie will mit dem Ort vertraut werden, in dem ihr Mann bisher sein Leben verbracht hat und wo sie das ihrige künftig verbringen wird. Sie möchte Klavier spielen und von den Dingen sprechen, die ihren Geist beschäftigen. Sie möchte – was war es noch? –, ja, richtig, sie will einiges von der Geschichte des farbenreichsten, lebendigsten, dramatischsten Staates Nordamerikas erfahren. Gäbe es nur mehr Frauen ihres Schlages.«

»Aber das Haus führe ich«, knallte Luz ihm in den Satz hinein. »Sie sollte froh sein, daß sie davon verschont bleibt. Wo sie nicht einmal Spanisch kann.«

»Das wollte sie ja außerdem lernen; ich hatte das ganz vergessen«, schaltete Tom Walker ein, doch Luz schwadronierte im ungewaschensten Texas-Slang weiter: »Die Dienstboten würden sie gar nicht verstehen, und selbst wenn, so täten sie, als verstünden sie nicht, sobald ihnen irgend etwas nicht paßt.« Ihr Ton wurde schmeichlerisch, als sie sich an die Betroffene wandte: »Warum willst du dich denn nicht ausruhen; es täte dir gut! Bick und ich wollen ja nur dein Bestes.« Ohne die Augen von Leslie zu wenden, richtete sie das Folgende wieder an Walker: »Sie müssen doch sehen, daß sie ein Schwächling ist, sonst wäre sie beim Barbecue nicht zusammengeklappt«, und merklich erleichtert, »das arme, zarte, verpimpelte Kind.«

Nun aber fuhr Leslie auf, schleuderte die Bettdecke beiseite, warf ihre langen Beine im Bogen herum aus dem Bett und stand hochaufgerichtet, ihr Nachtgewand gleich einer Toga drapierend. »Luz Benedict« betonte sie mit aller Deutlichkeit, »ich spiele hier nicht die Rolle der Dora in ›David Copperfield‹, ich bin keine verschubste arme Verwandte aus einem Roman der Viktorianischen Zeit. Also benimm du dich bitte nicht wie eine Kreuzung aus Rosa Dartle und Tante Betsey Trotwood.«

»In Texas liest man nicht Dickens«, streute Dr. Tom trocken dazwischen, und Leslie erklärte ohne weitere literarische Anspielung:

»Luz Benedict, ich will nicht an deine Stelle treten, also laß mir gefälligst, was mir zukommt! Ich weiß, ich kann diese große Haushaltung nicht von heute auf morgen übernehmen und will es nicht. Aber ich möchte im Haus meines Mannes nicht bloß ein Gast sein, eine Passantin, die zufällig ihre Mahlzeit hier einnimmt wie die Leute gestern morgen, oder war's heute? Ich bin noch ganz durcheinander; es kommt mir wie eine Ewigkeit vor.«

»Siehst du!« warf ihr Luz Benedict vor. Bick aber zog seine Frau liebevoll an sich! »Süße Leslie, reg dicht nur nicht auf. Du bist müde und noch geschwächt.«

»Jetzt paßt einmal auf, ihr zwei geborenen Benedicts!« fuhr der Doktor dazwischen, und seine Stimme klang nicht mehr so gemütlich wie vorher: »Was habt ihr im Sinn? Wollt ihr sie zahm machen? Ich kann euch nur sagen, sie ist wie eine stählerne Sprungfeder und schnellt elastisch zurück, wenn ihr zwei mit eurem hohen Blutdruck euch nach der ewigen Beef-Fresserei darüber wundert, weshalb ihr so müde seid. Laßt sie gewähren! Sie macht es schon richtig.« Er machte kehrt, drückte auf die Klinke, drehte sich aber noch einmal um: »Und, Luz, ich kenne Sie lange genug, um zu wissen: Wenn Sie ihren schauderhaften Texas-Slang loslassen, Honey, dann haben Sie jemanden auf der Latte!« Er winkte und stieß die Tür auf. »Wenn ihr mich braucht, ich stehe zu jeder Tages- und Nachtzeit zu eurer Verfügung.«

Weg war er. Bick lief ihm nach: »Tom, wie wäre es mit einem guten Kaffee?«

»Nächstes Mal, Bick!« scholl es von der Treppe. Und vom Vorplatz: »Ich habe noch eine Menge Besuche vor. Die Leutchen meinen, es gehe ihnen besser, wenn ich sie ansehe. Glauben macht selig.«

Man hörte seinen Wagen aufschnauben und davonfahren. Die beiden Frauen blickten einander an. »Alles ganz schön und gut«, sagte Luz ausdruckslos vor sich hin. Aus ihren sonst hochroten Wangen war alle Farbe gewichen. Leslie sah es mit Schrecken. Die unerwartete Blässe schien ihr Schlimmes zu verheißen, und sie sagte: »Zwischen uns, Luz, soll alles klar und offen sein. Nicht dies abscheuliche Versteckspiel! dies Horchen und Verklatschen. Entschuldige, wenn das etwas schroff klingt! Ich will weiter nichts als Aufrichtigkeit.«

»Alles ganz schön und gut«, wiederholte Luz tonlos.

»Ich ziehe mich jetzt an«, erklärte Leslie im Vollgefühl wiedergewonnener Kraft, »und gehe dann hinunter und schau mir an, was in dem enormen Eisschrank in der enorm großen Speisekammer ist, auch in dem, der in der Küche steht. Vielleicht entdecke ich auch sonstwo noch einen. – Ach was!« besann sie sich eines Bessern, da sie das Gesicht ihrer Schwägerin sah. »Ich ziehe mich erst gar nicht an; ich laufe in meinem Morgenrock hinunter und koche. Aber kein Steak!«

13

»Ja, wenn du willst«, sagte Bick in der gleichen Nacht, »kannst du in der Frühe mit mir ausreiten. Aber«, warnte er, da er ihre Augen aufleuchten sah, »es geht vor Tagesanbruch los und wird heißer als gestern sein und mehr Staub und Lärm. Es ist auch ein ganzes Stück weiter bis hin zum Roundup.«

»Roundup!« Sie wiederholte das Wort, als habe er »Venedig« gesagt, »Lagunen, Gondeln, Serenade und Liebe im Mondenschimmer«. Er aber machte sie nochmals darauf aufmerksam, es werde recht strapaziös: »Und wo du doch gerade erst die Ohnm…, nein, nein, ich rede nicht mehr davon; nach dem, was Tom Walker von meinem Blutdruck und deiner Sprungfedergesundheit gesagt hat, wirst du mich ja überleben in der kokettesten Trauerkleidung von Neiman. Gestern mittag hat es allerdings eher so ausgesehen, als …«

»Liebster, das kam vom Barbecue«, flüsterte sie. »ich bin gewiß kein undankbares Geschöpf, aber das Barbecue …«

»Morgen nehmen wir den Proviant im Wagen mit. Rosendo ist ein vorzüglicher Koch, und ich habe bei ihm eigens für dich einen Spezial…, nein, ich verrate es nicht, ich sage nur soviel: keinen Barbecue-Kalbs- oder Ochsenkopf. Sobald es dir zu heiß wird, führt Jett Rink dich heim; ich möchte nicht, daß du bei zu großer Hitze nach Hause reitest. Er holt dich im Wagen ab.«

»Himmlisch, Jordan! Du bist rührend um mich besorgt.«

»Es ist aber nicht wie im Film. Du bekommst haarige Dinge zu sehen, keine Romantik.«

Leslie war selig. Als sie noch bei Dunkelheit vom Duft des ersten Frühkaffees erwachte, hörte sie von unten aus dem Küchenbereich ein undeutliches Gemurmel, von dem sie vermutete, es beziehe sich auf sie. Luz redete heftig auf Jordan ein, und er bemühte sich offenbar, seine Schwester zu beschwichtigen. Trotzig rasch warf sie sich etwas über und schlappte in ihren Pantoffeln zum Ursprung des Vorfrühstücksgeschnurrs.

Richtig! Am Küchentisch saßen mit aufgestützten Ellenbogen die Geschwister Benedict und tranken ihren Kaffee, ehe noch Eos mit rosigen Fingern die Fensterscheibe berührte. Daß man sich in Texas allgemein, ob mit oder ohne Grund, schon vor Morgengrauen erhob, ging ihr noch jahrelang auf die Nerven. Dies »spät zu Bett und früh heraus« schien ihr eine Gepflogenheit aus den Zeiten der Pioniere und heutzutage so überflüssig und lästig wie eine Blinddarmentzündung. »Guten Morgen!« rief sie beim Eintreten und dachte zugleich: Klang das nicht wie Mamas Morgengruß? »Kann ich auch eine Tasse Kaffee haben, bevor ich mich fertigmache?«

Bick war in Reitstiefeln, Kanevashosen und Hemd. »Als ich aufwachte, wollte ich dich wecken, roch aber den Kaffee und bin rasch zuerst herunter.«

Auch Luz war im Reitkleid, und Leslie versprach: »In fünf Minuten bin ich fix und fertig. Denk dir, Luz, ich reite mit Jordan zum Roundup.«

»Ich weiß«, kam es brummig zurück, aber Leslie nippte in ungetrübter Laune den heißen Kaffee, fand ihn fabelhaft und meinte: »Hauptsache, daß Eheleute einander genau kennenlernen. Die Flitterwochen reichen dazu nicht aus; da zeigt man sich nur von der besten Seite.«

Die mexikanischen Dienstboten betraten lautlos die Küche und verneigten sich zum zeremoniellen Morgengruß erst vor dem Herrn und Gebieter: »Buenos días, Señor!« Hierauf vor dessen Gemahlin: »Buenos días, Señora!« und dann vor Luz: »Buenos días, Madama.«

»Ob mein Reitkleid richtig ist?« fragte Leslie. Bick riet zu einem Buschjackett. »Wir kommen streckenweise durch Mesquite. Wie steht es mit deiner Kopfbedeckung?«

»Ich habe ein rundes, leichtes Reithütchen.«

»Total ungeeignet. Da bekommst du den Sonnenbrand. Luz, suche ihr einen Hut und eine Jacke aus! Ja, weißt du, Leslie, in Texas trägt man diese Sachen nicht deswegen, damit es im Film gut aussieht.«

Luz reichte ihr einige Kleidungsstücke, gab ihnen aber nicht das Geleit. Es dämmerte, die Luft war angenehm kühl und etwas feucht, der Golfwind noch kaum zu spüren, und Leslie fand, dies sei die schönste Tageszeit. »Drum steht ihr so früh auf. Jetzt weiß ich's, ich werde mich auch noch dazu bequemen.«

»Gewohnheitssache«, erklärte Bick, »außerdem erwarten mich einige Millionen Viehhäupter.«

Die mexikanischen Burschen warteten bei den stampfenden Pferden am Fuß der Freitreppe. »Ich wollte, eins würde wiehern«, sagte Bick.

»Warum?«

»Kein besonderer Grund. Es gehört dazu.«

In improvisiertem Reitdress – Zehngallonenhut und Texas-Buschjacke über hochgeschlossenem Hemd – und blitzblanken Stiefeln ritt sie an seiner Seite. Der Mond stand noch am Himmel, als die Sonne schon aufging. – Hoffentlich habe ich nichts offen im Zimmer liegenlassen, was Luz gegen mich ausbeuten könnte, dachte Leslie. Briefe – mein Tagebuch? Aber nein, für so gemein halte ich sie denn doch nicht.

Es war ein strammer, ein harter Ritt, um so mehr, als die Reiterin nicht an die Breite des Westernsattels gewöhnt war. Das Mesquite bildete ein Hindernis, das auch ihr Gespräch mehrmals auseinanderriß. Aber Leslie fühlte sich frei und – nach Eisenbahnen, Hotels und Autos – auf dem Rücken des Pferdes wie neugeboren. Sollte sie nun doch endlich den Sinn und Zweck dieser Millionen Acres erfahren, teilhaben am Tagewerk von Reata und damit jeder Ranch dieses Staatswesens! Aus lauter Lebensfreude und Lust begann sie zu singen. Und sogleich blieb ihr Reittier stehen.

»Es ist«, erklärte Bick der darob Erstaunten, »ein Cowpony. Die Cowboys pflegten früher, wenn das Vieh unruhig wurde, zu singen, was auf die Kühe beruhigend gewirkt haben soll. Neuerdings ist man davon abgekommen. Zur Zeit meines Großvaters war es noch allgemein üblich, wenn man das Vieh über Land trieb. Dein Pony ist wahrscheinlich noch von einem alten Cowboy dressiert worden.«

»Wie sollte ich heute nicht singen?! So wie jetzt habe ich es erhofft. Verlaß dich drauf: Heut falle ich nicht in Ohnmacht, du mein einziger Jordan! Dir kommt es natürlich albern vor, aber mir nicht.«

»Ich behaupte nicht, daß es albern ist.«

»Ein funkelnagelneues Leben ist es für mich. Kannst du das nachfühlen?«

»Einem Mädchen, das eben geheiratet hat, geht es wohl meistens so.«

»Bei meiner Schwester Leigh war es gewiß nicht der Fall.«

»Nun, sie kam immerhin nach England und wurde als Lady Karfrey ein Mitglied der englischen Noblesse. Das war, dächte ich, auch ein gehöriger Umschwung.«

»Eben nicht. Sie kam in ein englisches Landhaus, und in Virginia haben seit dreihundert Jahren begüterte Leute nur immer das Leben ihrer britischen Vorfahren nachgeahmt. Als ich Leigh vor drei

Jahren besuchte, fand ich alles fast genau wie in Virginia, nur daß die Engländer ihre Häuser, Gärten, Pferde und Garderobe als etwas Selbstverständliches betrachten. Kleider und Rahm sind dort dicker, die Stimmlage der Frauen ist höher als in Virginia – oh, jetzt geht mir ein Licht auf!«

»Worüber?«

»Die Stimmen der Engländerinnen sind ziemlich hoch und schrill und die der Texanierinnen noch schriller und höher. In England galten die Frauen jahrhundertelang als Bürger minderen Rechts, und in Texas leben die Damen anscheinend in einer Art Purdah. Sehr begreiflich, daß sie sich da ihre Schrilltöne angewöhnten, um männliche Aufmerksamkeit auf sich zu ziehen.«

»Verehrte Mrs. Benedict, im Augenblick erregst du meine männliche Aufmerksamkeit, ohne zu schrillen, so sehr, daß ich fürchte, wir sind bis Mittag noch nicht am Ziel. Bei dem langsamen Tempo ...«

»Ich finde es herrlich, so allein mit dir plaudern zu können. Ich fürchtete schon, du seiest überhaupt nicht mehr für mich zu sprechen.« Sie ritt dicht neben ihm, und er warnte: »Paß auf! Hier gibt es im Boden viele Löcher: die Höhlen der Prärie-Eichhörnchen. Wenn dein Pferd da hineintritt, kann es dich abwerfen oder sich ein Bein brechen.« Mesquite drängte sich in den Weg, und als sie wieder nebeneinander ritten, fragte Leslie: »Wie wäre es, wenn ich warte, bis du mit deiner Arbeit fertig bist, und wir reiten zusammen heim?«

Bick war nicht dafür. Es sei dann zu heiß, auch wisse er nicht, wann er fertig werde. »Du wirst es einsehen, wenn du erst eine Weile draußen in der Sonne gesessen hast. Gestern hat man am Fluß geluncht, aber heute haben wir keinen Schatten zu Mittag. Jett fährt dich nach dem Essen nach Hause.«

»Sage, was ist dieser Jett Rink für ein Mensch?«

»Wenn er sich hält, ist er ganz ordentlich, aber sobald er getrunken hat, ist der Teufel los. Ich habe ihn schon zehnmal hinausgeschmissen, aber er bringt es immer wieder fertig, zurück auf die Ranch zu kommen. Er ist einfach genial.«

»Ach! Mir schien er eher ein eingebildeter, patziger, halbwilder Lausbub. Inwiefern ist er genial?«

»In vieler Beziehung, vor allem als Mechaniker. Es gibt nichts, was er nicht reparieren kann. Jede Maschine bringt er wieder in Gang, und das ist für eine Ranch dieses Umfangs von hohem Wert.«

»Außer ihm kann das niemand?«

»Mechaniker laufen hier dutzendweise herum, aber keiner wie dieser verflixte Rink. Er ist der reinste Hexenmeister – solange er nüchtern ist. Aber ob nüchtern oder besoffen, er gehört nicht auf eine Ranch. Bei den Tieren ist ihm nicht zu trauen.«

»Was meinst du damit?«

»Er behandelt sie hundsgemein, brüllt sie an, tritt die Pferde, haut ihnen über den Schädel. Ich habe selbst gesehen, wie er ein Kalb malträtiert hat.«

»Sei still, Jordan, ich kann das nicht hören. Sage mir lieber, warum er das tut!«

»Er hat einen Haß auf die ganze Welt.«

»Da hast du ja deiner keuschen Gemahlin eine nette Begleitung ausgesucht.«

»Keine Angst! Wenn ich meiner Sache nicht sicher wäre, ließe ich dich nicht mit ihm fahren. In bezug auf die Familie weiß er, was sich für ihn gehört. Komisch, wie unsere Mädchen ihm nachlaufen!

Sogar die jungen Mexikanerinnen sind hinter ihm her, und du weißt, wie streng sie von ihren Eltern gehalten werden.«

»Nein, ich weiß es nicht.«

»Die Mexikaner! Alles altspanisches Blut und dementsprechend die Sitten! Die Töchter gehen nie allein mit den Burschen. Oft haben sie nicht einmal die Möglichkeit, mit ihrem Zukünftigen vor der Brautnacht zu sprechen. Bei den mexikanischen Tanzereien sitzen ihre Mütter an allen vier Seiten des Ballsaals wie ehedem die Bostoner und New-Yorker Ballmütter. Das mußt du dir ansehen! Sie sind arm wie Kirchenmäuse, die Väter womöglich Baumwollpflücker, aber wenn du die Mädchen siehst, meinst du, sie kommen eben aus der Klosterschule. Unsere Reata-Vaqueros halten ihre Töchter möglichst weit von Jett Rink entfernt.«

Die Pferde galoppierten nicht mehr, trabten auch nicht, sie bummelten, als seien sie nicht von arabischen Hengsten gezeugt, deren Ahnen Jahrhunderte vorher von den Spaniern eingeführt worden waren, und hätten nie die Kandare gespürt. »Das muß ja ein unbeschreiblicher Schurke und ein Sadist sein«, gab Leslie ihre Meinung kund, und Bick prophezeite: »Er endet entweder auf dem elektrischen Stuhl oder als Milliardär.«

Je näher der Knochen, um so süßer das Fleisch, drängte sich ihr über die Bewußtseinsschwelle, doch sie verdrängte die Reminiszenz und sagte: »So eine Ranch kann wohl den Nährboden für Sadismus abgeben, ich will sagen: Sie könnte etwas der Art in jemandem erwecken.«

»Eine Ranch ist voll Leben und Tod und Geburt. Willst du das damit sagen? Daß Hunderttausende ein und desselben Schlages der nämlichen Gattung der gleichen Bestimmung zugeführt werden?«

»Ich weiß nicht, Liebster, laß mir Zeit! Ich muß dies alles erst in mir verarbeiten.«

Schweigend ritten sie weiter. Ihrer Pferde Hufschlag auf hart ausgetrockneter Erde, das Krachen des Lederzeugs, der Metallteile leises Klimpern, Texasgeräusche, sonst nichts, bis Bick anhub: »Seit ich wieder daheim bin, stecke ich bis über die Ohren in Arbeit. Du kannst es nicht wissen, aber die Sache steht so: Ich ziehe in einer Richtung, die ich für die richtige halte, und Luz und Maudie und Bowie und Roady, die ganze Familie zerrt in der entgegengesetzten. Sie wollen Geld, soviel sie nur aus der Ranch herausholen können. Und ich will das Geld in die Ranch hineinstecken, denn sie braucht es. Sie braucht eine Menge. Ich will das beste Schlachtvieh der Erde züchten, will mit neuen Rassen und neuen Grasarten Versuche anstellen, ich interessiere mich für die gleichen Dinge wie Kleberg auf seiner King-Ranch. Schon vor Jahren dämmerte den Kerls auf der alten XIT-Ranch etwas von künftigen Möglichkeiten; sie hatten nur zu wenig technische Kenntnisse, verstanden nichts von Variationen und Kreuzungsmöglichkeiten, sowenig wie das alte Matador-Team. All die großen Ökonomen trieben Raubbau, exportierten nach Osten in die Schlachthäuser Pork City von Chicago, kreuzten das alte Longhorn immer wieder mit Jersey-, Hereford-, Angus- und Schweizer Vieh, kurz mit allem, was nicht sogleich an der Hitze, den Zecken und Würmern krepierte. Der einzige unserer Familie, dem das Programm, wie ich es ausgearbeitet habe, zusagt, ist Onkel Bawley oben in der Sektion Holgado. Ich glaube, der wird dir gefallen. Er hat Charakter. Ist bald siebzig, aber voller Ideen. Wenn du Lust hast, machen wir mal einen Ausflug in die Berge.«

»Berge?! In Texas?«

»Ganz gehörige! In Texas findest du alles. Gebirge und Wälder, Ströme und Wüsten, Hoch- und Tiefebenen, Hitze und Frost.«

»Ich weiß, Jordan. Du bist in dein Texas verliebt.«

Er zügelte sein Roß und sah seine Frau sorgenvoll an. »Vielleicht ist für dich hier unten die Hölle. Ich hätte dich wohl nicht hierherbringen sollen.«

»Aber jetzt bin ich da«, versetzte sie wohlgemut, »und du hast keine texanische Beauté geheiratet. – Zu spät, mein Lieber, zu spät!«

»Fängst du schon wieder an! Ich kann dir nur sagen, Luz hat mir so manche andrehen wollen, vor allem Vashti; darauf war sie versessen. Aus dem einzigen Grund, weil ein Zipfel der Hake-Ranch an unsere stößt. Genau wie in einem alten Theaterstück.«

»Ist dir nie aufgefallen, daß Luz selbst ein bißchen was Theatralisches hat?«

»Luz? Luz ist eine herrschsüchtige alte Jungfer, die jeden bemuttern will. Sie würde die ganze Welt an ihrem Busen oder in ihrer Küche nähren, wenn die Welt sich's gefallen ließe. Sie weiß über jeden und jede Bescheid und meint, sie leite Reata.«

»Und dich.«

»Es ist kurios. Vor Jahren war davon die Rede, sie werde den alten Cliff Hake heiraten. Der war damals, nach allem, was ich gehört habe, ein stattlicher Junge und gut im Saft. Aber meine Luz wollte nicht auf Double B leben, sondern beide Ranches zusammenlegen und das Ganze von Reata aus dirigieren. Natürlich hat das dem guten Cliff nicht gepaßt, und das Heiratsprojekt ist aufgeflogen.«

»Das kann ich mir vorstellen. Und dann, Jahre danach, solltest du Cliffs Tochter heiraten, damit die Kombination doch zustande kommt. Und jetzt ist Vashti mit dem rosigen Männlein verheiratet – nur deinetwegen oder eigentlich wegen Luz.«

»Ich wollte ja heiraten, aber nicht die Vashti. Es gab genug Mädchen, die es auf mich abgesehen hatten, aber ich bin auf keine hereingefallen. Vielleicht hast du recht: Ich war in die Farm, in Viehzucht verliebt.«

»Und in die Macht.

»Wie meinst du das?«

»Papa sagt ...«

»Du hältst sehr große Stücke auf deinen Papa?«

»Ich glaube, Jordan, ich war in ihn ungefähr so verliebt wie du in ...«

»Sprich nicht so! Das ist häßlich.«

»Warum? Ich spreche rein wissenschaftlich.«

»Frauen sind unwissenschaftlich.

»Auch Madame Curie?

»Was hat das mit dir und deinem Vater zu tun?«

»Sehr viel. Vielleicht alles, Geliebter.«

»Also manchmal weiß ich überhaupt nicht, wovon du redest. Du weißt es wohl selber nicht.«

»In diesem Fall weiß ich genau, was ich sage. Und es kommt mir so vor, als sei man in Texas keineswegs so frei, wie du behauptet hast. Ich bin jetzt drei Tage hier, und jedesmal wenn ich etwas Natürliches, Vernünftiges gesagt oder getan habe, wurde es mir verboten. Ich mache dir keinen Vorwurf.

Ich stelle nur die Tatsache fest. Mit deinen Arbeitern wie mit meinesgleichen reden ist verboten. In meinem Haus was Hübsches anziehen, nicht aus dem Ochsenschädel futtern wollen – ist verpönt. Ich mache dich darauf aufmerksam: Es gibt Dinge, die ich – egal, was Luz dazu sagt – zu tun oder zu unterlassen gedenke.«

»Zum Beispiel?«

»Ich habe es dir und dem Doktor angedeutet.«

»Das Haus verschönern? Ich glaube nicht, daß das geht. Pa hat in den Kasten genügend viel Geld hineingesteckt, und Ma hat sich niemals drin wohl gefühlt. Die Ranch geht auf alle Fälle vor. Was ich an Geld erübrigen kann, stecke ich in neue Projekte. Wir arbeiten jetzt an einem ganz neuen Dozer, um das Mesquite auszurotten. Wenn die Maschine so wird, wie wir es uns vorstellen, wird sie ein stählerner Herkules. Wir richten auch eine eigene Versuchsstation für Gräser ein. Gill Dace und ich züchten einen neuen Schlag Rinder. Die Herefords vertragen das hiesige Klima nicht. Die bekommen hier Blinzelaugen, das ist eine Augenkrankheit, und Würmer. Die Würmer und Fliegen fressen ein Kalb bei lebendigem Leib. Es hat mich einen Haufen Geld gekostet, bis ich über alles im klaren war. Aber die Familie! Die hättest du bei der letzten Jahresversammlung hören sollen! Angestellt haben sie sich, als hätte ich das Geld unterschlagen!«

»Und warum folgst du ihnen nicht?«

»Weil ich nur tue, was ich für richtig halte. Ich habe das Recht dazu. Die wollen weiter nichts als Dollars schlucken. Maudie Lou und ihr Mann sind auf Motorjachten versessen. Jachten! Ein Mädchen, das in Texas geboren und aufgewachsen ist! Blödsinn!«

»Rebellion«, sagte die in Virginia Geborene, und ihr Blick schweifte lächelnd über die flache, endlose, flimmernde Ebene. Er aber, ohne davon Notiz zu nehmen, fuhr fort: »Wenn es uns nur gelänge, eine neue, haltbare Rinderrasse zu züchten! Dem widerstandsfähigen alten Longhorn haben zwar die Zecken und die Hitze nichts ausgemacht, aber das Fleisch war zäh wie Leder.«

Ist es noch, dachte Leslie bei sich.

»Aber warte nur, bis du die Kashmirs siehst! Höckrig wie ein Kamel. Graugrünes Fell wie Samt. Und ihre Haut schwitzt ein Öl aus, das die Fliegen vertreibt. Wenn sich da eine Kombination erzielen ließe: das Fleisch der Hereford, die Kraft des Shorthorn und die Widerstandsfähigkeit des Kashmir! Ich bin imstande und verwende die nächsten zwanzig Jahre darauf, den perfekten Kashmirbullen mit der perfekten Hereford-Shorthorn-Kuh zu kreuzen, und ich kann dir sagen, wenn das gelingt, haben wir die bedeutsamste Kreuzung, die es seit Adam und Eva jemals gegeben hat.«

»Ist das dein höchstes Streben, mein lieber Jordan? Brauchst du dazu die Millionen Acres Land? Würden nicht ein paar tausend genügen? Könnten wir nicht in einem Haus mit sechs Zimmern wohnen, uns mit einem einzigen Wagen begnügen und ohne Dienerschar freie Menschen sein?« Ihr Blick war ins Weite gerichtet. »Wie seid ihr eigentlich zu diesen Millionen Acres gekommen?«

»Das spielt keine Rolle.«

»Ich möchte zu gerne darüber nachlesen. Es muß doch einschlägige Literatur vorhanden sein. In der öffentlichen Bibliothek in Benedict.«

»Da gibt es keine Bibliothek.«

»Warum nicht?«

»Was weiß ich! Du bist wie ein kleines Kind. Immer: Warum? Warum? Warum? Wir haben das Land gekauft. Mein Großvater hat es eingehandelt. Vor bald hundert Jahren. Das waren die sogenannten spanischen Landzuweisungen. Natürlich gehörte dazu eine Portion Verstand. Die hatte der Großvater, auch mein Pa. Sie haben das Land besessen, und nach mir wird's meinem Sohn gehören.«

»Niemand in den ganzen Vereinigten Staaten hat das Recht, Millionen Acres amerikanischen Landes für sich zu besitzen, ganz gleich, wie er dazu kam.«

»Du weißt ja nicht, was du redest. Als mein Großvater so alt war wie ich, gab es hier genug gutes Weideland, um auf zwei Acres einen Stier zu ernähren. Fünf Jahre später konnte man froh sein, wenn der Stier auf sechs Acres genügend Futter fand. Heute gibt es ausgedehnte Gebiete in Texas, Hunderte von Quadratmeilen, wo nicht einmal fünfundsechzig Acres für ein einziges Stück Vieh genügen. Es ist Wüstenland geworden, und die Rancher gucken in die Luft und hoffen, daß ihnen der liebe Gott hilft.«

»Und wie ist es dazu gekommen? Wieso ist heute unmöglich, was früher ging? Wohin ist das Gras entschwunden?«

»Ein Weib, das soviel verdammte Fragen stellt, ist mir noch nicht begegnet!«

»Darling, ich fragte ja nur, um Texas kennenzulernen und zu verstehen.«

Bick brach kurz ab: »Trab, Trab! Wir wollen zum Roundup; das ist mein Geschäft. Davon muß ich leben.«

»Leben – leben! Du betrachten das Leben als eine lästige Unterbrechung des Geschäfts, und ich stehle dir deine kostbare Arbeitszeit. Ich habe so etwas Ähnliches bei einem französischen Schriftsteller namens Gide gelesen – oder war es Proust? Wenn es so weitergeht, werde ich noch Analphabetin.«

»Ich habe dir ja gesagt, wie's hier aussieht, gleich als wir uns kennenlernten. Jetzt siehst du es selbst. Ob dir's gefällt oder nicht, es ist nun mal so.«

»Jordan, wir wollen uns doch nicht … Texas gefällt mir, ich werde es lieben. Nur …«

»Reata frißt meine ganze Zeit; daran wird sich nichts ändern, Les. Ja, ich vernachlässige dich, und alles ist gegen dich, Menschen, Klima, Landessitten, meine Familie, ich weiß es. Ich habe dich gewarnt!« Seine Augen blickten gequält und bettelnd. »Ich liebe dich, ich liebe dich …«

Ihre Pferde standen still, Seite an Seite. Leder krachte an Leder. Als brave Cowpferde standen sie da, während der Mann und das Weib, Knie gegen Knie, Schenkel an Schenkel gepreßt, zueinanderstrebten. Schulter ruhte an Schulter und Mund auf Mund in der wilden, gleißenden, endlosen Steppe, und um sie wehten Gerüche der Morgenfrühe, wehte der Frühling von Texas mit seiner trügerischen Kühle, seinem falschen Grün, und ringsum wucherte unnützes Mesquitegesträuch.

Als sie sich voneinander lösten, blickte sie zu ihm auf, und nie in ihrem ganzen Dasein, weder vorher noch nachher, war Leslie Lynnton der höchsten Schönheit so nahe gewesen. Einen Augenblick saßen sie reglos. Dann sagte sie: »Es wird wundervoll werden – und furchtbar. Wir gehen, glaube ich, einer stürmischen Zukunft entgegen. Ich werde versuchen, sie zu ändern, und du wirst ungeduldig werden, wenn ich mich nicht in …«, ihr Arm wies in weitem Bogen über das öde Land, »in dies alles einschmelzen lasse.«

»Ich werde Geduld haben. Ich will mir Mühe geben.«

»Wer sagte, daß die Liebe alles besiegt? Ein Narr. Denn es ist umgekehrt. Fast alles bekämpft die Liebe und sucht sie zu besiegen.«

Die Sonne stieg höher. Es wurde heiß. Jordan griff in die Zügel, und sein Cowboyruf »Yippee-ki-yi!« gellte wie in einem Wildwestfilm. Ohne daß weiter ein Wort gewechselt wurde, sprengten sie Meile auf Meile über die Steppe und im Galopp in das Camp II, ein Getümmel von Staub, Farben, Pferdegetrappel, Gebrüll und Kommandos.

»Bleib hier, warte auf mich! Dies ist Tomaso«, stellte Bick vor. »Er wird auf dich aufpassen. Wenn du müde bist, kannst du dich dort auf den Balkenzaun setzen. Schade, daß du keine Texasstiefel anhast; mit hohen Absätzen kann man sich besser anhaken. Daheim haben wir Hunderte liegen. Ich bin bald zurück. Da, nimm das über dein Gesicht, es ist nötig.« Er warf ihr ein Taschentuch zu und ritt in das Gewimmel, eine Gestalt wie aus Stahl, aus Muskeln und Sehnen.

Und sie blickte über das Viehgedränge, das so dicht war, so endlos, daß ihr schien, als könne man meilenweit, so weit ihr Auge reichte, über die Rücken der Tiere wandeln. Von den niederen sandigen Hügeln, durch das Mesquite- und Kaktusgewirr, flossen lebende Ströme, ein fleischernes Fluten, wohin sie auch blickte, und diese langsamen Ströme Viehs vereinigten sich zu einem unermeßlichen Mississippi aus Rindern, dessen Nebenflüsse und Lauf durch Berittene reguliert wurde. Und nun erfaßte Leslie, was ihr Mann damit gemeint hatte, als er sagte, Luz sei daran gewöhnt, der Point zu sein und nicht der Drag. Die Reiter formierten ein Dreieck, und der vorn an der Spitze war der Point, die hinten waren der Drag. Nach Osten, Westen und Süden drängten die Reiter – die nur als Pünktchen erschienen – die Fluten der roten und weißen Herefords, dieses Geström von Rindern mit weißen Clownsgesichtern und rotumränderten Augen.

Das Muhen der Kühe, das Brüllen der Kälber sprengte die Ohren. Kaum war es noch möglich, durch den Staub etwas zu sehen. Die Männer hatten sich ihre Sacktücher, zum Dreieck gefaltet, vor die Gesichter gebunden, so daß nur ihre Augen unbedeckt blieben. Ihrem Beispiel folgend, knüpfte sich Leslie das Taschentuch Jordans um Nase und Mund und kam sich nun wirklich vor wie eine Mohammedanerin, eine Haremsfrau in Reithosen. Immer dichter ward das Gewühl, und hinter den Vorhängen aus Staub erschienen die Reiter und die zu Fuß Herumrennenden wie Gespenster in nebligem Dunst. Alle blickten sie ernst und gespannt. Die zu Pferd glichen Zentauren. Halb Mensch, halb Pferd, mit ihren Tieren in eins verwachsen, sprengten sie, ohne die Zügel auch nur zu berühren, hinein in die Herde. Leichthin wiegten sie sich im Sattel, und ihre Pferde fluteten ein und aus.

Atemlos, mit aufgerissenen Augen verfolgte Leslie den alten, seit Jahrhunderten unveränderten Vorgang, wie die Zentauren – ihre Bewegung glich der eines Weberschiffchens – die schreienden Kälber von ihren Müttern trennten und die geängstigten, brüllenden Tiere besessen versuchten, in die siedende Menge zurückzutauchen.

Die Männer jedoch sprangen von ihren Rossen, warfen und banden die sich sträubenden Kälber, waren mit einem Sprung wieder zu Pferd und abermals in der wogenden Herde. Und dabei hörte man immerzu ihre unablässigen weichen Beschwichtigungsrufe: »Wuuu wuuu wuuu vaca! Wuuu wuuu wuuu novillo – Wuuu vaca –

wuuu wuuu wuuu!« Als suche eine Mutter ihr klagendes Kind zu beruhigen.

Ein sagenhaftes Geschehen war es für Leslie, fern, ferne der ihr bis dahin bekannten Welt. Von Tomaso behütet, hockte sie auf dem oberen Balken des Zaunes, hielt sich mit den Absätzen am unteren fest und begann zu verstehen, daß in diesem gigantischen Wirrwarr, in diesem Gestank von versengtem Haar und gebranntem Fleisch, in diesem Roundup, dem grausamen Auseinanderreißen, dem schmerzhaften Einbrennen der Markierung und dem noch qualvolleren Kastrieren eine Ordnung herrschte, ein zeitlich genau bestimmter Plan und ein technisches Können. Mit einer ihr schier unglaublich dünkenden Tapferkeit und Gewandtheit ritten, rannten und sprangen im Ringen mit zehnmal so großen Tieren die Männer, schlanke und schwere, junge und alte, lange und kurze Kerle, schwarze und weiße und bronzefarbene und gelbbraune, und in allem, in ihrer ganzen Arbeit lag für die Zuschauende etwas Tragisches und ein Hauch von Komik. Es schien ihr wie ein Spiel, das nahezu unverändert Jahrhunderte überdauert hatte.

Bevor er sie bei Tomaso gelassen, hatte Bick ihr noch zugerufen: »Es wird hübsch rauh zugehen, Les. Falle mir nur nicht von deinem Balken in Ohnmacht!« Und sie hatte lachend versprochen, so etwas werde nicht wieder passieren. »Ich bin jetzt erwachsen!« Und nun sah sie in einer seltsamen Mischung von Stolz und Empörung in dieser lärmenden Hölle sich aufbäumenden Fleisches, würgenden Staubes und roher Schönheit ihren eigenen Gatten, ihren Jordan Benedict, wie er, bedroht von Gefahr, genau wie einer dieser Vaqueros, inmitten von stoßenden Hörnern, ausschlagenden Hufen und stoßenden, dampfenden Flanken zupackte und werkte.

– Welch Schauspiel! sagte sich die im Innersten Aufgewühlte. Ein wilder, berückender Tanz, das ungezähmte Ballett des amerikanischen Kontinents. – Sie kam sich selbst etwas töricht vor, als sie Tomaso fragte: »Ließe sich das nicht auch anders bewerkstelligen? Ungefährlich, ich meine: nicht solche Massen …«

»Yo no comprendo, Señora« – »Ich verstehe nicht, Señora« –, antwortete der Mexikaner mit ernster Miene.

Unter den Vaqueros kamen einige ihr bekannt vor, zwei oder drei, die ihr bei dem stolzen Empfang am Tor von Reata gehuldigt hatten. Gestern? Nein, vorgestern. Oder vor einer Woche? Vor einem Monat? War es nicht eine Ewigkeit her? Der dort, das war Polo. Sie erkannte ihn an seiner stolzen, graziösen Haltung, den blitzenden Zähnen, dem fein geschnittenen Profil. »Auf einen solchen Gefolgsmann«, hatte sie am Abend ihrer Ankunft zu Jordan gesagt, »könnte jeder König sich etwas einbilden«, und ihr Gatte hatte geantwortet: »Old Polo ist sozusagen ein Hausinventar. Als Bub hat er vor meines Vaters Tür geschlafen.«

»Vor der Tür? Was heißt das?« hatte Leslie gefragt und die Antwort erhalten: »Im Gang auf dem Fußboden.« – »Um Himmels willen, warum?« – »Weiß nicht. Halt eine Angewohnheit. Als ich klein war, hat Polos Sohn vor meiner Tür geschlafen. Soviel ich weiß, ist das heute noch üblich, bei Tomaso und bei verschiedenen Hausboys.« – »Nicht möglich!« – »Wenn man zu Bett geht, liegt natürlich niemand da, und wenn ich aufstehe, sind sie schon weg. Seit einem Jahrhundert halten sie es so. Närrisch, was?«

»Närrisch? Das ist sklavisch, das ist feudalistisch, es ist unzivilis…«

»Na, na, Darling!« hatte der Texaner gemahnt, und sie hatte sich entschuldigt. »Aber das Gesicht, das du jetzt machst«, hatte er lächelnd bemerkt, »ich möchte wissen, was hinter deiner Yankeestirn vorgeht!« – »Oh, ich habe mich nur mit einigen Gedanken an schreckliche amerikanische Eigenheiten getröstet, zum Beispiel Schweinefleisch mit Bohnen, der Vierte Juli, Vermont, Kürbisbrei, Fords, Sonntagsschulen, arrogante weibliche Hausangestellte aus dem Mittelwesten zur Zeit meiner Kindheit in Ohio«, hatte sie aufgezählt, und er hatte ihr bestätigt, sie seien echt amerikanisch.

Etwas abseits vom Roundup war ein Segeltuch aufgespannt, unter dem der alte Rosendo das Mittagsmahl zubereitete. Daneben stand der Fouragewagen, und der Golfwind wehte den Küchendunst zum Schauplatz der fiebrigen Tätigkeit. Allein der Gestank von den dem Vieh fortwährend eingebrannten Ranchzeichen war stärker. Haare glühten, Fleisch brannte, Kühe und Cowboys brüllten, Kälber schrien, Staub wirbelte, Eisen klirrte, Tore knallten zu, und die Sonne stach. Leslie hielt sich noch immer auf ihrem Balken und verstand, warum die Texaner für einen breitrandigen, das Sonnenlicht abwehrenden Stetsonhut ihre fünfzig Dollar zahlen.

Bick trabte heran. In seinem erhitzten, verschwitzten, staubbeschmierten Gesicht blitzte das makellose Gebiß. »Geht's gut, Darling?« rief er ihr zu.

»Ausgezeichnet, ich muß nur ein paar Fragen stellen.«

»Das habe ich befürchtet.« Er lenkte sein Roß neben den Balken, auf dem sie saß. »Hunger?«

Sie verzog das Gesicht und verneinte.

»Warte nur, bis du im Camp bist! Old Rosendo ist ein glänzender Koch, er selbst ein Gemisch aus indischem, mexikanischem und afrikanischem Stamm. Wir hätten ihn längst in unsere Küche geholt, aber er hat keine Lust, in einem Haus zu arbeiten.«

»Was kann er unter diesem niederen Zeltlappen fertigbringen?«

»Du wirst es sehen.«

»Sag, Liebster, das ist doch der schneidige Polo, der uns den schönen Willkomm bereitet hat?«

»Ja, Polo ist Caporal, das heißt Vormann, Obmann.«

»Aber was er da tut, sieht grausam aus. Muß das sein?«

»Ja, wenn Amerika essen will. Nur die Vormänner, die Aufseher und die besten Einfänger dürfen die Tiere binden und ihnen das Brandzeichen aufdrücken. Die andern, die die Kälber zu Boden werfen, heißen Tumbadores. Sie haben da einen besonderen Trick; es ist nicht so schwer, wie es aussieht; es erfordert keine außergewöhnliche Kraftleistung. Man zwickt das Kalb ins Ohr, es springt in die Höhe, man reißt es an den Hinterbeinen zur Seite, es fällt flach auf die rechte Flanke, und die linke liegt frei, zum Brennen parat. Das Feuer zum Heißmachen der Eisen ist dort hinten. Zum Aufdrücken der Brandeisen haben wir besondere Spezialisten, Marcadores genannt.«

»Eine schöne Bezeichnung für eine garstige Tätigkeit. Was bedeutet es?«

»Sehr einfach: *marcar* heißt markieren, den Brand aufprägen, was eine heikle Aufgabe ist. Die rotglühenden Eisen tragen natürlich das Reatazeichen. Wenn man's zu fest aufdrückt, gibt's Brandwunden, und wenn man nicht hart genug drückt, wird die Ranchmarke unklar.«

»Hoffentlich ist es nicht so schlimm, wie es sich anhört – und ansieht. Was machen die mit Stöcken und Eimern?«

»Das sind Atoleros. *Atole* ist Brei. Sie haben in ihren Eimern eine Art Paste und ihre Stöcke mit Lappen umwickelt. Damit schmieren sie den Brei auf die frischen Brandwunden, damit sie heilen. Ja, Leslie, du hast ja unbedingt mitkommen wollen«, sagte Bick etwas bedenklich.

»Um mich mache dir keine Sorgen! Ich bin nicht verpimpelt. Ich bin zäh wie ein Texaner. Nur weiter, Schatz!«

»Sitzt du auch fest?« Er grinste. »Was jetzt kommt, wird dir dein Gleichgewicht rauben.«

»Meinst du den, der an den Ohren der Tiere manipuliert und …«

»Und die männlichen Kälber kastriert. Der Capador. Er macht Stiere zu Ochsen. Außerdem zwickt er Männchen und Weibchen ein Ende vom linken Ohr ab und markiert das rechte mit einem Loch und einem Schlitz, als Erkennungszeichen. Am Abend zählt er die abgezwickten Ohrlappen. So viel Kälber hat er gekennzeichnet.«

Leslie rutschte von ihrem Balken herunter. »Jordan Benedict, ich werde nie wieder ein Roastbeef essen, solange ich lebe.«

»Du wirst.«

»Jetzt sage bloß nicht: Zum Lunch gibt es Roastbeef!«

»Keine Angst! Es gibt Huhn und Apfelauflauf à la Rosendo.«

»Ich glaube, ich kann überhaupt nichts essen, nie mehr! Sag mir lieber: Was sammelt dort das nette Bübchen in seinem Eimer? Wie es sich immerzu bücken muß! Es kann doch nicht mehr als zehn Jahre sein. Was schleppt es im Eimer zum Feuer?«

Bick wich der Antwort aus, sagte nur: »Ach, das ist der kleine Bobby Dietz, Sein Vater ist der Ranchleiter auf Nummer I.«

»Ich habe gefragt, was der Kleine da tut?«

Bick zuckte die Schultern. »Na, schließlich bleibst du ja dein

Leben lang hier in Texas, also sage ich es dir lieber gleich: Er liest die Hoden der kastrierten Kälber auf, und die Tumbadores braten sie. Dabei platzen die Dinger auf, und die Leute verspeisen sie mit dem gleichen Genuß wie du eine gebratene Auster; sie gelten als Leckerbissen, schmecken auch gar nicht übel. Die Vaqueros glauben, sie werden davon so zeugungsfähig und stark wie ein Bulle.« Er brach ab. »Jetzt komm, Darling, es ist Zeit zum Lunch! Da ist Tomaso mit deinem Pferd. Horch! Rosendo läutet die Glocke.«

Während sie aufsaß, fragte Leslie: »Warum machen die Leute nicht Mittagspause? Sie müssen doch wahnsinnig hungrig sein.«

»Sie essen erst, wenn wir fertig sind.«

Auf dem Weg zum Lager kamen sie an dem Feuer vorbei. Leslie schaute erst weg, zwang sich aber dann doch zu einem freundlichen Gruß für das sammeleifrige Bübchen. Von Bick gerufen, kam das Kerlchen zu den Pferden gerannt, blieb jedoch in respektvoller Entfernung stehen, Seine Haut war sehr sonngebräunt, die Augen klarblau. Auf Bicks »Hello Bobby!« antwortete er: »Howdy, Mr. Bick.«

»Wo ist dein Vater?«

»Er ist noch mal im Drag zurück, er sagt, ein Zug Kälber fehlt noch.«

»Was du nicht sagst! Das ist ja toll!« Bick lachte und sagte zu Leslie: »Der Knirps kommt aus einer guten Zucht. Der gibt eine tüchtige Kraft, wenn er groß ist. Was willst du denn mal werden, Bobby? Cowboy?«

»Ich werde Feldschütz, Mr. Bick, und schieße Menschen tot.«

»Mich hoffentlich nicht.«

»Nein, nur böse Menschen.«

»Bobby, das ist Mrs. Benedict, die neue Señora.«

Die klarblauen Augen hefteten sich kritisch auf sie. »Was trägt die Señora für komische Kleider?«

Bick grinste. »Sie hatte noch keine Zeit, sich Texaskleider zuzulegen.« Damit ritten sie in leichtem Galopp fort von dem kleinen Bobby, doch nicht für immer und nicht allzu weit. Fünfundzwanzig Jahre danach sollten die beiden entdecken, wie wenig sie sich von ihm entfernt hatten.

Obwohl keine Viertelstunde vorher der Gedanke an irgendein Essen ihr Grauen erregt hatte, sprach Leslie der Kost Rosendos mit Appetit, ja geradezu mit Hochgenuß zu, und nachdem sie sich gebratenes Huhn mit grünen Bohnen, Apfelauflauf und eine Schnitte Roggenbrot einverleibt hatte, besichtigte sie den Fouragewagen mit seinen Fächern für Mehl, Bohnen, Reis, Gewürz, Geschirr, machte dem begabten Rosendo ein Kompliment für seine Kochkunst, fand sein verrunzeltes Gesicht unter dem mächtigen Stroh-Sombrero ebenso gutmütig wie charaktervoll, fühlte sich außerordentlich wohl und bat ihren Gatten in bester Laune: »Laß mich nachher mit dir heimreiten! Ich bin keine Spur müde.«

»Nach zwei Stunden Sonne«, meinte er, »würdest du deinen Entschluß bereuen.«

»Ich könnte hier unter der Wagenblache ein Mittagsschläfchen halten.«

»Das brächte nicht einmal ein Mexikaner fertig.« – Die Leute saßen am Boden, futterten wortlos ihre Bohnen, den roten Reis, löffelten Melasse und wischten in praller Sonne ihr Eßgeschirr mit dem Brot aus, das sie von den auf dem Zelttisch aufgestapelten großen Broträdern herunterrissen. Wie ihre Tiere waren sie völlig der Nahrungsaufnahme hingegeben und wirkten lange nicht mehr so phantastisch wie vorher bei der Arbeit. Und die sanfte, wohlerzogene junge Frau aus Virginia saß unter der Zeltleinwand, die so gut wie gar keinen Schutz gegen Hitze gewährte, versuchte ihre Gedanken zu ordnen, in dem Kaleidoskop der verwirrenden Eindrücke einen Sinn zu erkennen, suchte nach Worten und dachte laut: »In Washington und in New York, in Chicago, Detroit und Columbia, überall stehen die Männer am Morgen auf, fahren im Bus, im Auto oder mit der Tram zu ihrer Arbeitsstelle, ins Büro, in die Fabrik oder ihren Laden, schreiben, rechnen, drücken allerhand Hebel, nehmen zu Mittag ihren Lunch in einem Restaurant, begeben sich wieder an ihr Geschäft, addieren, diktieren, verkaufen, wiegen etwas ab und fahren dann wieder heim. Das ist ihr Tagewerk. Aber dies hier ...!«

»Na, was? Was soll damit sein?«

»Es ist unfaßbar, daß Menschen auf diese Weise ihr Brot verdienen müssen. Es ist zu schwer. Nun schau dir den Polo an!«

»Was ist mit ihm?«

»Wie er auf seinem Pferde sitzt – wie ein spanischer Grande! Ich habe zwar nie einen Grande gesehen, er gewiß auch nicht. Woher hat er das? Hat er diese Zirkuskünste schon als junger Mann geübt?«

»Freilich. Als unser Vorarbeiter. Daraufhin ist er Caporal geworden. Er ist noch so leistungsfähig wie irgendein Junger.«

»Wie alt ist er?«

»Das weiß er wohl selber nicht. Aber für diese Tätigkeit hier ist er doch schon zu alt. Und zu altmodisch. Stell dir vor: Seine gesamte Buchführung existiert nur in seinem Kopf. Löhne, Arbeitszeit, totes und lebendes Inventar. Man kann ihm ruhig nachrechnen; er irrt sich nie. Wie er das fertigbringt, weiß sich niemand zu erklären, aber er ist unfehlbar. Trotzdem geht's so nicht weiter. Ich muß ihn hier herausnehmen und die moderne Buchführung, wie wir sie in den andern Distrikten haben, auch hier einrichten. Ich habe mir den Spaß lange genug angesehen. Du solltest nur einmal Maudi Lou und Bowie und die andern über den Fall reden hören!«

»Da sollen sie doch selber die Ranch in die Hand nehmen, wenn sie es so gut wissen!«

Bick fuhr gereizt auf. »Meine Ranch leite ich. Ein für allemal. Merk dir das!«

Sie blickte auf Polo, der anmutig leicht auf seinem prächtigen Pferde saß. Die Vaqueros hatten ihr Mahl beendet, gähnten und reckten sich. Einer nahm aus einem Zinnbecher den Mund voll Wasser und spuckte im Bogen aus. Primitive Mundpflege. Und Leslie fragte: »Was wird Polo dann anfangen?«

Bick überging die Frage, sprach aber weiter von Polo. »Ich war drei Jahre alt, da hat er mich schon aufs Pferd gesetzt. Er hat uns alle reiten gelehrt, wie Vaqueros. Das sind die besten Reiter der Welt, besser als die Ungarn, die in New York in der Pferderevue in ihrem Flitterstaat auftreten. Ich erinnere mich, daß mein Vater erzählt hat, Luz sei mit acht Jahren schon wie ein Charro geritten.«

»Ein Charro? Du, ich muß mir unbedingt ein spanisches Wörterbuch zulegen. Aber sag, Darling! Hast du jeden Tag so zu arbeiten?«

»Ach nein, das nicht.«

»Ich finde es zwar fabelhaft, daß du es kannst, aber es ist doch ein gräßlicher Handwerk, außerdem anstrengend.«

Er errötete leicht unter der gebräunten Haut, lachte ein bißchen geniert wie ein Junge und gestand: »Darling, ich wollte mich bloß meinem Mädchen zeigen. Ungefähr so wie ein Bub, der auf den höchsten Apfelbaum klettert.« –

Die Männer saßen bereits wieder auf. Sie hatten neue Pferde, die bis dahin am fernen Horizont gegrast hatten. Leslie hatte sie nicht bemerkt und fragte erstaunt: »Neue Pferde?«

»Frische, gewiß! Jeder Benedict-Vaquero hat mindestens seine zehn Pferde. Während der Arbeit haben sie schon mehrmals gewechselt; du hast es bloß nicht gemerkt. Heute zum Beispiel reitet jeder etwa fünf Pferde, eins nach dem andern. Siehst du dort drüben die Schar Pferde? Das nennt man eine Hermuda. Sie heißen Cutting horses; sie cutten die einzelnen Kühe und Kälber aus der Herde heraus. Darauf sind sie dressiert. Ohne daß man die Zügel berührt – man braucht nur das Körpergewicht zu verlagern –, wendet das Pferd je nachdem da- oder dorthin.«

»Jordan! Was ist denn mit My Mistake? In dem Trubel der letzten Tage habe ich sie völlig vergessen. So eine Schande! Ist sie hier oder wo? Glaubst du, daß sie mich noch kennt? Sie ist doch die einzige Freundin, die ich aus Virginia hier habe Und sie war es, die uns zusammengebracht hat. Sie hat dich mir und mich dir vorgestellt. Ohne My Mistake hätten wir uns nie kennengelernt. Oh, wie ich sie dafür liebe!«

»Draußen auf der Weide hat sie, damit es ihr nicht zu heiß wird, ihren eigenen fürstlichen Baldachin aus Hanfgewebe und eine Sechsmeilenweide. Kannst also ganz beruhigt sein. Einer der Cowboys hat sie seit ihrer Ankunft täglich geritten, damit sie nach der langen Reise hierher in Form bleibt. Da drüben der Lange mit dem

Strohhut hat gestern My Mistake zugeritten und mir berichtet, sie sei das feinste kleine …«

»Du, das muß ich selbst von ihm hören, darf ich? Ich habe Heimweh nach ihr. Wenn du heut abend zurückkommst, wollen wir sie besuchen. Oder morgen, morgen bestimmt! Ja? In meinem nächsten Brief möchte ich Lacey von My Mistake erzählen.«

Von Bick herbeigerufen, näherte sich der Mann. Er war außergewöhnlich schlank, überragte die übrigen und hatte breite Schultern wie die nordamerikanischen Cowboys in Wildwestfilmen. Sonderbarerweise schimmerten Sommersprossen durch seine kupferfarbene Haut. Sein Sombrero war aus Stroh und mit einem Riemen unterm Kinn festgehalten. Sein Haar war über den Ohren gekräuselt. »Angel Obregon«, stellte ihn Benedict vor.

»Angel Obregon! Das ist doch der Vater von dem nassen Kind, das ich gewickelt habe! Vorgestern habe ich seine Frau kennengelernt; das weißt du noch nicht.«

Bick hieß den Mann warten: »Eine Minute, Angel!« Dazu ein liebenswürdiges Lächeln, sonst nichts, und gemächlich erklärte er Leslie: »Die mexikanischen Obregons stammen von einem Irländer namens O'Brien, der 1845 mit vielen andern herüberkam, als man die ersten Eisenbahnen gebaut hat. Die meisten dieser Streckenarbeiter haben mexikanisch-indianische Mädchen geheiratet. Schau seine breiten Schultern! Die hat er von seinem mit Hacke und Schippe arbeitenden Großvater geerbt. Auch die irischen Sommersprossen. Drei Generationen in Mexiko haben aus den O'Briens Obregons gemacht.«

»Aber Jordan! Ist das eine Art? Läßt den Mann da stehen und redest über ihn, als wäre er einer von deinen Stieren.«

»Er versteht kein Englisch, und ich bin kein Simon Legree«, fertigte Bick sie ab und sagte dem Abkömmling O'Briens auf spanisch: »Das Füllen, das Sie gestern geritten haben, ist Señoras Liebling; es gehört ihr. Sie ist sehr um das Tier besorgt.«

Angels Mienen erhellten sich, er strahlte förmlich, und seine spanischen Zungen-Rrr rollten dramatisch. »Er sagt«, dolmetschte Bick, »sie sei ein Wunder von einem Pferd, geschwinder als irgendeines in Texas, fühle sich aber nicht glücklich. Er sagt, sie sehne sich wohl nach dem heimischen Stall.«

Unwillkürlich schrie Leslie auf. »O Jordan, ich muß sie sehen. Sie hat Heimweh nach Virginia. Ich will meine Arme um ihren Hals legen und sie trösten«

»Schön«, genehmigte Benedict etwas steif. Obregon, den Hut in der Hand, sprach immer noch, nun aber an Leslie gewandt, mit dunkel glühenden Augen eine Flut spanischer Sätze.

Sie lächelte hilflos, erinnerte sich der Worte, mit denen Tomaso vorhin sein Nichtverstehen ausgedrückt hatte, und sagte, stolz auf das neuerrungene Wissen: »No comprendo.« – »Ich verstehe nicht.«

Bick stand auf. »Er dankt dir dafür, daß du gestern zu seiner Frau so gnädig warst. Du habest Wunder gewirkt. Es gehe der Frau bedeutend besser, und sein Söhnchen – aber was soll das überhaupt heißen«, besann er sich. »Ich kann nicht dulden, daß du dich so gemein machst mit ...«

Doch Leslie sprang auf, legte impulsiv ihre Hand auf Obregons Arm, rief: »Wie mich das freut! Sagen Sie ihr, ich besuche sie bald und bringe ihr allerhand gute Sachen, auch etwas fürs Baby!«

»Du wirst den Deubel tun! – Obregon, es genügt. Auf, an die Arbeit!«

Angel wandte sich um, bestieg sein Pferd und ritt mit den andern zur Arbeit. Die Siesta war zu Ende.

Mann und Frau starrten einander an. »Sprich so nie wieder!« bat Leslie.

Er trat dicht vor sie hin. »Davon verstehst du nichts. Auf keiner Ranch im ganzen Südwesten wird besser für die Leute gesorgt als bei uns. Aber du kennst das Volk hier nicht. Es steckt voller Aberglauben. Sie glauben an den bösen Blick, an Zauberei, Hexentränke und lauter solchen Blödsinn.«

»Hat Obregon gesagt, mein Blick sei böse?« fragte Leslie unschuldsvoll.

»Ein Glück, daß er dazu keine Veranlassung hatte. Aber wenn das Kind oder seine Frau statt gesünder kränker geworden wäre, hätte er dir die Schuld gegeben, weil du sie angesehen hast. Mexikaner haben tolle Wahnideen über Schwangerschaften, Kindbett und Neugeborene. Davon hast du keine Ahnung, Darling. Schau, auf der Hake-Ranch haben sie auch Vaqueros. Frage Vashti danach, sobald du sie wiedersiehst, falls du der Ansicht bist, Luz und ich seien – feudalistisch, wie du dich ausdrücktest.«

Ein Tüpfelchen wurde weit in der Ferne sichtbar. Wie eine Wanze schien es quer über die Prärie zu ziehen, kam näher und näher, zog eine Spirale von Staub und hielt mit knirschenden Bremsen und lautem Getute. Schreiend stoben die Kälber auseinander, die Kühe rannten entsetzt, die Pferde schlugen aus, die Vaqueros fluchten. »Dieser verdammte Lauser!« rief Bick. »Wenn er mir ein Kalb überfährt, bring ich ihn um.«

Jett Rink sprang aus dem Wagen und schrie in die Gegend:

»Ihr habt gegessen?«

»Sí.«

»Ich nicht.« Er häufte sich einen Teller voll Bohnen, Reis, Fleisch und Brot, hockte auf den Fersen nieder und verschlang das kochend heiße Zeug in der glühenden Sonne.

»Reichlich spät!« tadelte Bick.

»Nicht meine Schuld. Ich mußte das Pferd für Madama holen.«

»Welches Pferd?«

»Das neue. My Mistake. Sie wollte es reiten.«

»Das kann sie nicht«, rief Leslie empört. »My Mistake ist ein Rennpferd.«

»Aber sie reitet's«, sagte Jett gleichmütig mit vollem Mund. »Dem kleinen Füllen hat der Westernsattel nicht behagt. Zu zweit mußten wir ran, bis wir es soweit hatten. Aber Madama, die bringt es fertig und reitet den Höllenhund aus der Hölle.«

Peinlich berührt, tröstete Bick: »Unbesorgt, Leslie! Luz versteht jedes Tier mit vier Beinen anständig und korrekt zu reiten«, und wandte sich brüsk an Rink: »Essen Sie fertig, dann los! Mrs. Benedict soll aus der Hitze heraus.«

Jett, der sich bereits die zweite Portion genommen, kaute mit vollen Backen, schluckte, rülpste, wischte sich das Gesicht mit seinem Ärmel und schlug eine Lache an. »Warten Sie, bis Sie sie sehen!«

»Wen?«

»Madama. Sie galoppiert auf My Mistake hierher, hat sogar ein Stück weit ein Wettrennen mit mir und dem Auto gemacht.«

»Sind Sie verrückt?«

»Ich nicht.« Rink lachte schallend. »Wissen Sie, was sie noch gemacht hat? Sie hat wieder mal den alten Reifrock vom Boden geholt, den von der Großmutter, die in so einem Ding ihren Gaul eingefangen, gesattelt und geritten hat. Und in dem närrischen Aufzug ist sie jetzt auf dem Weg hierher. Komisch, daß sie nicht schon da ist! Hat mir gesagt, ich dürfte nichts davon verraten, soll eine Überraschung sein. Sie hat getan wie verrückt.«

Bick wischte sich den Schweiß von der Stirn. Seine Augen suchten den endlosen Horizont ab.

»Jordan!« sagte Leslie entschlossen. »Ich will bleiben. Ich muß warten, bis sie kommt. My Mistake ist nicht gewöhnt an diese schreckliche – an die Sonne, den Busch und den schweren Westernsattel. Ich will sehen, ob ihr nichts passiert ist.«

Barsch antwortete Bick: »Du fährst mit Jett. Luz überlaß du gefälligst mir! Angel Obregon wird My Mistake nach Hause reiten.«

»Aber erst muß My Mistake verschnaufen. Sie muß sich richtig ausruhen. Sie ist kein Reittier. Eine Meile, auch zwei oder drei, aber mehr nicht, nicht so etwas!«

»Darling, ich verstehe von Pferden auch ein klein wenig, das mußt du mir lassen. Ich schicke hinüber ins Haus, wo der kleine Bobby Dietz wohnt, und lasse mir von Mrs. Dietz ein Reitkleid für Luz leihen. Die verdammte Maskerade nehm ich ihr weg und schicke sie auf einem Roß hier aus der Remuda zurück – nein, ich setze sie auf das Pferd, auf dem du hergeritten bist; das ist sanft wie ein Lamm. Ich werde ihr beibringen, was sich gehört.«

»Und wann kommst du nach Hause, Jordan?«

»Herrgott, wie soll ich das wissen! Sobald meine Arbeit getan ist.«

Zwei Millionen Acres – er schuftet wie ein Knecht. Und ich habe mich in ein nörgliges Weib verwandelt, das den Mann fragt, wann er heimkommt! Aber hier ist auch das reinste Tollhaus – ein Alpdruck. Krinoline mit Rennpferd und eine alte Jungfer mit Cäsarenwahnsinn. – Ihr Blick strich über die wogenden Rücken der drängenden Rinderherde und die Gestalten der Reiter in die Ferne, in der Jett Rink vorhin aufgetaucht war. Aber dort zeigte sich nichts, nichts von My Mistake.

Rink war aufgestanden, schmiß seinen geleerten Zinnteller und den Becher auf den Geschirrhaufen und wischte sich mit dem Handrücken den Mund ab. Leslie sah es und sagte gefaßt: »Gut, Jordan.«

Und sah, wie im Zorn Bicks Wangenmuskeln sich strafften. Weiß schimmerten sie durch die sonnengebräunte Haut, und seine blauen Augen waren hartgrau wie Kiesel.

14

Mit einem Gefühl von Dankbarkeit sank sie in den heißen, verstaubten Vordersitz. »Ich will wenigstens vorn sitzen«, hatte sie zu Bick gesagt, »damit ich auf dem Heimweg alles sehen kann.« Und Bick war an den Wagen herangeritten, hatte sich zu ihr heruntergeneigt und ihr die Hand gestreichelt. »Du wirst eine echte Texanerin, Darling. Jedenfalls wüßte ich keine, die diese Hitze und den Radau besser ertragen hätte als du. Allenfalls Luz.«

»Ob vorn oder hinten – zu sehen ist nichts«, sagte Jett Rink, aber die beiden achteten nicht auf ihn.

»Dieser Vormittag war herrlich, genau das, was ich gestern meinte, als der nette Doktor Tom mich fragte ...«

»Du hast so gut wie nichts gesehen. Dazu braucht es Jahre.«

»Ich weiß. Und wir haben noch Jahre vor uns. O Glück!« Glückstrahlend sah die Frau aus dem Wagen zum Manne empor. Rasch schaute er sich um, hielt sich mit der Rechten am Sattelknauf, stellte sich mit dem einen Fuß fest in den Steigbügel, das andere Bein lag ausgestreckt über dem Sattel; seine Linke langte nach Leslies Schulter – weit hinab beugte er sich bis in den Wagen hinein und küßte sie fest auf den Mund. Instinktiv fühlte sie, ja, sie sah, sah mit halbem Auge, wie im gleichen Moment Jett Rink seinen Fuß auf den Anlasser hin bewegte, um ihn herunterzudrücken, ahnte Jetts mörderischen Impuls, den Wagen – während Jordan halb am Pferde hing, halb im Auto – zu jähem Ansprung in Gang zu setzen. Doch der Fuß blieb in der Schwebe, zog sich langsam zurück; Bick richtete sich wieder empor, ritt in brillanter Haltung voran, und seine hocherhobene Rechte winkte ade. Rink trat mit Wucht auf den Anlasser, holte den stattlichen Reiter ein und rief: »Hör mal, Bick! Soll ich sie nicht den andern Weg fahren: die Lange Straße? Sie will doch gern etwas Neues sehen!«

Bick blickte unsicher, aber Leslie bat: »Ach ja, Jordan! Abwechslung macht Freude!«

Wenn auch mit Widerstreben rief er zurück: »Meinetwegen. Aber daß Sie mir in Ihrem hohlen Schafhirtenschädel keine Extratouren ausbrüten!« Er grinste. »Den braucht man nur ans Steuer zu lassen, dann wird er Meilenfresser. Letzten Dezember sollte er Cora Dart, die Schullehrerin, zur Fiesta nach Viento fahren, und wo hat er sie hingebracht? Zum Cowboy-Weihnachtsball in Anson in der Jones County – durch zwei Drittel von Texas.«

Jetts Grinsen war säuerlich. Die beiden Männer sahen sich in die

Augen – hart und feindselig, schien es der Frau, und doch war ihr, als liege in diesem Haßblick eine Art Einverständnis, fast eine Bindung.

Und nun ging es in erschreckendem Tempo über das kahle Terrain. Aber nur solange hinter ihnen das Lager in Sicht war. Dann schaltete Rink auf einen Droschkengaultrott und fragte: »Wollen Sie über Benedict und sich angucken, was Sie gestern zu Fuß nicht konnten?«

»Wie können Sie wissen, daß ich in die Stadt wollte?«

»Hier herum weiß jeder, was jeder tut«, wiederholte der kecke Boy seinen gestrigen Ausspruch.

Genug davon! Sie fragte: »Wann kommen wir an die Lange Straße, von der Sie sprachen?«

»Wir sind ja drauf.«

»Aber die ist doch kaum breiter als der Weg, den ich heute morgen geritten bin. Ist das denn ein allgemeiner Verkehrsweg?«

»So was gibt's hier nicht. Sie wissen wohl nicht, wie groß diese Ranch ist. Alle Wege nach Reata und auch die drum herum sind Reata. Natürlich wollen viele Leute querdurch, um abzuschneiden, aber das gibt's nicht. Die sollen ihre hundert Meilen Umweg machen.«

»Wer will das?«

»Bick.«

Sie hielt es für ratsam, mit diesem eigentümlich gehässigen jungen Mann das angeschlagene Thema nicht zu erörtern. Seine Augen schienen hervorzuquellen, und seine Zähne waren gefletscht wie die des Jaguarkopfes an der Wand in der Vorhalle. Leslie begann diese Fahrt als fatal zu empfinden und beschloß, den Lümmel nichts mehr zu fragen. Die von ihm eingeschlagene Geschwindigkeit wurde nun wieder beängstigend, und dabei spuckte er die Worte: »Wie kommen sie dazu? Millionen Acres? Wer kann Millionen Acres festhalten, ohne daß eines Tages wer kommt und sie wegnimmt!«

Letzteres gab Leslie denn doch Veranlassung, ihre jüngst errungenen Kenntnisse anzubringen. Nicht umsonst hatte sie während der kurzen Brautzeit Bücher über den Südwesten gewälzt, und sie bemerkte: »Zur Zeit der Aufteilung spanischen Grundbesitzes durfte jedermann so viel davon kaufen, wie er bezahlen konnte. Ein Grundstückshandel wie jeder andere. Die neuen Siedler kauften von ...«

»Kauften? Lächerlich! Sie entrissen es einem Haufen dummer Mexikaner, denen es an Verstand oder an Mut fehlte, ihren Besitz festzuhalten. Advokaten kamen ins Land, führten Prozesse, die sich ein Jahrhundert lang hinzogen, und inzwischen behielten die Amerikaner das Land. Sie konnten eben gut schmieren!«

»Das ist unzutreffend, in vielen Fällen bestimmt.« Leslie war selber davon überrascht, daß sie plötzlich einen andern Standpunkt als in Virginia vertrat, den entgegengesetzten. »Es gab genug Fälle, in denen ehrlich gekauft und dafür bezahlt wurde.«

»Ja-a-a! Fünf Cent pro Acre! Sie als Bicks Weib dürfen natürlich nichts gegen einen Benedict sagen.«

»Wenn ich der Überzeugung wäre, es läge ein Unrecht vor, täte ich es.«

»Aber passen Sie auf! Ich werde einmal so viel Geld haben, wie kein Benedict jemals in den Fingern hatte. Texas wird noch von mir reden. Meinen Sie, ich sitze hier und schlafe mit offenen Augen? Ich werde Millionär, kein Spaß! Eine Million Dollar werde ich einmal haben. Eine Milliarde, eine Zillion, hahahah!«

»Das wäre ja nett«, sagte Leslie nachgiebig und dachte dabei: Ich muß mit Jordan darüber reden. Das Bürschchen ist gefährlich. Wie es vorhin seinen Fuß auf den Anlasser setzte … Oder habe ich es mir nur eingebildet? Und konnte sich nicht die Frage verkneifen: »Sie sind Ihrem Brotgeber nicht sehr gewogen, Jett?« Und sah seinen Stiernacken, auf dem sein Kopf sich ihr streitlustig zuwandte, und fuhr in leichtem Konversationston mit höflichem Halblächeln fort: »Sie sprechen so interessant von anderer Leute Ursprung; da könnten Sie mir wohl auch etwas von Ihrem eigenen erzählen. Von Ihrer Kindheit, Ihren Eltern, das heißt, wenn Sie wollen.«

»Warum nicht!« stieß er angriffslustig hervor. »Meine Eltern waren lange genug in Texas, um reich zu werden, nur nicht gerissen genug. Was gibt's da viel zu erzählen. An Ma erinnere ich mich nicht, ich war zwei Jahre alt, als sie starb. Wir sieben Kinder blieben zurück. Wo die andern sechs sind, weiß ich nicht. Und Pa –? Der ist einmal mit seinem Gewehr hier durch die Gegend; er wollte ein paar Vögel schießen – strengstens verboten. Vögel sind Privateigentum. Die Luft, in der sie fliegen, ist Privateigentum. Pa kam nicht mehr zurück. Ist nirgends mehr aufgetaucht, sein Gewehr auch nicht.«

»Vielleicht ist er auf und davon«, meinte Leslie. »Es gibt Männer, die das tun. Sie haben gar nicht die Absicht, aber auf einmal drückt sie die Verantwortung allzu schwer, und ihre Besinnung geht …«

Rink lachte kurz auf. »Sie haben in Texas noch viel zu lernen.«

»Das will ich. Ich möchte Ihre und aller andern Lebensverhältnisse kennenlernen.«

»Ja-a-a, uns geht's ja großartig«, höhnte er, »mir und den andern, besonders den Mexikanern. Ich werde geradezu verwöhnt. Mein Brotgeber, wie Sie ihn nennen, hat mir draußen am Vientoweg ein paar Acres überlassen; darauf kann man nicht einmal ein dreibeiniges Kalb ernähren. Wirklich reizend von ihm.«

Sie zog sich in sich zurück, sagte: »Jett, ich bin müder, als ich dachte. Ich möchte auf direktem Wege nach Haus.«

»Sie wollten sich doch die Stadt Benedict ansehen.«

»Ich habe es mir anders überlegt.«

»Ich habe Sie nicht ärgern wollen. Sie haben gefragt, und ich habe mit der Antwort nicht hinterm Berg gehalten. Wenn Sie's nicht hätten hören wollen, hätten Sie mich gar nicht zu fragen brauchen. Aber Sie möchten doch alles in rosigem Lichte sehen.«

Es ist etwas Wahres daran, fühlte Leslie und schwieg, und die rasende Fahrt wurde immer besessener. Ihr war wie in einem Fiebertraum: als stünde der Wagen still, und die endlose, flimmernde Ebene wirbele als eintöniges Panorama ununterbrochen an ihr vorüber. In der Ferne zeichneten sich die Konturen Reatas am Himmel ab, und plötzlich sagte sie und war selber darüber erstaunt: »Nein. Fahren wir jetzt noch nicht heim!«

»Nach Benedict?«

»Ja.«

»Auf diesem Weg kommen wir aber zum andern Stadtviertel, nach Nopal.«

»Nopal? Was ist da zu sehen?«

»Nichts. Nur Mexikaner. Es gehört zu Benedict, aber man nennt es Nopal, als wär's eine andere Stadt. Es ist echt Mexiko. Ich glaube, da leben keine zwei Weißen.«

»Weiße? Wollen Sie damit sagen, die Mexikaner seien keine …«

»Für mich sind sie nicht weiß. Aber wenn's Ihnen besser gefällt, sagen wir lieber: keine zwei Amerikaner.«

»Amerikaner. Nun, ich habe von Jordan – von meinem Mann gehört, einige dieser mexikanischen Familien wohnen hier schon seit Jahrhunderten. Kennen Sie die Geschichte von Texas? Dann wissen Sie, daß diese Mexikaner lange vor allen, die jetzt hier sind, vor den Benedicts und den Rinks auf dem amerikanischen Kontinent lebten. Wenn Sie schon von Amerikanern reden, sind die eher Amerikaner als ihr.«

»Verdammt!« schrie er. »Sie! Wenn Sie ein Mann wären, würde ich Sie dafür jetzt töten.« Er schaltete auf Höchstgeschwindigkeit, und der Wagen schoß auf dem schmalen Weg dahin, daß sie dachte: Er tötet mich wirklich und sich mit. Sie saß reglos, und die letzten Tage, die letzte Woche, der ganze vergangene Monat mit all seinen Wechselfällen zog wie im Traum an ihr vorüber. Es war, als nehme sie Abschied von einer überbunten, überlauten Abendgesellschaft. – Ich muß leider gehen, sagte sie zu einer imaginären Gastgeberin, ich danke Ihnen für alles, was Sie geboten haben; es war mir sehr interessant.

Vorbei an einer brüchigen Wegtafel mit der Aufschrift Nopal gelangten sie in ein verwahrlostes Städtchen. Der Wagen holperte, rutschte. Auf der staubigen kleinen Plaza kam er mit jähem Ruck zum Stehen. Beim Kreischen der Bremsen flog Leslie vor und zurück. Davon unberührt, sagte Rink: »Nopal bedeutet Feigendistel, eine Art Kaktus«, und sie lachte nervös, saß einen Augenblick still, hielt die Hände vor die Augen. Als sie sie wieder herunternahm, waren sie zu Fäusten geballt. Sie tat, als halte sie Umschau, doch in ihr war ein fast übermächtiger Drang, dem Mann in das schwerknochige junge Gesicht zu schlagen, mitten zwischen die harten, nah beieinandersitzenden blauen Augen.

»Fühlen Sie sich nicht wohl, Ma'am?« fragte er. »Ein Drink oder sonst was gefällig, Miz Benedict?« Und sie versetzte wütend: »Sie sind wie ein Verrückter gefahren. Wenn das mein Mann wüßte! Sie sind ja von Sinnen.«

»Ich wollte Sie nicht erschrecken. So fährt man in Texas; das ist allgemein.«

»Ich will aussteigen und ein bißchen herumgehen.«

»Gewiß«, sagte er in bescheidenerem Ton als bisher. »Aber soll ich Sie nicht lieber etwas herumfahren? In diesem Drecknest gibt es nichts zu besichtigen. Und Sie werden doch nicht in diesen Kleidern herumlaufen wollen? Wozu wollen Sie überhaupt immer zu Fuß gehen?«

Leslie schaute an sich herunter. Die Reithosen, von einem erstklassigen Schneider in Washington, schienen ihr fehl am Ort. Die Plaza und die einmündenden Straßen waren menschenleer. Nur eine Frau ganz in Schwarz, das Gesicht vom Rebozo verschleiert, stieg die Kirchenstufen empor.

»Ich will telefonieren.«

»Im ganzen Ort ist kein Telefon außer beim Pfarrer und in einem oder zwei Lokalen, die Sie besser nicht betreten.« Er zögerte einen Moment. »Miz Benedict seien Sie nicht gleich beleidigt! Ich fahre so leicht aus der Haut. Bitte nicht böse sein!« Sie dachte schon fast, er werde losheulen. Nun, er ist zwar ein widerwärtiger Tölpel, aber ich bin nun mal hier; da wäre es töricht, würde ich mir dies Stück Mexiko innerhalb der Vereinigten Staaten nicht ansehen. Hier herrscht eine andere Kultur. Inmitten der Heimat bin ich in einem fremden Land, sagte sie sich und sah rechts und links an der Straße die Hütten auf Stelzen oder flach ohne Fundament auf dem Boden, ausgedörrt, schmierig, mit Pusteln bedeckt, Opfer der Armut, der Hitze und plötzlicher Nordstürme. Gleich Unkraut wucherten staubbedeckte Oleander am Wege. Die Eingangsveranden sackten, die Balkone darüber hingen gefährlich schief, die Randsteine bröckelten.

Sie fuhren langsam um die Plaza herum, in deren Mitte ein farb- und schmuckloses Musikzelt stand. Und doch war dem Ort etwas eigen, eine verschollene Anmut. Wie schön die Kirche den Platz abschließt, dachte Leslie und betrachtete die Fassade aus Kalk- und Ziegelsteinen. Mit ihren farbigen Glasfenstern hob sie sich sonderbar vom Verfall aller andern Gebäude ab.

Rink machte auf seine rüde Art den Fremdenführer. »Und so was nennen sie hier eine Kathedrale, und alles ist noch genau wie vor hundert Jahren. Wissen Sie, womit die sich am Sonntag die Zeit vertreiben? Sie promenieren. Schon am Samstagabend. Als hätten sie nie etwas von Amerika gehört. Die Musik spielt; die Mädchen gehen in der Anlage auf der einen Seite und die Boys auf der andern. Sie dürfen nicht miteinander sprechen. Sie gucken sich bloß an. Sie können nicht unter vier Augen plaudern. Spanien! – Amerika? Daß ich nicht lache!«

Ein Priester in schwarzer Soutane überquerte die Plaza und verschwand in dem reinlichen Kalksteinhaus neben der Kirche. Ein kleines, samtäugiges Mädchen lief über die stille Straße, schielte scheu nach dem nun am Rande der Plaza haltenden Wagen; ein Karren, eigentlich nur eine Kiste auf Rädern, rumpelte vorbei; es war der Wasserwagen, von dem die mexikanischen Haushaltungen in diesem trockenen Land ihr Wasser kauften. Finstere Kneipen. Ein Café – Speisen und Getränke nur gegen bar. Über der Türe stand Garza. Die Gasse war mit zerstampften Muscheln bedeckt. Ein staubiger Pfad führte zum Eingang der Kirche. »Die haben sich nicht geändert, nicht im Essen, nicht im Trinken, die Einfaltspinsel. Ihre Gurte flechten sie aus Pferdemähnen, die Reatas aus Rohhaut, ihr Leder gerben sie selbst. Wie Kletten hängen sie aneinander. Die Hälfte von denen kann kein Wort Englisch. Nach außen hin tun sie feierlich wie Gott weiß wer, aber wenn sie beisammen sind, Menschenskind, wie sie da tanzen und ihre Corridos singen und eins dem andern erzählt, was es getan hat – wie die kleinen Kinder!«

»Menschen halten meistens zusammen, wenn sie Angst haben und sich unsicher fühlen.«

Auf einem Schild über einem Grünkramladen las man: EMILIO HAWKINS. »Das ist wohl der eine von Ihren zwei Amerikanern?« fragte Leslie, und die Antwort war: »Nur ein halber.«

Aus Garzas Türe schlängelte sich eine schlanke Gestalt mit pomadisiertem schwarzem Haar und hurtigen, feuchten Augen. Zu den grellgelben glänzenden Stiefeln wollte der dunkle Anzug, wie ihn im Norden gediegene Geschäftsherren tragen, ebensowenig passen wie der glatte, feine Stetsonhut.

»Hei, Fidel!« rief Rink ihn an. »Hei, Kojote!«

Der Angerufene fletschte die Zähne, spuckte aus, aber im gleichen Augenblick sah er Mrs. Benedict, stierte, leckte die Lippen, zog den Hut, verneigte sich tief und wollte an den Wagen herantreten, aber Rink trat auf den Anlasser und fuhr mit hämischem Grinsen an ihm vorüber. »Er hat Sie gesehen und weiß genau, wer Sie sind!« triumphierte er.

»Was ist denn dabei?«

»Nichts.«

»Wie haben Sie ihn genannt? Kojote? Heißt er so? Komischer Name.«

»Hahaha, das ist gut! Kojote wird er gerufen, aber er heißt Fidel Gomez. Er ist der reichste Mann in der Stadt und macht mit den Mexikanern, was er will. Hat ein nettes Haus, ich werde es Ihnen zeigen, nicht aus Luftziegeln und Lehm, alles Beton, weiß angestrichen, und davor einen Baum. Er hat ein Badezimmer, ein Speisezimmer, ein Schlafzimmer und einen Salon, tadellos eingerichtet, und einen Chevrolet und das patenteste Mädchen von ganz Benedict. Oh, die ist streng erzogen, versteht kein Wort Englisch, und er hält sie so unwissend, wie sie ist. Gomez ist hier in der Gegend bekannt wie ein bunter Hund. Er spielt sich als Freund der armen Mexikaner auf.«

Leslie schaute zurück. Der Mann stand noch da und sah ihnen nach. »Wenden Sie! Ich will ihn sprechen.«

»Das gibt's nicht.«

»Wenden Sie, Boy!«

»Bick macht mir den größten Krach, wenn er es erfährt. Ich fahre weiter.« Er tat es.

Leslie bebte vor Wut. »Sie haben zu tun, was ich Ihnen sage. Fahren Sie mich dorthin, wo der Mann steht! Unterstehen Sie sich, mir vorzuschreiben, was ich zu tun und zu lassen habe?!«

Rink sah sie von der Seite her an. Er schien verblüfft, erheitert. »Está bien.« – »In Ordnung.« – Er dreht das Steuer. Die Pneus knirschten auf dem Muschelbewurf der Straße. Vor Fidel Gomez, der noch immer am staubigen Straßenrand stand, machte der Wagen halt. Vor Erstaunen sperrte der Mann Augen und Mund auf. »How do you do, Mr. Gomez«, begrüßte sie ihn so formvollendet wie möglich, was ihn nicht zu verwundern schien, und stellte sich vor: »Ich bin Mrs. Jordan Benedict.«

Wiederum schwenkte Gomez den Hut und verneigte sich tief und auf eine Art, die aus längstvergangenen Zeiten zu stammen schien. »La Señora es muy simpática.«

»Ich kann leider kein Spanisch.«

Seine Hand wedelte galant. »Sie bedürfen keiner Sprache, Ma'am«, äußerte er auf englisch, und seine dunklen Augen kullerten. »Ich sagte nur, Sie seien charmant.«

Vielleicht hatte Jett Rink doch recht, dachte sie, sagte jedoch: »Ich – eeh, ich habe gerade gehört, Sie seien ein bedeutender Bürger von Nopal, und da ich eben dabei bin, Ihre interessante kleine Stadt zu besichtigen …«

Der Blick, mit dem der Mann den Boy Jett bedachte, war eitel Gift, doch sein Mund lächelte süß. »Muy bondadosa!« – »Sehr gütig!« – murmelte er.

»Ich werde meinem Mann berichten, daß ich Sie kennenlernte«, antwortete sie gemessen. – Also das hat doch geklungen wie aus einem englischen Übungsbuch, mußte sie dabei denken. »Goodbye!«

Wieder das Zeremoniell mit dem Hut, die Verbeugung und der verdatterte Blick, der den davonfahrenden Wagen nicht losließ.

»Aber warum nennt man ihn einen Kojoten?« Das mußte sie wissen.

»Weil er einer ist. Die Mexikaner verstehen darunter einen Blutsauger. Er lebt von ihnen, lockt sie aus Mexiko über die Grenze, läßt sie als Feldarbeiter schuften, bezieht seine dicken Prozente, und dann ist er fertig mit ihnen. Wenn die Ernte im Valley vorbei ist, stehen sie da mit leeren Händen. Er kauft mexikanische Stimmen für einen Pappenstiel, verkauft sie zu Höchstpreisen und macht außerdem eine Menge anderer dreckiger Geschäfte.«

»Hören Sie auf, hören Sie auf! Ich will das gar nicht gehört haben.«

»Ja, so sind Sie. Erst fragen Sie mich, und wenn ich Ihnen die Wahrheit sage, werden Sie bös.«

Verschnupft sagte sie nur: »Es ist spät. Fahren Sie mich nach Hause, aber nicht so schnell wie bisher!« Sie fühlte sich plötzlich sehr abgespannt.

»Warum so eilig?«

Sie antwortete nicht.

»Sie sind doch kein kleines Kind mehr, dem seine Ma Schläge gibt, wenn es zu spät kommt.«

Keine Antwort. Verachtungsvoll sah sie geradeaus.

»Wir wären in fünfzehn Minuten in Benedict. Sagten Sie nicht, Sie wollten noch ein bißchen herumgehen? Ich kann Ihnen etwas zeigen, was Sie mächtig interessieren wird.«

»Ein andermal.« Während sie aus Nopal in die eigentliche Stadt Benedict fuhren, gingen ihr seine Worte im Kopf herum: »Er kauft mexikanische Stimmen. Eine Menge dreckiger Geschäfte.«

Benedict. – Bei der Ankunft hatte sie alles hier exotisch gedünkt. Jetzt, nach dem versunkenen Nopal, kam ihr die Neustadt alltäglich vor. Weiter nichts als eine Kleinstadt des Südwestens an einem heißen Nachmittag im Frühling. – Menschen wohnen in hitzegebackenen Häusern, gehen in Lebensmittelgeschäfte, stehen an sauberen Ladentischen, zählen Geld in der Bank, trinken ein Soda, ein Coca-Cola, schlingen am Bartisch ihr Chili und Enchilades herunter, fahren in Fords.

»Das Wetter ist schön«, hörte sie den Burschen am Steuer sagen. »Wollen Sie aussteigen und promenieren, wie Sie vorhatten?«

»Nein.«

»In Benedict ist nichts los. Viento, das ist was anderes! Das ist eine richtige Stadt. Auch Hermoso. Waren Sie schon in Hermoso?«

»Nein.«

»In Corpus Christi?«

»Nein.«

»Houston? Da gibt es größere Geschäfte als in New York.«

Groß, größer, am größten. – Die größten Ochsen, die größten Häuser, die größten Hüte, der größte Staat, der größte Größenwahn. – Welche Kleinlichkeit ist dahinter verborgen! Matt blickten ihre Augen über die Main Street und deren Seitenstraßen, die in die offene Steppe mündeten. Sie las auf den reinlichen Straßenschildern die Straßennamen: Ohio Street – Connecticut Avenue Indiana Street – Iowa Street. So waren sie von Menschen benannt worden, die sich zurück nach ihrer Heimat sehnten, nach den Feldern, den Flüssen und Wäldern des Mittelwestens, nach der erquickenden kühlen Atlantikküste, von wo sie den weiten, mühseligen Weg über die endlosen Ebenen bis hierher gezogen waren. Und noch im Gedächtnis der Nachfahren geistert Erinnerung an den Norden, an seine Bilder und Töne: das Knirschen von Wagenrädern im Schnee, das Krachen von Schindeln bei unvermutetem Frost, der Anblick des Schaukelstuhls auf der schattigen Veranda und alter Weingläser und ragender Ulmen in herbstlicher Farbenpracht.

Sie leben noch jetzt wie im Norden. Das Blut jener Breiten fließt noch in ihren Adern. In unbewußtem Trotz leben sie gegen das Klima des tropischen Landes. Ihre Häuser errichten sie mit

Vorderveranden, auf denen sie sich nie aufhalten können, und mit Vorgärten, in denen kein Gras gedeiht. Sie pflanzen Bäume der Heimat, die in der Tropensonne, dem Golfwind verkümmern, und Flieder, Päonien, Rosen und Rittersporn, Maiglöckchen und Levkojen; die sterben schon bei der Geburt. Hochmütig, voll Verachtung für ihre mexikanischen Landsleute, tragen diese soliden Bürger die Kleidung nördlicher Gegenden; die Männer schwitzen in dicken Röcken und Hosen, die Frauen in ihren Korsetts. Wir sind die weißen Amerikaner, wir sind die großen Söhne großer Väter, wir essen Beef und trinken Bourbon. Wir halten keine Siesta. Weder Sonne noch Hitze, noch Kälte, noch Regen und Glutwind können uns etwas anhaben. Wir sind Texaner.

Darum trinken sie gallonenweise Kaffee und bleiben wach, während die mexikanischen Amerikaner, die Hüte über die Augen gedeckt, im Schatten der Ruhe pflegen und die schwarzen Amerikaner von den Straßen verschwinden, auf denen die großen Herren in Hemdsärmeln, mit roten Gesichtern entschlossen einherschreiten. Sie stammen von Farmen in Iowa, aus Tennessee und von den Feldern und Heiden Neu-Englands. Ihre Ahnen hatten dies Mexiko als zu groß empfunden und sich als vereinsamt. Das hatte sie mit namenlosem Bangen erfüllt, mit einem Gefühl der Verlassenheit, und sie hatten sich daher aufgemacht, das Land zu erobern und das Volk, dessen Heimat es war, zu unterwerfen. Aber das Unterworfene blieb eine ständige Drohung. Es könnte sich einmal erheben und auferstehen. Gut, dann laßt die Besiegten für uns arbeiten; ein Vierteldollar täglich genügt. Schuften sollen sie, bis die Arbeit getan ist. Dann befördern wir sie mit einem Tritt über die Grenze, wohin sie gehören. »Hiya, Murch« – »Howdy, Dub!«

Und da lag nun die kleine, saubere Stadt in Sonne und Staub und bemühte sich auszusehen wie Emporia in Kansas oder Lucas in Ohio. Und Leslie Lynnton, alle romantischen, schrecklichen, tapferen, blutigen Seiten der Geschichte von Texas frisch im Gedächtnis, sah die Gewalten des Landes vor ihren Augen vorüberziehen, die spanischen Conquistadores in Panzerhemden, den Helmbusch voll Federn, so wie sie diese Wildnis durchquerten. Die barbarischen Karankawa-Indianer. Coronado auf dem Weg nach der Märchenstadt Gran Quivira. Sieur de la Salle, wie er mit seinem armseligen Fahrzeug in der Matagordabucht Schiffbruch erlitt. Das Fort St. Louis am Garcitas, eine ungefüge Palisade mit sechs kläglichen Hütten. Die Jesuiten. Die spanischen Missionen mit ihren Barfüßern in braunen Kutten. Ihre Ordensgelübde erfüllten sie hier in der Wüste. Die Glocken der Klosterkapellen läuteten hoch vom Turm tausend Meilen weit in ein Nichts. Und ein nicht mehr ganz junger Bankier aus St. Louis namens Moses Austin suchte dreihundert amerikanische Familien in der Wildnis von Texas seßhaft zu machen und hoffte bis zuletzt, sein bei der Panik von 1819 verlorenes Vermögen wiederzugewinnen. Und Stephan Austin, sein Sohn, der würdevoll Elegante, Besonnene, fragte sich nach seines Vaters Tode vergebens: Was tu ich in Texas? Er hatte sich mit den gleichen Riesenproblemen herumzuschlagen. Und Sam Houston, der mysteriöse Bramarbas, wurde der Held zahlloser Anekdoten. – Und weiter und weiter. Santa Anna, so klein wie lasterhaft, so verschlagen wie zäh, wurde ein mexikanisches Generälchen. Bowie mit dem Beinamen Löwenherz kam aus Tennessee. Der Alamo wurde hoffnungslos, doch ruhmreich verteidigt – das Texas Mexikos – Republik Texas – ein Texas der Konföderierten

Südstaaten – Texas in den Vereinigten Staaten, ein Commonwealth – common wealth.

Jett Rink entriß die Träumende ihren Visionen. »Möchten Sie sich nicht ansehen, was Ildefonso da drin für Sie macht?«

Sie starrte ihn an. »Wie? Was haben Sie gesagt?«

»Hier hat Ildefonso seine Werkstätte. Er macht das Lederzeug für Reata: Stiefel, Sättel, Riemen! Für ein Paar Reitstiefel bekommt er fünfzig Dollar und mehr, und für einen seiner kunstvollen Sättel kann er verlangen, soviel er will. So einen macht er für Sie. Wollen Sie sehen? Schauen Sie da meine Stiefel an! Zehn Monate habe ich mein Geld dafür gespart.«

Starke, fette Ledergerüche strömten ihr, ehe sie noch den Laden betreten hatte, entgegen. Am Eingang prangte ein altertümlicher mexikanischer Sattel und war über und über bedeckt mit gar verwickelten Zeichnungen; Blumen, Schlangen, Blätter, Steigbügel waren ins Leder graviert oder gepunzt und zwischen andern altspanischen und mexikanischen Motiven das klassische Schneckenmuster, und jeder Zoll war silbern ausgelegt.

Jett Rink ging voraus. Drinnen war niemand zu sehen. Er trat an den Glasschrank, der Stiefel und Schuhe jeglicher Größe und Machart enthielt: Erstlingsschuhe und Reitstiefel für Kolosse, genäht und gesteppt, mit hohen Absätzen, vorn spitz. Ein Pochen, Klingen und Surren war aus dem Dunkel des tiefen, schmalen Hinterraumes vernehmbar. »Hei, Ildefonso!« rief Rink. »Hier ist Miz Benedict; sie will ihre neue Lederausstattung sehen.«

Und es erschien Ildefonso Mezo, ein Meister der Lederbehandlung in Texas, wie es als Silberschmied in Italien Benvenuto Cellini gewesen, ein Männlein mit funkelnden schwarzen Augen im braunen Antlitz, mit grauem Haar und Händen, geschmeidig und zäh wie das Leder, das er verarbeitete. Er verneigte sich feierlich vor der Dame: »Buenas tardes, Señora. Entre!« – »Guten Tag, meine Dame. Treten Sie näher!« – Und ebenso förmlich das Folgende auf englisch: »Zu Ihren Diensten und sehr geehrt.«

Was sollte sie tun, was ihm sagen? Sie wußte nichts als: »Gracias, muchas gracias«, und auch dies kam so stotternd und ungeschickt von ihren Lippen, daß sie selbst lachen mußte. Ildefonso leistete ihr im Lachen Gesellschaft, einmal, weil er sie hübsch fand, und vor allem, weil sie Señora Benedict war.

»Zeig uns den Sattel!« schrie Rink. »Und die Stiefel, den Gürtel, das ganze Zeug!«

»Es ist noch in Arbeit. Ich muß Señora Benedict in die Werkstatt bitten.«

Leslie wandte sich um nach dem prunkvollen altspanischen Sattel beim Eingang, zog mit dem Finger die feine Einlegearbeit nach und versuchte vergebens, das schwer mit Silber verzierte Stück zu heben. Ihr war, als müsse es selbst ein kräftiges Roß, auch ohne Reiter, zu Boden drücken. »Sagen Sie mir noch vorher: Hat man das wirklich benutzt?« – »Ja, gewiß«, versicherte Ildefonso, von ihrem Interesse entzückt. »Ich könnte der Señora silberne Hufeisen zeigen, die in Gebrauch waren. Als die Spanier nach Mexiko kamen, war da Silber im Überfluß. Sie nahmen es für ihre Panzer, ihren Hausrat, ihre Kleidung, für Zaum und Sattel. Bis dahin hatte es in Mexiko noch keine Pferde gegeben. Danach aber wurden die Mexikaner die verwegensten Reiter, kühner sogar als die Spanier, und sie sind es noch.«

»Los, los!« fauchte Rink. »Das wissen wir alles. Zeig uns den Sattel, an dem du jetzt bosselst!«

»Gato montés!« – »Wildkatze du!« – Der Kunstsattler war über die Unterbrechung wenig erbaut, verbarg jedoch seinen Unwillen hinter freundlichem Lächeln und ließ Leslie den Vortritt in seinen Arbeitsraum. Rink stolperte hinterdrein.

Unter den Fenstern standen die Werktische, über die dunkle Köpfe sich beugten, und braune Hände gravierten mit feinen Werkzeugen zarte Zeichnungen in braunes, gelbes, rötliches, cremefarbenes und schwarzes Leder. Lederriemen und Gürtel hingen in Menge gleich Vorhängen von der Decke. Auf hölzernen Böcken Sättel in den verschiedensten Stadien der Herstellung und Ornamentierung, Reitstiefel, Hutbänder, Kinnriemen, Zügel, Reatas, kurz: Alles, was auf der riesigen Ranch an Lederzeug nur begehrt wird, war hier zu sehen. Ildefonso aber führte seine Besucherin an seinen eigenen Arbeitstisch, und da waren Leslies Stiefel, ihr Sattel, ihr Gurt und ihre Zügel, ihre Reata, ihr Hutband zwischen allerhand Riemen, Schnüren und Schnallen, deren Bestimmung ihr vorläufig unklar war. »Schon vor Wochen«, versicherte Meister Mezo, »hat man es bei mir bestellt, aber so eine Arbeit, die braucht ihre Zeit! Allein das Paar Stiefel hat mir mehrere Tage zu schaffen gemacht. Die Schuhe der Señora hat man mir aus Virginia geschickt.« Er lächelte verschmitzt. »Davon haben Sie nichts gewußt.«

Also hierher waren die alten braunen Schuhe geraten, die sie zu Hause vergeblich gesucht hatte. Staunend musterte Leslie ihren kunstvoll gearbeiteten Leder-Trousseau, das zierlich geschnittene Abbild des Benedict-Signets und zwischen der Schleifengravierung auf jedem einzelnen Stück ihre Initialen: L L B. Leslie Lynnton Benedict. Und wie sie so den üppig ornamentierten Sattel betrachtete, stieg ein Unbehagen in ihr auf. In einem Museum, ja gut!

dachte sie. Wunderbar anzusehen. Aber für den Gebrauch? Nein. Sie hatte ihre Sachen gern zweckmäßig, schlicht und diskret. Ein gut gearbeiteter »English saddle« war ihr in seiner klaren Linienführung immer wie ein Sonett in Leder erschienen. – Wie wäre Schwester Leigh Karfrey schockiert, wenn sie das Prunkstück sähe! Und Lacey, die ein Roß, einen Sattel ungefähr so betrachtet wie andere Mädchen ein erlesenes Schmuckstück. Und My Mistake, o meine süße, geliebte Lady! Sie soll nie diese gebackene Ornamentik auf ihrem schlanken Rücken tragen.

Erwartungsvoll, triumphierend sah Meister Mezo sie an, aber es dauerte eine Weile, bis sie sich zu einem »Wundervoll! Prachtvoll!« aufraffte. »So etwas habe ich noch nie gesehen.« Sie nahm alle romanischen Epitheta, die sie kannte, zusammen: »Magnifico! Meraviglioso! Extraordinario! Oh …«, und tief gerührt bedankte sich der Meister auf spanisch: »Wahr, wahr, Señora! Das ist kein gewöhnliches Kunstgewerbe, es ist Kunst, Kunst aus Leder. In ganz Texas gibt es nur einen, der so etwas kann: Ildefonso Mezo.« Sie verstand kaum ein Wort seines Eigenlobs, doch erriet sie den Sinn und erwiderte in einem heiteren Gemisch aus Englisch und etwas Spanisch: »Sí, sí, Señor, ich fahre jetzt nach Hause und danke meinem Mann für all dies Herrliche. Er hat mir noch nichts davon gesagt.«

Die strahlende Miene Mezos verdüsterte sich. »Es sollte eine Überraschung für die Señora sein. Woher wußten Sie denn davon, wenn er es Ihnen nicht sagte?«

Ein kurzer Blick auf Jett Rink war ihre Antwort. Doch dieser ließ sich von ihren und Ildefonsos Vorwürfen nicht anfechten und warf gleichgültig hin: »Mir hat er nicht gesagt, was er vorhat. Schließlich ist das ein Laden, in dem jeder sich umsehen kann.«

Leslie kehrte ihm schroff den Rücken und bedankte sich bei dem Meister. »Aber ich muß jetzt fort; es ist reichlich spät.«

Ildefonso verneigte sich mit edlem Anstand, aber sobald sie ihm den Rücken zuwandte, packte er Rink beim Ärmel, und das schwärzliche Gesicht dicht an dem groben hochroten, fauchte er ihn an: »Cochino, Píojo!«

Jett warf ihm für *Píojo* – Laus – die kürzeste Beschimpfung an den Kopf, die es für einen lateinamerikanischen Arbeiter gibt: »Spig!«, und eilte mit knallenden Absätzen jener Stiefel, für die er fünfzig Dollar bezahlt hatte, hinter Mrs. Benedict her.

Sie saß schon im Wagen und war ziemlich verdrossen. – Da habe ich wieder einmal etwas angestellt, was ich nicht sollte, sagte sie sich. Aber was ist denn dabei? Eine Besichtigung. Was kann ich dafür, daß Jordans Bursche ein so großer Blödian ist?

Ihre Verstimmung bemerkend, begann er: »Ich habe wirklich nicht gewußt, daß es eine Überraschung sein soll«, aber sie wehrte auf vornehmste Lynnton-Art ab: »Es betrifft nicht Sie; ich bin nur etwas müde. Es war ein langer Tag. Besten Dank, daß Sie mir das mexikanische Städtchen gezeigt haben, aber jetzt hätte ich gern meine Ruhe.«

Stumm fuhren sie an dem ausgestopften Longhornstier in seinem Glaskasten vorüber, sahen Reata wieder wie eine Fata Morgana im Dunst über dem ausgetrockneten Flachland schweben, und Leslie quälte sich mit dem Gedanken: Warum bin ich mit diesem Burschen kreuz und quer gefahren? Nur weil ich nicht zurück in das Haus und Luz nicht sehen wollte, Ich wollte nicht in mein Haus zurück. – Ist es nicht schrecklich, müde, heiß, durstig und steif zu sein und doch nicht heim zu verlangen? Kind, Leslie, redete sie sich an, das ist für dich nicht die richtige Einstellung, und hörte im gleichen Atemzug neben sich: »...noch nie ein Mädchen wie Sie.« Den Anfang des Satzes hatte sie nicht gehört; er war vielleicht auch nicht laut geworden. Ihr fiel auf, daß ihr seltsamer Chauffeur für seine Verhältnisse sehr langsam fuhr, und fragte: »Wie bitte? Was sagten Sie da eben?«

Seine Handgelenke am Steuerrad waren weiß. »Ich sagte«, er räusperte sich, »ich sah noch nie ein Mädchen – eine Frau wie Sie, nie zuvor. Sie sind anders ...«

Empörung ließ sie erstarren, aber sie faßte sich schnell, dachte: Nimm es nicht tragisch! Das ist ein ungebildeter Landarbeiter, ein armer Teufel, der nie was Gescheites gelernt hat. Er kennt nichts als Armut. Sie lachte gezwungen und belehrte ihn: »Ja, der Osten der USA ist eben ganz anders als der Westen, auch wenn es immer heißt, wir seien eine große Familie.«

Er sah starr geradeaus. »Ich sprach nicht von USA-Geographie, ich sprach von Ihnen. Ich habe nie ein Mädchen wie Sie gesehen. Sie fürchten sich vor nichts. Ich habe viele Weiber erlebt, zuletzt Cora Dart, die Lehrerin, weil sie keine Hoffnung mehr hat, daß sie sich den Bick angeln könnte. Sie ist gebildet und alles, aber so jemand wie Sie ist mir nie begegnet.«

Sie näherten sich dem Gatter. – Das ist das letzte Mal, daß ich mit dem Menschen gefahren bin, sagte sie sich und antwortete: »Das war ein sehr liebenswürdiges Kompliment, Jett, ich werde meinem Mann davon erzählen.«

Verstört fuhr er herum: »Nein, das werden Sie nicht.«

Angewidert wendete sie sich ab. – Wie kommt Jordan dazu, mich mit diesem Dreckskerl allein zu lassen! Wenn er es nicht weiß, muß es ihm jemand sagen. Ich werde es, nahm sie sich vor.

An der Auffahrt stand eine Reihe von Wagen. Ob sie zu Reata oder woanders hin gehörten, konnte Leslie noch nicht unterscheiden. Auch Pferde. Ich wollte, eines davon wäre Jordans Pferd und er wäre daheim, mich zu begrüßen! Ausgeschlossen, es ist ja erst kurz nach fünf. Jetzt bin ich zwölf Stunden auf den Beinen; da kann man schon müde sein. Sie öffnete den Schlag, und ohne Rink anzusehen, schritt sie langsam die Stufen zum Eingang empor.

Es war das erste Mal, daß sie allein diese imposante Freitreppe hinaufging, und jeder Schritt gab ihr das angenehme Gefühl, bei sich zu Hause zu sein. – Was Müdigkeit! Was Hitze! Ich bin daheim.

In der Portaldickung fiel ihr ein Wandkasten mit Glastüren auf. Wieso habe ich ihn noch nicht bemerkt? Vielleicht hatte sie es, jedoch den Eindruck verdrängt, weil er ihr peinlich war. Denn im Schrank hing eine Reihe Gewehre mit langen, blanken Läufen. Unheimlich. Und daneben an der getäfelten Wand lehnte noch eine Flinte. – Hat man je so was gehört? Eine Frau muß, um ihr Haus zu betreten, an Gewehren vorbei? Wie unzeitgemäß! Als ob wir noch in der Zeit der Indianer, der Skalps und der Pioniere lebten! Ich wende es Jordan sagen. Aber die Hauptsache, daß ich zurück bin und baden und mich umkleiden kann. Gewehre im Eingang sind schließlich etwas Romantisches. Warum nicht? Bei uns treiben sich im Vorzimmer Golf- und Tennisschläger herum und Angelruten, in Texas Flinten.

Aus dem Wohnzimmer drang Stimmengewirr, aus dem sie hocherfreut Jordans Stimme heraushörte. »Jujuuu!« rief sie. Wie schön, daß er da ist!

Eilig kam Bick durch die Haupthalle. Sonderbar wild blickte er drein. »Wo hast du gesteckt?« rief er ihr zu.

»Gesteckt?« wiederholte sie scherzhaft.

»Wo zum Teufel hast du gesteckt?«

»Liebster, wie siehst du aus? So erhitzt und verstört! Ist dir etwas über die Leber gelaufen?«

»Über die Leber gelaufen!« wiederholte er keineswegs scherzhaft. »Sprich!«

»Oh, ich habe ein ganzes Stück Texas gesehen. Wir waren in Nopal, fabelhaft! Wie ein versunkenes Dorf …«

»In Nopal?« schrie er. »Nopal! Dieser versoffene Schuft hat dich nach Nopal gefahren. Leslie, Leslie!«

»Schon gut, Jordan! Was ist denn Schlimmes dabei?«

Auf der Schwelle zum Wohnzimmer erblickte sie Vashti Snyth und Cora Dart. Wie kamen die hierher? »Hello, das ist ja reizend!« begrüßte sie beide, ging auf sie zu und warf ihrem Mann, der angewurzelt dastand, nur die Bemerkung zu: »Ich wollte ja nicht mit dem Boy fahren; es war dein eigener Wunsch.« Sie war verlegen und zugleich verärgert. Die Situation war zu sonderbar. Da half nichts als ganz Dame sein. Nur vor dem Besuch keine eheliche Szene! Lächelnd reichte sie Vashti die Hand, ergriff auch die schlaffe der Lehrerin und sagte so liebenswürdig wie möglich: »Ich glaube, hier geht es förmlicher zu als im Weißen Haus oder am englischen Hof, aber ich werde es schon lernen.« Die Blicke der beiden Gäste waren sonderbar ernst und leer. Sie aber plauderte weiter: »O Miss Dart, mir ist etwas Glänzendes eingefallen: Wie wäre es, Sie geben mir spanischen Unterricht, ich meine, wenn Ihnen genügend freie Zeit dazu bleibt und Sie …«

Erst jetzt sah sie Luz. Wie eine vergrößerte Teepuppe lag sie auf der breiten Couch. Der Mund stand offen. Die Augen waren geschlossen. Ihr Atem klang wie Schnarchen, nur unheimlicher; schrecklich.

Verwirrt sah Leslie die Frauen an, deren Blicke gespannt auf ihr ruhten. »Was ist geschehen?« stieß sie hervor.

»Das Pferd.« Mehr brachte Vashti nicht heraus, und Bick, der Leslie langsam gefolgt war, sagte mit starrer Miene, und sein Gesicht war blutlos: »Es ist meine Schuld. Sie wollte heute früh mit uns reiten. My Mistake – Mein Irrtum. Sie kann jedes Tier reiten, aber der Westernsattel war zu schwer – My Mistake trat in ein Erdloch, ein tiefes Eichhörnchenloch.«

»Was ist es?«

»Gehirnerschütterung«, sagte er leise. Und leiser noch: »Vielleicht noch was Schlimmeres. Schädelbruch.«

»Doktor Tom. Dr. Tom Walker!« flüsterte Leslie.

»Er ist hier. Er telefoniert.«

»Nach Benedict? Dem Spital?«

»In Benedict ist kein Spital,«

»Dann muß sie in den andern Ort, nach Viento.«

»Da ist auch keines.«

»Kein Krankenhaus in Viento?«

Das erste Wort, das Cora Dart vernehmen ließ, war: »Sie stirbt.« Und als bereite ihr diese Feststellung eine Genugtuung, wiederholte sie: »… stirbt.«

Auch Vashti schien die Sprache wiederzufinden. »Das Pferd hat sich das Bein gebrochen. Es ist gestolpert und hat sie abgeworfen. Ihr Kopf schlug auf einen Mesquitestumpf. Man hat das Tier erschießen müssen. Bick mußte es tun.«

My Mistake, dachte Leslie und war wie betäubt, My Mistake wird niemals den sinnlosen Sattel tragen. – Luz Benedict wird nie wieder im Reifrock reiten.

»Um Gottes willen, du wirst wieder ohnmächtig!« schrie Vashti auf. »Bick!«

Doch Leslie Benedict zwang die sich rings um sie her drehende Welt mit unglaublicher Willenskraft zum Stillstand und sagte: »Nein, nicht. Ich werde nie wieder in Ohnmacht fallen.«

15

Jeder und jeder kam zum Begräbnis, der Grundstock der Benedict-Dynastie war zwar zu jener Zeit nicht eben zahlreich, dafür aber strömten aus allen Richtungen der Windrose Freunde und Feinde, Geschäftsfreunde, Geschäftsfeinde, Rancher, Vaqueros, Kaufleute, Senatoren, Gouverneure, Cowboys, Millionäre, Politiker mit ihrem ganzen Anhang, und der Präsident der Vereinigten Staaten sandte eine Beileidsbotschaft. Seit dem Tod Jordan Benedicts II hatte Texas kein solches Begräbnis gesehen.

Luz Benedict war eine legendäre Figur. Ihr wirkliches Wesen kannte niemand außer ein paar Außenseitern wie Jett Rink, Cora Dart, Leslie Lynnton und auch Dr. Tom Walker. Ihr Bruder Bick, wie ein Baby von ihr verhätschelt, hatte sie nie durchschaut oder sich unwissend gestellt. Sie hatte ihn heiß geliebt, unter der Fuchtel gehabt und fast zugrunde gerichtet. Mutter-Weib, Weib-Schwester war sie ihm in anbetender Herrschbegierde gewesen und war gescheitert. In ihr hatte die Umwelt das Oberhaupt der Familie gesehen, nicht in ihrem um fünfzehn Jahre älteren Onkel Baldwin Benedict, der den Spitznamen Bawley – der Greiner – trug und die große Sektion Holgado unter sich hatte. Nein, Onkel Bawley wurde nie Häuptling des Benedict-Clans, und wer die Weisen von Texas nach der Ursache fragte, erhielt in markantem Texanisch die Antwort: »Bawley? Der hat kein Talent dazu und erst recht keine Lust. Wenn's ihm nicht paßt, sieht er von Neujahr bis Silvester keinen von der ganzen Familie. Er ist gescheiter und tüchtiger als alle andern, auch als Bick. Wenn er's drauf anlegte, müßten ihm alle die Stiefel lecken. Aber er tut's nicht. Er lächelt in sich hinein und läßt Bick die Reata und Luz den Bick dirigieren.«

Jeder, der nur irgend etwas in Texas war, fand sich zur Beisetzung ein, doch weniger aus Trauer um das plötzliche Hinscheiden der fünfzigjährigen Jungfer Luz als aus Ehrfurcht vor jener texanischen Institution, genannt »Die Benedicts auf Reata«. In den sterblichen Überresten, die so ungewohnt untätig in dem silberbeschlagenen Bronzesarg ruhten, verkörperte sich zum letztenmal ein dahingegangenes Jahrhundert von Texas. Alle Kunst der Leichenbestatter war nicht imstande gewesen, den verbissenen Ausdruck vom Antlitz der Toten zu entfernen. Ihre Brauen waren zusammengezogen, die Lippen trotzig verzerrt, die Backenknochen kämpferisch aufeinandergepreßt. Die von jähem, heimtückischem Tod Ereilte schien sich noch im Sarge zu sträuben, schien den Tod anzuzischen: Was fällt dir ein, Tod! Ich bin Luz Benedict auf Reata. Dies ist meine Ranch, mein Haus, mein Texas und meine Welt. Jeder der vielen Bekannten, der sich über den aufgebahrten Leichnam beugte, konnte nichts anderes sagen, als daß sie just ebenso dreinschaute wie im Leben. In den machthungrigen, anmaßenden Zügen stand deutlich geschrieben: Benedict herrscht und siegt. Macht, was ihr wollt – mein Wille geschieht. Alle Benedicts tun, was ihnen gefällt, und ich bin eine Benedict.

Im Großen Haus waren alle Schlafzimmer besetzt. Auch in dem musiklosen Musikzimmer und in der bücherlosen Bibliothek waren Gäste untergebracht. Das altehrwürdige Haupthaus aus Luftziegeln, in welchem Bick und die Benedicts vor ihm geboren waren, hatte seine Tore geöffnet, alle Räume waren gelüftet und nun bewohnbar für die zahlreichen Ankömmlinge in Trauerkleidung, die von allen Ecken und Enden des ungeheuren Staates und aus den meisten der übrigen siebenundvierzig, aus Texasperspektive relativ unbeachtlichen Mitgliedstaaten der USA herbeigeeilt waren.

Insgeheim dachte wohl mancher aus der Familie, die Luz komme mit ihrem Tod sehr ungelegen. Der Frühling ging seinem Ende zu, und ihre Schwester Maudie Lou wollte gerade mit ihrem polospielenden Gatten zu ihrem Sommeraufenthalt nach England, Schottland und Frankreich abdampfen. Vetter Roady Benedict hatte sich von seiner Tätigkeit in Washington auf einige Tage frei gemacht und fischte und jagte bereits in den Jagd- und Fischgründen, über welche die Benedicts in Kanada verfügten. Mr. und Mrs. Bowie Benedict weilten, als sie die Trauerkunde ereilte, auf ihrem Gestüt in Kentucky. Nur Onkel Bawley saß, als er die Nachricht empfing, wie immer auf seinem luftigen Adlerhorst der Sektion Holgado in den Trans-Pecos-Bergen. Angeheiratete Cousinen und Cousins zweiten und dritten Grades hatten ihre Golfplätze in White Sulphur, ihre Tennisturniere in Long Island, ihr Austern-Essen bei Antoine in New Orleans im Stich gelassen und ihre lichte Frühjahrskleidung mit schwarzer Trauergewandung vertauschen müssen, alles nur, um dieser entfernten Verwandten die letzte Ehre zu erweisen.

Leslie ging von Zimmer zu Zimmer, von Gruppe zu Gruppe. Meist unternahm sie nichts, sich vorzustellen. Mitunter sagte sie bloß: »Ich bin Mrs. Benedict«, und wurde dann in der Regel gefragt: »Welche Mrs. Benedict?« – »Jordan. Mrs. Jordan Benedict.« Worauf der betreffende Leidtragende die Augen aufriß und in den Ruf ausbrach: »Ach so! Bick! Bicks Frau, natürlich. Ich habe ja davon gehört. Sehr erfreut, Sie kennenzulernen.«

Sie fragte: »Wohnen Sie hier in der Gegend?« und hörte zum Beispiel als Antwort: »Milt K. Masters.«

»Sehr angenehm. Ich meinte, ob Sie nicht weit von Reata wohnen, Mr. Masters.«

»Mr. Masters?! Machen Sie keine Witze! Ich heiße Decker. Vern Decker, nicht Masters.«

»Aber ich verstand Sie doch ...«

»So heißt die Stadt, wo ich her bin. Town of Milt K. Masters heißt sie nach dem Burschen, der sie gegründet hat.«

Leslie fehlte die Zeit, darüber nachzusinnen, was diesen Milt K. Master bewogen hatte, sich dadurch zu verewigen, daß er seinen banalen Namen einer texanischen Kleinstadt aufprägte, und versetzte artig: »Wie interessant! Ihr Wohnort heißt nach einer Persönlichkeit so wie die Städte Washington, Houston oder auch Benedict.«

»Na, vorläufig ist es ja nur ein kleines Kuhkaff, aber gemütlich, sage ich Ihnen, das fidelste Nest in ganz Texas. Vier- bis fünfhundert Meilen von hier. Sie müssen uns mal besuchen. Wieso wart ihr überhaupt noch nicht bei uns, Sie und Bick? Das ist nicht sehr nett von Ihnen.«

»Ich bin erst ein paar Tage in Texas.« Ein paar Tage. – Ein paar Tage, seit sie in Vientecito ihr reserviertes Coupé verlassen hatte! Sie konnte es selber kaum glauben.

»Na, dann lassen Sie sich nur recht bald bei uns blicken! Sie müssen den größten Staat der Union kennenlernen, den größten, ja Ma'am, nicht nur an Umfang, ich meine: in jeder Beziehung – an Vieh, Ernte, Baumwolle, Pferden, Menschen.«

»Entschuldigen Sie mich bitte einen Moment! Ich glaube, mein Mann will mich sprechen. Da drüben ist er.«

»Oh, bitte sehr! Gehen Sie nur hin! Ein Glück, daß Bick Sie jetzt hat. Trösten Sie ihn! Er ist sicher sehr niedergeschlagen, wo Miss Luz nicht mehr da ist. Sie war für ihn Mutter und Schwester in einer Person.«

Leslie hatte die Todesnachricht nach Virginia telegrafiert, und wie sie nicht anders erwartet hatte, war Vater Lynnton bereit gewesen, mit der Mama zu kommen. Sie aber hatte geantwortet: »Kommt nicht! Die lange Reise. Bestattung schon übermorgen. Befinde mich wohl. Jordan schrecklich erschüttert, daß My Mistake es war.«

In diesen Tagen war ihr Bick wie ein Fremder, zu dem sie keinen Zugang fand. Die entfernteste Base schien ihm näherzustehen als seine Frau. Von Trauer zermürbt, von Gewissensbissen gemartert, lebte er in einer Betäubung dahin, darin Luz, My Mistake, Leslie, der Roundup und lange Jahre unbewußter Auflehnung, ja heimlichen Hasses auf dies dominierende Weib untrennbar miteinander verschmolzen. Leslie versuchte mit aller Zärtlichkeit, aller Klugheit, allem Verständnis, ihm aus der Verwirrung seiner Gefühle herauszuhelfen. Aber immer wieder erklärte er: »Sie wäre so gerne mit uns zum Roundup geritten. Warum hat sie es nicht getan? Warum kam sie nicht mit?«

»Wir wollten allein sein; und das hat sie sehr richtig gefühlt.«

»Wenn ich My Mistake nicht gekauft hätte, wäre sie noch am Leben.«

»Allerdings!« lautete Leslies entschlossene Antwort. »Und wenn Papa den ursprünglichen Eigentümer von My Mistake nicht kuriert hätte, und wenn ihm dieser nicht aus Dankbarkeit das Füllen verehrt hätte, wenn Wind Wings nicht in den falschen Paddock geraten und My Mistake infolgedessen niemals gezeugt worden wäre, und wenn mein Vater nicht Medizin studiert oder Mama nicht geheiratet hätte, ja, dann wäre das alles nicht passiert, und wenn du dich weiter zermartern willst, lieber Jordan, dann kannst du noch viel weiter zurückgehen.«

Sie war bestürzt und empört, als sie erfuhr, daß auf Jordans Geheiß Luz Benedicts Sattel, ihre Reitstiefel, ihr Stetson, ja sogar jener katastrophale Reifrock, das Familienerbstück, ins Schlafzimmer der Toten verbracht und wie in einem Heiligtum aufgestellt worden waren. – Wie muß er sie gehaßt, wie manches Mal ihr den Tod gewünscht haben! dachte die Gattin. Schuldbewußtsein ist etwas Schreckliches. Es kann ihn zerstören. Aber ich dulde es nicht. Sie behielt ihren Mann im Auge. In welchem der Zimmer sie auch nach dem Rechten sah oder die Honneurs machte, stets wußte sie, wo er war. Dabei dirigierte sie jetzt den ganzen enormen Haushalt. Es war erstaunlich, denn die Feierlichkeiten, Kondolenzbesuche,

Leichenschmäuse und Zeremonien nahmen das Ausmaß einer Hof- und Staatstrauer an. Ununterbrochen war sie auf den Beinen. Man hörte sie sagen: »In der Nähkammer können wir noch ein zweites Bett aufschlagen.« Oder: »Mein Mann will Sie bestimmt gerne noch sprechen; er braucht nur etwas Ruhe, er hat die letzte Nacht nicht geschlafen.« Gleich darauf: »Oh, ein Kuchen! Wie aufmerksam! Unsere Küche kommt mit Backen kaum nach.« – »Sie sind Jordans Cousine Zora? Natürlich, natürlich, er spricht oft von Ihnen.«

Die Damen aus der Umgegend, ihre neuen Freundinnen, die Girls, wie man sie nannte, auch wenn sie längst verheiratet waren, zeigten sich wunderbar hilfreich, besonders Adarene Morey und Vashti Snyth. Sie kannten ihr Texas und ihre Benedicts, waren Töchter, Enkelinnen und Urenkelinnen von Männern und Frauen, die es mannhaft mit allen Unbilden und Ausgeburten des Landes aufgenommen hatten, von Klapperschlangen und Dürre bis zum Bridge und Neiman-Marcus. »Laß nur, Leslie, setz dich! ich besorge es schon.«

»Ich will nicht sitzen, ich kann nicht.«

»Ich weiß. Ich will dir ja bloß ein bißchen Arbeit abnehmen. Du brauchst deine Kräfte, um den vielen Menschen Rede und Antwort zu stehen«, sagte die einstige Nebenbuhlerin Vashti ohne eine Spur Eifersucht.

Adarene Morey war am Morgen nach dem tödlichen Unglücksfall mit ihrem Mann eingetroffen. Sie waren ununterbrochen mit einer Stundengeschwindigkeit von 90 Meilen gefahren und hatten sich gleich um das Notwendigste gekümmert: Telegramme, Telefonate, Dienerschaft, Vorräte, Küche. In dem Tohuwabohu von hohen

Hüten, hohen Stiefeln, hohen Gestalten und einem Mißklang weiblicher und männlicher Reden und Ausrufe wirkte dies Paar wie ein Sinnbild des Friedens, der Ruhe: Lucius Morey in seinem adretten, untexanischen Anzug, den schwarzen untexanischen Chevreauschuhen und den klugen blauen Augen in dem sanften Bankiersgesicht, Adarene in einfachem, sachlichem Kleid mit ihrer schlichten Art und dem geraden Blick, aus dem Aufrichtigkeit und Verständnis sprachen.

Die kondolierenden Scharen strömten über die Freitreppe und durch die große Halle, betrachteten feierlich ernst die sterbliche Hülle dessen, was fünfzig Jahre lang Luz gewesen, ergossen sich dann in den Speisesaal und darüber hinaus in die Höfe und über die Anfahrt, um neuen Gästen entgegenzugehen. Die Stadt Benedict und alle Straßen und Wege meilenweit in der Runde wimmelten von dem Zustrom, der kein Ende zu nehmen schien. Der Pförtner Arcadio beim Tor des schmiedeeisernen Gitterzauns konnte nicht schnell genug hinken, um die Besucher Revue passieren zu lassen. Man mußte ihm noch zwei Mexikaner als Assistenten beigeben. Denn ungeachtet des Wirrwarrs, der Trauer, des Andrangs, durfte niemand, ob braun, schwarz oder weiß, die Einfriedung passieren, der sich nicht ausweisen konnte oder den Hütern Reatas bekannt war, mochte es Fidel Gomez, der Kojote aus Nopal, sein oder der Gouverneur, der mit seinem Adjutanten eigens aus Austin herbeigeeilt war.

Auf jeden, der kam, richtete Bick seine verbeulten Augen, als wolle er in den Kummerfalten der Leidtragenden eine tröstliche Antwort auf seine stummen Selbstanklagen lesen. Doch er hörte nur Worte wie: »Also Bick, wie ich das gehört habe, ich bin bald umgefallen vor Schreck.« Oder: »Als Vertreter des Great Commonwealth of Texas möchte ich im Namen all unserer Mitbürger ...« Oder: »Mi estimado amigo, lo siento mucho ...« – »Geschätzter Freund, ich bedaure sehr ...«

Leslie mit knapp einer Woche Texas-Erfahrung suchte sich in der Trauerversammlung all die verschiedenen texanischen Namen, Gesichter, Gebräuche nach Möglichkeit einzuprägen. Die Placers, das war leicht. Auch Bowie und Frau, Roady und Frau und ein paar Nichten und Neffen gingen noch an. Aber die andern, die Hunderte, Tausende, die ihr wie Millionen schienen! Sie memorierte: Mrs. Jennings ... äää soundso Beezer ... Ila soundso Motten ... Mrs. Jakes ... Kling – aus!

Vashti Snyth hielt – mit Recht – tüchtig essen für ein Allheilmittel gegen Trauer. Sie zupfte Bick am Ärmel, nahm Leslie beim Arm und lotste die beiden in Richtung des Speisesaals, aus dem fortwährend Teller-, Messer- und Gabelgeklapper und schwere Bratengerüche drangen. »Ihr müßt essen, damit ihr bei Kräften bleibt. Wie wollt ihr das morgen aushalten, wenn ihr heute nichts eßt! Leslie, Bick sieht elend aus. Bick, Leslie ist direkt abgemagert. Pa wäre so gern herübergekommen. Sobald er sich wohler fühlt, soll ich ausrichten, macht er euch seinen Kondolenzbesuch. Eigentlich müßte ich zu ihm. Er ist so schwach, daß er nicht einmal mehr über meinen Mann herzieht. Ja, seit über einem Jahr ist er nicht mehr recht beieinander. Gestern hat er zu mir gesagt: ›Vashti‹, hat er gesagt, ›ich mach's nicht mehr lang, aber wenn's soweit ist, versprich mir, daß ihr mich so beisetzt, wie ich's gewohnt bin: ohne Krawatte, kein weißes Hemd! Bloß keinen Sonntagsstaat! Meine lederne Buschjacke, fertig.‹ Bick, warum ißt du nicht? Du siehst ganz spitz aus. Leslie, nimm dir ein Stück Kuchen; ich gieße dir Kaffee ein.«

Adarene Morey, dicht an Leslies Seite, redete in dem Lärm leise, eindringlich auf sie ein: »Ruhe, Ruhe! Bick kommt schon zurecht. Die vielen Leute, das tut ihm gut. Streng dich nicht so an! Laß die andern nur machen. Weißt du, die meisten sind noch mehr auf dich gespannt als darauf, Luz noch einmal zu sehen. Sie sind auch neugierig, wie Bick sich verhalten wird.«

»Warum auf mich?«

»Die Königin ist tot, es lebe die Königin – wenn sie es kann.«

»Ich kann es.«

Beim Eingang steigerte sich der Lärm.

»Was ist da? Wer kommt?«

Onkel Bawley, der einsam, königlich, in Glanz und Dreck und Speck auf Holgado das Zepter schwang! Onkel Bawley, der sich zu Bicks Hochzeit nur durch Übersendung eines silbernen Prunkstücks geäußert hatte, das aussah wie ein Zenotaph. Was es in Wirklichkeit vorstellte, ob es ein Schmuckstück sein oder irgendeinem Zweck dienen sollte, blieb Mama Lynnton und Leslie immerdar schleierhaft. Doch Onkel Bawleys Einzug in Reata war eine Sensation. Als er sich durch das Gewühl der Verwandten, Freunde, Nachbarn, Amtspersonen und Delegierten hindurchwand, befiel Leslie ein Schreck, denn Tränen flossen, nein strömten aus seinen Augen, fluteten ihm über Wangen und Kinn. Und dieser Anblick war um so bestürzender, als Onkel Bawley alle anwesenden Männer, die dichtgedrängt mit ihren breiten Schultern die Wände zu sprengen schienen, ja die ganze texanische hochbehutete, hochbeabsatzte Männlichkeit gleich einem wandelnden Turm überragte. Und doch umgab diesen Giganten eine gewisse Grazie und Eleganz. Im Gegensatz zu den kondolierenden Ranchern in ihren lederfarbenen Röcken und naturledernen Reitstiefeln trug er schwarze untadelige Schuhe und einen dunklen Anzug, dem Leslie ansah, daß er dem Atelier eines ersten New-Yorker Schneiders, vielleicht sogar den zaubrigen Händen eines Londoner Schneidergenies entstammte. Nicht einmal der Ansatz zu einem Bäuchlein war bei dem bald Siebzigjährigen wahrzunehmen.

Leslie Benedict hatte das Gefühl, sie könne diesem gigantischen Onkel nicht unter die tränenüberfluteten Augen treten. Sie waren fahlblau, diese Augen; von Wind und Sonne gezogene Furchen strahlten aus ihren Winkeln über die Schläfen aus. Trotz seiner städtischen Kleidung wirkte der Alte wie eine Fabelgestalt, wie ein Märchenwesen. Langsam rückte er durch den überfüllten Raum auf seinen Neffen Jordan zu. Viele Hände streckten sich in herzlicher Zuneigung ihm entgegen, und er schüttelte sie freundlich und hoheitsvoll. Leslie wußte bereits, daß Onkel Bawley angekommen war. Man hatte ihr mitgeteilt, er wolle weder im Großen noch im Haupthause logieren und habe sich in einem der Siedlungshäuschen einquartiert. Einige Stunden danach, als sie ihn besser kannte, erhob sie gegen die unbequeme Unterbringung Einspruch, sagte: »Du solltest hier bei uns wohnen.« – »Ich im Großen Haus?« antwortete er. »Da ersticke ich ja. Ich könnte ebensogut in der Cheopspyramide übernachten.«

Nachdem er Bick teilnehmend die Hand gedrückt hatte, wies dieser stumm auf Leslie, die abseits stand. Der Alte kniff erst die Augen zusammen, dann schlug er sie auf, und sie ruhten auf ihr, und er kam auf sie zu; nun gab es für sie kein Entrinnen. Erschrocken sah sie, wie er sich mit dem Taschentuch über die nassen Augen fuhr, und wunderte sich, daß seine Gesichtszüge unter der Tränenflut so gelassen blieben.

Er blickte von seiner Höhe auf sie herab und ergriff ihre Hand. Verlegen stotterte sie: »Ich kann mir denken, wieviel sie Ihnen bedeutete, Ihre älteste Nichte. Glauben Sie mir, ich spüre Ihr Leid wie Jordans Leid und …«

Mit der freien Hand betupfte er wieder die Augen und sagte, und seine Stimme war sanft, tief und fast zärtlich:

»Daran brauchen Sie sich nicht zu stoßen. Ich flenne nicht. Es ist eine sogenannte Allergie. Vierzig Jahre hat es gedauert, bis man dahintergekommen ist.«

»Eine Allergie?«

»Ja. Ich habe eine Abneigung für Vieh, eine Kuhallergie. Infolgedessen läuft mir das Wasser schoppenweise aus den Augen.«

Sie lächelte pflichtschuldigst, und da der Onkel seine sonderbare Erklärung im allertexanischsten Texanisch vorgebracht hatte, argwöhnte sie einen lokalen Scherz, den sie nicht verstand, und sagte: »Merkwürdig! Wie geht das nur zu?«

»Ja, nachdem ich über vierzig Jahre lang geschneuzt und geschnüffelt und getropft habe, sind die gescheiten neuesten Ärzte dahintergekommen«, fuhr er in seinem Holgado-Idiom fort. »Mein Leben lang war ich ein Kuhmann wie alle Benedicts seit bald hundert Jahren, und da kommt auf einmal so ein Küken vom John-Hopkins-Institut und entdeckt, ich vertrage keine Kühe.«

Leslie vergaß den Trauerfall, das Zeremoniell, die ganze angeheiratete Sippschaft, einen Moment sogar Jordan – so war sie gespannt, ja fasziniert. Sie nahm Onkel Bawleys Arm und steuerte ihn aus den dichten Gruppen, die offenbar lieber die Mitte des großen Raums einnahmen und standen, in eine der Ecken, in der ein mächtiger Diwan, dessen Arme allein schon so breit waren wie ein normaler Stuhl, schräg zur Wand stand, vielleicht aus Versehen, vielleicht auch noch nach Luz Benedicts Anordnung.

Auf diesem Möbel saßen die beiden nun, der Onkel die langen Beine gespreizt, den Rücken angelehnt, und seine neue Nichte im Winkel. Ihre Glieder waren entspannt. Sinnend blickte sie auf die handgearbeiteten Schuhe des alten Herrn und sagte: »Das ist etwas für Papa, ich muß ihm von Ihnen und Ihrer Allergie erzählen. Es wird ihn sehr interessieren.«

»Wieso?«

»Er ist Arzt.«

»Ist er hier?«

»Nein, bei uns zu Hause, das heißt in Virginia, wo wir – das heißt meine Eltern – wohnen. Erzählen Sie mir bitte Näheres von dieser Krankheit. Und von sich, Onkel – darf ich Onkel Bawley sagen?«

»Es wäre sehr lieb von dir, Leslie.«

»Danke, Onkel Bawley! Bawley paßt eigentlich nicht zu dir; man denkt dabei an *bawl,* und du heulst doch nicht, du hast eine melodische Stimme.«

»Danke, Leslie! Aber der Name Leslie paßt ebensowenig zu dir. Ich bin sonst nicht so schnell bei der Hand, jemand beim Vornamen zu nennen, zumal keinen Yankee; die sind so empfindlich.«

»Wir? Findest du? Ich glaube, die Texaner sind in solchen Dingen viel empfindlicher.«

»Die sind bloß eitel«, erklärte Onkel Bawley, »eitel wie Pfauen, und tun dabei, als seien sie die Bescheidenheit selbst. Sie spielen Theater, fast alle. Sie spielen Texas.«

Leslie brach in entzücktes Gelächter aus, erschrak aber sogleich im Hinblick auf die Trauerversammlung, unterdrückte den Heiterkeitsausbruch und rückte durch das Kissengebirge an Onkel Bawleys Seite. »Du bist so erfrischend, Onkel, und hoffentlich nicht empfindlich. Jordan hat mir von dir erzählt, nur nicht genug. Warum bist du nicht zu unserer Hochzeit gekommen?«

»Zu Hochzeiten gehe ich nicht. Das ist Zeitvergeudung. Heiraten kann jeder ein dutzendmal. Mit dem Begräbnis ist das was anderes. Das leistet man sich nur einmal.«

Leslie log liebenswürdigerweise: »Du hast uns ein prachtvolles Hochzeitspräsent geschickt.«

»So? Ich weiß nie, was Tiffany schickt. Ich habe einfach geschrieben, sie sollen etwas liefern, was so aussieht, wie ein Hochzeitsgeschenk aussehen soll.«

»Das haben sie geliefert«, murmelte die Jungvermählte und dachte, wann wohl die Kisten mit den Hochzeitsgaben aus Virginia eintreffen würden und wo man den silbernen Zenotaph hinstellen solle. Selbst in diesem weitläufigen Kastell schien das ein schwieriges Problem. Aber damit wollte sie sich jetzt nicht aufhalten. Sie kam auf das Ausgangsthema zurück, das ihr weit mehr zu denken gab. »Bei deiner Tätigkeit muß dir doch das recht lästig sein, die Allergie, meine ich. Nicht?«

»Es ist zum Kotzen – Pardon, liebes Kind! Aber in meinem Hochland wirkt es sich nicht so schlimm aus. In der klaren Luft merk' ich es manchmal kaum. In der Sommerhitze, wenn der übliche Regen ausbleibt, setzt auch der Tränenstrom manchmal ein paar Wochen aus. Aber hier unten – kaum hatte ich das erste Mesquite gesehen, da hat es schon wieder gespritzt! Der Wind, der Staub, die Kuhfladen, die haarigen Häute wirken auf meine Tränendrüsen sehr animierend. Wenn hier die Rancher gescheit wären, würden sie mich dazu engagieren, daß ich in ihrem dürren Buschland herumlaufe und den Boden bewässere. Staub und der schreckliche Wind sind wohl das schlimmste für mich.«

»Der schreckliche Wind«, wiederholte sie. »Daß der nie aufhört! Er macht mich nervös, aber bitte, sprich zu Jordan nicht davon!«

»Das tut nichts«, sagte der Onkel gelassen. »In Texas sind alle nervös. Man merkt es nur nicht gleich, weil es solche Kolosse sind. Ist dir nicht aufgefallen, wie oft sie lachen? Das ist ein Zeichen von Nervosität. Denn an sich sind sie nicht von heiterer Gemütsart. Oben im Panhandle sind sie noch zappeliger. Da setzt der Wind überhaupt niemals aus. Sogar die Kühe sind dort nervös. Aber dort wo ich wohne, in den Davis Mountains, ist alles in schönster Ordnung.« Er zog ein frisches weißes Batisttaschentuch aus der Brusttasche, entfaltete es und wischte sich die tränenüberströmten Lider. Der Hüne mit der lederartigen Haut, der melodischen Stimme, den geschmeidigen Schuhen, dem feinen Batist hat etwas von einem Dandy, dachte Leslie und sog schnuppernd und mit Genuß das Juchtenparfüm ein, das von dem Taschentuch ausging. Er bemerkte es und sagte: »Du findest es wohl komisch, daß ein Kuhmann sich parfümiert?«

»Durchaus nicht. Ich habe es gern, wenn ein Mann auf sein Äußeres Wert legt. Und deiner Allergie tut etwas Parfüm gewiß gut.«

»Was hat die mir schon alles eingebrockt! Zuerst meinen Spitznamen. Wie dieses Geträpfel angefangen hat, haben die Leute meinen richtigen Namen Baldwin zu Bawley verhunzt, und seitdem bin ich der Greiner Benedict.«

»Das finde ich wirklich abscheulich, lieber Onkel. Ich werde dich Baldwin nennen.«

»Ach, laß nur! Jetzt bin ich schon dran gewöhnt. Die Mexikaner nennen mich Ilorono – den Tränenden. Aber im College, in Harvard, war mir das Geriesel doch verdammt unangenehm. Wie sie mich ausgelacht haben! Aus lauter Wut bin ich Schwergewichtsboxer geworden und Torwart beim Fußball, bloß um mir Respekt zu verschaffen. Ich war damals massiver als heut und habe der Bande gezeigt, daß ich kein Angsthase bin, der nach Mama weint.«

»Du hast in Harvard studiert?«

»Wie wir alle, auch dein Bick. Er hat dir gewiß davon erzählt. Erst Harvard, dann England und der Kontinent. Die Benedict-Töchter schickt man zur bessern Erziehung an die Ostküste, alles nur, um zu beweisen, daß wir keine Provinzler sind.« Er war plötzlich aus seinem Texanerslang in ein Oxfordenglisch verfallen, was Leslie natürlich auffiel. Sie fragte ihn nach dem Grund, warum er sonst ein so knorriges Idiom spreche, und er antwortete: »Ja, manchmal vergesse ich, à la Texas zu sprechen.«

Und nun sagte sie wie vorhin er: »Das tut nichts. Ein Dialekt ist schließlich so gut wie der andere, und im Grunde genommen ist fast jede Sprache ein Dialekt.«

»Teils – teils, Was hier unten gesprochen wird, ist ein Gemengsel aus Spanisch, Mexikanisch, Negro, Englisch, Französisch, Deutsch und allem, was sich hier sonst noch an Fremdsprachen herumtreibt.

Es ist ein Jargon, und wir übertreiben ihn noch – wie eine junge französische Schauspielerin, die ich als junger Bursch in New York kennenlernte. Die konnte so gut Englisch wie wir, aber sie sprach es nicht um die Welt. Sie radebrechte ein furchtbares Kauderwelsch und dachte, dadurch sei sie einzig in ihrer Art und werde weltberühmt. Wir sind genauso. Wir können gut Englisch, die meisten von uns …«

»Ja, Jordan und Maudie Lou können es.«

»Aber wir kaprizieren uns auf unsern Jargon, weil wir uns einbilden, wir seien dadurch etwas einzig Dastehendes.« Seit vollen fünf Minuten hatte sich Onkel Bawley nicht mehr die Augen gewischt. Sein Tränenstrom schien versiegt.

»Onkel Baldwin«, gestand die junge Frau, »mit dir unterhalte ich mich gern.«

Er errötete wie ein Backfisch. »Das ist komisch.«

»Was ist daran komisch?«

»Ich spreche sonst nie mit Frauen, fast nie. Ich bin es nicht mehr gewohnt. Oben in der Sektion Holgado gibt es keine außer denen der drei Distriktsleiter in der Siedlung. Die Landarbeiter sind meistens ledig, und Vaqueros stellen wir keine an, so nah an der Grenze. Außerdem gibt es natürlich noch Mexikanerfamilien in Montarez. Das ist die Stadt außerhalb der Ranch. Worüber lächelst du?«

»Die Stadt außerhalb der Ranch. – So was kann nur ein Texaner sagen. Überall sonst hieße es: Die Ranch außerhalb der Stadt.«

»Mag sein. Aber wenn die Ranch Holgado nicht wäre, gäbe es nebenan keine Stadt, höchstens ein paar mexikanische Hütten.«

Leslie hatte noch einiges auf der Zunge und konnte sich nach kurzem Zögern nicht die Frage verkneifen: »Sag, Onkel Baldwin, warst du nie verheiratet?«

»Liebes Kind! Wie stellst du dir das vor? Meinst du, ein Mädchen nähme einen Mann, der beim Heiratsantrag andauernd salzige Tränen vergießt?«

Prüfend sah sie ihm in die Augen, kombinierte und analysierte im Sinn Dr. Lynntons. Sie hatte von ihrem Vater manches gelernt, und die Frage, die sie nun stellte, hatte sich schon bei Erwähnung der Allergie zu formen begonnen:

»War es dein eigener Wunsch, Onkel Baldwin, ein Kuhmann zu werden? Wolltest du Chef von Holgado sein, ein großer Benedict-Rancher usw.?«

»Nie, Herzchen. Ich habe das alles zum Teufel gewünscht.«

»Was wolltest du werden?«

»Merkwürdig, daß du mich danach fragst. Ich habe seit Jahren nicht mehr daran gedacht. Ich wollte eigentlich Musiker werden, Pianist.«

Elektrisiert fuhr sie auf. Spaßte er? Sein Ausdruck war anders als bisher. Verträumt sprach er weiter: »In unsrer Familie hat sich sporadisch immer wieder einmal musikalisches Talent gezeigt, aber sobald es auftrat, hat man es schnell unterdrückt.«

»Onkel Baldwin – du wolltest wirklich Berufsmusiker werden?«

»Ich weiß nicht, ob ich fest dazu entschlossen war. Ich habe bei Lewenoff in Paris studiert. Und dann ging gleich der Krach los. Ich mußte heim. Was mir die Familie zugesetzt hat, läßt sich nicht beschreiben. Wenn ich eine Spielhölle aufgemacht oder eine Mexikanerin geheiratet hätte – ärger hätten sie sich auch nicht anstellen können! Damals waren die jungen Männer unfreier als heute. Pa ist mir gehörig aufs Dach gestiegen; auch Bicks Pa hat mir die Leviten gelesen, mein älterer Bruder, der Jordan Zwei. Dann haben sie mich mitgenommen. Ein Roundup nach dem andern. Kälber einfangen, kutten, brennen, kastrieren, kannst dir denken, wie das die Hände ruiniert, ich meine: fürs Klavierspielen. Total! Ich habe so gern Chopin gespielt. – Und Brahms – Brahms war damals das neueste; ich habe ihn glühend geliebt. Zum Stümpern ist er mir zu gut, und meine Finger – mein Gott! –, sie waren steif wie Draht. Ich saß am Klavier und habe nur noch meine Finger angeschaut. Dann habe ich es aufgesteckt.«

Sie sah auf seine verwitterten, sonnverbrannten Klavierpranken und hielt mit Mühe die Tränen zurück. Er aber lächelte.

Seine Zähne schienen schlechter gepflegt als sein Anzug und nicht in so gutem Zustand wie seine Schuhe; er war ja auch dreimal so alt wie Leslie. – Oh, diese Hände, die ihren Beruf verfehlten! Ihr war, als müsse sie sich zu ihnen hinunterbeugen, sie liebkosen wie eine Mutter ihr Kind, wenn es sich weh getan hat. »Ach, lieber Onkel Baldwin!«

Er aber wollte nicht bemitleidet werden. Er sagte nüchtern: »Wieso kamen wir auf Brahms? Ach so, ja! Man nahm mich von ihm weg. Benedicts brauchten damals einen neuen Chef auf Holgado. Ich wurde inthronisiert. Verrückt! Die tun, als wären sie ein regierendes Haus oder so was! Heute noch, wo es weiß Gott nicht mehr zeitgemäß ist, nur verhängnisvoll.« Er legte den Arm um ihre Schultern. »Leslie, ich sage dir: Wenn deine Kinder sich einmal zu etwas berufen fühlen, dann sorge dafür, daß sie es durchführen können.«

»Das werde ich, Onkel Baldwin, Ich verspreche es dir.«

»Und schau, daß Bick dich bald zu Besuch nach Holgado bringt! Im Frühling ist die beste Zeit dazu; da blühen die spanischen Dolchblumen. Oder im Sommer nach der Regenzeit. Dann grünt Holgado.«

»Steht es dort oben gut, lieber Onkel, ich meine: Bist du mit deinem Erfolg zufrieden?«

»Das kann man wohl sagen. Holgado ist der Hauptverdiener des ganzen Betriebs. Nicht einmal Maudie Lou und Placer und Bowie können behaupten, es sei unrentabel. Ich züchte natürlich nicht das neumodische Viehzeug wie Bick hier auf Reata. Er ist darin gewiß enorm tüchtig; das bestreite ich nicht. Er kann und versteht alles, was es auf einer Ranch zu tun gibt, mit Haut und Horn und Haar …«

Er lächelte sonderbar zart, ein süßes, kindliches Lächeln. »Seit Jahren habe ich mit keiner Frau so viel gesprochen wie mit dir.«

»Onkel Baldwin, du bist entzückend. Du gefällst mir«, strahlte die junge Frau. Aber da trat von hinten die Schwägerin Maudie Lou Placer an sie heran, beugte sich über die breite Rückenlehne der Ottomane und sagte mit ihrer schneidenden Stimme: »Immerzu kommen Leute und fragen natürlich nach dir. Elly Mae und ich tun unser möglichstes, auch Roady und Lira, das versteht sich von selbst, aber mit Bick ist ja nicht zu rechnen; er ist down. Und nun ziehst du dich auch noch mit Onkel Bawley in den Schmollwinkel zurück!«

Leslie sprang auf. »Entschuldige, Maudie Lou! Ich vergaß ganz …«

»Den Eindruck habe ich auch«, sagte die Schwägerin so dialektfrei wie möglich.

Die Halle, die Säle und Zimmer im Erdgeschoß waren so gepreßt voll Menschen, daß ein Vorwärtskommen recht anstrengend war. Der große Speisesaal erwies sich als bei weitem zu klein. Statt der sonst üblichen zwanzig Gedecke waren deren siebzig auf drei Tischreihen aufgelegt, die Stühle dicht aneinandergerückt, und die Leute drängten sich wie in einer Großkantine, aßen, gingen, und andere warteten schon auf die frei werdenden Plätze. Speisen rollten lawinengleich aus der Küche herein, der Kaffee floß in Strömen, und die Luft war geschwängert von Speisegerüchen und Tabakrauch. Zwanzig Mexikaner servierten und räumten ab; ein Dutzend versah den Küchendienst. Schüsseln, Terrinen, Platten und Teller dampften, und eilige Rufe schwirrten herüber, hinüber.

Die Anfahrt bis drüben zur Straße und zum unkrautbewachsenen Vorhof des alten Haupthauses war von Wagen und Rossen bevölkert. Zwischen beiden Häusern, die eine halbe Meile auseinanderlagen, war zur Bequemlichkeit der Gäste ein ständiger Auto-Pendelverkehr eingerichtet. Es war schon Nachmittag, und Leslie hatte noch keinen Bissen zu sich genommen. Sie warf einen scheuen Blick auf die hohen Doppeltüren des Empfangszimmers, die sich immerzu öffneten und wieder schlossen und hinter denen das kleine, bittere Weib aufgebahrt lag. Sie wollte nicht mehr an Luz denken, nicht an die morgige Beisetzung, nicht an die Hitze und wünschte aus Herzensgrund, das ganze Riesengebäude mitsamt den wohlmeinenden Gästehorden und den Bedientenscharen möge in fernste Ferne verschwinden, damit sie wieder allein sei mit jenem Jordan Benedict, den sie in Virginia kennengelernt hatte, fern vom Getose und Grauen der endlosen Räume von Texas. Sie drang bis zu ihrem Gatten vor, der in einer Gruppe von Männern an der Flügeltür stand, und während sie sich bei ihm einhängte, dachte sie: Er sieht unheimlich aus. Als sei er in seinen Kleidern zusammengeschrumpft, und sie sagte: »Ich sprach mit Onkel Bawley. Er ist wundervoll.«

»Ja, ganz groß!« antwortete Bick.

»Du, Jordan, hast du etwas gegessen?«

»Danke, ich hatte Kaffee.«

»Von Kaffee allein kann man nicht leben. Ich hatte auch noch nichts. Komm mit!«

Er schüttelte den Kopf und entzog sich ihr. »Eines der Girls oder vielleicht Maudie Lou kann ja mit dir gehen. Da kommt Adarene. Sie wird dir Gesellschaft leisten.« Er wandte sich wieder den Männern zu, und Adarene sagte: »Leslie, du siehst nicht gut aus. Fühlst du dich nicht wohl?«

Leslie stützte sich sanft auf den Arm ihrer Freundin. »Was meinst du, würde man es mir übel auslegen, wenn ich jetzt in mein Zimmer ginge, um mich ein wenig auszuruhen?«

»I wo!«

»Bitte komm mit!«

Wie zwei Missetäter wanden sie sich durch die überfüllten Räume und die breite Treppe hinauf, auf der Gäste, die keine der beiden kannte, hinauf- und herunterdrängten. – Wie in einem Museum bei freiem Eintritt, dachte Adarene, und Leslie: Wenn bloß nicht in meinem Zimmer, sobald ich die Türe öffne, eine fremde Gesellschaft sich in meinen Sesseln und meinem Bett breitmacht!

»Da wären wir!« sagte Adarene und drehte den Türknopf. Aber die Tür war verschlossen. Die beiden Frauen standen perplex.

»Wer …?« Leslie war außer sich. »Wer ist da drin?« Mit beiden

Fäusten trommelte sie gegen die Tür. Seit Tagen aufgespeicherte Erregung entlud sich. Aber von drinnen kam keine Antwort.

»Soll ich durchs Schlüsselloch gucken?« fragte die Freundin. »Durchs Schlüsselloch – in mein eigenes Zimmer!«

»Es ist ein enormes Schlüsselloch«, lächelte Adarene.

»Meinetwegen«, gab Leslie zu, aber da sahen sie aus der Tiefe des langen Korridors jemanden lautlos herannahen und ließen von ihrem Vorhaben ab.

Es war Lupe, die dienstbare Mexikanerin, und sie hielt in der Hand einen Schlüssel, der zu einem Kirchenportal gepaßt hätte. Aber er paßte zu Leslies Tür. Lupes schwarze Augen zwinkerten voll Verständnis. Ihr Kopf wies vielsagend nach dem Gästeschwarm auf der Treppe. Der Schlüssel knirschte im Schloß. Die Tür sprang auf. Leslie blickte ins Zimmer hinein, als fürchte sie, jemand könne durchs Schlüsselloch Eingang gefunden haben.

»Entre, Señora!« Die Magd reichte ihrer Herrin den Schlüssel und gab ihr durch eine drehende Handbewegung den stummen wohlmeinenden Rat, von innen abzusperren. Noch ein Kopfnicken in Richtung des Stimmengewirrs, dann zog sie die Türe von außen hinter sich zu, wartete aber noch, bis ein Drehen des Schlüssels im Schloß anzeigte, daß ihr Rat befolgt war.

»Die sind wohl die einzigen, die Luz aufrichtig betrauern«, sagte Adarene. »Hast du sie in der Nacht gehört?«

»Nein. Was war?«

»Die Mexikaner hielten ihre eigene Trauerfeier. Lew und ich hörten sie lange nach Mitternacht in ihren Barrios zur Gitarrenbegleitung ihre Lieblingslieder singen und den Rosenkranz beten.

Wochenlang werden sie jetzt ihre Trauerzeremonien fortsetzen, die zum Teil etwas Spukhaftes haben.«

»Warum das? Weil es sich um eine Benedict handelt? Auch wieder ein Überrest aus der Feudalzeit?«

»Nicht ganz, Leslie. Luz war streng mit den Leuten, aber sie hat sie verstanden, jedenfalls die ältere Generation, und man hat sie geachtet. Sie war sozusagen das Mutterpferd im Benedictstall, die *madrina.* Sie haben sie natürlich nie so genannt; sie haben es aber gefühlt. Willst du dich nicht hinlegen? Mach die Augen zu! Vielleicht kannst du ein bißchen schlafen.«

»Du liebe gute Adarene!«

»Oder soll Lupe dir Tee bringen?«

»Nicht jetzt. Ich wollte nur aus dem Gewühl heraus.«

»Es gibt dir jedenfalls eine Möglichkeit, Texas und die Texaner kennenzulernen, wie sonst erst in vielen Monaten. Jetzt hast du alle beisammen, große und kleine, die Baumwollreichen, die Abgewirtschafteten und die Steinreichen, Alt- und Neutexas. Die Vieh- und die Öl- und die Weizenmagnaten und die neureichen Großkaufleute aus Hermosa, Houston und Dallas.«

»Ich wollte, ich verstünde davon soviel wie du. Dann könnte ich Jordan ein wenig nützen.«

»Mit Onkel Bawley hast du ja außerordentlich lebhaft und lang konversiert.«

»Außerordentlich? War mir gar nicht bewußt.«

»Hat aber Aufsehen erregt. Noch niemand hat ihn so lange mit einem weiblichen Wesen plaudern sehen. Er gilt als weiberscheu.«

»Ich wollte nicht pietätlos sein gegenüber Luz. Hoffentlich hat man mir das nicht falsch ausgelegt.«

»Luz war unter anderm ein Biest, ein Schreckgespenst, ein verrücktes. Darüber sind alle im Bild. Aber sie war Luz Benedict. Die Madama.«

»Mir ist noch vieles unverständlich. Sag, Adarene! Bist du hier glücklich?«

»Ich wäre unglücklich, wenn ich anderswo leben müßte. Ich habe es versucht. Texas liegt mir im Blut. Ich weiß selber nicht recht, was es ist. Eine immense Vitalität oder eine unfaßbare Unruhe.«

»Ich habe das Gefühl, sie spielen alle Wildwest. Wie Kinder bei uns daheim auf dem Hinterhof.«

»Mag sein. Zuweilen. Aber hier ist noch immer ein Großteil Wildwest – mit einer Oberschicht aus Autos und numerierten Baracken und Villen und korinthischen Säulen und allerneuesten Hochhäusern, wie sie mein Lucius mit Gabe Target und seinem Konsortium aus dem Boden stampfen. Wolkenkratzer in der Prärie, wo Millionen Quadratmeilen leerstehen!«

Leslie ging zum Fenster, lugte durch die Jalousie, schloß geblendet die Augen, kam zurück, setzte sich auf den Bettrand, strich mit der Hand über die Decke, legte sich dann zurück und deckte den Unterarm über die Augen. »Manchmal habe ich Angst.«

»Kein Wunder. Aber du wirst dich daran gewöhnen. Dich ängstigt die Ranch, das Klima. Ich verstehe auch nicht, warum sich Bick darauf kapriziert, das ganze Jahr über hier zu hausen. An seiner Stelle täte ich's nicht. Wir sind doch auch Rancher wie hier jeder, sei die Ranch groß oder klein. Aber ich möchte nicht ständig drauf wohnen. Die Zeiten sind anders geworden, ich vielleicht auch, und sogar die Kühe sind anders. Ich bin noch keine Dreißig, aber an die Longhörner erinnere ich mich noch gut, wenigstens an ein paar. Und jetzt züchtet man ein graues orientalisches Monstrum mit Schlitzaugen und Höcker. Nicht du allein hast Angst. Ich auch. Jeder.«

Es klopfte. Leslie fuhr auf, richtete sich das Haar. Das Klopfen ging weiter. Die beiden sahen sich an. Adarene legte den Finger an den Mund. Leslie erhob sich. »Vielleicht ist es Jordan«, flüsterte sie und rief: »Wer ist da?«

»Kinder darf ich herein?« Es war Vashti.

Adarene schien die Störung nicht recht zu sein. Sie blickte fragend auf Leslie, doch da diese zustimmend nickte, drehte sie den Kirchenschlüssel im Schloß. Mrs. Snyth kam herein mit betrübtem Gesicht wie ein Kind, das man nicht mitspielen läßt. »Ich hab' euch hinaufgehen sehen«, sagte sie vorwurfsvoll, »und wie ihr die ganze Zeit nicht heruntergekommen seid, hab' ich gedacht: So lang können sie doch nicht Pipi machen, vielleicht ist was passiert. Ist was passiert?«

Leslie verneinte lachend. »Ich mußte mich nur etwas ausruhen.«

Vashti schlug die hellblauen Augen zur Decke empor. »Dabei bist du doch erst einen Monat verheiratet, einschließlich Hochzeitsreise.«

»Davon bin ich nicht müde, im Gegenteil. Aber die Unmenge Menschen ...«

»Es kommt mir so vor, als wärest du froh, wenn die ganze Geschichte vorüber wäre«, sagte Vashti, noch immer vorwurfsvoll. Doch Adarene wurde es nun zu bunt. »Kannst du nicht etwas weniger blödsinnig schwätzen? Du tust, als sei das Begräbnis ein Idealzustand.« Aber Vashti ließ sich dadurch nicht beirren, schlenderte im Zimmer herum und summte vor sich hin, wie es ihre Gewohnheit war, wenn sie einen Klatsch auf Lager hatte. Leslie sollte dies Summen später noch öfters vernehmen.

Nun stand Vashti vor dem wohlassortierten, hocheleganten Toilettentisch, schnupperte am Verschluß eines Flakons, hielt den Kopf schief wie ein verschmitztes Vögelchen, grinste erst eine, dann die andere der Freundinnen an und betonte. »Jett Rink wird auch froh sein.«

»Was hat Jett Rink damit zu tun?« fragte Leslie und hatte ein unangenehmes Gefühl. Und Adarene sagte mißbilligend: »Kinder, gehen wir lieber hinunter!« Doch Vashti antwortete gekränkt und herausfordernd: »Na! Unten sprechen alle davon!«

»Vashti Hake!« warnte Adarene scharf.

»Snyth«, korrigierte Vashti, worauf Adarene Morey aus lauter Wut in das Patois von Texas verfiel: »Schäm dich, herumzuschnüffeln und jeden Klatsch aufzuschnappen.«

»Ich schnüffle nicht und schnappe nicht. Mott hat es mir erzählt.« Motts Weib lächelte dünkelhaft. »Ja, wenn man mit Mott verheiratet ist, erfährt man alles, was geredet wird, frisch von der Quelle.«

»Weiß der Deibel!« stieß Mrs. Morey hervor. »Ich sag's ja!«

»Adarene Morey!« rief Mrs. Mott Snyth verletzt. »Willst du damit etwa darauf anspielen, daß mein Mann bis zu unserer Hochzeit ein Kuhhüter war und daß Kuhhüter klatschsüchtig seien?!«

»Weit entfernt«, versetzte Adarene. »Dein Pinky ist nicht schlimmer als alle Männer von Texas. Lauter Klatschmäuler.«

Leslie riß die Geduld. »Sagt, wovon redet ihr überhaupt?« Und nun legte Mrs. Mott Snyth los: »We-ell« – zweisilbig –, »es geht das

Gerücht: Jett Rink hat Miss Luz dazu veranlaßt, My Mistake als erste zu reiten. Und er hat ihr gesagt, sie solle wieder einmal die Krinoline ihrer Großmama anziehen und darin beim Roundup die Kälber einfangen, wie ihre Großmama, und solle der Leslie zeigen, was sie für eine Mordsreiterin ist.«

»Mir?!« schrie Leslie entsetzt.

»Ich sage ja nur, was Mott gesagt hat, das alle sagen! Woher soll ich es sonst wissen? Und da ist Luz schnurstracks in die Bodenkammer, hat er gesagt, und hat den Reifrock geholt und einen uralten Westernsattel mit einem Horn wie ein Kleiderhaken. Und gleich wie das Pferd den Sattel gespürt und den Reifrock gesehen hat, sagt Mott, hat es verrückt gescheut. Drei Mann haben es halten müssen. Luz konnte es kaum besteigen, hat's aber doch fertiggebracht, und dann ist My Mistake aus dem Hof wie der Teufel aus der Hölle, hat mir Mott gesagt. Und dann wird noch erzählt: Nachdem Bick das Tier erschossen hatte, da hat Gill am Maul von My Mistake den merkwürdigen Speichel bemerkt.«

»Gill?«

»Ja. Gill Dace, der Oberveterinär. Einen ganz komischen Speichel, der aus dem Maul lief. Er hat das Zeug im Labor untersucht, sehr genau, hat Mott gesagt – also irgendwer muß dem Tier etwas eingeflößt haben, um es aufzupulvern. Gill hat gesagt, damit hätte man eine ganze Herde verdursteter Longhörner aufpulvern können, geschweige denn so ein Rennpferd.«

Adarene suchte die Redeflut einzudämmen. »Das sind nur Stallgerüchte, ich glaube kein Wort davon. So etwas würde Jett Rink sich nicht unterstehen«, und dachte dabei: Gott, wie elend Leslie aussieht! und sah, wie diese nach hinten tastete, als suche sie einen

Sessel, in den sie sinken könne. Aber Vashti fuhr hemmungslos fort: »Und ob er sich untersteht! Er und Luz haben einander gehaßt wie Gift, das heißt, sie hat ihn geliebt. Damals, wie die Cora Dart der Luz von ihrem Verhältnis mit Jett erzählt hat, da wollte die Luz alle beide zum Teufel jagen. Du weißt doch, Adarene, daß sie es nicht aushalten konnte, wenn eine geheiratet oder geflirtet hat. Selbst wenn eine unbedingt heiraten mußte wie Cora, hat sie es verhindert. Und wie hat sie sich gegen euch zwei benommen, liebe Leslie ...«

Die Angeredete stand hoch aufgerichtet da. »Ich danke euch, daß ihr zu mir heraufgekommen seid. Es war sehr lieb. Jetzt gehe ich hinunter. Kommt ihr mit?«

»Gewiß«, versicherte Vashti. »Ich wollte ja nur sehen, ob ich etwas nützen könnte. Die Boys sagten, Bick hat Jett befohlen, binnen zehn Minuten die Ranch zu verlassen. Und das Stück Land, das er ihm damals geschenkt hat, als der alte Rink spurlos verschwand, will er ihm wieder abnehmen, aber das geht nicht. Jett war so gescheit und hat alles schriftlich. Bick und Jett sind schwer aneinandergeraten. Gill und die andern haben sie nur mit Mühe getrennt.«

Leslie ging langsam zur Tür – als trüge sie eine Schleppe, mußte Adarene denken. Klapp, drehte sich der Schlüssel, und durch die geöffnete Tür rief die Herrin des Hauses vergeblich nach Petra und Lupe. Sonderbar fremd fühlte sie sich in dieser lärmenden, grausamen Welt und wie ausgehöhlt – vielleicht, weil ich nichts gegessen habe, sagte sie sich, und zu Vashti: »Hast du als Kind manchmal Ohrfeigen bekommen?«

»Und ob!«

»Aber nicht genug«, sagte Leslie Lynnton.

»Wieso? Ich bekomme sie ja immer noch. Momentan ist Pa nur zu krank dazu.« Daß sie soeben eine moralische Ohrfeige bezogen hatte, merkte sie nicht und schnurrte weiter: »Pa ist streng. An Mott hat er ständig was auszusetzen und kommandiert: Pinky, tu dies! Pinky, tu jenes! – Darin ist er genau wie Luz. Sei froh, Leslie, daß sie dich nicht mehr kujonieren kann! Jetzt kannst du dein großes Haus selbständig führen. Schaut!« rief sie am Fuß der Treppe: »Im Speisesaal ist kaum mehr ein Mensch. Es ist spät geworden. Ich habe Appetit. Ja, Kummer zehrt!« Sie redete unentwegt weiter, aber Leslie hörte nicht zu. Sie berührte Adarenes Arm und bat: »Suche nach Lupe! Tu mir den Gefallen! Sie muß oben im Korridor sein. Gib ihr bitte den Schlüssel und sag ihr, sie soll etwas kaltes Huhn, eine Schale frisches Obst, Kaffee, Bourbon und eine halbe Flasche Champagner auf mein Zimmer bringen. Wenn es in diesem verdammten Zeughaus keinen Champagner gibt, werde ich rasend.«

»Es gibt ihn, mein Engel«, versicherte Adarene.

»Ich komme gleich zurück, ich hole nur Jordan.« Sie eilte davon und fand ihn genau an der Stelle wie vorher, nur noch ausgehöhlter und eingesunkener. Die Hünen, die ihn umgaben, schienen in der halben Stunde ihrer Abwesenheit in die Breite gegangen und in die Höhe gewachsen zu sein. Sobald sie Leslies gewahr wurden, blickten sie anders drein und sprachen gewohnheitsgemäß auch zu ihr wie zu einem Kind oder Schoßtier: »Na, Miz Benedict, Sie halten sich aber brav, genau wie der liebe Bick. Ja, bei so einem traurigen Anlaß zeigt sich, was in einem steckt.«

Sie hörte sich das Gewäsch an, antwortete aber nur mit jener liebenswürdigen Grimasse, die bei einer Konversation zur Not die Worte ersetzt. Das hatte sie in Virginia und Washington schon frühzeitig gelernt. Doch als sie nun ihrem Gatten zuflüsterte: »Komm mit mir, mein Guter!« und er wieder den Kopf schüttelte, wandte sie sich an die übrigen Herren: »Jordan ist völlig erschöpft. Er hat weder geschlafen noch etwas gegessen. Er muß sich unbedingt vor dem heutigen Abend ein wenig ausruhen.« Bezwingend lieb und hilflos blickte sie in die kräftigen, sonngebräunten Gesichter. »Ich bin selber so abgespannt, aber das macht nichts.«

Dröhnend fielen sie ein: »Recht hat sie. Bick! Auf! Los! In solchen Zeiten müssen die Hinterbliebenen ihre Kräfte zusammenhalten, sonst geht der Karren nicht weiter. Jetzt kümmere dich gefälligst um deine Frau und schieb ab!«

Ihre Hand ruhte auf seinem Arm. Im Trubel der Halle sahen sie Onkel Bawley zum Ausgang streben. »Onkel, wohin?« rief Leslie.

Er tupfte an seine Augen. »Wir sehen uns morgen.«

»Aber das Dinner! Du hast doch noch nicht zu Abend gespeist.«

»Ich esse drüben in der Siedlung bei Dietz.«

Zu ihrem Verdruß hatte Jordan noch kein Wort zu seinem Oheim gesagt, und sie entschuldigte ihn: »Er muß sich ein wenig ausruhen. Komm doch am Abend auf einen Sprung!« Aber Onkel Bawley lehnte ab, und die Tränen flossen ihm rechts und links über die Wangen. »Der Trubel hier verschlimmert die Allergie. Außerdem pflege ich um acht ins Bett zu gehen.«

»Um acht?«

»Und um vier aufzustehen. Also morgen!« Er ging weiter. Sie stieg die Treppe hinauf. Aber da kam er ihnen rasch nach, hielt Bick am Arm fest, sah ihm ernst in die Augen, wies mit dem Daumen auf Leslie und sagte: »Die ist richtig.« Darauf drehte er sich um und tauchte in der Menge unter.

Lupe hatte sich mittlerweile, ausnahmsweise, wenigstens zum Teil tüchtig gezeigt. Eine Schale mit Obst, der Bourbon und Champagner in Eis standen bereit. Aber Bick brummte: »Was ist denn das?«

Worauf Leslie erwiderte: »Liebling, im allgemeinen nennt man es Speise und Trank. Fortsetzung folgt, hoffentlich bald.« Sie trat zum Fenster und öffnete die Jalousien. Kupferrot ging die Sonne unter. Am liebsten hätte sie auch alle Türen geöffnet, damit der Golfwind im Durchzug wenigstens eine Illusion von Kühlung gewähre. Bick ging ins Badezimmer, und Lupe und Petra, jede mit einem Tablett, betraten das Schlafzimmer, ohne anzuklopfen; das taten sie nie. – Zum Aus-der-Haut-Fahren, fand Leslie und machte auf dem Schreibtisch Platz für die Gerichte. Sie hatte erwartet, ein zierlich zerlegtes, mit Grün garniertes Hühnchen begrüßen zu können, sah aber statt dessen einen kompletten, von Fett triefenden, unabgehäuteten dampfenden Vogel auf dem Rücken liegen und seine Gliedmaßen himmelwärts strecken, ferner eine Schüssel mit Quetschkartoffeln und eine feuchte grünliche Masse, die eine entfernte Ähnlichkeit mit Runkelrüben aufwies. Sie nahm das heiße Steingut erst gar nicht vom Tragbrett. »Nehmt's wieder weg!« sagte sie zu den Mädchen. »Weg damit!«

Diese jedoch schüttelten die Köpfe, und Lupe, die Ältere, ließ eine längere Erklärung vom Stapel, von deren vielen Worten Leslie nur drei bekannt waren: »Patata… con carne… Señor«, woraus sie schloß, daß nach Lupes Dafürhalten der Señor zum Fleisch Kartoffeln wünsche. Schön. Soll er! Lächelnd drängte sie die dienstbaren Geister zur Tür hinaus und schloß ab.

Das Planschen und Spritzen im Badezimmer hatte aufgehört. Bick tauchte auf. Sein Gesicht schien klarer, jünger, die Tränensäcke waren verschwunden, doch als er auf dem Schreibtisch die Schüsseln erblickte, fragte er ebenso brummig wie vorher: »Was soll das?«

»Das soll angeblich ein Poulet sein. Ich hatte kaltes bestellt, aber sie brachten es heiß. Dies hier sollen Kartoffeln sein, wieso weiß ich nicht. Und dies Gräßliche da stellt Gemüse vor. Und dies hier ist dein Weib, falls du dich dunkel daran erinnerst.« Sie trat vor ihn hin, legte ihre kühlen schmalen Hände an seine Wangen, und er senkte das Haupt, küßte sie flüchtig und setzte sich dann, abseits von ihr und den Speisen, ans Fenster.

»Ein Drink gefällig?« fragte die junge Hausfrau. »Du kannst Bourbon oder Champagner haben, aber nicht beides, denn das eine ist aus Korn und das andere aus Trauben, und wie die Franzosen sagen, soll man das eine nicht mit dem andern vermischen.«

Er schaute auf seine Hände, drehte sie um, als erwarte er, in den Handflächen etwas Bemerkenswertes zu lesen, und knurrte: »Die Franzosen! Die müssen's ja wissen. Du bist wohl darauf versessen, mich zu zivilisieren?«

»Champagner ist im Moment wohl das richtige.« Sie warf Eisstückchen in die Gläser, um sie zu kühlen, und rührte mit der Flasche im Sektkühler herum. »Bourbon wirkt zwar länger, aber Champagner schneller. Liebling, wärest du vielleicht so freundlich, die Flasche zu entkorken?«

»Ist das für dich ein Anlaß zu feiern?« fragte er mit bösem Blick.

Jetzt gilt's! sagte sie sich. Ich muß den Stier an den Hörnern packen, ihn endlich aufrütteln, und sie sagte herzlich und lieb: »Nein, ich wollte dich bloß dazu bringen, daß du eine Kleinigkeit ißt und dich ausruhst, weil du sonst krank wirst. Und weil ich dich liebe. An Luz habe ich im Augenblick nicht gedacht.«

Bick fuhr sich mit der Hand über die feuchte Stirn und wischte sie hierauf am Tischtuch ab. »Entschuldige, ich bin heute so durcheinander.«

»Aber da wir nun gerade dabei sind! Die Wahrheit ist: entweder Luz oder wir. Und es ist besser, daß Luz es war.«

Benedicts Kopf senkte sich auf seine ineinandergekrampften Hände. Leslie kam zu ihm ans Fenster, kniete am Boden und legte ihm die Hand auf die Schulter. »Weißt du, Jordan, wenn es vorüber und alles hier wieder still ist, könnten wir dieses Haus schließen oder es nur für Gäste benützen, es kommen ja immer genug, und statt dessen könnten wir das gute alte kleine Haupthaus beziehen und darin leben. Du und ich.«

Er hob den Kopf. »Warum? Wozu?«

»Es gefällt mir. Es ist ein Haus. Ich möchte sehr gern darin wohnen.«

Sein Blick ging in die Runde. Im Geist überblickte er alle die Räume und Gänge, die dieser phantastische Bau enthielt, und er fragte: »Was ist mit dem Großen Haus?«

»Man kommt sich drin vor wie in einer Festung; es fehlen nur Schilderhäuser und ein paar Bastionen. Es ist ein Alcazar, aber ohne Charme. Und dann diese elenden Hütten, in denen die Mexikaner hausen!«

»Ich habe bemerkt, daß die Negerhütten in deinem geliebten alten Süden noch weniger anheimelnd sind.«

»Ich weiß. Aber die pompösen Herrensitze in den Südstaaten sind verschwunden. Der Süden hat seit fast einem Jahrhundert ausgespielt. Doch Texas floriert. Papa meint, im Lauf von fünfundzwanzig Jahren verschwinden die erbarmungswürdigen Hütten der Schwarzen in einem neuen industriellen …«

»Komm mir nicht immer mit dem, was dein Vater gesagt hat!«

»Gut. Also dein Vater hat dieses Haus erbaut. Hängst du deswegen daran?«

Endlich war Bick seiner Stumpfheit entrissen. Er sprang auf. »Ich hasse es, ich habe es immer gehaßt. Ma hat es gehaßt. Der einzige Mensch, der es geliebt hat, war Luz.« Er ließ den Kopf wiederum sinken, und Leslie wußte: Jetzt, jetzt ist der Augenblick da.

Und sagte: »Ich will unsern Sohn in dem alten Haus zur Welt bringen.«

Er rief, ja er schrie: »Einen Sohn …«

»Natürlich wird es ein Sohn sein. Ein echter Benedict kann sich unmöglich vorstellen, daß sein Erstgeborenes etwas anderes als männlich ist. Und ich will ihn in dem Hause gebären, in dem sein Vater das Licht der Welt erblickte.«

16

Die Girls rieten zu einem Klimawechsel. »Juli, August ist es hier nicht zum Aushalten, selbst nicht für uns Einheimische.« Sie beriefen sich auf Temperatur-Rekorde in schwindelerregenden Fahrenheit-Graden. »Dein Zustand, Leslie! Nimm Rücksicht auf deinen Zustand!«

»Mein Zustand ist unbeschreiblich gut, mit Energie geladen. Herz, Nieren, Drüsen, Sehnen, Unterleib, was ihr wollt. Doktor Tom findet es auch.«

»Na, warte nur ab!« unkten die Freundinnen.

»Natürlich warte ich ab. Der alte Neunmonats-Fahrplan ist ja noch immer in Gültigkeit. Komisch, die Hitze regt mich jetzt direkt an. Jordan hat gestern gesagt: Wenn ich dich so herumwirbeln sehe, möchte ich direkt hinaus zu den Windmühlen, um meinen Augen Rast zu gewähren.« – Die Girls huldigten dem Ortsgebrauch des morgendlichen Kaffeeschwatzes. Entweder kamen sie gegen zehn, das Haar lose aufgesteckt, im Auto angefahren und konsumierten unter Geschnatter Gallonen Kaffee, oder sie riefen an, saßen daheim am Telefon und tranken dazu das gleiche Quantum. Leslie fand diese Zeitverschwendung zum Aus-der-Haut-Fahren.

Die Neuigkeit, Mr. und Mrs. Jordan Benedict zögen aus dem Großen Haus ins alte Haupthaus, bildete in der ganzen County das Tages-, Abend- und Nachtgespräch. Er und sie überwachten gemeinsam die Instandsetzungsarbeiten des Altbaus, aber sie war dabei ausschlaggebend. Ihr Plan zielte auf einen Umbau vom Keller bis zum First. Den ganzen Tag flitzte sie herum, ließ Tapeten- und Stoffproben in Wolle, Seide, Leinen, Filz, Kanevas, Chintz, Segeltuch durch ihre Finger gleiten, heftete sich eine engere Auswahl mit Stecknadeln an den Busen oder stopfte sie in die Handtasche, wußte genau, was sie wollte und was sie nicht wollte, entschied blitzschnell, ließ aber trotzdem niemanden ungeschoren; jeder sollte seinen Senf dazugeben und an ihrem Einrichtungsglück teilhaben. Es war für sie wie eine Party, auf der sie sich fabelhaft gut unterhielt. »Findest du dieses Blau zu intensiv? Zu sehr à la Mittelmeer? Mir schwebt eher die Farbe des texanischen Himmels vor. Ein Schuß Graublau, das geht gut mit hier dem Blaßgelb zusammen, was meint ihr? Das Zitronengelb leuchtet wie Huisache im Lenz. Was das für Zeit gekostet hat, bis ich dies Fahlgrün aufgetrieben habe; genau die Nuance des Mesquite! Jordan sagte, er gibt Millionen aus, um das Mesquite auf Reata zu vertilgen, und ich schleppe es ihm ins Haus. – Ist das die Farbe der Bergnelken? Ich habe nie welche gesehen, aber wenn Jordan mich nächstens nach Holgado mitnimmt, sind sie vielleicht noch in Blüte.«

Tapetenbahnen flatterten im Golfwind. An den frisch beworfenen Wänden warteten Farbanstriche auf endgültige Billigung. Auswahlsendungen von Stühlen, Sesseln, Schränken, Tischen, Betten trafen ein, wurden behalten oder retourniert. Nicht nur mit einem Kind ging Mrs. Benedict schwanger, auch mit immer neuen An- und Vorschlägen. Surrend sprang ihr metallener Maßstab aus seiner blinkenden Rolle. Ihre überschäumende Tatkraft erstreckte sich auch auf den spanischen Unterricht. In Benedict hatte sie einen melancholischen Intellektuellen entdeckt, einen älteren Herrn namens Oñate, der an der »Ranchers & Drovers Bank« einen untergeordneten Posten innehatte. »Ein Spanier vom reinsten Wasser«, hatte ihr Bick versichert, »so spanisch wie Alfons von Kastilien und so blaublütig wie ein Habsburger. Seine Familie muß ungefähr seit der Steinzeit in Texas ansässig sein.«

»Da besitzt sie gewiß viele Millionen Acres?« hatte Leslie gefragt. »Warum schaut er dann so niedergeschlagen drein?«

»Millionen Acres? Nicht einen einzigen!«

»Warum?«

»Oh, du bist immer noch das Warum-Girl! Die Oñates haben halt ihre spanischen Landanteile vor einem Jahrhundert veräußert.«

Die Wißbegierige behielt es im Sinn und ergänzte den Unterricht bei Oñate durch Stunden in mexikanisch-spanischer Konversation. Die nahm sie bei Miss Minty, die an die Stelle der ausgeschiedenen Cora Dart getreten war. »Señor Oñates Spanisch, mein lieber Jordan«, erklärte sie eines Nachts, »mag in Madrider Hofkreisen am Platz sein, aber die Mexikaner würden mich nicht verstehen. Ich muß Texanisch können.«

»Texanisch? Was meinst du damit?«

»Na, es gibt doch tausend Wörter, die auf Reata, wahrscheinlich auch in ganz Texas gang und gäbe sind, und die stehen in keinem spanischen Diktionär! Allein schon das Wort Reata! Und Retama, Remuda, Rebozo, Ranchero, Rodeo, Stampede, Mesa, Bronco, Charro, Pinto, Arroys, Barrios, Huarachas, Huisache, Entachucharse, Pachuco, Piojo...

»Aber die kennt doch jeder.« Er betrachtete sie voll Liebe. »Fühlst du dich wohl, mein Liebstes?«

»Ja, sehr! Du doch auch, ja?« Sie strahlte und dachte: Wir sind glücklich, richtig glücklich, natürlich glücklich, weil ein Weib namens Luz nicht mehr da ist. Es wäre viel gesünder, sich das offen einzugestehen, aber so weit ist er noch nicht.

Er lachte. »Mit mir ist es was anderes. Ich bin ja nicht in Hoffnung.«

»In gewisser Beziehung auch, Darling. Du liebst mich wie ich dich, wir sind eins. Wir sind drei in einem. Ich fühle, was du fühlst, und du fühlst mit mir. Im Grunde bist du genauso schwanger wie ich.«

»Honey, drücke dich nicht so grob aus! Denke an deine gute Erziehung!«

»Grob? Wieso? Es ist eine biologische Tatsache, daß zwei Liebende ...«

»Schon gut, ich sage nichts mehr.« Schweigend schloß er sie in die Arme, und ihre Lebensfülle bezwang und beschwichtigte ihn.

Vashti und Leslie hatten nun etwas gemeinsam, das sie enger verband, doch schon in der ersten Zeit ihrer Schwangerschaft fiel jeder Vergleich sehr zuungunsten der ersteren aus. Offenbar waren die Hakeschen Drüsen weniger anpassungsfähig als die einer Lynntontochter, und Vashti beäugte die schlanke Taille der Schicksalsgefährtin mit unverhohlenem Neid. »Wenn ich dich anschaue – du wirst von Tag zu Tag hübscher, die Augen, der Teint, überhaupt alles. Und ich habe Flecken im Gesicht, mein Haar ist spröde, ich kann dagegen tun, was ich will, es nutzt nichts. Und du brauchst nicht einmal Dauerwellen. Ich schau weiß Gott aus, als wär' ich im siebten Monat, und dabei sind wir erst sieben Wochen verheiratet. Pa hat Pinky und mich in Verdacht, wir hätten schon lange vor der Hochzeit angefangen. Bloß weil ich so dick bin. Aber du ...«

»Ihr habt ja alle gesagt, ich sei mager wie eine Geiß. Das kommt mir jetzt zustatten. Aber tröste dich, Vashti. Bis wir zwei wieder in Form sind, werden wir noch viel mehr aus dem Leim gehen.«

Schwerfällig und verschwitzt saß die Vash im renovierten Altbau in Leslies künftigem Zimmer, trank eine Tasse Kaffee nach der andern und klagte: »Meinst du, ich könnt so herumrennen wie du und auf die Leiter steigen? Und Muster zusammensuchen? Wozu machst du dir so viel Arbeit, Darling? Warum kaprizierst du dich überhaupt auf das altmodische Haus, das aussieht wie eine heruntergekommene alte Fabrik? Wo du es doch im Großen Haus so bequem hast! Und so schön! Ein Palast, sage ich dir! Du könntest stolz darauf sein.«

»Viele stolze Paläste sind schon zusammengebrochen, mitsamt ihren stolzen Bewohnern.« –Inmitten des Umzugs, der Renovierungs- und Einrichtungsarbeiten entspannten sich Jordans gequälte Mienen, und seine Stirn glättete sich. Er lachte wieder und scherzte zärtlich: »Darling, du machst aus Texas ein zweites Virginia! Nächstens verlangst du noch, ich soll in so einem roten Rock ausreiten wie damals der Laffe, und wenn mich dann ein Bulle sieht, wird er wütend, stürzt auf mich los und spießt mich auf seine Hörner.«

»Ich glaube eher, mein Liebling, daß auf euch Texaner alles Schöne, Geschmackvolle wie ein rotes Tuch wirkt. Ihr jagt im Geist immer noch durch die Prärie, in der einen Hand das Gewehr, in der andern den Kochkessel, und kämpft gegen Indianer und Mexikaner und französische Kochrezepte. Hört doch endlich damit auf! Laßt den Krampf! Freut euch der Schönheit des Daseins!«

Er wiegte lächelnd den Kopf. »Hoffnungslos! Aber ich hätte es wissen müssen. In Virginia am ersten Morgen, wie du in der Frühe zum Frühstück heruntergekommen bist – verschlafen warst du, hast geblinzelt wie ein Leuchtturm, aber getan, als stündest du immer so früh auf und wärest glockenhell wach! Und hast einen Kohl über Texas zusammengeredet und hattest nie was davon gehört, bis du dein Fingerchen ausgestreckt, mich umgarnt und mich dann gefangen hast!«

»Meinen Ritter in schimmernder Rüstung, das heißt: wenn ich sie poliere!«

Er mußte lachen, aber dann fiel ihm ein: »Du siehst zwar erstaunlich gut aus, aber wie wäre es, du würdest dir etwas Ferien gönnen? Irgendwo, wo es nicht so heiß ist; vielleicht geht Adarene oder Vashti mit.«

»Liebling, du kennst die Frauen nicht! Bevor mein Haus nicht fix und fertig ist, weiche ich nicht vom Fleck. Und auch dann ginge ich nur mit dir zusammen in Ferien.«

»Ich habe hier zuviel zu tun. Momentan bestimmt.«

»In Zukunft wird es nicht anders sein. Bei mir auch, hoffentlich! Trotzdem möchte ich mir noch viele interessante Orte ansehen, San Antonio zum Beispiel und den Alamo, von dem hier so viel die Rede ist.«

»Dort ist es jetzt zu heiß für dich.«

»Na, einen oder zwei Tage werde ich es aushalten, und von da könnten wir ins Gebirge zu Onkel Bawley. Berge – o Berge!« seufzte sie sehnsüchtig, aber Bick wandte ein: »Girls sind Onkel Bawley nicht willkommen.«

»Das Girl, das jetzt auf deinem Schoß sitzt, ist es.«

»Nein.«

»Doch! Zwei Minuten nach dem Begräbnis ist er tränenüberströmt zu mir gekommen und hat gesagt: ›Bick soll dich im Juli nach Holgado bringen. Sonst mag ich dort keine Weiber, aber du bist was anderes.‹ – Dies war das schmeichelhafteste Kompliment, das mir je jemand gemacht hat. Und die Washingtoner Jünglinge haben sich aufs Süßholzraspeln verstanden!«

»Im Juli pflegt es in der Jeff Davis County zu regnen. Außerdem liegt Holgado sehr hoch, stellenweise weit über tausend Meter. Die Nächte sind bitterkalt.«

»Himmlisch! Läßt es sich einrichten, daß wir im Hochsommer hinfahren? Bis dahin ist das Haus soweit in Ordnung, und die Ranch läuft eine Weile von selbst. Unter dem zahllosen Personal, das du hast, wird wohl einer zu finden sein, der genügend Verstand hat. Als schwangere Lerche darf ich es mir leisten, Gelüste und Launen zu haben.«

Die Werkzeuge der Handwerker lärmten, als sie die dicken, steinharten Lehmwände des Altbaus durchbohrten, enge, dunkle Kammern in luxuriöse Badezimmer verwandelten, Schränke ein- und Räume für die Dienerschaft anbauten, vor allem aber eine breite, lange Veranda, auf der Leslie hartnäckig bestand, denn: »Ich will nicht immer im Zimmer hocken wie ein Kellerbewohner. Eine Veranda ist wie eine Wohnung im Freien. Sie wird sich in dem ständigen Golfwind angenehm kühl halten lassen; wir müssen nur Bäume davorpflanzen und Reben dicht darüber, das ist der beste Sonnenschirm. Blaßgrünes, blaues und rosa Gittergewebe für die Bezüge habe ich bereits ausgesucht. In den Tropen hat man das allgemein. Warum nicht in Texas?«

Das alte Haus war einst von vielen fleißigen Händen aus luftgetrockneten Ziegeln, Lehm und Sandstein erbaut worden. Seine Wände waren über sechzig Zentimeter dick; die schmalen, niedrigen Fenster, ähnlich jenen romanischer Klöster, bildeten einen Schutz, gegen den selbst die glühenden Strahlen der Sommersonne nichts ausrichten konnten. Nie war es im Großen Haus so kühl gewesen wie hier.

Luz Benedict war dahingegangen, Cora Dart mit Jett Rink verschwunden, und geblieben waren Friede, Eintracht und Harmonie.

Das Große Haus war für Leslie so unpersönlich wie der Bahnhof von Vientecito. Gäste kamen und gingen wie in einem Hotel, nur gab es keinen Kassierer, der Rechnungen ausstellte. Aber noch immer war es Leslie zuweilen, als höre sie ein hurtiges Tapptapp, das ihr das Nahen der kleinen Herrschsüchtigen ankündigte. Auch Bick horchte manchmal mit angehaltenem Atem, aber dann schmiegte sie sich an ihn, blickte zu ihm auf und sprach wie auf ihrer Hochzeitsreise: »Du, ich bin glücklich.« Und er, fast in Angst, neigte sich ihren Lippen entgegen und sagte: »Ich auch, mein Süßes.«

»Mit dem Baby da drinnen und dem Hausbau da draußen komme ich mir so schöpferisch vor wie Leonardo da Vinci.«

Ihre Briefe nach Hause waren hochgemut und erheiternd ausführlich. »Aber ich will Euch jetzt nicht besuchen. Meine Figur nähert sich langsam der eines Walfischs. Es hat auch keinen Sinn, daß Ihr jetzt herkommt. Die Hitze ist himmelschreiend, aber mir macht sie nichts aus. Ich bin noch so gelenkig, daß ich befürchte, das Kind wird ein Akrobat. – Nein, Mama, schicke mir bitte keine Babyausstattung von Best. In Houston, Dallas, Hermoso, sogar in Vientecito gibt es sehr gute Geschäfte, die, wie ich höre, alles Nötige und Unnötige auf Lager haben, sogar Babyduschen. Die Girls – so heißen hier die Damen der Nachbargüter, auch wenn sie bald doppelt so alt sind wie ich – schenken mir eine solche Babydusche und Erstlingsschühchen, Rasselchen, Geiferlätzchen, Schnuller, Beißring und Gummitiere. Aber im übrigen ist hier alles anders als daheim bei Euch. Ihr müßt es Euch einmal ansehen. Ich verstehe es jetzt schon besser als anfangs. Manches ist herrlich und manches abscheulich, aber das ist wohl überall so. Ich meine auch nicht die äußerliche Verschiedenheit, sondern die innere, und Du, lieber Papa, weißt ja, wie sehr mich das Psychologische interessiert; da bist Du selber dran schuld, das soll aber keinen Vorwurf bedeuten, im Gegenteil. Unser Arzt, Dr. Tom Walker aus Vientecito, hat gesagt, ich dürfe reiten, turnen und Ausflüge machen, aber hier macht man keine, man geht nicht einmal spazieren. Morgen sind wir auf der großen jährlichen Fiesta in Vientecito. Wohltätigkeitsbasare, Messen und Ausstellungen hat man in Texas nicht, es ist immer eine Fiesta, und alles ist ungemein spanisch oder ungemein mexikanisch. Dabei dürfen die richtigen Mexikaner überhaupt nirgends ...«

Nicht allmählich, nicht schrittweise, sondern urplötzlich hatte sie das Gefühl, dazuzugehören, ein Teil der Gemeinschaft zu sein. Ihre unstillbare Neugierde nach allem, was das Leben auf der Ranch, in der Stadt Benedict, deren Umgebung und im ganzen weit ausgedehnten Staate betraf, war aber für Bick keine Quelle ungetrübter Heiterkeit. Wenn im ungeeignetsten Augenblick am ungeeignetsten Ort seine Frau vor ihm auftauchte, knurrte er: »Ah, da ist wieder das Warum-Girl!« Doch sie ließ sich dadurch nicht stören, auch wenn er zum Beispiel mit dem Oberveterinär mitten in Zuchtversuchen steckte oder einen der seltenen Verkäufe erlesener Benedict-Zuchtstiere abhielt, wozu nur die zahlungsfähigsten, ernsthaftesten Züchter aus einem Umkreis von fünfhundert Meilen zugelassen waren.

Am Abend pflegte er dann zu sagen: »Schau, Darling, wozu mußtest du unbedingt in das Zelt kommen? Die Hitze, der Staub, das Geschrei und alles andere. Das ist nichts für eine Frau. Auch noch in deinem Zustand!«

»Mein Zustand ist hochelegant. Befriedigt er dich etwa nicht? Und bitte: Hat sich Luz etwa nicht um diese Dinge gekümmert?«

Ein Muskel an seiner Wange zuckte. »Das war etwas anderes.«

»Hoher Herr, wenn Sie meinen, ich ließe mich in einen Harem sperren und würde dort Hohlsäume nähen und Maisflocken knabbern, sind Sie schief gewickelt. Vielleicht erinnern sich Euer Gnaden, daß ich sowohl vor wie während unserer Verlobungszeit frech und naseweis war. Sie können also nicht behaupten, Monsieur, daß Sie die Katze im Sack gekauft haben. Ich habe mich von Anfang an so gegeben, wie ich bin.«

»Stimmt, stimmt«, brummte er bärbeißig komisch. »Ich habe dich nur geheiratet, weil ich davon überzeugt war, ich könnte dich so ins Bockshorn jagen, daß du meinem Ideal eines fügsamen Weibleins entsprichst.«

»Da hast du dich eben geirrt, und jetzt bist du wütend auf mich statt auf dich.«

Halb im Ernst: »Du bist sehr schlagfertig, Schatz, nur hast du von deinem Papa zuviel Intellekt geerbt, und bei einer Frau stößt so was ab.«

»Und stößt und schleift sich ab. Wenn wir erst Großmütterchen und Großväterchen sind, freß ich dir aus der Hand!«

Vorläufig aber ging und lief, ritt und fuhr sie ranchauf und -ab, stadtein, stadtaus. Stadt- und Landleute, Hausierer und Hirten kannten und grüßten sie herzlich texanisch. Sie hatte ihren eigenen Wagen, den sie auf kürzeren Strecken selber chauffierte, und bald erschlossen sich ihr die Funktionen der kleinen Stadt, die Lebensgewohnheiten auf dem flachen Land, texanische Denk- und Lebensart, denn sie beobachtete sehr genau, durchdachte, was sie gesehen hatte, und ging den Dingen nach Möglichkeit auf den Grund. »Was bedeuten«, fragte sie ihren Mann, »diese endlosen Züge klappriger Lastwagen und jämmerlicher alter Fords, die ich durch Benedict fahren sah, alle vollgestopft, anscheinend lauter Mexikaner, Männer, Frauen und Kinder, sogar ganz kleine. Was tun die?«

»Arbeiten.«

»Was arbeiten sie?«

»Das kommt auf die Jahreszeit an. Baumwolle pflücken, Gemüse, Früchte.«

»Wo?«

»Im Valley.«

»Wo kommen sie her?«

»Wenn's Mexikaner sind, kannst du gelehrtes Haus dir wohl denken, daß sie aus Mexiko kommen.«

»Und wenn sie gepflückt haben, was zu pflücken ist, wohin gehen sie dann?«

»Die meisten zurück nach Mexiko. Ein paar reißen aus und suchen hier einen Unterschlupf. Aber das ist nicht von Dauer.«

Leslies Gedächtnis war treu, und ihr klarer Verstand schlug die Brücke zu Worten, die ihr vor Wochen noch keine Zusammenhänge gezeigt hatten: »Hei, Fidel Kojote, Fidel Gomez – Kojote. Die Mexikaner verstehen darunter einen Blutsauger. Er lebt von ihnen, lockt sie aus Mexiko über die Grenze, läßt sie schuften, bezieht seine Prozente, und dann ist er fertig mit ihnen. Wenn die Ernte im Valley vorbei ist, stehen sie da mit leeren Händen. Er kauft mexikanische Stimmen, macht eine Menge dreckiger Geschäfte«

»Wo wohnen die vielen Menschen mit all ihren Kindern? Wie hoch ist ihr Lohn?«

»Leslie, um Himmels willen!«

»Ich will es bloß wissen, Darling. Dich langweilt so was, natürlich; für dich ist es etwas Alltägliches, aber mir völlig neu, vollständig fremd, entschuldige, ich bin eben so. Also was zahlt man ihnen?«

»Was weiß ich! Sehr wenig. Ein paar Dollar. Aber immerhin mehr, als sie daheim verdienen. Dort verhungern sie.«

»Wo logieren sie?«

»In Camps. Paß auf, daß du nie in die Nähe von so einem Lager kommst! Da grassiert die Tb und Ruhr und alle möglichen anderen Krankheiten, also hörst du, bleib weg!«

»Aber wenn du das so genau weißt, warum sorgst du dann nicht dafür, daß es anders wird, Jordan? Es kann anders werden, besser!«

»Ich bin weder Gemüsefarmer noch Baumwollpflanzer. Ich bin, wie du dich wohl erinnern wirst, Kuhmann.«

»Was hat das damit zu tun? Du bist Texaner. Seit hundert Jahren sind Benedicts eine reiche und einflußreiche Familie. Du mußt dich der Sache annehmen.«

»Danke sehr, ich verzichte.«

»Dann werde ich es.«

»Leslie!!!« Ein kalter, unheilverkündender Starrblick voll Abscheu. »Wenn du dich je einem solchen Schutthaufen näherst, wenn du je mit diesen Grenzgängern in Verbindung trittst …« Er stockte.

»Nun? Was dann? Was wirst du dann tun?«

»Ich schwör' bei Gott, dann verlasse ich dich.«

»Reata verläßt du nicht, und wenn du mich von hier fortbringen willst, mußt du mich erst festbinden und auf einen Camion verladen.

Aber ich bliebe nicht ewig gebunden und käme bestimmt wieder zurück. Ich werde dich nie verlassen. Ich liebe dich. Auch wenn du mich anstierst, als wäre ich Simon Legree.«

»Du erinnerst mich eher an Carrie Amelia Moore-Nation, steckst auch die Nase in Dinge, die dich nichts angehen, und willst die Welt verbessern! Wenn das so weitergeht, werden wir zum Gespött von ganz Texas. Ich habe schon gehört, daß Frauen in andern Umständen manchmal übergeschnappt sind, aber daß meine Frau auch so wäre, hätte ich nie gedacht.« Er stürmte hinaus. Seine harten Sohlen und Absätze polterten über die Fliesen der Halle. Das Haustor knallte. Gleich darauf Hufschlag auf sonngebackenem Erdreich.

Er ist fort. Wohin? Sicher nicht weit. Zu Gill Daze? Zu Dietzens? Zu Polo? Zu wem seiner Untertanen? Wenn Luz noch lebte, würde er jetzt an ihren schwesterlich-mütterlichen Busen flüchten, und sie gäbe ihm wie immer recht. Soll ich es auch so halten? Meine, meine In-di-vi-du-a-li-tät ersäufen, weil ich ein Weib bin? Lieber sterben. Wenn ich nicht ich bin, existiere ich nicht. Jetzt setz dich mal ruhig in den Sessel, Leslie, und denke nach! Das war eine der Kabbeleien, wie wir sie schon x-mal gehabt haben. Im Bett gleicht sich das wieder aus. Und in einem oder zwei Tagen geht es von neuem los. Sei du jetzt der klügere Teil; Bick ist es ja doch nicht! Wie hat der Krach angefangen? Du hast dich nach den vielen Mexikanern erkundigt, die man wie's liebe Vieh in Lastwagen zusammendrängt: wo sie wohnen, während sie Baumwolle pflücken, und was sie verdienen. Das sollst du nicht wissen. Es ist ein Staatsgeheimnis. Viele Dinge sind hier ein Staatsgeheimnis. Alles, wofür ich mich interessiere, Vielleicht will man mich so blöd machen, wie bei der Fiesta die dicken Ehrendamen gewesen sind, die vorsitzende Madam mit ihrem Präsidentenhammer und der Eiswasserflasche. Jett Rink würde mich jetzt wie der Teufel zu einem dieser Camps fahren und mir Auskunft über die Pflücker geben. Nein, Leslie, schlage dir das aus dem Kopf! Schön. Aber für den Rest meines Lebens daheim sitzen, Kaffee trinken, Bridge spielen und tratschtratschtratschtratschen, das paßt mir nicht. Diesmal war Jordan tatsächlich rasend. Mein Herr Gemahl, ich bin für dich eine rechte Plage. Du wirst nicht mit mir fertig. Es ist noch früh am Morgen. Wer könnte mit mir fahren? Die neue Lehrerin? Nein. Außerdem hat sie Schule zu halten. Señor Oñate? Der hat in der Bank zu tun. Wäre nur Adarene hier anstatt in Dallas! Mit ihr wäre es herrlich. Dimodeo könnte uns fahren oder sonst einer aus der Garage.

»Ach was!« sagte sie laut zu sich selbst. »Du fährst allein los. Warum nicht? Sei nicht so unselbständig! Das Valley liegt auf der andern Seite von Nopal. In zwei, drei Stunden kannst du wieder zurück sein. Zum Lunch bist du bestimmt wieder da.«

Gesagt, getan. Vor froher Erregung leicht außer Atem, trudelte sie in ihrem blitzblanken Zweisitzer über die helle Straße in den strahlenden Morgen – durch Benedict, das ihr nun schon vertraut war, an Zäunen und Zäunen und Zäunen entlang, lauter Reata-Zäunen, und in das verschlafene weißgraue Nopal. Hallo, ich hab's! Das Büro von Fidel Gomez! Der ist der Richtige! Er wird mich zu so einem Camp bringen! Er bringt ja Tausende hin. Er soll mir zeigen und erklären, was Jordan verheimlicht.

In ihrer weißen schmucken Handtasche führte sie neuerdings ein kleines Wörterbuch mit. »Spanish and English, used in the Western Hemisphere«, stand auf dem Titelblatt und darunter: »Espagnol e inglés« – warum Espagnol groß und inglés klein geschrieben war, konnte sie nicht verstehen – »del Hemisferio Occidental.« – Herz, was begehrst du noch mehr? dachte sie siegesgewiß.

Die Straßen waren so leer wie bei dem Abstecher mit Jett Rink. Langsam fuhr sie dahin. Eine Frau in schwarzem Reboso kam ihr entgegen. Sie ging mitten auf der staubigen Fahrbahn. Gehsteige gab es nicht. Leslie hielt, wartete, bis ihr die Mexikanerin näher war, und rief mit ihrem holprigen Spanisch: »Oficina Señor Fidel Gomez. Favor de – ä-ää – decirme!«

»Büro Herr Fidel Gomez. Entschuldigung – ä-ää sagen mir!«

Das Weib sah sie an und sogleich wieder weg, stammelte: »Yo no comprendo« – »Ich verstehe nicht« –, und eilte weiter. Mrs. Benedict sah sich um.

Ein kleiner dunkelhäutiger Mann mit graumeliertem Haar und trübseligem Gesicht tauchte auf.

»Favor de decirme Oficina Señor Fidel Gomez?«

Mit einem Ruck blieb der Mann stehen, schielte sie von der Seite an, zuckte die Schulter und hastete weiter.

Was haben die nur? dachte Leslie. Wahrscheinlich liegt es an meinem Spanisch. Oder sollte dieser fidele Gomez überhaupt kein Büro besitzen? Voriges Mal hat er sich vor der Weinstube oder was es war herumgetrieben. Vielleicht ist das seine Oficina. Soll ich hin? Jordan wäre wohl nicht damit einverstanden. Aber ich kann ja vor dem Haus halten und tuten. Also links um die Ecke – noch ein Stück weiter! Bodega. Da ist es!

Beim zweiten Hupton, als sei es vorher so vereinbart worden, bog eine schlanke Gestalt sich weit zur Schanktür heraus. Es war Fidel Gomez. Aber Leslie beschloß, diesmal nicht gar so liebenswürdig zu sein, und rief: »Kommen Sie her, Mr. Gomez!« Drei weitere Visagen guckten ihm über die Schultern, was ihn offenbar irritierte. Er zog seinen hellgrauen Stetson, strich sich mit der beringten bräunlichen Hand über das pomadisierte Haar, setzte den Hut wieder auf, eilte zum Wagen, zog ihn dort abermals und stierte genauso verwundert wie voriges Mal.

Jetzt keinen Unsinn! sagte sich Leslie und sagte: »Ich bin Mrs. Jordan Benedict, wenn Sie sich noch erinnern.«

»Señora, wie können Sie fragen!« Er sprach wieder englisch.

»Gut. Ich sagte heute morgen meinem Mann, ich wolle die Camps besichtigen – Sie wissen: Wo die Mexikaner arbeiten, die Pflücker. Und wo sie wohnen. Steigen Sie ein, und zeigen Sie mir den Weg zu einem der Lager.«

Er schüttelte nachsichtig lächelnd den Kopf, als habe er es mit einem kleinen Kinde zu tun. »Nein, Señora, das werden Sie nicht wollen.«

»Doch. Wenn Sie nicht mitkommen, finde ich den Weg auch allein.«

»Sie können das unmöglich, Señora.«

»Erzählen Sie mir nicht, was ich tun oder nicht tun kann! Wir sind hier schließlich in den Vereinigten Staaten.«

»Ja, ganz gewiß, Señora«, beteuerte er.

»Also dann steigen Sie ein!«

»Ich will erst telefonieren, Señora. Mit Ihrem Gemahl.«

»Er ist nicht zu Hause, er ist seit heute früh auf Tour, oder wie man es hier nennt, ich glaube: *range*. Steigen Sie endlich ein, Mr. Gomez!«

Mit stolzer Gebärde wies der Kojote auf ein imposantes kardinalrotes Auto, das unweit in der prallen Sonne schmorte. »Dort steht mein Wagen.«

»Gut.«

»Wenn Sie gestatten, Señora, fahre ich vor Ihnen her, und wir halten bei meinem Haus. Ich und meine Frau werden uns sehr geehrt fühlen. Wir trinken einen Mokka.«

»Ich nicht. Danke! Ich habe nicht so viel Zeit.«

»Señora«, sagte er mit besonderem Ernst, »es ist erst zehn. Meine Frau wird selbstverständlich mit uns fahren.«

Reglos, mit einer Leichenbittermiene stand er vor ihr. Hierauf verneigte er sich, begab sich zu seinem Wagen und fuhr ihr langsam voraus. – Das reinste Leichenbegräbnis, dachte Mrs. Benedict.

Die Villa Gomez, die Jett Rink so sehr gerühmt hatte, war eine umfangreiche, rechteckige weiße Schachtel und Mrs. Gomez eine olivenfarbene Schachtel, die kein Wort Englisch verstand. Als Leslie ihr auseinanderzusetzen versuchte, sie brauche weder Kaffee noch weibliche Begleitung, belehrte sie der Kojote eines Besseren. »Meine Frau ist glücklich, mitkommen zu dürfen, aber vorher nehmen Sie einen Mokka.«

In beiden Frauen schien spontan ein weiblicher Stolz sich auflehnen zu wollen, aber Mrs. Gomez verschwand im Hausinnern, während Mrs. Benedict in stiller Wut, der Kojote mexikanisch korrekt auf den Stuhlkanten saßen und Konversation machten. Im Plüschzimmer. In einer Ecke der Hausaltar aus Öldrucken, Kerzen, Papierblumen, Kruzifix und Weihrauchschalen. Leslie ließ nicht locker. »Ich interessiere mich für alles, was Texas heißt – und

Mexiko selbstverständlich – Wozu sage ich das? – Ganze Familien habe ich auf den Lastwagen gesehen, sogar Kleinkinder und Greise, die können doch unmöglich arbeiten? Buben, höchstens neun Jahre alt, und Siebzigjährige, wie mir schien.« – »Entschuldigen Sie einen Moment!« Als er zurückkam, redete sie weiter: »Was zahlt man ihnen?« Hinter ihm erschien seine Frau mit dem Servierbrett. Sie hatte den hellen Morgenrock mit einem dunklen Straßenkleid vertauscht und sah nicht übel aus. Zeremoniös goß sie den überstarken, überstark gesüßten schwarzen Trank in die Schalen, welche sie und ihr Gatte, den kleinen Finger gespreizt, langsam zum Munde führten, aber erst dann kosteten, als der Besuch ein Gleiches tat. Aha! dachte Leslie, er benimmt sich genau, wie es sich seiner Ansicht nach für einen Kojoten gegenüber einer Benedict gebührt. Und sie trank das widerlich süße Zeug angeekelt in sich hinein.

Der Mokka schlappte in den Untertassen. Das Gespräch war in ihren Ohren nur noch gesellig sein sollendes Geräusch. Sie merkte, Gomez wollte bloß Zeit gewinnen. Wegen Jordan! Abrupt stand sie auf. »Ich gehe. Wenn Sie mitkommen wollen, bitte! Sie brauchen nicht. Ein Camp werde ich auch allein zu finden wissen.«

Auf sein Geheiß räumte Mrs. Gomez schweigend ab. Eine Minute danach standen die drei vor den zwei Wagen, und der Besitzer des Kardinalroten fragte sehr förmlich: »Wünschen Sie mit Mrs. Gomez und mir zu fahren? Oder …«, mit ausdruckslosem Lächeln: »Vielleicht ist es für Sie bequemer, wenn meine Frau und ich vor Ihnen herfahren, um Ihnen den Weg zu zeigen. Auf diese Weise …«

Er hat Angst, sich mit Mrs. Jordan Benedict allein im Wagen

sehen zu lassen, erkannte Leslie und erwiderte ebenso schablonenhaft lächelnd: »Reizend. Aber Sie fahren zu einem Camp! Keine Faxen, bitte ich mir aus!«

»Gewiß nicht, Mrs. Benedict«, versicherte er, und Leslie, während sie auf der glühenden Polsterung bei ihrem Lenkrad Platz nahm, dachte: Endlich tituliert er mich nicht mehr blödsinnig Señora!

Sie fuhr dicht hinter ihm, zwei, vier, sechs Kilometer in brennender Hitze. Nach dem siebenten gab des Kojoten Hand, die links aus dem roten Wagen herausfuhr, das Stoppzeichen. Sie hielten.

Rings war der Boden zertreten, die Landschaft trostlos. Erbärmliche Feldhütten, baufällige Schuppen, weiter hinten Baracken, nirgends ein Mensch. Ein ausgemergelter Hund kroch am Boden. Nirgends Schatten.

Gomez war hurtig ausgestiegen und ehe noch Leslie ihren Wagen verlassen konnte, an dessen Schlag getreten. Doch öffnete er ihn nicht, lehnte sich vielmehr dagegen und bemerkte maskenhaft lächelnd: »Es hat keinen Zweck, daß Sie aussteigen. Es ist niemand da.«

»Warum nicht?«

»Hier heißt es arbeiten, pflücken. Die Saison nähert sich ihrem Ende.«

»Aber ich habe auf den Camions und in den alten ramponierten Wagen kleine Kinder gesehen und Greise.« Er schwieg. »Und Matratzen, Pfannen und Töpfe. Wo sind all die Leute hin?«

»Zum Pflücken.«

Leslie zog die Handbremse, versorgte den Autoschlüssel in ihrer Handtasche und erklärte: »Ich steige aus und schaue mir die Sache an.« Gebieterisch sah sie ihn an, und da gewahrte sie in seinen sturen schwarzen Augen, mitten in den Pupillen, zwei springende rote Pünktchen, zwei rote Teufelchen! sagte sie sich. Sonderbar! So etwas habe ich nie gesehen. Na, wenigstens lächelt er jetzt nicht mehr so aufdringlich.

Sie war ausgestiegen, richtete ihren Hut, strich über den derangierten Rock und rief nach Mrs. Gomez. Aber der Mann erklärte: »Meine Frau bleibt lieber im Automobil. Sie wird warten.«

Leslie Benedict kletterte über den Straßengraben und sah, auf der anderen Seite angelangt, im schmorenden Staubdunst des kahlen Feldes hinter windschiefen Schuppen und Hütten zerlumpte Zelte, ging auf den vordersten Schuppen zu, hörte dicht hinter ihren Fersen die Schritte des Kojoten, und spähte hinein.

Zwei Strohmatratzen am Boden, daneben zwei eiserne rostige Bettstellen. Sonst nichts. Die dünnen Decken lagen noch so, wie sie wohl fielen, als die Schläfer aufgefahren und an die Arbeit gegangen waren. Draußen auf freiem Feld standen zwei oder drei rostige Herde, in denen kein Feuer brannte. Da und dort Aschenhäufchen, die Überreste offener Feuer. Und nirgends ein Mensch. »Sie sehen«, kam von hinten die Stimme des Kojoten, »es ist niemand da. Alles ist bei der Arbeit, wie sich's gehört.«

Aber Leslie ging weiter und hörte auf einmal hinter einem der Zeltfetzen ein undeutliches Gemurmel. Es war nicht schwer, da hineinzusehen, und doch fühlte sie sich gehemmt.

Auf einer Matratze am Boden lag ein Mädchen, und daneben kauerte eine Alte. Teilnahmslos, gleichgültig blickten sie auf die elegante Gestalt im seidenen Kleid, die den Zeltlappen zaghaft beiseite schob.

»Ach, entschuldigen Sie, ich wollte nicht stören«, brachte sie ungeschickt vor und wandte sich, da keine Antwort erfolgte, nach hinten an ihren Begleiter: »Da sind zwei Frauen. Bitte sagen Sie ihnen auf spanisch, sie möchten freundlichst entschuldigen, daß ich so einfach herein...« Es war, als beträte sie unbefugt ein gutbürgerliches Heim.

»Ich spreche Englisch«, sagte die Daliegende.

»Das ist ja schön. Sind Sie krank?« fragte Leslie.

»Nein, ich habe geboren.«

»Da wünsche ich Ihnen von Herzen alles Gute. Ist es ein Junge?«

»Er ist tot«, sagte die Junge.

Leslie trat tief bestürzt einen Schritt näher, ließ den Zeltlappen hinter sich fallen, so daß sie nun im Zelt und Gomez draußen war. Erstickende Hitze. »Wann?« fragte sie.

»In der Nacht«, antwortete die Arme, und auf Leslies kummervoll suchenden Blick: »In der Frühe haben sie ihn weggetragen, bevor mein Mann mit den andern zur Arbeit mußte.«

»Ich will Ihnen helfen, erlauben Sie. – Wo sind Sie zu Hause? Sind Sie Mexikanerin?«

»Amerikanerin«, sagte die Wöchnerin, und Leslie erkannte im dämmrigen Licht des engen Zeltes: Das gequälte Gesicht auf der zerwühlten, befleckten Lagerstatt war das einer Siebzehnjährigen. Das Blut schoß ihr in den Kopf, und sie herrschte sich an: Tu was! »Ich habe meinen Wagen hier. Wenn Sie die paar Schritte. – Ich will Ihnen gerne helfen und Sie nach Hause fahren, auch Ihre – Ihre Mutter?«

»Ich bin aus Rayo, nahe der Grenze. Dort ist niemand. Alle sind hier, um zu schaffen.« Mit schlaffer Geste: »Das ist meine Schwiegermutter.«

»Schaffen«, wiederholte Leslie, und wie betäubt fragte sie: »Wer?«

»Mein Mann, mein Bruder, meine Schwester, mein Schwager, meine Schwiegermutter. Morgen fange ich auch wieder an oder übermorgen.«

Automatisch stellte Leslie die Frage, die sie frühmorgens an Bick gerichtet hatte: »Was zahlt man Ihnen dafür?« und empfand ihre Neugier zugleich als taktlos. Aber sie mußte es wissen, und die Arbeiterin schien nichts dabei zu finden. Mit der Fügsamkeit einer Frau, die gewohnt ist, nicht als Mensch, sondern als Nummer behandelt zu werden, antwortete sie: »Zusammen sechs Dollar die Woche.«

»Sechs?« Sie glaubte nicht richtig verstanden zu haben und hörte nun: »Manchmal sieben, manchmal fünf.«

»Die ganze Familie?«

»Ja, wir sechs.«

Leslie griff in ihr elegantes Handtäschchen, nahm, ohne hinzusehen, heraus, was sie fand, zehn oder zwanzig Dollar; sie schämte sich dessen, beugte sich vor, legte das Geld auf die Matratze und stammelte unglücklich: »Für – für – Ihr Kindbett, wenn Sie gestatten, bitte! Nicht böse sein!«

Die beiden Pflückerinnen sahen ausdruckslos, stumm auf die Banknoten. Von Entsetzen gepackt, stürzte Leslie zum Zelt hinaus, prallte gegen den Kojoten, den Blutsauger, der dicht hinter dem Eingangslappen gehorcht hatte, und lief, ohne auf ihn zu achten, blindlings weiter, bis ihr ein grauenhafter Gestank ins Gesicht schlug, so daß sie mit auf gerissenen Augen zurückfuhr. Es waren offene, von Schmeißfliegen dicht übersäte Latrinen, ein Greuel unter der Sonne, die im Zenit stand.

Da ballte sich alles – der Krach mit Jordan, der widerlich süße Mokka, die Fahrt in der Hitze, der Schock im Zelt und der Kloakengestank – zu einem Fausthieb zusammen, der sie ins Zwerchfell traf. Hilflos und heftig erbrach sie sich mitten im räudigen Ödland.

Fidel Gomez wandte sich zartfühlend ab.

17

Nein, er sei nicht zum Mittagessen gekommen, erfuhr sie daheim. Aber das ist nichts Außergewöhnliches. »Kein Kaffee?« wehrt sie kreideweiß ab, als Lupe damit ankommt, und legt sich schlotternd zu Bett. Ihr ist übel und weh. Die Töne des Großen Hauses und der Umgebung treffen ihr Ohr wie bei schlechter Verständigung durch den Fernsprecher. Hämmern vom Umbau des Haupthauses, ferne Stimmen aus dem mexikanischen Revier, Geräusch von Wagen, die abfahren oder mit Gästen ankommen, die sie vermutlich nicht kennt. Pferdegetrappel, für sie das liebste Geräusch. Im Halbschlaf kreisen ihr Worte im Kopf: Ich habe geboren – ist tot – in der Frühe haben sie ihn weggetragen. Sie muß weinen und weint sich so in Schlaf.

Erfrischt wacht sie auf, badet, zieht eins ihrer Tea-gowns an, legt eine Spur Rot auf, mustert sich im Spiegel, findet aber Blässe wenn auch nicht gerade schmeichelhaft, so doch für ihren Zweck wirksamer und wischt das Rouge wieder ab, nimmt ein Buch, liest und lauscht, schreibt einen Brief und horcht auf. Stürmisch läutet der Gong zum Abendbrot. Von oben und unten tönen die Stimmen der Gäste; hohe Absätze klappern treppab. Jordan ist noch nicht zu mir heraufgekommen, er hat sich nicht nach mir umgesehen.

Kopf hoch und Stimmung tief, begibt sie sich in den Speisesaal. Aber er ist nicht da. Nur Gäste, bekannte und unbekannte.

»Howdy, howdy, howdy! Wie geht's? Wie war's? Interessant? – Oklahoma? – Nein, bis jetzt noch nicht, aber ich habe schon viel davon gehört. In dieser Jahreszeit hat er sehr viel zu tun; sonst ist er um diese Stunde zurück.«

Beim Dinner ist man zu elft. Sie kann von ihrem Platz aus bis in die Halle sehen. Jordan läßt sich nicht blicken. Sie nimmt eine Kleinigkeit zu sich, steht Rede und Antwort, bittet um Entschuldigung: »Ich war nicht ganz wohl – o nein, nichts Schlimmes. Das Wetter – Texas.« Liebenswürdiges Lachen.

Wieder in ihrem Zimmer, nimmt sie bei Lampenlicht eine Handarbeit vor, wie es sich für eine werdende Mutter gehört. Aber Handarbeiten sind ihr verhaßt. Nach ein paar Stichen legt sie den Stoff zusammen und beiseite, lehnt sich im Sessel zurück, starrt ins Leere; ihre Glieder lockern sich. Ermattet sinkt sie wieder in Schlummer.

Als sie erwacht, sitzt Bick mit gespreizten Beinen in der andern Ecke des Zimmers und sieht sie an. Seine Arme hängen lose herunter. Sogleich ist sie hellwach. Stumm hält sie seinem starren Blick stand.

Klopfklopfklopfklopf ... Aber die Handwerker sind doch schon weg? Es ist wohl mein Herz, das so pocht. Sie steht auf.

Und er steht auf, und wie von selbst fühlen sie sich zueinandergezogen. »Näher!« mahnte sie. »Näher! Ganz dicht!« Und liegt heiß und zerzaust in seinen Armen.

»Dieser Gomez hat dir natürlich telefoniert?«

»Ja.«

»War es denn so was Schreckliches? Was ist dabei? Ein mexikanisches Arbeitslager zu besichtigen ist doch ...«

»Still! Denke nicht mehr daran! Ich habe inzwischen mit Adarene gesprochen.«

»Ist sie zurück?«

»Nein, ich war bei ihr in Dallas. Sie meint, du brauchst Luftveränderung. Ich bin ganz ihrer Ansicht. Fahren wir auf ein paar Tage nach Holgado!«

»O Jordan!« Sie leuchtete auf. »Wann?«

»Möglichst bald, Adarene wäre schon morgen bereit, aber mir paßt übermorgen besser.«

Sie ist enttäuscht: »Wozu brauchen wir Adarene! Nur wir beide, allein, wäre das nicht am schönsten?«

»Gewiß, aber ich habe mit Lew über die Erbschaftssache zu sprechen, über das Testament, das Luz hinterlassen hat, und sonst noch allerhand. Er kennt die Materie am genauesten. Und Pinky und Vashti werden ...«

»Das auch noch! Nein bitte, nicht die Snyths!«

»Es ist geschäftlich; es handelt sich um die Ranch, Darling.«

»Deswegen braucht man doch nicht in Rudeln zu reisen, als ginge es auf eine Löwenjagd.«

»In Texas ist es so Sitte, vermutlich ein Überbleibsel aus alten Zeiten, als man nur in Gesellschaft reiste, um nicht skalpiert und von Klapperschlangen gebissen zu werden oder mindestens sich zu verirren.« Er war wieder bei Humor, und sie ging darauf ein und fragte: »Wie soll die Reise vor sich gehen? In Automobilprozession? Oder alle in Riesensombreros auf Palominos mit Old Polo an der Spitze? Festzug zur Jahrhundertfeier von Wildwest?«

»Mein bittersüßes Bräutchen, ich dachte, wir fahren zunächst im Wagen nach San Antonio. Falls du trotz Hitze unbedingt willst, können wir uns einen oder zwei Tage dort aufhalten. Adarene kommt mit ihrem Mann hin. Du sollst aber keine zu langen Autofahrten unternehmen, es ist dir nicht zuträglich; deshalb fahren wir von da per Bahn im Extrawagen nach Holgado.«

»Wie Fürstlichkeiten.«

»In den letzten fünfzig Jahren hat diese Linie so viel an uns verdient, daß sie uns auf Wunsch sogar für jede Ochsenkoppel ein Luxuscoupé zur Verfügung stellen würde.« Er zog sich allmählich aus, und als sie im Bett lagen, berichtete sie ihm ihre Erlebnisse in Nopal und ihre Gefühle im Camp, bis er ungeduldig abwinkte: »Darling, das hat mit uns nichts zu tun!«

»Doch, Jordan, es hat. Denn das sind wir.«

»Es ist ja zum Verzweifeln, Kind! Soll das mit dir so weitergehen? Willst du immerzu auf die Art weitermachen?«

»Ja, immer«, antwortete sie.

Zwei Tage danach brachen sie auf, nach texanischer Sitte bei Morgengrauen. Die Sterne leuchteten noch. Bick chauffierte. Hinter ihnen fuhr Pinky mit Vashti. So gelangten sie in die historische, altromantische Stadt San Antonio.

Enttäuscht blickte Leslie auf die hochmodernen heißen Geschäftsstraßen, die keinen Deut anders waren als die jeder andern amerikanisierten Stadt des Nordens, Westens oder Südwestens. Auf der Plaza mit ihren Bürohochhäusern und einem stark frequentierten

Lokalbahnhof hasteten die Menschen wie überall. »Der Alamo.« Bick wies auf die grauen Mauern eines verstaubten Bauwerks.

»Das?« kam es gepreßt von Leslie.

Das neuzeitliche Hotel St. Anthony ließen sie links liegen und hielten vor Hotel Menger, denn die Benedicts stiegen von jeher im Menger ab. Mit seinem ummauerten Patio, den Himmelbetten und roten Plüschmöbeln war es so altmodisch texanisch wie möglich und roch nach Bourbon, Haaröl, alten Teppichen und der Küche. Auf den steinernen Fliesen klirrten die Sporen und knallten die hohen Absätze. »Das sieht schon anders aus!« rief Leslie vergnügt. »Das gefällt mir!«

»Du freust dich über den größten Blödsinn«, bemerkte Bick. »Über das Große Haus rümpfst du die Nase; dabei ist dieser Gasthof mit ganz dem gleichen Museumsgerümpel vollgepfropft.«

»Das ist es ja eben, mein Jordan. Meinst du, ich wollte in einem Museum mein Leben verbringen? Weißt du, wenn wir erst richtig in unser neues altes Haupthaus übergesiedelt sind, wollen wir dort niemals Logiergäste beherbergen! Sie können im Großen Haus übernachten, ganz gleich, wer es ist, ob ein Fürst oder Maudie Lou oder sonst ein Benedict. Oder meine Eltern.«

»Ist das die berühmte virginische Gastfreundschaft?« fuhr er zu necken fort, aber da pochte Vashti von nebenan gegen die Tür, durch die man bereits ihre piepsige Stimme vernommen, und gleich darauf brach sie mit Pinky geräuschvoll ins Zimmer. Zehn Minuten darauf trafen auch Moreys aus Dallas ein, zogen Bourbonflaschen aus ihrem Handgepäck; Trinkgläser und Eis kamen klingelnd über den Gang, und als Adarene sogleich wie ein berufsmäßiger Cicerone einen Besichtigungsplan zu entwerfen begann, gestattete Bick großzügig: »Ihr könnt ausknobeln, was ihr wollt; wir sind mit allem einverstanden«, und zog sich mit Lucius Morey, genannt Lew, und Mott Snyth, genannt Pinky, in eine Ecke zurück.

»Du siehst glänzend aus, Leslie«, versicherte Adarene, »du auch, Vashti«, setzte sie schleunigst hinzu. »Aber wir haben für unser Sightseeing nur den heutigen Tag und den halben morgigen, müssen also bei dieser selbst für San Antonio außergewöhnlichen Hitze unsere Zeit gut einteilen. Ihr zwei seid allerdings für Besichtigungen nicht gerade in der rechten Verfassung.«

»Unsinn, wir sind energiegeladen wie Teufel!« rief Leslie.

»Also zuerst der Alamo!«

Adarene Morey wollte jedoch die Besichtigung kunstgerecht wie ein gutes Theaterstück aufbauen. »Wo bliebe sonst die Steigerung? Den Alamo müßt ihr euch verdienen. Zuerst kommen die Missionen.«

»Ich höre: Missionen«, ließ Bick sich aus seiner Ecke vernehmen. »Aber du kannst Leslie unmöglich diese Missionstreppenstufen zumuten. Jede ist über dreißig Zentimeter hoch, und die Treppen sind gedreht wie ein Tau. Das geht einem in die Waden, die Knie, die Schenkel. Ich wünsche nicht, daß mein Sohn mit Korkzieherbeinen zur Welt kommt.«

»Sehr richtig«, pflichtete Vashti bei. »Ich habe San Antonio zum erstenmal mit fünfzehn Jahren besucht. An dem einen Tag habe ich mit Pa die ganzen Missionen abgeklappert, eine nach der andern. Concepción ging noch an, auch das niedliche San Francisco de la – ich glaube, Espada. Aber die andern! Ich kann euch sagen: Als ich zur Mission San José kam, war ich gerädert. Es sind dreiundzwanzig Treppen und gebaut wie ein Fächer; wenn man hinaufsteigt, meint man immer, man müsse sich selber begegnen. Am folgenden Tag hatte ich das Gefühl, als seien mir die Beine abgesägt und mit Sicherheitsnadeln wieder befestigt worden. Ich konnte keinen Schritt mehr gehen.«

»Ich werde mich hüten, alle hinaufzuklettern«, sagte Leslie. »Nur eine! Die andern guck' ich mir von unten an. Jordan, wie wäre es mit San José?«

Bick lehnte mit Rücksicht auf ihren Zustand ab.

»Daß man auf mich als etwas Gebrechliches Rücksicht nimmt«, sagte Leslie, »hat immerhin den Reiz der Neuheit«, und Adarene meinte: »Vielleicht wäre es besser gewesen, direkt nach Holgado zu fahren.«

»Grämt euch nicht meinetwegen«, lachte die schwangere Leslie, »ich fühle mich pudelwohl!«

Lucius Morey, dies wunderliche Gemisch aus Neu-England und Texas in dunklem Straßenanzug, schwarzen Strapazierschuhen, weißem gestärktem Hemd und einem reichlich deplaciert wirkenden hellgrauen Stetsonhut, hatte gewohnheitsgemäß geschwiegen, nun aber wandte er sein mildes Antlitz der lebhaften Leslie zu und sprach mit nasalem, trockenem Ton, seinem Coolidge-Organ, wie es die andern nannten: »Leslie, du bist wirklich ein tüchtiges Girl.«

In das helle Gelächter, das diese Anerkennung erweckte, stimmte jedoch die also Charakterisierte nicht mit ein, sondern erwiderte etwa im gleichen Tonfall: »Ich danke dir, Lucius! Hier in San Antonio fühle ich mich zum erstenmal als Texanerin.«

»Kein Wunder, hier hat ja die ganze Sache begonnen«, erklärte Bick, »nicht wegen der spanischen Missionen mit allem Drum und Dran, sondern weil hier unser Texas begonnen hat. Jene zwei alten, heruntergekommenen Boys von über Fünfzig haben es hier auf der Plaza ins Leben gerufen. Der eine war der Baron de Bastrop und der andere Old Moses Austin. Der Ort hieß damals noch San Antonio de Bexar, und die Amerikaner waren hier ungefähr so beliebt wie ...«

»... wie jetzt die Mexikaner«, schloß Leslie, aber Vashti piepste: »Von der bedeutenden Geschichte des Staates Texas verstehen nur die Texaner was. Ostler renommieren immer mit Bunker Hill und Valley Forge und ähnlichen Ruhmestaten, daß man meinen könnte, San Jacinto und hier der Alamo seien bloß irgend so ein europäisches Spektakel gewesen. Dabei – wenn unser Sam Houston nicht gewesen wäre und Bowie mit seinem Messer und Davy Crockett und Travis, hätte es in den Vereinigten Staaten niemals ein Texas gegeben. Stellt euch das vor! Kein Texas! Nicht auszudenken!«

»Beste Vashti, halte du bloß in Leslies Anwesenheit keine Vorträge über Texas!« riet Bick. »Zehn Minuten nachdem sie mich kennenlernte, hat sie sich bereits über ganz Texas informiert, und jetzt weiß sie von Texasgeschichte so viel, daß dagegen unser alter Frank Dobie wie ein eingefleischter verdammter Yankee dasteht.«

»Kann sein«, gab Pinky zu, »vielleicht weiß Leslie mehr, aber meine Vashti kann auch den bedeutendsten Texas-Historiker totreden. Und weiß deine Leslie vielleicht, wie Texas das Recht errang, sich zu spalten?«

»Nein«, fuhr Leslie befremdet dazwischen. »Was soll das heißen: zu spalten?«

»Na ja«, brummte Bick, »als Texas der Union beitrat, hat man es sogar in die Verfassung aufgenommen; sonst hätten wir uns nicht ums Verrecken drauf eingelassen. Da steht: Wenn Texas will, kann es sich jederzeit in fünf Einzelstaaten zerlegen.«

»Wie gewisse Wirbellose«, dachte Leslie halblaut, nicht gerade sehr taktvoll, »die sich dadurch fortpflanzen, daß sie in Stücke gehen«, und Lucius Morey bemerkte sinnend: »Wenn wir das täten, hätten wir hier im Südwesten immer noch genug United-States-Senatoren, um das verdammte Ding zu schaukeln.« Doch seine Frau fand das erlösende Wort: »Wir tun's aber nie. Denn wenn sich Texas zersplittern würde, könnten wir uns nicht mehr damit brüsten, der größte US-Staat zu sein, und wenn wir das nicht könnten, wären wir todunglücklich.« – »Und alle fünf Splitter«, setzte Pinky hinzu, »würden den Alamo für sich reklamieren. Kein Teil möchte ihn dem andern gönnen, und das ist der Grund, weshalb wir für immer zusammengeschirrt sind.«

»Das ganze San Antonio ist auf Fremdenverkehr eingestellt«, näselte das Coolidge-Organ, »bloß hinterm Bunco bemerkt man noch etwas vom alten Stadtbild, hört Laute spielen und sieht Blumen im Haar.«

Mit dem schmalen Fluß schlängelte sich der breite Touristenstrom durch die Stadt, teilte sich wie dieser und kam an unerwarteter Stelle wieder ins Blickfeld. In diesem amerikanischen Stadtteil vergaßen die Bewohner des texanischen Buschlandes vorübergehend die endlosen Ebenen mit dem meilenweit wuchernden Mesquite. Weder Hermoso noch Houston, Dallas, Vientecito und Austin konnten sich damit vergleichen. Im Schatten von Wolkenkratzern krochen zweihundertjährige Luftziegelhütten. Den winkligen Gassen waren im Lauf der Geschichte Bravour und Anmut, blutiger Terror und sieghafter Menschengeist eingeprägt worden. Dieser Boden war festgestampft von den Füßen der Conquistadores, der Patres, der ersten spanischen Siedler und den Hufen des von Spaniern um

1690 importierten kastilianischen Viehs, dessen verwilderte Nachkommenschaft im Laufe der Zeit immer wieder eingefangen und mit Longhorns, Shorthorns, Angus, Herefords, Brahmans und Kashmirs gekreuzt wurde, bis daraus die monolithischen Monstra entstanden, die nun das Gras der Reata-Ranch abweideten.

Leslie hatte sich einen Reiseführer und eine neu erschienene, wahrheitsgetreue kurze Geschichte von San Antonio gekauft und ging damit über die Straße, las und guckte, guckte und las, den Finger als Buchzeichen benutzend, wie eine typische Ausländerin, so daß die andern als echte Texaner Einspruch erhoben: »Leslie, das tut man doch nicht!«

Sie aber brummelte lesend: »San Antonio. Wer hat den Ort so getauft?« Keine Ahnung hatten die Einheimischen, während ihr Zeigefinger über die Seite lief: »Da steht's! Es war Don Domingo Teran de los Rios zusammen mit Pater Damian Massanet und einer Eskorte von fünfzig Soldaten. Im Juni 1691 stießen sie auf eine Ranchería von Payayas –was sind Payayas?«

»Ein Indianerstamm«, belehrte Bick, auf seine Kenntnisse stolz.

»Wunderbar! Wie das klingt: die vielen *aya. Payaya.* – Ich habe noch nie was von ihnen gehört.«

Durch Bicks Erfolg angespornt, ergänzte Lew: »Soviel ich weiß, ein Zweig der Comanches, eine niederträchtige Bande«, aber Vashti flehte: »Schau, Leslie, auf die Art kommen wir nicht dazu, dir etwas zu zeigen. Sieh dir doch einfach die Sachen an! Wozu mußt du wissen, wann und wieso sie hierherkamen?« Aber die Wißbegierige fuhr in ihrer Lektüre fort, während die andern fast aus der Haut fuhren: »Bei den Indianern hieß das Dorf Yanaguana – klingt das nicht bezaubernd? –, und Pater Massanet errichtete ein Kreuz und benannte den Ort zu Ehren des heiligen Antonius von Padua: San Antonio. 1718 kamen Don Martín de Alarcón und Frater Antonio de San Buenaventura Olivares mit mönchischen Siedlern und Soldaten …« Mit leuchtendem Antlitz blickte sie von dem Geschichtsbuch auf: »Ich kann euch nicht sagen, wie glücklich mich diese melodischen Worte machen und wie froh ich bin, daß ich nun etwas von den Payayas und den armen fünfzig Soldaten weiß.«

»Es hört sich recht nett an«, gab Pinky zu. »An San Antonio ist ja auch weiter nichts dran als seine Geschichte.«

Vashti schmollte. »Was geht mich das Indianerzeug an? Das hat nichts mit Texas zu tun. Weißt du, das mexikanische Viertel ist wenigstens malerisch: die Charro-Trachten und das Gitarrengeklimper …«, allein Leslie, das Geschichtswerk unter den Arm geklemmt, las in dem neuen Reiseführer: »San Antonio bildet den Mittelpunkt der Hickorynüsse verarbeitenden Industrie des Südwestens, welche zirka 12000 mexikanische Arbeiter beschäftigt. Sie wohnen im mexikanischen Viertel – da hast du es, Vashti! – und verdienen im Akkord pro Woche durchschnittlich $ 1.56. – Was sagt man dazu!«

Bick nahm ihr sanft das Buch aus der Hand, klappte es zu und erklärte: »Dir wäre es wohl auch nicht recht, wenn ich hier erzählte, wie in Virginia …«

Taktvoll kam Adarene ihrer Freundin zu Hilfe: »Wenn wir in Europa sind, laufen wir schließlich genauso herum und stecken die Nase in den Baedeker. Warum sollen wir uns nicht auch über unsere eigenen Sehenswürdigkeiten orientieren?«

Pinky ließ es nicht gelten. »Die Benedicts sitzen seit etwa hundert Jahren in dieser Gegend, und wenn jetzt jemand sieht, daß

Bick hier einen Reiseführer studiert, heißt's gleich, er will das Land verlassen.«

»Nun geht schon endlich weiter!« rief Vashti ungeduldig, und sie wandten sich zu den muffigen kleinen Missionen mit ihren gewundenen Treppen, und Leslie, des Reiseführers beraubt, rezitierte wiederum den sachlichen Text ihres Geschichtsbuches, darin sich Patres, Indianer, spanische Granden, Gemetzel, Ackerbau, Bildhauerei, Wandmalerei und Baukunst phantastisch vermischten. »Die Mauern der Mission Concepción«, las sie vor, »sind über einen Meter dick. – Stimmt! Indianer und Mönche bauten sie fast ohne Werkzeuge.« Sie las weiter. »Akanthusblätter – Fassaden – Renaissance-Einfluß der Churrigueresquischen Schule – spanisches Barock …«

»Verschone uns, Leslie!«

An der Plaza speisten sie à la carte stark gewürzte heiße Spezialitäten: *Tortilla, Enchilada, Mole de guajolote*. »Was ist das?« wollte Leslie erst wissen, und Bick erklärte: »Das mexikanische Leibgericht, eine dicke Brühe aus Truthahnfleisch, Chili, Erdnüssen, besser gesagt, Erdmandeln, Gewürzen und Schokolade.«

»Schokolade …?«

Musikanten in Charro-Kostümen spielten auf. Durch düstere Arkarden huschten dunkle Gestalten. Dann und wann ertönte eines Straßenverkäufers eindringlicher Ruf. Gerüche wehten seltsam exotisch. Leslie schien mit offenen Augen zu träumen.

Bick rührte an ihre Hand. »Komm zu uns und zu dir, Darling! Woran hast du eben gedacht?«

»Ich? An Boston«, sagte sie ernst und wandte sich ihm zu. »Irgendwie hängt doch alles zusammen, so verschieden es sich auch gibt. Ich dachte an Boston, weil es den schärfsten Kontrast zu San

Antonio bildet. Denk nur – und ich dachte daran – ans Hotel Ritz, an den kühlgrünen Speisesaal, seine langen Fenster mit Aussicht aufs Common, die hohen Ulmen davor, die ihren Schattenriß auf die Scheiben werfen, an die spießigen Bostonerinnen und die netten Bostoner mit ihren englischen Langschädeln. Ich habe auch an den zartfrischen Hummer gedacht, den es dort gibt, an das schwer damastene Tischzeug, an die Kellner mit tadellos weißen Fingernägeln und an den ehrwürdigen Bau der Faneuil Hall.« Sie stockte, sah fünf Gesichter mißbilligend auf sich gerichtet und endete schwach: »Ich habe mich ungeschickt ausgedrückt, ich meinte nur: so schön es hier ist ...« Ihre Worte versickerten.

Beim Alamo war sie auffallend schweigsam, und Lew Morey bemerkte: »Ich glaube, du hast dir zuviel davon erwartet – wie alle Yankees. Der Alamo ist eine Gefühlssache, keine Sehenswürdigkeit.«

Rings um die alten Luftziegelmauern wogte modernes Großstadttreiben. Durch Warenhäuser, zum und vom neuen Postgebäude und dem Lokalbahnhof drängte sich eine geschäftige Menge, und der alte Alamo mit seiner tragischen, mutig-blutigen Vergangenheit stand mittendrin wie eine unpassende Nachbildung.

Ansichtskarten, Souvenirs, Business, Business. An einem Pult in der grauen steinernen Halle des Alamo saß eine bebrillte Dame, die jeden Besucher schulmeisterlich musterte. Alle gingen auf Zehen. Man flüsterte kaum noch hörbar, als sei man beim Gottesdienst.

Glasschränke mit Erinnerungsgegenständen, Zeugen des glorreichen Wahns und ruhmvollen Mutes, mit dem eine Handvoll Menschen gegen eine Horde – Menschen gekämpft hatte, die in diese Wildnis Texas gekommen waren. Woher? Aus Virginia, Louisiana und Connecticut, aus Massachusetts und Tennessee. Die berühmten Langlaufgewehre, die den eindringenden Feind so hoffnungslos angebellt hatten, lagen jetzt unter Glas sorgfältig abgeschlossen; ihre Kolben waren mit Messingadlern in Einlegearbeit geziert. Und da war auch das derbe Messer, das Bowie in der fallenden Feste geführt hatte, jener von Typhus, Lungenentzündung, Trunksucht und Kälte befallene Bowie, der noch auf dem Sterbelager sein Messer und die Pistolen schwang, bis ihn die Angreifer mit ihren Bajonetten durchbohrten und schließlich alles zu Ende war.

Unter Glas auch die Briefe, selbst in äußerster Not noch immer geschäftsmäßig steif von verzweifelten Menschen geschrieben: »… Ihr Geschätztes vom 11. ds. gelangte mit der letzten Post sicher in meine Hände, und ich will mit größter Beschleunigung seinen Inhalt beantworten.« Größte Beschleunigung war allerdings geboten. Denn Davy Crockett, der so zuvorkommend schrieb, sollte sehr bald für Texas sein Leben lassen, für dies fremde und unermeßliche und brutale Land, für das er und der vom Trunk zerstörte, wackere Bowie mit seinem schreckenerregenden Messer und der ruhmbegierige Travis kämpften bis in den Tod, obwohl sie legal dazu schwerlich berechtigt waren.

Ein Zug Touristen bewegte sich wispernd, deutend und glotzend durch das Museum, den Garten und die Kapelle. Hochzeitsreisende, ältere, hochbestiefelte Rancher, deren Absätze auf dem Steinboden klapperten, mit ihren plumpen, geschnürten Frauen in städtischer Tracht. Leslie beobachtete einen stämmigen, braunhäutigen Mexikaner mit Frau und drei kleinen Kindern. Sie waren sonntäglich gekleidet und starrten ausdruckslos auf die Waffen und Fahnen. Das Weib blieb etwas hinter dem Manne zurück, beruhigte das zappelige Kind auf ihrem Arm und besichtigte dabei alles gewissenhaft.

Von der eintönig grauen Rückwand der düsteren Halle hob sich bunt wie im Großen Haus auf Reata ein Arrangement der sechs Fahnen ab, die über dem ungebärdigen Staate herrschend geweht hatten, die Fahnen Altspaniens, Frankreichs, Mexikos, der Republik Texas, der Konföderierten und der Vereinigten Staaten, und sprachen von zweihundertfünfzig Jahren Gewalttat, Unrast und Krieg. Leslie wandte sich ab. »Kümmert euch nicht um mich, tut, als ob ich nicht zu euch gehöre! Ich weine bei solchen Gelegenheiten; stellt euch nichtwissend!«

Sie stand unter der hohen Wölbung des Raumes, der nun eine Art Heiligtum war für den anmaßenden, prahlerischen Giganten Texas. Gigant Texas, der Jordan Benedict und Onkel Bawley war und Jett Rink und Luz Benedict und Adarene Morey, Dr. Tom Walker, Angel Obregon, Vashti und Pinky Snyth ... Und wie sie wiederum auf die festlichen Fahnen starrte, verschwammen die Farben und Flecken und wurden Gesichter; auch sie verschwanden, und die Falten der Flaggen begannen sich seltsam zu kräuseln.

Besorgt legte Jordan den Arm um die Schulter der Gattin und suchte in ihrem Gesicht zu lesen. »Sag, fühlst du dich nicht wohl?«

»Ach was! Ich habe wohl nur die Fahnen zu lange angeguckt, die vielen Landesfarben machen mich schwindlig.«

»Jetzt hast du genug gesehen, Leslie. Ruh dich vor Abfahrt des Zuges noch ein bißchen im Menger aus!«

»Ich möchte mir nur noch die Bilder dort anschauen; dann können wir gehen.«

Rote, blaue, goldene Farbflecke belebten die kahlen Wände. Männer in Buckskinhosen im Kampf und im Tod. Männer im Sturmangriff. Und immer die gleichen beherzten weißen Amerikaner, die sich dunkelhäutigen Mexikanern hoch überlegen zeigten. Selbst sterbend kämpften sie noch und schauten dem Gegner mannhaft und mit Verachtung ins Auge. Das mexikanische Ehepaar mit seinen Kindern hatte sich von den Vitrinen, den zerbeulten Erinnerungsgegenständen und dem Fahnenschmuck den Glaskästen mit Briefen zugewandt und brütete über verblaßten Schriftzügen:

Kommando Bexar
23. Febr. 1836, 3 Uhr nachm.

An Richter Andrew Ponton und Bürgerschaft von Gonzales.

Starke feindliche Streitkräfte in Sicht. Wir brauchen Nachschub, Mannschaften, Vorräte. Schickt sie uns! Wir haben 150 Mann und sind entschlossen, den Alamo bis zuletzt zu verteidigen. Helft!

W. B. Travis-Col, Kommandant

Nun stand das mexikanische Paar neben Leslie und sah in Öl jene Kämpfer, die nie den erflehten Nachschub erhalten hatten, sah schmucke Uniformen, blutbespritzte Hemden, die Buckskinhosen der sagenhaften Pioniere, sah Farbige und Weiße, und die Gesichter der einen blickten wild, die der anderen mannhaft im Todeskampf. Aber wo war das Recht, wo das Unrecht? Wer war der Aggressor, wer der Verteidiger? Das fragte sich Leslie.

Das älteste der drei Mexikanerkinder, ein Junge, starrte mit großen Augen auf die Gemälde, deutete, fragte flüsternd den Vater, und dieser antwortete ebenso leise.

»Bick, paß auf!« neckte Pinky. »Deine Gemahlin hat sich in Bill

Travis vergafft. Sie kann den Blick nicht von ihm wenden. Oder ist es Sam Houston?«

Lachend nahm Bick Leslies Arm. »Waren beide auch große Schürzenjäger. Welcher ist es denn, Leslie? Aber jetzt sind sie tot, also habe ich nichts dagegen einzuwenden.«

Leslie schien ihn nicht gehört zu haben. »Du hast recht«, sagte sie, »ich bin müde«, und kehrte um.

»Du nimmst alles so schwer«, meinte die praktische Vashti beim Hinausgehen. »Was hat dich da drin denn so aufgeregt?«

»Es könnte so schön sein ...«

»Was? Was könnte schön sein?«

»Texas.«

»Texas? Hört euch das an! Texas *ist* schön, Texas ist wunderbar. Weißt du, Leslie, du redest manchmal furchtbares Zeug zusammen.«

»Mich hat es auch schon manchmal geärgert«, sagte Bick zu Vashti und legte schützend den Arm um Leslies Schultern, »aber du verstehst sie nicht. Ich verstehe es jetzt. Es sind allgemeine Betrachtungen. Philosophie.«

»Jedenfalls«, fiel Adarene munter ein, »haben wir jetzt genug von Missionen und Mexikanischem und Mole de guajolote. Ich bin froh, wenn wir glücklich im Zug sitzen«, und Vashti, den Alamogarten durcheilend, setzte hinzu: »Dann bestellen wir uns ein ausgezeichnetes Supper.«

»Steak!« meinte Pinky.

»Nein!« schrien die Damen.

Vashti blickte verträumt und schwärmte: »Im Zug bekommt man ein Essen wie sonst nirgends. Huhn im Topf – Zwiebelchen in Cremesauce – geröstete Maisbrötchen – Roquefortsalat – Blaubeeren à la mode mit Schokolade-Eiscreme.«

»Ist dir nicht gut?« fragte Adarene.

»Sehr gut«, hauchte Leslie. »Sag – in Holgado – ist es da wirklich kühl?«

18

Der Extrawagen wartete auf einem Seitengeleis darauf, an den Blitzzug gehängt zu werden, welcher den Kontinent bis ins Innere Mexikos durcheilt. Wie ein altes Familienfaktotum begrüßte der Wagendiener die drei Paare, als seien sie seine Wohltäter, deren Anblick er lange entbehrt hatte. Jedes einzelnen Wünsche waren ihm wohlvertraut, denn Benedicts, Moreys und Hakes waren für ihn seit langem ein unzerstörbarer Teil seines Daseins.

Lucius Morey sank in einen der bequemen Plüschsitze und stöhnte dankbar wie einer, der nach hartem Tagewerk endlich daheim ist: »Aaaach, das tut gut!« Pinky Snyth schleuderte seinen Stetson in zirka sechs Meter Abstand so kunstgerecht, daß derselbe genau im Gepäcknetz landete, worauf er bemerkte: »So viel bin ich nicht mehr zu Fuß gelaufen, seit mir mein Gaul mitten in der Steppe krepiert ist und ich meinen alten Sattel zwanzig Meilen weit schleppen mußte. Aber nichts macht einen so kaputt wie Sehenswürdigkeiten.«

»Richtig«, bestätigte Bick. »Lieber zwölf Stunden Roundup als noch eine San-Antonio-Mission.«

Der Ausflug wurde zum Fest und jeder vergnügt. »Schaut!«

piepste Vashti. »Ein funkelnagelneuer Waggon! Blau gepolstert! Raffiniert! Bisher gab's nur grüne.«

Die Herren bestellten beim Wagendiener, der George hieß, Getränke und recht viel Eis und disponierten, in welche Coupés die verschiedenen Gepäckstücke zu verbringen seien. »Wir essen in Benedicts Wohncoupé. Die Speisekarte! Menü!« Schon klingelten in dem kleinen Anrichteraum Gläser und Eis, und ein Kellner in Weiß erschien mit der Speise- und Getränkekarte. »Tengo hambre!« – »Ich habe Hunger!« – schrie Pinky. »Amigos! Setzen wir uns! Vash! Girls! Wo bleibt ihr?«

Aus ihren Räumen am Korridor tauchten die Damen auf. Wie durch ein Wunder waren die Spuren der Hitze verschwunden. Sie waren frisch, rosig und rochen nach Pfefferminz.

Andächtig schlürften sie ihre Highballs und studierten die Speisekarte, bis Pinky drängte: »Macht keine solchen Umstände mit der Aussucherei, sonst kommt unser Abendessen erst morgen zum Frühstück aus der Speisewagenküche hier angezottelt.«

Die Plattform des Extrawagens war durch eine Gittertür vom übrigen Zuge getrennt. Sie war zum Zurückklappen eingerichtet und unverschlossen. Der farbige Extradiener, im Vollgefühl seiner Wichtigkeit, klappte sie beim Hinundherlaufen jedesmal auf und hinter sich zu. Es kam aber auch vor, daß ein promenierender Fahrgast in der irrigen Ansicht, es sei der Faulenzerwaggon, die Klapptüre passierte und angesichts der sechs Schwatzenden, Trinkenden, Lachenden sich in einem der luxuriösen Sitze niederließ. Erst wenn er befriedigt Umschau hielt, wurde er langsam unsicher und schließlich verlegen. Niemand sagte ihm etwas; er war Luft, und der ehrerbietige Diener hielt sich ihm fern, bis der ungebetene Gast einen roten Kopf bekam und verschwand. So erschien auch ein Mann in hohen Stiefeln, Stetsonhut und städtischem Anzug, nahm kurzerhand Platz und rief, als er die andern erkannte, freudestrahlend: »Potz Bick, altes Kanonenrohr! Howdy, Pinky!«

»Hei«, grüßten die Herren zurück. »Howdy, Mel!« Worauf er aufstand und zu ihnen herüberkam. Nun aber fiel ihm doch etwas auf, der freimütige Blick seiner blauen, von Falten umrunzelten Augen bekam etwas Schüchternes. Er blieb stehen, beäugte den eleganten Salon auf Rädern, bemerkte die sonderbarerweise weder besetzten noch belegten Plätze und Gepäcknetze und den belustigten und zugleich feindseligen Blick des Extradieners beim Eingang.

»Ein Drink?« bot Bick ihm an. »Willst du mit uns zu Abend essen, Mel, oder hast du schon?«

Mel errötete wie ein gescholtener Schuljunge. »Ich will eure Party nicht stören, entschuldigt, ich hab's nicht gewußt!« Damit hob er die Hand zu einer rührenden Geste, mit der er sich rechtfertigen und zugleich verabschieden wollte, und schob ab. Das Eisentürchen der Plattform klappte auf und hinter ihm zu. Leslie war tödlich verlegen; sie schämte sich. Aber die andern waren von Mels Auftritt und Abgang ebensowenig berührt wie von den vorausgegangenen Stippvisiten. Pinky fragte: »Hat Mel noch das kleine Anwesen bei San Angelo? Etwa fünfzehn Sektionen, nicht?«

Bick zuckte die Schultern. »Zehn- bis zwölftausend Acres. Hat sich übernommen, mit der Zucht, mit dem Gras, mit allem. Wahrscheinlich geht er kaputt.« Das meinte auch Pinky. »So geht's den Pinschern. Sie lassen ihr Grasland verkommen, müssen ihren Viehbestand mit Kuchen füttern, und dann wundern sie sich, wo das Geld hinkommt.«

»Mit Kuchen?« Leslie vermutete wieder einmal einen Texaswitz.

Die andern lachten nachsichtig. Bick legte zärtlich besitzanzeigend die Hand auf das Knie der Virginierin und erklärte: »Yankeegirl, Kuchen ist Futter, Baumwollsamenfutter, konzentriertes Kuhfutter. Es ist gut, aber verdammt teuer.«

Pinky, bis vor kurzem noch Kuhknecht, jetzt Herr über zwei Millionen Acres, spielte sich auf. »Das kommt von der Mißwirtschaft. So geht's schon seit einem halben Jahrhundert in Texas. Der Humus ist flöten, der Humus von Millionen Acres, und Texas kommt auf den Hund.«

»Warum tut man nicht wieder Humus drauf?« fragte Leslie und erregte ein Höllengelächter. »Mach dir nichts draus!« tröstete Vashti kreischend vor Lachen. Leslie lachte unbekümmert mit, ließ aber nicht locker: »So sagt doch: warum?«

Nachdenklich blickte Bick zum Wagenfenster hinaus über die fast unfruchtbaren Gefilde und sagte: »Weil der Mensch den Trick nicht heraus hat, Erde zu machen, vielleicht hat er auch keine Zeit dazu. Die Natur würde achthundert bis viertausend Jahre brauchen, um Texas auch nur ein paar Fingerbreit Humus zurückzugeben.«

Erregt fragte Leslie weiter: »Warum geht dann nicht jemand hin und belehrt die Leute, daß sie ihr Grasland nicht so vernachlässigen sollen?«

Vashti hatte indessen eine große Bonbonniere geöffnet, mit deren Inhalt sie sich rechtzeitig gegen Reisestrapazen gewappnet hatte, und trank nun zu allerhand Fondantgefülltem einen Bourbon Highball, eine Zusammenstellung, die sogar ihr kleiner Mann unpassend fand. »Schokolade und Bourbon vertragen sich nicht. Außerdem verdirbst du dir mit der Schleckerei den Appetit. Das Supper muß jeden Augenblick kommen.«

Sein gastronomischer Rat prallte an Vashti ab. Mit vollem Mund und voller Entrüstung antwortete sie auf Leslies Frage: »Belehren? Auch noch belehren soll man die Nichtkönner? Die haben kein Recht, auf so einem Fleck, der kaum eine Geiß ernährt, Viehwirtschaft zu treiben. Sie täten besser daran, für Männer zu arbeiten, die eine Ranch zu leiten verstehen wie Pa oder Bick, sogar Moreys, obwohl ihr«, an Lucius gewandt, »nur noch dreihunderttausend Acres bewirtschaftet, seit ihr Städter geworden seid.«

»Nein«, widersprach Leslie zu ihrer eigenen Überraschung. »Das ist nicht der rechte Weg.«

»Nicht der rechte Weg?« spottete Vashti gutmütig. »Nun hört euch die neueste Texanerin an!«

Erst zwanzig Jahre danach sprach Bob Dietz als Agronom jene Worte, die Leslie jetzt suchte, aber in ihrer Unerfahrenheit nicht finden konnte. »Reata und die Hake-Ranch«, sagte Bob Dietz zwei Jahrzehnte nach diesem Tag, »und all diese überdimensionierten Latifundien sind nicht mehr zeitgemäß. Wer die modernen Methoden anzuwenden versteht, kann auf vier Sektionen Erfolg haben und braucht selbst in der Trockenperiode sein Vieh nicht mit Heu oder Kuchen zu füttern. Aber ganz abgesehen vom Erfolg: Ein Mann, der seinen eigenen Grund und Boden bewirtschaftet, ist ein Mensch, aber auf einer Ranch wie Reata ist er nur ein Maschinenteil. In einer Demokratie sollte niemand das Recht auf zwei Millionen Acres Land haben, denn das ist heller Wahnsinn und Feudalismus.«

Im Extrawagen jedoch formulierte nun Leslie ihre unausgereiften Gedanken folgendermaßen: »Ich fände es besser, wenn eine Million Menschen eine eigene kleine Farm besäßen, als daß ein Mann hundert Millionen ...«

»Halt an!« lachte Bick. »Du sprichst von dem Mann der Frau, die ich liebe!« Und Vashti rief: »Nimm dich in acht! Jeder Satz, den du redest, läuft innerhalb vierundzwanzig Stunden durch ganz Texas.«

Leslie lächelte höflich. »Liebe Vashti, ich bin immerhin lange genug in Texas, um zu wissen, du meinst: durch die ganze Reata-Ranch.«

»Nein, ich meine: durch ganz Texas.«

»Warum?«

»Weil du Mrs. Bick Benedict bist. Und eine Yankee. Und daher anders. Und Texas ist nun einmal so und *nicht* anders. Bald wird es heißen: Du bist eine Sozialistin.«

»Huhu! Willst du mir Angst machen? Das bringt so leicht niemand fertig.« Bick lehnte sich zu ihr hinüber und sagte lächelnd, aber im Ernst: »Texas ist ein Dorf im Umfang von etwa 600 000 Quadratmeilen und hat mehr Vieh als Einwohner. Und diese Einwohner sind einsame Menschen, die sich über jede Neuigkeit freuen, an der sie etwas zu kauen haben. Du bist für sie eine Neuigkeit.«

»In Ohio«, sagte Leslie aufgeräumt, »hielt man uns drei Lynnton-Töchter immer für ein bißchen verrückt und sogar in Virginia für etwas merkwürdig. Denn Papa hat uns dazu erzogen, selbständig zu denken und das, was wir denken, auch auszusprechen.«

»Das ist ihm glänzend gelungen«, bestätigte Bick aus innerster Überzeugung.

»Papa, Papa-a-a«, spottete Vashti nach. »Als ob mein Pa mich nicht auch erzogen hätte.« – »Und immer noch verrückt genug«, stellte ihr kleiner Mann fest.

»Das ist wohl zuviel gesagt«, warf Leslie ein. »Nur ist man in Texas so konventionell, daß jede Abweichung …«

»Konventionell!« riefen die fünf Texaner gleichzeitig aus, und Lew Morey hob beschwörend die Hand. »Es ist viel zu heiß, um darüber zu streiten, ob Texas konventionell ist oder nicht.«

»Ich glaube, du meinst nicht konventionell, sondern provinziell«, sagte Adarene Morey, und Bick, etwas gereizt: »Ganz egal, was sie meint! Darüber, was Texas ist und was es nicht ist, streiten sich die Leute schon seit mehr als hundert Jahren. Sprechen wir lieber von etwas anderm!«

Mit der Sanftmut, die seinem Gesicht entsprach, goß Lew Öl auf die erregten Wogen. »Ich möchte wetten: Wenn wir in zehn Jahren wieder einmal nach Holgado wollen, brauchen wir keine Eisenbahn, in der wir schlafen und Mahlzeiten einnehmen müssen. Dann fliegen wir. Bei dem Aufschwung, den das Flugwesen seit Kriegsende genommen hat ...«

Pinky nahm einen Schluck Bourbon und bemerkte nachdenklich: »In der gebirgigen Gegend zu fliegen ist, glaub' ich, kein reiner Genuß. Zuviel dickes Gewölk, haben die Boys, die im Krieg hier waren, gesagt.«

Mit einem Blick auf ihren friedfertigen Gatten äußerte Adarene: »Lucius war Kampfflieger. Wenn man ihn so ansieht, möchte man es nicht für möglich halten, nicht wahr, Leslie? Aber er war hervorragend.«

»Wieso sehe ich nicht danach aus?« opponierte der sanfte Gatte. »Im Laufe der letzten Kriege hat sich das Aussehen der Kämpfer gründlich geändert. Jetzt sind es nicht mehr struppige Männer mit Bärten wie auf den Bildern im Alamo, sondern Kinder, die sich zum erstenmal rasieren.«

Lesile betrachtete den milden Morey mit neuem Interesse,

schwieg einen Augenblick, drehte dann ihren Sessel weg von der Aussicht auf das vorüberziehende flache Land und den Abendhimmel und sagte: »Ihr werdet es nicht für möglich halten, aber ich habe Jordan bis heute noch nicht gefragt, was er im Krieg war, und er hat sich nie dessen gerühmt, denn wir wollen den Krieg vergessen. Ich nehme natürlich an, daß du die Schlacht an der Marne persönlich gewonnen hast.«

Schneller als Vashti hätte nicht einmal Luz dem peinlich betroffenen Bick beispringen können. »Ein paar mußten schließlich daheim Vieh züchten, um unser Heer zu ernähren.«

»Das hätten auch die Alten gekonnt«, entfuhr es Leslie. Sie bereute sogleich ihren Vorwitz, und Vashti, einmal im Schuß, plädierte weiter: »Wenn Texas nicht gewesen wäre, hätten wir womöglich den Krieg verloren. Unser Corned Beef aber hat ihn gewonnen.«

Das fand Pinky denn doch etwas übertrieben, machte jedoch darauf aufmerksam, die Hälfte der Dekorierten seien Texaner gewesen. Leslie suchte ihre unüberlegte Äußerung wiedergutzumachen. »Ich habe es nicht so gemeint, Jordan, ich wollte nur sagen …«

»Schon gut«, unterbrach er kalt. »Mein Vater war krank und ich einundzwanzig. Bald darauf ist er gestorben. Er hielt es vermutlich für vernünftiger, der Armee einige hunderttausend Viehhäupter zu liefern, anstatt mich ein paar Deutsche töten zu lassen. Vielleicht hatte er unrecht.«

»Praktisch gesehen, hatte dein Vater natürlich recht«, sagte Leslie leise. »Aber für dich war es vielleicht doch nicht das Richtige.«

Adarene hielt es für angebracht abzulenken: »Seit dem Krieg hat sich alles geändert«, meinte sie. »Irgend etwas scheint uns abhanden gekommen. Selbst das alte San Antonio ist nicht mehr das alte.«

»Ja, wenn's so weitergeht«, prophezeite Pinky düster, »wird noch der ganze Ort ein einziger riesiger Flugplatz. Wie man das Kelly Field eröffnet hat, dachten wir, das ist der Gipfel, weiter geht's nimmer, aber jetzt das neue Randolph Field, das kostet uns ohne Brühe und Brocken seine zehn Millionen Dollar! Vor lauter Fliegern wird San Antonio bald nichts mehr vom Himmel sehen.«

»Sehr gut«, warf Lew Morey ein, »auf die Art sorgt Texas dafür, daß sie nie wieder einen Weltkrieg anzetteln.«

»So verrückt wird niemand sein!« setzte Bick hinzu. Klingklang machte das Eisentürlein und ließ einen Festzug aus weißen gestärkten Kellnerschürzen, weißen Monturen und geschickt balancierten Tragbrettern durch. Darüber blickten lebhafte schwarze Gesichter. An der Tête marschierte der – weiße – Speisewagen-Steward. »Oh, Mr. Benedict! Riesig nett, daß Sie wieder einmal mit uns reisen. Ich habe Sie eine Ewigkeit nicht mehr gesehen. Mr. Morey! Ah, Miss Hake!«

»Ich bin jetzt Mrs. Mott Snyth. Hier ist mein Mann: Mr. Mott Snyth.«

»Hoffentlich sind Sie mit allem zufrieden, ich habe die Zubereitung selbst überwacht; wenn Ihnen etwas nicht recht ist, bitte sagen Sie es, und wenn Sie Frühstück wünschen, wäre es gut, Sie geben Ihre besonderen Wünsche noch heute kund. Kaffee? Selbstverständlich. Ich sage immer: Mit einer Tasse Kaffee ist der Tag bestens begonnen«, schnurrte er noch beim Abgang seiner Kolonne.

Aber es war kein heiteres Mahl. Die kleinen Seitentische waren praktisch-genial an die Wagenwände gehakt; die drei Paare saßen einander zwei und zwei vis-à-vis vor der allzu üppigen Mahlzeit. Brötchenberge, Schalen geeister Butter und Kannen mit Rahm wahrten die nordamerikanisch verschwenderische Tradition in jeder Beziehung. Nach beendeter Mahlzeit saßen die sechs gesättigt, doch nicht in rosiger Laune stumm da. Nicht einmal Vashti schwang sich zu einem Schwatz auf.

»Bei Tagesanbruch kommen wir an«, kam es schließlich von Bick.

»Tagesanbruch! Anders geht's ja in Texas nicht«, klagte Adarene. »Die ewigen Pioniere!«

Leslie lächelte ihr zu. – Du gute Adarene, du meine liebe Oase, dankte sie ihr in Gedanken.

Bick gähnte, stand auf, reckte sich, schaute durchs Fenster in die texanische Nacht. »Ich weiß nicht, wie ihr dazu steht, aber ich dächte, bis morgen könnten wir jetzt die Vorhänge zuziehen und schlafen gehen.«

Benedicts hatten das Wohncoupé, Moreys und Snyths je ein Abteil für sich. »Etwas eng«, grinste der Emporkömmling Pinky, »aber immer noch besser als auf dem Fußboden schlafen mit dem Sattel als Kopfkissen, wie ich schon tausendmal mußte.«

Gewisper hinter geschlossenen Türen. Man hütete sich in diesen aneinanderstoßenden, dünnwandigen Schlafstätten vor jedem lauten Wort.

»Jordan-Darling, ich habe es nicht so gemeint, es fiel mir nur ein, daß wir nie vom Krieg gesprochen hatten, und plötzlich dachte ich ...«

»Du, Mott, manchmal redet sie das unverantwortlichste Blech, dabei meint sie es gar nicht böse.«

Lucius Morey rieb sich das Kinn vor dem Spiegel und murmelte: »Wenn sie erst Texas begriffen hat, wird sie richtig.«

»Sie ist jetzt schon richtig«, kam aus dem unteren Bett Adarenes gedämpfte Antwort. »Aber Bick ist halt nur in Reata verliebt.«

Im Morgengrauen ließ Leslie den Fenstervorhang emporschnellen und sah endlich einmal den endlos verlaufenden Horizont unterbrochen. Blau auf goldenem Plan stand das Gebirge. Die Luft war rein, kühl und beschwingt.

Und dort vor dem kleinen Bahnhof ragte Onkel Bawley wie die Berge aus einer neuen Landschaft.

Sie eilte auf ihn zu, flog, ohne ihm erst die Hand zu reichen, in seine Arme und blieb im Gefühl, endlich zu einem seit lange Vertrauten heimgekehrt zu sein, so lange darin, bis Bick sagte: »Das hat Holgado noch niemals gesehen.«

»Bick, paß auf!« gellte Pinky. »Onkel Bawley sticht dich bei ihr aus.«

Bick lachte: »Ein historischer Augenblick! Onkel Bawley umarmt ein Weiblein.«

»Hätte ich gewußt, daß es so leicht ist«, schmunzelte der Alte, »ich hätte längst damit angefangen.«

Sie bestiegen den wartenden Wagen, ein gleißendes, kostspieliges Gefährt, das elegant und schlank war wie Bawley Benedicts Schuhe, doch offenbar älteren Datums und anzusehen wie eine Witwe in schwarzem Moiré. »Fährst du immer noch diesen Eiswaggon?« fragte Bick und nahm Platz.

»Selber nicht«, versetzte der Onkel. »Er ist für königliche Besucher wie ihr reserviert. Sonst steht er unbenützt in der Garage. Jede Woche müssen ihn die Boys einmal aus dem Stall nehmen und ihn bewegen wie einen Gaul, damit er nicht steif wird.«

In beängstigend texanischem Tempo sauste das Fahrzeug los.

Die Luft, straff erfrischend und trocken wie ein Martini, schimmerte opalen. Leslie schaute sich um. »Ohne Anstoß erregen zu wollen, werde ich jetzt eine Reihe tiefer Atemzüge tun.« Tat's, stoppte jedoch alsbald mitten im schönsten Einatmen und rief in voller Fahrt mit dramatischer Geste: »Es sind richtige Berge!«

»Was hast du denn gedacht, was es wäre?« fragte Bick. »Schaumgebäck?«

»Ich meine: Sie sind hoch, keine Hügel; es sind Berge!«

Bick konnte mit Zahlen aufwarten: »Der Baldy ist über 7000 Fuß, der Sawtooth fast 8000. Stimmt's, Onkel Bawley?«

»7998«, gab dieser an. »Ich weiß es nur deshalb so genau, weil ich immer gedacht habe: Der Bursche, der den Sawtooth gemessen hat, hätte getrost noch zwei Fuß zugeben können, dann wären's achttausend gewesen. Das klingt wesentlich höher. Aber er dachte gewiß, ehrlich währt am längsten.«

Aus der Entfernung sah Holgado mit seinen weißgetünchten Luftziegelhäusern wie ein in der Ebene hockendes Dorf aus. Bald aber hob sich das Haupthaus aus dem Komplex hervor, und wie das alte Haupthaus von Benedict gliederte es sich in Höfe und Flügel, dort die Arbeitsräume, hier die Schlafzimmer, der Speisesaal und das geräumige Wohnzimmer, über dessen glatte Fliesen mexikanische Teppiche und Felle von Berglöwen gebreitet waren. Obwohl wie im Großen Haus auf Reata ausgestopfte Tierköpfe mit Hörnern, Fängen und Glotzaugen sie anstarrten, war ihnen Leslie freundlich gesinnt. In diese Gegend, in dieses Haus paßten sie und gaben den angemessenen Hintergrund für den verwitterten, tränenden, riesigen Rancher.

»Habt ihr im Zug schon Kaffee getrunken?« fragte er. »Ihr wollt wohl erst auf eure Zimmer, speziell die Frauenzimmerchen. Das Frühstück ist bereit, sobald ihr es seid.«

Das dickwandige Haus war erstaunlich kühl. Durch die Fensterdickungen drang kein Sonnenstrahl ein. Die netten weißen Schlafräume mündeten auf eine hübsche weiße Galerie. Schmucke, lichte Badezimmer. Zur Aushilfe ein mexikanisches Zimmermädchen und eine etwas unsichere Haushälterin. Der schwarze Koch trug eine blendendweiße gestärkte Schürze, auf dem Kopf die hohe Mütze des Küchenchefs.

Als Leslie den kühlen Speisesaal betrat, fühlte sie sich ungeachtet der langen Fahrt und der frühen Stunde des Aufstehens wunderbar frisch und froh. »Ihr Benedict-Pioniere versteht's!« rief sie beglückt. »Was ist das für ein himmlischer Duft?« Und Bick erwiderte: »Wie ich Onkel Bawley kenne, werden es Ham and Eggs, Steaks, Bratkartoffeln und Zwieback sein, vermutlich auch Würste, Pfannkuchen und Poulets.«

»Ich meine doch den Geruch, der von draußen hereindringt! Ich habe ihn schon auf unserer Veranda geschmeckt, so lieblich erquickend und süß.«

»Wir hatten Bergregen«, erklärte ihr Onkel Bawley, »und dies sind Gerüche feuchten Fettholzes, Piñon und Gras und mir lieber als jedes französische Parfüm.«

Als man die dampfenden Frühstücksplatten hereinbrachte und sie in ihrer phantastischen Fülle auf das Büfett an der Längswand des Speisezimmers stellte, rief Leslie: »Wie appetitlich und reichhaltig! So ist das Frühstück bei uns daheim.«

Vashti schaute von ihrem Teller auf. »Wirklich? So viel für dich und Bick allein?«

»Ich meinte daheim in Virginia.« Ihre verwirrten, glücklichen Augen begegneten denen des Alten. »Onkel Baldwin, was meinst du, weshalb ich heute so froh bin? Macht das die Höhe?«

»Und die nette Gesellschaft«, gab Bick ihr zu verstehen. »Wahrscheinlich auch Onkel Bawleys berühmter Kaffee, von dem es heißt: pro Tasse 400 Gramm Bohnen.«

»Ach was!« wehrte der Onkel ab. »Es schmeckt euch nur so, weil ihr allein schon von der Luft aufgepulvert seid. Bei euch im heißen Buschland müßt ihr euch alle fünf Minuten mit Kaffee aufpeitschen, damit ihr in der sechsten nicht schlappmacht.«

»Da siehst du, Leslie«, erläuterte Adarene, »wie die Westtexaner auf die Osttexaner herabschauen, genau wie die Südtexaner von den Nordtexanern im Panhandle nichts halten. Und Zentraltexas mokiert sich über alle Landecken und Kanten. Einig sind sie bloß, wenn sich ein Fremder erlaubt, an dem verflixten Staat Kritik zu üben.«

»Genau wie bei uns daheim«, sagte Pinky. »Unsere Ma hat an uns Kindern immer was ausgesetzt, das tut sie heut noch, und wir, wir haben immer aufeinander herumgehackt. Aber wehe, wenn jemand, der nicht zu uns gehörte, auch nur ein Wort gegen eins von uns sagte. Da haben wir zusammengehalten wie Kletten.«

So unschuldig wie möglich fragte Lew Morey: »Sag, Bawley, wirst du den Damen auch deine Wohnung zeigen?«

»Du weißt genau, daß das nicht geschieht.«

»Aber dies ist doch dein Wohnhaus, Onkel Baldwin, und wir sitzen drin«, meinte Leslie verwundert.

»Es ist mein Haus, aber ich bewohne es nicht. Ich bin nur hier, wenn ich Besuch habe.«

»Aber wo ...?« Verdutzt sah Leslie ihn an, und er deutete über die Veranda hinauf auf eine etwa hundert Schritt entfernte Anhöhe, an deren Hang ein altes, windschiefes Lehmhaus klebte. Die Fenster waren ohne Vorhänge, die Lauben aus dem Lot. »Da wohne ich.«

»Ach, Onkel Baldwin, das muß ich sehen. Du hast gewiß wunderbare Kuriositäten drin aufbewahrt.«

Bick stieß einen Warnungsruf aus. Erschrocken sah Leslie von einem zum andern. »Jordan, habe ich etwas Unpassendes gesagt?«

»Nein, Darling. Ich möchte dich bloß darauf aufmerksam machen, daß noch kein Weib einen Fuß in Onkel Bawleys Häuschen gesetzt hat, nicht einmal, um drin sauberzumachen.«

»Ganz besonders nicht, um es sauberzumachen«, korrigierte der Alte.

»Dabei habe ich noch selten einen Herrn gesehen, der vom Scheitel bis zur Sohle so gepflegt daherkommt wie du«, rühmte ihn Leslie.

»Nur vom Scheitel bis zur Sohle. Was darüber und darunter ist, hat damit nichts zu tun.«

Erst fünf Jahre später sollte Leslie Benedict das Retiro erblicken, in welchem der alte Baldwin seine Vereinsamung hütete und sein verpfuschtes Leben: ein Chaos aus Sätteln, Reitstiefeln, alten Zeitungen, Sattelseife, Pfeifen, Flaschen, Andenken, schwersilbernen Punschterrinen, leeren Konservenbüchsen, stockfleckigen Nummern der Züchterzeitung. Ja, fünf Jahre später, als der kleine Jordy vier und die noch kleinere Luz drei Jahre alt waren, betrat Mutter Leslie zum erstenmal dies sonderbare Sanktissimum. Sie hatte die beiden Kinder wegen der kühlen Luft hier ins Hochland gebracht, und eines Nachmittags war Luz unauffindbar. War das ein Suchen, ein Rufen, ein Galoppieren der Cowboys die Kreuz und die Quere! Hinterm Rücken des mexikanischen Kindermädchens hatte die Kleine sich aus dem Staube gemacht, war die Anhöhe hinauf zu Bawleys Häuschen gewackelt, wo man sie endlich fand, wie sie gleich einem munteren Sperling selig und sorglos in dem Plunder herumpickte.

Doch ihre zehn ersten Tage auf Holgado wird Leslie ebensowenig vergessen. Wie die leichte Klarheit der Luft sie nach der feuchten Schwüle der Golfwindzone beschwingte! Und die Bergregen, die dem Erdreich immer von neuem süße Erquickung entlockten! »Es duftet wie die weiße Freesia«, meinte sie. »Da schwärmen die Leute von Geißblatt, Magnolien und Rosen, aber die Freesia duftet von allen am herrlichsten.«

»Hier gibt's keine«, sagte Baldwin, »ich bin mit der Sorte auch nicht bekannt. Aber wir haben hier eine Pflanze, die im Frühling blüht; sie heißt Spanische Dolchblume wegen ihrer scharfen Stacheln, die wie ein Stilett durch die Haut in den Körper eindringen. Um diese Jahreszeit ist sie abgeblüht. Ihre Blütenblätter sind weiß und duften sehr süß. Nur hier, nirgends sonstwo, bin ich einer so schönen Blume begegnet.« Er schwieg einen Augenblick und sagte dann: »Könnte man Menschen mit Blumen vergleichen, so würde ich sagen: Du gleichst ihr.«

Dies Kompliment entzückte sie so, daß sie es Bick wiedersagte, als er an jenem ersten Abend gähnend, mit geröteten Augen zu ihr ins Schlafzimmer kam. Sie war schon im Bett und las, aber keinen Roman; so etwas gab es in diesem Hause nicht, nur technische und historische Schriften. Letztere standen auf einem Brett in der gleichen grimmigen Kammer mit einem großen Gewehrschrank, hinter dessen Glastüren finstere Läufe in ihren Haltern bedrohlich funkelten, doch außer Leslie hielt niemand diese düstere Wehr im Ranchhaushalt für unzeitgemäß.

Jene Bände aber, die vom Zahn der Zeit und von Mäusen benagt worden waren, enthielten die authentischen Berichte über die Zuweisungen spanischen Bodens in Texas. Es sollten nur dürre Aufzeichnungen über Liegenschaftstransaktionen sein, und doch zogen sie für die Leserin den Vorhang von einem so unglaublichen Mantel-und-Degen-Stück weg, daß sie nicht ein amtliches Dokument, sondern ein Schauerdrama voller Raffgier, Raub, skrupelloser Spekulation und Halsabschneiderei zu lesen vermeinte. Die ach so verherrlichten Pioniere, Grenzer und Siedler kämpften mit ihrer ganzen Gerissenheit und Rauflust gegen die unwissenden Eingeborenen, bis deren Land in Geld und lebende Menschen in Leichen verwandelt waren. Leslie las es gebannt und war entsetzt. Ihrem eintretenden Gatten jedoch rief sie zu: »Jordan, stell dir vor: Onkel Bawley hat sich in einen Kavalier verwandelt, in einen Homme à Femmes! Heute erzählte er mir von der Spanischen Dolchblume, sie sei die lieblichste Blume der Welt, und sagte dann, ich ähnele ihr. Und so was nennt ihr einen Weiberfeind!«

»Wahrscheinlich hat er dabei an die spitzen Stacheln gedacht«, meinte Bick trocken.

»Hoffentlich! Denkst du, ich wollte lediglich weiß und süß sein wie eine Zuckerrübe?«

Nach jedem Abendessen saßen die vier Herren in einer Ecke des großen Wohnzimmers dicht beieinander und besprachen sich ebenso leise wie eindringlich, so daß zuweilen abgerissene Worte zu der etwas loseren Gruppe der drei einsamen Frauen hinüberdrangen: »Wahlen – Commissioner – Abgaben – Distrikt – Öl – Kongreß – Gomez – Wahlkreis.«

Vashti legte derweilen eine Patience, die nie aufging, und schwatzte ununterbrochen: »Bube auf Königin, hoffentlich wird's ein Mädchen, die sind gescheiter, man kann sie auch netter anziehen, zum Kuckuck, wo steckt denn die Neun? Aber Pa und Mott sind auf einen Jungen versessen. Ah, da ist ja die blöde Neun.« Adarene arbeitete an einem Gobelinüberzug für Sessel; das Kaminfeuer warf lustige Reflexe auf die vielfarbigen Wollsträhnen in ihrem Handarbeitskorb. Leslie aber, die diesen Stumpfsinn nun schon drei Abende lang über sich hatte ergehen lassen, schlenderte am vierten zu Bick hinüber und setzte sich neben ihn auf die Couch.

Sogleich verstummte das Männergespräch.

»Sind die Herren nicht vielleicht allzu galant zu uns?« fragte sie und bemerkte, daß Bicks linkes Ohr röter als sonst war.

»Leslie, wir haben über Ranchangelegenheiten zu sprechen, rein geschäftlich«, antwortete ihr Mann mit gerunzelter Stirn.

»Hochinteressant! Ich höre gern zu und lerne etwas dabei.« Sie setzte sich.

Lew Morey beugte sich zu ihr hinüber, klopfte ihr so herablassend väterlich aufs Knie, wie es zu seinen Jahren durchaus nicht paßte, und säuselte: »Zerquäle dir dein Köpfchen nicht mit so diffizilen Dingen!«

Und da sah sie ihn plötzlich so, wie er war, mit seinem sanften, glatten Gesicht, so freundlich, so glatt und stur, und sie mußte an jenen Ölkönig denken, der zu Anfang der texanischen Ölära hurtig

Millionen gescheffelt und sie ebenso hurtig eingebüßt hatte. Sie wußte von ihm nur aus einem Zeitungsbericht, demzufolge der Ruinierte gesagt hatte: »Die glatten Visagen haben mich ausgemistet. In aller Güte und Sanftmut haben sie mich abgewürgt.«

Die glatten Visagen, still-friedlich und ohne Gewissen. – Die Luciusse Morey – und die Pinkies, die rosaroten, wie dieser pausbäckige Snyth, der nun mit mild-süßem Lächeln herablassend wie eine ältliche Tante zu predigen anfing: »Ihr wißt ja gar nicht, ihr Girls, warum wir uns alles genau zurechtlegen müssen. Nur euretwegen, damit ihr verwöhnten Weiblein euch all die hübschen Sachen anschaffen könnt, die ihr so gern habt. Denk nur an all den Krimskrams, den du für eure neue Einrichtung brauchst! Meinst du, unser armer guter Bick kann sich das aus den Rippen schneiden? Das müssen wir alles ausdividieren.«

Der kleine Ochsentreiber – der gerissene Mitgiftjäger, der ein Viehkönigreich geheiratet hat. Leslie lehnte sich zurück, was erkennen ließ, daß sie länger verweilen werde, und sagte: »Ihr habt ja so recht! Oh, wie recht ihr habt! Da gebe ich das viele Geld aus, ohne mir klarzumachen, was Jordan alles planen und – aushecken muß, um darüber verfügen zu können. Also redet nur bitte weiter! Ich will euch bloß zuhören und werde so still wie ein Mäuschen sein – allerdings machen selbst Mäuse mitunter Spektakel. Sie quieken, sie nagen, sie rennen herum …«

Bicks Stimme klang hart: »Es geht nicht nur ums Geschäft. Auch um Politik, und die ist Sache der Männer.«

»Aber Liebling, ich bin doch mit der Politik aufgewachsen. Die Herren reden, als ob sie nie etwas vom Frauenstimmrecht gehört hätten. Uns drei Lynnton-Töchtern in Virginia waren das Weiße

Haus und Washington so nah wie euch in Holgado das Große Haus auf Reata. Da gab es ein ständiges Hin und Her. Du weißt, lieber Jordan, daß es bei uns von angehenden Politikern jeder Couleur gewimmelt hat. Also politisiert ruhig weiter; ich höre es gern.«

Die drei Männer schwiegen stupid, bis Onkel Bawley anfing:

»Das Kleid steht dir wirklich ausgezeichnet, Leslie.«

Schmerzlich enttäuscht sah sie ihn an. »Auch du, Onkel Baldwin?« Die Blicke des alten, verwitterten Riesen begegneten ihren, und staunend bemerkte sie, wie sich plötzlich das welke Blau der greisen Augen belebte. Liebesglut eines Jünglings schlug aus ihren schwarzblauen Tiefen.

Sie erhob sich verwirrt und wütend. »Ihr Männer müßtet eigentlich noch Leopardenfelle und Keulen tragen und in Höhlen hausen. Ihr seid ja hunderttausend Jahre zurück. Politik! Ist eure Politik so dreckig, daß ich nichts davon hören darf? Fidel Gomez, Jett Rink, Gill Dace und ihr drei, ihr lächelt und treibt euer geheimes Spiel …«

Bick war bei den letzten Worten emporgeschnellt und blickte drohend auf sie herab. »Leslie, dir ist nicht wohl!«

»O doch, körperlich sowie geistig. Aber hier modert es, ich spüre den klebrigen Schimmel, wie er sich ausbreitet. Er kriecht in alle Ecken und Schränke, wenn man nicht endlich Türen und Fenster aufreißt und die Sonne hereinläßt.« Den Kopf sieghaft zurückgeworfen und doch mit einem sonderbar unsicheren Gefühl in den Beinen, ging sie durchs Zimmer zu den zwei Frauen zurück, die alles gehört hatten. Sie saßen da wie das verzauberte Hofgesinde in Dornröschens Schloß. Vashti hielt in der erhobenen Rechten eine Patiencekarte. Ihr Mund stand offen, ihre Augen stierten, und Adarenes Nadel schwebte regungslos über dem Stickrahmen. »Muh!«

machte Leslie. Doch da rief Onkel Bawley von drüben herüber: »Was meint ihr Girls zu einem fröhlichen Sonnenaufgangsfrühstück morgen? Wir reiten vor Tagesanbruch hinauf in die Berge; ich koche.«

Kindlich begeistert jubelte Vashti: »Herrlich, das machen wir!«

»Also dann bringt fix eure Schönheit zur Ruh!« hakte Pinky ein. »Sonst seid ihr nicht zeitig genug aus den Federn.«

Leslie, die mit dem Rücken zum Herrentisch saß, rief unwillig über die linke Schulter zurück: »Ja, schickt nur die blöden Kinderchen zu Bett, damit ihr Gescheiten ungestört reden könnt!«

Die Herren schlugen ein überlegen nachsichtiges Gelächter an, in welchem Leslie zu ihrer Genugtuung eine Spur Verlegenheit zu entdecken glaubte.

Der Dornröschenbann hatte sich gelöst, Adarenes Nadel fuhr wieder auf und ab, und ohne von ihrer Arbeit aufzublicken, flüsterte sie: »Meinst du, daß irgend etwas von dem, was du auch immer sagst, ihre texanische Haut auch nur ritzt?«

»Dann muß ich ihnen die Dickschädel wie Kokosnüsse aneinanderhauen«, sagte Leslie, während Vashti erklärte: »Bevor ich ins Bett gehe, hole ich mir noch einen kleinen Imbiß. Wie wär's?« animierte sie, aber Leslie lehnte ab. »Nach diesem kolossalen Abendbrot?!«

»Oh, ich esse für zwei.«

»Mindestens«, setzte Adarene trocken hinzu und wandte sich wiederum leise, eindringlich an Leslie: »Nimm es nicht tragisch, Liebste! Im Herbst sind wieder Wahlen. Und wo Luz tot ist und Jett Rink entlassen, hat Fidel Gomez Oberwasser. Das kommt unsern Männern gar nicht gelegen. Sie haben viel zu beraten. Ich habe gehört, Jett Rink sucht die Rancharbeiter aufzuwiegeln.«

»Was hat das mit den Wahlen zu tun?«

Adarene zog drei sorgfältige Stiche durch das rauhe Gittergewebe und bemerkte beim vierten: »Du hast hier noch nie eine Wahl mitgemacht.«

»Nein, wie ist das?«

»Ziemlich dramatisch; man kann es auch anders ausdrücken. Die mexikanischen Stimmen sind besonders wichtig.«

»Ist nicht jede Stimme gleich wichtig?«

»An sich. Aber Texas zählt etwa vier Millionen Weiße und zirka eine Million Mexikaner.«

»Hier Weiße, da Mexikaner. Merkwürdig! Ich zählte die Mexikaner nie zu den – auf jeden Fall sind sie amerikanische Staatsbürger, nicht?«

»Natürlich. Aber ...«

Vashti schmiß ihre Karten hin und brummelte: »Da! Da ist die Zwei. Ja, jetzt kommst du, verdammtes As«, raffte das vergebliche Spiel zusammen und mischte sich ins Gespräch:

»Eine Wahl ist was Aufregendes. Da glaubt man sich in die alten Zeiten versetzt: Schießereien und was du nur willst. Die Gatter werden gesperrt und die Umzäunungen streng bewacht, daß niemand hinaus kann.«

»Wer kann nicht hinaus?« fragte Leslie.

»Die Mexikaner«, antwortete Vashti. »Die Rancharbeiter«, verdeutlichte Adarene.

»Nun hört einmal, ihr beiden! Ihr vergeßt manchmal, daß ich hier neu bin und wissen möchte, wie es in Texas zugeht. Habe ich richtig verstanden? Man sperrt ab, damit die Leute nicht zur Abstimmung können?«

Nun sprach auch Vashti wie zu einem geistig zurückgebliebenen

Kind: »Honey, sie sollen natürlich richtig stimmen. Drum läßt man sie nicht raus, sonst kommen sie mit Leuten zusammen, die ihnen was Falsches einreden. Die Mexikaner sollen wählen, was man sie heißt.«

»Was man sie heißt? Was heißt das? Wer heißt sie?«

»Bei uns sind es Pa und zwei, drei andere hinter ihm, jetzt natürlich auch Pinky«, antwortete Vashti.

»Natürlich. Und auf Reata? Wer bestimmt da, was das Richtige ist?«

Adarene, ihre Stickerei zusammenrollend, unterbrach das Verhör. »Kinder, wie wäre es mit einem Bridge zu dritt, wenn unsere bösen Männer nicht mit uns plaudern wollen?«

Aber Leslie ließ auch diesmal nicht locker. »Wer bestimmt es auf Reata?« wiederholte sie, und Vashti antwortete: »Was weiß ich, ich kümmere mich nicht um Männergeschäfte. Luz, die war anders. Die war der Boss, und so eine Wahl war für sie wie ein Roundup; sie war der Point, und die Kühe waren die Mexikaner, und die andren waren die Tumbadores und Marcadores.«

»Welche andern?«

»Natürlich Jett Rink, bei den Wahlen stinkbesoffen, aber deshalb nur um so zäher; die Leute hatten gewaltige Angst vor ihm. Und Fidel Gomez. Der schleift die Mexikaner aus Nopal heran.«

Adarene stand auf. »Kinder, ich lege mich aufs Ohr. Wir müssen früh heraus. Kommst du mit, Vashti?«

»Ich bin noch nicht müde. Wir haben heute den ganzen Morgen verschlafen. Mott konnte nachts kein Auge zutun, das macht wohl die Bergluft, und am Vormittag lag er da wie ein Sack und war nicht wachzukriegen.«

»Dann sag mir nur noch: Für welche Körperschaft wird denn gewählt? Sind es lokale, staatliche oder nationale Wahlen?«

»Wie soll ich das wissen! Weißt du es, Adarene? Ich glaube, es handelt sich um die Kreiswahlen. Die sind für unsere Ranch sehr wichtig und daher für alle. Denn wenn wir nicht wären, wovon sollten sie dann leben? Aber mich darfst du nicht fragen. Mott sagt immer: Vashti, du bist schön, aber dumm; dabei bin ich doch gar nicht schön, sonst hätte ich ... Frag doch Bick! Der wird dir alles erklären. Ich möchte Sandwiches oder so was; vielleicht ist noch ein Rest von dem Auflauf da; ich hätte auch gern ein Glas Milch. Kommt, Girls, wir plündern den Eisschrank! Die Boys werden auch noch was essen wollen.«

Die vier alten »Boys« am andern Ende des Zimmers hatten die Köpfe zusammengesteckt, die Schultern geduckt und verhandelten leise weiter. Leslie sagte: »Danke, Vashti, ich gehe lieber zu Bett und lese.«

»Willst du mein Film-Magazin? Ich habe es in San Antonio gekauft und bin damit fertig.«

Adarene legte die Hand beruhigend auf Leslies Arm. »Schau nicht drein wie die Lady Macbeth, Liebste! Schluck Texas so wie die Texaner den Bourbon, ohne zu denken! Dann rutscht es leichter herunter.«

»Ich weiß nur«, plapperte Vashti dazwischen, »Mott sagt, ehe zehn Jahre vergehen, werden sechs Männer ganz Texas leiten, Gabe Target, sagt er, und Ollie Whiteside, wenn er Richter wird, und Lew und natürlich Bick und Pinky will sagen: Mott.«

Um zehn, als Leslie lesend im Bett lag, durchwehte ein starker Kaffeeduft die Räume. – Der Standardschlaftrunk, mir wird übel davon! Wenn nur Jordan endlich käme; er könnte das zweite Fenster öffnen! Aber nichts regte sich. Die Männer sind wohl in der Küche. Sie wollte im Bericht über die spanischen Landzuweisungen weiterlesen, schlief aber darüber ein, und plötzlich war Bick im Zimmer und zog sich ächzend die langen Stiefel aus.

»Jordan, ich glaube, ich bin eingenickt wie eine alte Lady. Bitte laß etwas mehr von der himmlischen Nachtluft herein!«

Er gab keine Antwort, und der Blick, mit dem er sein junges Weib betrachtete, war feindselig.

Sie sah auch nicht eben verführerisch aus. Die langjährige Gewohnheit nächtlicher Lektüre hatte eine Brille notwendig gemacht, eine Hornbrille, mit der sie, fand Bick, wie eine Eule aussah. Das Licht der unbeschirmten elektrischen Birne fiel ihr grell ins Gesicht, und wie immer bei eifrigem Lesen, zumal wenn sie aufgeregt war, hatte sie ihre Haarsträhnen, eine nach der andern, um den Finger gewickelt, so daß sie aussah wie eine Medusa. Kein erfreulicher Anblick. Und an ihrem Kinn glänzte noch ein Rest Coldcream. Das leichte Augenzucken, das ihr sonst einen besonderen Reiz verlieh, wirkte in dieser Stunde, bei dieser Beleuchtung auf ihren Gatten abstoßend, und während er im Zimmer herumging und sich zur Nachtruhe anschickte, kreisten in seinem Hirn unausgesprochene Worte: Das also ist die Lynnton-Tochter, die Beauté von Virginia, um die du dich gerissen hast. Eine aus Texas war dir ja nicht gut genug, Gott bewahre!

Sie hatte die Brille abgesetzt und tupfte mit deren Horngestell nachdenklich gegen die Vorderzähne. Ihr Buch hatte sie geschlossen, hielt nur noch den Finger als Lesezeichen dazwischen und sagte sich: Er ist wütend, weil ich zuhören wollte. Ich war wohl auch etwas unhöflich. Das mit den Höhlenbewohnern hätte ich besser nicht vorgebracht, und sie sagte: »Weißt du, was eine *vara* ist? In dem dicken Buch über die Landzuweisungen steht, man habe damals nach *varas* – spanischen Ellen – gemessen.«

Keine Antwort. – Du willst nicht reden? Schön. Wahrscheinlich weißt du wieder mal weniger als ich, dachte sie und gab folgendes zum besten: »Sie schnitten eine Gerte vom Baum, etwa eine Elle lang, das war ihr Landmaß: eine Gertenlänge, eine *vara.* Manchmal sollen sie aber auch nach Wagenrädern gemessen haben. Sie banden ein rotes Stück Tuch an eine der Speichen, und wenn es sich einmal gedreht hatte, waren es ungefähr fünfzehn Fuß, habe ich gelesen. Ist doch nett? Kein Wunder, daß sich einer auf diese Art Millionen Acres …« Sie stockte.

Er stand im Pyjama vor dem Wandspiegel, rieb sich prüfend die Wange, sah sein Spiegelbild an und knurrte verächtlich: »Danke! Kannst du noch mehr über Texas verzapfen? Es ist geradezu bewundernswert.«

»Darling, verzeih meinen Höhlenbewohner-Speech! Morgen werde ich mich als erstes auch bei den andern entschuldigen.«

»Groß, ganz groß!« Er trat an das Fußende des Bettes, musterte sie voll Zorn und sprach weiter ironisch, im reinsten Harvard-Englisch, aber crescendo: »Heut abend hast du dich wieder einmal mächtig hervorgetan.«

»Schscht, Jordan!« mahnte sie flüsternd. »In den Zimmern an der Veranda versteht man jedes Wort, das hier gesprochen wird.«

»Soll man. Sie haben ja auch jedes Wort verstanden, das du vorhin vom Stapel gelassen hast: Dreckige Politik – es modert – wir sind hunderttausend Jahre zurück. Was bildest du dir eigentlich ein? Wofür hältst du dich? Für eine Jungfrau von Orléans?«

Sie hielt den Atem an, während die harten Worte durch den reinen Raum schallten, und auch in den übrigen reinen kleinen Räumen, die auf die Galerie mündeten, hielt man horchend den Atem an. Das wußte Leslie, und sie betonte vernehmlich: »Ich habe bereits gesagt, daß ich um Entschuldigung bitte. Ich war unhöflich. Aber ich hatte recht.«

»Du kommst ganz einfach daher und willst uns erzählen, wie man eine Ranch zu leiten hat und die Stadt und den Staat! Weiß Gott, ich glaube, du hast den Verstand verloren. Beleidigst meine Freunde und mich. Ich habe nichts gesagt, mit Rücksicht auf – deinen Zustand. Aber jetzt habe ich es satt. Du bist meine Frau: Mrs. Jordan Benedict. Wann zum Teufel wirst du nun endlich Ruhe geben und dich so benehmen wie jede andere Frau?«

Mit einem Satz war sie aus dem Bett. Ihr Buch an die Brust gepreßt, stand sie ihm gegenüber. »Nie!« schrie sie ihm ins Gesicht.

Seine Hand fuhr empor. Starr standen die beiden da. Dann ließ er sie sinken. »Fast hätte ich dich geschlagen.«

»Ich weiß es, Liebster.«

»Du sollst nicht barfuß auf dem Steinboden stehen.«

»Es macht mir nichts aus.«

»Lege dich ins Bett!«

Fröstelnd kroch sie zwischen die Leintücher. Er drehte das Licht aus.

Schweigen im reinen kleinen Gemach und in den anstoßenden Räumen, Schweigen in würziger Texasnacht, aber kein Friede, nur Unruhe, Uneinigkeit, Auflehnung, Mißverstehen. »Ach, Jordan, könnten wir hier in den Bergen leben! Könnte nicht Onkel Bawley Reata leiten? Was meinst du?«

»Wenn du außer für Virginia, rote Jagdröcke, Jagd-Dinners und Tea-Parties in Washington für etwas Sinn hast, dann merk dir ein für allemal: Ich leite Reata! Ich leite Holgado. Ich leite den ganzen gottverdammten nassen Humedo-Bezirk, auch den Los Gatos und einige andere, von denen du nie gehört hast. Alles, was in und auf ihnen ist, wird von mir geleitet. Ich habe über alles zu befehlen, über jede Sache und jedes Tier, dem das Reata-Zeichen eingebrannt ist.«

»Mich eingeschlossen?«

»Bitte jetzt kein Theater; das ist mir zu billig!«

Stille. In der Dunkelheit war sein Groll fast mit Händen zu greifen. Sie hörte ihn stöhnen: »Müde, müde – die schwerste und längste Arbeit greift mich nicht so an wie dieses gottverfluchte Gezänk, auch wenn es nur zehn Minuten dauert, ich bin's nicht gewohnt.«

»Du bist die Ehe nicht gewohnt.« Schweigen. »Jordan – von wem ist der Ausspruch über die Macht?«

»Herrgott, wie soll ich wissen, wer etwas über die Macht gesagt hat.«

»Papa pflegte es zu zitieren, ungefähr ...«

»Hör mir auf mit deinem Papa!«

Sie lag sehr still, und durch die Stille duftete die Nacht der Höhen.

Mit einemmal fuhr sie auf. Ihre tiefe, vibrierende Stimme schwebte im Dunkel. »Macht verdirbt. – Ich weiß nicht mehr, wer es gesagt hat, ich glaube ein englischer Staatsmann. Er sagte: Power corrupts. Das ist es. Macht verdirbt, verführt, steckt an, vergiftet. Und unbegrenzte Macht korrumpiert unbegrenzt. – Jordan!«

Er hörte sie nicht. Er schlief.

19

Als die mexikanische Magd den Frühkaffee brachte, war noch pechschwarze Nacht, aber Holgado hallte von Pferdegetrappel und Motorengeräusch in der dünnen Bergluft doppelt eindringlich. Auf den Gängen Gemurmel und Getuschel, Getrampel und Sporenklirren. Dienstbereit lief die mexikanische Dienerschaft. »Sí, sí, Señor! Momento, Señora! Las botas, sí! Hace mucho frío!« – »Ja, ja, Herr! Augenblick, meine Dame! Die Stiefel, jawohl! Es ist sehr kalt!« – Daran hatte Leslie mehr Freude als an dem Gerenne.

Gespornt und gestiefelt kam Bick aus dem Badezimmer und ging auf den Fußspitzen zu ihrem Bett.

»Ich bin wach«, begrüßte sie ihn.

»Hörst du, wie Vashti über die Kälte jammert?«

»Ich finde es himmlisch.«

Ihr nächtlicher Streit war wie ein schmutziges Hemd in die Wäsche des neuen Tages geworfen. »Wenn wir Bawleys blödsinniges Sonnenaufgangsfrühstück verwirklichen wollen, heißt es: auf! Daß die Sonne so lange wartet, bis ihr Girls fix und fertig seid, bringst nicht einmal du fertig, Darling.«

Ihre Decken flogen zurück. Einen Moment liebkoste sie ihre nackten Schultern. »In fünfzehn Minuten bin ich bereit, muß aber gestehen: Der Sonnenaufgang wäre mir wesentlich lieber, wenn er später stattfände.«

Bick blickte bedenklich. »Ob dieser Ritt auf dem Saumpfad jetzt gut für dich ist? Wollt ihr Girls nicht lieber den Wagen benutzen? Wir Boys reiten voran.«

»Als ich dich kennenlernte, hast du damit renommiert, deine Mutter habe dich sozusagen im Sattel geboren.«

»Sie war eine Texanerin.«

»Meines Wissens bringt man sogar in Texas die Kinder liegend zur Welt.«

Er lachte. »Ich werde im Corral ein frommes Pferd für dich aussuchen. Also bis gleich!!«

Ihre Figur war noch immer gut. In den Reithosen sah sie wie ein hochaufgeschossener Junge aus. Von der Veranda aus hörte sie Onkel Bawley im Eßzimmer zetern: »Ich will keinen Koch, ich nehme keinen mit, nein, ich koche allein. Ein oder zwei Dutzend mexikanische Wachteln könnt ihr mir mitgeben; die brate ich am Spieß. Mit Speck ist das ein delikates Frühstück, aber vergeßt den Asador nicht!«

Vashti und Adarene waren noch nicht unten. In der Finsternis huschten die Leute mit Lichtern über den Hof.

Um Bick kein neues Ärgernis zu geben, wollte Leslie ihr Buch, den Band über die Landzuteilungen, wieder aufs Bücherbrett unten im Gewehrraum stellen, ging also die Stiege hinunter, öffnete die Tür des »grimmigen Raumes« und tastete in der Dunkelheit nach dem Lichtschalter. Ein dünnes Geräusch zuckte ihr ins Ohr. Sie hielt inne, wartete, horchte. Nichts regte sich mehr. Und doch mußte da etwas sein, ein atemanhaltendes Etwas. Ach was, eine Maus, keine Angst!

Sie knipste das Licht an und sah, gegen die weiße Wand gepreßt, einen Jungen, dunkel, zerlumpt und bebend, die Hände, die Arme gebreitet wie ein Gekreuzigter. Es war, als suche der ausgemergelte Körper sich in die Mauer zu drängen. Die schwarzen Augen starrten in irrer Angst. Als der Luftzug die Fetzen auf der halbnackten Brust bewegte, zuckten die Lider; der Ausdruck bekam etwas Flehendes. Eine innere Stimme sagte der Zaudernden, noch bevor sie zurückprallte und die Tür zuwarf: Das ist Furcht, die Furcht in Menschengestalt. Dann aber, selber von Furcht befallen, schrie sie den Gang hinauf: »Onkel Baldwin! Onkel Baldwin!«

Sogleich war er da. Der drängende Ton ihres Hilferufs hatte dem Alten Beine gemacht. Aus seiner ragenden Höhe legte sich seine Pranke beruhigend auf die Schulter der Aufgeregten: »Was ist geschehen, Leslie?«

»Da drin – da drin ist jemand versteckt.«

Er riß die Tür zur Gewehrkammer auf. Wie ein Scheuerlappen lag der Junge am Boden. Der Hüne trat zu ihm hin und hieß ihn aufstehen. Er aber rührte sich nicht.

Da faßte ihn Onkel Bawley wie einen jungen Hund vorsichtig beim Genick, zog ihn in die Höhe und über den Flur zum Patio. »Nicht!« hauchte Leslie. »Tu ihm nichts!«

»Schon gut. Das passiert alle Tage.« Er ließ das elende Häufchen los. »Es soll ihm nichts geschehen. Er ist ein Wetback.«

»Ein was?«

»Ein Wetback. Er ist durch den Grenzfluß geschwommen, gewatet. Hundert Meilen und mehr muß er gewandert sein.«

»Welchen Strom?« stammelte sie töricht.

»Das mußt du doch wissen, Leslie: den Rio Grande. Das tun sie ständig.« Er beugte sich über den Jungen. In seinen Worten und mehr noch in seinem Ton mußte wohl etwas liegen, das dem Flüchtling Zutrauen gab, so daß er den Kopf hob. Leslies spanischer Unterricht erwies sich insofern als fruchtbar, als sie einen Teil seiner spanischen Worte verstand und ihnen einen Sinn entnahm: Komm, mein Junge, steh auf! Du bist durch den Rio Grande gewatet, bist viele Meilen gewandert, das erfordert den Mut eines Mannes. Duck dich nicht wie ein Hund! Man wird dir nichts tun. Auf! Du bist ein Mann.

Der Alte stieß das stumme Bündel Lumpen mit der Fußspitze an, es regte sich, raffte sich auf. Das Gesicht war wie eine Maske, darin elende Angst sich mit zager Hoffnung mischte. Siebzehn Jahre mochte der Bursche sein. Ein Skelett.

»Wie lang steckst du da drin?« ging das Verhör sanften Tons weiter.

»Seit heut früh, ich bin die ganze Nacht gelaufen und die Nacht vorher und die vorher, bei Tag habe ich mich versteckt, wo es nur ging.«

»Hast du gegessen?«

Die Schultern zuckten, die fleischlosen Hände breiteten sich. »Sind dir in den vergangenen Nächten Grenzpatrouillen oder Immigrationsbeamte begegnet?«

»Einmal sind Männer an mir vorbei, als ich im Graben lag. Ich habe gebetet, ich habe mich in die Wüste gepreßt, ich war Wüste, ich habe zum wundertätigen Herrn Jesus gebetet und zum Señor de Chalma und zur Jungfrau von Guadalupe. Sie haben mein Gebet erhört.«

»Bestimmt«, sagte Onkel Bawley, und der Junge floß über von Worten, erleichterte sein in Ängsten verkrampftes Herz und fing an zu hoffen.

»Was sagt er?« fragte Leslie. »Ich verstehe ihn schlecht.«

»Es ist nichts Besonderes, Kind. Es ist, wie gesagt, ein alltägliches Vorkommnis. Jedes Jahr entwischen zwischen fünfzig und sechzigtausend dieser Wetbacks aus Mexiko, durchschwimmen oder durchwaten an seichten Stellen den Rio, wandern bei Nacht und halten sich tagsüber verborgen. Die Grenzpatrouille, die Posten und die Immigrationskontrolle können kaum etwas dagegen ausrichten. Manchmal gelingt es ihnen, einige abzufangen und zurückzujagen. Dabei werden etliche angeschossen, etliche getötet. Viele irren herum und verhungern. Diesem Haut- und Knochengestell sieht man an, daß es sich bestenfalls von Ratten ernährt hat.«

Leslie war starr vor Entsetzen und vernahm weiter: »Der Junge wollte mit dem regulären Arbeitstrupp kommen; das wäre besser für ihn gewesen. So machen es Tausende, kommen legal über die Grenze herein und pflücken im Valley und sonstwo Baumwolle, ernten Gemüse und Früchte. Er hat's auch versucht, sagt er, aber der Transport war schon komplett.«

»Ich muß Jordan rufen.«

»Nicht!« Bawleys Hand wehrte ab. »Jordan ist dagegen. Er würde nur die Immagrationsleute benachrichtigen und den Boy abholen lassen.«

»Das täte er nie«, meint Leslie, aber der Onkel sah sie von oben her über die Schulter an und sagte: »Wenn Bick jetzt zufällig käme und den Burschen sähe, würde er ihn festnehmen. Er ist eben dagegen.«

Fassungslos fragte sie: »Und du? Was tust du mit ihm?«

»Ich gebe ihm zu essen und etwas Anständiges anzuziehen und lasse ihn in der Nacht laufen.«

Sie sah die schwarzen Bubenaugen bald auf sich, bald auf den

Greis gerichtet. Mit zuckenden Lippen sagte sie: »Tu das, Onkel Baldwin!«

Er wandte sich wieder dem Mexikaner zu. Was er ihm auf spanisch bedeutete, erriet Leslie aus seinen Gebärden, denn er wies auf sein Häuschen am Abhang hinter dem Haupthaus. »Hat dich sonst jemand gesehen?« fragte er. Der Junge schüttelte den Kopf. »Lauf dort ins Haus! Nein, halt! Ich bringe dich hin.«

Leslie stand in dem von einer niedrigen Mauer umgebenen Hof, dem Patio, und sah ihnen nach, wie sie eilends den Hügel emporstiegen. Dabei deckte der Alte mit seinem breiten Rücken den schmächtigen Jungen, so daß dieser vom Haus aus nicht sichtbar war.

Im Hof brannte Licht. Sie wartete, und bald kam Bawley zurück. »Rege dich nicht auf! Die Immigrationsschnüffler kommen zwar manchmal vorbei und suchen die Verstecke ab, aber an mein Haus da oben traut sich keiner, sonst würde ich dafür sorgen, daß er seine Stellung verliert; das wissen die Kerle genau.«

»Zustände sind das«, stammelte sie verwirrt, »der arme Junge – der weite Weg – die Angst, die Strapazen –«

»Auch darüber brauchst du dir keine grauen Haare wachsen zu lassen«, beruhigte sie die melodische Stimme des Alten. »Er ist ein mexikanisch-indianisches Halbblut und daran gewöhnt, Hunderte Meilen zu wandern.« In ihrem Gedächtnis öffnete sich ein Pförtchen, und heraus sprang eine Handvoll Worte: »Sie können hier nicht wandern. Man sieht niemanden auf einer Fußwanderung – doch wir, wir Mexikaner, wir wandern –«

Onkel Bawley sprach weiter: »Für den Jungen ist das heute ein Festtag. Bei mir kann er sich den ganzen Tag ungestört ausschlafen; ich bringe ihm Kaffee und was Rechtes zu futtern, außerdem Hosen, ein Hemd und Schuhe, aber die wird er sehr schnell verkaufen.«

»Onkel Baldwin, wie kannst du wissen, daß Jordan ihn zurückgejagt hätte? Ich kann es nicht glauben. Er ist nicht wie dieser gräßliche Gomez. Im Valley habe ich gesehen, wie …«

Die Hand des alten Riesen ruhte auf ihrer Schulter, und er tröstete großväterlich: »Na, na, ist das denn ein Grund zum Weinen? Es ist wieder einmal ein mexikanischer Indianer nach Texas zurückgekehrt, könnte man sagen. Bick hat hier in Holgado Maßnahmen dagegen ergriffen, weil es so nah an der Grenze liegt, auch überall auf der Reata-Ranch. Nicht mit Unrecht. Texas kann nicht den ganzen Ausschuß Mexikos aufnehmen. Es würde zu Unruhen führen und ist außerdem ungesetzlich. Mit den Saisonarbeitern ist es was anderes. Die schleppt man herein, zahlt ihnen ein paar Dollar für ihre Arbeit und schafft sie wieder hinaus. Fertig. Aber wenn so ein ausgehungertes Kind sich hier einschleicht, ist mir egal, was Bick dazu sagt. Es muß nur unter uns bleiben, nicht wahr, Leslie?«

»Ja, Onkel Baldwin. Aber es will mir nicht in den Kopf: Man benutzt diese Menschen, zahlt ihnen fast nichts und schmeißt sie dann weg wie alte Lumpen! Und wenn es hier auch für selbstverständlich gehalten wird: Unrecht wird niemals Recht. Findest du nicht?«

Er wich aus: »Wo sind nur die andern? Von Moreys hat man noch keinen Piepser gehört«, sah sich um, dann in Leslies Augen. »Ich will dir so aufrichtig antworten, wie es sonst hier nicht üblich ist. Die Baumwoll- und Obsternte, die großen Gemüsepflanzungen im

Valley, eine völlig neue Industrie, auch schon seinerzeit die Bahnbauten, ja, man kann sagen, das gesamte Texas ruht auf dem Rücken von armen Teufeln wie dem oben in meinem Häuschen, auf den gebeugten Rücken von Mexikanern. Aber sag Bick nichts davon!«

Durch den Schleier der Tränen sah sie in seinem Angesicht keine Runzeln mehr, seine Schultern schienen gerade, und überwältigt von einem Gefühl, das unbezwinglich war, schlang sie die Arme um seinen Hals, zog das durchgeistigte Haupt des Alten zu sich herab und küßte ihn lange und fest auf die Lippen.

Und stand dann ob ihrer Unbesonnenheit verdattert da. »Verzeih, Onkel Baldwin, ich weiß selber nicht, was mir eingefallen ist.«

Er war nicht minder verdattert. Er hatte sich nicht gerührt. Und jetzt sagte er leise: »Ach, war das hübsch! Aber wenn du dir so etwas noch einmal einfallen läßt, liebe Leslie, lege ich dich übers Knie und gebe dir eine Tracht Prügel, verstanden?«

»Ja, Onkel Baldwin.«

Von den Gastzimmern her schrillte Vashtis Stimme: »Adarene! Leslie! Wo steckt ihr?«

Bawley verschwand ins Haus. Adarene rief: »Ich komme. Wir haben verschlafen.« Der kleine Pinky kam über die Galerie gehüpft: »Vashti, du wirst doch vorm Frühstück nichts essen!« Worauf ihre Antwort erscholl: »Ja, warum reiten wir dann nicht los? Mich hungert.« – »Dann trink meinetwegen ein Täßchen Kaffee!«

Eine Viertelstunde danach trabten sie in den kühl duftenden Morgen. Bick hielt sich dicht an Leslies Seite. Adarene saß so steil im Sattel, daß ihr Mann sich zu der Erklärung veranlaßt sah: »Sie reitet wie ein Yankee; das hat sie am Hudson gelernt und sich noch immer nicht abgewöhnt.« Vashti hingegen ritt à la Cowboy, obwohl ihr dickes Gesäß und die darüber schwebenden Fleischmassen mit einer Cowboyfigur keinerlei Ähnlichkeit aufwiesen. Sie überholte die Männer und begrüßte das erste Morgengrauen mit dem Indianergeheul der Komantschen. Die Berge lagen im fahlen Grau, das sich allmählich zu röten begann, bis sie mit einem Schlag purpurrot aufglühten.

Grüngolden lagen die Ebenen da.

»O Jordan!« Leslie war hingerissen.

»Nicht schlecht, was?« sagte er.

»Dies seltsame Licht! Als sei man nicht in Amerika. Das ist ein Ägypten, in das man die Alpen geworfen hat!«

»Pah! Ägypten und Alpen. Das ist Texas.«

Wie ein durchsonnter Rausch schoß ein beigegoldener Streif blitzartig durchs Strauchwerk und verschwand hinter einem Hügel. »Eine Antilope«, erklärte Bick. Er ritt links von Leslie, Bawley rechts. Sie interpellierte: »Onkel Baldwin, sagtest du nicht, es gäbe in Texas mehr Vieh als Einwohner? Ich habe aber hier keines gesehen. So weit das Auge reicht, keine vier Kuhbeine.«

»Sie lieben den Busch, die stillen Reviere fern von der Straße«, erklärte ihr der Herr von Holgado. »Vielleicht daß in ihnen trotz aller Auf-, Um- und Höherzucht noch etwas vom alten wilden Longhorn wohnt – wie in mir.«

»Und wo hast du deine Cowboys? Daheim im Film habe ich mehr gesehen. Da waren sie immer im Bild. Meine Schwester Lacey fragt in ihren Briefen immer nach diesen starken, schweigsamen Mannsbildern.«

»Schweigsam? Schwatzmäuler sind's. Cowboys tratschen den ganzen Tag, sonst halten sie die Einsamkeit nicht aus«, erklärte

Bawley, »und wenn sie nicht reden, singen sie sich und den Kühen was vor.«

»Im Film, ha! Im Film und bei den Rodeos im Madison Square Garden tun sie, als ob so ein Cowboy jeden Morgen vorm Frühstück aus purem Pläsier einen Stier einfängt«, räsonierte Bick. »Dabei ist es ein Beruf wie jeder andere und erfordert erstens besondere Begabung und zweitens jahrelange Übung. Die Technik muß er vom Vater ererbt haben wie mein Vater und ich, und mein Sohn wird sie von mir erben.«

»Ja«, lachte Bawley, »Bick und ich und die andern Großrancher bekommen immerzu Briefe, in denen Collegeboys schreiben, sie möchten gern Cowboys werden; sie könnten gut reiten. Wo haben die schon geritten? Im Central Park in New York oder in Vermont, in Kansas auf einer Farm, was weiß ich. Solche Burschen möchte ich nicht geschenkt. Die können nicht mal die Pferdeäpfel aufheben, die der Gaul zusammen mit ihnen abgeworfen hat.«

»Da, Leslie, schau!« rief plötzlich Bick und wies auf eine kleine Herde, die dicht hinter einer Umzäunung schwermütig nach der Reiterschar äugte. Die zottigen Häupter, die kahle Gesichtspartie, das kurzhaarige Fell und die buckeligen Rücken hatten etwas Gespenstiges. »Was ist das, die sind zum Fürchten!« stieß Leslie hervor.

»Du, Bick, blamiere mich nicht vor deiner Frau!« warnte der Onkel.

Bick lachte, und die drei andern, die vor ihnen ritten, wandten sich in den Sätteln um und deuteten grinsend auf Bawley. »Die nennt man Cattlo«, sagte Bick, »willst du es ihr nicht erklären, Onkel?«

Während sie die unheimlichen Kreaturen hinter sich ließen, bestätigte dieser: »Ja, richtig: Cattlo. Der Name ist zusammengesetzt aus *Cattle,* Vieh, und *Buffalo,* Büffel, also Rind-Büffel. Vor Jahren haben wir diese Kreuzung vorgenommen, um damit etwas hervorzubringen, was der Hitze und den Zecken standhält.«

»Da hast du allerdings etwas hervorgebracht«, grinste Bick.

»Schlimmer als die Viecher, auf die du so stolz bist, sehen sie nicht aus«, verteidigte der Alte sein Produkt. »Du mit deinen Kreuzungen! Herefords, gepaart mit den höckerigen, schlehenäugigen Scheusälern, die du so rühmst: Kashmirs! Brahmans! Was hast du produziert? Zwar keine Rindsbüffel, aber Rindskamele mit einem Chassis wie ein sitzengebliebener Pudding. Ein Hohn auf die Schöpfung.«

»Warte nur«, lachte Bick im Weiterreiten, »bis Gil Dace und ich erst damit fertig sind! Dann beginnt ein neues Kapitel in der Geschichte des Rindes.«

Wieder kehrte sich Pinky im Sattel um. »Das ist mir in meinem Leben noch nicht vorgekommen, daß jemand zu Pferd so viel geredet hat. Beim Reiten macht man doch keine Konversation!«

»Ich tu's!« rief Leslie zurück. »Sonst haben die Herren ja keine Zeit dazu.«

»Ich reite vor«, erklärte Onkel Bawley, »damit das Feuer und alles bereit ist, bis ihr kommt«, und schon jagte er auf und davon. Die andern wollten es mit ihm aufnehmen, aber der Alte ließ sie weit hinter sich.

Nach dem unvermuteten Spurt schaute Bick nicht ohne Besorgnis auf seine Frau und erklärte ihr, Bawleys Pferd sei das schnellste in der Jeff Davis County, »vielleicht sogar in ganz Texas. Hast du gesehen, wie es gebaut ist? Nach seiner Statur ein regelrechtes Galon.«

»Um diesen Berg in Menschengestalt durch die Gegend zu tragen, muß es freilich sehr stark und groß sein. Aber nimm es mir nicht übel, mein Lieber, wenn ich wieder dumm fragen muß! Was ist ein Galon?«

Morgenrot spiegelte sich auf den Gesichtern, und während das Paar langsam weitertrabte, erläuterte ihr der Mann: »Galon? Das Wort kam mir zufällig auf die Zunge. Die Mexikaner bezeichnen damit ein kräftiges Zugpferd. Die Vokabel stammt aus der Zeit des texanischen Unabhängigkeitskrieges. Da hörten die Mexikaner, wie die amerikanischen Fahrer ihre plumpen, großen, puddingfüßigen Gäule, wenn sie das schwere Kriegsmaterial durch den Lehm und Sand zogen, mit dem Ruf anfeuerten: Glong! Glong! – Das hieß: *Get along!* Also weiter nichts als: Vorwärts! Aber die Mexikaner dachten, so hießen die Gäule.«

»Nicht möglich!« lachte sie ungläubig.

»Es wird schon stimmen«, meinte er; »vielleicht ist es auch bloß eine der lustigen Texas tales. Ich kann dir noch mehr solche Schnurren erzählen. Du machst ein Gesicht wie ein Kind, das zum erstenmal das Märchen vom Schneewittchen hört.«

»Ist es nicht märchenhaft? Antilopen und Galons und Cattlos und Sonnenaufgang und Wachteln zum Frühstück.«

»Und ich ...«

»Und du.«

»Und Vashti.«

»Jordan, sind wir hier nah bei der mexikanischen Grenze?«

»Nicht weit davon.«

»Und wenn wir jetzt einen Wetback träfen, nur einen einzelnen armen mexikanischen Wetback – was tätest du dann?«

»Liebes kleines Yankeegirl, du stellst dir wohl vor, die Wetbacks kommen am hellen Tag in Scharen auf der Straße dahergetrippelt, womöglich vorne mit einem Schild: Ich bin ein Wetback!«

»Nein, aber wenn du jetzt einen entdecktest, zum Beispiel dort im Straßengraben versteckt, würdest du dann vorbeireiten, oder würdest du ihm helfen? Oder würdest du ihn festnehmen lassen?«

»Weißt du, was kleinen Mädchen passiert, die mit Zündhölzern spielen? Sie verbrennen sich die Finger, vielleicht auch sonst noch was.«

»Ach, Jordan, ich will ja nur Klarheit. Mir ist alles so neu. Manches erscheint mir hinreißend und anderes wieder abscheulich. Arbeit wie die von Sklaven ist erlaubt. Aber Wetbacks sind verboten. Und dabei braucht ihr die mexikanischen Stimmen in Benedict und in der ganzen Gegend.«

»Jaja, genauso wie ihr in den Südstaaten die Negerstimmen.«

»Ein Unrecht macht das andre nicht besser.«

»Darling! Wenn ich gewußt hätte, du würdest dich als Menschheitsbeglücker entpuppen, hätte ich eine nette, bequeme Texanerin geheiratet, und du hättest an einem roten Jagdrock und der darin steckenden Durchlaucht herumnörgeln können. Es hätte dir sicher riesigen Spaß gemacht, die Arbeiterfrage von Schleppenhausen zu lösen, oder wo dieser Laffe regiert. Aber jetzt: los! Hopphopp! Sonst schicken sie noch eine Rettungsabteilung nach uns aus.«

Nach kurzem Trab bog ein erdiger Seitenweg von der Landstraße ab und bergan. Der Rauch von Onkel Bawleys Lagerfeuer wies ihnen die Richtung, und bald umwehte sie der Duft seines Kaffees, des gebratenen Specks und der Wachteln.

Er selber hockte nach mexikanischer Art vor dem Mesquitefeuer. Am Spieß briet eine fleischige Wachtel, und in der Pfanne brutzelte Speck. Die andern standen bereits ums Feuer herum und nippten den kochendheißen schwarzen Kaffee. »Mmmh«, machte Leslie, »das riecht ja göttlich!«

»Ich mache dich aber im voraus darauf aufmerksam«, sagte Bick, »damit du nachher nicht jammerst: Texas-Wachteln sind hart wie Golfbälle.«

»Onkel Baldwin, darf ich dir helfen?« erbot sie sich sogleich. »Ich kann die Wachtel mit Fett begießen; dann wird sie zart.«

»Finger weg!« rief Vashti ihr zu. »Onkel Bawley ist ein so eingefleischter Junggeselle! Er macht das auf seine Art, auf Texasart.«

»Da gibt's keinen Unterschied«, widersprach der alte Riesenkauz. »Ob ledig oder verheiratet, ob in Holgado, in Honolulu oder Virginia – das Kochen über offenem Feuer geschieht überall auf die gleiche Art.« Damit hob er die knusprigen Streifen gebratenen Specks, die sich gar lustig ringelten, zischten und trieften, aus der fettigen Pfanne und sah sich nach einem aufsaugenden Gefäß oder einer Platte um, auf der sie, bis die Wachtel die rechte Goldbräune hatte, abtropfen könnten.

Da fiel sein Blick – der Blick eines erfahrenen Ranchers und Campers – auf einen unweit der Feuerstelle niedergefallenen ausgetrockneten, porösen, flachen und wohlgeformten Kuhfladen, und mit zarter Hand deponierte er den ersten, hierauf den zweiten und dritten Speckstreifen auf das von der Natur gegebene Tropfbrett. Dabei wiederholte er: »Nein, da gibt's keinen Unterschied, es geschieht überall auf die gleiche Art. Von unbedeutenden Varianten abgesehen, kochen wir in Texas genau wie anderswo ab.«

Leslie konnte sich nicht mehr helfen; sie lachte aus vollem Halse. Die andern starrten sie an, wußten nicht, was sie dazu sagen sollten, und sagten daher aus Höflichkeit nichts. Doch waren sie etwas pikiert.

20

Der Knabe wurde Jordan getauft, Jordan Benedict der Vierte. Umsonst hatte Mutter Leslie gegen diesen dynastischen Brauch Einspruch erhoben. »Ich weiß«, hatte sie gesagt, »seit einem Jahrhundert heißt euer Thronfolger stets Jordan. Jordan der Erste, der Zweite, der Dritte und jetzt: der Vierte. Aber was wurde aus all den Dynastien der Ptolemäer, der Merowinger, der Louis und der Charles?«

»Wie würdest du ihn denn nennen?«

»David.«

»David? Was für ein David?«

»Der mit der Schleuder. Der den Giganten Goliath besiegte.«

»Das scheint mir eine echt blutdürstige Idee«, tadelte Bick.

Doch seine Freude über den Erstgeborenen hatte für Leslie etwas Rührendes. Nur stellte er sehr bald fest, das schwarzhaarige, dunkeläugige Baby habe nichts Benedictsches. »Er ist seiner Mutter Sohn. Ich war bei der ganzen Prozedur offenbar ausgeschaltet.«

»Du bist wohl enttäuscht, weil nicht das vollkommene Hereford-Kashmir-Bullenkalb, wie du es im Sinne hattest, aus mir herauskam?« bemerkte Leslie und kürzte den Taufnamen ihres Sohnes in Jordy ab. »Damit man ihn nicht mit seinem Vater verwechselt!«

Einen Monat danach wurde die Ehe Vashti und Pinky Snyths mit Zwillingstöchtern gesegnet. Vashtis Vater, der alte Cliff Hake, war kurz vor diesem Ereignis, das er nicht als ein freudiges begrüßt hätte, gestorben, doch auch die unförmige Ma Vashti verhehlte ihre Enttäuschung nicht. »Ich bin in gewisser Hinsicht recht froh, daß Pa dahinging, bevor die Zwillinge kamen. Bei meiner Geburt hat er gerade genug angestellt. Noch einen vollen Monat danach hat er mit Ma kein Wort geredet; das hat sie mir später selber erzählt. Wenn er die Zwillingsmädchen hätte erleben müssen, dann hätte er mich wahrscheinlich enterbt und meinen Mott als Landesverräter erschossen.«

Sie gab den zwei rundlichen Babies die Namen: Yula Belle und Lula Belle, und als die zwei im Laufe der Zeit in die Länge und bedeutend in die Breite wuchsen und in die Schule kamen, wurden Yula und Lula Belle fünfhundert Meilen weit in die Runde von den Lästermäulern nie anders genannt als die Cow Bells, das heißt: die Kuhglocken.

Für wenigstens einen dieser kompakten Fleisch- und Fettklößchen schmiedete Vashti schon frühzeitig ihren Plan und vertraute ihn mit gewohntem Zartgefühl Bick und Leslie an:

»Euer Jordy wird eine von den beiden heiraten, daran ist nicht zu rütteln. Dieser Jordan fließt einmal in das richtige Bett. Er kann zwischen meinen Töchtern Yula Belle und Lula Belle wählen.«

»Beide oder keine!« grinste Bick, und Leslie erklärte ihm nachher: »Vashti als meines Jordy Schwiegermama? Lieber schicke ich ihn nach Tibet und lasse ihn in einem Lamakloster erziehen.«

»Unbesorgt!« erwiderte Bick. »Jordan Benedict der Vierte wird ein handfester Rancher. Dem braucht niemand zu sagen, was er zu tun hat. Er wird sich schon selber die Richtige suchen.«

Jordy war kaum einen Monat alt, als ihm sein Vater die erste Reata schenkte und ein Paar Reitstiefelchen, einen Stetsonhut und einen Sattel, und jedes Stück war mit dem Reata-Signet geziert.

Und als der Kleine aus seinen Erstlingsstiefelchen herauswuchs, wurden neue für ihn bestellt. Der kunstfertige Ildefonso Mezo mußte sie aus dem feinsten Leder verfertigen. Der Bub war damals zwei Jahre alt, und der alte Meistersattler und Schuster kam selbst, um ihm Maß zu nehmen. Doch als er in seinen braunen, sehr sensitiven Händen die Füßchen des vierten Jordan hielt, fühlte er gleich: Sie waren nicht hochgewölbt wie die Füße der gestiefelten Benedicts eines Jahrhunderts. Zögernd, verdüstert fuhr er mit dem Finger über den Rist, blickte zu Bick auf und sagte: »Plana, flach. Das ist eher der Fuß eines Tänzers.«

»Tänzer!« heulte der Vater.

»Es ist kein Fuß für die *jinete,* den Steigbügel.«

»Aber das muß er sein! Dafür werde ich sorgen.«

Drei Jahre war Jordy alt, als er in prunkhafter Cowboytracht von seinem Vater auf ein Pferd gesetzt wurde. In angstvoller Spannung stand Leslie daneben und sah, wie Bick dem Bübchen die Zügel in die Hände gab. Dann schwang er sich auf sein Roß. Einen Augenblick saß das Kind wie angefroren, Augen und Mund vor Entsetzen geweitet. Plötzlich rutschte es, klammerte sich an den Sattel und schrie und schrie: »Ab! Ab! Herunter! Herunter, herunter«, daß es Bick anwiderte. Er hatte schon auf einem Pferd gesessen, ehe er laufen konnte.

Leslie hielt das schluchzende Baby im Arm. »Er ist noch so klein.«

»Ich habe in seinem Alter gebrüllt, man solle mich aufs Pferd setzen, nicht mich herunterholen. Und wenn man mich nicht hinaufgehoben hat, bin ich am Pferdeschweif oder an den Beinen hinaufgeklettert. Da kannst du jeden fragen, ob's wahr ist. Frage Polo!«

»Ja, das war fabelhaft, aber das warst eben du. Jordy ist ein anderes Wesen. Vielleicht mag er Pferde nicht. Vielleicht kann er das Reiten nicht ausstehen. Vielleicht wandert er lieber – wie seine Mama.«

»Er ist ein Benedict, und ich mache aus ihm einen Reiter, und wenn ich ihn aufs Pferd binden müßte!«

»Du hast so lange den Herrgott gespielt, daß du schon selber glaubst, du regierst die Welt.«

»Ich regiere den Teil, der mir gehört.«

»Jordy gehört nicht dir allein; er gehört uns beiden. Und auch das nicht, denn er gehört sich selbst. Nimm an, er mag nicht von früh bis spät im Sattel sitzen! Wenn er zu etwas anderem Neigung und Fähigkeit zeigt, ist es mir gleich, ob er ein Roß von einer Kuh unterscheiden kann. Es gibt noch Wichtigeres als Reata und Texas.«

»Für mich nicht.«

»Das meinst du.«

»Darauf kannst du Gift nehmen, daß ich das meine!«

Aber diese Auseinandersetzung fand erst später statt. Vorläufig ist der Knabe kaum sieben Monate alt, und die Mama möchte ihn gar zu gern ihren Eltern zeigen, vor allem dem Vater und ihrer Schwester und den Bekannten. »Jordy soll seine Großeltern und seine Tante Lacey sehen, bevor er erwachsen ist.«

»Warum läßt du nicht alle zusammen herkommen?« riet Bick.

»Ich habe ihnen geschrieben, aber Papa ist zur Zeit nicht abkömmlich, und Lacey hat einen Kavalier, dessen sie, wie sie schreibt, nicht so sicher ist, daß sie ihn allein lassen könnte. Und Mama hier allein …?«

»Hast recht«, stimmte er eilig zu.

»Ich fühle mich so, ich weiß nicht recht, so schlaff, appetitlos, und heute morgen …«, ein Verdacht stieg ihr bestürzend auf.

Doktor Tom bestätigte ihre Ahnung.

»Nein!« Erschrocken wehrte sich Leslie gegen die Diagnose. »Ich kann nicht. Wo Jordy erst sieben Monate alt ist!«

»In Texas wächst alles geschwind.«

»Ich will aber nicht. Das wären …«, sie rechnete: sieben plus neun, »das wären nur sechzehn Monate Zwischenraum. Ich will nicht.«

»Sie sind jung und gesund«, sagte der Hausarzt liebevoll, lebhaft, »und wenn Sie jetzt ein Mädchen zur Welt bringen, wäre das die beste Kombination, das Ideal einer Familie, eine Leistung in rund zwei Jahren, und …«, sein Blick wurde eindringlicher, sein Ton leiser: »Es ist so am besten, Leslie. Nun ist etwas da, ein doppeltes Etwas, das Sie mit Texas verbindet.«

Bick, mit sich und der Welt zufrieden, sagte zur wiederum werdenden Mutter: »Diesmal wäre mir auch ein Mädchen recht, damit du siehst, daß ich kein Pascha bin«, und halb lachend, halb weinend erwiderte Leslie: »Ich komme mir vor wie die mexikanischen Bräute: Kindersegen ohne Ende! Ich hatte noch nicht einmal die Möglichkeit, eins meiner mitgebrachten Gesellschaftskleider zu tragen; sie werden zu Antiquitäten.«

»Schenk sie den Dienstboten!«

»Mama wird außer sich sein.« Sie fuhr zusammen. »Um Himmels willen! Jetzt kann ich ja nicht nach Hause.«

»Dann fährst du nächstes Jahr im Triumph mit zwei Babies! Und vergiß ja nicht, sie auch dem rotberockten Herzog, oder was er ist, vorzuführen. Ich möchte wetten, der hätte so etwas nicht fertiggebracht.«

»Sag das nicht. Er schien ein recht begabter Jüngling zu sein.« Sie war nervös, unruhig, gereizt und kam sich wie eine Gefangene vor. »Ich möchte mich wieder einmal elegant anziehen können, in einem mondänen Lokal bei guter Musik soupieren, vielleicht auch tanzen! Nein, wie ich aussehe! Meine Haut ist spröde wie Krokodilleder. Es heißt, die Kleider sind wieder länger, die Taillen kürzer und Bubiköpfe nicht mehr modern. Ich komme mir vor wie eine Squaw.«

Bick konnte sich für eine längere Reise nicht frei machen. »Es ist auch für dich nicht ratsam. Wie wär's mit Viento? Ein paar Tage im Hake?«

»Hake? Ist da was los?«

»Ein erstklassiges Hotel, ganz neu, das Vestibül in Marmor und Gold. Der Seville Room mit Damenbedienung! Habe ich dir noch nie vom Hake erzählt? Überdies, fällt mir ein, ist kommende Woche dort Fiesta!«

»Da werden wir schwerlich Unterkunft finden.«

»Wir werden. Uns steht im Hake stets eine Flucht zur Verfügung. Das ist eine ganze Geschichte! Der verstorbene Cliff Hake hat das Hotel dem alten Lone Star House zum Trotz erbaut. Er hat nämlich immer im Lone Star logiert, und eines Abends hatte er seinen ganzen Schnapsvorrat ausgetrunken, war dementsprechend bezecht, vergaß, daß Texas trockengelegt ist, glaubte sich in den guten alten Zeiten der Saufgelage, stellte erst das ganze Café auf den Kopf, der alte Bummelant, und schoß dann wie eine Kanonenkugel in den Speisesaal, wo just eine Versammlung der Baptisten-Bibelgesellschaft tagte und ...«

»Jordan, du schneidest auf!«

»Kannst dich bei Vashti erkundigen! Es ist allgemein bekannt. Na, und daraufhin wollten sie ihm im Lone Star kein Zimmer mehr geben. Da hat er vor lauter Wut geschworen, er werde ein hochmodernes Hotel hinstellen, gegen das der veraltete Lone Star nicht aufkommt und pleite geht. Er hat seinen Schwur gehalten. Zur Einweihungsfeier hat er eine Grenzer-Fiesta veranstaltet, mit gedruckten Einladungskarten und Ball. Die Polonaise hat er mit Vashti am Arm eröffnet. Alle in altspanischer Tracht, Cliff besoffen wie eine Eule und Vashti auch nicht mehr nüchtern. Die Gäste haben sich mit allem möglichen Zeug bombardiert und hinter den Marmorsäulen im Vestibül Deckung gesucht. Das war eine Fiesta, wie Cliff sie geliebt hat!«

»Der Arme!« sagte Leslie ironisch. »Daß er eine Zeit erleben mußte, die so etwas verpönte und in die er nicht paßte!«

»Sage das nicht! Unser guter Cliff war ein moderner Mensch.« Bick hatte die Ironie nicht verstanden.

Der Abstecher nach Vientecito war das, was man einen Erfolg nennt. Leslie, die bisher nur den Bahnhof kannte, war von dem lebhaften Städtchen bezaubert, vor allem von seiner Lage am Steilufer der Vientecitobucht mit herrlicher Aussicht auf den Golf von Mexiko. »Unglaublich schön!« rief sie begeistert, als sie mit Bick die Küste entlangfuhr. »In jedem andern Land wäre dies eine Riviera mit Kurhäusern, Badestrand, Luxusetablissements und all dem andern Klimbim. Dieser endlose, herrliche Strand! Laß uns aussteigen, Jordan, und wandern!«

»Wandern? Wozu?«

»Liebster, wozu wandert der Mensch!«

»Das möchte ich auch wissen.«

Die lange Strandpromenade lag verödet. Die Fiestazügler streiften sie nur en passant, starrten flüchtig hinaus auf das unermeßliche, leuchtende, ewige Wogen, das für sie nichts war als eine fremdartige Naturerscheinung, auf die man lieber nicht eingeht. Am Pier schaukelten Boote, am Horizont leuchteten Segel auf. Einsam wanderten das Weib und der Mann am Gestade. Ihre Gestalten hoben sich ab gegen Meer und Himmel. Nichts regte sich außer dem Flügelschlag niederschießender Möwen. Unbewegt am Rande des Brachwassers saß, über die Angelrute gebeugt, ein mexikanischer Fischer. Der heiße Golfwind blies mit Macht und trieb die zwei Wanderer vorwärts wie Segelschiffe. Wenn sie stehenblieben, hieb er auf sie ein.

Versuchsweise holte Leslie einige Male tief Atem, gewann aber nichts von der erquickenden Salzluft des Ozeans. »Hast du endlich genug?« fragte Bick.

Sie sann vor sich hin. »Wie kommt es nur, daß mir die See Schrecken erregt?«

»Hast du Lust zu einer Bootsfahrt? Wir haben hier ein Segelboot liegen. Auch Roady. Dort ist auch das Schnellboot, falls dir das lieber ist.«

»Segeln, Motorbootfahren – ich weiß nicht, ob das jetzt für mich das richtige ist.« Die sonst so unternehmungslustige Leslie war niedergedrückt, das Städtchen aber, in sehr gehobener Stimmung, prangte in voller Gala. Pompöse Matronen in langen Seidenschals mit Fransen, junge Frauen mit Mantilla und hohem Prachtkamm und mahagonifarbene Goliaths, als Seeräuber oder Alttexaner verkleidet, drängten sich auf den Gassen und im Hotelvestibül. An den Straßenecken gab es mexikanische Leckerbissen, und Plakate in spanischer Sprache wiesen auf die verschiedenen Attraktionen hin. Ein Festzug setzte sich in Bewegung. Leslie und Bick und eine Schar Gäste, die sich, dem Landesbrauch treu, sehr bald zu ihnen gesellten, schauten ihn sich von den Fenstern der großen Benedictflucht aus an. Gruppe auf Gruppe flutete blumenbekränzt unter Girlanden vorüber: spanische, mexikanische und Charro-Kostüme, Vaqueros, Señoritas, Tänzerinnen in langen bunten Plisseeröcken, Piraten, Granden, Conquistadoren, Toreros, dazu abwechselnd spanische und mexikanische Musik. Miss Charlene Tacker, genannt Cookie, war zur Königin der Fiesta erkoren und hielt hof auf einer fahrbaren Bühne, deren glitzernde Drapierung den prosaischen Unterbau, einen Lastwagen der Baumerschen Transportanstalt, gnädig verbarg. Herren und Damen der Gesellschaft in Satin und Sombrero ritten, von Sonne beglänzt, cremefarbene Palominos. Märchenhaft! Quarterrosse bäumten sich. Ihre Reiter hatten sich furchterregende Schnauz-, Backen-, Knebel- und Vollbärte angeklebt.

»Leslie, fühlst du dich wohl?«

»Unbeschreiblich.«

»Du sollst dich nicht überanstrengen. Leg dich lieber ein bißchen hin! Das geht hier noch stundenlang.«

»Es macht mir aber Spaß. Wenn der Zug vorüber ist, wollen wir ins Vestibül. Ich will mir die Leute von nahem betrachten.«

»Das Gedränge wird fürchterlich. Besser, wir lassen uns auf dem Zimmer servieren.«

»Nein, nein, ich will ins Restaurant. Ich brauche Menschen, viele, viele, ich kann gar nicht genug bekommen.«

»Es herrscht auch kein sehr feiner Ton. – Also meinetwegen, ich lasse einen Tisch reservieren, falls es nicht schon zu spät ist.« – »Für einen Benedict«, antwortete ihm der Chef de service durchs Telefon, »ist es niemals zu spät.«

Noch immer ging unter ihren Fenstern der Zug vorüber, schmetterten die Kapellen, und das Publikum tutete, jubelte, schrie, bis Leslie die Frage nicht länger zurückhalten konnte: »Wo sind denn die Mexikaner? Alles dreht sich um Spanien, Mexiko und Alttexas, aber wo ist deren Volk? Alles im Festzug und sogar die Zuschauer sind – wie nennt ihr sie hier? –, einigen wir uns auf Anglo!«

»Die andern haben ihre eigene Fiesta, eine rein mexikanische, drüben im mexikanischen Stadtteil, aber an einem andern Tag.«

»Amerikaner mexikanischer Abstammung, die hier in Vientecito wohnen?!«

»Gewiß.«

»Ihr denkt wohl, Coronado und alle andern Conquistadoren, nach denen ihr alles mögliche und unmögliche benennt, seien hundertprozentige protestantische Amerikaner gewesen?!«

»Fängst du schon wieder an, du kratzbürstiges Yankeegirl? Komm jetzt! Heute ist Fiesta.«

Die riesige Hotelhalle, mit ihrem Säulengepränge ein Gemisch aus altrömischem Bad und byzantinischem Freudenhaus, hatte etwas

Betäubendes. Zwischen gesprenkelten Marmorwänden und hohen Topfpalmen rekelten sich in faulbettartigen Lederfauteuils Kolosse in Reitstiefeln und Zehngallonenhüten – ein sonderbarer Kontrast zu den graziösen mexikanischen Pagen, die in enganliegenden Uniformen glatt und gewandt wie Aale sich zwischen ihnen hindurchschlängelten, ihre Befehle entgegennahmen und mit Windeseile vollzogen.

Bick bahnte Leslie den Weg durchs Gedränge. »He, Bick!« scholl es von da und dort. »Bick, alter Seeräuber! Wo hast du die ganze Zeit über gesteckt? – Howdy, Bick! Komm, ich stelle dir meine Frau vor; da drüben ist sie! – He, Bick, was machst denn du hier in dem Trubel?«

Zwischen einem Pfeiler und einer Riesenpalme fand sich ein freies Plätzchen. Der Geschäftsführer zauberte Sitzgelegenheiten und ein Tischchen herbei. »So, Mrs. Benedict, jetzt sind Sie mitten im Roundup. Bick, paß auf, daß sie in dem Gewühl nicht zu Brei wird!«

»Es sieht dir so gar nicht ähnlich«, fand Bick, »daß du mitten im Mob sein willst.«

»Ich weiß, Jordan, ich bin aber ausgehungert nach Menschen, nach Menschenmassen. Ab und zu brauche ich das; es muntert mich auf.«

»Darf ich dich eine Minute hier allein lassen? Ich will nur denen am Büfett Beine machen, daß wir bald was Gutes zu essen bekommen. Breezers sind auch hier; sie werden mit uns speisen, auch die Caldwells und Jim und Mamie Hatton. Hattons kennst du ja – du erinnerst dich: bei Lens!«

»Selbstverständlich.« – Keine Ahnung! –

Der Lärm belustigte Leslie. Durch alle Poren, mit allen Sinnen trank sie aus der flutenden, sonngesättigten Menge der Beefsteakesser neue, kräftige Lebensfreude in sich ein. Zufrieden saß sie in ihrem fast allzu reizenden Abendkleid allein hinter der Palme und sah in das bunte Getriebe der Pseudospanier und Talmimexikaner.

»Howdy, Miz Benedict!« Jett Rink in seinem feinen Stetson, seinen Stiefeln zu fünfzig Dollar und sauberem Kanevasanzug stand vor ihr.

»Jett?«

»Ja, Ma'am. Ich hab' drauf gewartet, daß Sie hierherkommen. Einmal mußten Sie ja. Ich hörte, Sie seien da. Sie haben den Zug angesehen. Ich stand Ihrem Fenster gegenüber auf der Straße und habe Sie angesehen.«

»So? Und wie geht es Ihnen?«

»Gut.«

»Und Ihrer Frau? Ich hörte, Sie haben Miss Dart geheiratet.«

»Wir sind schon wieder auseinander.«

Sie blickte an ihm vorbei in Richtung des Speisesaals. – Wenn Jordan mich mit ihm sprechen sieht, wird er wütend. Sie wandte sich ab, aber der Bursche blieb stehen und starrte sie an. »Haben Sie schon gehört?« fragte er: »Ich fahre jetzt meinen eigenen Wagen, bin Chauffeur, Erdölbohrer, Mechaniker und Schmieraffe – alles in einer Person.«

»Schmieraffe?« Sie konnte sich nicht die Frage verkneifen.

»Auf dem Ölgrund. Wir bohren auf meinem eigenen Boden, ich und mein Brüderchen und mein Onkel. Man muß nur anfangen.«

Sie stand auf. »Ausgezeichnet. Adieu!«

»Hä?« Er sah sich um. »Na ja, Bick ist schwer auf mich geladen, und ich bin auch nicht gerade darauf erpicht, mit ihm zusammenzustoßen. Noch nicht.« Seine eng beieinanderliegenden, hartheißen Augen bohrten sich in die ihren, glitten langsam um ihren Mund, verweilten dort einen Moment und senkten sich auf ihren Hals und den weiten Ausschnitt des Abendkleides. »Ich möchte Sie wiedersehen«, sagte er demütig. Sie aber drängte an ihm vorbei, spähte nach einem Weg durch das Menschengewimmel und hörte ihn hinter sich sagen: »Ich werde Sie wiedersehen.« Aber nun klang es nicht mehr bescheiden, auch nicht gesellschaftlich, sondern wie eine Drohung.

Der Schwarm der Gäste umgab sie. Bald wurde sie hierhin, bald dorthin geschubst. Da faßte sie eine Hand: »Leslie, ich habe dir doch gesagt, ich bin gleich wieder da!« Jordan war sichtlich beunruhigt.

Sie entschuldigte sich. »Es war mir zu heiß.«

»Die andern erwarten uns im Seville Room. Wir wollen dinieren, bevor der Massenansturm beginnt.«

Der Chef de service im Seville Room entpuppte sich als eine grellblonde, als Carmen verkleidete Chefin, die die Neuankommenden mit überströmender Herzlichkeit begrüßte:

»Hiyah! Hier bitte, Honey!« Im selben Atemzug verabschiedete sie eine scheidende Party: »Laßt euch bald wieder bei mir sehen!« Während sie Jordan und Leslie voransegelte, bauschten sich ihre Röcke wie Segel im Wind. Und schon nahten Beezers, Hattons, Caldwells und flossen von gleicher Willkommensfreude wie die Bar-Carmen über. Die drei Herren trugen unterm Arm braune Pakete, deren Form verriet, daß es Flaschen waren. Alkohol. Die emsige Carmen hieß einen mexikanischen Boy die nötigen Gläser, Wasser und Eis auftragen, und Ed Beezer fragte: »Carrie, wo hast du denn deine Kastagnetten?« Worauf sie nicht eben sinnvoll versetzte: »Das geht dich nichts an!« Wer weiß, was sie sich unter Kastagnetten vorstellte! Mit ihren Gedanken war sie anscheinend woanders, ihre scharfen Augen lugten schon wieder nach neuen Gästen.

»Kümmere dich nicht um seine Dummheiten, Carrie«, sagte Joella Beezer freundlich. »Wie geht's deiner Kleinen?«

»Meiner Kleinen?« Die Geschäftige vergaß darüber sogar die Bedienung. »Oh, die solltet ihr sehen! Größer als ich. Sie singt jetzt im Chor der Ersten Baptisten und hat Gesangsunterricht.«

»Du kannst stolz auf sie sein.«

Bick strich sachte über Leslies Hand. »Du wolltest ja unbedingt her.« Er fühlte sich für das Niveau verantwortlich. Sie aber sagte: »Warum nicht? Ich liebe das.« Und leiser, ganz leise: »Ich liebe dich.«

Harmlos wie Milch begrüßte Carmen bereits wieder andere, die hereindrängten. Ihre helle Stimme übertönte sogar die Musik der Jazzband am andern Ende des Raumes: »Hiyah! Howdy! Nett, daß du auch einmal kommst! Hier bitte, Honey!«

Daß mexikanische Spezialgerichte für diesen Tag das gegebene seien, darüber war sich die Tischrunde ebenso einig wie über die Tatsache, daß das Mexiko-Menü hier schlechter sei als in einer mexikanischen Kneipe. »Aber immer noch gut genug. Wie ist es, beginnen wir mit Enchiladas?« schlug Ed Beezer vor. Aber Enchiladas verursachen Sodbrennen, daher sagte Bick: »Für Leslie lieber ein Steak. Ist es dir recht, Darling?« Und sie erwiderte: »Selbstverständlich.«

Die Kapelle intonierte einen langsamen Tango. Die Tanzfläche inmitten des Speisesaals bevölkerte sich mit Boleros, Mantillas und andern exotischen Kleidungsstücken aus Seide und Spitzen, getragen von blühenden Matronen, breitschultrigen Mannsbildern und süßen Girls mit kindisch wirkenden Kavalieren, Länge ein Meter zweiundachtzig.

Es roch nach stark gewürzten mexikanischen Speisen und Kaffee. Aber man sah nicht ein dunkles Gesicht außer dem des mexikanischen Boys, der sein Rollwägelchen schweigend von Tisch zu Tisch schob.

»So etwas haben Sie sicher bei sich im Norden noch nie gesehen, Mrs. Benedict«, rief Ed Beezer und wies mit stolzer Gebärde über das knallige Farbengedränge. »Wenn Sie es nicht genau wüßten, würden Sie je vermuten, daß Sie in den Vereinigten Staaten sind?«

»Nie«, sagte Leslie. »Nie!«

21

Alle waren sich darüber einig, und Bick sah es als erster: Das neugeborene Mägdelein, eine hundertprozentige Benedict, ebenso blond wie ihr Bruder Jordy dunkel, war ebenso sonnig wie er umdüstert. »Das sieht schon anders aus!« frohlockte der glückliche Vater. »Jetzt haben wir's endlich geschafft. Schade, daß man die beiden nicht austauschen kann: er Mädchen, sie Bub.« Sein Zeigefinger streichelte vorsichtig das zartrosa Bäckchen, und er flüsterte »Luz – Luz –Hm? Wir nennen es Luz.«

»Nein!« schrie die Wöchnerin auf. »Wir haben unter den Namen, die wir uns überlegt haben, niemals ...«

»Das nicht, aber sie sieht so aus. Die gelben Härchen, die blauen Augen, und schau nur: die lichte Haut! Luz heißt Licht.«

»Nicht Luz! Alles, bloß das nicht.«

»Was denn sonst?«

»Denkst du, ich bin eine von deinen Kühen, denen man das Kälbchen nach der Geburt entreißt?«

»Falsch. Die Kuh ernährt das Kalb.«

»Ist das die einzige Sprache, die du verstehst? Wenn du sie unbedingt ›Licht‹ nennen willst, dann gib ihr den Namen Claire; das heißt auch Licht. Bloß nicht Luz, niemals!«

»Deswegen brauchst du dich nicht so aufzuregen, Darling. Du bist halt gegen die Benedict-Namen. Weißt du noch, wie du dich gegen Jordan gewehrt hast?«

»Das war was anderes. Aber Luz ertrage ich nicht.«

»Ich bin großzügig.« Er schlang die Arme um Weib und Kind, schmiegte seine Wange an Leslie, lachte froh und gestand: »Ich glaube, ich bin so auf die beiden Kinder versessen, daß ich nicht zugeben kann, daß irgendwer ein Recht auf sie hat, nicht einmal ihre Mutter, mein süßes Girl. Ihr meine zwei süßen Girls! Also einverstanden. Voriges Mal mußtest du nachgeben. Diesmal gebe ich nach. Wenn dir Claire lieber ist, soll es Claire heißen.«

Das Kind wurde Claire getauft, Bick aber nannte es trotzdem Luz. »Als Kosename«, erwiderte er auf Leslies Vorhaltungen, machte jedoch eine Gewohnheit daraus, und mit der Zeit wußte weder das Kind noch irgendwer, der es kannte, daß es je einen andern Namen als Luz gehabt hatte. Auch Leslie gewöhnte sich mit der Zeit an den verhaßten Vornamen, und so kam es, daß Claire für ganz Reata, für alle Bekannten und Freunde, für ihr Brüderlein, ihre Spielgefährten und später für ihre Mitschülerinnen immer nur Luz hieß. Claire geriet in Vergessenheit. Ihre Briefe unterschrieb sie: Luz Benedict. Und im College im Osten erklärte sie den Girls: »Ich heiße nach meiner Tante Luz Benedict. Das war eine Nummer! Wie aus einem Wildwestfilm Grad B. Von der erzählt man sich Stückchen, ich sage euch …!«

Der Kreis und die County begannen Leslie für voll zu nehmen, wenigstens einigermaßen. »Mrs. Jordan Benedict, ihr wißt doch: Bicks Frau. Ja, sie hat Texas gefressen wie eine Färse den Kuchen. Man merkt fast gar nicht mehr, daß sie nicht in Texas geboren ist, nur noch ein bißchen, und hat zwei Kinder, einen Bub und ein Mädchen.«

Sie aber sehnte sich nach den Ihren und nach Virginia. »Nur einen Schimmer, einen flüchtigen Blick! Noch einmal das holde, das leichte Leben der Mädchenzeit kosten!«

»Die Deinen sind wir«, sagte Bick. »Hier ist dein Heim. Du sprichst, als hättest du Heimweh.«

»Ich habe Heimweh, und es wird nicht vergehen, bis ich die Heimat wiedersehe und unsere Kinder den Großeltern zeigen kann.«

»Da wird es mir aber komisch zumute sein. Ohne Weib und Kinder. Als wäre es aus mit mir.«

»Es wird uns beiden guttun«, sagte sie. »Seit unserer Hochzeit sind wir jeden Tag, jede Nacht zusammen gewesen.«

»War es nicht schön?«

»Nach ein paar Wochen der Trennung wird es noch schöner sein.«

»Wie du meinst. Aber das sage ich dir: Ich besuche dich. Ich muß sowieso wieder einmal nach Washington. Ich hole dich ab. Sonst kommst du überhaupt nicht mehr zu deinem alten verbrauchten Kuhmann.«

Obwohl sie darüber scherzten, fühlten beide, daß es sehr ernst war und mehr als nur eine Stippvisite bei der lieben Familie. Es war eine Trennung im Fleisch und im Geist. Die zwei grundverschiedenen Menschen wollten es nicht einmal sich selber gestehen, daß sie sich voneinander lösten zu einem kühlen Rückblick auf ihre bisherigen Ehejahre und einem langen, nachdenklichen Ausblick auf viele Jahre, die ihnen noch bevorstanden.

Im Frühjahr begab sich Leslie mit Jordy und Luz auf die Reise, und zwar getreu der Benedict-Tradition in einem Extrawagen mit Petra als Zofe, zwei mexikanischen Kindermädchen und einem Chaos von Reisekoffern, Hutschachteln, Reisesäcken, und die Mitbringsel begannen mit einer kompletten Reitausrüstung für Lacey – einschließlich Sombrero, Westernsattel und Cowboystiefeln – und endeten mit Kisten voll Valley-Grapefruits und etlichen Scheffeln Hickorynüsse.

Als der Südwesten hinter ihr lag, der Mittelwesten dämmerte und sich der Zug dem Atlantik näherte, geriet Leslie in fieberhafte Erregung. Der Papa – das liebe alte, umrankte Haus – Lacey – die Apfelbäume in Blüte – üppig grünende Wiesen – die Mutter. Dies war die Reihenfolge dessen, was sie am meisten ersehnte.

Stunden bevor sie in Virginia eintrafen, wurden Jordy und Luz bereits piekfein angezogen, machten sich selbstverständlich im Nu wieder schmutzig, wurden ausgezogen, gewaschen und abermals eingepuppt.

Dann verließ die ganze Karawane den Zug in einem solchen Tohuwabohu von Kindergemaunze, Tränen, Gelächter, Geschrei, Gepäck, spanisch-englisch-texanischen Rufen, Ermahnungen und Zärtlichkeiten, daß Leslie die Anwesenheit ihrer Schwester Leigh erst nicht bewußt wurde. Lady Karfrey, die in Leslies Heimatgedanken nur als Stimme in einer überseeischen Telefonverbindung mit England gelebt hatte, stand plötzlich vor ihr. Es war kein freudiger Schreck, der sie durchzuckte. »Leigh!« rief sie. »Ist Alfred auch da?« Sie hoffte, nein. Sie wollte bei ihrer Heimkehr nur ihre Lieben sehen.

»Er kommt in einigen Wochen«, antwortete die Lady. »Er brennt darauf, Texas kennenzulernen.«

»Texas kennenzulernen«, wiederholte Leslie peinlich berührt und versicherte schleunigst: »Es wird ihm dort nicht gefallen, wir reden noch darüber.« Jetzt war dazu nicht die Zeit. Jordy und Luz mußten abgeküßt werden, wehrten sich unter Geschrei und Gestrampel, wurden von ihren mexikanischen Kindermädchen durchs Bahnhofsgebäude getragen und von den schwarzen Dienern des Hauses Lynnton begleitet, wobei eine Menge spanischer Brocken herüber-, hinüberflogen. Denn die Minoritäten verständigen sich meist schneller und verstehen einander besser als Majoritäten.

Mama Lynnton rügte: »Leslie, dein Teint!« und »Leslie, dein Haar!« Sie konstatierte entsetzt: »Leslie Lynnton, das Kleid da stammt noch aus deiner Brautausstattung! Ich dächte, die Frau eines Mannes mit drei Millionen Acres könnte sich wirklich ...«

»Nur zweieinhalb Millionen, Mama.«

Lady Karfrey sagte: »Du kommst angereist wie eine ostindische Maharani. Ich habe gemeint, Texas sei eine Republik, eine Demokratie oder so was. Reisen alle Texaner mit solchem Gefolge?«

»Nur wenige.«

Eine Stimme aus dem Hintergrund: »Nun, Leslie ...?« Es war

Doktor Horace Lynnton, und sie flog auf ihn zu und schlang die Arme um ihn, als sei er ihr Kind, und nicht umgekehrt.

»Papa – Papa!« Er sah blasser aus, als sie ihn in Erinnerung hatte, viel zarter, gebückter. »Ach, Papa, du siehst nicht … – hat dir etwas gefehlt?«

Er schüttelte lächelnd den Kopf. »Du hast zwei Jahre lang lauter zwei Meter hohe Beef-Esser gesehen. Da erscheinen wir Ostler dir wir Albinozwerge. Laß dich mal ansehen, Kindchen!«

Er betrachtete sie mit den Augen des Arztes und denen des Vaters, nickte dann wie bei einer zufriedenstellenden Diagnose und sagte: »Du bist gut durchgekommen. Ein paar vernarbte Stellen, ja, aber ein Sieg alles in allem.«

»Durchgekommen, durch was?« schnappte Lady Karfrey ein. »Du tust, als käme sie aus dem Krieg.« Von jeher war die Scharfzüngige von jener Eifersucht angenagt, die das Erstgeborene auf die Nachkömmlinge zu empfinden pflegt. »Was hatte dein Liebling denn so Furchtbares durchzumachen?«

»Die zwei ersten Ehejahre mit einer Geburt pro Jahr, verschärft durch Texas – das heißt was!« Doktor Horace rollte zwischen Daumen und Zeigefinger eine nicht vorhandene Pille. Diese Alterserscheinung hatte Leslie früher nicht an ihm wahrgenommen.

Und dann die Geschenke. Lacey beaugenscheinigte ihr Mitgebringe, den massiven Westernsattel, die handgearbeiteten Stiefel, den Gürtel und die Reata, als seien es paläontologische Funde, speziell der Sattel. »Das ist ja der reinste Schaukelstuhl. Diese Verzierungen, unglaublich! Der Sattelknopf! Wie ein Mast! Hißt ihr an dem die mexikanische Flagge?«

Von süßen Erinnerungen umfangen, durchwanderte Leslie das alte, geliebte Vaterhaus. Das Wohnzimmer – wie verblaßt die Vorhänge sind! – Ihre Schlafkammer – gar nicht mehr unordentlich wie zu meiner Zeit, mein Bett haben sie nun doch an die Wand gerückt. Alles dünkte sie dürftiger, enger, als es in Heimwehjahren ihr vorgeschwebt hatte. Die Apfelbäume im Garten standen in Blüte. Doch erkannte sie aufgrund der Erfahrungen, die sie auf der Domäne Reata gesammelt hatte, was alles hier an Düngen, Spritzen und Stutzen versäumt worden war.

Dann kamen Anrufe und Besuche und Einladungen aus Virginia, Washington, Maryland, von all den Mädchen und Buben – jetzt waren es Frauen und Männer –, mit denen sie sorglose Kinderzeiten und die ernsteren Jahre des Krieges verbracht hatte. Sie buchte Cocktailparties, Jagdbälle, Damentees, Dinnerparties, Empfänge, die ihr zu Ehren gegeben wurden, hochoffizielle Vereinsabende mit Senatoren, Botschaftern, Ehrenpräsidium und als hübschen Kontrast intime Plauderstündchen im engsten Kreis. »Da kannst du aber in diesen Kleidern nicht hingehen!« schwor Mutter Lynnton, und selbst Lady Karfrey, die selber unmöglich gekleidet war, nahm an Leslies Garderobe Anstoß: »Die Röcke reichen jetzt weit übers Knie, bei Abendkleidern fast bis zum Boden.«

Die Mutter nahm sich der Sache an. »Schlimm genug, daß Leigh, wo sie zum erstenmal seit zehn Jahren daheim ist, wie eine Vogelscheuche daherkommt! Aber sie tut es absichtlich. Sie will die Engländerinnen noch überengländern. Die sind schon immer herumgeschlampt, aber seit dem Krieg machen sie aus ihrer Geschmacklosigkeit und Knickerei noch eine Religion! Du solltest den Plunder sehen, den Leigh mitgebracht hat: ruppige alte Tweeds;

damit würde ich mich nicht über die Straße trauen! Und ihre Abendkleider! Ich dachte erst, es seien mottenzerfressene alte Portieren. Und nun kommst du mit diesen altmodischen ...«

»Mama, du weißt, daß Jordy fast auf den Tag neun Monate nach meiner Hochzeit geboren ist. Ich hatte kaum Zeit, mein Reisekostüm aus- und ein Negligé anzuziehen, da habe ich schon gemerkt, ich bin schwanger.«

»Leslie! Drücke dich nicht so ordinär aus!«

Die Gescholtene grinste verbindlich. »Und als ich dann wieder in Form war und dachte: Jetzt machst du mal einen Einkaufsbummel nach Hermoso oder Dallas ...«

»Dallas!«

»Du wärest erstaunt!« – fortfahrend –: »... da war schon wieder was unterwegs, das als Tochter zum Vorschein kam, und jetzt bin ich mit beiden hier.«

Sagte Mrs. Lynnton: »Washington ist zwar in Modedingen weiß Gott nicht tonangebend, aber im Augenblick deine einzige Rettung. Du kannst zu einem Diplomaten-Dinner nicht wie zu einem Atelierfest gehen.«

Es war jene Epoche, in der sehr viel von einer Katastrophe geredet wurde, die man den »Krach«, und von einem langwierigen Zustand, den man die »Depression« nannte, und wenn man zuvor etwa gesagt hatte: »Das war vor dem Krieg, während dem Krieg oder nach dem Krieg«, hieß es nunmehr: »Seit Beginn der Depression haben wir uns nicht mehr gesehen.« Oder: »Vor dem Krach konnte ich mir das noch leisten.« Oder: »So ist er schon seit der Depression.« Doch das ging Leslie nicht sonderlich tief. Es gab so viel anderes. Alte Freundinnen, neue Kleider, feine Speisen, Frohsinn, amüsantes

Geplauder und anhängliche alte Verehrer, die in ihrer Abwesenheit keinen rechten Ersatz hatten finden können. In bezug auf das heutige Texas zeigten sich aber jetzt alle erstaunlich beschlagen.

»Woher wissen Sie denn das alles?« fragte Leslie erstaunt, wenn der oder jener mit größter Selbstverständlichkeit die Riesenranches Beezer, Hake, Waggoner, Kind und Benedict erwähnte oder Neiman-Marcus in Dallas rühmte und von den neuesten Wolkenkratzern in Houston sprach. Worauf die Betreffenden antworteten: »Heut weiß doch jeder, was sich in Texas tut. Es ist die große Mode. Euch Texanern wird es wohl gleichgültig sein.«

Bei einem Dinner in Washington sagte Leslies Tischnachbar, den sie eben erst kennengelernt hatte: »Sie sind, wie ich höre, aus Texas. Hier hört man so viel von den märchenhaften Zuständen dort unten. Gestatten Sie mir die Frage: Ist das nicht doch etwas übertrieben?«

»Wie man's nimmt. Vielleicht sogar untertrieben.«

Der Fragesteller, ein älterer Herr, wußte damit nichts anzufangen, hielt ihre Antwort vielleicht sogar für Ironie, doch da sie dabei ernsthaft dreinschaute, fuhr er fort: »Aber die Depression hat die Texaner gewiß ebenso betroffen wie alle Welt? Wallstreet hat einen langen Arm.«

»Ich weiß nicht. Ich habe dort unten niemanden über Depression klagen hören. Ich glaube nicht, daß sie – daß wir davon berührt sind. Bei meiner Abreise hat alles genauso floriert wie immer, vielleicht sogar etwas mehr.« Ihr liebenswürdiges Lächeln nahm ihrer Feststellung jeglichen Stachel. Der gute Mann aber ließ nicht ab, nahm seufzend einen kräftigen Schluck von dem vorzüglichen Tischwein und gestand: »Wenn ich zwanzig Jahre jünger wäre, zöge ich auch nach Texas, um dort von vorne anzufangen.«

Nach ungefähr vierzehn Tagen war Leslies Heimverlangen gestillt. Doch erkundigte sie sich in der Küche bei Caroline nach einigen Rezepten, über die ihr die talentierte Kochkünstlerin ziemlich summarische Auskünfte gab.

»Ja, aber wieviel Zucker?« fragte die Lernbegierige. »Wieviel Gramm Mehl und Backpulver und Butter und wieviel Zitronen?«

»Das kann man nicht auswendig wissen, Miss Leslie. Ich hab's in den Fingern und schmeiß es hinein.«

Mrs. Lynnton nörgelte: »Du bist hier nicht zu Besuch, um in der Küche herumzuschnobern. Wenn eure Köchin nichts taugt, schick sie doch weg!«

»Unsere Köchin ist ein Koch. Ich habe versucht, ihm einige Virginia-Rezepte beizubringen, aber die Mexikaner haben für unsere Kochkunst absolut keinen Sinn.«

»Ein mexikanischer Koch! Kein Wunder, daß du einen unreinen Teint hast! Paprika, Chili und all die verflixten scharfen Gewürze, das ungesundeste, was es gibt!«

»Das Essen auf Reata gilt jetzt bereits als lukullisch. Meistens schneidet man in Texas die Steaks warm aus dem eben geschlachteten Ochsen heraus und wirft sie in die Pfanne.«

Als Leslie schließlich auch ihrem Nicky Rorik wieder begegnete, war es für beide Teile zunächst eine An Schock. Hier Mrs. Jordan Benedict, Mutter zweier Kinder, und dort der »Rotrock«, der im Begriff war, eine anziehende, etwas steife junge Dame aus Pittsburgh zu ehelichen, deren kränklicher Großvater eines der vier größten Vermögen von Amerika besaß. Aber das Wiedersehen und das damit verbundene Gespräch verlief reibungslos. Lächelnd bemerkte

Leslie: »Wären wir zwei Romanfiguren, so wärest du jetzt abgehärmt und ich dächte: Was habe ich bloß an ihm gefunden? Aber ich muß gestehen, du wirkst immer noch sehr anziehend, Nicky.«

»Und wenn ich dir gestände, was ich für dich empfinde, o Leslie, würdest du dich schockiert entfernen.«

»Es ist jedenfalls recht erfreulich, daß wir beide schon damals einen so guten Geschmack entwickelt haben. Wir waren wohl recht nett ineinander verliebt, vielleicht mehr als bloß nett.«

»Aber dann kam dieser kolossale Texaner ...«

»Im Vergleich zu seinem Geburtsland ist er nicht einmal so kolossal. Außerdem, lieber Nicky, wäre es ja doch nicht gegangen. Um es grob, aber aufrichtig auszudrücken: Die Lynntons haben kein Geld. Ist deine entsetzlich reich?«

»Phantastisch.«

»Und wie ich höre, sehr niedlich.«

»Sie ist ein bißchen wie du. Nicht ganz das Original, etwa der siebente Durchschlag, wenn das Kohlepapier nicht mehr ganz frisch ist, aber immerhin ähnlich.«

»Dein Land wird dir dankbar sein und ihr auch.«

Alles in allem war es kein unerfreuliches Zwiegespräch. Ob ich Jordan davon erzählen soll? fragte sich Leslie. Nein, lieber nicht. Vielleicht später einmal, wenn wir älter sind und die Kinder Mumps oder Masern haben; dann ist er milder als sonst.

Lady Karfrey war ein schwieriges Problem. Als die Ankunft ihres Gatten bevorstand – es konnte sich nur noch um wenige Tage handeln –, legte sie sich mit jener Energie, die sie mit Leslie gemein hatte, doch ohne deren Charme, ins Zeug. Beim Frühstück begann sie: »Ich muß sagen, du erzählst sehr wenig von Texas.«

»Es dürfte euch kaum interessieren«, parierte Mrs. Benedict nicht sehr geschickt.

»Mich sehr. Wir wollen doch hin. Ich habe auch vieles darüber gelesen. Sage mir nur: Was tust du dort unten, ich meine: gesellschaftlich. Ich weiß, ihr habt eine Ranch, Millionen Meilen, aber womit beschäftigst du dich? Gehst du viel in Konzerte, ins Theater, in Clubs, zu Garden parties? Habt ihr viele Gäste?«

»Nein, Schwester, keine Garden parties. Das Klima ist nicht wie bei euch in Kent. Aber Gäste haben wir, hordenweise.«

»Sehr anregend.«

»Und sie trinken unmenschlich viel Kaffee.«

»Kaffee?!«

»Mein armes, geliebtes Kind!« jammerte Mama Lynnton und zerkrümelte den Rest eines Brötchens.

»Unsinn!« entfuhr es Leslie so schroff, daß sie es gleich bereute, doch Lady Karfrey ging darüber hinweg und steuerte auf ihr Ziel los. »Alfred hatte von jeher ein Faible für Texas; er will es unbedingt kennenlernen. Schon sein Großvater, mußt du wissen, war an dem Riesenunternehmen beteiligt, das nach 1870 aufgeflogen ist – wie hieß es doch? ›T. and P.‹ Ich weiß nicht, was das bedeutet.«

»*Texas and Pacific Railroad*«, rief Horace Lynnton von der Veranda ins Eßzimmer. Er hatte dort seine Pfeife geraucht, durch die welkenden, fallenden Apfelblüten in den virginischen Himmel gestarrt und sich über den englischen Akzent geärgert, den seine älteste Tochter sich zugelegt hatte, »Dank Jay Cooke und den Wallstreethyänen ging die T. and P. in der Börsenpanik 1873 pleite. Eine Menge englischen Geldes wurde dabei verloren. Die Eisenbahn sollte die großen Ranches verbinden, die die Engländer hatten kaufen wollen.«

In Betrachtung ihrer unangenehmen Schwester versunken, äußerte Leslie den Gedanken: »Stelle dir vor, Leigh, die T. and P. hätte nicht falliert! Dann wärest jetzt du die Texanerin in der Familie Lynnton – nur hättest du deinen Alfred wahrscheinlich nie kennengelernt.«

»Sprechen wir lieber über unsern Besuch! Wann paßt es euch?«

»Liebe Leigh, wir würden euch schrecklich gern bei uns sehen. Ich weiß nur nicht, ob es dir dort gefallen würde. Alfred ist so gar nicht an das Klima gewöhnt. Nach dem kühlen England fände er es grauenhaft heiß.«

»Für einen Engländer ist nichts zu heiß«, konstatierte Leigh kategorisch. »Und nichts zu kalt. Denk an Indien! Und an die Hudson Bay! An all unsere Kolonien! Der Engländer zieht sich einfach entsprechend an, tropisch oder arktisch, je nachdem.«

»Aber in Texas wirst du am Mittag gebraten, und eine Stunde danach frierst du im Nordsturm.«

»Für Alfred ist das eine Kleinigkeit«, erklärte die Lady, und Leslie stellte sich ihren Schwager Sir Alfred auf der Reata-Ranch vor: Dieser kleine, rundliche Englishman mit seinem fleckigroten Teint und der Kastratenstimme! Ein Gourmand, ein Antiquitätensammler! Christie und Fortnum und Mason schickten ihm stets ihre Ausstellungs- und Versteigerungskataloge.

»Außerdem«, sagte sie mit Bedacht, »weiß ich noch nicht, wann ich zurückfahre.«

Mama und Leigh stockte der Atem. Schreckpause. Als sie sich gefaßt hatte, fragte Mrs. Lynnton: »Was –soll – das – heißen?« Und Lady Karfrey klammerte sich an die Tatsachen: »Benedict ist nächste

Woche in Washington, nicht wahr? Er wird dich besuchen, nicht wahr? Und dich und die Kinder, wie du selbst gesagt hast, mit nach Hause nehmen, nicht wahr?«

»Das war der Plan.«

»War?« schrillte Mrs. Lynnton.

Dr. Horace Lynnton erschien in der Verandatür. »Sag, Leslie, willst du mit deinem alten Pa eine kleine Wanderung unternehmen? Seit du hier bist, habe ich dich kaum richtig gesprochen. Und jetzt ist schon wieder die Rede vom Heimreisen.«

Leslie war wortlos aufgestanden, hängte sich zärtlich eng in seinen Arm und ging mit ihm die breiten, flachen Stufen zum Garten hinunter. Lauter als unbedingt nötig drang seine Stimme an die gespitzten Ohren seiner Gattin und seiner ältesten, doch nicht geliebtesten Tochter. »Ich war täglich im Krankenhaus und du jeden Abend bei einer Party. Und nun höre ich, daß du fortgehst. – Warum bleibst du nicht, bis du wirklich dazu bereit bist?«

»Was sagst du dazu?« fragte Leigh Karfrey ihre bestürzte Mutter.

Der etwas gebückte ältere Herr und die blühende junge Frau wanderten wie ein Liebespaar still durch den Obstgarten, über die Wiese und in den Wald. Als Horace das Schweigen brach, war es, als setze er ein unterbrochenes Zwiegespräch fort: »Das kann natürlich niemand anders entscheiden als du. Aber vielleicht tut es dir gut, dich einmal auszusprechen.«

»Papa, ich bin so durcheinander ...«

»Du liebst ihn nicht?«

»Doch. Das ist ja das schlimme. Und nicht nur das. Ich liebe ihn heute mehr als bei unserer Hochzeit.«

»Aber er schien mir doch recht vernünftig und intelligent. Nicht nur geschäftstüchtig, sondern auch kultiviert. Auch unterhaltend kam er mir vor. Nach den ersten paar Jahren ist es sehr wichtig, daß man einen unterhaltenden Ehepartner hat.«

Sie dachte an ihre Mama. Die war nicht amüsant. Verständnisinnig drückte sie Papas Arm und sagte: »Diese schätzenswerten Eigenschaften hat er, aber damit hört es auch auf. Außer in ein paar nebensächlichen Dingen stimmen unsere Meinungen in nichts überein. Er sieht glänzend aus, ist gescheit, strebsam, erotisch, vital, erfolgreich, amüsant, zärtlich, treu, alles ...«

»Aber?«

»Machtbesessen. Ein Diktator. Sein Denken, Fühlen und Wirken reicht bis zum hintersten Zaun der Reata-Ranch, aber nicht darüber hinaus. Er behandelt seine Leute nicht direkt schlecht, mich auch nicht, im Gegenteil, aber alles, alles zählt für ihn nur im Hinblick auf seine Ranch, sein Leben, sein Texas, und darin wird er sich niemals ändern.«

»Ja, Kind, wir ändern uns nicht.«

»Wir?«

»Wir, die wir mit allen Fasern mit unserm Werk verbunden sind, wie dein Mann und dein Vater.«

Forschend sah sie ihn an, eine Erklärung heischend, und er gab sie: »So wie du hat auch deine Mutter gesprochen, vor Jahren, und es waren für sie keine erfüllten Jahre. All meine Zeit, meine ganze Seele verausgabte ich im Laboratorium und in Spitälern. Sie mußte sich mit dem Rest begnügen, und das war wenig genug. Ich meinte, sie müsse dafür Verständnis haben. Es war unvernünftig von mir. Dann habe ich meine Hoffnung auf euch gesetzt und versucht, euch Weitblick und Weltblick und Selbstbewußtsein zu geben. Eure Mutter hat sich nicht geändert. Ich auch nicht.«

»Jordan wird sich auch nicht ändern.«

»Nein. Aber es gibt etwas, das du dabei übersiehst.«

»Was?«

»Daß die Welt sich ändert. Und zwar in einem Ausmaß, das einem den Atem verschlägt. So wie die neu erfundenen und vervollkommneten Maschinen geht alles schnell, schneller, am schnellsten. Dein Jordan wird sich sowenig ändern wie du. Aber eure Kinder werden einen Schritt weiter tun, einen gewaltigen Schritt aller Wahrscheinlichkeit nach. Manche nennen es eine Revolution, aber es ist die Entwicklung, mithin Evolution. Sie vollzieht sich zuweilen langsam, aber mitunter rasend rasch, und es ist peinigend, wenn man hilflos, ahnungslos mittendrin steckt. Aber wie sehr es dich auch schreckt, was du dort in dem seltsamen Riesenbrocken der USA zu sehen bekommst – findest du es nicht trotzdem interessant?«

»Faszinierend, Papa. Aber ich rebelliere dagegen.«

»Gibt es etwas Anregenderes? Solange es dich fasziniert und du bekämpfst, was du für falsch hältst, bist du lebendig! Es sind nicht einmal die Bösen, die der Welt den ärgsten Schaden zufügen, sondern jene, die ihre Hand in den Schoß legen und im Dolcefarniente verharren. Davor muß man sich hüten in dieser schönen und wilden Welt, denn es hat den ekelerregenden Gangräne-Geruch faulenden Fleisches.« –

Als Bick Benedict kurz danach eintraf, ließ sein unglaublicher Überschwang dies ganze Zwiegespräch zu einer akademischen

Disputation verblassen. Voll Schwung und Spannkraft, knabenhaft jung und männlich bezaubernd kam er daher. Noch nie hatte Leslie ihn so erlebt. Wie er sie in die Arme schloß! Wie Jordy und Luz an ihm emporkletterten! Im ersten Rausch ihrer Wiedervereinigung glaubte sie, das Wiedersehen mit ihr und den Kindern verleihe ihm diesen Auftrieb, diese erhebende, glückstrahlende Aura. Aber bald spürte ihr weiblicher Instinkt, daß da noch etwas anderes vorlag. »Wieso bist du mit einemmal so feurig, Liebster? Deine funkelnden Augen können nicht nur deiner Familie gelten.«

»Gewiß, Schatz, es hat auch noch eine andere Ursache – keine sexuelle, hab keine Angst! Die Washingtoner Verhandlungen!« sprudelte er hervor. »Man hat dort die Weitergewährung der siebenundzwanzigeinhalbprozentigen Steuerermäßigung auf Erdöl beschlossen. Was sagst du dazu?«

»Aber du hast doch kein Öl. Oder? Du sagtest immer, die stinkenden Ölquellen seien dir widerlich.«

»Stimmt.«

»Ja, dann verstehe ich nicht …«

»Ja, das waren die fremden Ölquellen; aber die sind mir egal. Jetzt handelt es sich um meinen Grund und Boden. Die ganze Welt schreit nach Öl, nach Texas-Öl. Das ist der Texas-Boom! Alle übrigen Staaten sind auf dem Hund.«

»Ist das gut?«

»Gut genug, um uns zum reichsten Staat des Kontinents zu machen. Wir sind ein eigenes Land in den Staaten.«

»Wieder einmal!«

»Unser Öl-, Fleisch- und Baumwollauspuff läßt sich nicht stoppen und nicht überbieten.« Er atmete tief auf, und ihr war, als zeige sich in seinen Zügen etwas Verkrampftes, Gequältes. Sein Blick flog über die virginische Landschaft, und er lachte schrill: »Gott, ist hier alles eng! Die Felder, der Horizont! Bist du bereit, zu deinem Alten nach Hause zu kommen?«

Sie warnte: »Jordan, ich bin noch genau wie bei meiner Abreise.«

»Ich will dich nicht anders. Wir Texaner haben an unserm Gemüse gern etwas Essig. Das macht es erst schmackhaft. Komm, fahren wir heim!«

22

»Das hätte ich mir auf unserer Hochzeitsreise nicht träumen lassen«, sagte Leslie auf der Rückfahrt zu Bick, »daß ich die gleiche Strecke das nächste Mal mit eigener Kinder- und Dienstbotenschar und einem Laden voll Spielzeug befahren würde.«

»Aber es macht dir Spaß.«

»Und ob! Und da du so ausgezeichneter Laune bist, Liebster, darf ich wohl riskieren, dir mitzuteilen, daß sich Leigh mit der Absicht trägt, zu Besuch nach Reata zu kommen und ihren Mann mitzubringen.«

»Warum nicht?« fragte Bick. »Wo sie ihr Lebtag am Inselchen England kleben?« Er war großzügig. »Es tut ihnen gut, wenn sich ihr Horizont etwas erweitert. Und ich möchte den kleinen Karfrey zu gern in einem Zehngallonenhut sehen!«

»Ich wollte, Papa und Mama kämen mit. Und Lacey. Allein schon als Gegengewicht gegen die Karfreys.«

Er griff die Idee wohlgelaunt auf. »Ausgezeichnet! Sonst meint man bei uns noch, du seist ein Waisenkind. Auf der nächsten Station werde ich ihnen telegrafieren.«

Familie Lynnton plus Karfrey traf auf Reata ein.

»Du wirst doch nicht erzählen«, sagte Mrs. Lynnton zu Leslie, »daß ich nicht unterm gleichen Dach wie meine Enkelchen und meine Tochter schlafen darf?«

»Liebe Mama, ihr sollt ja nur deshalb im Großen Haus wohnen, weil im alten Haus zuwenig Platz ist. Und der Lärm, den die Kinder machen! Ich kann ihnen nicht verbieten, herumzutollen. Sie sind es gewohnt. Im Großen Haus habt ihr eure Ruhe; es ist für euch viel erholsamer.«

»Erholsamer! Zu jeder Tages- und Nachtzeit stapfen und klirren wildfremde Leute über den Gang. Keiner weiß, wer wir sind. Ich habe eins von den mexikanischen Mädchen etwas gefragt. Es hat bloß den Kopf geschüttelt und dazu Spanisch geschnattert. Spanisch!«

»Es sind keine wildfremden Leute, Mama, sondern meist Jordans Geschäftsfreunde. Oder solche, die die Reata-Ranch besichtigen wollen.«

»Sage einmal: Führst du ein Haus oder ein Hotel? In Virginia sind wir weiß Gott gastfreundlich, aber hier geht es ins Aschgraue!«

»Es ist eben nicht nur eine Ranch, Mama. Es ist zugleich eine landwirtschaftliche, wissenschaftliche Versuchsstelle. Reata und die King-Ranch und Hakes Double B und noch einige andere sind dafür berühmt. Von überallher kommen Interessenten, und Jordan hat seine Freude daran. Er züchtet eine neue Rinderart.«

»Wenn Gott gewollt hätte, daß der Mensch das Vieh erschafft, hätte er es nicht selber getan, sondern ihm überlassen. Mit der Erschaffung der Welt hatte er genug zu tun.« –

Trotzdem schickte sich der Familienbesuch erstaunlich leicht in die neue Umgebung, das Klima, die Sitten. Lacey war von früh bis spät zu Pferde und mehr in den Stallungen als im Hause. Die Vaqueros betrachteten sie als zugehörig, erklärten ihr alles auf spanisch, und sie verstand es. Der alte Polo demonstrierte ihr sogar die Leistungsfähigkeit der neugezeichteten leichtfüßigen Pferderasse, deren vehementer Viertelmeilenspurt sich als unschätzbar erwiesen hatte. Daher ihr Name *Quarter horses*, Viertelmeilenpferde.

Mrs. Lynnton machte ihrem Schwiegersohn wegen Laceys häufigen Ritten und Stallvisiten ernstliche Vorwürfe. »Die ganze Zeit ist sie mit diesen Mexikanern zusammen, Ich habe keine Ahnung, wo sie bis spät in die Nacht herumreitet. Ich habe es Horace gesagt, ich habe geredet und geredet, aber er ist genauso schlimm wie sie.«

Bick grinste in sich hinein, tat, als habe er falsch verstanden, und staunte: »Wie? Der Doktor galoppiert auch auf Quarterrossen?« Aber sie ließ sich nicht dumm machen: »Sie wissen ganz genau, daß er entweder mit Ihrem Tierarzt in der Versuchsanstalt ist oder in den erbärmlichen Bruchbuden in der Umgebung nach Krankheiten stöbert, die hier zu Hause sind. Ich kann Ihnen sagen, Herr Schwiegersohn, es stinkt zum Himmel. Solche schandbaren Zustände gab es nicht einmal in den Sklavenquartieren von Alt-Virginia.«

Was sollte er sich mit der Schwiegermama herumstreiten? Er dachte höchstens: Am besten schickt man sie an einem recht heißen Nachmittag in ein ergiebiges Klapperschlangengebiet. Im übrigen war jeder Gast auf Reata sich selbst überlassen und konnte nach Belieben faulenzen oder sich etwas zu schaffen machen, arbeiten oder sein Leben genießen. Lacey zum Beispiel nahm ihr Mittagbrot auf der Weide mit den Vaqueros ein, und wenn sie nach Hause kam, erzählte sie zum Entsetzen der Mutter etwa: »Zum Lunch gab es einen Fraß, der aussah wie Gedärme, und dazu natürlich wieder Bohnen. Daß den Boys die Bohnen nicht zum Halse herauswachsen!«

»Gut, kleine Lacey!« schmunzelte Bick. »Ich werde veranlassen, daß man dir morgen eine Schüssel mit leckeren Magueys vorsetzt.«

»Was ist das?«

»Eine mexikanische Delikatesse: weiße Magueywürmer, knusprig gebacken, das Feinste, was man hier hat.«

»Aä-ä!« machte Mrs. Lynnton, während Sir Alfred weise bemerkte: »Warum nicht? Die meisten Ausländer essen das schauderhafteste Zeug. Man braucht nur an die Escargots der Franzosen zu denken; das sind ganz gewöhnliche Schnecken.«

»Sehr wahr!« pflichtete Horace ihm bei. »Und wie ekelhaft sehen die saftigen Baltimore-Soft-shell-Krabben aus! Und erst ein gut abgelagertes englisches Regenpfeifer-Ei!«

Von neuen Eindrücken erfüllt, berichtete Lacey weiter, sie sei Meilen und Meilen geritten und auf dem Rückweg zum Gehöft der Familie Dietz gekommen. »Der kleine Bobby Dietz ist der smarteste Bengel, den ich je gesehen habe, nicht dummdreist wie unsere Rangen, sondern verflucht gescheit. Was der vom Vieh und Futter, von Pferden und Böden versteht! Dietzens wollen ihn auf die Universität schicken, aber er möchte lieber die landwirtschaftliche Schule in Cornell besuchen. Das ist ein Junge! Wenn er zehn Jahre älter wäre, gäbe ich meinem Verehrer den Laufpaß und würde Bob heiraten Wie ich im Cowboy-Camp war, kam ein Kerl angesaust; sein Ford ist noch ärger heruntergekommen als er; er war von oben bis unten beschmiert. Seinen Lunch hat er kochend heiß heruntergeschlungen; die Mexikanerboys waren scheint's nicht sehr erfreut, ihn zu sehen. Als er hörte, wer ich bin, wurde er ziemlich frech, ganz anders als die Boys und Vaqueros. Ich glaube, er säuft. Man kann es ihm schon an den Augen ansehen. Er hat sich nach dir erkundigt, Leslie; alles mögliche wollte er ...«

Bick fiel ihr ins Wort. »Weißt du seinen Namen?«

»Er klang so ähnlich wie Jeb ...«

Bick stieß seinen Stuhl zurück und stand auf. »Ich habe ausdrücklich befohlen: Wenn er noch mal den Fuß auf mein Land setzt, sollen sie ihn abknallen.«

Lacey lachte leicht auf. »Das haben sie ihm anscheinend auch gesagt; weißt du, ich verstehe schon etwas Mexikanisch.«

»So, sie haben es ihm gesagt? Und er ...?«

»Hat bloß ›pffft!‹ gemacht, als ob er durch seine Zahnlücke ausspucken wolle – er hat's auch getan und etwas auf spanisch geknurrt, genau habe ich's nicht verstanden, aber liebenswürdig war es bestimmt nicht.«

»Na, Jordan, setze dich wieder! Das Dinner ist noch nicht beendet«, sagte Leslie in aller Ruhe.

»Ich bin fertig. Entschuldige mich bitte! Ich bin noch geschäftlich in Anspruch genommen.«

Gleich darauf war er in seinem Arbeitszimmer. Vom Eßzimmer aus hörte man ihn spanische Worte ins Telefon trommeln. Leslie suchte den Fall als harmlos abzutun. »Immerzu Ranchangelegenheiten! Schade um sein schönes Dessert!«

»Es tut mir schrecklich leid«, bedauerte Lacey, »daß ich da anscheinend ins Fettnäpfchen getreten bin, liebe Leslie. Aber ich konnte wirklich nicht ahnen, daß dieser verlotterte Kerl auch nur die geringste Bedeutung hat.«

Mrs. Lynnton sah ihre Jüngste mißbilligend an. »Wie oft habe ich dir gesagt, du sollst nicht drauflosschwätzen. Die Männer können redselige Frauen nicht leiden.«

Das allgemeine Gelächter, das sich hierauf erhob, verblüffte sie sichtlich.

Nach dem Dessert nahm der Doktor seine Tochter Leslie beiseite. »Was ist mit dem Kerl, von dem Lacey erzählt hat? Wenn ein großer, vollblütiger Mensch wie Jordan plötzlich so bleich wird – das gefällt mir nicht.«

Leslie begann leise und rasch: »Ich habe euch nicht alle Einzelheiten vom Tod der Schwester Jordans geschrieben; ich wollte euch nicht aufregen. Ich war schon aufgeregt genug, und die Zusammenhänge sind mir selbst heute noch nicht recht klar.« Während sie in gedämpftem Ton weiterredete, nickte sie der Mutter möglichst heiter zu und lächelte, doch das verfing nicht. Mrs. Lynnton rief: »Was habt ihr zwei denn zu tuscheln?« Ihre Tochter ließ sich aber dadurch nicht beirren. Sie flüsterte weiter; der Vater hörte aufmerksam zu, und ihr war, als nehme allein sein Zuhören ihr eine Last von den Schultern. Erleichtert schloß sie: »Du siehst, er ist weiter nichts als ein ungebildeter Lümmel. Er hat offenbar irgendeinen verrückten Plan im Kopf. Ich verstehe nicht, daß ihn Jordan so ernst nimmt. Er ist in Wirklichkeit nichts, nur zäh.«

»Kein Mensch ist nichts«, meinte Dr. Lynnton. »Man erlebt da mitunter Überraschungen. Nach allem, was du mir jetzt gesagt hast, steckt in dem Burschen ein tiefer Groll. Nicht nur auf Bick, nehme ich an. Vielleicht auf die ganze Welt. Wenn dieser Groll stark genug ist und lang genug vorhält, kann er großen Schaden anrichten.«

»Ich wüßte nicht, wie. Er wird sich nicht trauen, jemanden von uns auch nur anzurühren.«

Während seines ganzen Aufenthalts stellte Horace Lynnton vielerlei Untersuchungen an, beobachtete alles rein wissenschaftlich, zugleich aber so unauffällig, daß es schien, als rühre er sich nicht. Und doch wanderte er durch die Gegend und knüpfte mit jedem, dem er begegnete, ein Gespräch an, mit Bedienten, Geschäftsleuten, Vaqueros, Ranchern und vielen mexikanischen Feldarbeitern. Er selbst sprach nur wenig. Aber er verstand zuzuhören, er war ganz Ohr, und sein freundliches Kopfnicken, sein ermunterndes: Ja, ich verstehe Sie! hatte zur Folge, daß seine Gesprächspartner aus sich herausgingen. Seine Methode war ähnlich der, die seine Tochter anfänglich befolgt hatte, nur systematischer. Als eine Woche verstrichen war, fragte sie ihn: »Nun, Papa, hast du schon eine Vorstellung von dem Giganten Texas?«

»Zum Teil. Sobald man unter die Oberfläche dringt, findet man, daß er über alles Erwarten fesselnd und sehr kompliziert ist. Er hat eine Zivilisation, die psychologisch von jedem andern Teil der Vereinigten Staaten grundverschieden ist. Unser Süden ist gewiß ein Problem, auch das atlantische Küstengebiet und die pazifische Küste haben ihre besonderen Schwierigkeiten; sogar der Mittelwesten ist nicht so heiter, wie es den Anschein hat. Aber dies hier ...! Größe kann ein Fluch sein, du weißt es. Und Texas ist sehr groß. Reata ist sehr groß. Dein Bick ist sehr mächtig. Menschen in weiten, wenig bevölkerten Räumen haben die Neigung, sich viel zu wichtig zu nehmen, Felsblöcke zu schlendern wie die Zyklopen und sich als Giganten zu fühlen.«

Einladungen aus Hunderten Meilen im Umkreis trafen für die virginischen Gäste ein. »Gerade hat Con Laydisch telefoniert«, teilte Bick mit, »wir sollen alle zusammen zur Einweihung seines neuen Hauses herüberkommen. Sie soll mit einer Quadrille und einem Barbecue festlich begangen werden«, und auf einen bestürzten Blick Leslies: »Keine Angst. Honey, es gibt Steaks.«

Gleich darauf sausten sie zweihundert Meilen weit zum Dinner. »All diese Ausländer!« bemerkte Sir Alfred, während man durch Dörfer und Kleinstädte ratterte und die Vaqueros bei einem Roundup oder beim Essen sah. »Wo man nur hinsieht, nichts als Mexikaner. Ein schwieriges Problem, nicht wahr?«

»Allerdings«, fiel Dr. Lynnton ein. »Aber stellen Sie sich nur einmal vor, was für ein schwieriges Problem wir für die Mexikaner bildeten, als wir vor hundert Jahren ihr Land überfluteten. Damals waren wir die Ausländer.«

»Ich muß sagen«, sagte Mrs. Lynnton und ließ ihre Blicke ins Weite schweifen, »hier ist noch heute für alle reichlich Platz. Meilenweit sieht man nichts. Es geht mir direkt auf die Nerven.«

Vor der unausbleiblichen Begegnung Lady Karfreys mit Vashti Snyth hatte Leslie schon die ganze Zeit Angst gehabt, und nun war es soweit. Sie gerieten gleich aneinander. Nach dem ersten Rencontre sah sich Leslie sogar veranlaßt, gegen ihre bisherige Überzeugung die unförmige Texanerin in Schutz zu nehmen: »Mrs. Snyth hat ein College absolviert und längere Zeit Europa bereist. Sie spricht nicht übel Französisch und fährt mit ihrem Mann jedes Jahr an die Ostküste.«

»Davon merkt man blutwenig«, spottete Leigh. »Die Frau kommt mir eher vor wie ein texanisches Nationaldenkmal, wie der Alamo oder die Riesenkuh unter Glas, die du uns an der Bahnstation gezeigt hast. Bei so jemandem hilft alles Europa nichts, ein wahres Glück!« Aber da kam bereits wieder Vashti angewatschelt und sagte lachend mit der ihr angeborenen Taktlosigkeit: »Es muß für Sie doch etwas Herrliches sein, einmal richtig Atem schöpfen zu können. Euer winziges altes England, wo man bei jedem Ausflug Angst haben muß, man saust über die Klippen ins Meer! Und euer Nebel, da bekommt man überhaupt keine Luft! Und euer Hammelfleisch, meine Güte!«

»Aber unsere prächtigen englischen Herefords, die habt ihr massenhaft importiert, und kaum waren die armen Tiere im Land, da hat das hiesige Vieh sie mit allen möglichen Krankheiten infiziert.«

»Wir haben längst unsere eigenen Herefords«, ging das Gekabbel weiter. »Wir brauchen keinen Import, wir haben alles im Überfluß: Vieh, Baumwolle, Wolle, Maultiere, Grapefruits, Pferde, Weizen, Truthähne. Mott, mein Gemahl, hat gesagt, wir hätten auch Schwefel, Kohle, Kupfer, Blei und ein Ding, das man Helium nennt, ich weiß nicht, wozu man es braucht, aber es ist doch gut, daß man's hat. Und Bauholz, sagt er, und Kalkstein und im Valley Gemüse und Hickorynüsse. Und jetzt auch noch Erdöl! In Texas haben wir einfach alles.«

Lady Karfrey räusperte sich, zum Gegenangriff bereit. »Seit ich hier bin, Mrs. Snyth, habe ich einige Dinge zur Kenntnis genommen. Alles, was Sie behaupten, ist wahr ...«

»So wahr ich hier sitze«, bestätigte Vashti arglos, und Leigh fuhr fort: »Wie Sie richtig bemerkten, ist Texas von allen Staaten der erste in Baumwolle – aber der letzte in der Bekämpfung von Mangelkrankheiten, besonders des Pellagra. Mit Ochsenfleisch und Maultieren steht es an erster, in bezug auf Schulbildung an achtunddreißigster, im Bibliothekswesen an siebenundvierzigster Stelle. Eure Truthähne lassen nichts zu wünschen übrig, wohl aber die Seelsorge auf dem flachen Land; um die ist es kläglich bestellt. Es gibt reichlich Erdöl, aber so gut wie keine Spitäler ...«

Das Gesicht von Empörung tiefrot, brach Vashti los: »Ich war selber in England, aber ich habe mein Lebtag keine so heruntergekommenen, elenden Menschen gesehen wie in euerm sogenannten East End. Miserable Zähne und schlechte Haut; alles trinkt Tee, und niemand hat Milch und Orangen. Es gibt nicht einmal mehr das gute alte englische Roastbeef, fragen Sie Mott!«

Seltsamerweise kam ihr der Engländer Karfrey zu Hilfe und beendete den Disput mit den Worten: »Wie recht Sie haben, Mrs. Snyth! Sie dürfen nur nicht vergessen: Man könnte das ganze England in einen Winkel von Texas stellen, und selbst dort würde man es nur mit Mühe finden.« –

Mama Lynnton fühlte sich so unsicher wie noch nie. Der Dienerschwarm, die enormen Vorratsräume, die ungewohnte Ernährung, die Dimensionen des Besitztums, die Üppigkeit, mit der beide Häuser geführt wurden, verwirrten und reizten sie. »Wenn ich wieder zu Hause bin, Leslie, schicke ich dir die Mitty – du weißt doch: Carolines Tochter –, sie kocht schon so gut wie ihre Mutter, manchmal sogar besser.«

»Danke, Mama. Das möchte ich nicht.«

»Du bist es deinen Kindern schuldig. Ich habe gestern mit ansehen müssen, wie Jordy und die wunderliche kleine Mexikanerin, mir der er immer spielt, zusammen eine Tortilla vertilgt haben, als wäre es Butterbrot.«

»Das ist es auch sozusagen.«

Im allgemeinen fuhren Lynntons und Karfreys vor dem Abendessen aus ihrem Quartier ins alte Haupthaus und saßen gemütlich bei reichlichen Eisgetränken auf der rebenumgebenen Schattenveranda, von deren anderem Ende die fröhlichen Stimmen der Kinder schallten. Für alle war dies die geruhsamste Stunde. Bick zeigte sich von seiner charmantesten Seite, Leslie fühlte sich glücklich, Lacey kramte aus, was sie den Tag über erlebt hatte, die Eltern waren scheinbar mit allem einverstanden, und Karfreys ging es so gut wie schon lange nicht mehr. »Übrigens«, setzte Leslie das begonnene Gespräch mit ihrer Mutter fort, »ist das wunderliche Kind, mit dem Jordy spielt, kein Mädchen, sondern ein Knabe.«

»Nicht möglich!« Mama Lynnton sah mit zusammengekniffenen Augen nach den Kindern am anderen Ende der Veranda, und Bick rief: »Jordy! Angel! Ven acá!« – »Komm her!«

Zögernd nahten die zwei. Jordy trat sogleich zu seiner Mama, die ihre Hand auf seine Schulter legte. Das andere Kind hielt sich ein Stückchen dahinter. Wunderlich hatte es Nancy Lynnton genannt, und nun, unter den Blicken der sechs Erwachsenen, stand es scheu wie ein Reh, als werde es beim leisesten Zeichen einer Gefahr das Weite suchen. Auch seine schmalen Augen erinnerten an ein Reh. Hände, Arme, Beine und Brust der schlanken Gestalt waren die eines Jungen, auch der wohlgeformte Kopf war für den eines Knaben kantig genug. Aber die Kleidung, die mexikanischen

Röcke und Unterröcke mit ihren Plissees und die roten Haarbänder deuteten auf ein Mädchen. Die langen schwarzen Haare waren sorgsam gekämmt, in Zöpfe geflochten und pomadisiert, alles in völligem Gegensatz zu dem schlampigen Aussehen der andern mexikanischen Ranchkinder. »Angel Obregon«, stellte Leslie liebevoll lächelnd vor. »Er ist der Sohn Angel Obregons, der hier auf Reata Vaquero ist.« Dabei streckte sie die Hand nach dem Kleinen aus, als wolle sie ihn an ihre Seite zu Jordy ziehen. Aber der Junge blieb stehen. Er sah sie nur an, und sie ermahnte ihn freundlich in gebrochenem Spanisch: »Angel, willst du nicht guten Abend wünschen? Buenas tardes, Señoras, Señores.«

»Im Spanischen nennt man die Señores zuerst, Darling!« belehrte Bick.

Angels schmale Schwarzaugen glühten vor Eifer; er gab sich einen fast hörbaren Ruck, und von seinen Lippen brachen stolz und mühsam die Worte »Good – evening – Sirs! Good evening – Madamas.« Wie nach einer Heldentat lachte er seinen Spielkameraden an und rannte, von Jordy gefolgt, um die Verandaecke, hinter der man sie noch eine Weile kichern und den glänzenden Spaß belachen hörte.

»Das ist die Höhe!« rief Bick. »Der kleine Muchacho hat von Jordy Englisch gelernt.«

»Gut so!« bemerkte Dr. Lynnton. »Die Zeiten ändern sich.«

Leigh Karfrey war schon bereit, die ungewöhnliche Tracht des Knaben als mexikanische Sitte zu registrieren, allein ihre Mutter verlangte ungehalten: »Leslie Lynnton, wirst du mir bitte erklären, warum ein Knabe, der mit meinem Enkelkind spielt, in diesem Aufzug herumlaufen darf!«

»Wir sind daran gewöhnt, Mama; es ist allerdings etwas recht Ungewöhnliches.«

»Erzähle nur, Leslie«, ermunterte Bick. »Es ist eine hübsche Geschichte.«

Leslie stärkte sich erst mit einem Schluck Eislimonade und begann: »Am ersten Tag meines Hierseins machte ich einen Morgenspaziergang. In meiner bräutlichen Unschuld und Unwissenheit wollte ich ...«

»Mehr Unwissenheit als Unschuld«, warf Bick dazwischen.

»... wollte ich die Umgebung besichtigen.« Dr. Lynnton zog die Stirne hoch, während sie fortfuhr: »Nach längerem Umherirren kam ich mir vor wie ein verdurstender Wanderer in der Wüste und stolperte in eine mexikanische Hütte, in der ein Säugling jämmerlich schluchzte. Seine Mutter lag krank. Das Baby war dort der kleine Angel. Die Frau, sie heißt Deluvina, verstand kein Wort Englisch, aber wir verstanden uns trotzdem. Seit der Zeit sind wir gute Freunde. Später hörte ich dann, sie sei bereits drei Jahre mit dem Vaquero verheiratet gewesen, ohne in Hoffnung zu kommen, was für eine Mexikanerin das größte Unglück bedeutet. Die beiden Obregons waren felsenfest davon überzeugt, der Kindersegen bleibe nur deshalb aus, weil Papa Angel Obregon einmal seinen Cowboyhut nachts auf dem Bett habe liegenlassen, was hierzulande als unheilbringend gilt. Deluvina ließ Messen lesen, trank ein Gebräu aus Kräutern, ließ sich von der Hebamme kneten, und dann ging sie mit ihrem Mann zum heiligen Bittgesuchbaum und hängte eine Miniaturwiege aus Mesquiteholz dran sowie eine als Mädchen gekleidete Puppe. Sie dachten nämlich, die Unfruchtbarkeit ihrer Ehe sei eine Strafe dafür, daß sie sich immer nur einen

Jungen gewünscht hatten. Deluvina betete morgens, abends und zwischendurch. Und sie und ihr Mann versprachen dem lieben Gott, sie wollten ihm auch für ein Mädchen sehr dankbar sein, würden sein Haar gut pflegen, salben und kämmen, und wenn es einen Fuß lang sei, wollten sie es abschneiden und opfern. Das ist ein großes Opfer. Mexikanerinnen lassen sich niemals die Haare schneiden. Das Kind sollte Angelina heißen. Aber als es zur Welt kam, war es ein Bub. Doch das Gelübde, das die beiden kniend vor dem Altar abgelegt hatten, mußte erfüllt werden. Der Junge wurde nach seinem Vater Angel genannt, wie ein Mädchen gekleidet, sein Haar nie gestutzt, sondern gewaschen, gebürstet, eingeschmiert und, sobald es lang genug war, mit roten Bändern verflochten. Denn es gehört Gott. Andere mexikanische Kinder tragen Piojos im Haar, der kleine Angel nicht. Das Kämmen, Bürsten und Salben ist Aufgabe seiner Großmutter. Sobald die Haare einen Fuß lang sind, was bald der Fall sein dürfte, gibt es eine große Feier; der Priester schneidet ihm das Haar ab und legt es als Opfergabe auf den Altar. Und dann zieht man unserm Angel die Mädchenröcke aus und Hosen an.«

»So was hätte ich nie getan!« rief Mama Lynnton entrüstet. Lady Karfrey hatte nur das eine Wort: »Barbarisch!« Dr. Lynnton aber sann nach: »Vielleicht wird Angel dann den Zusammenhang mit seiner Vergangenheit völlig verlieren. Aber wenn er zäh genug ist, sich durch diese Persönlichkeitsspaltung durchzubeißen, wird er wahrscheinlich nicht auf der Reata-Ranch bleiben.«

Sir Alfred äugte in Richtung des Eßzimmers, worauf Leslie versicherte: »Das Dinner ist im Moment bereit. Will jemand noch etwas trinken?«

Mutter Lynnton fragte: »Glaubst du, daß dieses Kind der geeignete Spielgefährte für Jordy ist?« Und an Stelle seiner Frau antwortete Bick: »Die Röcke spielen keine Rolle. Das ist ein zäher Schlingel. Ich wollte, Jordy hätte etwas davon. Als ich klein war, da war sein Vater Angel Obregon mein Intimus, und sein Großvater hat zusammen mit Old Polo mir beigebracht, wie man Ochsen einfängt. Die zwei sind noch heute die besten Manganawerfer von Reata, vielleicht sogar von ganz Texas.«

»Das ist ein Ansatz – daraus könnte sich einmal etwas Gutes entwickeln«, kam es leise von Horace Lynnton, »etwas sehr Gutes«, doch niemand faßte es auf, außer Leslie. Hingegen fragte Sir Alfred, da es noch immer kein Dinner gab, was eine Mangana sei, worauf Bick die Antwort erteilte: »Um eine Mangana richtig zu werfen, muß einer ein Busch-Roper sein. Und das Vieh im Busch einzufangen und zu Fall zu bringen erfordert viel mehr Geschick als auf freiem Feld. Der Roper mit seiner Mangana steht still, während das Tier rennt. Die Schlinge muß in der Luft sich wenden und möglichst dicht unter der Brust um die Oberschenkel der Vorderbeine schlingen; dann kann sich das Tier nicht die Beine brechen.«

Mitten in seiner Erklärung hörte man von der Auffahrt her den Lärm eines anfahrenden Autos. Ein von unten bis oben verdreckter Ford mit verbogenem Stoßfänger stoppte mit schrillem Gequietsche der Bremsen und Pneus, und heraus sprang Jett Rink.

Ein grotesker Anblick! Das Gesicht voll dunkler Ölflecken, die schweißigen faunischen Locken fast bis in die Augen hängend, stürzte er hinkend zur umschirmten Veranda, riß die Eingangstür auf und stand, ehe man sich's versah, mit wilden, blutunterlaufenen Augen vor der verdutzten, schockierten Gesellschaft. – Jetzt ist er richtig übergeschnappt, dachte Leslie, ihr Glas in der Hand. Was wird Jordan …?

Mit hängenden Armen, die Finger der schwarzen, schwieligen Hände seltsam gespreizt, die Beine weit auseinander, als stemme er sich gegen die Erde, starrte Jett mit gefletschten Zähnen auf Bick. In seinen fahlblauen Augen glitzerten Hohn und Triumph.

Bick Benedict richtete sich in seinem Liegestuhl nicht einmal auf. »Raus!« sagte er kalt, weiter nichts.

Auch Jett Rink sagte nur drei Worte: »Mein Öl kommt.«

»Raus!« wiederholte Bick.

Nun aber schossen die Worte aus dem verschmierten Mund des Besessenen geysirhaft wie das Erdöl, das seiner Hände Arbeit entfesselt hatte. »Alle habt ihr behauptet, es wäre Humbug, es käme höchstens ein Spritzer«, schrie er im ordinärsten Slang, »ihr Klugscheißer habt gemeint, Spindletop, Burkburnett, Mexia und die andern paar Mistlöcher hätten das ganze Öl. Einen Dreck haben sie. Ich hab's, ich sag' euch: ich hab's, es ist da, bei mir, bei mir, jetzt kann ich euch alle auslachen, ihr …« Er war betrunken. Die ganze Veranda stank bereits nach Fusel.

Die Muskeln angespannt, beugte sich Bick etwas vor, während Rink sich brüstete: »Meine Quelle, die spritzt gewaltig und immer mehr, immer höher. Da unten hat's Öl, auf Reata hat's Öl, warte nur, bald schmeiße ich euch eine Million Dollar hin oder fünf oder zehn Millionen, und ihr werdet danach schnappen, denn ihr braucht Geld. Und ich hab' dann mehr, als du je beisammen gesehen hast, Bick, du und die ganzen stinkigen Benedict-Hurensöhne!«

Nun stand Bick auf und sagte sehr überlegen: »Leslie, nimm die Kinder und geh mit den Damen hinein!«

Leslie erhob sich, legte ihr Nähzeug in Ruhe zusammen, ging aber nicht, sondern sagte: »Jett, gehen Sie jetzt nach Hause! Es ist hübsch, daß Sie auf Öl gestoßen sind, aber jetzt gehen Sie bitte!« Es war, als spräche sie zu einem verirrten Tier oder Wanderer.

Er taumelte etwas, sei es von Müdigkeit oder Alkohol oder beidem, spreizte die Beine wie ein Seemann auf schlingerndem Schiff, dann aber war er mit der ihm eigenen Raschheit plötzlich bei ihr und zupfte frech intim mit seinen schmierigen Klauen an ihrem seidenen Krägelchen. »Süß schaust du aus, Leslie, zum Anbeißen!«

Bicks erster Hieb traf mit Wucht Rinks Kinnbacken, aber der monolithische Kopf wich kaum einen Zoll. Beim zweiten Hieb fuhr Rink etwas zur Seite, der Schlag landete mitten auf seinem Mund; etwas Blut rieselte ihm übers Kinn. Er machte eine Mundbewegung, als kaue er. Leslie dachte, er werde das angesammelte Blut auf Bick spucken. Er aber wischte sich nicht einmal ab, er lachte: »Jesses, bist du empfindlich, Bick, wie eine alte Jungfer!«

Alfred und Horace näherten sich. Jett retirierte grinsend zum Verandaausgang. Bick setzte ihm nach, packte ihn. Da hob Jett das linke Bein und stieß mit dem gekrümmten Knie wie mit einem Maschinenkolben Bick Benedict in die Leistengegend, daß er aufbrüllend zusammenklappte. Sogleich nahm der Arzt Lynnton sich seiner an.

Jett Rink war in seinen zerbeulten Wagen gesprungen, ließ das fauchende Ding wie ein verrücktes Spielzeug anlaufen, und es verschwand in einer Wolke von Staub.

23

»Nein, laßt Roady und Bowie aus dem Spiel!« befahl Bick wutschäumend vom Bett aus. »Telefoniert Bawley!«

Onkel Bawley brach sogleich von Holgado auf, reiste die Nacht durch, sah seinen Neffen und hielt gleich am Krankenbett einen Familienrat ab, bei dem außer Bick und ihm keine Benedicts anwesend waren; seine melodische Stimme milderte die Schärfe seiner Worte: »Schlapp, viel zu schlapp und weich, wie überall heut; das war dein Fehler! Hättest du dein Gewehr genommen und ihn niedergeknallt, du hättest dir das alles erspart. Aber nein, du ließest dir das Knie in den Unterleib rennen, und er konnte gemütlich weitergehen.«

»Er ist nicht gemütlich weg, er ist geflohen«, verteidigte Leslie ihren Mann. »Jordan hat ihm zwei Kinnhaken versetzt, stark genug, um einen Stier zu fällen. Aber es war, als schlüge er gegen Stein.«

»Bei einem sinnlos Betrunkenen richten ein paar Hiebe nichts aus. Er spürt es nicht einmal.«

»Ja, Alkohol ist ein Anästhetikum«, nickte Dr. Lynnton, und Onkel Bawley meinte grimmig ironisch: »Hättest du ihn erschossen, der ganze Staat wäre dir sehr verbunden gewesen. Wenn so ein verrückter Hund wie Rink erst in den Besitz von Öl- und Geldquellen kommt, ist er imstand und schwingt sich zum Gouverneur von Texas und womöglich zu etwas Schlimmerem auf. Was ist dir überhaupt eingefallen, dich mit diesem Mistkerl anzulegen?«

Die stahlgrauen Augen voll Wut, in den Kissen sich bäumend, festgehalten nur von dem Verband, keuchte der gefesselte Gigant: »Er hat sich mit seinen stinkenden Händen an Leslie vergriffen.«

»Nein!« schrie Onkel Bawley. »Doch!« brüllte Bick, und Doktor Horace bemerkte: »Jordans erster Kinnhaken war eine reine Reflexbewegung.«

»Bick«, sagte der Alte, »du weißt genau, Rink hat keinen menschlichen, sondern einen Eselskinnbacken und kämpft alles andere als fair. Schockschwerenot, so einem Sauhund muß man in die Hoden – pardon, meine Damen: unter den Gürtel treten, und zwar ehe er selber dazu Gelegenheit hat. Eine andere Kampfart versteht er nicht. Jetzt kannst du nichts mehr machen, nicht das mindeste.«

»Warum nicht?« fragte Mutter Lynnton. »Warum nicht, möchte ich wissen. Wo wir doch alle Zeugen sind, auch Leigh und Lacey und Alfred.«

»Holt sie her!« tobte Bick. »Auch das Personal! Sie werden gegen ihn aussagen.«

Leslie, die bei ihm auf dem Bettrand saß, legte ihm liebevoll die Hand auf seinen fuchtelnden Arm und sagte besänftigend:

»Liebster, du weißt genau, daß außer meiner Familie niemand dabei war.«

»Mexikanische Dienstboten hören und sehen alles, was vorgeht. Sie saugen es durch die Poren ein, aus der Luft. O dieser Halunke! Dieses Stinktier! Dieser Maulaufreißer!«

»Ein schwerer Psychopath«, murmelte Dr. Horace. »Als gemeingefährlicher Irrer gehört er in eine Anstalt, wenigstens vorläufig zur Beobachtung.«

In dem von Erregungen mancherlei Art geladenen Zimmer erhob sich Bawley in seiner ganzen gebieterischen Länge. »Der Fall würde sich für die Öffentlichkeit folgendermaßen darstellen: Vor einigen

Jahren wurde Rink hier herausgeschmissen. Er heiratete eine Lehrerin, die von ihm – entschuldigen Sie, Miz Lynnton! – geschwängert wurde, trägt aber Benedicts nichts nach, sondern bohrt ohne Geld und Arbeiter wie besessen nach Öl, und zwar auf dem kleinen, unrentablen Stück Land, das Bick ihm vor Jahren zum Geschenk gemacht hat. Was tut Gott? Jett stößt endlich auf Öl. In seiner Aufregung und Begeisterung steigt er als erstes in seinen Klapperkasten und saust los, um seinem alten Boss Bick von dem großen Glück zu erzählen: Er habe eine vielversprechende Ölquelle erschlossen – just auf dem Fleck, den ihm Bick damals gegeben hat, als Jetts Vater auf unerklärliche Weise verschwand! Ja, lieber Bick, ich sage nur, wie sich die Geschichte anhören würde«, entschuldigte er sich auf seines Neffen wütendes Knurren. »Und wie nun der Glückspilz seine großartige Neuigkeit hervorsprudelt, wirft ihn sein alter Chef hinaus und zerschlägt ihm auch noch coram publico die Kinnlade. Das würde sich vor Gericht nicht gut ausnehmen, was meinst du?«

»Ich will vom Gericht nichts wissen«, trotzte Bick.

»Außerdem«, fuhr Onkel Bawley fort, »habe ich heute früh auf dem Weg von Viento hierher erfahren, daß Rink bereits einige wertlose Parzellen von Kleinbesitzern in der Nähe seines Ölflecks gepachtet hat. Da wird er wahrscheinlich auch auf Erdöl stoßen.«

Mit wildem Schwung warf Jordan entschlossen Decken samt Leintuch beiseite und rief: »Ich stehe auf! Bin ich die Dubarry, daß ihr meinem Lever beiwohnen wollt? Verschwinden Sie, meine Damen, es sei denn, Sie wünschen meinen völlig gesunden Corpus im Adamskostüm zu sehen!«

Leslie sah fragend auf ihren Vater, und da dieser zustimmend lächelte, rief sie: »Fein, Jordan, hast recht!«

»Gewiß hat Bick recht«, pflichtete Onkel Bawley ihr bei. »Als Harvad-Fußballer hatte er ärgere Püffe auszuhalten.« Doch seine Miene war nicht frei von Besorgnis.

»Ja, so ist's recht. Das gefällt mir«, betonte Dr. Horace eine Nuance zu heiter, »aber jetzt, lieber Sohn, legst du dich wieder hübsch hin, und machst die Augen zu.«

Der Onkel erkundigte sich bei Leslie leise nach ihren Kindern, er wolle endlich etwas Erquickliches sehen. »Nicht beleidigt sein, meine Damen, aber bei so einem Palaver wird mir regelrecht schlecht, und es kommt doch nichts dabei heraus. Früher, in der guten alten Zeit …«

»Jetzt ist die gute neue Zeit, Onkel Baldwin.«

»Sollst recht haben, Leslie. Sag mir nur, wo Jordy und Luz stecken! Ihr haltet heutzutage die Kinder von den Erwachsenen so abgesondert, als wären sie eine andere Spezies. Grundfalsch. Sie sollen dabeisein; dann lernen sie was. Es tut ihnen gut.«

»Die beiden erwarten dich sehnsüchtig, lieber Onkel. Ich habe ihnen erzählt, daß du kommst, aber siehst du: Das war nun auch wieder grundfalsch, denn sie waren dann so aus dem Häuschen, daß sie vor Aufregung kaum was gegessen haben.«

»Ich nehme an, der alte Polo hat Jordy gleich in der Frühe auf einen Gaul gesetzt, damit er noch vor dem Frühstück einen Ochsen einfängt.«

Bei dem Onkel eingehängt, teilte ihm Leslie auf dem Wege zur Veranda mit: »Jordy reitet nicht gern. Er mag nicht einmal Pferde.«

»Nicht möglich!«

»Ich glaube manchmal, er ist in dieser und andrer Beziehung ein bißchen wie du als Kind, Onkel Baldwin.«

»Der arme kleine Schlucker ...«

»Luz hingegen ist der geborene Rancher und Cowboy.«

»Das Baby?!«

»Weißt du, was das Baby getan hat? Hat einfach Jordys Reitzeug annektiert und ist in diesem Aufzug, den Stetsonhut bis über die Ohren, die Hosen verkehrt herum an, in der Hand das Lasso, auf den hohen Absätzen der Reitstiefelchen zu uns auf die Veranda gewackelt. Da hättest du meinen Mann sehen sollen! Solang ich ihn kenne, hat er noch nie so gelacht.«

»Das hört sich ja an, als schlage die kleine Luz nach ihrer ...« Bawley streifte Leslie mit einem Seitenblick, brach ab und fragte: »Ist sie sehr eigensinnig?«

»Sagen wir lieber: für ihr Alter sehr selbständig.«

»Und Bick, wie ich ihn kenne, gibt sich alle erdenkliche Mühe, Jordys Widerstand zu brechen?«

Leslie nickte.

»Zwischen dressieren und erziehen ist aber ein großer Unterschied.«

»Drum werde ich Hilfe einmal sehr nötig haben, Onkel Baldwin.«

»Die nächsten fünfzehn Jahre, vielleicht auch zwanzig, wirst du noch auf mich zählen können. Ich habe die Absicht, meinen neunzigsten Geburtstag in voller körperlicher und geistiger Frische zu feiern, es sei denn, daß die Vereinigten Staaten vorher zum Teufel gehen. Bis dahin kannst du dich auf mich verlassen.«

Sie blickte froh zu ihm auf. »Onkel Baldwin, ich bin dir so dankbar.«

»Nicht nötig! Aber jetzt werde ich mir die zwei Rangen angeln.«

»Also bis nachher! Ich muß erst noch Papa etwas fragen.«

»Ja, das ist gut«, sagte Bawley und wußte, was sie ihren Vater fragen würde.

Sie fragte nämlich, sobald sie mit Dr. Lynnton allein in Bicks Büro saß: »Warum hast du ihn wieder ins Bett gesteckt?«

»Wenn jemand, zumal wenn er so toll ist wie dein Mann, einen Schock hat, ist Bettruhe das beste.« Er lachte.

»Papa, du bist nicht ganz aufrichtig.« Sie sahen einander an. Er wohlwollend, beherrscht, sie bereit zu vernehmen, was sie im geheimen befürchtete. In diesem Augenblick glichen Vater und Tochter einander besonders, und da er schwieg, sagte sie entschlossen: »Wenn du es mir verschweigst, lasse ich Dr. Tom Walker kommen.«

Da setzte sich Horace Lynnton hinter Bicks Schreibtisch, wies Leslie den Stuhl gegenüber an, und auf einmal waren es nicht mehr Papa und Töchterchen, die sich gegenübersaßen, sondern der Arzt und die nächste Angehörige seines Patienten. Und er sagte der gespannt Aufmerkenden: »Der betrunkene Wilde hat Bick keinen körperlichen Schaden zufügen können, nur einen scheußlichen Schmerz.« Er blickte auf seine breiten Hände, die stumpfen Finger, die gespreizt auf der Tischplatte ruhten, und setzte hinzu: »Ich hätte ihm gern ein Beruhigungsmittel gegeben. Dummerweise habe ich nichts bei mir.«

»Ja, und?«

»Hat er je über Atembeschwerden geklagt?«

»Nein. Mir ist auch nie etwas aufgefallen.«

Der Blick, mit dem Horace die Tochter ansah, war ernst. »Es hat etwas mit dem Herzen zu tun – laß mich bitte ausreden! Das Herz selbst ist intakt, ein völlig gesunder Muskel, könnte man sagen.

Aber die Hauptarterie, die das Herz speist ...« Wiederum schwieg er. Ihre Hände verkrampften sich in ihrem Schoß. Ihr Haupt war gesenkt, und sie fragte:

»Was kann man da tun?«

»Nichts. Schau nicht so ängstlich drein! Ich hielte es nicht einmal für richtig, ihm jetzt etwas davon zu sagen. Furcht vor der Krankheit ist manchmal schlimmer als die Krankheit selbst. Wenn du verhüten könntest, daß er sich derart verausgabt, wie er es tut, schon vor Morgengrauen zu Pferde sitzt, Hunderte Meilen Galopp reitet und sein Imperium ganz allein regiert ...«

»Er liebt es mehr als irgend etwas oder irgendwen. Es ist sein Leben.«

»Sein Leben, ja. Darum geht es.«

»Es gibt für ihn keine Halbheiten. Er kann vor Wut rasen und im nächsten Augenblick sanft wie ein Engel sein.«

»Ersteres schadet ihm«, sagte der Arzt.

»Er rast nur, wenn etwas seine Pläne durchkreuzt.«

»Nach dem, was ich auf meinen Streifzügen in den letzten Tagen erfahren, zum Teil auch erahnt habe, hat Jordans Vater ihn und die Ranch despotisch beherrscht. Nachher trat seine Schwester an Stelle des Vaters – und der Mutter, nicht zu vergessen! Diese Luz war wohl ein Feldwebel in Weibsgestalt. Und jetzt hat er offenbar seine Geschwister gegen sich. Er hat seine Experimente im Sinn und sie nur den Profit.«

»Darin wird er sich sowenig ändern, Papa, wie der Golfwind. Was kann ich dagegen ausrichten?«

»Zwanzig Jahre von heut an gerechnet werden ihn zügeln. Laß ihn erst Mitte der Fünfzig sein, und tu bis dahin dein möglichstes, daß er sich die Dinge nicht so zu Herzen nimmt und nicht alles persönlich erledigen will! Er sollte doch seine Kontrolltouren statt im wilden Galopp gemächlich im Wagen vornehmen. Ich sehe doch täglich, daß viele im Auto herkommen.«

»Ja, er ist in allem modern, bloß nicht in bezug auf sich. Er ist eine Kraftstromanlage, ein Dynamo.«

»Wie das Herz.«

»Papa, ich glaube, ich habe jetzt keinen Moment mehr Ruhe.«

»Du wirst dich beruhigen, Kind. Die menschliche Natur kann sich sozusagen an alles anpassen. Du brauchst ihn nur manchmal, wenn er es zu eilig hat, auf deine frauliche Art etwas zu bremsen. Wenn du willst, rede ich mit ihm darüber.«

»Dann wird er aus purem Trotz nur um so betriebsamer sein. Ich kenne ihn zu genau.«

Als die Familie die Reata-Ranch verließ – Lynntons und Karfreys nach Osten, Onkel Bawley nach Westen –, schien neuer Frieden sich auf das alte Haupthaus zu senken. Auf dem Bahnhof in Vientecito überflutete Nancy Lynnton ihre Tochter noch mit einem Strom von Ermahnungen. »... und paß ja auf den Koch auf, er vergiftet euch noch. – Jordy ist im zartesten Kindesalter, setzt ihn ja nicht mehr auf das riesige Roß – abends und morgens eine gute Hautcreme ordentlich einreiben – Gott, die Kinder – Mexikaner – Sonne – Wind – der Staub ...«

»Mama ist doch fabelhaft«, sagte Leslie, als der Zug ihren Blicken entschwand, »hat in den letzten zehn Minuten an alles gedacht, was es auf Erden oder im Himmel gibt.«

»Familie ist etwas ganz Nettes«, erkannte Bick an. »Nur sollte sie nicht in Klumpen auftreten, sondern stückweise hübsch einzeln. Du brauchst kein Gesicht zu schneiden; das gilt genauso für meine Familie.«

»Wie kannst du nur so etwas sagen, Jordan! War es nicht schön, sie alle bei uns zu haben?«

»Es war auch ein hübscher Anblick, sie abdampfen zu sehen.«

Zum erstenmal, seit sie vor Jahren nach Texas kam, fühlte Leslie etwas wie innere Zufriedenheit. Sie hatte die alte Heimat noch einmal erlebt und ihren Lieben ihr neues Heim gezeigt. Da sind wir nun wieder, hier bin ich zu Hause mit Jordan, Jordy und Luz.

Die Kinder schliefen. Kein Fremder im Haus. Sie wandelte durch ihre eigene Welt, stand im Zimmer, in dem sie zwei Kinder geboren hatte; ihr Blick fiel in den Spiegel und dann auf ihren Mann. »Jordan!« rief sie. »Sind wir jetzt die ältere Generation? So ganz plötzlich?«

»Ich nicht, altes Haus, du vielleicht«, gab er selbstsicher zurück.

»Sind denn nicht Jordy und Luz die neue Generation, von der jetzt soviel die Rede ist? Die Kommenden? Und das waren bis jetzt doch wir!«

»Die Kommenden? Meinst du, die wären gescheiter als wir oder besser oder so wichtig, daß man sich für sie aufopfern muß? Kann sein, du hast recht. Zum Teufel, ich war gerade in der schönsten Stimmung ...«

»Sag, Jordan, würdest du für Jordy ein Opfer bringen? Und für Luz?«

»Zum Beispiel was?«

»Irgend etwas, sogar das Leben.«

»Darling, nicht tragisch werden! Der heutige Tag im Salzbergwerk hat mir genügt. Das war anstrengend genug.«

»Also dann sagen wir ...«, sie zögerte. »Angenommen, Jordy fühle sich zu etwas anderem hingezogen, als bloß ein Benedict auf Reata zu sein. Was würdest du zum Beispiel dazu sagen?«

»Jordy wird ein Cowman werden. Ich lebe nicht ewig.«

»Wenn er aber mit achtzehn, meinetwegen auch zwanzig Jahren erklärt, er will Ingenieur werden oder Rechtsanwalt oder Schriftsteller oder Präsident der Vereinigten Staaten oder Schauspieler?«

»Er denkt nicht dran!«

»Ich meine ja nur. Würdest du ihn daran hindern wie ein Familienvater bei Samuel Butler?«

»Bei wem?«

»Butlers ›Der Weg allen Fleisches‹, aus dem vorigen Jahrhundert, ist ja egal! Die Frage ist: Würdest du Jordy gewähren lassen?«

»Den Deibel werde ich!«

24

Jordy wurde groß und kräftig, er war schlank und hübsch, aber scheu. Er glich seiner Mutter, besaß den gleichen ruhigen Charme wie sie und gehorchte wie sie dem Gebot des Vaters. Doch war ihm das zugewiesene Tagewerk, das Einfangen, Kastrieren, Brandmarkieren des Viehs, das Zureiten der Pferde und das Paradieren ebenso zuwider wie schippen und graben und Zäune zimmern.

Bick wiederholte ihm immer von neuem: Du mußt dich darauf

verstehen. Ein Benedict auf Reata muß alles, was irgendein Arbeiter, ob weiß oder Mexikaner, leistet, auch selbst fertigbringen. Ich habe es in deinem Alter gekonnt, vielleicht noch nicht so gut wie die Großen, aber es ging. Das ist die einzig richtige Erziehung.«

In erstickender Staubhitze lernte der Junge, aus einer gigantischen Herde ein Kalb, eine Kuh oder einen Stier »herauszuschneiden«, in die brüllende Masse der Tiere hineinzureiten, sein Quarterrößlein flink und geschickt in Verfolgung der Beute zu lenken. Unbeweglich, gleich einem Reiterstandbild, verharrte Bick hoch zu Roß in der Nähe und sah zu. »Hol dort die magere Blesse, ein Esqueleto muß das können. – Raus mit der roten Zwergkuh dort.«

Nach aufreibendem, heißem Bemühen hörte dann Jordy am Abend vom strengen Vater vielleicht ein brummiges: »Ging einigermaßen gut, Söhnchen.«

»Danke, Pa!« sagte der Junge, ohne die Lider zu heben, um deren lange, seidige Wimpern, wie Leslie meinte, ihn jedes Mädchen beneiden konnte. »Danke, Pa.« Und er blickte auf die vom Leder zerschnittenen Hände.

Mutter Leslie machte Bick auf einen leichten Sprachfehler aufmerksam, der sich bei Jordy mit zunehmendem Alter immer deutlicher ausprägte. Als er ein Bübchen war, hatte sie es noch reizvoll gefunden. »Jordan, ist dir nicht aufgefallen, wie Jordy stottert? Zumal wenn er aufgeregt ist.«

»Das gibt sich.«

»Es ist aber schlimmer geworden.«

»Das haben viele Kinder an sich. Ihre Gedanken kommen schneller, als sie sie ausdrücken können.«

»Jordy ist kein Kind mehr. Und Luz handhabt den Lippenstift

mit der größten Selbstverständlichkeit. Wir wollen die Köpfe nicht in den Sand stecken. Die zwei sind bald erwachsen.«

Luz ging mit Pferden um wie Mädchen gleichen Alters mit Puppen. Mit zwölf Jahren schwang sie sich schon mit katzenartiger Behendigkeit auf ein ungesatteltes Roß. Flach an die Flanke des Reittiers geduckt, ritt sie, der Dornen nicht achtend, durch schier undurchdringliche Mesquitewaldungen, und die Ermahnungen, die sie von Bick zu hören bekam, waren das Gegenteil dessen, was er dem Sohn befahl. »Du sollst nicht allein in den Busch, verstanden! – Bleib von dem Stier weg, verrücktes Ding!«

Immer ähnlicher wurde sie ihrem Vater, auch äußerlich. Das gleiche sonnengebleichte Blondhaar, die blauen Augen, die ohne Blinzeln in die grellste Sonne zu schauen vermochten. Sie sprach und bewegte sich just so wie er, war ebenso eigensinnig und ungestüm, manchmal auch rücksichtslos. Wenn Yula Belle und Lula Belle Snyth, beide in leuchtendem Rosa identisch gekleidet, mit ihr zu einer Festlichkeit wollten, trieb sich Luz in Hosen und Hemd in einem Corral herum oder kroch öltriefend unter einem havarierten Ford hervor. Und wenn dann die Mutter mahnte: »Luz, die Zwillinge telefonieren schon seit über einer Stunde, du hättest versprochen, sie abzuholen. Geh, wasch dich und zieh dein gutes Kleid an! Du brauchst für die siebzig Meilen mindestens ...«

»Die sollen sich doch selbst abholen; es sind ja zwei. Ich will diese Kuhglocken nicht mehr am Halse haben; ich hab's satt.« –

Die Reata-Vaqueros verehrten Luz II. In den Häusern der nichtmexikanischen Siedlung ging sie aus und ein wie zu Hause, aß dort auch häufig zu Mittag. Bei Dietzens zählte sie zur Familie und erhielt von Bob Dietz, ohne sich dessen bewußt zu sein, den ersten wissenschaftlichen Unterricht über Futtermittel, Samen, Viehzucht und Bodenbeschaffenheit. Während der großen Ferien schaffte er auf der Reata-Ranch, das war für ihn eine Selbstverständlichkeit, und wenn er es ihr erlaubte, ritt oder fuhr sie mit ihm zur Arbeit. Sie war zwölf, ein großäugiges Kind mit Zöpfen und einem wachen Geist, der alles, was sie erfahren konnte, begierig einsog. Sie wurde vierzehn, wurde fünfzehn, und Bob war elf Jahre älter als sie.

Leslie stiegen Bedenken auf, und sie sagte zu ihrem Mann: »Luz ist den ganzen Tag über mit dem Dietz-Jungen zusammen.«

»Das täte auch Jordy not. Bob Dietz versteht mehr von moderner Ranchbewirtschaftung als mancher, der sich hier wichtig macht. Natürlich sind einige seiner Ideen verrückt. Du weißt, ich bin sehr für neuzeitliche Methoden, aber was die Buben im College lernen, ist leere Theorie. Praxis, darauf kommt's an, und die hat er. Er ist gewiegt.«

»Gewiß, gewiß, aber Luz ist kein Kind mehr. Bob ist ein stattlicher Bengel, und wenn er, wie du sagst, Praxis hat und so gewiegt ist, weiß ich nicht, wohin das führen kann.«

»Dann will ich es dir sagen. Wenn Jordy sich nicht auf die Hosen setzt und zusammennimmt, wird dieser stattliche Bengel, wie du ihn nennst, eines Tages General Manager von Reata, und mein Sohn wäre dann nur eine Art Aushängeschild. Ein Benedict als Galionsfigur.«

»Aber ich spreche doch nicht von Jordy!« Leslie war gelinde verzweifelt. »Es handelt sich um unsere Tochter Luz. Sie kann es kaum abwarten, bis Bob Dietz heimkommt und mit ihr losgalopiert, und zwischendurch treibt sie sich im Corral herum.«

Bick rieb sich vergnügt die Hände. »Gill Dace hat mir gesagt, sie versteht von Rindviehzucht bereits mehr als seine eigenen Söhne. Und er hat mir erzählt: Wie er den Fünfzigtausenddollar-Kashmirbullen auf die preisgekrönte Färse gelassen hat, hat sie sich das genau angesehen und ihm dann die Vorteile der künstlichen Besamung auseinandergesetzt.«

»Jordan!!«

»Ja, Süßes, wir sind auf Reata. Da ist Luz gewiß schon dahintergekommen, daß die Kälbchen nicht vom Storch gebracht werden.«

»Na, nächstes Jahr kommt sie ja von hier weg aufs Wellesley-College.«

Derweil durchstreifte das unbekümmerte Mädchen bald im Auto, bald zu Pferd die weitere und nähere Umgebung, und wenn sie abends heimkam, hatte sie nicht nur Erfahrungen, sondern auch alle möglichen Informationen und Klatschgeschichten gesammelt, die sie bruchstückhaft, scheinbar in aller Unschuld, zum besten gab. »Ich habe gehört, Pa, daß Tante Luz es nicht leiden konnte, wenn jemand geheiratet hat. – Pa, ich habe gehört: Als du Mama nach Reata heimgeführt hast, hättest du mehr Angst gehabt als ein Pferdedieb. – Und Tante Luz legte sich mit Fieber ins Bett, um nicht zu eurer Hochzeit zu müssen, und sie hatte tatsächlich Temperatur. Großartig, nicht? Damals hatte man hier wohl noch keine Ahnung von psychosomatischen Krankheiten? Und ich habe gehört …«

»Von wem hast du das alles gehört?« fuhr Bick dazwischen.

»Och, irgendwo. Ich vergaß, wer's gesagt hat.«

»Dann vergiß gefälligst auch das ganze Lügengefasel!«

Die Tochter betrachtete ihren Vater mit dem verwirrenden, kühlen Blick ihrer unbarmherzigen Jugend und fragte: »Stimmt das, Bick, Honeeeh, daß dir die ganzen Weiber von Texas nachgelaufen sind? Seit den Zeiten des alten Sam Houston soll um keinen Jüngling ein solch Gereiße gewesen sein.«

»Das stimmt unbedingt«, ging Leslie scherzend auf das Thema ein. »Sonst hätte es mich keine zwei volle Tage gekostet, bis ich deinen Papa soweit hatte.« Sie suchte abzulenken: »In Virginia ist der Heiratsantrag spätestens nach einem Tag fällig.« Aber Luz ließ sich nicht abbringen: »War da nicht an der Ranchschule eine Lehrerin namens Cora Dart, die mit Pa ein kleines Techtelmechtel hatte, und dann ...«

Bick – wütend –: »Wer hat dir den Blödsinn erzählt?«

»Ich weiß wirklich nicht mehr. Irgend jemand bei Beezers, neulich beim Barbecue. Es hat sich angehört wie ein Film. So etwas Romantisches gibt es heute nirgends mehr. Man erzählte, die Cora Dart habe alle Hebel in Bewegung gesetzt, um dich zu kriegen, Pa. Das ist doch dieselbe Cora Dart, von der sich der verrückte Jett Rink kurz nach der Hochzeit wieder hat scheiden lassen, um eine andre zu heiraten. Er hätte aber bei ihr nie Chancen gehabt, wenn Pa dich nicht gefunden hätte. Über diesen Jett habe ich Geschichten gehört – nicht zu glauben! Wie Tante Luz erfuhr, daß er was mit der Cora hatte, mußte sie weg, ich meine die Cora. Und dann wurde sie getötet, ich meine die Tante Luz, und man erzählt sich, sie sei in Jett Rink richtig verknallt gewesen, dabei hätte sie dem Alter nach seine Mutter sein können. Rasend interessant, direkt unheimlich. Ich wollte ...«

Leslie bemerkte die Zornesröte in Bicks Gesicht. »Na, Jordan, du wirst dich doch nicht über so einen Unsinn aufregen.« Ihre

Stimme floß friedlich und warm. »Du weißt, Aufregung ist nicht gut für – für jedermann.«

Jedes der beiden Kinder hatte es längst heraus, an wen es sich zwecks Erfüllung eines Wunsches zu wenden hatte. Für Jordy kam da nur die Mutter in Betracht: »Bitte, Ma, sprich du darüber mit Pa!«

»Du bist jetzt eigentlich groß genug, mein Junge, um deine Sache selbst zu vertreten.« – »Aber, Ma.« – »Sag auch nicht immer Ma und Pa; dafür bist du schon zu groß!« – »Aber Ma – der Vater hat gesagt, so hätte er immer seine Eltern genannt. Merkwürdig! Auf Reata, sobald es sich um Menschen handelt, soll alles sein wie vor hundert Jahren. Beim Vieh ist man fortschrittlich. Es hat keinen Sinn, daß ich mit dem Vater darüber rede.«

»Worüber soll ich denn mit ihm sprechen?«

»Über Harvard. Das entspricht ja einer alten Familiengepflogenheit, und zufällig liegt es mir mehr als irgend sonstwas am Herzen.« – »Um so besser.« – »Aber aus andern Gründen, als er sich vorstellt. Weil dort die Pre-med-Jahre am besten sind. Danach will ich auf die Columbia University P. and S. und ...«

»Nicht so geschwind! Als Arzttochter weiß ich zwar, was premed heißt: Pre-medical, also Biologie, Chemie, Physik.«

»Ja, und P. and S.«, unterrichtete er sie voll Eifer, »heißt Columbia's Physicians and Surgeons. – C's Ärzte und Chirurgen. – In Heilkunst und Chirurgie hat die Columbia University alle andern überflügelt, und in New York die Krankenhäuser bieten ein weit reichhaltigeres Material als die irgendeiner andern Stadt, ausgenommen vielleicht London.«

»Jordy ... Ich bin ja starr! Du willst Arzt werden?«

»Ich werde es.«

»Mein Sohn ein Arzt! Wird das deinen Großpapa freuen!«

»Sehr schön, Mama, aber ich will aus seinem Ruhm keinen Nutzen ziehen. Er steht in allen Enzyklopädien, in medizinischen Lehrbüchern, jeder kennt seinen Namen. Horace Lynntons Enkel, dem kann es an nichts fehlen, der macht Karriere. – Siehst du, das will ich nicht. Wenn ich fertig bin, will ich mich in Texas niederlassen. Ein lungenkranker Mexikaner ist hierzulande verloren, in Vientecito ist ein Dr. Guerra; er hat eine eigene Klinik. Dort würde ich gern ...«

»Für die Leute auf Reata, das weißt du, ist durch deinen Vater bestens Sorge getragen. Sie haben jetzt freie ärztliche Behandlung und ...«

»Das Vieh auch.«

»Dein Vater wird, denke ich, deine Zukunftspläne begrüßen. Deine medizinischen Kenntnisse werden bei uns auf Reata bald nötig sein.«

»Ich möchte aber nicht auf Reata praktizieren. Ich will die Freiheit haben, dort zu arbeiten, wo ich will.«

Nun mußte Leslie deutlicher werden. »Lieber Jordy, dein Vater ist nicht so kräftig, wie es den Anschein hat. Er hat eine Herzgeschichte. Die Arterien ...«

»Ich weiß Bescheid, Mama.« – »Wieso, Jordy?«

»Ich war oft genug bei Gill im Labor und habe ihm auch geholfen, draußen das Vieh zu behandeln, auch seinen Söhnen und Gehilfen. Ein Veterinär ist zwar kein Menschenarzt, aber eine Reata-Herde zeigt so viele Lebern und Lungen und Herzen, daß einem schon über manches ein Licht aufgeht.«

»Dein Vater rechnet damit, daß du einmal an seine Stelle trittst.« Sie wollte feststellen, ob ihr Sohn stark genug sei, dies von der Hand zu weisen, sah, wie er aufstand, und hörte ihn sagen: »Ich wäre bereit, für Papa zu sterben. Schnell. Auf der Stelle. Aber ich werde nicht für ihn leben.«

»Er wird seine Zustimmung verweigern, auch wenn wir ihn beide drum bitten. Und eigenes Geld habe ich nicht. Du weißt, wie es auf Reata steht.«

»Und ob ich das weiß! Millionenwerte, aber kein Bargeld«, sagte er ernst, aber nicht bedrückt, denn er wußte ja nun die Mutter auf seiner Seite. »Wenn dir dein Vater das Studium nicht zahlen kann oder will, wird es Onkel Bawley tun.«

»Der alte Onkel Bawley? Wie kannst du das wissen?«

»Ich weiß es.«

Gleichzeitig, wie auf geteilter Bühne, fand zwischen Luz und ihrem Papa folgender Dialog statt:

Luz – packt den Stier bei den Hörnern –: Ich gehe nicht nach Wellesley.

Bick: So? Was meint denn deine Mutter dazu?

Luz: Sie weiß nichts davon.

Bick: Alle Benedict-Töchter vollenden ihre Bildung im Wellesley-College.

Luz: Deine nicht; die geht nicht an diese höhere Töchterschule.

Bick – spaßt –: Willst wohl nach Yale? Oder mit Jordy nach Harvard? – lacht –.

Luz: Jetzt kommst du der Sache schon näher. Nach Cornell.

Bick – lacht nicht mehr –: Bist ja verrückt.

Luz: Man besucht ein College, um etwas Vernünftiges zu lernen.

Cornell hat die besten wissenschaftlichen Vorlesungen über Landwirtschaft.

Bick: Das plapperst du bloß dem Bob Dietz nach. Dem äffst du alles nach. Wenn er heut sagen würde: ich geh' nach Paris und nehme dort einen Schneiderkurs – morgen würdest du auch hin wollen.

Luz – zornig –: Zu Jordy würdest du so etwas nicht sagen.

Bick: Deine Mutter findet, dein Interesse erstreckt sich fast ausschließlich auf Rindvieh. Sie möchte dich auf etwa ein Jahr in ein Schweizer Pensionat schicken. Dort gibt es zwar auch Kühe, aber doch nicht ausschließlich.

Er arbeitete an diesem Tag bis gegen elf im Haupthaus in seinem Büro, das unmittelbar an das Speisezimmer grenzte, von wo Leslie mit einem Servierbrett hereinkam, um ihm nach texanischem Ritual seinen Spätabendkaffee zu kredenzen. »Jordan, so spät in der Nacht noch der starke Kaffee kann unmöglich gut für dich sein. Du schläfst ohnehin nur kurz, stehst um …« Sie brach ab, stellte das Kaffeetablett auf den Schreibtisch; Bick schaute von seiner Arbeit auf: »Was ist los?«

»Es ist mir im Moment bewußt geworden, daß ich das schon tausendmal gesagt habe. Ich merke, ich bin alt geworden.«

»O Darling, wenn's nicht schon so spät wäre, würde ich dir jetzt auf Teufel komm 'raus Komplimente über deine Jugendfrische machen. Übrigens habe ich heute entdeckt, daß wir erwachsene Kinder haben.« – »Erst heute?« – »Weißt du, was Luz mir gesagt hat? Sie ist natürlich zu jung, um zu wissen, was sie will, aber sie sagte, sie geht nicht nach Wellesley, auch nicht in die Schweizer Schule, von der du soviel hältst.« – »Wohin denn?« – »Stell dir vor: Sie will nach Cornell und dort landwirtschaftliche Kurse belegen.«

»Nein!« stieß Leslie aus innerster Überzeugung hervor, dachte aber gleichzeitig: Vielleicht läßt sich da ein Kuhhandel abschließen. Jetzt dürfte der richtige Augenblick dasein, es ihm beizubringen, und sagte: »Wir haben ja originelle Sprößlinge. Jordan sagt, er will Arzt werden.«

»Nur über meine Leiche!«

»Ich möchte von mir das gleiche in bezug auf die Zukunftspläne meiner Tochter behaupten.«

Sie maßen einander wie Boxer im Ring, behutsam, schlau und gespannt, um eine schwache Stelle beim andern zu entdecken. »Auf alle Fälle macht Jordy zunächst sein Jahr in Harvard ab, so wie wir alle«, sagte Bick, Leslie jedoch: »Findest du diese Familientraditionen nicht überlebt? Es sei denn, er lernte in dem einen Jahr etwas besonders Wertvolles, Nützliches. Ihr Benedict-Buben wurdet in den Osten versetzt, damit ihr – wie sagtet ihr? – euch verfeinert, Politur bekommt. Jordy hat das nicht nötig.«

»Er geht nach Harvard. Auf ein Jahr.«

»Das medizinische Studium dauert sieben Jahre.«

»Davon will ich nichts mehr hören, Leslie, verstanden?«

»Es wäre vielleicht nicht schlecht, wenn Luz statt ins Wellesley in ein Schweizer Pensionat ginge, damit sie bessere Manieren bekommt.«

»Sie sind beide noch viel zu jung, um zu beurteilen, was gut für sie ist. Aber soviel ist sicher: Jordy wird einmal Reata leiten, und dazu hat er noch viel zu lernen.«

Jordy lernte. Er war ein ausgezeichneter Reiter, war Tage und Nächte, Wochen und Monate auf Streifzügen mit den Vaqueros; er teilte ihr Lager und ihre Mahlzeiten, und Old Polos Familie stand ihm so nahe wie seine eigene. Vater Polo übermittelte ihm manches geheime Wissen, das aus Zeiten stammte, da noch kein Angelsachse den Fuß in dies Glutland gesetzt hatte, und sein verrunzeltes Weib gab Jordy, als er Fieber hatte, ein sonderbares Gebräu und eigentümliche Salben, die Mama Leslie wegwarf. Polos stramme Schwiegertochter fütterte ihn mit mexikanischen, stark gewürzten, heißen Spezialgerichten. Und Polos Enkelin Juana, ein reizendes achtjähriges Kind, sagte ihm mit ihrem himmlischen Augenaufschlag Dinge, die ein anständiges Mexikanermädchen nicht ausdrücken darf.

Polo war zwar seiner Stellung als Vaquerocaporal enthoben, nahm aber diesen Sturz nicht zur Kenntnis, ritt noch immer seinen Palomino, begönnerte Jordy tyrannisch beharrlich, und die Vaqueros der Ranch titulierten ihn immer noch Caporal. Aber er war ein Vaquerokönig. Seinen Posten hatte nun Angel Obregon inne, und Angel junior, zentaurisch mit seinem Rößlein verwachsen, galoppierte an seines Vaters Seite.

Und Jordan junior ritt neben dem Senior. Und einsam, abseits saß Polo, der König der Steppen, auf seinem phantastischen Quarterroß, das er so dressiert hatte, daß er keinen Zügel brauchte; er lenkte es nur durch leichten Druck der Knie und eine Verschiebung des Körpergewichts. In seinen hageren braunen Händen, die gebrechlich aussahen und stahlhart waren, hielt er das Lasso, das wie ein Lebewesen jedem seiner Wünsche gehorchte und im Flug durch die Luft bestimmte Figuren beschrieb: »De media cabeza«, rief Bick seinem Sohn zu, »das ist der Halbkopfwurf! Paß auf, wie Polo es macht! Du wirst sehen, wie die Schlinge den Bullen hinter dem rechten Ohr und Horn packt, aber vor dem linken Ohr und zugleich unter der Kinnlade. Das ist ein gefährlicher Bulle, mit dem er jetzt anbindet.«

Auf stieg das Lasso, wand sich gleich einer Schlange, wurde zur Schlinge, die das mächtige Tier zu Boden riß. »Maravilloso!« – »Großartig!«

»Schweig, Jordy, du hast Polo nicht zu erzählen, daß er großartig ist.«

»Ja, aber hast du auf seine Hände geachtet?« – »Warum?« – »Der alte Boy hat sonst in der rechten Hand ein leichtes Zittern, aber beim Lassowerfen nimmt er sich grauenhaft zusammen.«

»Jetzt keine Diagnosen, bitte ich mir aus! Wir sind beim Roping – Lassowurf!« wies Bick den Sohn zurecht, aber sein Herz hüpfte vor Stolz, da er ihn so zu Pferde sah in Buckskinbreeches – und unter dem breiten, gewellten cremeweißen Hutrand im bleichen Gesicht Augen voll weiblicher Dämmerglut. Leslies Augen.

Es gibt so allerlei Tricks für das Roping im Busch. »Duck dich dicht an die Mähne, solange du im Busch bist!« riet Polo dem Neuling. »Wo der Pferdekopf durchkommt, kommst du auch durch.«

Seilwurf auf offener Steppe war leichter, aber »Nicht so viele Bewegungen!« warnte Polo. »Überlaß das den New-Yorker Cowboys im Rodeo bei ihren mageren Kühen. Das imponiert nur Leuten, die nichts verstehen. Die Kühe bekommen Angst.«

Der junge Angel Obregon bedurfte solcher Belehrungen nicht. Seine zwei Zöpfe waren ihm abgeschnitten, und von den verschiedenen Möglichkeiten, auf die Unterrocksklaverei seiner Kinderjahre zu reagieren, hatte er die rauheste gewählt. Er ritt wie einer seiner Charro-Vorfahren und war mit sechzehn Jahren ein Kettenraucher, ein Prahlhans und Wichtigtuer, die Verzweiflung seines Vaters Angel und seiner Mutter Deluvina. Mit siebzehn verachtete er die ganze Reata-Ranch und ging trotz aller Vasallentreue als Hotelpage nach Vientecito in Stellung, und wenn er zu Besuch nach Hause kam, stolzierte er in Seidenhemd, Fünfzigdollarstiefeln und Paradehosen durch die Straßen von Benedict, das Haar pomadisiert, die Koteletten genau bis auf Ohrläppchenhöhe gestutzt. Er und seine Kumpane hatten sich eine eigene Sprache zurechtgelegt, einen Bastarddialekt aus mexikanischem Jargon, amerikanischem Slang und spanischem Patois. Sie redeten nur von Autos und Weibern. aber ein Auto hieß bei ihnen nicht *Car,* sondern *Carro*, die Batterie nicht *Acumulador,* sondern *bateria*; ein Lastwagen war eine *troca* und ein Mädchen eine *güisa*, ein Huhn. Die Vaqueros auf Reata sagten von ihm: Er will seine Augenfarbe ändern, aus Schwarz will er Hellblau machen.

Angel Obregons Eltern waren über diese Wandlung des Sohnes tief bekümmert. Sie betrachteten es als ein Unglück, eine Schande für die *raza* – Rasse –, das stolze mexikanische Volk, und sprachen deshalb mit dem Pfarrer und dem alten Polo und schließlich auch mit ihrem Patrón: Bick Benedict. Tränenden Auges sagte der Vaquerocaporal Obregon: »Er ist sonst ein guter Junge, unser Angel. Es ist gerade, als hätte ihn eine Hexe verzaubert. Er ist ohne Achtung für die Dinge des Lebens.«

Nachdenklich blickte Bick. »Ich weiß nicht, was heutzutag mit den Kindern los ist. Es ist bei allen dasselbe.« Er zögerte. Er hätte sich so gern vor jemandem ausgesprochen, mit dem ihn gleiche Empfindung verband, bei jemandem Trost gesucht, für den Reata das Leben war, seine Welt. »Mein Sohn hat auch nicht das rechte Gefühl für Reata«, sagte er, und während sie weiter auf spanisch den Fall besprachen, schaute Bick auf den Mann, dessen Blut wie das seiner Väter in die Reata-Ranch eingeströmt war. Er hoffte, Angel werde ihm widersprechen, ihm sagen, er habe unrecht, Jordy sei ein echter Benedict, ein *genuino.* Allein Angel Obregon gab ihm bekümmert recht.

Aber die Freundschaft der beiden Jungen hatte nicht gelitten. Angel kam ins Haupthaus wie einst, nur seltener, und wenn sie zusammen waren, nahm keiner ein Blatt vor den Mund. »Vaquero mit fünfundzwanzig Dollar im Monat«, lachte Angel verächtlich, »das verdien' ich im Hotel Hake in zwei Tagen, wenn auf einem der Zimmer gepokert oder gesoffen wird und ich dort Dienst habe. Vaquero wie mein Vater, mein Groß- und Urgroßvater? Da mache ich nicht mit! Ich will Marita heiraten, Dimodeo Rivas Tochter, und meine Kinder sollen keine Vaqueros werden. Schluß. Ich bin doch kein Borlo!«

Und Jordy sagte ebenso rückhaltlos: »Mein Vater tut alles mögliche, daß das Vieh besser ernährt, das Fleisch zarter und die Herden frei von Ungeziefer und Seuchen werden. Alles schön und gut. Ich will etwas Ähnliches für Menschen tun. Ich will Tb-freie Mexiko-Amerikaner züchten. Wäre das nicht wichtiger als ein feineres Lendenstück?«

Als sie voneinander schieden, sagte Angel nicht mehr wie früher »adíos!«, sondern im mexikanischen Stadtslang: »Ay te watcho«, ich werde dich sehen.

Als Bob Dietz sein Studium in Cornell beendet hatte, hielt Bick Benedict die Zeit für gekommen, mit ihm zu sprechen. Er dachte dabei nicht an ein oberflächliches, zufälliges Geplauder, wie es sich im Labor, im Corral oder im Weidegebiet manchmal ergab, sondern an eine ernste Unterredung. Um die Abendbrotzeit rief er bei Dietzens an. »Bob? Hier Bick. Bob, ich habe etwas Wichtiges mit dir zu besprechen. Steig schon mal in deinen Wagen, damit du um acht hier bist!«

Bob antwortete, er sei zwar gerade im Begriff, mit seinem Wagen loszufahren, jedoch zu einer Lokalverbandssitzung des Landwirtevereins Grange, was Bick für überflüssig hielt. »Zu einem Grange-Meeting kannst du noch oft. Ich habe etwas Wichtigeres.«

»Entschuldigen Sie, aber ich bin heute abend als Referent vorgesehen; ich spreche über wechselnde Felderbestellung. Wenn es Ihnen recht ist, komme ich morgen.«

»Bist wohl ein lumpiger Farmer geworden?« spottete Bick. »Beinah«, lachte Bob Dietz ins Telefon. »Also morgen abend um diese Zeit, ja?«

Vor acht war er da. Bick hörte ihn von seinem Büro aus, wie er mit Luz auf der Veranda lachte. Sie hatten einander offenbar viel zu erzählen, besonders sie ihm; doch auch in seiner Stimme vibrierte Erregung. Bick trat an die Verandatür: »Komm herein, Bob! Laß mich nicht warten!«

»Oh, ich dachte, es sei noch zu früh.« Er folgte Mr. Benedict ins Büro, setzte sich auf den ihm gewiesenen Stuhl; Bick lehnte sich in seinem Schreibtischsessel zurück, musterte sein Gegenüber und dachte: Ein stattlicher Bursche, Donnerwetter! Die Pause, die er entstehen ließ, war wohlberechnet, machte jedoch auf den jungen Mann keinen tieferen Eindruck, denn auf die Frage: »Sie wundern sich wohl, warum ich Sie kommen ließ?« versetzte er: »Wieso, Mr. Benedict? Eigentlich nicht besonders.«

»Aber Sie hätten Grund dazu. Ich habe Ihnen etwas Bedeutungsvolles zu sagen.«

Eine zweite Kunstpause, doch Bob verriet nicht die mindeste

Unruhe, nicht einmal Neugier. Nie hatte Bick klarere Augen gesehen, selbst nicht bei Kindern. Er begann: »Ich habe Sie in den letzten Jahren genau beobachtet, sogar schon vorher, als Sie ein kleines Bübchen waren, zehn Jahre alt. Ich sehe Sie noch: vorne die Zahnlücken, wo die Milchzähne ausgefallen waren, wie Sie da beim Kastrieren eifrig herumgesprungen sind und für die Tumbadores die Eier gesammelt haben, hahaha!«

Bob Dietz lachte höflichkeitshalber mit. »Ich war wohl recht keck.«

»Sie waren richtig und sind es noch. Und damit komme ich zur Hauptsache. Reata mag in den letzten fünfzig Jahren um etwa eine Million Acres abgenommen haben, aber in mancher Hinsicht steht sie heut größer da. Über unser Zucht- und Futtermaterial brauche ich Ihnen nichts zu erzählen; Sie kennen es. Reata ist heute mehr als bloß eine Ranch. Reata ist ein Industrieunternehmen und muß wie ein solches geleitet werden. Da braucht es einen Fachmann. Nun, ich weiß über Sie Bescheid; ich habe mich in Cornell erkundigt, und die Auskunft war prima.«

Bob Dietz blickte erfreut, sagte aber nichts und hörte weiter: »Ja, also, Bob, ich bin in letzter Zeit nicht jünger geworden.« Bick schmunzelte. »Meine Frau würde das ein Klischee nennen.« Er war leicht verdutzt, als er Bobs beifälliges Grinsen bemerkte, fuhr aber fort: »Jedenfalls heut in zehn Jahren wird mir die Last zu groß sein, auch wenn mir Jordy einen Teil abnimmt. Daher möchte ich, daß Sie schon jetzt in unsere Ranchleitung eintreten. Ich glaube, ich tue damit keinen schlechten Griff. Auf Bodenbeschaffenheit, Aufzucht, Futter, Ernte – darauf verstehen Sie sich. Mein Plan ist der: Sie fangen im Frühjahr an. Ich habe einen Zehnjahresplan, dann noch einen Zehnjahresplan; die Russen haben uns nichts voraus, wie Sie sehen. Nach den ersten zehn Jahren sind Sie unser General Manager, unter mir und Jordy, und nach weiteren zehn Jahren … Also jedenfalls: Sie haben für Ihr Leben ausgesorgt. Und zwar gut. Bloß sagen Sie mir nie mehr, wenn ich Sie zu mir rufe, Sie müssen zu einem Grange-Meeting, verstanden?«

»Ich habe Sie verstanden, Mr. Benedict.«

»Sie werden die Sache mit Ihren Angehörigen besprechen wollen; das sollen Sie auch. Sie brauchen mir jetzt gar nichts zu sagen, überschlafen Sie sich's, und dann reden wir weiter – sagen wir übermorgen; das wäre Mittwoch.«

»Ich weiß es schon jetzt«, sagte Bob Dietz. »Ich kann's nicht.«

»Was können Sie nicht?«

»Das mit Ihrem Zehnjahresplan, Ihrem Zwanzigjahresplan. Mein Leben lang auf Reata wie mein Vater? Ich will mein eignes Stück Land.«

»Menschenskind, Sie sind ja verrückt. Ein eigenes Land! Meinen Sie vielleicht, Sie bekämen je eine Ranch wie Reata?«

»Nein, Sir. Das möchte ich gar nicht. Nicht geschenkt – Verzeihung, es klingt arrogant. So meine ich es nicht. Ich weiß, daß Sie hier Enormes geleistet haben. Aber ich will ein Stück Land für meine eigenen Versuche, beileibe kein großes, niemals! Das Großartige hat sich überlebt.«

»Soso!« Bick war wie vor den Kopf geschlagen. Eine Wut stieg in ihm auf und zugleich ein stechendes Weh. »Das Große ist für Leute wie Sie also altmodisch«, sagte er bitter ironisch.

»Das sage ich nicht, Mr. Benedict; ich will Sie auch nicht erzürnen. Ich wollte nur andeuten, daß man in Texas Größe und Größenwahn oft verwechselt. Großtun ist nicht das gleiche wie groß sein. Im Labor in Cornell habe ich erfahren, daß in unsern Vereinigten Staaten Naturwissenschaftler an einer Sache arbeiten, die viel zu klein ist, als daß man sie sehen könnte, und die Atom genannt wird. Die Arbeiten sind noch geheim, aber es heißt, wenn sie gelingen – ich hoffe, sie werden nicht gelingen –, könnte dadurch der ganze große Erdball zerstört werden.«

Luz hatte wohl auf Bob gewartet, denn kaum war er zur Türe hinaus, als Jordan Benedict die beiden draußen miteinander sprechen und lachen hörte. Die Stimmen entfernten sich langsam. Ihn aber überfiel von neuem die Wut. Besinnungslos stürzte er ihnen nach und sah, wie sie gerade in Bobs Zweisitzer Platz nahmen. »Luz, wohin willst du?« schrie er sie an.

»Zu Smitty, eine Coca trinken!« rief sie zurück.

»Du bleibst zu Hause!« befahl er. Doch da waren sie schon die Anfahrt hinunter und in dunkler Kühle verschwunden. Und auf einmal stand Leslie an Bicks Seite. Ihre Hand ruhte auf seinem Arm, und sie sagte, an seine Schulter gelehnt: »Ja, Liebster, Luz ist jetzt erwachsen. Mädchen in ihrem Alter brauchen nicht mehr um Erlaubnis zu fragen, wenn sie eine Coca-Cola trinken wollen.«

25

»Eines schönen Tages«, hieß es in Texas entrüstet und zugleich grinsend, »geht dieser verrückte Hund, dieser Jett Rink, einen Schritt zu weit, und dann hat's geschnappt.«

Spaniens Conquistadoren hatten vergeblich die goldenen Märchenstädte der Neuen Welt gesucht und waren dahingestorben. Tief in der Wüste moderten ihre Gebeine, und darüber breitete sich das Grün des Mesquite, der Kakteen und der Spanischen Dolchblume, deren Stacheln und Dornen an die längst verrosteten Stichwaffen der toten Männer erinnerten. Jetzt aber, plötzlich, wie eine Fata Morgana, waren die Goldstädte da, und in ihnen gab es Menschen wie Jett Rink. Viele von ihnen führten ein schandbares Leben, aber nur er war in aller Mund und wurde im zwanzigsten Jahrhundert eine Sagengestalt wie ehedem ein Paul Bunyan. Seine märchenhaften Riesenschritte und Ritte, Fahrten und Flüge über die ölreichen Böden erfolgten in Hundertdollarstiefeln, auf einem goldenen Palomino mit Silbermähne und Silberschweif, in einem phantastischen hellblauen Cadillac oder im eigenen Flugzeug. Um seine prahlerische Gestalt hing ein Gespinst aus Wahrheit und Mythe. Wo immer ein paar Texaner zusammenkamen, wußte einer von ihnen eine neue Schandtat Jett Rinks zu melden, und alle waren begeistert, sie zu vernehmen, um sich darüber entrüsten zu können. »Habt ihr gehört«, hieß es da, »was es nach der Jagd hinter Loredo mit ihm und Yerb Packer gegeben hat? In seiner Jagdhütte? Da haben sie in der Küche gegessen, das heißt, mehr gesoffen als gefressen. Dann sind sie in Streit und sich an die Gurgel geraten. Ineinander verbissen waren sie wie ein paar Wildkatzen; das Blut ist an ihnen heruntergelaufen, die Kleider hingen in Fetzen. Da haut nun der Yerb dem Jett eins in die Fresse, daß es kracht, und der Jett langt nach dem Wandbrett, wo er eine Zweiliterflasche stehen hat, irgend so ein Radikalmittel gegen Wanzen, mit Essigsäure drin, was weiß ich, und kriegt die Flasche zu fassen, haut sie dem Yerb übern

Grind, daß sie zerspringt und dem armen Teufel die Haut verbrennt; es kann Monate dauern, bis er wieder einigermaßen ...«

»Ihr kennt doch das alte Veteranenspital, wo heut noch die Boys aus dem Krieg 1917/18 liegen. Als sie hineinkamen, waren sie vielleicht zwanzig, höchstens dreißig Jahre alt und haben gedacht, sie werden geheilt; heut sind sie vierzig, fünfzig und kommen wohl nie mehr heraus. Da hat ihnen eine barmherzige Seele ein paar Freikarten zum Fußballmatch gestiftet, und der Bus hat sie mit hingenommen, so daß sie zu Beginn rechtzeitig da waren. Aber mitten im Spiel gab's ein so gewaltiges Unwetter, daß das Publikum Reißaus nahm, und einer von den Veteranen war nicht gut zu Fuß mit seiner Beinprothese und schon ganz durchnäßt. Da ist er zum Parkplatz gehumpelt und hat gedacht, eins von den vielen feinen Autos wird ihn wohl bis zum Spital mitnehmen. Und wie er da zwischen den Wagen im Regen herumstreicht, will Jett mit seinen zwei Leibwächtern in seinem Cadillac gerade herausfahren, hat es natürlich wie immer mordsmäßig eilig; hundert Stundenkilometer sind ja für ihn ein Schneckentempo. Daher achtet er nicht auf den Stelzfuß, und der in dem Platzregen und Sturm hört den Caddy nicht ankommen; erst im letzten Moment springt er beiseite und fällt hin. Es ist ihm nichts weiter passiert, aber natürlich schimpft und flucht er drauflos – Jett hätte es selber nicht besser gekonnt – und schüttelt die Fäuste großartig wie im Film. Jett Rink hört das Geschimpfe und hält und stürzt sich mit seinen zwei Kerlen auf den alten Krüppel, und sie hauen ihn um die Ohren; es heißt, er hat sein Gehör verloren. Jett hat danach schwer dafür blechen müssen; das stört ihn nicht. Aber eines schönen Tages, ich hab's euch gesagt, geht der verrückte Hund einen Schritt zu weit, und dann ist mit ihm Schluß.«

»Was ist denn aus seiner ersten Frau geworden? War die nicht Lehrerin?«

»Das ist schon eine Ewigkeit her, seitdem hatte er zwei oder drei andere, ich habe nicht nachgezählt. Die zweite war eine seiner Sekretärinnen. Vor der hat er eine Zeitlang geduckt.«

»Habt ihr gehört: Wenn er im Suff so einen gefühlvollen Anfall hat, spricht er auch von der Mrs. Benedict, Bicks Frau, als ob er die ...«

»So ein dreckiger Lügner. Die Frau ist einwandfrei, wirklich ein guter Mensch. Sie stammt zwar aus dem Norden, aber sonst kann ihr keiner was nachsagen.«

»Manchmal schlendert Rink in eines der großen Modegeschäfte – Neiman oder Gulick oder Opper –, und zwar mit Absicht kurz vor Ladenschluß. Das macht ihm Spaß; es kitzelt ihn, wenn die Verkäuferinnen und der Abteilungschef seinetwegen dableiben und ihn bedienen müssen, ihn, Jett Rink! Und dabei erlaubt er sich noch seine besonderen Späßchen, indem er zum Beispiel einer älteren, peinlich gepflegten Directrice gnädig grinsend die Hand reicht, die sie mit einem entsetzten Aufschrei wieder fahrenläßt, denn im Handteller seiner Pranke hat sie ein stahlkaltes Pistölchen gefühlt. Und dann flegelt er sich in dem brokatenen Vorführraum und läßt sich Pelzwerk, Schmuck und kostbare Stoffe zur Auswahl vorlegen. ›Dies, Mr. Rink, dürfte gewiß Ihrem Geschmack entsprechen‹, pflegen die Unterwürfigen vor ihm zu katzbuckeln. Auf das weibliche Wesen an seiner Seite achten sie kaum. Das dient nur dazu, den flaumigen, hauchdünnen Stoff darüber zu werfen. Oft läßt er sich auch wie ein orientalischer Despot alle möglichen Waren auf einer seiner Besitzungen vorführen. Einen Damenmantel aus Nerz. Einen Saphirschmuck. Für sich persönlich einen Vicuña-Paletot, ein Jagdgewehr mit den allerneuesten Schikanen.« Und so weiter und so weiter.

»Aus der Gesellschaft, von Gloria Ann Wicker. Mrs. Jordan Benedict ist mit ihrer Tochter Luz zu einem kurzen Besuch zu Einkaufszwecken in Hermoso eingetroffen und im Hotel Tejas abgestiegen. Miss Luz Benedict gedenkt auf ein Jahr oder länger eine der besten Schulen der Schweiz zu besuchen. Weitere interessante Gerüchte bedürfen noch der Bestätigung.« –

Beim Frühstück, das sie sich auf dem Zimmer servieren ließen, las Luz ihrer Mutter diese Notiz vor und fragte: »Was können das für Gerüchte sein: über mich? Dann weiß Gloria Wicker mehr als ich. Der Sommer war denkbar fad.«

»Reata war immer ein guter Boden für Gerüchte«, sagte die Mutter, »ein um so besserer, je weniger es zu berichten gab. Aber jetzt komm, Luzita, sonst können wir unsere Einkaufsliste unmöglich erledigen.«

»Bei der Hitze?« maunzte Luz. »Warten wir doch bis nächsten Monat und kaufen wir das Zeug in New York!«

»Ich finde es aber reizvoll, in Texas bei hundert Grad Fahrenheit eine Ski-Ausrüstung zu kaufen. Also auf!« –Die kostbaren Schaufenster bei Gulick bewiesen die grenzenlose Verachtung der Firma für solche Belanglosigkeiten wie Ort, Zeit und Thermometerstand. Was besagt die herrschende Hitze? Nichts. Die Gulickschen Auslagen gelten ja jenen Texanern, die sich zu Ferien in andern Staaten und Erdteilen anschicken, und die Schaufensterdekoration ist so reizvoll, daß Leslie und Luz davor in stummer Bewunderung stehenbleiben, obwohl ihre Liste vor allem praktische Dinge enthält, während hier raffinierter Luxus Triumphe feiert.

Da ist ein Schaufenster, das zeigt einfach alles, was eine Modedame des Abends trägt: das fabelhafteste Rauchwerk. Ein Gewand aus Satin und Tüll. Brillanten für den Hals. Edelsteine für die Arme, Lingerie, zart wie Spinngewebe. Strümpfe wie Feenbeine. Eine Handtasche aus Juwelen. Ballschuhe, die von allein zu tanzen scheinen, und lange weiche Handschuhe, die wie ausgegossene Sahne über den teppichbelegten Boden fließen. »Mmmm!« macht Luz, und Leslie nickt: »Nicht übel.«

Da fühlt jede der beiden eine Hand zwischen ihrem Arm und der Brust hindurchgleiten und hört zugleich eine Männerstimme: »Gefällt's euch? Ich kauf' dir das ganze Schaufenster, Leslie.« Zwischen den zwei Damen, sie auseinanderdrängend, steht Jett Rink.

Instinktiv sucht Leslie ihren Arm zu befreien, aber die Hand hält sie fest. Der Mann ist kaum größer als sie. Seine blutunterlaufenen Augen sind mit den ihren auf gleicher Höhe.

Sein Lächeln ist schwül. Die Arme der Damen stecken wie zwischen Fangeisen. Der Freche hebt Luzitas rechte und Leslies linke Hand zu seinen Schultern empor, wobei sich sein Kopf auf fleischigem Nacken der Erschrockenen zuwendet:

»Du bist die Luz. Ich bin Jett Rink, kleine Luz.«

»Ja, ich habe Ihr Foto gesehen. Sie sind ein bißchen zu derb. Sie tun mir weh.«

»Luz!« schnaubt er: »Eine Gemeinheit, so ein süßes Ding wie dich nach der alten geilen Person zu nennen!«

Wieder suchen die Damen sich loszureißen, aber er hält sie fest. »Tu ich dir auch weh, Leslie?«

Sie dachte sehr klar: Hier auf der Sorono Street vor Gulick kann uns nichts passieren, was Jordan und den Kindern zur Schande gereichen könnte, und mit der gleichen Ruhe, mit der sie früher zu dem wilden Burschen gesprochen hat, sagt sie zu dem noch ungestümeren Mann: »Ich möchte mich auf der Straße nicht mit Ihnen herumbalgen. Nehmen Sie Ihre Hand weg!«

Wie bei einem Tanz schwingt er jede der beiden seitlich herum und grinst: »Wollt ihr euch im Wagen mit mir herumbalgen?« Am Rand des Bürgersteiges stand ein übertrieben langer hellblauer Wagen, an dessen Steuer ein riesiger Kerl saß. Ein zweiter stand am Schlag. »Steigt ein, Kinder, wir machen eine Spazierfahrt!«

Unglaublich! Zum erstenmal empfand Leslie Furcht. Sie fühlte sich zum Randstein geschoben. »Nein!« schrie sie auf.

Einige Passanten drehten sich nach ihr um, schienen ungewiß, was sie von der Szene halten sollten, Luz ballte die freie Linke, holte zum Schlag in das unverschämte Gesicht aus, schlug zu; er aber warf lachend den Kopf zurück, und sein Gelächter, in das seine zwei Kumpane einstimmten, klang so vergnügt, daß es die Vorübergehenden von der Harmlosigkeit des Spiels überzeugte und sie mit verständnisinnigem Grinsen von dannen gingen. »Mach keine Geschichten, Kleine, ich tu dir nichts«, sagte er und bugsierte mit Hilfe des zweiten Kerls die Damen in den Wagen, wo er zwischen ihnen auf dem Rücksitz Platz nahm. Die Tür schlug zu. Der zweite setzte sich neben den Chauffeur, und das Auto schoß in den dichten Straßenverkehr.

»Was heißt das, Mama?« Luz' Stimme klang dünn wie die eines geängstigten Kindes. »Komm, steigen wir aus!«

Leslie sah auf die steinernen Schultern, Nacken und Hinterköpfe der zwei Männer im Vordersitz. »Wenn Luz etwas geschieht, werden Ihre Leibwächter Ihnen nichts nützen. Dann wird er Sie töten.« Dies sagte sie noch mit ihrer gewohnten, tiefen und ruhigen Stimme. Zugleich aber kamen die dramatische Drohung und die ganze Situation ihr so absurd vor, daß sie in ein etwas hysterisches Lachen ausbrach, worauf sich Jett triumphierend an Luz wandte: »Siehst du wohl, deine Ma versteht meine Späße! Gleich als ich in der Zeitung gelesen habe, daß ihr hier seid, habe ich mir gesagt, jetzt kann ich endlich einmal mit deiner Ma reden! Ich bin schon seit Jahren hinter ihr her. Hast du das nicht gewußt?«

»Sie sind ein Schuft!« schrie Luz.

»Da sieht man's wieder«, tat Jett bekümmert. »Bei euch Benedicts kann man so nett sein, wie man will, nie ist es euch recht. Ich habe geduldig vor dem Tejas gewartet, bis ihr herausgekommen seid, und dann habe ich euch vor Gulick gesehen. Wie zwei arme kleine Stenotypistinnen habt ihr die Auslagen angeguckt. Mir könnt ihr ja nichts vormachen, ich weiß, daß Bick im Dreck ist und wieviel Geld sein blödsinniges Unternehmen frißt. Und er bildet sich ein, er wäre der Herr von Reata. Der Sklave ist er! Leslie, du brauchst nur ein Wort zu sagen, und ich kauf' dir den ganzen Gulick aus, alle Abteilungen samt Lager. Ich hab's satt, immerzu für mich selber zu kaufen. Zuerst hat mich's gekitzelt, ja! Aber jetzt, ääh! Schau dir den Rock an, ich habe einen Mantel vom selben Stoff: Vicuña. Da, fühlt! Weich wie ein Kinderpopo! Und die Armbanduhr!« Er hielt Leslie sein haariges Handgelenk unter die Nase. »Die Uhr kann alles außer Kuchen backen. Und der Cadillac ist extra nach meinen Angaben für mich gebaut und gepanzert. Kostenpunkt: 30000 Dollar.«

»Was tun, Mama?« fragte Luz; ihre Stimme klang ruhiger, fast wie die der Mutter.

»Laß nur, Kind! Er hält das für witzig.«

»Es ist kein Witz!« fuhr Jett Rink dazwischen. »Ich muß mit dir reden, Leslie.«

Der Riese im Vordersitz neben dem Lenkrad führte eine mit dem Schaltbrett verbundene Sprechvorrichtung an Mund und Ohr. Man hörte die leise und deutlich gesprochenen Worte: »Ecke Viña und Caballero – drei Minuten.« Gleich darauf: »Hinter Viña und Caballero – zweidreiviertel Minuten.« Mit unverminderter Geschwindigkeit ging die Fahrt weiter und geradewegs auf ein geschlossenes eisernes Gittertor zu, hinter welchem ein größeres Bauwerk, eine Art Lagerhaus, aufragte. Als bei dem wahnsinnigen Tempo der Zusammenstoß unvermeidlich schien, flogen die Torflügel auf. Kreischend bremste der Wagen. Der Riese sprang ab und an den Schlag; Jett Rink kritzelte etwas auf einen Notizblock, riß den Zettel ab und gab ihn dem Mann. »Du gehst selber hin und richtest aus: Wenn's nicht in einer halben Stunde dort ist, ist's widerrufen. Los! – Also Luz, ich habe jetzt mit deiner Ma zu sprechen. Willst du im Wagen bleiben? Dann setzen wir uns dort auf die Bank in den Schatten des Gebüschs. Oder wenn dir's lieber ist, geh du hin, und wir bleiben hier!«

Luz wußte, was sie zu antworten hatte. »Entweder steigen wir beide aus, oder wir bleiben zusammen im Wagen. Andernfalls werde ich schreien – auch wenn es nichts nutzt, ich schreie, ich schreie so lange, bis ...«

»Schon gut!« Er guckte gelangweilt, als sei sie ein lästiges, unvernünftiges Kind. »Meinetwegen. Heiß ist es überall. Setz dich drüben auf die andere Seite vom Eingang. Deine Ma und ich bleiben auf der Bank hier. Will eins von euch Coca-Cola oder ein Eisgetränk?«

Leslie sah nach den kahlen Fenstern des Baues. »Was ist das?«

»Ein Lagerhaus, weiter nichts. Aber es ist wertvolle Ware drin. So hab' ich mehrere hier in der Gegend. Alle voll. Ich wollte euch zuerst hinaus auf meine Farm fahren, eine Stunde von hier, aber da ist immer zuviel Besuch; ich hab' mir gedacht, das wär' dir nicht angenehm, und ich will nichts tun, was dir und der Kleinen nicht recht ist.«

Sie warf ihm einen prüfenden Blick zu. Sein Ausdruck war ernst. »Ich dachte, Sie seien betrunken«, sagte sie, »anscheinend habe ich mich geirrt.«

»Seit zwei Tagen keinen Tropfen! Seit ich erfuhr, ihr kommt nach Hermoso. Ich brauch' einen klaren Kopf. Wenn ich einen sitzen hab', geht der Gaul mit mir durch. Ich bin nüchtern wie ein Stein.« Wie ein unbeholfener Junge saß er neben ihr auf der Bank. Sie sah seinen teuren Maßanzug an, den getüpfelten Schlips auf dem blauen Hemd und sagte: »Dann hätten Sie sich nicht so blöd zu benehmen und Luz nicht dermaßen zu erschrecken brauchen. Sie hat Sie ja nicht gekannt, als Sie noch ein kleiner Rotzjunge auf Reata waren. Also, was wünschen Sie? Soll ich Ihnen helfen, daß Sie mit Bick wieder auf gleich kommen? Eine Aussöhnung zustande bringen? Ich nehme an, etwas dergleichen schwebt Ihnen im Augenblick vor.«

»Soso! Und ich nehme an, Sie sind zu gescheit, um so etwas anzunehmen. Sie sind das klügste Frauenzimmer, was ich je kennengelernt habe. Und nicht nur das! O nein!« Er warf die eben angerauchte Zigarette weg. »Schau, Leslie, die ganzen Jahre hindurch bin ich nach dir verrückt; das weißt du so genau wie ich.« Dies sagte er nicht etwa leidenschaftlich, sondern sachlich, als handle es sich um eine geschäftliche oder politische Darlegung, jedoch noch im gleichen fehlerhaften Englisch wie einst. »Ich habe alles versucht, um davon loszukommen. Ich hatte alle möglichen Weiber. Ich war sogar dreimal verheiratet. Hast du das nicht gewußt?«

»Darum habe ich mich nicht gekümmert. Es geht mich nichts an.«

»Na, warum meinst du, daß ich das getan habe?«

»Manche Männer sind eben so. Es ist ein Zeichen innerer Unreife.«

Es flackerte unter seinen gesenkten Lidern. Er lehnte sich an sie. »Ich hab' von dir loskommen wollen. Drum! Es hat mich krank gemacht.« Er hielt die Hand waagrecht. »Schau dir an, wie ich zittere! Immerzu.«

»Das kommt vom Alkohol. Und von der Angst. Eine Nervensache.«

»Leslie! Leslie, komm mit mir! Komm zu mir!«

Überlegen, freundlich, als plaudere sie mit einem guten alten Bekannten, versetzte sie: »Ja, denken Sie, ich bin jetzt eine gesetzte alte Dame, nicht mehr das niedliche Ding, das damals als Neuvermählte nach Reata kam.« Sie rückte zur Seite. »Es ist schon heiß genug, Jett.«

»Was du nur willst, sollst du haben. Alles auf der Welt! Bick kann's gleich sein. Er will nur Reata und soll's meinetwegen behalten.«

Sie stand auf. »Allright, Luz! Wir gehen jetzt.«

Er packte ihren Oberarm. »Ich werde Bick verfolgen und dich und eure Kinder, ich schwöre es, ihr entgeht mir nicht!«

»Sie haben zuviel Western-Filme gesehen.« Sie schritt auf den Wagen zu. Der Chauffeur richtete sich auf. Der andere kam vom Lagerhaus.

»Ich fahre nicht mit«, sagte Jett. »Luz, du sitzt vorne, du, Leslie, hinten. Du auch, Dent! In zehn Minuten holt ihr mich hier ab.« Einen Augenblick stand er in der prallen Sonne. »Ich halte meinen Schwur!« rief er gedämpft ins Wageninnere, die Augen auf Leslie geheftet.

»Wohin?« fragte der Mann am Lenkrad.

»Zu Gulick«, bestimmte Leslie heiter, als sei alles in schönster Ordnung. »Wir haben so viel einzukaufen.«

»Bitte, vorher ins Hotel; ich habe dort etwas vergessen.« Luz blickte starr geradeaus.

»Also ins Tejas!« rief Mrs. Benedict. Das Gittertor öffnete sich, und der Wagen sauste, unbekümmert um die Verkehrsordnung, in den Strom der Fahrzeuge, im Bogen und Zickzack, rücksichtslos, selbstmörderisch. – Er hat befohlen, uns auf diese Art umzubringen, mußte Leslie denken. – Aber nein, besann sie sich, dabei gingen sie ja selber drauf. Wir werden davonkommen.

Vor dem Hotel kam die tolle Jagd zum Stehen. Dann waren die Damen im Vestibül, dann im Lift und endlich in ihren Zimmern. »Ich werde Papa anläuten.«

»Noch nicht, Kind! Wir wollen den Fall in Ruhe besprechen.«

Luz ließ ihren Tränen freien Lauf. »Mama, ich hatte entsetzliche Angst. Ich wollte tapfer sein, ich hätte ihn erwürgt, aber ich habe mich schandbar gefürchtet.«

»Ich auch, mein Liebes.«

Luz wischte sich die Tränen ab und sah ihre Mutter mit großen

Augen an. »Das ist das tollste Abenteuer, das ich jemals erlebt habe. Unglaublich! Der geht ja fabelhaft ins Zeug.«

»So sollst du nicht reden.«

»Es ist aber doch so! Ich habe schon viel von ihm gehört und immer gedacht, es ist übertrieben. Jetzt seh' ich: Es ist wie eine Neuauflage des alten Freibeutertyps, vom selben Schlag wie Großvater und Urgroßvater Benedict. Die haben auf ihre Art ebenso wild und gewalttätig hier im Lande gehaust und wohl genug mexikanische Mädchen untergekriegt. Aber Jett Rink, das ist doch der Gipfel. Schändung war schon das mindeste, was ich erwartet habe.«

»Sprich kein so dummes Zeug, Luz! Er ist ein pathologischer Typ.«

»Die Snyth-Zwillinge sagen, er ist jetzt in Mode. So verkommen zu sein ist geradezu schick, finden die Kuhglocken. Ich muß sagen, Mama, du imponierst mir! Das hätte ich mir nie vorgestellt, daß du die heimliche Leidenschaft dieses ausgekochten …« Der Satz blieb in der Schwebe. Sie war in ihr Schlafzimmer getreten, und von dort kam nun ihr Aufschrei: »Um Himmels willen, was ist denn das? Mam, komm schnell!«

Schachteln, Kartons und Pakete, Pakete, Kartons und stapelweise Schachteln, auf Stühlen, Tischen und Bett, alle in dem bekannten, hocheleganten blauweißgestreiften Einschlagpapier der Firma Gulick, jedes einzelne Stück mit der Adresse: »Miss Luz Benedict.«

Sie zerrt an den Schnüren, öffnet eine Schachtel, noch eine und eine dritte. Das märchenhafte Rauchwerk aus dem Schaufenster! Das duftige Satin-Tüllkleid – das Halsband – die Ballschuhe. Die ganze Auslage.

Leslie am Telefon: »Gulick? Bitte Mrs. Bakefield! Mrs. Bakefields Büro! – Hier Mrs. Jordan Benedict – Mrs. Bakefield? Ja. Mrs. Jordan Benedict. Es liegt ein Irrtum vor. Wir kommen soeben in unser Hotel, ins Tejas, und finden hier bergeweis Pakete, die uns nicht gehören, Pakete Ihrer Firma. Wir haben nichts bestellt. Es kann sich nur um eine Verwechslung handeln.« Sie horchte. »O Mrs. Bakefield! Wahrscheinlich hat er irgendwas in der Zeitung gelesen. – Aber nein!« rief sie unwillig. »Nein, sie kennt ihn überhaupt nicht. Er soll ja, heißt es, gelinde gesagt, zuweilen besonders exzentrisch sein. Lassen Sie es abholen! Ja bitte, sofort!«

26

Ein Familientag im Hause Benedict, mehr noch, eine umfassende geschäftliche Beratung, eine dramatische Konferenz, ein Familiengezänk war mitten im Gang. Nicht die übliche jährliche Tagung, nein, eine außerordentliche Sitzung auf besonderen Antrag der unzufriedenen, aufsässigen Mitglieder der Sippe Benedict. Zum erstenmal seit einem Vierteljahrhundert war das Große Haus von alten, nicht zur Familie zählenden Gästen geräumt. Nur der Clan hauste in den Gastzimmern, stiefelte durch die Gänge und speiste an der langen Tafel im Speisesaal. Aber das langte. Denn von den ersten bis zu den letzten stimmberechtigten Familienmitgliedern fehlte auch nicht ein einziges. Alle waren mitsamt ihrem Anhang erschienen. Die dicken Wände schienen von der darin aufgespeicherten Wut fast zu platzen.

Die Sitzung fand in dem großen Hauptraum statt, der für feierliche Gelegenheiten wie Hochzeiten, Aufbahrungen und Familien-Konklaven bestimmt war, und die Teilnehmer nahmen sich allesamt stattlich aus: hünenhafte Gestalten, mit Vitaminen und Fleisch gleich gut herausgefüttert, Haut und Augen blank und klar.

Onkel Bawley, als Ältester der Familie, führte den Vorsitz, aber man hielt sich wenig daran. Abgesehen von der weiß gewordenen wilden Mähne, die sein sonnengebeiztes Antlitz umgab, hatte er sich seit Leslies Besuch auf Holgado überraschend wenig geändert. Wohl aber der Charakter des Clan-Meetings. Früher hatte man sich trotz aller Spannungen immer noch an die parlamentarischen Regeln gehalten und ein freundliches Gesicht gezeigt. Heut aber kochte der Sitzungssaal von Hitze, Haß und Gier, und Onkel Bawleys Präsidentenhammer aus weichem Mesquiteholz klopfte und kämpfte vergebens gegen die Wut der entfesselten Benedicts an.

Bick – contra omnes – schrie in den Tumult: »Ich will es nicht. Ich dulde es nicht. Es geht auch ohne Bohrtürme. Ich lasse mir meine Ranch nicht verstänkern!«

»Deine Ranch?« gellte ein Dutzend Benedicts unisono und teilte sich in Einzelrufe aus New York, Chicago, Buffalo, Kalifornien, Florida, Massachusetts: »Habt ihr gehört? – Seine Ranch. – Du bist nur der Manager. – Du hast dafür deinen Extraanteil. – Du hast dich zu fügen«, und Leslie, die als Außenseiter dabeisaß, dachte bei sich: Es schadet seiner Gesundheit. Wenn sie doch alle zum Teufel gingen oder wenigstens heim, oder wenn sie schon ihre Mäuler so aufreißen, sollten sie zur Abwechslung mal versuchen, die Ranch selber zu leiten.

Einer der großmäuligsten Benedicts von der Ostküste ließ den letzten Rest verwandtschaftlicher Rücksichtnahme fallen. »Herunter vom Bock, Bick!« schrie er. »Du kannst uns nichts vormachen. Bilde dir keine Schwachheiten ein! Ja, unter deinen Texasboys bist du ein großes Tier; da kannst du den Herrn spielen. Aber wir sind zufällig an diesem Unternehmen beteiligt. Wir haben das Recht zu sagen und darüber abzustimmen, ob wir die Kleinigkeit von fünf bis zehn Millionen pro anno – mindestens, wahrscheinlich bedeutend mehr! – unter uns aufteilen wollen oder sie schwimmen lassen! Boys and Girls! Ich weiß noch nicht, wie ihr entscheiden werdet. Ich jedenfalls könnte das nette Sümmchen gut gebrauchen.«

Bicks Antlitz war blutleer unter der braunen Haut und voll Falten, die man sonst nicht an ihm wahrnahm. Hartnäckig wiederholte er seine These, als sei damit jeder Antrag und Einwand endgültig erledigt: »Reata ist eine Rindviehranch. Sie ist es seit über hundert Jahren. Daran ist nichts zu ändern.«

»Ach, wie reizend!« höhnte ein unsentimentaler Benedict. »Vor hundert Jahren bestand die Union nur aus dreizehn Staaten. Daran ließ sich wohl auch nichts ändern? Und die Planwagen von damals stellen für dich wohl die neueste Errungenschaft dar?«

Gelächter. Maudie Placer, dadurch ermutigt, legte los: »Willst du uns vielleicht noch die Geschichte von Opapa Fuhrmann erzählen, wie er im Norden von Texas auf seinem Stück Land nach Wasser gebohrt hat und das schwarze Erdöl herauskam? Da hat er gesagt: Das Vieh wird das verdammte Zeug nie trinken. – Brüderchen, du stehst auf derselben Stufe.«

Die grauweiße Blässe in Jordans Gesicht erglühte blutrot. Leslie erschrak. Er stieß hervor: »Wißt ihr denn überhaupt, wer die Bohrrechte auf Reata erwerben will?«

»Jawohl, Herr Lehrer!« scholl es zurück. »Die Azabache Oil Company, ein sehr kapitalkräftiges Unternehmen, daher mir höchst sympathisch.«

»Kann ich mir vorstellen. Du bist schon so lange von Texas weg, daß du dein bißchen Spanisch vergessen hast. Weißt du, was Azabache heißt? Es ist das spanische Wort für Pechkohle oder Jett. Aber gemeint ist nicht das pechschwarze Jett, sondern Jett Rink. Jett = Azabache. Es ist seine Gesellschaft. Er herrscht über sie, und, bei Gott, ich dulde es nicht, daß sich Jett Rink auf meinem Land festsetzt, auf Reata ...«

»Moment, Moment!« schrie es aus der Versammlung. »Du hast auf Rink einen Pik. Alte Geschichte! Rein persönliche Angelegenheit! Kein Mensch außer dir regt sich deswegen auf.«

»Ihr werdet euch alle aufregen müssen, wenn er auch nur einen Fuß hierhergesetzt hat.«

»Hast recht, er ist ein Schweinehund; das wissen wir. Wir wollen uns ja auch bloß eine tüchtige Scheibe von den Milliarden abschneiden, die der Kerl einheimst. Deswegen drücken wir ihn noch lange nicht an unser Herz.«

»Ein Koloß auf tönernen Füßen«, dröhnte Bick. »Ein Krimineller. Ein Wahnsinniger. Gabe Target, wenn er nur wollte, könnte ihn jederzeit ruinieren.«

Onkel Bawley, sein Präsidialamt vergessend, bellte: »Hast recht, Jurden!« – Sonst nannte er seinen Neffen stets Bick. – »Laß dir nur nichts gefallen!« Aber ein anderer Benedict brüllte: »Hier geht's nach Gesetz und Recht!«

»Das Testament meines Vaters entscheidet«, rief Bick, »und Großvaters Letzter Wille. Wollt ihr den anfechten?«

»Verlaß dich drauf, wir werden's, und wenn der Prozeß jahrelang dauert! Was interessiert uns das alte Papier? Als Pa sein Testament machte, war Erdöl nicht interessant, weder auf Reata noch sonstwo. Wir werden uns die besten Anwälte kaufen. In New York und Chicago.« – »Und in Houston und Hermoso!« – »In Corpus Christi und Austin und Vientecito.«

Onkel Bawley warf seinen Mesquite-Hammer quer durch den Raum gegen die Wand und trommelte mit den Fäusten auf den Tisch, bis das Benedict-Gebrüll abflaute. »Haltet jetzt endlich die Mäuler, sonst laß ich euch alle verhaften. Das steht in meiner Macht; ich bin immer noch der Chef der County-Gendarmerie. Ich habe Gesetz und Ordnung zu wahren und werde es! – Setzt euch! – Also, Jurden, so leid es mir tut, ich muß abstimmen lassen. Roady, teile die Stimmzettel aus! – Bowie, du sammelst sie ein. Ihr andern zückt eure goldenen Füllfedern! Ich wollte, sie würden euch auslaufen und euch brandmarken wie eine unvernünftige Kälberherde. – So, jetzt könnt ihr entscheiden.«

Zwei Stimmen waren gegen und fünfundzwanzig für den Verkauf der Bohrrechte.

Noch in der gleichen Nacht brach Onkel Bawley auf nach Holgado in die reinere Luft seiner Berge, und ehe drei Tage vergangen waren, weilte kein Benedict mehr in den Mauern des Großen Hauses.

Leslie befand sich in der ungewöhnlichen Situation einer Frau, die ihrem Gatten einreden muß, daß ihm einige Millionen Dollar nichts schaden können. »Du wirst jetzt deiner eigentlichen Arbeit viel freier nachgehen, und die Verwandten können dir nichts mehr am Zeug flicken.«

»Rink« – Jordans Mund war von Ekel verzerrt, wenn er den Namen aussprach – »hat jetzt Ansprüche auf Reata.«

»Das hat er nicht. Nur auf einem kleineren Teil der Ranch darf er bohren. Außerdem hast du mir selber erklärt, daß die Azabache Company nicht allein aus Jett Rink besteht, sondern auch aus andern Leuten, zum Teil sogar solchen, mit denen du gut stehst.«

»Er hat die Majorität.«

»Du wirst nie etwas mit ihm zu tun haben, Jordan. Denk lieber an all die Dinge, die du jetzt in Angriff nehmen kannst, ich meine auch solche, die nicht unmittelbar in deinen Arbeitsbereich fallen!« Sie wartete einen Augenblick auf seine interessierte Frage, und als sie nicht kam, fuhr sie fort: »Deine Experimente sind sehr bedeutungsvoll, aber vielleicht könnten wir auch einen Betrag für anderes abzweigen – nicht für Luxusausgaben, sondern Notwendiges. Ich denke an Neubauten für deine Ranchleute und, was so wichtig ist: endlich ein anständiges Krankenhaus und ein Schulhaus ohne Separation, ich meine: nicht die Mexikaner für sich und die – ach, Jordan, das ist etwas Großes, etwas, wofür man sich begeistern kann.«

Er hatte nicht einmal zugehört. »Niemand hat jemals Benedict-Land besessen, ohne darauf mehr Vieh hervorzubringen oder besseres. Du bist nicht aus Texas und keine Benedict. Du verstehst das nicht.«

»Ich bin weder eine geborene Benedict noch eine geborene Texanerin, aber an Verständnis fehlt es mir nicht, denn ich liebe dich. Das willst du natürlich nach so vielen Jahren nicht mehr hören, aber ich möchte dir ja auch nur sagen: Wenn du nun schon das verrückt viele Geld bekommst, verwende es so, daß es der Welt etwas nützt, ich meine nicht nur deiner Welt, die Reata heißt!«

»Du wirst bald nicht mehr begeistert sein und so sauber und fröhlich daherkommen, wenn in und um Benedict sich das ganze Pack schmieriger Erdarbeiter und Schaufler und Bohrwürmer und Petroleumsauger herumtreibt und es von Händlern, Mechanikern, Lastwagen wimmelt. Es wird eine Hölle. Pinky hat mir gestern abend gesagt, daß Vashti ein Stück von Double B an Azabache verpachtet hat.«

»Na also! Was brauchst du dich dann so aufzuregen!«

»Die ganze Gegend wird nach Petroleum stinken. Weißt du, was Pinky noch erzählt hat? Er und Vashti wollen sich in Viento, vielleicht sogar in Hermoso ein Haus bauen. Dann ziehen sie in die Stadt und kommen nur noch zum Weekend und in den Ferien auf ihre Ranch. Wie die verdammten New-Yorker Knallprotzen!«

»Das paßt zu Vashti und ihren Zwillingen.«

»Ja? Vielleicht auch zu dir? Hm? So eine niedliche Stadtvilla? Vorne ein Gärtchen mit Azaleen, hinten ein Gärtchen mit Cocktails? Symphoniekonzerte im Abonnement, ein Passepartout im Little Theatre und was sonst gerade en vogue ist? Hier die zwei, drei Millionen Acres sind vielleicht als Picknickterrain gelegentlich brauchbar.«

»Wenn du schon von Symphonien sprichst, mein geliebter Jordan, dann bitte: nicht diese Töne …! Laß uns andere anstimmen!« Sie holte tief Atem. »Du weißt so gut wie ich: Wir brauchen zum Leben keine Millionen Acres, weder du noch ich noch unsere Kinder. Die Riesenranch bringt dich um, es wird zuviel für dich, Liebster. Warum begnügen wir uns nicht mit einigen tausend Acres? Begnügen! Da siehst du, wie texanisch ich bereits denke: ›mit einigen tausend!‹ Auf einer kleinen Ranch, an der sonst niemand Anteile hat, könnten wir wunderbar unsere eigene Zucht von …«

Bicks blaue Augen wurden dunkel, kalt und hart wie Achat: »Ich habe immer auf Reata gelebt und werde es, bis ich sterbe. Auf Reata wird sich nichts ändern.«

»Alles in der Welt ändert sich stündlich, minütlich, mein Lieber.«

»Reata darf sich nur verbessern. Das hat es immer getan.«

Schwer hing der Erdölgestank über Texas, drang in die Gärten ein, in die Häuser, in Last- und Luxuswagen und in die Eisenbahnzüge, die durch die Städte und Dörfer fuhren, lag über Wüsten und Weideland, kroch in die Hütten der Mexikaner, in die Baracken der Neger und suchte Reata heim. Die Wasser des Golfs waren von einer trüb irisierenden Haut überzogen. Plumpe Kolonnen, Frachten, Metall und Holz, zogen durch Buschland und über Hochplateaus zur Küste hinab. Es war, als kämen sie aus anderen Welten. Nur wer im Flugzeug fünftausend Meter über dem Erdöl schwebte, atmete frei.

Azabache-Ölgeld ergoß sich über Reata.

Die Ranch lieferte zwei Produkte, nach denen die Welt schrie: Fleisch und Petroleum. *Beef and Oil*. Nur noch Stahl fehlte der Riesenranch. Schade, daß wir keinen Stahl produzieren, klagte der Riese Texas.

Aber nach einem Sonntagmorgen im Dezember 1941 klang diese Stimme der Habgier nur noch gedämpft.

Mit erschreckender Plötzlichkeit verschwanden die jungen Männer von den Straßen der Städte, mochte die Farbe ihrer Gesichter weiß, schwarz, braun oder rot sein. Bob Dietz war eingerückt, auch die jungen Beezers, alle, ob hoch oder niedrig, ob arm oder reich. Die mexikanischen Burschen aus Nopal, die schlanken Pagen und Kellner im Hotel Hake in Viento, die Grenzgänger im Gefolge der Jahreszeiten, sie alle wurden Teile einer neuen, unübersehbaren Khakiwelt, und es war nicht die in Texas heimische Khakitracht aus gelbbraunem Kanevas. Die Stiefel hatten nicht die ortsüblichen hohen Absätze, und man trug keine Buschjacken. Man trug die amerikanische Uniform.

Der junge Jordy wurde aus Harvard telegrafisch nach Hause gerufen, wo ihm der Vater kurz und bündig erklärte: »Du bist auf Reata unabkömmlich. Denn ohne Rindfleisch kann Amerika keinen Krieg führen; das hat schon mein Vater gesagt.«

»Ich kann aber jetzt nicht hierbleiben, Vater.«

»Du kannst. Um Deutsche totzuschießen oder hinter einem Schreibtisch zu hocken, dazu gibt es einige Millionen andere. Aber auf Reata Rindfleisch zu produzieren ist wertvolle Spezialistenarbeit und daher höchste patriotische Pflicht. Tu bloß nicht überspannt, mein Junge!«

»Entweder gehe ich wieder auf die Universität, oder ich melde mich freiwillig. Hier bleibe ich nicht.«

»Die Einziehungskommission wird dich hierher überweisen; dafür werde ich sorgen, egal, wo du dich stellen willst. Und wenn du wieder nach Harvard gehst – von mir bekommst du keinen Cent.«

So sprachen die beiden in Bicks Büro, der Junge verhalten und bleich, der Alte laut und rot im Gesicht, und als Leslie hereinkam und sich ruhig dazusetzte, fuhr er sie an: »Ich habe mit ihm zu sprechen.«

»Und ich höre zu. So gut ich draußen an der Tür horche, kann ich auch hier sein, nicht wahr, ihr zwei Jordans?«

Jordy lächelte, und der Ausdruck des finsteren Gesichts war mit einem Male so sonderbar anders, daß Mutter Leslie rief: »Jordy, du wirst deinem Großpapa Lynnton von Tag zu Tag ähnlicher.« Und als habe dies Wort ihm endlich den Weg gewiesen, lockerte sich die Haltung des Jungen, getrost sah er den Vater an und erklärte: »Wenn ich mit Harvard fertig bin, gehe ich nach Columbia, P. and S.«

»P. and S.?« Bicks Frage klang mißtrauisch, dumm und gereizt, Jordys Antwort freundlich, fast heiter: »Physicians and Surgeons School. Ärzte sind wohl ebenso nötig wie Rindfleisch, drum ist es vermutlich das beste, ich lerne weiter. Du brauchst mir kein Geld zu schicken, Papa. Ich habe auch nichts von dem, was du mir bisher überwiesen hast, verbraucht. Ich habe es für dich auf die Bank in Boston gegeben. Da ich dich nicht über mein Studium orientiert habe, wollte ich das Geld dazu nicht verwenden, aber ich danke dir trotzdem, Papa.«

Bick wandte sich unheimlich langsam nach seiner Frau um. »Also hast du ihm Geld geschickt.«

»Jordan, ich bitte dich, mach kein Gesicht wie Heinrich der Achte! Du weißt, ich habe kein Geld. Außer den Kühen muß auf Reata sich jeder sehr einschränken.«

Bick erhob sich. »Wer denn sonst?« Ein furchtbarer Verdacht stieg ihm auf. »Doch nicht …«

Sie trat vor ihn hin und gestand: »Onkel Bawley. Ich habe ihn drum gebeten. Sei ihm deswegen nicht böse!«

Er grollte: »Der alte Heimtücker. Also ihr drei …«

Auch Jordy war aufgestanden. »Papa, du weißt selber am besten: Hier habe ich nie was Rechtes getaugt und werde es nie. Was ich auf Reata leisten könnte, bringt jeder andere besser fertig.«

»Das allerdings«, bestätigte der Vater verächtlich. »Ihr jungen Burschen von heute taugt alle nichts, die Weißen sowenig wie die Mexikaner, du sowenig wie Angel Obregon. Und ihr wollt Männer sein!«

»Na, wie ich heut Angel in seiner Uniform begegnet hin, hat er mir einen recht männlichen Eindruck gemacht, lieber Jordan. Übrigens, Jordy, weißt du schon, daß er am Dienstag heiratet?«

»Ja, Mama, ich komme zur Trauung.«

Bick spottete ihm nach: »Zur T-t-trauung.« Grausam kopierte er sogar das Gestotter. »Ganz groß! Eine gnädige Konzession an Reata.« Und ebenso gehässig warf er Leslie die unfreundliche Bemerkung an den Kopf: »Das hast du in zwanzig Jahren fertiggebracht. Bist du zufrieden?«

Ebenso sanft wie ihr Mann giftig, ebenso süß wie er bitter, entgegnete sie: »Mehr als zwanzig! Rechne nur nach! Unser Jordy wird jetzt volljährig.«

Bick ließ sich schwerfällig wieder an seinem Schreibtisch nieder und sagte, ohne die beiden anzusehen: »Nach altem Benedict-Brauch gibt es da eine große Einladung ...«

»Aber nicht in Kriegszeiten, Jordan«, warf Leslie ein.

Er sah den Sohn an, der immer noch stand. »Und dann bekommst du deine Reata-Aktien. Wenn du auch nicht auf Reata leben willst, hast du doch nichts dagegen, von Reata zu leben.«

»Wobei ich mich in zahlreicher Gesellschaft befinde«, antwortete Jordy leise. »Die Kinder Onkel Roadys, Onkel Bowies und Tante Maudies bringen das vielleicht noch besser fertig.«

Jordan hantierte ohne ersichtlichen Grund mit einem Pack Zeitungen, legte sie wieder beiseite. »Soso, also Arzt, und willst dich wohl in New York niederlassen.«

»Jordan, was denkst du!« sagte Leslie mit leisem Vorwurf. »Du weißt, Jordy liebt Texas ebensosehr wie du, nur auf andere Art.«

»Willst du unserm Dr. Walker Konkurrenz machen?«

»Nein, Papa, aber vielleicht kann ich nach dem Krieg mit Dr. Guerra in Vientecito zusammenarbeiten. Hoffentlich kommt er gesund zurück.«

»Rubén Guerra? Du denkst doch nicht etwa …«

»Gewiß. Seine Praxis ist rein mexikanisch, und – ööh –«, er geriet wieder ins Stammeln, »d-d-da war noch etwas, worüber ich mit euch sprechen wollte und was euch wahrscheinlich auch nicht gefallen wird.«

»Danke, mir langt es für heute!« Bick brachte die eben geordneten Zeitungen wieder durcheinander. »Warum erzählst du deine großartigen Pläne nicht deinen hiesigen Freunden, hä? Dem Dr. Guerra …«

»Er tut bereits in Europa Dienst.«

»Von mir aus kannst du sie Angel Obregon oder Polos Familie erzählen«, sagte der Vater, von Enttäuschung zermürbt, und der Sohn antwortete: »Ja, das will ich, Papa.«

27

In seiner neuen Uniform sah Angel Obregon junior allerdings männlicher aus als in jener knapp anliegenden, mit Goldknöpfen und Litzen gezierten, die er als Page im Hotel Hake getragen hatte. Auch seine Bewegungen waren anders, nicht mehr geschmeidig und glatt wie ein Aal, sondern so salopp und massiv, wie es sich für einen G. I. gehört. Das Training im Ausbildungscamp hatte seinen Brustumfang merklich verbreitert, doch seine Hüften waren noch ebenso schlank wie die seiner berittenen Vorfahren.

»Ich wette, ich komme auch zum pazifischen Kriegsschauplatz. Dort schicken sie uns Mexi- und Lateinamerikaner ja alle hin; die Herren behaupten, wir seien das Klima gewohnt. Sind ja verrückt! Vince Castenado ist schon wieder zurück, und zwar mit Malaria, er hat überhaupt nichts anderes gesehen als Dschungel«, erzählte der Bräutigam.

Halb Benedict und so gut wie ganz Nopal war zur Hochzeit geladen. Denn die Braut war Marita, eine der Töchter Dimodeo Rivas, des Oberhauptes der pflanzenden, düngenden, spritzenden, gießenden, stutzenden Mannschaft, welche die Blumenbeete, die diffizilen Rasenplätze, die neu eingesetzten seltenen Bäume, die Gartenwege, den Swimmingpool, kurz, die ganze künstliche Landschaft beim Haupthaus und Großen Hause angelegt hatte und pflegte.

Der Sitte gemäß hatte Angel nicht nur die Einrichtung, sondern auch die Brautausstattung beschafft; und der bei der *boda,* der Hochzeitsfeier, ausgestellte Trousseau Maritas, ihr Schmuck und ihr Brautkleid, bildete einen Maßstab für Rang und Bedeutung dieser Vermählung.

»Leider müssen wir hin«, knurrte Bick; »es ist Angels Sohn. Wenn wir wegblieben, würde es einen ungünstigen Eindruck machen. Ich geh' aber nur seinem Vater zulieb.«

»Ich muß dabeisein, Jordan! Denk doch: Angel! Er war das erste Baby, das ich auf Reata gesehen habe! Am Morgen nach meinem Einzug. Und er hat gleich eines meiner feinsten Trousseaukleider naß gemacht. Und jetzt sehen wir den Trousseau, den er seiner

Braut gekauft hat. Wenn ich an die langen schwarzen Zöpfe und Bänder denke, die er als Mädchen getragen hat!«

»Jetzt ist sein Haar militärisch kurz. Und die Bändchen wird er bald auf der Brust tragen, wenn er sich bei der Armee bewährt.« –

Es fehlte niemand, alles war da, von den Benedicts bis zum Kojoten Fidel Gomez, der jetzt ein großer Herr war und es nicht mehr nötig hatte, seine Landsleute bis aufs Blut auszusaugen. Denn auch ihn hatte die gütige Fee Petrolea reich beschenkt. Sein ehedem wertloses Mesquiteland hinter Nopal hallte vom Lärm der Maschinen und Menschen, die aus einst verachtetem Erdreich die vielbegehrte dicke, schwärzliche Flüssigkeit aufspritzen ließen.

Festlich, mit allem erdenklichen Pomp, wurde die Trauung vollzogen. Die Braut erschien in weißem, mit Perlen besticktem Seidenkleid, im schwarzen Haar Orangenblüten aus Wachs. Danach wurde der Brautstaat in der besten Stube zur Schau gestellt, von allen bewundert und nie wieder getragen. Vor dem Hause des Brautvaters Dimodeo Rivas war eine Tribüne errichtet, und auf dieser führte Marita den Gästen nacheinander die sieben Kleider ihrer Ausstattung vor, damit jedermann sehe, welch nobler und trefflicher Gatte ihr Angel Obregon sei. Neidvoll äugten die Frauen und Mädchen, aber die Männer dachten beim Anblick der paradierenden Braut und des glückstrahlenden Bräutigams: Was hat er von all den Kleidern und der süßen Chavala, die drinsteckt, wenn er im Dschungel schmort oder auf einer der Südseeinseln? Oh, welche Tontería! – Narrheit!

Leslie hatte schon mancher Ranch-Hochzeit beigewohnt, und doch war sie heute so guter Dinge und hingerissen, als sei es das erste Mal. »Siehst du, Jordan, das habe ich an Texas so gern: wie glücklich die Menschen sein können, ein Herz, eine Seele!« Strahlend drückte sie ihres Gatten Arm und einige hundert Hände, die sich ihr entgegenstreckten.

»Hätte der Bursche sein bißchen Geld zusammengehalten«, meinte Bick, »und sich mit einer stillen Kriegshochzeit begnügt, so wären sie nachher besser dran. Aber es ist immer dasselbe. Heute nacht wird er sie schwängern, und in neun Monaten kommt 's erste Kind.«

»Tout comme chez nous, mon ami!« – »Ganz wie bei uns, mein Freund!« – lachte Leslie.

Bräutigam Angel hatte schon etliche Tequilas hinter die Binde gegossen und prahlte: »Mit den Japsen sind wir bald fertig. In spätestens einem Jahr bin ich wieder bei meiner Marita und einem kleinen Angel – aber wir werden ihn nicht Angel taufen; das ist kein Name für einen Mann.«

Die Tische waren im Freien errichtet: lange Planken auf hölzernen Böcken. Ein gewaltiges Zechen hob an, ein Schwatzen und Lachen, und zwischendurch sang man Corridos, die für diese Gelegenheit eigens verfaßt worden waren. Sie rühmten Angels Zeugungskraft und Heldenmut, Maritas Schönheit und Bildung und schilderten ihre glückliche Zukunft. – Zu schade, daß Luzita jetzt in der Schweiz ist! dachte Leslie. Das hätte ihr mächtig gefallen. Ich werde ihr alles haargenau schreiben. Sogar Jordy ist heute so fröhlich wie lange nicht mehr, gar nicht so scheu wie sonst. Er unterhält sich offenbar glänzend.

Sie machte Bick darauf aufmerksam. »Ich hatte schon Angst, es würde ihn aufregen, wenn er Angel in Uniform sieht – ich meine, daß sein Jugendfreund so bald weg muß. Aber schau nur, wie lustig er ist! Gott sei Dank!«

Bick blickte über die lange Tafel, an deren anderem Ende sein Sohn einer bildschönen, blutjungen Mexikanerin tief in die Augen sah, und er meinte: »Er ist etwas zu galant zu dieser kleinen – wie heißt sie nur? Anscheinend eine von Polos Enkelinnen.«

»Sei mir bloß heute nicht feudalistisch, Liebster! Sie ist ein braves, liebes Geschöpf, die kleine Juana, und Jordy ist ein vollendeter Kavalier; das gefällt ihr genauso wie mir.«

Ein prächtiges Fest. Barbecue-Beef mit Bohnen. Ein riesiger Hochzeitskuchen, *color de rosa* genannt, war das Prunkstück der Tafel. Der Teig war mit einem vegetabilen Farbstoff gefärbt und mit rotem Kreppapier dekoriert, das in Wasser eingeweicht war. Die farbige Brühe vermischte sich mit dem Teig, und das Ganze mundete trefflich. Auch gab es *pan de polvo* – das sind handgemachte kleine, runde, kornreiche, leckere Kuchen mit einem Loch in der Mitte – und *buñelos*, papierdünn gerollt und so lang wie die Pfanne, aus deren siedendem Fett sie herausgeholt werden, die köstlichste Zutat zu starkem, heißem Kaffee. Und Bier. Und Tequila. Und Meskal. Kurz, es war eine richtige Boda – Hochzeit.

Marita tanzte mit Angel, Auge in Auge und Hand in Hand, so wie es sich für ein mexikanisches Brautpaar gehört, und alle Anwesenden tranken auf Angels unversehrte, glückliche Rückkehr nach Benedict. Und niemand wußte, daß er nach dem Victory Day J, heimkehrend von den Südsee-Inseln, in Kalifornien landen und von dort unverzüglich nach Benedict kommen würde. Aber in Fetzen, als ein Häuflein Knochen in einer Kiste. Und als ein Held. Sein Bild erschien in den Zeitungen. Ja, er hatte sich trefflich bewährt auf jenen fernen, sonnigen Inseln. So trefflich, daß ihm sogar die höchste Ehre zuteil ward, die es für einen wackeren Krieger gab, die »Congressional Medal of Honor«. Die Urkunde las sich recht angenehm: Soldat Erster Klasse Angel Obregon – hervorragend in unerschrockenem Heldenmut – weit hinaus über das, was Soldatenpflicht ihm gebot – unverzagt, kühn – wie durch ein Wunder die feindliche Stellung erreichend – klomm bis zum Gipfel – heroisch rettete er das Leben der Kameraden – achtunggebietende Tat …

Und die verwitwete Marita und der Vater Angel Obregon und die Mutter und die sehr alte Großmutter waren sich darüber einig, die Bestattung der kläglichen Überreste in der mit dem Sternenbanner bedeckten Kiste müsse der Heldentat würdig sein. Aber der Leichenbestatter in Benedict – oh, er nannte sich jetzt »Funeral Director« – erklärte, er könne die Beisetzung eines Mexikaners nicht übernehmen. »Natürlich nicht.« Old Angel, ein weiser Mann, wies darauf hin, sein Sohn sei als Amerikaner geboren und als Amerikaner gestorben, und Mexikaner hätten in Texas bereits gelebt, als Christopher Kolumbus nordamerikanischen Boden betrat. Worauf der Funeral Director – er hieß Waldo Shute und war von großer Statur – den trauernden Hinterbliebenen riet, sie sollten mit der Kiste nach Nopal. »Warum nicht?«

Doch da war jemand – und manche behaupteten, es sei Leslie Benedict gewesen –, der solches nicht richtig fand. Und so gelangte die Kunde an einen vielbeschäftigten Herrn, der damals in Washington, District of Columbia, Präsident der Vereinigten Staaten war. Und der ließ die fahnendrapierte Kiste, die des Herumreisens schon recht müde war, nach Washington kommen und sie auf dem Friedhof Arlington, der den bedeutendsten Helden vorbehalten ist, zur ewigen Ruhe bestatten. Zwar hätte Marita gewünscht, ihres Gatten Grab möge etwas näher bei Benedict liegen, damit sie es besuchen könne, aber das war wohl zuviel verlangt, und sie gab sich zufrieden. Dem Kind hatte sie inzwischen doch den Namen Angel gegeben, obwohl ihr anderer Angel am Hochzeitstag damit nicht einverstanden gewesen war.

Am Hochzeitstag. An dem sie alle, unkundig des Kommenden, lachten und tanzten und schmausten und sangen und wie kleine Kinder jauchzend herumrannten, sich unter den Tischen versteckten und Kuchen knabberten.

Immer voller und lauter tönten die Gitarren, bis Bick sagte: »Komm, Darling, wir gehen heim! Ich habe meine Pflicht getan. Mein Bedarf ist gedeckt, deiner wohl auch.«

Sie erhoben sich von der üppigen Tafel. Braut und Bräutigam näherten sich lächelnd den beiden Ehrengästen, um ihnen zu danken und Lebewohl zu sagen – in diesem Augenblick stand auch Jordy Benedict auf, und zum Erstaunen aller Anwesenden legte er seinen Arm um die Schulter des Mädchens Juana.

Seine Wangen waren sehr bleich, seine Augen dunkel und groß, und er hielt eine Rede in spanischer Sprache: »Meine Damen und Herren! Liebe Eltern! Liebe Freunde! Ich habe bisher nichts gesagt, denn diese Feier galt ja einzig und allein der Vermählung meines lieben Freundes Angel Obregon mit Marita Rivas. Da aber nun das Fest seinem Ende naht, darf ich euch wohl erzählen, daß gestern morgen Juana und ich in Nopal in der Kirche zur Unbefleckten Empfängnis getraut worden sind. Wir sind Mann und Frau.«

Also sprach Jordy Benedict, ohne auch nur im geringsten zu

stottern. Doch auf letzteren Umstand achtete niemand. Selbst seiner Mutter fiel es erst hinterher auf. Im Augenblick war sie viel zu erstaunt.

28

Im Haupthaus auf der Veranda ruhen fünf Herren in Liegestühlen. Bick, Richter Whiteside, Gabe Target, Pinky Snyth und Onkel Bawley. Worüber reden sie? Über Kühe, Stiere, Öl und Lokalpolitik, denn dies sind die Hauptthemata, wenn in Texas männliche Wesen beisammensitzen. Krieg und das Ende des Krieges, Nationen und der Untergang von Nationen, das Leben der Menschen und was es erschüttert, kommen erst in zweiter, dritter oder auch letzter Linie. »Ich lebe mit meiner Familie genau, wie man auf Reata von jeher gelebt hat«, behauptet Bick. »Da draußen das stinkende schwarze Geschmier«, sein Mund kräuselte sich in Verachtung, »berührt uns nicht im geringsten. Eher möchte ich sagen, daß unser Dasein einfacher, natürlicher geworden ist. Vergleicht nur das Große Haus, in dem ich so lange gelebt habe, mit dieser altväterlichen Hütte!«

In Pinkys Unschuldsgesicht mit den Säuglingsaugen kommt ein ironischer Zug. »Ja natürlich, Bick, du lebst wie ein Naturmensch, wie deine Ahnen. Natur ist alles, und der liebe Gott war so freundlich, euch Benedicts mitten in die Wildnis vor euer Häuschen einen fünfundzwanzig Meter langen, auszementierten Swimmingpool hinzusetzen.«

Alle lachten. Bick stimmt mit ein und bemerkt: »Na ja, das war nötig für die Hygiene. Leslie tummelt sich drin wie eine Robbe.

Und erst das junge Völkchen! Aber das hat mit dem Öl nichts zu tun. So ein Bassin hätten wir uns sowieso zugelegt.«

Gabe Target ist Realist. »Ihr hättet den Deibel getan. Die siebenundzwanzigeinhalbprozentige Steuerreduktion auf Erdöl, die hat den reizenden Schnickschnack auf deinem Land und in halb Texas hervorgezaubert: Swimmingpools und Privatflugzeuge und Cadillacs und ganze Herden prämiierter Häupter, das Stück zu fünfzigtausend Dollar!«

»So eine Reduktion ist etwas Herrliches«, beginnt Pinky zu schwärmen, und Richter Whiteside versichert mit der ihm eigenen Salbung: »Das beste Gesetz, das jemals in Washington durchging, ist die Steuerreduktion auf Ölquellen. Es war eine ideale Hilfe.«

Ein leichtes Lachen ertönt aus dem Schatten des Weinrebenvorhangs am rückwärtigen Teil der Veranda. Die Köpfe der Herren fahren herum. »Bist du's, Leslie?« ruft Bick.

Man hört ihre liebenswürdige weiche Stimme; sie selbst bleibt noch unsichtbar. »Ich dürste nach männlicher Konversation. Ich bin in der Haremabteilung und tue, als sei ich nicht da.«

»Warum setzt du dich nicht zu uns, damit wir dein nettes Gesicht sehen können und dich nicht bloß hören?« Onkel Bawley ist noch der alte Charmeur, in den sie ihn einstens verwandelt hat.

Sie tritt aus dem Weinrebenschatten hervor, winkt den Herrn, wieder Platz zu nehmen, und bittet sie, sich nicht stören zu lassen. »Ich bleibe nicht lange. Ich habe nur über die Reduktion des menschlichen Geistes, der Menschengehirne, nachgedacht. Zum Beispiel bei meinem lieben Papa. Er hat sein ganzes Leben geopfert, um andere Leben zu retten. Jetzt ist er über siebzig, ein todmüder alter Herr. Wie steht es da mit der idealen Hilfe ...?«

Wohlwollend läßt sich Gabe Target herab, die weibliche Unvernunft zu belehren. »Öl ist eine wertvolle und meßbare Ware. Wie wollen Sie den Wert eines Menschengehirns messen?«

»An seiner höchsten Leistung, an seinem Lebenswerk.« Ihre Stimme klingt fester. »Wenn ein Land Erdöl höher bewertet und wichtiger nimmt als den Menschengeist, ist es erledigt.«

»Leslie, geh bitte von deiner Rednerkiste herunter!« Bei aller Scherzhaftigkeit klang es ziemlich gereizt, als Bick fortfuhr: »Laß so etwas nie einen radikalen Texaner hören, sonst schießt er dich nieder!«

»Jaja, ich gehe schon, ich bin schon weg«, warf sie heiter zurück, aber ihr Blick war ernst.

»Wohin wollen Sie bei der Hitze?« rief Pinky, und Onkel Bawley bat: »Bleib hier! Es tut meinen Augen wohl, dich zu sehen.«

»Gentlemen, ich muß euch was sagen, aber es bleibt ganz unter uns«, sagte Bick: »Old Bawley ist in meine Frau verliebt.«

»Wer nicht!« beteuerte Richter Whiteside galant.

Sie war noch so schlank wie vor zwanzig und etlichen Jahren, und nur ein leichter weißer Nebelstreif schien in ihrem dichten Schwarzhaar verfangen. »Ich bliebe mit dem größten Vergnügen, lieber Onkel Baldwin und Mr. Whiteside, aber ich bin verabredet. Luzita und ich fahren Juana mit ihrem kleinen Jordan auf die neue Besitzung von Bob Dietz. Dort ist ein junges Lämmlein geboren, und Jordan hat noch nie eins gesehen.«

»Ihr mit euren vielen Jordans«, sagte Gabe Target, »das muß doch notwendig zu Verwechslungen führen.«

»Ja, eigentlich heißt er gar nicht Jordan. Jordy und Juana haben ihn Polo taufen lassen, nach seinem Großvater Polo. Aber Jordan hat ihn Jordan gerufen ...« Lachend gab sie es auf. »Bald werde ich selber nicht mehr draus klug!«

»Bis zu Bob Dietz hinaus?« Bick runzelte die Stirn. »Das wird aber für Jordan an so einem heißen Tag zu anstrengend sein.«

»Oh, der Kleine hat Ausdauer«, versicherte Großmama Leslie, und dies war auch die Ansicht Großpapa Bicks: »Und ob!« Er nickte vergnügt vor sich hin. »Gestern habe ich ihn vor mich auf meinen Gaul gesetzt, bloß um zu sehen, was er für ein Gesicht macht. Und wie ich ihn runternehmen wollte, hat er geschrien und sich mit Händen und Füßen gewehrt.«

»Ja, ein richtiger kleiner Mexika...« Mitten im Wort brach Pinky ab. Leslie ging heiter und kühl über seine Entgleisung hinweg. »Um sechs Uhr bin ich wieder hier. Du weißt, Jordan, wie rasend schnell unsere Luz fährt. Ich sehe die Herren noch beim Abendessen? Dann können Sie mir erzählen, was Sie inzwischen geredet haben – falls Sie sich trauen. Was ihr fünf Missetäter heute zusammenbraut, frage ich mich vergebens. Vergeßt nur nicht, daß auch ihr auslöffeln müßt, was ihr den andern eingebrockt habt!« Damit verschwand sie im Haus. Die fünf Herren sahen sich an, und Richter Whiteside bemerkte, nicht gerade entzückt: »Daß Leslie immer ein böses Maul haben muß!«

»Sie meint es nicht bös«, nahm Bick sie in Schutz. »Wenn sie mir mit solchen Geschichten kommt, dann pariere ich einfach mit einem Hinweis auf die Südstaaten, auf Virginia oder auf den New-Yorker demokratischen Klüngel und ähnliches. Dann ist sie still.«

Auch die fünf waren nun eine Weile still. Reatas Ranchgeräusche, vom heißen Golfwind getragen, drangen zu ihnen herüber – metallische Surrgeräusche, sehr verschieden von den einstmals gewohnten Tönen. An jene lieben, traulichen Klänge dachten die Männer, während sie ruhten, ohne doch Ruhe zu finden. Selbst in ihrer Erholungszeit zeigte sich diese texanische Hochspannung, die ebensosehr von der glühenden Sonne, von der allzu reichlichen Fleischkost wie von der herrschenden Hochkonjunktur herrührte, aber von letzterer ganz besonders.

»Man hört heutzutage kaum mehr Pferdegewieher und Hufschlag«, stellte Gabe Target fest.

»O doch«, widersprach Bick, »ich höre es, aber nur, wenn ich selber reite.«

»Du galoppierst auch nicht mehr soviel wie früher«, bemerkte Pinky nach einer Pause.

»Ja, Leslie sagt immer, ich soll es mir bequem machen, aber darauf lege ich keinen Wert.«

»Bequem, bequem«, sann Gabe Target vor sich hin, »alles soll heute bequem sein. In der Küche fängt's an, wo alles fix und fertig bereitsteht, Toast und Barbrötchen wie im Restaurant, und hinterm Haus parken Flugzeuge wie früher die Fords und heute die Cadillacs. Und die Bump-Tore der Garagen und Zäune! Sobald die Wagennase dran rührt, gehen sie auf, und wenn du drin bist, von selber wieder zu. Und die Bulldozers, die Jeeps, die elektrischen Melkapparate – kann man's denn noch bequemer haben?«

»Meine Zwillinge«, sagte Pinky, »sind gestern vormittag bequem nach Houston und wieder zurück geflogen, haben sich Dauerwellen machen lassen und Schuhe gekauft und in der Fischhandlung von Luggen für ihre Bridgegesellschaft am Abend Hummer; das war ihnen die Hauptsache. Luggen bekommt sie per Flugzeug aus Maine. So eine Tour ist für die beiden ein Kinderspiel. Drei- bis vierhundert Meilen hin und wieder retour ist für sie dasselbe, wie wenn sie nebenan ins Lebensmittelgeschäft einkaufen gingen!«

Wie jetzt häufig saß der Greis Bawley mit geschlossenen Augen da und hörte der Unterhaltung zu, und dabei pochten seine verrunzelten Finger auf der Lehne des Liegestuhls einen unhörbaren Rhythmus. Nun öffnete er seine schweren Augenlider, sah auf die vier jüngeren herab und sagte: »Erdöl. – Wozu braucht ihr Öl? Im Krieg seid ihr damit herumgeflogen, habt Städte zerstört, habt Bomben auf Frauen und Kinder geworfen, und jetzt? Jetzt holt ihr Hummer aus Maine. Ist ja auch unbedingt nötig. Sonst geht's ja nicht! Ihr rast in Autos mit hundert und mehr Meilen pro Stunde blödsinnig durch die Gegend, um Leute zu töten, die harmlos über die Straße gehen. Ein Schiff braucht nur noch vier Tage, um den Atlantik zu durchqueren. Dabei ist seit der *Mayflower* keine gescheite Schiffsladung Menschen mehr herübergekommen.«

»Du gehst eben nicht mit der Zeit, mein guter Bawley«, ereiferte sich Gabe Target. »Schau dich gefälligst um, was heutzutage für unsern Staat geschieht und wie Houston, Dallas, Hermoso, Corpus und hundert andere Orte aufgeblüht sind! Sieh dir nur unsere dortigen Bekannten an!«

»Na, was seh ich da? Jedes Girl hat drei Nerzpelze und weiß nichts damit anzufangen, hat Smaragde, so dick wie eine Alligatorbirne, ihre Männer haben Cadillacs, so groß wie Schnellzuglokomotiven, und Flugzeuge wie Ozeandampfer. Ihre Bürowände sind aus Teakholz, Kork und Plexiglas. Und was kommt dabei heraus? Die Weiber langweilen sich und züchten aus lauter Langweile Blümchen für die nächste Preisverteilung, genau wie schon ihre Großmütter, und die Männer züchten Vieh, genau wie es ihre

Großpapas taten. Nächstens schwärmen sie wieder von Senfgurken mit Maisbrot statt von den angeblichen Hochgenüssen in New York im ›Pavillon-Café‹ und im ›Twenty-One Club‹. Meiner Meinung nach haben sie alles satt, und jeder vernünftige Mensch hat sie satt. Sie sind im Kreise gelaufen und stehn wieder da, wo sie gestanden haben.«

»Jedenfalls, Onkel Bawley«, wandte Pinky lachend ein, »kannst du nichts gegen die Rindviehzucht sagen, die durch das Ölgeld hier auf Reata ermöglicht wurde.«

»Ich kann. Und ob ich kann! Ich war gestern in dem großen Zelt, das Bick aufgeschlagen hat und wo er die Bullen und Stiere verkauft, die von dem schwarzen Riesenbullen Othello gezeugt wurden. Man bekommt Angst, wenn man zusieht, wie dieser finstere Kashmirbulle all diese andersrassigen grünlichweißen Kühe schändet. Hat auch fünfzigtausend Dollar gekostet, der Überbulle, nicht wahr, Bick?«

»Sechzig«, versetzte dieser und dachte: Wenn du nur endlich den Mund halten würdest, du Alter; ich bin abgespannt. Du gehst mir auf die Nerven! Aber Old Bawley räsonierte weiter: »Sechzig-, siebzig-, hunderttausend – es spielt gar keine Rolle mehr. Wie bei Jett Rink. Hat er tausend Millionen oder nur hundert? Wo ist der Unterschied? Es ist überhaupt kein Geld mehr, es sind bloß noch Nullen. Da stehen diese klotzigen Bestien in deinem Auktionszelt, das Untergestell so niedrig wie bei einem Mack-Camion, die Beine Klumpen, alles Fleisch und noch mehr Fleisch, an den Schenkeln, am Bauch, am Rücken, am Hals, an der Brust, den Wampen und überall, wo sich an einem Stück Vieh Fleisch ansetzen kann.« Bick suchte den Redefluß zu unterbrechen, aber er strömte weiter:

»Und wie ich mir das so angesehen habe, mußte ich an das dickste Weib der Welt auf dem Jahrmarkt denken und den Kerl, der sie vorgeführt hat. Da war auch überall Fleisch, wo sich an einem Stück Mensch Fleisch ansetzen kann. Aber wer will denn so ein ekelhaftes Sauvieh?«

In das schallende Gelächter, das sich erhob, stimmte auch Bick ein, obwohl er sich ärgerte, und er versetzte: »Wenn du heut abend das Steak ißt, das ihr zum Dinner bekommt, wirst du deinen Tadel zurücknehmen, Bawley.«

»Ich denke nicht dran. Ich brauche bloß an gestern die zwei, drei Biester zu denken, die du dir zur Familienernährung reserviert hast. Wie vollgepackte Lastwagen standen die da. Eins davon hatte sich niedergelegt, aber nicht etwa wie ein normales Tier die Beine unter den Rumpf gebeugt, sondern plump nach außen gespreizt, und war nicht mehr imstand aufzustehen. Mit Stricken und Gurten mußte man es in die Höhe winden. Ich sage euch: Da ist mir der Appetit vergangen. Von Wohlgeschmack ist da keine Spur, der ist beim Teufel.«

»Weißt du was, Onkel Bawley«, stichelte Pinky, »vielleicht stöbert einer der Boys noch rasch so ein altes Longhorn auf, das sich irgendwo im Busch während der letzten fünfzig Jahre erhalten hat, und Leslie schneidet eine schöne, altehrwürdige Tranche heraus und kocht sie extra für dich.«

Das von neuem einsetzende Gelächter wurde durch Gabe Target abgebremst. Seine kalten grauen Augen glotzten ausdruckslos, als er bemerkte: »Boys, es ist ja soweit ganz nett, sich hier anzuulken, aber dazu bin ich nicht hier. Ich muß heute noch heim, Bick. Du wolltest uns deine Situation auseinandersetzen, nicht wahr?

Wir sind zwar halbwegs im Bild, aber nun gib uns gefälligst Tatsachen, ungeschminkt! Es bleibt unter uns.«

Bick lag nicht mehr behaglich zurückgelehnt. Er hatte die Füße am Boden, die Arme auf die Oberschenkel gestützt, die Hände zwischen den Knien gefaltet. So saß er da mit gekrümmtem Rücken. »Kurz und gut«, sagte er, »als wir uns auf das Ölgeschäft einließen, haben wir uns nicht überlegt, wieviel Arbeiter wir uns dadurch hierher auf den Hals ziehen. Nun sind sie da, in Scharen. Gegen sie persönlich habe ich nichts; es sind große, kräftige Kerle, sie arbeiten tüchtig und geben ihr Geld hier aus. Sie wissen, daß sie mir nicht nahe kommen dürfen, und ich halte mich von ihnen fern. Schön. Anfangs ging's nur um Arbeit, Essen und Schlafen. Da haben sie schlecht und recht in Baracken und Hütten und Zelten gewohnt. Aber dabei blieb's nicht. Sie haben ihre Weiber und Kinder und sonstige Anhängsel nachkommen lassen; Radios haben sie sich zugelegt und Kühlschränke und Haushaltungsgegenstände, und jetzt haben sie einen Bund gegründet, den Verein ›Besseres Leben‹.«

»Besseres Leben!« schnaubte Ollie Whiteside.

»Wieviel sind es?« Gabe Target sparte sich jede Aufregung. »Schon viele hundert. Stadt und Land wimmeln von ihnen.«

»Gegenstimmen«, verkündete Snyth wie ein Stimmzähler. »Ausgerechnet in unserm Wahlkreis.«

»Jetzt schreien sie im ganzen Distrikt, sie wollen anständige Schulen für ihre Kinder, verlangen ein Spital und – wie sie es nennen – Heimstätten für ihre Familien«, fuhr Bick fort. »Und etwa hundertfünfzigtausend Acres Ölland liegen in meinem Bezirk. Dazu die Stadt Benedict. Wenn sie nun ihre Stimme abgeben, und das werden sie, und auf ihren Forderungen beharren, das werden sie ebenfalls, dann werden sie nicht mehr den alten, das heißt: meinen Distrikt-Commissioner haben wollen, sondern einen andern aufstellen. Der bringt uns eine neue Steuerveranlagung, jeder Acre Land wird besteuert, und was dies bei einigen Millionen Acres bedeutet, könnt ihr euch ausrechnen. Reata ist dann nicht länger lebensfähig. Daß sie gewinnen, liegt nah. Und was für Reata gilt, Pinky, trifft auch für dein Double B zu; das brauch' ich dir ja nicht erst zu sagen.« Mit hilfloser Gebärde entfaltete er die Hände, breitete sie nach oben und blickte aus geröteten Augen stirnrunzelnd ins Leere, und Pinky dachte: Vashti hat recht, Bick läßt sich bei lebendigem Leib von Reata auffressen.

Richter Whiteside räusperte sich. »Du hast mit dem Bund ›Besseres Leben‹ über die Sache gesprochen, Bick.«

»Was geben die darauf, was ich sage! Es berührt sie überhaupt nicht. Jett Rink soll davon gehört und sich schief gelacht haben.«

Schweigen. Der heiße Golfwind raschelte in den Weinreben. Von fern aus der Prärie drang das Gestampf eines mächtigen Motors und von nahem der mexikanisch-spanische Ruf und Gegenruf zweier Erdarbeiter. Die fünf Männer sahen einander an. Jeder wartete, daß der andere etwas sage, bis schließlich Gabe Target den Anfang machte und wohlwollend bemerkte: »Ja also, Bick, wir dürfen selbstverständlich nichts unternehmen, was sich nicht ehrlich im Rahmen von Gesetz und Ordnung hält.«

»Selbstverständlich«, wiederholten die andern und sahen ihn aufmerksam an, worauf er nach einer spannunggeladenen Pause fortfuhr: »Ich möchte dir etwas vorschlagen, Bick, was sich auch ausführen läßt, habe aber zuvor einige Fragen. Wenn du nicht willst, brauchst du sie nicht zu beantworten. Allerdings ist mein kleiner Plan von der Beantwortung abhängig.«

Verdammter, aufgeblasener Narr! schrie Bicks innere Stimme, aber er sagte: »Also schieß los!«

»Offen und ehrlich: Der Distrikt-Commissioner ist dein Mann. Stimmt das?«

»Es stimmt.«

»Und deine Mexikaner – Vaqueros usw. – werden richtig wählen?«

»Sie wählen – richtig.«

»Alle?«

»Ja.«

»Ich hörte, einige der jüngeren mexikanischen Burschen, die nach Kriegsende heimgekehrt sind und sich hier niedergelassen haben, seien unruhige Gesellen, Schreier, die sich mit andern zusammentun und behaupten, sie seien zwar amerikanische Bürger, aber rechtlos, und was dergleichen Dinge mehr sind. Sie wollen nicht mehr Mexikaner, sondern Latein-Amerikaner genannt werden. Ich hörte auch, daß sich die mexikanischen Kriegsteilnehmer organisieren und daß diese Bewegung sich ausbreitet. Sie haben da allerhand demagogische Schlagwörter, um darzutun, was für tapfere, echte Amerikaner sie sind.«

»Nun und?«

»Wirst du mit denen fertig?«

»Ich bin noch immer mit ihnen fertig geworden. Man wird ihnen die Mäuler schon stopfen.«

»Um deinen Kandidaten durchzubringen, braucht es die Stimmen all deiner Leute. Andernfalls ist es aus.«

»Aus.«

Gabe Targets flache, stahlgraue kalte Augen zogen sich unter den väterlich buschigen Brauen in ihre Höhlen zurück. »Also, mein lieber Junge, was hast du davon, wenn eine lärmende, überbevölkerte Stadt auf deiner schönen Ranch aus dem Boden schießt ...«

»In dieser herrlichen Gottesnatur«, stimmte Ollie Whiteside, den Anlaß mit Eifer ergreifend, salbungsvoll einen Hymnus an, »wie man sie nirgendwo schöner antrifft, weder in unserm gesegneten Staat noch auf dem ganzen nord- und südamerikanischen Kontinent, noch in den unerforschten Wüsteneien Asiens ...«

»Na, wenn du das heutige Asien für wüst und unerforscht hältst«, warf Pinky keck ein, »kannst du dich ja auf allerhand Überraschungen gefaßt machen.«

»Kinder, Kinder!« schalt Gabe Target wie ein gutmütiger alter Schulmeister, und Bick, seine Ungeduld nur mit Mühe bemeisternd, ersuchte die beiden, nicht abzuschweifen; die Sache sei wichtig. »Ein paar Millionen spielen in Texas heut keine Rolle, aber für mich bedeutet Reata mehr als alles andere auf der Welt.«

Das ist ihm Ernst, dachte Pinky: mehr als alles andere auf der Welt, und er schwieg. Gabe jedoch redete so überzeugend weiter, daß alles, was er äußerte, zutreffend, verlockend und wohltätig schien. »Das ist ein edles Gefühl, mein Sohn«, sagte er, »es macht dir als echtem Benedict und Texaner alle Ehre. Also ich finde: Die Boys auf den Öllfeldern – zweifellos famose Jungen, wenn auch vielleicht zum Teil irregeleitet – sollten ihre eigene Stadt haben. Sie haben's verdient. Sie arbeiten schwer genug. Dann bleibt Benedict in bezug auf Bevölkerungszahl und Anlage das, was es war: ein nettes, kleines Städtchen mit eigener Obrigkeit und eigener Steuerverwaltung. Man muß nur die Grenzen des städtischen Wahlkreises so ziehen, daß sie wieder so sind, wie sie vor dem Ölboom waren. Außerhalb dieser Grenzen hat es heut so viel Menschen, daß sie ganz gut einen hübschen eigenen Wahlkreis bilden können. Diesem wird die ganze neue Arbeiterschaft mit Anhang fair und ehrlich und so schnell einverleibt, daß alle drin sind, ehe sie noch wissen, was los ist. Ihr versteht! Eigene Gemarkung, eigenes Gericht, eigener Commissioner, eigene Steuerverwaltung, und alles ist in schönster Ordnung. Sie können ihre Stadt, wenn sie Lust haben, zum Beispiel – Azahache nennen oder Town of Jett Rink, und er soll ihnen dann die Schulen bauen, auf die sie so scharf sind, und ihr Hospital und das Stadthaus und einen Sportplatz, eine Turnhalle und Wasserleitung und gepflasterte Straßen. Und Jett Rink kann die Steuern zahlen.« Gabe Targets Augenlider waren über die grausamen Augen gesenkt und gaben ihm das Aussehen eines gütigen Weisen.

Schweigen.

Endlich begann Bick: »Du glaubst, daß sich das verwirklichen läßt?«

»Richter Whiteside wird es euch besser sagen können als ich. Willst du so gut sein, Ollie? Bick will wissen, ob es sich verwirklichen läßt.«

Wieder räusperte sich der Richter, und seine Stimme war die eines Gesetzgebers: »Jeden Augenblick. Aber du mußt nicht, Bick.«

»Trinken wir eins!« riet Pinky.

Alles ging nach bewährtem Rezept, nach dem Kochrezept für ein sachgemäß zubereitetes mexikanisches Barbecue-Sandwich. Die vorausgegangene neckische Konversation war die milde, bebutterte untere Brotschnitte. Darauf rasch die heiße, gewürzte

Fleischfüllung mit scharfer Sauce. Darüber als oberste Brotschicht das nunmehr folgende harmlos angenehme Geplauder. Buck langte nach der Tischglocke, die neben ihm stand, und kaum war ihr Geklingel in der heißen, bewegten Luft verhallt, als auch schon zwei mexikanische Dienstmädchen erschienen, das erste mit einem Tablett Bourbon, Wasser und Eis, das zweite mit Kaffee.

Die Herren tranken feierlich, plauderten aber zwanglos. Ihre Stimmen klangen wie immer gedämpft, angenehm, nahezu musikalisch. Targets Blick ruhte auf Bick, dessen rotbrauner Teint wie Lack über einer grauen Unterschicht lag. »Na, Bick, wie macht sich Jordy als Doktor?« suchte er ihn aufzumuntern.

Benedicts Antwort ließ auf sich warten, kam aber dann trocken und beiläufig: »Du kennst doch die heutige Jugend. Jordy schlägt seiner Mutter nach, besser gesagt: ihrem Vater.«

Nun, da das heikle Thema angeschnitten war, konnte auch Whiteside seine Neugier nicht länger bezähmen. »Meiner Ansicht nach kann er die mexikanische Praxis dieses Rubén Guerra nur dazu benutzen, um klinisches Material zu sammeln und dran zu lernen, Erfahrung zu sammeln ...«

Bick antwortete nicht, und mit schleimiger Anteilnahme, hinter der ein gewisser Sadismus hervorlugte, fuhr der Richter fort: »Anders wäre es mir vollkommen unverständlich. Der einzige Sohn! Wo bliebe sonst sein Gefühl für Reata? Ganz zu schweigen von der Achtung für seine Eltern.«

Bicks ironisches Lächeln täuschte die vier Scharfsichtigen nicht, sowenig wie seine gleichmütige Antwort: »Was ist da zu wollen! Du kannst dein Kind nicht ans Pferd binden. Seine Begabung liegt eben auf anderm Gebiet. Ich werde auch ohne ihn fertig werden.«

»Für dich eine Kleinigkeit«, spendete Whiteside verlogenen Trost: »Bick, Junge, wie du gebaut bist! Du kannst noch gut und gern deine fünfzig Jahre im Sattel sitzen. Schau deinen Onkel Bawley an! Wie alt bist du jetzt, Bawley? Hundert Jahre oder tausend? Und bist so behend wie ein Eichhörnchen.« Es klang wie Hohn.

Gabe Target blies in ein anderes Horn. »Jetzt, wo der Krieg zu Ende ist, Bick, solltest du schauen, daß du einen tüchtigen jungen Mann bekommst, der sich auf Aufzucht, Futtermittel und rationelle Wirtschaft versteht, einen modernen Landwirt – wie du einer bist«, setzte er eilig hinzu. »Den kannst du dann anlernen, daß er dir die aufreibende Routinearbeit abnimmt. Am besten einen Studierten, aber einen, der mit beiden Beinen auf dem Boden steht, und zwar auf Texas-Boden.«

»Bob Dietz wäre der richtige«, fiel Pinky ein. »Den wollte ich dir schon vor Jahren ausspannen und ihn mit der Zeit zum Manager von Double B machen; damals war er ja noch zu jung dafür. Aber er hat nicht gewollt.«

Bicks Blicke durchdrangen den Laubvorhang der Veranda, suchten den Himmel und den goldbraun verdämmernden Horizont ab. »Ich habe auch schon mit ihm gesprochen, aber ich bin ihm zu altmodisch. Ihm schwebt was anderes vor. Technisch und wirtschaftlich. Es geht ihm auch nicht ums Geld. Er sagte, wer Geld scheffeln will, soll sein Glück an der Börse versuchen oder in der Ölindustrie, überall, wo er will, bloß nicht in Ackerbau und Viehzucht.«

Für Target und Snyth war dies eine Ketzerei, die sie keiner Antwort für wert hielten. Whiteside aber hielt es für angebracht, etwas zu hetzen: »Es geht mich zwar nichts an, Bick, aber es wird gemunkelt, daß dieser Dietz ein bißchen zuviel mit deiner Tochter Luz zusammenkommt – nicht öffentlich; zu Parties wird er nicht eingeladen, aber mal sitzt sie bei ihm im Wagen, mal er bei ihr im Flugzeug, und unterwegs kehren sie irgendwo ein …«

Bick zuckte wegwerfend die Schulter, doch seine Stirn war umwölkt. »Kinderei!« tat er die Sache ab. »Bob ist ja soweit ganz gescheit, aber er zersplittert sich. Luz hingegen ist der geborene Rancher und spricht mit jedem, von dem sie glaubt, etwas lernen zu können, ob's nun dem Dietz sein Jüngelchen ist oder sonstwer.«

»Er ist kein Jüngelchen.« Onkel Bawley öffnete plötzlich die tränenden Augen. »Er bringt es zu was.«

Die Heiterkeit, die diese Gesprächswendung auslöste, nahm Bicks weiteren Äußerungen die Schärfe. »Ja, dieser Veteran Bob Dietz findet, die Großranch sei zum Untergang verurteilt. Das Latifundiensystem nennt er es. Damit sind wir gemeint, Pinky. Er denkt, mit künstlicher Besamung und perennierendem Getreide sei man so weit, daß man sein Vieh nicht mehr mit Viehkuchen und Heu füttern müsse. Wenn du ihn hörst, könntest du meinen, er habe nicht nur das Pulver erfunden, sondern auch Lehmans Love grass und Sideoats grama und Blue grama und was es an neuen Hafer- und Grasarten gibt. Er hat jetzt unten am Valley ein Anwesen; er nennt es Versuchsanstalt und sagt …«

»Und wie steht's mit Wasser?« stieß Whiteside höhnisch hervor. »Hat er vielleicht auch künstliches Wasser erzeugt?«

»Gewissermaßen ja. Er sagt, man könne das Wasser so aufstauen, daß es den ganzen Kontinent befruchtet. Das Tennessee Valley sei erst ein Ansatz dazu. Man werde in Zukunft auch Mittel und Wege finden, das Meerwasser zu entsalzen, und den Golf von

Mexiko als Süßwasser nach Texas leiten. Sagt er. Wann, sagte er nicht, auch nicht, was es kostet.«

»Wenn sie je Wasser nach Texas kriegen, Gott weiß, was dann noch geschieht!« rief Gabe Target, und Onkel Bawley verkündete mit seiner noch immer melodischen Stimme: »Kinder und Enkel werden Reata wie einen Kuchen in Scheiben schneiden, und jeder Acre wird einen Ochsen ernähren.«

29

Selbst nach so langer Zeit war Mrs. Benedict jedesmal wie betäubt, wenn sie aus den kühlen Räumen des Haupthauses in die texanische Sonnenglut trat. Das Große Haus summte von Ventilatoren, doch hier im Haupthaus gewährten die alten, massiven Mauern genügenden Schutz. Mehrmals hatte sie ihrem Mann vorgeschlagen, sich ins Schlafzimmer eine Klimaanlage einbauen zu lassen, aber er hatte abgewehrt: »Lieber schlafe ich mit einer Frau, die schnarcht, als mit so einem Ding.« Nicht einmal in seinem Büro wollte er es. »Sollen sich doch die Barbecue-Shacks eines anschaffen«, sagte er. »Das ist was für die Herren Zillionäre in Houston und Hermoso, für Neiman-Marcus und Hotel Hake. Ich bin in der Texassonne aufgewachsen. Sonne und Schweiß haben Texas zu dem gemacht, was es ist.«

»Du redest wie Onkel Bawley«, bemerkte frech wie immer die Tochter Luzita.

Nun aber saß sie mit ihrer Mama vorne im Wagen und Juana mit ihrem kleinen Polo-Jordan hinten, um zu Bob Dietz auf die Farm ins Valley zu fahren. Leslie schaute besorgt auf den Kleinen. »Wenn wir in Fahrt sind, wird's hoffentlich kühler.«

»Wir kommen gehörig in Fahrt«, kündigte Luz an, löste die Bremse und gab Gas.

»Bitte, keine Kunststücke, Luz! Wir haben zwei Stunden hin und zwei zurück. Juana, meinst du nicht, daß es für Polo zuviel wird?«

»Das hat er gern; er hat sich so auf die Fahrt gefreut, daß er fast nichts gefrühstückt hat.« Juana sprach schulgerecht englisch. Ihre schwebende dunkle Stimme hatte nichts von dem schrillen Klang vieler mexikanisch-amerikanischer Frauen. Ihr Großvater Polo war spanischer Abkunft. Daher die Cremefarbe ihrer Haut, die glutvollen Augen und das reiche, seidige Haar. Um den Hals trug sie die Perlenschnur, die ihr Leslie geschenkt hatte, ein Familienerbstück der Benedicts, und es war, als spiegele sich das Perlengeleuchte auf ihrer durchsichtigen Haut. Der Teint des kleinen Polo hatte hingegen die gleiche Farbe wie der seiner mexikanischen Großmutter und Urgroßmutter: Kaffee mit einem kleinen Schuß Milch.

Sie näherten sich dem Großen Haus, vor dem einige Wagen warteten. Aus dem Portal traten etliche Unbekannte. Leslie als Herrin des Hauses neigte fast automatisch das Haupt zum Gruß, und obwohl sie nur eine ungefähre Ahnung hatte, wer diese Woche und speziell heute erwartet wurde, lächelte sie ihnen zu und winkte freundlich.

»Es kommt mir vor«, bemerkte Luz, »als bekämen wir immer ausländischere Besucher. Wer ist denn das schon wieder?«

»Nichts sehr Wichtiges«, meinte Leslie. »Nächste Woche wollen sie auf einer Rundfahrt Texas besichtigen.«

»Stimmt es, daß auch ein Königspaar mit von der Partie ist? Es klingt wie ein Witz.«

»Zwei arme Hascherln, wie man in ihrem Stammland sagt. Außer ihnen ist noch ein ganzer Schwarm von Gästen angemeldet. Eine bizarre Auswahl; ich möchte wissen, wer sie getroffen hat. Jordans Sekretärin oder sonstwer …? Ich habe die Liste gesehen. Unmöglich, daß die sich alle für unser Vieh interessieren! Nicht einmal für Reata!«

»Wer steht denn noch auf der Liste?«

»Na, unter anderem ein Boxchampion, ein südamerikanischer Botschafter, eine Filmdiva, die sich in Kalifornien eine Ranch gekauft hat und Viehzucht treiben möchte. Ihr Mann kommt auch. Ja, und außerdem deine Tanten Maudie und Leigh; die haben grad noch gefehlt.«

»Mama, ich werde vielleicht verhindert sein, sie zu begrüßen«, baute Luzita vor, aber das wollte die Mutter nicht zugeben. »Es geht nicht, Luz. Wir und die ganze Gesellschaft sind zur Einweihungsfeier des neuen Flugplatzes eingeladen.«

»Dem von Jett Rink! Dann komme ich auf einen Sprung und seh' mir den Rummel an. Aber auf die Massenabfütterung hinterher verzichte ich.«

»Papa legt Wert darauf, daß wir zum Bankett erscheinen.«

»Lächerlich! Wozu?« opponierte Luzita.

»Weil alles kommt, und wenn wir wegblieben, sähe es komisch aus. Für Papa spielen politische Gründe mit; im übrigen ist ihm die Sache genauso unsympathisch wie dir und mir. Aber Roady hat ausdrücklich darum gebeten, daß du kommst und Maudie und Jordy und ...«

»Und ich!« kam Klein Polos Stimmchen vom Rücksitz.

»Nein, mein Schatz, du brauchst auf die Politik noch keine Rücksicht zu nehmen.« Lächelnd drehte sie sich nach ihm um, tätschelte die Kinderhand und sah in die schwarzen Augen, die fast kummervoll dreinschauten, und wiederholte: »Noch nicht.«

»Aber ich habe Hunger«, begehrte der Kleine auf.

»Siehst du wohl!« sagte Mama Juana. »Das kommt davon, daß du nicht frühstücken wolltest.«

»Ich will jetzt frühstücken.«

Luz warf ihm vom Volant einen Blick zu: »Puppsywuppsy, du mußt bis hinter Nopal warten.«

»Ich habe aber Hunger.«

»Gleich, gleich, mein Liebling!« beruhigte Juana den Unschuldigen. »Sobald wir im Valley sind, bekommst du deine Milch, und wir trinken Kaffee, und bei Bob Dietz essen wir zu Mittag.«

»Ich will zu dem Lämmchen!«

Sie sausten durch Benedict. Die alte Main Street war Mittelpunkt eines Geschäftsviertels geworden. Schaufenster an Schaufenster, alle mit Spiegelwänden, und in den Auslagen Aluminium, Email, Kühlschränke jeden Formats, Waschmaschinen in jeder Preislage, Staubsauger, die um jeden Preis gekauft werden wollten. Was früher ein Zehn-Cent-Basar gewesen, war jetzt ein Dollar-Basar. In allen Geschäften liefen ununterbrochen die neuesten Platten. Bis auf die Straße hinaus hörte man ihr Gejaule: »Why do you make me feel so blue?« und »Don't you want me as I want you?« Mexikanische Weiber mit je vier Kindern und außerdem schwanger strömten hinein, drängten sich zwischen den Ladentischen, befühlten die verlockend und reichlich ausgebreiteten Waren und widerstanden sowenig wie ihre Kinder der Versuchung, die schönen Sachen aus Plastik, Zellstoff, Galalith mit ihren schmalen Fingern zu tätscheln. Raffinierte Haushaltungsgegenstände, rosa Damenhöschen zu 59 Cent mit Maschinenstickerei: an der verfänglichsten Stelle eine Sonne, in deren goldgelben Strahlen die eingestickte Inschrift prangte, HE LOVES ME – Er liebt mich.

Ildefonso Mezos Werkstatt war ein Laden geworden, auf den nur noch Fremde hereinfielen. Touristen aus Iowa, New York und Missouri kauften dort verzierte Cowboystiefelchen, auf deren hohen Absätzen ihre Knäblein zurück in den wartenden Familien-Car humpelten.

Der mottenzerfressene Longhornstier stand noch immer unter Glas an der alten Stelle. Er, der zu Lebzeiten nur das Brüllen und Stampfen der Rinderherden und den raschen Hufschlag der Rosse gekannt hatte, starrte nun grämlich auf den Verkehrspolizisten, der das Defilee der Autokolonnen regelte. Leslie sah aus dem Wagen nach rechts und links und sagte zu Luz: »Das hättest du damals sehen sollen, als ich als Braut hierherkam! Wie alles sich ändert! Sozusagen von einem zum anderen Tag!«

»Gott sei Dank, Madam!« lachte Luz.

»Ich werde niemals die erste Woche vergessen«, sann Leslie vor sich hin. »Alles – außer deinen Papa – fand ich abscheulich. Die Hüttchen der Vaqueros waren schlimmer als die der Neger in meinem Virginia. Und die Texas-Nahrung war Steak, Steak, Steak, und das Steak war wie Sohlenleder.« – »Ist es noch«, bemerkte Luz.

»Im Hause Benedict nicht mehr. Und in der Barrios stehen jetzt moderne Häuser, und man spricht endlich davon, daß ein Krankenhaus gebaut werden soll und ein neues Schulhaus.«

»Die Schule für die lateinamerikanischen Kinder ist eine Schande«, kam es leise von Juana. Klein Polo war neben ihr eingeschlafen. Leslie wandte sich nach ihr um, nahm das liebliche Bild der jungen Mutter mit ihrem schlummernden Kind in sich auf und sagte: »Ich weiß, liebste Juana. Wir müssen auch weiterhin zäh und beharrlich kämpfen.«

Das Tempo, in dem sie durch das endlose Flachland sausten, hätte jeden Nicht-Texaner in Schrecken gesetzt. Dort das neue, prächtige Haus gehört Fidel Gomez, der in Ölüberschüssen schwelgte und kaum mehr dran dachte, wie er mexikanische Saisonarbeiter, Männer, Frauen und Kinder, ins Valley verfrachtet hatte, damit sie für einen Hungerlohn reiche Ernten einbrachten.

Und wie sich Nopal verändert hatte! Wo ehedem in dürftigen Wohnhütten Frauen den Teig mit der Hand bearbeiteten, stand nun eine Tortilla-Fabrik. Die alte Kurzwarenhandlung war jetzt ein Warenhaus mit prunkvollen Schaufenstern, in deren einem ein Schild anpries: LADY CASTLEMERES LEINTÜCHER. UNSER INSERAT IN »LIVE«. Vor der Auslage schneeiger Leinwand stand eine schwarzgekleidete Mexikanerin mit vier Kindern an ihren Schößen. Sie hatten nie zwischen solchen Bettüchern geruht; man sah ihnen an, daß sie auch nie in die Lage kämen. Bei ihnen hatte sich nichts geändert.

Kinoplakate propagierten West- und Wildwestfilme: GRENZER UND GAUNER. DIE COWBOYBRAUT. HEISSE PRÄRIE. – Das heißt Eulen nach Athen tragen, dachte Leslie, während der Wagen durch glühende Ortschaften fuhr, und sie sagte: »Könnt ihr euch vorstellen, daß vor noch nicht hundert Jahren der Kongreß einen Kredit bewilligte, um Kamele nach Texas zu importieren? Ich habe es dieser Tage gelesen. Sie kamen mit ihren Treibern aus Syrien, Alexandria, Konstantinopel und fanden besonders bei der Armee Verwendung. Denkt nur: Wenn damals in der Prärie ein texanisches Pionierweib des Nachts zur Türe herausguckte, stand vor ihr im Mondenschein ein wiederkäuendes Kamel!«

»Ich will das Kamel sehen«, verlangte Klein Polo.

»Das Kamel ist fort, Schätzchen. Aber schau mal, das riesige Haus da mit all den Aluminiumschornsteinen, oder was es ist!«

Luz erklärte es für eine Lexanese-Anlage, worunter sich ihre Mutter sowenig vorstellen konnte wie Polo und staunte: »Wann haben sie das nur gebaut? Ich habe nie was davon gehört, geschweige gesehen. Ich muß mich wirklich mehr umtun. Ich werde sonst noch ein Stubenhocker.«

»Warum bist du auch so eigensinnig, Mama; ich habe dir soundso oft angeboten, ich will dich im kleinen Flugzeug ein bißchen herumfliegen, aber du willst ja nie. Auf diese Art siehst du natürlich nichts von der Welt.«

»Und ihr? Was seht ihr von der Welt, wenn ihr im Flugzeug sitzt? Flache kleine Quadrate und Rechtecke, zwischen denen etwas herumkriecht, das ebensogut eine Wanze sein kann wie ein Mensch. Für euch ist Tennessee ein rot-rosa Schachbrett, Louisiana ein schwärzlich-rotes Geschmier und der Mississippi ein gelbes Band, das sich durch alles hindurchschlängelt. Ihr seht nie mehr etwas vom Boden aus und damit von Grund auf. Ihr reitet, ihr chauffiert, ihr fliegt, aber ihr wandert nicht.«

»Bob sagt, du hättest vergessen, mich gehen zu lehren. Aber was ich von oben sehe, Frau Lehrerin, erfreut mein Herz. Kannst du das auch von dem behaupten, was du hier unten siehst?«

»Luzita, erzähle mir lieber, wie Bobs neues Haus ausgefallen ist! Hübsch?«

»Hübsch wie ein Güterwagen. Du könntest das ganze Ding in unserer Speisekammer unterbringen.«

»So, so! Das also sind die modernen Pioniere. Mein Gott!«

»Ma, du und Pa, ihr macht euch wohl wegen Bob und mir Gedanken?«

»Gedanken, i wo! Ich finde, er ist ein netter, tüchtiger junger Mann, und glaube nicht, daß du jeden Mann, der dich interessiert, gleich heiraten willst.«

»Nicht jeden, nur einen. Bob und ich haben darüber gesprochen. Er sagt, er heiratet keine, die eine Reata-Ranch auf dem Buckel hat.« Luzitas Stimme klang gleichmütig, und ihre Aufmerksamkeit war auf die Straße gerichtet, und doch schien irgend etwas in ihr um Hilfe zu bitten. Das fühlte die Mutter und sagte: »Deine Tante Luz, deren Namen du führst, hielt Reata für wichtiger als die Ehe.«

Luz sagte nichts, doch während sie schweigend weiterfuhren, wandte sie einmal den Kopf nach der Mutter, als erwarte sie eine Fortsetzung. Dann richtete sie ihr Augenmerk wiederum auf die Fahrbahn.

Die Mutter spann ihre Erinnerungen gelassen weiter: »Sie war in Cliff Hake verliebt – den Vater von Vashti Snyth – und er auch in sie, aber er wollte nicht nach Reata übersiedeln, und sie wollte nicht auf Double B leben, und ihre beiden Ranchs in eine verschmelzen wollte man auch nicht. Infolgedessen ist sie eine alte Jungfer geworden und auf Reata gestorben.«

»Ich bin jung, auch wenn ich schon über Zwanzig bin. Ich bin jung im Geist«, scherzte Luz. »Neulich habe ich mit Jett Rink getanzt.«

»Nein! Luzita!«

»Kaum zwei Minuten. Er war betrunken, aber nicht sinnlos.«

»Wann war das?«

»Letzte Woche, als ich nach Houston zur Party ging. Wir speisten bei Shamrock im Smaragd-Room, und auf einmal kam Glenn McCarthy mit noch so einigen großen Tieren herein, unter ihnen Jett Rink. Er trug eine Art Mississippi Gaylord Ravenal und sah gar nicht übel aus, sogar recht stattlich, hat sich auch nicht geniert, an unsern Tisch zu kommen und mich zum Tanz zu bitten. Ich dachte, besser, ich riskier's, als daß ich es zu einem Krach oder womöglich einer Schlägerei mit unseren Herrn kommen lasse.«

»Was hat er gesagt?«

»Lauter Quatsch. Er hat immer noch eine Wut auf die Benedicts – außer auf dich und mich, hat natürlich wieder von dir geschwärmt und dann gesagt, es wäre nett, wenn ich ihn heiraten würde, der blöde Affe.«

»Ich habe Hunger!« Polo war wieder wach. Die Großmama wandte sich nach ihm um: »Gut, mein Liebling, wir werden irgendwo halten.«

»Ich will mein Frühstück«, verlangte der Liebling, worauf seine Tante Luz, ohne sich nach ihm umzusehen, rief: »Deine Konversation, holder Engel, ist etwas monoton. Noch eine Meile, dann kommen wir an ein sauberes neues Lokal. Bob und ich haben dort neulich abends geröstete Sandwiches gegessen. Sehr zu empfehlen. Ich habe auch Lust auf eine Coca.«

Vor dem Lunch-Room an der Chaussee standen in buntem Durcheinander etwa ein Dutzend Lastwagen, Jeeps und Privatautos. »Geht einstweilen hinein«, sagte Luz, »ich will den Wagen lieber etwas abseits parken, sonst brettert so ein rücksichtsloser Lastwagenfahrer mir noch hinein.«

Leslie nahm den Kleinen, der noch etwas unsicher auf den Beinen war, bei der Hand. Es tat ihr wohl, sein samtweiches Händchen zu fassen. Er blickte stolz zu ihr auf, und sie versprach ihm: »Jetzt gibt es was Gutes, aber wir wollen nicht zuviel davon essen, sonst verderben wir uns den Appetit für das feine Mittagessen bei Onkel Bob.«

»Ich will zu dem Lämmchen.«

»Ja, du kommst zu dem Lämmchen, mein Liebling. Soo, jetzt hier die Stufen hinauf, eins, zwei, drei …«

Radiomusik. Eine Kaffeekredenz. Stahltische mit roten Sesseln in Lederimitation. Hinterm Bartisch eine ältere, abgearbeitete Person. An der Registrierkasse ein Mann in Hemdsärmeln mit rotem Gesicht. Eine Kellnerin mit nassem Lappen beim Tischabwischen. Am Bartisch Chauffeure. Frauen und Kinder essend an Einzeltischen.

Einen Moment steht die Großmama mit dem Enkelkind und der Schwiegertochter unschlüssig in dem dunstigen Raum. »Wir setzen uns an den Tisch dort in der Ecke«, empfiehlt Juana. »Vielleicht gibt es für dich, mi vida, einen hohen Stuhl.«

»Ich will keinen hohen Stuhl, ich bin groß.«

Sie setzen sich. »Wo bleibt Luz?« fragt Leslie und stopft Polo eine Papierserviette ins Krägelchen, die er sogleich wieder herausreißt.

»Hier werden keine Mexikaner bedient.«

Sie haben es nicht gehört. Oder wenn sie die Worte hörten, hat ihr Bewußtsein deren Sinn nicht erfaßt. Der Mann, der sie sprach, kommt hinter der Registrierkasse hervor und wiederholt lauter: »Hier werden keine Mexikaner bedient.«

Leslie schaut sich um. Nirgends sind Mexikaner zu sehen. Und der Wirt stiert sie und Juana und Polo an. Was will er nur? Sie versteht nicht und fragt irritiert: »Wie bitte?«

»Haben Sie nicht gehört?« Er deutet mit dem Daumen zur Tür: »Raus!«

Die Männer an der Bar und die Frauen an den Tischen wechseln Blicke, gucken nach den zwei Damen mit dem Bübchen, lassen sich aber im Essen und Trinken nicht stören. Leslie ist aufgestanden, Juana auch. Polo rutscht von seinem Sitz herunter und kommt zu seiner Mama. Leslie sagt: »Zu mir können Sie das doch unmöglich sagen.«

»Und ob ich es kann! Zu Ihnen und der da. Mein Lokal ist nicht für Mexikaner. Ich will keinen Stunk. Also hinaus!«

Die Frau hinterm Bartisch mahnte ihren Mann: »Sei doch nicht immer so heikel, Floyd! Sie tun dir ja nichts.«

Leslie fühlt, wie ihre Kehle trocken und ihre Lippen sonderbar steif werden, und als der Wirt sein »Hinaus!« wiederholt, hat sie nur die Antwort: »Ich glaube, Sie sind nicht recht bei Trost.«

»Was erlauben Sie sich!« kläfft der Hemdsärmelige.

In diesem Augenblick kommt Luz ahnungslos, munter herein,

sieht Mutter und Schwägerin bleich vor Empörung und die Gäste neugierig schadenfroh. »Was geht hier vor?«

Der Wirt glotzt das blauäugige goldblonde Mädchen an, deutet mit dem Finger auf ihre Angehörigen – Mutter, Schwägerin, Neffen –, aber noch ehe er seine entwürdigenden Worte wiederholen kann, sagt Leslie: »Der Mann will uns nichts servieren. Mexikaner werden hier nicht bedient. Er hat uns die Tür gewiesen.«

Das Blut schoß Luz in die Wangen; ihre Augen loderten blau wie eine Stichflamme, und Leslie dachte mit dem kleinen Gehirnteil, der noch zu ruhigem Denken imstande war: Jetzt sieht sie haargenau aus wie Jordan, wenn er in Wut ist.

»Sie Mistkerl!« stieß Miss Luz Benedict aus innerster Überzeugung hervor. Der Wirt wollte auf sie los. Seine Frau kreischte: »Floyd!« Er brüllte: »Scheren Sie sich zum Teufel mitsamt Ihren Scheißmexikanern!« Dabei gab er dem kleinen Polo einen Schubs, daß das Kind vorwärts taumelte und gefallen wäre, wenn Luz es nicht aufgefangen und auf den Arm genommen hätte. Und als wäre sie selbst noch ein kleines Mädchen, schrie sie den Grobian an: »Ich sag's meinem Vater! Der schlägt Sie tot! Wissen Sie, wer mein Vater ist? Er ist ...«

»Nicht, nicht, Luz!« fiel ihr die Mutter ins Wort. »Keinen Namen nennen! Kommt!«

Im Hinausgehen hörten sie durch die offene Tür, wie die Wirtin ihren Mann schalt: »Bist du verrückt, Floyd? Nur das Kind und seine Ma sind Cholos, die zwei anderen nicht.«

»Ha, du willst mich belehren? Die Alte mit ihrem schwarzen Haar und der gelblichen Haut – wenn die keine Farbige ist, freß ich 'n Besen.« –

Leslie nahm Juanas Arm. »Kommt, Kinder!« Und streichelte ihren Enkel: »Schscht! Brauchst nicht zu weinen, Polo!«

»Das ist ein böser Mann«, würgte Polo, stoßweise schluchzend, hervor.

»Ja, mein Schatz.«

»Ich habe Hunger, ich will mein Frühstück.«

Während sie in den Wagen stiegen, suchte Leslie ihn zu beruhigen: »Die Großma setzt sich jetzt zu euch. Bei dem bösen Mann gibt es gar keine gute Milch. Beim nächsten Geschäft steigt Tante Luz aus und holt dir eine Flasche Milch und Brötchen. Du darfst die Milch durch einen Strohhalm trinken, während wir weiterfahren; dann sind wir schneller bei Bob und dem Lämmchen. Gelt, das ist fein?«

30

Endlich rang ihnen Leslie das Versprechen ab. Bis zu Bobs Farm (und dann wieder auf der Heimfahrt) hatte sie immer von neuem gebeten: »Haltet bitte den Mund bis nach dem gräßlichen Jett-Rink-Bankett! Bitte, Juana, sag Jordy nichts! Ich bitte dich, Luz, erzähle weder Bob noch deinem Vater von dem Vorfall! Ihr wißt doch, wie jähzornig sie sind. Sie ließen sich zu etwas hinreißen; die Sache käme in die Zeitungen, und denkt doch nur: all die Gäste im Großen Haus und die Tausende bei Rinks Party! Laßt die erst vorübergehen! Nächste Woche, das verspreche ich euch, werden wir alles gemeinsam in Ruhe besprechen.«

»In Ruhe!« hatte Luz am Lenkrad geschrien. »Wie du dir das

vorstellst! Sobald wir bei Bob sind, sage ich es ihm. Ich spring ihm damit ins Gesicht. Er muß den Mistkerl killen.«

»Luzita, ich verspreche dir, ich lasse den Fall nicht auf sich beruhen. Meine Hand darauf. Nur im Augenblick ist es unmöglich. Man muß immer den richtigen Zeitpunkt abwarten, um die geeigneten Schritte zu tun. Dein Papa und Gabe und Richter Whiteside ...«

»Whiteside, der schleimige Kriecher? Der Duckmäuser?«

»Nur Ruhe! Jetzt sind wir verrückt, weil sich der Kerl so benommen hat. Dabei sind uns diese Zustände schon seit Jahren bekannt. Nur haben immer die andern darunter zu leiden gehabt. Jetzt ist es uns passiert, uns Benedicts auf Reata. Ja, und da schreien wir!«

»Eben drum ist es höchste Zeit«, drängte Luz, »man muß losschlagen.« Die Augen der Tochter funkelten, und die der Mutter blickten besorgt, als sie erwiderte: »Sehr richtig, Kind, aber nicht im ungeeignetsten Augenblick. Ich bitte euch, nur jetzt keinen öffentlichen Skandal!«

Doch tief in ihr, während sie derart plädierte, höhnte die innere Stimme: Ja, bist du soweit? Umgefallen? Zu Kreuz gekrochen? Fünfundzwanzig Jahre lang hast du dagegen geredet, die Nase hochgetragen, und jetzt, wo es zum Klappen kommt, weichst du aus! Hast du dich anstecken lassen, hast du Angst, deine Meinung zu sagen, zu handeln! Triff die Giftschlange, bevor sie sich ein zweites Mal an dich heranwagt! Schrei es heraus, was dir und deiner Familie geschehen ist, und kümmere dich nicht um die albernen Gäste, das Öl, das Bankett, die Ranch und Texas! Es geht um mehr, es geht um die Menschen.

Am Abend um sechs im Schlafzimmer. Bick reckt und dehnt

sich auf der Couch und sieht zu, wie seine Gattin Coldcream auf ihre erhitzten Wangen tut. »Zum Kuckuck, was ist bei Bob Dietz denn nur vorgefallen?« fragt er. »Ihr seid ja von dort zurückgekommen, als hätten euch Karankawas skalpiert. Juana sah ganz verheult aus. Luz hat mir nicht einmal guten Abend gesagt, ist weg, als hätte sie mich überhaupt nicht gesehen. Was ist das für eine Art! Haben die zwei sich zerzankt? So rede doch? Was ist geschehen?«

»Nichts, ich glaube, sie sind nur überreizt, übermüdet.«

»Meinetwegen sollen sie ihre Mädchengeheimnisse für sich behalten. Aber du siehst auch schauderhaft aus.«

»Danke, mein Freund!« Sie fuhr fort, Coldcream zu verschmieren. »Eine so reizende Schmeichelei vor dem Dinner fördert das gute Aussehen einer Dame in hohem Maße.«

»Gabe, Pinky und Whiteside wollten nicht zum Essen bleiben, aber Onkel Bawley fährt erst morgen nach Holgado zurück.«

»So, so. Habt ihr eure Geschäfte glücklich erledigt?«

In ihre Rede mischte sich, wie schon seit einigen Jahren, texanischer Slang. »Ihr habt dagehockt, als hättet ihr's faustdick hinter den Ohren, wie ein paar Lausbuben, die Nachbars Obstgarten plündern wollen.« Nach einer Pause: »Na, ging's?«

»Fein!«

»Worum handelt sich's?«

»Nichts, was dich interessiert, Darling. Lokalangelegenheiten. Die Wahlen und was damit zusammenhängt.«

Sag ihm auf der Stelle, drängte die innere Stimme, daß seine Frau, sein Enkel und seine Schwiegertochter unterwegs aus einer Kneipe herausgeschmissen wurden! Sag ihm, daß er daran schuld ist und du daran schuld bist und jeder Mann, jede Frau, die so feig ist wie ihr! Aber sie sagte ihm nur: »Wir haben das Lämmlein im Wagen mitgebracht. Bob hat es Polo geschenkt.«

»Ihr wollt wohl aus einem Benedict einen Schafmann machen! Daß sich das nur nicht in unserer Kuh-Gegend herumspricht!«

»Polo will das Tierchen mit aller Gewalt in einer Kiste in seinem Schlafzimmer halten. Juana hat eine schöne Last!«

Bick, der sich das ausmalte, lachte hell wie ein Junge, wurde aber gleich wieder ernst und sagte nach kurzem Schweigen: »Leslie, ich wünschte, sie würden hier auf Reata wohnen, ich meine dauernd, nicht bloß zu kurzem Besuch. Glaubst du, sie wären dazu bereit? Dem Bübchen gefällt es doch hier?«

»Außerordentlich. Er fühlt sich bei uns wie im Himmel.«

»Dann sprich doch mal mit Juana darüber, ja? Wenn Jordy sieht, wie glücklich sie mit dem Kleinen hier ist, gibt er vielleicht die stinkende Klinik in Vientecito auf und läßt sich auf Reata nieder, wo er hingehört.«

Als wüßte sie nicht genau, daß sein schöner Plan aussichtslos war, stimmte sie ihm lebhaft zu: »Das wäre reizend. Gleich morgen spreche ich mit Juana.«

Er seufzte erleichtert auf, als sei das Unmögliche schon erreicht. »Komm, nehmen wir noch einen Drink zur Stärkung! Ich muß dann hinunter zu Onkel Bawley.«

Sie bestellte Bourbon. Er erkundigte sich nach Bob Dietz und seiner Versuchsstation, wie das Gras dort stehe, und sie antwortete: »Dicht wie die Borsten auf einer Bürste. Man glaubt gar nicht, in Texas zu sein. Alles bis auf den Millimeter auskalkuliert. Wie in einem physikalischen Laboratorium. Die Pflanzungen gehen bis dicht an die Haustür. Es fehlt nur noch, daß in den Zimmern Futter gesät wird.«

»Hast du sein Vieh gesehen?«

»Zum Teil. Es sieht – wie soll ich es ausdrücken – nach glücklicher Wirtschaft aus. Er sagt, er will einen soliden Schlag; auf Abnormitäten sei er nicht scharf.«

»Der Rotzjunge!«

»Jordan! Nicht ungerecht sein! Der Junge ist gut; das weißt du. Und vielleicht ist er auf dem richtigen Weg. Das heißt viel!«

»Darling, jetzt spricht deine Tochter aus dir. Ich möchte aber wissen, was du von ihm hältst.«

»Bob Dietz ist ein feiner Mensch, und das besagt mehr, als wenn er nur geschäftstüchtig wäre. Für meinen Geschmack ist er ein bißchen zu ernst. Er hat wenig Sinn für Humor. Aber vielleicht ist dies ein Zeichen künftiger Größe. Giganten sind meistens stur – du selbstverständlich ausgenommen.«

Das mexikanische Hausmädchen kam mit dem Gewünschten. Er entkorkte den Bourbon, goß erst ihr ein, dann sich. »Das haben Sie wieder mal schön gesagt, Lady.« Aber er lächelte nicht. »Glaubst du, daß Luz ihn heiraten wird?« fragte er. »Das weiß ich wohl sowenig wie sie. Jedenfalls hat Bob keine Lust, Reata zu heiraten. Das tut er nicht, selbst wenn er deswegen Luzita verlieren müßte. Dabei ist er verrückt nach ihr. Aber so verrückt wiederum nicht.« Sie tranken. »Nicht so töricht«, korrigierte sie sich. »Ich habe ihr heute von ihrer Tante Luz und Cliff Hake erzählt, aus der Zeit, als er noch nicht der alte Hake und sie noch keine alte Jungfer war.« Bick durchmaß unruhig das Zimmer, und sie fuhr fort: »Ich dachte, es sei für Luzita nützlich, darüber nachzudenken, was sie verliert, wenn sie ihr Herz statt an einen Mann an etwas so Unwichtiges hängt wie eine Ranch.«

»Deswegen braucht sie keinen Drecksfarmer zu heiraten. Und sie wird's auch nicht. Dafür werde ich sorgen.«

»Vergiß nicht: Wir sind bereits mitten im zwanzigsten Jahrhundert!« Sie ging zum Toilettentisch, um ihre Haare zu bürsten.

Er blickte vergrämt: »Wie gern vergäße ich es«, und fuhr sich über Augen und Stirn. »Es war ein verruchter Tag.«

Leslie horchte, auf. »Was ist geschehen?«

»Nichts. Oder alles. Nachdem die drei alten Boys weg waren, habe ich noch eine Weile mit Bawley gesprochen. Er erinnert mich immer an eine hundertjährige Riesenschildkröte. Ich habe ihn gern, aber er kann einen verrückt machen mit seinem Augengewisch und Gebrabbel. Neuerdings spielt er sich gern als Prophet auf.«

»Bist du deswegen so verstimmt? Was hat er denn prophezeit?«

»Ach nichts. Es ist eben alles belämmert. Dieser verdammte Rink-Rummel kommende Woche! Bawley sagte: ›Und wenn das ganze Öl verbrennt, mich seht ihr dort nicht mal als Leiche.‹ Offen gestanden, mir ist es genauso zuwider.«

»Ausgezeichnet. Dann bleiben wir eben weg!«

Bick sank in sich zusammen. »Wir müssen. Weil alle gehen. Wir wären sonst auf tausend Meilen im Umkreis die einzige Ausnahme. Es steht zuviel auf dem Spiel. Wenn wir nicht zum Bankett gehen, sind wir ärger in Verruf, als wenn wir uns dort splitterfasernackt sehen ließen. Niemand kommt gern, aber alle tun's. Nicht auszudenken, daß so ein Schweinehund anständige Leute zu etwas bringen kann, das ihnen zum Kotzen ist!«

»Er kann es nicht. Wir brauchen nicht nach seiner Pfeife zu tanzen.« Ihre Haarbürste in der Hand, stand sie vor ihm und betonte, heftig damit gestikulierend: »Aber das ist es ja! Du tust immer – wir tun immerzu Dinge, deren wir uns vor uns selber schämen, und unterlassen Dinge, zu denen es uns innerlich drängt.«

Bick – unwillig –: »Von was für Dingen redest du?«

»Von dem, was du eben selber erwähnt hast! Von dem schmählichen Massenkotau vor einer Landplage wie diesem Jett Rink und nicht nur von ihm; es gibt noch tausend andere Landplagen. Das Öl! Und die Riesenranch! Und der Rassenhaß, die Diskriminierung der Mexikaner, der Farbigen, und wie feine, anständige Menschen hierzulande behandelt werden! Und man tut nichts dagegen. Drum ereilt es auch dich und mich. Hundert Jahre ist es unsereinem sehr gut gegangen, und es kann vielleicht noch hundert Jahre so weitergehen. Aber es ereilt auch uns. Es ereilt jeden. Es hat noch jeden ereilt.«

»Du könntest in einen Debattierklub eintreten.« Er wandte sich müde ab, warf sich auf die Couch; seine Stiefel zerkratzten den seidenen Überzug.

Sie setzte sich neben ihn. »Bick, fühlst du dich nicht wohl?« fragte sie besorgt.

Er fuhr auf. »Seit wann nennst du mich Bick?«

»Habe ich Bick gesagt? Es ist mir gar nicht aufgefallen.«

»Eben jetzt hast du's getan! Früher niemals. Alle andern sagen Bick zu mir. Du hast mich nie anders als mit meinem richtigen Namen gerufen, seit wir uns kennen. Und heut nennst du mich Bick. Ist das nicht sonderbar? Heißt das vielleicht, daß du von deinem Jordan genug hast?«

Sie glitt zu ihm nieder; ihre Wange ruhte an seiner, ihr Arm lag auf seiner Brust. »Liebster! Jordan ist mein Mann. Bick ist mein Freund.«

»Dann sag deinem Freund, er hat im Schlafzimmer meiner Frau nichts verloren; er soll sich zum Teufel scheren!«

Aber er lachte nicht, als er dies sagte. Stumpf, unempfindlich für ihre zärtliche Nähe, lag er da, und als er nach einer Weile zu sprechen begann, waren es abgerissene Worte, als lasse er alle die Zweifel, Befürchtungen, Nöte, die ihn seit Wochen, seit Jahren bedrängten, nur widerstrebend ans Tageslicht. »Ereilt – ich glaube, es hat mich – die alten Boys heute nachmittag haben mich hochgenommen – Daumenschrauben – diese verdammte Ölbagage – eine beschissene Boomstadt wie jede andere – das nennt sich Benedict – und Jordy ein Fehlschlag – mißglückter Cowboy – Doktor Jordan Benedict – Na, meinetwegen – Aber kein echter Benedict – In Spigtown bei dem Gesindel von Viento – das Schild an der Haustür, daneben das eines Kerls namens Guerra – Juana und das Kind – Juana ein braves Mädchen, Jordy Benedicts Weib – ihr Kind koloriert wie ein richtiger Cholo …«

»Darling, rede nicht solche Dinge! Sie sind schrecklich. Sie sind falsch. Du weißt nicht, wie falsch! Es wird dir noch leid tun.«

»Ich weiß, ich weiß. Es gleitet unter mir weg, alles, alles. Es ist, als ritte ich auf losem Sattel. So ist alles im Rutschen. Bei Gott, ich komme mir manchmal selber vor wie ein Fehlschlag. Bick Benedict, ein großer Versager. Die ganze Familie Benedict ein Versager.«

Leslie saß aufrecht, faßte mit beiden Händen fest seine gebräunte eiserne Hand, die jetzt schlaff zwischen ihren Fingern lag. »Jordan, wie sonderbar, daß du das gerade heute sagst!«

»Heute?«

»Weil heute der Tag auch für mich nicht ganz leicht war. Und als wir nach Hause fuhren – Luz und Juana und unser kleiner Jordan –, da habe ich bei mir gedacht: Mag sein, Jordan und ich und die andern unserer Zeit haben in gewisser Hinsicht versagt – in gewisser Beziehung, Liebster, in einer, die nichts mit Öl zu tun hat, nichts mit Viehzucht und Rinks und Whitesides und Kashmir-Rindern. Und dann dachte ich über unsern Jordan nach und unsere junge Luz, und ich sagte mir: Nach hundert Jahren, ja – da kann es so aussehen, als sei die Familie Benedict schließlich und endlich doch ein Erfolg geworden.«

Und als er sich halb überrascht, halb widerstrebend nach ihr umwandte, sah der Mann, wie sich im Antlitz der gealterten Frau eine seltsame Wandlung vollzog. Die Falten, welche die Jahre gezogen hatten, waren weggewischt wie von zaubrischer Hand, und auf tauchte die schimmernde Reinheit, Hoffnungsfreude und die Erwartung, die das Gesicht jenes Mädchens verklärt hatte, das vor fünfundzwanzig Jahren als Braut nach Texas gekommen war.